華文暢銷作家
清楓聆心 著

霸官

卷二 青杏黃梅，馬蹄漸

1 食言而肥

王泮林胖了？胖了王泮林！

節南目瞪口呆，張口結舌，手不自覺就撫上額頭，擋去眼前的人影，搖頭咬嘴，最後轉過身去，慢騰騰坐回她的座位。

既然不忍觀瞻，還是無視算了。

碧雲大眼溜溜轉。「六姑娘認識那位元公子？」

節南答得極快：「不認識。」

那位公子的笑聲如魔音，直接繞進了節南腦仁。「小山姑娘翻臉比翻書還快，某以爲妳我也算患難之交。」

這下，不僅碧雲，連何里都詫異起來。

節南深吸一口氣，坐著轉過身，笑眯眯，壓沒了那對生火的眸子，以驚訝得不得了的語氣道：「泮林公子？你怎麼成了這副漲發饅頭的模樣？」

紀老爺忍不住哈哈笑出。

王泮林推開點心碟子，手心往後一攤，握起商樓掌事親自送上的巾子，仔細擦乾淨嘴和手，聲音散漫又有些微妙輕諷：「我以爲小山姑娘一看便知。」

節南呵呵兩聲。「我這人只挑好看的入眼，九公子變成饅頭，實在慘不忍睹。」

王泮林卻笑得萬般自在。「我記得清楚，小山姑娘喜歡俊的。」一雙眸漆亮若星，湯圓的臉也堵不住裡面璀璨。「小山姑娘曾說自己皮相美也，今日瞧來，之前確實也是我錯了。」

青面削瘦，一咳彷彿就要沒命的病姑娘，此時膚色雖仍顯得有些蒼白，卻有了健康的光澤，眼波若泓，唇如櫻花粉潤，霸氣逼人的氣質襯上這等幾近漂亮的面容，光芒再難掩藏。

誇她好看？節南有點小驕傲，頭一仰道：「那是當然。」

師父說，女子的美，源於自信。所以，她和小柒對自己的容貌都非常滿意，不管別人怎麼論。

「小山姑娘來商樓是爲了——」

王泮林一句話提醒了節南，但她再看臺上那面大牆板時，才發現就在她調侃王泮林饅頭臉的當兒，最新成交的南山香藥引已經跌至每石九百貫。

而紀老爺這時又出手了。

「錦關香藥，二十石一引，總計四百石二十引，一百萬貫，明春三月止，即出即入——」

臺上掌事那口氣還沒走完，甲三號桌的夥計已經跳上去送鈔子，比猴子還竄得快，那位香藥大商的臉上都樂開了花。

錦關香藥本該比南山香藥貴兩倍，官價三千四百貫，紀老爺卻以每石兩千五百貫的價格賣出？節南的右手還在袖中，原本只是輕掂著，這會兒捏得緊，神情沉甸，不知道自己該不該像其他有香藥引的賣家一樣急拋。

她看看紀老爺，暗猜這位巨賈打著什麼算盤，今日這麼拋售，明日卻暴漲，賣早的人豈不是得不償失？

紀老爺自然沒有在意心思沉沉的節南，反而是王泮林瞧在眼裡。

「紀老爺。」他拉長尾音：「朝廷何時發新引？」

「三月。你不是對這買賣沒多大興趣嗎？問來做什麼？」紀老爺道完，拐見節南豎起耳朵專注的神情，就拿扇尾無聲點點王泮林，再大方透露：「兩國休戰，朝廷急需休生養息，整農爲第一要務，加上冬雪春雨都及時恰好，茶葉香藥必定豐收，交引面額要跌的。」

說到這份上，節南再不懂就是傻子了。朝廷三月發行新引，紀老爺早聞風向，他拋賣，她也必須拋賣。想到這兒，她從袖中拿出錦袋，請何里找一位遞牌子的夥計來。

何里垂手恭立。「桑姑娘不必找別人，小的即可效勞。」

節南也沒工夫好奇客氣，將錦袋裡的交引紙一股腦兒抽出來。「錦關香藥，每引三十石，共五引，明春三月，報三十七萬貫，即出即入。」保住老本。

何里接過，速速去了。

紀老爺聽著，抬起眉：「姑娘什麼價吃的？」

節南不答反問：「紀老爺什麼價吃的？」

「保本。」紀老爺直答。

「……」節南沒想到紀老爺這麼乾脆，本能蹦出實話：「兩千貫。」

紀老爺怔住。

王泮林笑道：「小山姑娘這是做什麼？紀老爺跟妳說笑，妳還當了真，打腫臉充胖子也要爭口氣，卻不想想紀老爺手上拿著千石萬石的交引條子，妳便是每石多賺五百貫，難道還能比紀老爺富裕？」

節南馬上明白紀老爺沒報實價，抿嘴咧一抹大笑。「我就是好強的性子，其實是二千四百貫收的，趕緊保本罷了。」

唉，初學經商，她到底尚欠火候，被紀老爺誠直的回答騙了，傻呼呼就報出自己這邊的實價。

紀老爺半信半疑，隨即因王泮林的話而心中豁達。「兩千貫也好，兩千四百貫也好，沒賠錢就好。這位姑娘信我，不出半個月，錦關香藥引每石也就值一千多貫。」

「今後的香藥要便宜了。」節南以爲。

紀老爺搖頭表示不對。「香藥乃是貴物，尤其錦關一帶，出產總共也不過三千石，實貨價格只漲不跌，就是交引賤了而已。」

節南諾諾受教，不朝王泮林多瞥一眼，只要想到他從前的模樣，眼前這張臉就刺得她眼珠子疼。

何里托了銀票盤過來。「甲三桌的客人買了姑娘的交引。」

節南無所謂誰買，點清銀票，抽了幾張鈔給何里，大約十貫的數目。

何里推卻，並承認自己看走眼，曾將這姑娘當成剛進城什麼都圖新鮮的鄉下妹子。

節南但留在桌上。「你該知道我可不是大方人，上回說好不給你賞錢，這回卻是你應得的。拿著吧，不然下回再來，我就不找你帶位了。」

何里這才收起來。「多謝桑姑娘。」

節南站起身，對鄰桌的紀老爺屈膝行禮。「今日多虧您指點，沒讓我賠了本錢。」

紀老爺穩穩受了這一禮。「好說。做小買賣的老闆娘並不少見，上交引鋪子的姑娘妳卻是我見過的頭一個，勇氣可嘉，所以贈妳些消息罷了，只此一回，下不爲例。」

節南微笑。「一回已是足夠，我手中寶貝盡出了。」

她說罷，喚了碧雲就走下樓去。

「小山姑娘。」

哪知，王泮林跟來，圓丟丟的臉，似笑非笑的眼。

節南深呼吸一口。「碧雲，妳先上車等我。」

碧雲在兩人之間看了又看，磨磨蹭蹭去了。

節南轉過身，視線就是不落王泮林那張發胖的臉。「九公子還有事？」

王泮林笑得十分了然。「我不過胖了，早知小山姑娘會這般嫌棄，一眼都不肯多施捨，我又何必爲難自己呢？」

呃？節南單眉挑了挑。「九公子稍等！你變成泡湯包子，與我何干？」

「自然——」王泮林做出一個請她好好觀賞他的手勢。「——與小山姑娘有莫大的干係。」

節南從上到下打量一遍，根本想不到任何關聯。

「小山姑娘可還記得爲何將我踢上船？」王泮林墨眸幽幽，嘴角翹刁。

節南皺眉瞇眼，冷笑不答。

「因爲妳覺得我騙了妳，沒有燒掉對妳不利的東西，反而扣在自己手裡。」幽墨的眼底浮一線天光。「但妳問我的時候，我卻不認。」

「你不認，未必就無辜。」節南笑容變得好不歡暢，一看就是幸災樂禍。「對了，不知九公子一切可好？聽說你一回家，就有喜事上門了？」

「託小山姑娘的福，如今出趟門十分不易，不提也罷。」王泮林客客氣氣回應：「不過，這算是咎由自取，若非我得罪了小山姑娘，就不至於落到今日這個地步。」

王泮林語氣極輕極淡，垂著眼眸，彷彿已經認命，然而節南心裡半點不覺輕鬆，還寒毛直豎。她在他手上，好像沒討過好。

「大不了就跑，九公子不是擅長嗎？」寒毛豎在脖後根，臉上神情自若，可以說是硬著頭皮。

「要的，只是在那之前，我得先和小山姑娘解決了過去的恩怨，省得總記掛心裡，挺好的妙緣變成惡緣就不好了。」王泮林抬起眼，眼裡卻盛滿笑意，再不見半絲幽冷。

節南可一點笑不出來，眼前這位是無情的主。「你到底什麼意思？」

「就是我認了，當時說的話不算話，這樣的意思。」笑眼本來也是很好看的，偏臉上圪起兩堆肉，徹底破壞俊美。

「認了？」節南一反問，馬上又睜目，伸手向人張討。「好得很，你終於承認沒燒我的東西了！快還我！」

王泮林卻背起雙手。「姑娘別急，我把自己吃成泡湯包子，就是要給妳最誠心的答覆。四個字，小山姑娘聰明，猜猜？」

「一諾千斤？」節南冷嘲：「可惜你這人說話不上心，別說一千斤，一兩都不知有沒有。」她故意說諧音。

王泮林背手不動，圓臉珍珠白。「請小山姑娘莫怪我食言而肥。」

節南剛哼了哼，又陡然明白過來，張大了眼。

食言而肥?!

王泮林笑著，聲音清寒：「我說話不算話，騙了小山姑娘。自從被小山姑娘踢上船，想來想去，也只有這麼做……其實若眞要弄個是非曲直，那些東西也並不屬於妳。」

怎麼做？把自己吃胖？節南懵著，滿腦子飛「食言而肥」四個字。

「小山姑娘既然已感受到我的誠意，今後再見了面，可別裝作不認識。」

王泮林的目光在節南雙肩停留一瞬——

「伴讀終是低人一等，並不適合妳……」似乎沒說完，卻也不說了，雙袖散漫輕甩，悠然上樓。

節南一直懵，連自己怎麼上車都不大記得，只覺胸口一團說不清道不明的氣膨脹著，直到沒法呼吸才爆發出來，卻是哈哈笑！

「這人眞是——」

太好笑了！把自己吃胖了，弄出一副「食言而肥」的身坯，就能堂而皇之霸占她的東西，還說其實不是她的東西？怎麼不是了？她繼承了桑家的全部，她爹的就是她的！再說，就算不是她的，那也不是他王泮林的！

碧雲嚇一跳，小心翼翼道：「剛才那位公子跟您說什麼了，讓您這麼生氣？」

節南的哈笑立刻乾巴巴收場，偏頭瞧著碧雲。「我明明在笑，爲何妳會覺得我在生氣呢？」

她這是怒極反笑！

總不能說有人爲了扣下她的東西，情願吃成一發漲饅頭，臉皮厚厚宣告自己要食言？

不過，她也承認，剛認出王泮林的時候，除了驚訝，確實有一種他很活該的痛快心情。但是，當她知道是某人自己故意吃胖時，她就一點痛快都感覺不到了，只有被耍被賴的光火。

碧雲再怎麼能分辨眼勢，也料不到自家表姑娘和那位公子的詭異恩怨，只好道：「六姑娘還是要當著心，同那位公子遠些，免得讓人說閒話。瞧瞧咱長姑娘就是……」發現自己多嘴，急忙摀住。

節南對趙雪蘭的事實在提不起興致，只反覆咀嚼王泮林最後那幾句話，雖然大覺不妙，卻也實在猜不透他想要做什麼。如果因爲她綁他上船而打算報復，那她還從山賊頭子手裡救了他的小命呢！

到了趙府側門外，年顏去開門，偷瞥一眼巷口，終於確定那兩個跟蹤的人已經不見。畢竟，一個血流不止的人很難在茶樓外等那麼久，對方不管有多少疑心，都會因此消去。

年顏心想，桑節南雖有公報私仇那點小任性，至少還算顧全著大局。

等馬車入府，碧雲扶節南下車後，看看年顏，驚著要掏帕子。「你怎麼滿頭是汗？今日有這麼熱嗎？還不到三月哪！」

年顏沉著臉，又別過臉，咬牙站得筆直，眼瞳緊縮成黑點，一不留神就往上翻，光剩眼白。

「你下去吧。」節南知道他在等自己這句話，走到他身前，順勢擋住碧雲的目光，不想讓碧雲瞧出蛛絲馬跡。

她和小柒的心思一樣，年顏這傢伙只能由她們整治，不由其他人上手。

年顏馬上趕車走了。

節南和碧雲一回到青杏居，領著橙夕橙晚啃甘蔗的柒小柒就大聲道：「趙雪蘭回來啦。」

碧雲馬上將今日所有的遭遇拋諸腦後，眨著一閃一閃的圓眼睛，顯然只有此類八卦才能引起她濃厚的興趣。「是回來瞧大夫人嗎？還是搬回來住了？」

柒小柒吐出一口甘蔗渣渣，表現出不屑。「哪個都不是，是讓劉家給送回來的，回來就哭得不省人事，大夫人也不敢請大夫。」

節南想，眞是自作孽。

這夜，廚房直接送晚膳到青杏居，不知是趙雪蘭回府讓桑浣上火，還是年顏行動失敗讓桑浣頭疼，總之，沒心思再擺和和氣氣的大飯桌。

一般吃過晚飯就會出去找零食的柒小柒，不知是囤夠零嘴了，還是想看趙雪蘭的笑話，居然不出門了，帶著碧雲到荷塘附近逛蕩了大半個時辰，才跑回來。

「要不要聽？」柒小柒直接跑進節南的寢屋，笑嘻嘻倒茶解渴。

節南正在屏風後面更衣。「說。」

「媒婆說既然是感情這麼好的姊妹倆，非要嫁進一個家裡，那就都嫁王五，好事成雙。」原先覺得趙府地方小，如今知道小有小的好處，誰吼一嗓子都聽得見。

節南撲哧笑道：「這是媒婆說的，還是王家人說的？」

「媒婆。」柒小柒沒在這上面留心眼。「還說王家公子這麼多，都聽過趙雪蘭的美名，她若肯爲妾，自然個個有意。王家幾個早已成家的兄長，娃都三四五六個了，亦有心思。所以，配給誰，都引得其他人不服，唯有配給王五，眾公子才沒話說。娥皇女英，傳古佳話。」

「我也覺得如此最佳。趙雪蘭對她表妹推崇備至，對她舅舅、舅母愛如親生爹娘，若能共事一夫，也不用傷感出嫁後天各一方，一輩子都當好姊妹。這是皆大歡喜的結果，爲何趙雪蘭還要哭鬧不休？」節南心眼雖多，卻看不出這件事對趙雪蘭的壞處，不過——

原先不是說給王泮林嗎？怎麼變成大家不服了？

當然，趙雪蘭既有當小妾的覺悟，又願聽憑劉學士夫婦安排，嫁誰不是嫁？更何況那個王五，還是劉家爲劉彩凝千挑萬選的夫君，自然不會差到哪裡。

柒小柒把茶喝完了，掏出骰子來玩。「趙雪蘭哭鬧，不是因爲她不肯嫁，而是她嫁不成。劉家推了媒婆，才把趙雪蘭送回來的，就當從沒說過這樁親事。」

原來如此。

節南換好衣服，從屛風後走出來，笑道：「其實趙雪蘭應該得意才是，劉家雖然利用了她，但也很忌憚她，怕她爭過劉彩凝去。」

「趙雪蘭小鼻子小眼的，哪裡想得到這個，只是恨嫁不成，又被這麼趕出劉府，回到她放話要斷絕關係的家裡。我聽姑丈大發雷霆，說這個臉丟大了，要把趙雪蘭送到老家尼姑庵裡去。然後大夫人哭叫連天，讓姑丈看在她的面上，到底是嫡親閨女什麼的……」柒小柒看骰子在杯中骨碌碌滾動，最後停成三個六點，滿意地晃晃腦袋。「妳說，我要不要去給趙雪蘭把把脈？免得她爹娘不找大夫，人沒氣了都不知道。」

「有師叔呢。」節南知道桑浣什麼都會一點。

「她赴宴去了。」柒小柒這才想到說：「哪家夫人做生辰，請她聽戲，她還帶了雨蘭和趙摯一道去。」

「是得避開。趙雪蘭爲了嫁進名門，放低身段爲妾，恐怕有些頭臉的人家都知道，結果婚事依然不成。而劉家落井下石，立刻把趙雪蘭丟回趙府，他們是撇乾淨了，趙府卻丟大醜。桑浣要是在一旁，還不正好給劉氏藉口開罵，這會兒趙琦肯定怒不可遏，誰在旁邊都可能倒楣。」

清官難斷家務事，更何況這還不是一件小事。趙雪蘭的輕率無知，沒準會搞掉她爹的官帽子，要跟她爹回鄉下種地去。趙雪蘭當初嘲笑過林溫林二公子小時候種過地，但種過地總比要種地好。

節南推開後窗，坐上窗臺，雙腳收起，脖子掛著兔面具。

柒小柒轉頭看節南一眼，繼續拋玩骰子。「老是用同一張面具，不怕文官兒起疑啊。」

「起疑有什麼用，那位辦案講證據。我反而希望文官兒能把人移走，省得我動手，惹得羌掌櫃起疑。」兔面具相同無所謂，左撇子卻能和廢了右手的她連結在一起。

節南讓柒小柒改盯百里將軍府，柒小柒就發現，往將軍府送食材的小販其實是桑浣手下羌掌櫃的線人。

桑浣絲毫未提起過這件事，只說事關重大，年顏全權負責，讓節南從旁協助，其他門人知道得愈少愈好。顯然，羌掌櫃擅作主張，想要搶功而已。

明日大今使團離開都城，這幾日將軍府卻風平浪靜，羌掌櫃必定也只會選在今夜行動。年顏上午受傷，桑浣已經知道，這個節骨眼上還能去聽戲，節南也是挺佩服的。

「妳攛掇兩邊打起來不就得了，烏漆抹黑，誰也看不清誰。」柒小柒的沒心眼有時展現最直接的智慧，隨即哼了哼。「還有啊，我今日瞧見王家兩兄弟從將軍府出來，直奔楊柳河渡包了船，天沒黑就和姑娘摟摟抱抱上船風流去了。妳說得對，明琅君子不是我能壓的，看著衣冠楚楚溫文儒雅，其實表裡不一，到頭來還不知誰逗了誰。」

節南笑笑，鑽出窗，輕巧躍上牆頭，趁著夜色直奔百里府。

百里府屋舍不多，練兵習武的場地大大小小卻有好幾處，且開闊易見，藏不住人。據柒小柒查探的結果，其中一處有地屋，藏在兵器架子的下方，有守兵出入。所以，節南身披綠草皮，伏在十丈開外的牆下，通過柒小柒事先刨出的一狗洞，往那邊看。

節南伏藏了約莫一個時辰，也沒瞧見任何人影，正當她懷疑自己是否又「聰明反被聰明誤」，忽然聽到了一串腳步聲。她回頭一看，兩盞燈籠成一列，六個人身穿紅灰相間兵衣，腰佩黑鞘大刀，在她藏身的不遠處拐進練武場，走往兵器架。

節南瞇起眼。

「換班咯，兄弟。」一人蹬蹬兵器架下的泥地。

地下立刻就有燈光透出，笑聲敞亮。

「你小子怎麼晚了兩刻鐘啊？快下來，快下來——」

六人一個個鑽下地屋，不知是誰，「啪」地用力闔上板，黑夜頓時湧回，重新抹得漆烏一團，天上那輪鐮刀月慘澹晾著，跟一片剪壞了的窗紙似的。

節南伏著未動。

她雖然感覺那六人有些古怪，卻又說不上哪裡古怪。他們只是晚到一會兒，也不能就此認定是羌掌櫃的安排，而且領頭那人似乎確實是守衛，下方看守還和他說話。那麼近的距離，不可能看錯人。因爲她習慣性想得多，情願多等一會兒。

約莫一刻，她就確認了。

既然是換班，爲何只有下去的人，沒有上來的人？肯定是下去的那六人有問題！

心思輾轉之間，她可是長著一顆大王膽子，自小到大也沒怕過什麼，隨手戴上兔子臉，就打算起身去瞧瞧。

呼啪啪！微弱的火打風聲拍進節南的耳中。

她重新伏地的動作快不過眨眼，腦袋頂著洞口，凝目冷望那塊空蕩蕩的練武場。

西牆升起一片明亮火色，幾乎同一瞬，幾十道身影紛紛翻過了牆，手抓火把，腳步蹭蹭急近，將兵器架子圍起大半圈。東牆立起一排弓箭手，提翎捉弓，蓄勢待發。

節南睜圓雙目，手心頓捏一把冷汗，暗道僥倖。

火光霍霍中，身著青色官衣的崔衍知背弓跳下東牆，一邊往地屋入口處走，一邊高聲道：「我乃御史臺推官崔徵，地屋裡的人聽著，只要你們繳械投降，不傷及他人性命，配合御史臺審案，我一定替你們求情，從輕發落。」

節南看不清崔衍知的臉，卻聽得出崔衍知的聲音。

「你們不上來，我們可就下去了！」崔衍知顯然沒多少耐心，手一抬。

咚咚咚！啪嗒！傳出地屋門板掀砸地面的重重響聲，還有一聲淒厲大喊——

「救命——」

節南讓那群官兵擋住了視線，只聞其聲，不見其情形。

崔衍知喝聲：「住手！裡面沒有你們要找的人，何必傷及無辜！」

火光在晃，人影在晃。西牆來的圍兵少了一些，東牆的弓箭手急速過去補位，又一排弓箭手立上牆頭。配合默契之高，讓節南亮了下眼。

話說回來，雖然從一開始，她就不信鞠園眞拘了簪珠兒，但對於百里府，她的自信頗足。想不到狡兔三窟，竟又是一處圈套！

節南聽那邊兵器交接鏗鏘有聲，還有吆喝忽高忽低，漸漸涼下雙眼。簪珠兒不在這裡，羌掌櫃的手下雖和自己同門，她卻完全沒有出手相助的動力。

神弓門派出執行任務的人，事先必要服赤朱，再藏劇毒。一旦失敗，未落入敵手之前，可以自決。要是懦弱怕死，或沒自決成功，也不過多活一年兩年，最終教赤朱奪命。

她要是幫他們，他們不會感激她，大概還會把責任推到她身上。

神弓門，不崇尚同門友愛，勝者爲王才是鐵則。

節南想到這兒，動作再無半點猶豫，匍匐退開。桑浣爲了自家應酬棄任務不顧，羌掌櫃擅自行動卻栽了，內鬥讓外敵占了便宜，她一點損失沒有，就當看戲。

她盡量讓心情變得美好，卻管不住自己的頭腦，往趙府去的腳步打了個急轉，無聲奔向另一處。

同夜，兩岸幽謐，燈孤零。柳橋下泊著幾隻豔舫，歌舞已歇，春窗弄影，無聲依依。水聲流轉不停，風中挾帶嗚嗚聲，似夜梟欲出來覓食。

一隻不起眼的私舫上，兩名守夜的船夫披蓑抱櫓，正打瞌睡，小小舫艙內卻有五人，了無睡意。

王楚風正襟危坐方桌前，盯著角落裡五花大綁的女子，看她蜷成一團呻吟，痛苦地翻來滾去，長髮濕黏在她火紅色的臉上，額頭眉間隱隱一團青烏氣。

他隨後瞥開眼，望向桌對面微胖男子，道兩字：「可憐。」

那男子正是王泮林，相比王楚風的君子架子，他連搭架子都懶，出口冷心冷肺：「有何可憐？她自願服毒執行任務，應該想到或有這麼一日。」

桌上擺著酒菜，王楚風還時不時夾一筷子東西吃，但王泮林面前的碗筷倒乾乾淨淨。

「自從九哥回家來，我未見過你這般沒胃口。」對這位前些日子的貪吃相深記在心，王楚風自然留意到王泮林今夜未曾沾一點食物。

王泮林的眼突然笑瞇了起來，眸光閃熱切，有一種欣然快意。「這張——」雙指彈一下自己臉皮。「已經派完用場的臉，可以瘦下去了。」

王楚風有聽沒懂，但與王泮林相處了半年下來，他可以做到的是——見怪不怪。

「何以見得她自願服毒？」還可以做到的是——把話題拉回來。

王泮林一撇嘴角。「她本來只需策反成翔知府，結果她受人賄賂干涉知府辦案，一年工夫就貪了幾萬兩，足以見得她很精明，知道怎麼爲自己撈好處。如此利慾薰心，手段老練，更有長久享福的打算，哪裡會是被迫服毒？」

女子一甩亂髮，那對妖嬈的眸子怒瞪王泮林，嘴裡沒有堵東西，抖顫蒼白蛻皮的唇瓣，卻說不出一個字，當眞乏力。

此女不是簪珠兒，卻是誰？

王楚風默然了。聰明如他，自然一聽就知道王泮林說得沒錯。

「十二弟不必自慚形穢，你要是出門歷練十來年，也會同我一般，再不輕易施予善意，甚至不耐煩裝彬彬有禮的君子了。」

王泮林起身，換坐了搖椅，沒骨頭的懶相，高舉一本黃皮薄冊，翻書的動作也是百無聊賴，一頁瞧一眼，看到底頁之後，再往前翻一遍，不像看進去的樣子。

王楚風只覺這位堂兄又嘲諷自己，心情可不愉快。「既然你瞧不慣我，又爲何要拉我上車？二伯只交代了你。」

「我爹讓我倆一道，你要是不信，回去後大可問他。」王泮林淡答。

簪珠兒原來確實被關在百里府。

百里老將軍邀請王楚風和王泮林兩人，表面是來將軍府的靶場練習騎射，實則王沙川借兩個小輩的馬車進府，旁聽御史臺對簪珠兒的審訊。

王楚風認眞練了一下午騎射，王泮林偷懶睡了一下午的覺，等王沙川回來跟王泮林嘀咕了幾句，王泮林拉王楚風上自家馬車，簪珠兒已經在車上，由他倆悄悄運出將軍府，最後轉上這條船。

船上除了他倆，其他人都是從文心閣請來的、一等一的功夫好手。

如同崔衍知是成翔案件的參與人之一，因此被御史臺調用，王沙川已主動向御史臺呈明王泮林和王楚風當時也在成翔的事，御史臺對兩人分別問了話，再經仔細調查核實之後，才放心由兩人轉移簪珠兒。儘管，這兩位並無半點參與的本意，是被上方大老們強令的。

本來，簪珠兒這事一點不複雜。

鞠園就是個幌子，也是測探大今動向的陷阱；眞正的簪珠兒被關在百里府，由少數知情人看押，等大今使團明日作罷離都，然後雙方心知肚明，各讓一步，整個偷襲事件就此了結了。

這事不複雜，卻極其機密。即便和談桌上，南頌處於被動挨打的局面，大今也不能因爲一封假官書和交不交出一個細作而公然發難，畢竟大今突襲造成死傷無數，死證據可以整船整車裝來，南頌朝廷能幫著遮掩過去，已是顯足誠意。

既然機密，就不好驚動太多官員，尤其要防著主戰派。

這日下午，刑部接到緊急線報，大今已查知簪珠兒的下落，今晚就會到百里府搶人。鞠園陷阱被觸發，卻讓人跑了個無影無蹤，所以御史臺也不敢完全寄託於防衛，臨時改變計畫，將簪珠兒悄悄移出將軍府。

大今使團祕密來都，總共只有二十余人，南頌特意安排他們住進容易監視的賓園，並未瞧出任何異動。另一方面，又不知哪來的神通廣大，大今從鞠園追到百里府，每回精準踩著御史臺行動的步子走，最該鬧出點什麼事的刑部和御史臺大牢反而毫無動靜，以至於誰都覺得出了內鬼。

避免再走漏風聲，這回關押簪珠兒的地點密之再密，除了御史臺張大老，崔相崔大老，王沙川王大老，再沒有一個官員知道。

赤朱毒發作時，感覺骨頭根根灼燒的簪珠兒說不了話，發作完後身體好似縮水一圈，吃力爬靠牆角，交叉握著發顫的十指，眼底泛青，面色枯槁。

「我……想喝……水。」

王泮林在搖椅裡躺得舒服，只是斜睨了簪珠兒一會兒，沒動彈。

舫艙裡另兩人守著門和窗，自然也不能隨便離開位置。

王楚風暗嘆一口氣，拿了茶杯，起身走向簪珠兒。

「十二弟小心她使詐，不要靠太近爲好。」明明挺暖的一句話，卻讓王泮林的冷調子凍成了冰凌。

王楚風停步，頓了半晌，到底還是將王泮林的話聽進耳裡，把茶杯放在安全距離內，再拿一根長竿推到簪珠兒手邊。同時他又懊惱，心想自己何曾做過這種笨手笨腳的事情。

簪珠兒顫巍巍端杯喝光了水，虛弱道：「赤朱熔骨，消瘦至死，我已兩月不曾服解藥，哪來使詐的力氣。」

王泮林坐起來，一派散漫，眸底卻無情緒。「此毒叫赤朱？只能按期服解藥？」

簪珠兒雖然是他讓吉平抓出來的，但審完人之後，就交給劉老爺他們了，後由孟長河押送入都，他今日才又看到簪珠兒，剛剛知道她身中慢毒。

簪珠兒點頭，稍微動了動身體，就痛得面容扭曲。「是，不過解藥有兩種。一種按期服，不能盡解，一種可以全解。我原本身上帶著半年的藥丸，但讓你們搜去了，只要肯還給我，再想要問什麼，我都會告訴你們。」

王楚風聽到「搜去」兩個字，抬眉望向王泮林。

王泮林神色如常，笑道：「過去這麼久，別說找不到，就算解藥還在，多半也要到成翔去取，來去幾個月，不知妳能否撐得到那時候？」

簪珠兒面色白裡泛青，目光讓瘦稜的面容襯得猙惡。「此毒慢耗，只要一年內服用解藥，就有得救。」

「一年嗎……」王泮林垂下眼皮，嘴唇無聲動兩動，慢慢翻過一頁書。他已經胖足一圈，樣貌在很多人眼裡都算不得俊美，可也絕對沒有福氣的祥和，一旦陷入沉默，令人頓覺他孤高清遠。

王楚風這才看清那是一本地經，就想到九哥似乎不看正經書，只翻縣誌地經這些雜類，要讓老爺子知道，難逃一頓訓斥。

王楚風心裡難得起了壞，思考要不要跟老爺子告狀。

「服藥後立刻見效？」王泮林不知自己快把堂弟的君子樣磨沒了，似對簪珠兒突生關心。

「是啊，」簪珠兒禁不住摸摸自己的臉，眼神有些自我嫌棄。「絕不會再是這副鬼樣子。」

王泮林躺了回去，還背對簪珠兒，再不發一言。

原本，簪珠兒重抱一絲希望，瞧王泮林對赤朱毒問得這般詳細，也許會幫她找一下解藥，哪知對方忽然又不聞不問了，心中油然升起一股恐懼，奮力爬向搖椅。

只是不等她靠近椅子，窗下衛士就快步過來，拔刀低喝：「退回去！」

簪珠兒只好拚命伸出手，想抓搖椅扶手，發覺抓不到，轉而伸向王楚風，淒喊：「求求你們！求求你們！幫我弄點解藥來！我真不想再經受一回毒發！你們不懂！赤朱毒是地獄之火，發作起來淬血吸髓，發作完了痛楚也不會減輕半點，活一日就像死一日，連尋死的力氣都不給我留。」

王楚風自問不是容易心軟的人，這時看簪珠兒那般苦楚恐慌的眼神，竟無法直視，不由撇開頭去。

「你們在都安也安插了不少眼線？」王泮林聲音卻疏冷無情。

簪珠兒哀求的動作一僵，就好似讓一盆冷水澆涼了心中渴切，手臂軟軟垂落，蜷回角落，環抱雙肩，眼窩青陷但閃寒光，再無方才狼狽相。

「沒有解藥，你們就休想再套出我一個字。」

王泮林笑聲隱隱，彷彿知道簪珠兒的一舉一動。「我知道妳是裝可憐。」

簪珠兒哼了哼，咬牙忿恨道：「既然不能指望你們，我總不能自己把活路堵死，等著瞧，我同伴會來救我的！」

她話一完，外頭就傳來幾聲水花濺起的啪啪聲！

2 赤朱熔骨

夜微涼，水映燈光反照上船，十來條黑影似亂晃，卻是亂中有序，身手無一不敏捷。

簪珠兒神情欣喜，喊道：「我在這兒！快來救我！快來——唔唔——」

門口那人不知何時過來的，往簪珠兒脖後跟一敲，弄暈了她，將手腳綁好，又拿布袋套住她的頭，同時問窗下衛士：「吉平，對方來了多少人？」

「堇大，屬下這邊能看到十二三人。」窗下衛士方頭方腦，大名吉平。

門口那位三十有餘，太陽穴高鼓，目光湛湛，氣拔山河之魄，是文心閣的武先生堇燊。

文心閣，文有丁大，為天下學子所景仰；武有堇大，為江湖高手所拜服。

堇燊再閉眼一聽，耳朵忽扇，睜眼就朝悠哉撐起身的王泮林道：「敵眾我寡，最好呼援。」

王泮林搖搖頭，氣定神閒。「不可。一發信號，也會驚動他人。堇大先生還要讓你的人拳腳放輕，萬一吵起了鄰船的姑娘嬤嬤們亦是麻煩。她們一張嘴能頂百張嘴，比文心閣出的小報傳消息都快。」

堇燊沒好氣：「九公子倒是演練看看，如何放輕法。」

王泮林笑：「我若習武，專學那種借力打力的靜巧功夫，絕不學好看不中用的，十來人都對付不了，動靜卻鬧得挺大。若非父親千叮萬囑祕密行事，我自有鬧哄哄的法子解決這些人，不必文心閣各位好手特意跑一趟，弄個不好還丟了性命。」

堇燊只當王泮林又耍嘴刁，而且一路押他回來也受盡他的氣，因此沒聽進耳，只對王楚風道：

「十二公子還是帶九公子躲好，免得等會兒刀劍無眼，誤傷二位。」

「拜託堇大先生了。」比起某人的無禮，王楚風就是君子表率，遇亂不慌，禮節不失，作揖之後搬了椅子坐在簪珠兒身前。

王泮林嘴不饒人：「十二弟打算當一個細作的肉盾？要是因此死了，可不是什麼光彩的事，不過當回傻瓜而已。比起這個必死無疑的女人，十二弟的命重要得多。」

王楚風火了。「九哥！」

匡啷！窗子破開，兩道影子飛闖進來，從頭到腳一身黑，只露凶惡雙目，各仗一柄青鋒劍，氣勢絕殺！

堇燊看吉平一支鐵棍獨自對付兩人，但立回門前，雙眼沉冷，似作旁觀。忽聞門板「啪」一聲，他卻動了，反身打開門，在殺手影子延進門裡的剎那，一掌推出，同時踏出門去，一夫當關。

王泮林聽見一聲痛呼，再瞧著擋在門前力戰的堇燊，還有不斷晃上前的影子，心中確信他們落入對方的陷阱了。所謂線報，恐怕是對方設計，騙御史臺將簪珠兒臨時挪換地方，方便下手。百里府護兵眾多，只要準備妥善，對方混進去容易，成功與否卻完全是另一回事。

這時，窗口又躍進一人。

吉平能跟在堇燊身邊，身手自然好極，對付兩黑衣人本來綽綽有餘，但他們豁出命的打法令他一時分身乏術，眼看那人走向簪珠兒。

這人，比黑衣人多戴一頂黑紗斗笠，手中也是一柄最普通的青鋒劍。他走得不快，沒有黑衣人的凜冽殺氣，卻自有一股強勢，令兩黑衣更加賣力地攻擊吉平。

王楚風雙眸冷對，捉緊椅背橫木，將兩椅腳拎離地板，一副要舉椅子砸人的架勢。

黑紗下的人劍尖往上一挑，低聲呵笑，音色嘶啞不明：「白斬雞叼盤子，保得住自己，還是保得住盤子？」

「既然是盤子，保之何用？」四周刀光劍影，王泮林卻從容信步，走到適才坐過的方桌前，忽地掀開垂地桌布。「如果非要保一隻盤子，我勸你最好想清楚了再動手。」

桌布下，一個頭套布袋身穿囚裙的女子，手腳被縛，也是一動不動躺倒在地。

黑紗輕拂，斗笠轉來轉去，稍後那人一聲冷哼：「誰說我要保盤子，我是來砸盤子的，既然有兩只，一起砸了就好！」

一個「好」字才出口，那人就動了，青劍如蛇影，捨近求遠，極快地刺向桌下。他也在賭，賭一招命中該死之人，省得出現變數。他帶了十幾名好手，卻還制不住船上幾個人，其中兩個還是看著手無縛雞之力的公子哥兒。

「九哥小心！」畢竟是一家兄弟，王楚風急喊。

他才喊完，艙頂就裂出一個洞，落下一把劍，隨之又飛下一個人。

劍，是一色的青劍。

人，是一色的黑衣。

青劍薄如月光，劍紋似蜻蜓翅翼，破空發出一絲悅耳錚音。來人臉上不是黑布蒙面，也不是黑紗斗笠，而是一隻可笑兔面具。

因爲這支劍這個人，黑紗斗笠旋讓開去，稍頓即惱。「你什麼人？」

兔子臉後兩隻眼幽洞無底，劍尖指地，立在桌前，不說話。

王泮林看著這張「熟識」的兔子面具，似笑非笑。「收人錢財，替人消財，妳怎麼才來？」

兔子臉偏頭瞧了瞧王泮林。

黑紗斗笠那位馬上就以爲兔子臉是王泮林請來的好手，不再猶豫，一劍幻海生濤，劍光嘯厲，朝兔子臉招呼過去。

蜻蜓翅振起，絲毫不受對手劍招的迷惑，彷彿一支定海針，帶它的主人穿過劍光，且一式「浪子回頭」，轉過劍尖，削向黑紗斗笠下的肩脖。

黑紗斗笠人沒看清兔子臉的招式，但覺身後劍氣森然，回頭瞧見一道凌厲光刃朝自己的脖子橫削而來，急忙往後滾避。

然而，不容黑紗斗笠人多想，蜻蜓翅紋又扇振追到。他驚喝一聲，揮劍欲擋，哪知那支奇異的劍尖如蜻蜓長尾，竟能急彎向下，對準他的左肩扎來。

他如何躲得及？只憑這些年的經驗，知道不可硬拚，往旁邊再翻滾時，仍是吃痛了一記，隨兔子臉收劍，感覺自己肩膀溫熱一片，可聞到血腥氣。

黑紗斗笠人左臂頓時使不出力了，心頭駭然。

他一直緊盯著官府的動作，當然清楚對手是文心閣，因此出動自己直掌的全部殺手，打算以多與快來制勝，但眼前這張兔子面，卻全不在他的預料之內。

黑紗斗笠吹了一聲宛轉呼哨，催外面的幫手快進來，但艙裡始終只有這些人。

吉平對付兩名，已經處於絕對優勢；王楚風守一女，王泮林守一女；堇燊在門外，雖然看不到他怎麼出招，卻只聽他人慘呼。

那隻從艙頂蹦下來的兔子重新站到桌前，劍尖指地。

那是防禦招式中最放鬆的狀態，周身要害全開，但黑紗斗笠人很明白，自己絕不可能因此就討得了好。而等到這家的好手幹掉了外面他的人，再進來和兔子臉聯手，他能活著離開已是老天庇佑。

想到這兒，黑紗斗笠心中就有了取捨，身形一動，卻出乎意料地往王楚風那裡奔去。

青劍發出破空錚音，表明絕不空手而歸的決心。

兔子臉也立刻動，手上那柄奇異青劍光芒森寒，劍尖那點血紅躍躍妖美。

黑紗斗笠人早有準備，向後擲出三柄飛刀，刀刀向著王泮林——賭了！

兔子臉身形頓時急定，又往旁邊急踏兩步，擋在王泮林和飛刀之間，一抖就是七八朵劍花，護住周身，同時將飛刀一一撞開。但她才要懊惱只能救得一個王家郎，卻見五枚冒著火星的鐵藜子從腳邊骨碌碌滾過去，身後那位還怕動靜不夠大——

「小心腳下暗器！」

王泮林喊完，卻看那隻兔子猛地轉過頭來瞪他，又跟汙了她眼一樣，單手扶額轉回頭去，不由失笑。

這以貌取人的毛病啊！

黑紗斗笠人也回頭瞧，只見五個雞蛋大的烏球滾來，卻以爲對方唬弄自己，轉身還要刺王楚風，突然，聽到身後一聲爆響，腿上隨之麻疼不已。

他再次掉頭一看，黑煙竄升，原本圓丟丟的一個烏球變成了碎片，褲腿上滿是針眼。

這時，又一個烏球炸開了，無數小針從球裡往四面八方極快射開，驚得他一下子蹦高，哪裡還敢掉以輕心。

趁此機會，解決掉兩名殺手的吉平趕來，一把將王楚風拉開，但他再想救簪珠兒時，黑紗斗笠人卻比他更快一步，一劍刺進簪珠兒心口，穿窗而出。

吉平追去。

原本在門口的堇燊，只往艙裡探上一眼，也不見了。

屋裡狼藉，三具屍身，三個活人，一個桌底下的，一動不動，不知死活的人。

煙味，嗆味，兩個烏球炸開的地方黑抹抹一片，細針扎落各處，閃得星星點點。

三個烏球靜靜靠著簪珠兒的屍身，保持原樣。

戴著兔子面具的節南走過去，拿掉死人頭上布罩，記得這張臉屬於金利沉香身邊的大丫頭，不由語帶責備：「眞身應該藏在桌下。」

雖然及時趕到，卻讓這兩兄弟弄砸了事，沒能保住簪珠兒的命。

王泮林也走到簪珠兒身旁，卻對她的死活毫不在意，用腳踢開其中一隻完好的烏球，看它滾向王楚風那邊，語氣遺憾又疑惑：「為何沒炸——」

話未完，那只重新滾起來的烏球突然在王楚風腳邊炸了！

王楚風驚得一抱頭。

節南目瞪口呆，看一眼兩只尚且啞著的烏球，安靜地走走開。

王泮林拿袖子扇煙，神情再正經不過。「這可不行。」

王楚風聽王泮林說這話，立刻放下抱頭的雙手，低眼瞧瞧自己衣袍上的針眼窟窿，眉頭皺得老深。「九哥，你到底從哪兒弄到的危險東西？」

王泮林輕飄飄回道：「嚇唬人的小玩意兒罷了，針上也沒塗毒。」說著又撩開袍邊，露出腿上兩片鐵皮。「而且讓你事先綁了這個，根本連皮外傷都不會有。」

節南實在忍不住，笑出了聲。這人真是，怎麼說呢，有種做了好事還是很陰損的無敵刁感。不過，話說回來，這幾隻烏球為何讓她覺得恁眼熟呢？

「你又從哪兒找來這隻兔子？」王楚風心裡上火，這時要還能保持君子風度就是聖人了。

節南陡然止笑，往門口走去。

「麻煩十二弟出去一下，我同這位……兔老弟說幾句話。」王泮林卻拍住節南的肩。

節南可以閃，可也知道閃得過這回，閃不過下回，所以站住了，只是淡然將王泮林的手震開。

王楚風詫異：「當真是你找來的人？」

王泮林做著往外揮趕的手勢，但笑不語。

王楚風傲性高，走出門去。

王泮林走到桌前，也不坐，給自己倒杯茶，站著喝。「小山姑娘。」

節南能以兔子面具殺下來，自然不怕相認，可也不摘面具，只恢復原聲：「泮林公子。」

她重新蹲下身去，摸摸已經氣絕的簪珠兒的臉皮。

王泮林瞧節南不死心的樣子，笑道：「小山姑娘不要懷疑了，那確實是簪珠兒不錯。至於這桌下，只是向義莊借來的屍身罷了。」

節南嘆口氣，抬上面具，起身走到王泮林對面，將蜻螭劍放在桌上，也倒杯茶站著喝了。「九公子哪怕給我點暗示也好。早知你跟千眼蠍王一樣，有這麼一手了不得的暗器，我就不會多管閒事，反而耽誤了正事。」

「我這小玩意兒雖然借鑑了蠍王老兒的暗器，卻比蠍王老兒的要厲害得多，將來小山姑娘就會知道。」王泮林從袖中掏出一烏球來，放在桌上轉玩。

節南哼了哼：「不就比蠍王的彈丸多裝了一些黑火嗎？沒什麼了不起！還有啞巴不響的呢。」

王泮林眼中一閃。「小山姑娘不愧是神弓門的人。」

節南立時斂眸。「誰說我是……」不對！不對！「什麼神弓門？」

王泮林垂眼望著蜻螭，任那道寒冷月光沉於眼底。「神弓門本是北燎密司，專精器冑、醫藥、武技、謀術，後來投靠大今，保持原來的用處。神弓門多用慢毒控制弟子，根據弟子身分高低，慢毒種類各有不同。最神祕的一種毒叫作赤朱，一般用於長老直屬弟子或親信執行重大任務之時。我以前只是聽聞，今日見到簪珠兒，才知道那是一種怎樣的毒，也才知道小山姑娘何以瘦成那副陋顏。」

節南撇一抹冷笑，看王泮林的眼神好似他莫名其妙。「天底下多得是病症相似病不似，九公子可知誤診會害死人的，更何況你還不是大夫。」

其實，她心正驚，膽正跳，哪能想到王泮林居然把她的身分看穿了?!

3 以儆效尤

子夜，青杏居裡悄靜。一人輕落院中，一身黑衣，頭戴黑紗斗笠，右手捏著左肩，腳下一高一低，卻走得絲毫不遲滯，穿過院子，無聲推開節南的屋門，站到裡屋床前。

節南正好睡。

那人拿下斗笠，赫然是桑浣。她將被子微撩，看清節南身著白綢裡衣，又輕搭她的右脈片刻，緊皺的雙眉寬緩，目光從冷轉溫，神情滿意地退了出去。

桑浣闔上青杏居大門的瞬間，節南的眼驟然睜開，長吁一口氣，再從脖上拽下一根紅繩。窗紙吸著廊下燈色，將紅繩上的掛物映亮。那是一塊漂亮紅玉，玉中一幅秋水伴紅葉林，天然又奇妙的紋理讓它成為絕物珍寶。只是，節南看著紅玉的目光非但不稀罕，還冒火，一側身一抬手就將紅玉甩出去，任它撲落屋中某個角落，再不瞧第二眼，但魔音猶在耳畔——

「三月十五，請小山姑娘來我家賞茶花。」

方才她急著趕回來，沒工夫聽他扯，誰知他悠閒說來一句。

當初王泮林給她的是這塊玉不錯，可她不是心眼多嘛，就讓小柒把王楚風的玉佩也偷了來。後來，為了博取孟長河的信任，她冒充王氏姑娘，交出去的卻是王楚風的玉。

他拿著她的東西不肯放，她就不會還他的東西，還要踩它，摔它，拿灰塵埋沒它，讓它見不到明天的太陽！

至於王泮林曾說過的，憑此玉能向安陽王氏討回人情？

她還是那句話——什麼破玩意兒！她不稀罕！賞茶花？她會去才怪！

轉眼就到三月，杏花將謝桃花開，大今使團已離開數日，桑浣卻一直未給節南和柒小柒進一步指示，小柒也打探不到簪珠兒那件事的隻字片語。

這日，節南「奉命」當侄女，同桑浣、趙琦一道用早膳，卻看到趙雪蘭居然也坐著。趙琦固然說不上和顏悅色，面對趙雪蘭的無言乖靜，也沒法繼續咆哮，起先只同一對小兒女說話，隨後又問節南哪日要伴崔玉眞。

節南回道：「明日陪去太學。」

趙琦就瞥看大女兒一眼，但對節南道：「聽長輩話的孩子才有福氣，要是不懂這個道理，就只能自己吃苦頭。還有六娘妳之前提的那個孟元，我已見過，尙書大人和將作大人皆滿意，決定給他一個匠位了。」

節南微笑道謝。

趙雪蘭抬眼，神情冷冽，咬了一會兒唇，卻是一字不還口，垂下了眼。

桑浣清咳一聲，單手夾菜給趙雪蘭，同時勸趙琦：「老爺，事情既然已經過去，就別再提了。」

節南見桑浣左臂不動，自然知道是自己那一劍扎狠的緣故，嘴角淡淡勾起，自得地吃飯，掩去笑意。

趙琦雖沒發火，不代表心裡熄火，氣沖沖道：「哪裡過去了？同僚都在背後偷偷議論，當我不知道那些話有多難聽。將作大人還找我談了話，讓我今後對女兒的婚事要愼重些，門當戶對爲好。我要不是當著這個爹，眞想吐一吐眞言。哪裡是我想攀附權貴，卻是我那好女兒把自己當了金鳳凰，和我斷絕父女關係也要攀高枝。」

趙雪蘭低著頭，把米一粒一粒夾進嘴裡。節南覺著這是練忍功。

劉氏不在，桑浣勸得殷勤：「老爺大可說是劉府自作主張，咱們事先並不知情，事後不滿雪蘭委屈，就把婚事推了。再說，媒婆說親，不成事的多。」

趙琦一聽仍皺眉。「可是，我們並未推掉這門婚事……」

桑浣就笑。「老爺放心，媒婆那裡我已經打點過了，保准照著咱們的說法來。」

趙琦神情頓然開朗。「還是妳想得周到。」

「事關老爺前程，妾身怎能不出力。只是坊間傳得什麼雪蘭貪圖名門公子，又嫉妒彩凝嫁得好，不甘心為妾，企圖勾引王五，才和舅家鬧翻了，這樣的閒言碎語妾身就沒法子了，只能等日後人們淡忘。」

趙雪蘭手中的筷子落了地，臉色刹那蒼白，眼淚啪嗒掉出眼眶。她知道自己成了人們茶餘飯後的笑話，卻不知是這麼可怕的笑話。誰說她勾引王五？她連王五公子的樣子都沒瞧見過！

趙雪蘭搗著臉嗚嗚啜泣。到底是自己女兒，趙琦又非冷血，嘆口氣。「當真沒法子了嗎？雪蘭一人倒還罷了，自己做的事自己承擔，大不了我養她一輩子老姑娘。可不是還有雨蘭和摯兒嗎？就怕我們這一家子今後都在人前抬不起頭啊！」

趙雪蘭渾身一顫，哭得更厲害了。

桑浣也嘆口氣：「我當真想了又想，實在沒辦法。」

趙雪蘭哭聲漸收，抬起頭來。「事到如今女兒萬死難辭其咎，不過正如爹所說，我自己名聲有損也罷了，卻累及雨蘭和摯弟將來，所以無論如何都以為，有個法子，哪怕再勉為其難，都要試試。」

趙琦忙問：「什麼法子？」

桑浣眼鋒沉冷，表情卻急：「趕緊說吧。」

「如果能讓雪蘭也給崔玉眞當伴讀姑娘，謠言或者就能不攻自破。崔玉眞潔身自好，才情出眾，出身更是貴比公主，她若接受雪蘭隨侍在側，別人又怎再說雪蘭的不是？如此一來，市井那些傳言自然成了無根無據。」趙雪蘭兩眼哭得發紅，卻透出芒光來。

節南低下頭，抱碗喝粥，恨不得鑽到桌子底下去。

自慚形穢！看看人家，吃一塹長一智，變得多聰明！

趙琦直道好法子：「正好！六娘如今在崔姑娘跟前說得上話，讓她爲雪蘭多講些好話，伴讀這事還不是輕而易舉嗎？就這麼辦！」

節南心裡囂喊，這位官老爺從哪兒看出來她說得上話啊？還輕而易舉？

「姑丈……」節南剛想發表一下自己的心裡話——

桑浣打斷節南，對趙琦溫和笑了笑。「老爺別著急，這法子好壞還不一定。就算眞要試，也得從長計議。那邊可是崔家千金，堂堂一朝宰相之女，爲何要冒自身潔名受損之難，解我們趙府之憂，哪怕雪蘭其實委屈？別說崔相和夫人對玉眞姑娘捧若掌珠，她還有太后和長公主的疼惜呢。」

她哄完一個，哄另一個：「雪蘭，妳稍安勿躁。」

節南與之「一心」。「玉眞姑娘冰雪聰明，我們千萬別弄巧成拙，讓她以爲別有所圖，連我這個伴讀都不要了。」

趙琦點頭。「也是，這事不能急，免得賠了夫人又折兵。」

這位丈夫，這位爹，標準牆頭草。

趙雪蘭面無表情看桑浣一眼，嘴角撇冷。

吃過飯，桑浣對趙琦說想帶節南和柒小柒去她的舖子看看，還要到成衣舖子給姊妹倆做些春裝。

趙琦自然不會不允，只是他一走，趙雪蘭也跟著走，似乎要給她爹多吹吹風。不過桑浣看著不怎麼在意那位大小姐吹風，讓馬房準備兩駕車，帶著節南、柒小柒和淺春、淺夏出了門。

「今日讓妳和小柒到信局瞧一瞧，也好記住些人臉，若有任何緊急消息，妳可用那裡傳遞。」

桑浣叫節南和她同車的時候，節南便知道這位師叔有話說，但聽了這樣的話，並不擔心，只在表面虛應著：「好。簪珠兒的事如何了？」

自那日之後，桑浣和年顏皆沒了影，節南估摸兩人都在養傷。

「等會兒再說。」桑浣神情無甚變化。

「上回聽姑母說起信局掌櫃姓羌，不知此人是否好性子？要是他有什麼忌諱，姑母早些告訴我，免得我和小柒不小心開罪了他還不知道。」節南沒話找話。

「不必。」桑浣瞥節南一眼。「我雖嫁人生子多年，外頭人事又常常變更，不可能事事親力親爲，要倚仗得力手下，不過大事上頭，還由我說了算。」

節南覺得是時候試探。「姑母可曾想過五年十年後？難道等姑丈成了一品二品大員，您還要聽命神弓門，替他們跑腿做事，置趙府於通敵叛國的滅門之險？」

桑浣看節南的目光轉爲深沉，半晌後冷笑。「桑節南，我知妳姊妹二人如今得過且過，全無替神弓門效忠的心思，好在上頭不敢當眞派妳二人大用場，我也就懶得管束妳倆。只是妳若一直不放棄脫離神弓門的念頭，還想說服別人，終有一日會死得很難看。」

「姑母多想了，我只是好奇而已。」節南笑眼瞇瞇，眼中無畏。

「不必好奇，且不說我選的丈夫絕不是一品二品的料，待日後我歲數大了，便會主動讓出護法之位，自請從門中隱退。我不是妳師父，自問這些年兢兢業業，功勞不小，只求老來太平，誰也不好爲難我。」桑浣當然有所打算。

節南仍乖巧笑著。「原來還能門中隱退？我從前倒是聽說過，卻不曾見過半個隱退的門中前輩。老門主一讓位就病故了，不然可以算一個。不知姑母可有認識的、尙康健的老前輩呢？」

桑浣一怔，隨即哼道：「既然已經退隱，能隨便讓妳知道嗎？」

節南哦哦兩聲：「那我就明白了，從今往後，要和小柒努力打雜，守到功成身退的一日。」

桑浣心中莫名煩燥，嘴上卻嘲笑節南：「妳還是先想著怎麼才能讓門主願意根治了赤朱吧。」

「姑母說得是。」節南答得恭順之極。

隨後，桑浣找了個理由，留淺春淺夏在成衣舖子裡等改新衣，讓年顏駕車到城東信局。

信局不大，分前中後，前頭一間小門面專門收信收件，中間有兩面長屋、一面馬棚、議事房、帳房和分類信件的大庫房等等，後面則是羌掌櫃和送信夥計們的住院。

桑浣四人被夥計引進中院的會客堂間，喝完一盞茶，羌掌櫃才進來。

「夫人來了。」羌掌櫃隨意對主座上的桑浣拱了拱手，大剌剌坐在下首。

節南看他身材高壯，額頭飽滿天庭開闊，相貌不差，又才三十出頭，確實有股想要成就點什麼的氣勢。

桑浣突然將茶盞重重往桌上一放，風韻十足的美麗面容烏雲密布，目放犀利之光。「羌老二，你可是愈來愈不講大小了！當著這麼些手下人的面，還敢給我擺架子？」

羌掌櫃愣了愣，打量一下節南和柒小柒，起身給桑浣作了個大揖，又自己坐下，神情絲毫不以爲然。「夫人好久沒來，裡外大小的事情都指著我定，妳看，我忙起來就忘了禮數。夫人今日帶來的這兩個生面孔，就是桑節南和柒小柒吧？正好，門主還問到她倆了，讓我也好好盯著。揀日不如撞日，我讓人領下去，教她們學一學咱這兒的規矩，免得還想偷懶耍滑。」

羌掌櫃喊聲「來人」，就有個尖頭瘦腮的夥計跑進來。

羌掌櫃指指節南姊妹倆，對那夥計說：「阿猴，這倆就是我之前提的廢貨，既然到咱這兒來打雜，也不能讓她們繼續廢著，你帶下去叫大夥認識認識，也教她倆別拖咱後腿。」

阿猴眼中不見主座位上的桑浣，頤指氣使衝節南和柒小柒喊：「妳倆！跟我來！」

節南看看桑浣。

桑浣笑了。「去吧，我和羌掌櫃說會兒話。」

節南對柒小柒做個跟上的眼勢，篤悠悠，同阿猴一道走出會客堂。

阿猴領她們進入分派信件的大庫房，對裡頭十來人道：「大夥聽著，這倆就是大掌櫃前陣子提到的廢貨，這會兒暫時跟著夫人做事，今後沒準到咱信局打雜，所以大掌櫃讓我帶她們學規矩。」

這些正幹活的年輕男子，身型各異，但手腳皆矯健利索，一聽廢貨，個個齜牙譏笑。

有人道：「咱們這兒憑本事說話，沒本事的廢物就是老么，我們都是妳們老大，我們讓妳們做什麼，妳們就得乖乖做什麼。」

又有人道：「總堂怎麼還養廢物？再怎麼沒用，總是女的吧，不可能用不上。喂，瘦柴那個，到我這兒來，小爺我教妳如何物盡其用。」

另有人喊：「錯了錯了，胖的那個手感才好，來來，讓我秤秤身上肉。」

眾男子哄笑，目光絕非正經。

柒小柒捏起肉拳，兩眼瞪圓，嘀咕著：「臭小山，我要揍得他們滿地找牙，妳別阻止我，不然我先打妳。」

節南抓一張板凳橫在門前，抱臂蹺腿。「先教訓那個喊我瘦柴的。」

什麼眼神？節南自覺她現在唇紅齒白，膚色身材也處於迅速恢復的狀態，離美人稱號頂多差十天半個月的調養，哪裡像柴了？

節南話音剛落，柒小柒就飛身上了分信的長桌子，在眾人反應過來之前，一把拎起叫節南瘦柴的那個夥計。

節南指示即到：「折他一條左臂。」

柒小柒出拳，一記打中那夥計肩肘間——

喀！那人慘叫一聲。

柒小柒出腳，將人踹了出去，也不看他死了活了，轉身對著要秤她肉的那傢伙，二話不說，往桌上一坐，雙腿飛快夾住對方的脖子，就著桌面打起滾來。那傢伙像風車葉子一樣，隨著打轉。等其他人從震驚中反應過來，個個喊著抄傢伙時，柒小柒已經在節南身前站定，一腳踩折了秤肉傢伙的左臂，右手握一把布條包裹的寬背短斬刀，福氣圓臉上滿滿森煞。

柒小柒問節南：「我今日可不可以開殺戒啊？」

抄著傢伙的夥計們頓時定住。

「這不太好，怎麼說都是同門嘛，」節南撇一抹冷笑。「而且也不能個個少胳膊斷腿的，不然信局就沒人幹活了，平白讓姑母損失銀子。」

柒小柒哼哼：「這不行那不行，怎麼樣才行？」

「胖揍一頓得了。」節南回頭看看天上日頭。「妳有一盞茶的工夫過癮，記住，別打臉，免得來寄信的客人想東想西。」

柒小柒皺皺鼻子，顯然對節南的指示不怎麼滿意，卻對那群夥計們道：「算你們運氣好，保得住命，還保得住臉面。好了，一起上，千萬別因為我是女的，捨不得下重手。」

❖

且說會客堂上，桑浣又定定心心喝了一杯茶，什麼話都不說。

羌掌櫃不耐煩。「夫人今日只帶人來認臉？」

「我等你拿帳本。方才你說我許久沒來了，我才想起來你也許久沒交帳本了。」桑浣垂眼轉著茶蓋。蓋碰杯，鏘鏘響。

羌掌櫃穩坐。「信局又不是賺錢的買賣，看不看帳本都差不多，我還能中飽私囊不成？」

「我不要信局的帳本，但要當鋪和綢緞莊的帳本。」桑浣嘴角微翹。「別以為我不知道城南城西搞出兩套帳，一套給我，一套給你。羌老二，你愈來愈過分，讓我如何睜一眼閉一眼？」

羌掌櫃正要瞪眼，忽聽院裡一片撲通撲通聲，心覺不妙，三步併作兩步衝了出去，一看卻傻住。十來個手下，堆疊出一座小丘，不知死了還暈了。

阿猴嗷嗷叫喚著，高舉雙臂，撲出門檻來，淒厲大喊：「老大救——」還沒喊完，面朝下，背上突然千斤重，後脖頸遭到重敲，立刻暈了。

羌掌櫃呆呆看著坐在阿猴身上的柒小柒，不知該作何反應。

桑浣走出來，眼裡笑得閃花，對氣定神閒跨出門檻的節南嗔怪：「有妳們這麼學規矩的嗎？」

「學完了。聽說規矩只有一個，憑實力說話，誰最強誰就是老大。」回答桑浣的卻是柒小柒，胖呼呼的身體居然能一躍而起。

春陽不曬，羌掌櫃的額頭卻見了汗，心裡罵道：哪個王八羔子說這倆是廢物的?!

桑浣斂眸斂笑，神情沉厲，喚年顏把羌掌櫃帶回會客堂。

年顏一腳將人踹跪了，站在羌掌櫃身後，手掌壓住他的肩。羌掌櫃掙了兩下，動彈不得。

節南示意柒小柒看院子，自己散漫跟入當壁虎。

「羌老二，你還眞當自己是買賣人，鑽研起帳本來了。」桑浣甩袖揮杯，正砸羌掌櫃腦門。

羌掌櫃立刻頭破血流，但咬著牙沒吭聲。

「簪珠兒這事，我交代了年顏去辦，事前可是和你通了氣的，你當時放過一聲屁沒有？」桑浣厲聲道。羌掌櫃心虛垂下眼皮。

桑浣冷哼：「既然那時沒有反對，爲何中途擅自插手，以至於打草驚蛇，差點亂了全盤計畫，還白死五個門人？你想辦這件事，大可對我直言。」

羌掌櫃鼻孔噴氣。「不用假惺惺。我說了，難道妳還能交給我？」

「爲何不能？羌老二，我知你不服我，這些年我深居簡出，很多事都交給你打理，你難免以老大自居，而門主的本意也是要讓你接手堂主位置的。」桑浣看羌掌櫃眼一亮，她的眼卻沉了狠。「可惜你在簪珠兒這事上出了大錯，差點壞了和談大局，我奉使團首官宛烈大人之命，要以門規處置你。」

羌掌櫃到這時才警覺了。「憑什麼？」

「憑宛烈大人是神弓門監察官。若不是我及時察覺御史臺的動向，最終殺了簪珠兒，整個神弓門都會受你牽連，只因你的一己私利。」

羌掌櫃歪笑一記。「隨妳怎麼說了。罰就罰吧，不過妳下手也悠著些，別忘了給自己留條後路，等妳以後成了一品夫人，沒準還要我幫著解決麻煩——」

「年顏。」桑浣的拇指摩挲著紅豔的食指指甲。年顏出金鉤，從羌掌櫃身前打了個轉過去。空中浮出一層血霧。

羌掌櫃再說不出一個字，雙手箍住自己的脖子，撲倒在地，半張臉淹入大灘血紅之中。

節南看著羌掌櫃的屍身，難掩驚訝神色。「姑母……師叔！」

所以，她之前問羌掌櫃的忌諱，桑浣答不必，是因為已經知道羌掌櫃等同死人了。

「宛烈大人命我將羌老二就地正法。」桑浣挑高一道眉，目光削冰，面無表情，走下主座，經過羌掌櫃屍身時一眼不望，卻直直望入節南眸瞳，一字一頓：「以儆效尤。」

桑浣走出會客堂，讓年顏召齊所有人。

柒小柒不見節南出來，跑過來找她，看見堂中羌掌櫃的死樣子，也是大吃一驚。

「這傢伙剛剛還囂張得意……」

節南轉身，笑容淡淡，拉著柒小柒往外走。「咱倆別學他。」

她差點小看桑浣了。以為這裡的神弓門一盤散沙，有機可趁。以儆效尤，借這回簪珠兒的事，直接廢了羌老二，連代打那些不聽話的小鬼，也似做給她瞧的一樣。

是桑浣的運氣好嗎？

4 霸剪紅塵

節南坐在車裡，靜眼瞧著桑浣對新提拔的二掌櫃說話，彷彿今日一切如常，只不過老人走了新人上位。這個信局裡，所有人都是神弓門的人。神弓門人的命，不由南頌律法來論，由大今說了算。而羌老二之死，是桑浣按照門規處決的，還有宛烈大人的文書爲憑。羌老二的親信們誰敢說一句不是，各個慫包，轉而對桑浣唯唯諾諾。

節南忽然又想起王泮林的一句話。他問，神弓門是不是內鬥得厲害。

「別小看這裡，」年顏板著骷髏相。「妳便是無心爲門裡效力，也不要打別的主意，若安分守己，或可活到頭髮白。」

節南收回視線，卻在年顏那張臉上反覆打轉，最後冷冷吐言：「不必你多管閒事。」

年顏一撇嘴角，三角吊眼冒狠光。「只要妳在門中一日，我就不是多管閒事。桑節南，妳害死自己不要緊，還想讓小柒跟妳下地獄不成？別忘了妳師父是爲誰死的。」

「閉嘴，聽你提我師父，我噁心。」節南轉開目光，望著信局周圍的街道，似漫不經心。

年顏握出了拳。「是，我噁心，從小到大，人人當我惡鬼。所以呢？我就不能有喜歡的姑娘了？因爲這張爹娘給的臉，我就沒資格追求漂亮女子？」

節南呸他一聲。「狗屁不通！我和小柒說你不能喜歡漂亮姑娘了嗎？我倆只是覺得你眼睛瞎了，喜歡金利沉香那種做作的女人罷了，還爲此不分青紅皂白……」她咬緊銀牙，氣得直甩腦袋。「橫豎你聽不進人話，我跟你扯什麼！」

柒小柒不知從哪兒冒了出來，一屁股坐斜半駕車。「姓年的，男人醜點有何要緊，但要是讓女色迷了心竅，就一點長處也沒有了。」

「女色？」年顏居然失笑。「我要只圖女色，在妳倆當中挑一個不就得了。」

節南和柒小柒同時死瞪年顏。年顏不以為意，繼續道：「沉香雖然刁蠻自私，卻比她母兄善良，若不是她替妳二人求情，妳倆早死了。」

節南但覺心累。「不是她替我倆求情，是她在眾人面前裝好人而已。」

柒小柒啊啊叫兩聲：「好了，好了，不用跟他多廢話，迷得七葷八素，我們說什麼他都會當放屁，咱等著喝他喜酒就行了。」

年顏雙眼閃過一絲沉痛，薄唇扭曲。「我從未說過非娶她不可。」

「別！千萬別說『她好你就好』這種鬼話！你等著，我幫你，砍下她漂亮的腦袋，讓你晚上抱著睡！」

「小柒……」節南一拍柒小柒的後背。「妳別讓我作惡夢。」

「說什麼呢？這麼熱鬧。」桑浣走過來。「難道終於和解了？」

節南往車裡縮，柒小柒咬糖人，年顏檢查轡繩，以沉默否認了桑浣的假設。

桑浣搖搖頭，上了車，道聲回府。

靜了一會兒，桑浣就對節南道：「妳想個辦法，讓趙雪蘭也當伴讀吧。」

節南愕然。「姑母究竟怎麼想的？恕我笨，只覺趙雪蘭要是和我一道進出，等於給自己找了個盯梢的，今後姑母有什麼任務交給我，可別怪我不能迅速行動。」

「我想過，上半年門裡不會再有大事，妳也辦不了大事，就在千金圈裡混著吧。而趙雪蘭，一定要在半年內嫁出去。所以，最快最好的方法莫過於給崔玉真伴讀，多見見各家夫人，把名聲重新弄乾淨。」

節南啞了半晌，呆看著桑浣。這人，剛剛雷厲風行解決了異己，殺人沒眨眼的，這會兒又氣定神閒地料理起家事，盡在掌握之感。她，還沒有和桑浣正面交手，卻已覺自己完全被動，處處讓桑浣搶了一步。

「姑母想要如何做？」節南突然醒悟，她錯了，不該把趙府和神弓門分開對待，因為對桑浣而言，家事門事已經分不開。她要是不把趙府那塊地盤放在眼裡，就注定她不會是桑浣的對手。

「妳想要如何做才對。」桑浣一笑。「回去我會同老爺說，妳答應幫妳表姊了，很快就有好消息。」

節南不能拒絕，桑浣也不容她拒絕。

這晚，碧雲做完針線活兒，準備替換橙夕、橙晚服侍節南姊妹倆，卻見節南一人在院中，站在石桌上，雙臂展開，仰面對著夜空，正做深呼吸。

她稀奇極了，走過去問：「六姑娘幹嘛呢？」

節南閉著雙眼答道：「吸靈氣。」

碧雲睫毛扇扇。「呃？」

節南仍閉著眼，一手卻指夜空那輪細牙新月。「古話說，月圓氣滿狼哭鬼嚎，我打算從新月開始，吸到正月十五，化月光為箭，將那人萬箭穿心。」

碧雲更加一頭霧水。「六姑娘要將誰萬箭穿心？」

節南深呼深吸，連腳尖都踮了起來，恨不得雙臂化成翅膀奔向月。「妖孽。」

碧雲想笑不敢笑，忽見節南頸中掛著什麼，隨著節南呼吸，忽紅忽暗。

節南睜開眼，將掛件塞進領子裡，跳下石桌，精神奕奕，眸子燦燦，真像靈氣充沛的模樣，對碧雲嘻嘻一笑。「每夜吸靈一刻時，記得提醒我。」她要赴王泮林之約了。

碧雲只覺詭異，又不好說詭異，喏喏應是。

第二日一早，節南去主院見劉氏。

劉氏仍靠著被子半躺，由看門的孫婆子餵飯。

節南明知故問：「孫嬤嬤調進屋了？怎地不見錢嬤嬤？」

孫婆子氣哼：「讓老爺踹出毛病來了，至今下不得床。都以爲看門的活兒省力，卻不知專爲主人趕牛鬼蛇神的。那個小丫頭欠揍了，我再三交代不要亂開門，怎地會放妳進來？」

劉氏翻白眼死看著節南，心中卻納悶，這丫頭一日比一日好看起來。

節南笑得春風和暖。「孫嬤嬤別惱，我今日來，雖不是給大夫人請安，卻是爲了雪蘭表姊來的。」

劉氏推開孫婆子餵飯的手，枯爪般的手捉緊綢褥絲邊。「雪蘭如何是妳表姊？妳姑母只是一個妾，妾的子女都算不得主子，妳怎能與我的雪蘭稱表姊妹？」

節南暗想，眞是母女配。

「這樣啊——」節南轉身往外走。「等我今日見了崔玉眞姑娘，就說我姑母家的嫡——大小姐想給她作伴，看她願不願意吧。」

「慢著。」劉氏叫住節南。節南聽話，慢悠悠轉回身來，神情要笑不笑。

「妳會眞心幫忙？」劉氏面色狐疑。

要說讓趙雪蘭給崔玉眞當伴讀的這個主意，正是劉氏出的。

其實，本來打算得都挺好，劉大學士讓媒人到王家做媒，是想將趙雪蘭說與王九郎。聽說王家九公子出身有些微妙，王沙川正妻去得早，也沒有留下一兒半女，王九郎就是王沙川的獨子，劉大學士雖然打聽不到王九的生母，但徵詢劉氏時，劉氏只覺不論嫡庶，自家女兒都屬高攀，哪有不答應的道理。趙琦雖然不知道大女兒的半點事，劉氏卻一清二楚。後來媒婆做媒不成，退而求其次說爲妾，劉大學士也事先問過了劉氏的意思。那時坊間傳言紛紛，劉氏心急火燎的，想王氏兒郎皆不差，只要女兒中意，爲妾也不盡是委屈，所以連忙點頭。誰料到王家又推出王五，變成趙雪蘭和劉彩凝要嫁同一個丈夫。

想到這兒，劉氏的牙就恨恨咬進了肉裡。

在她看來，王家的做法並無不妥，反而是自家兄嫂讓她心寒。那個劉彩凝，除了一張天眞漂亮的臉蛋，還有什麼？這些年，要不是聰慧的雪蘭陪伴在劉彩凝身旁，劉彩凝根本掙不到那些好名聲。姊妹共侍一夫，彼此還能照應，而她只要女兒嫁得好，自當感激涕零。萬萬想不到，兄嫂全然不同她商量，直接拒絕媒婆，將雪蘭趕回趙府，顯然怕雪蘭與他們的掌上明珠爭寵。現下可好了，劉彩凝要當才子的新娘，雪蘭卻成了虛榮自輕的女子，外頭不知多少人當笑話說呢。

劉氏很懷疑，一開始媒婆幫雪蘭說親的傳言，就是她那個能幹的嫂子故意散播的，就像嫂子刻意爲劉彩凝打造名氣一樣。只不過輪到雪蘭的時候，嫂子絲毫沒有如對自己女兒那般小心謹愼，弄得如今像破罐子破摔，也不負責收拾，讓她要對桑浣那個女人低聲下氣，連帶還得看桑六娘的臉色。

節南看著劉氏變幻不定的神情，笑答：「大夫人，我說眞心，妳也不信，何必多此一問。我不過寄人籬下，姑母讓我想想辦法，我就想想罷了。」

劉氏沒法反駁，而且到了這份上，也實在死馬當做活馬醫，爲女兒讓她死都行。「妳有什麼辦法？」

「大夫人也清楚，外頭對雪蘭表姊的傳言有多不好，玉眞姑娘還問過我，爲何雪蘭表姊甘心爲妾。」節南不管劉氏的臉色剎那陰冷，繼續說道：「若照尋常途徑，我時不時說雪蘭表姊的好話，只怕多久都行不通，治標不治本啊。」

劉氏一口氣悶在胸口，咳問：「怎麼治本？」

「外頭傳的那些話，不外乎雪蘭表姊多麼虛榮，求嫁名門公子而不惜作踐自己，心思歹毒，欲搶表妹的未婚夫君，以至於和舅家鬧翻。我以爲，與其費力跟人解釋，好似欲蓋彌彰，不如不爭不論，做出一種果決的姿態，讓所有謠言不攻自破即好。」節南嘴角翹尖，垂眼，正好藏下眼中犀利。「請大夫人勸雪蘭表姊出家吧。」

「什麼?!」劉氏驚睜雙目。

節南沒工夫重複之前的話。「雪蘭表姊本有孝女之名，至今不曾出嫁，皆因服侍病母，哪知平地起風波，因表妹的大喜事，演變爲她也要嫁王家郎。眾口鑠金，雪蘭表姊知道多說無益，但她原本一直想出家，只因父母苦勸，如今大概機緣到了，所以決心剃髮出家。」

劉氏瞪著眼，一動不動。

孫婆子罵道：「趁火打劫的小刁婦，出的什麼餿主意，分明想毀了大小姐。」

節南撇撇嘴角，往外走去。「聽說王老夫人七十大壽將至，平時與之交好的幾家夫人相約，要到觀音庵去替老夫人求一本開光金字心經，大夫人自己看著辦吧。」

王老夫人是王家家主之妻，也是王家那溜串兒數字公子的祖母。

眼看節南將要踏出門檻，忽聽劉氏的聲音——

「約在哪日？」

節南沒回頭，眼角眯尖刁笑，告訴劉氏：「三月十二。」

等節南出去後，孫婆子就道：「夫人，您還真信她的話？我看，就是桑氏在背後出的壞主意，想騙咱大姑娘出家，就沒人跟她爭了。依我說，隨便外面怎麼說大小姐的不是，大不了不嫁人，這個家由大小姐掌著。老爺再疼桑氏，禮法也不容一個妾越過嫡女去，老爺要是不在了，桑氏還不得看大小姐的臉色過日子。」

劉氏一手數著佛珠，沉吟片刻才道：「那是下下策，不到萬不得已，我並不想雪蘭待在家裡當老姑娘，更不想她對著桑氏幾十年。禮法算什麼，都是面子上好看而已，看我端著正妻，誰又知我過的卻是下堂妻的日子。我希望雪蘭不要像我，想她能嫁得好，像桑氏那樣，有丈夫寵愛，有兒女膝下承歡。」

孫婆子神情有些哀苦。「夫人……」

劉氏眼中堅毅。「而且我也不會眞讓雪蘭出家，只不過若做得不像，如何堵住悠悠眾口。雖然我不願承認，桑六娘的法子或許是唯一可用的辦法。先爲雪蘭重新拿回孝名，再到崔相千金身邊伴讀，一年半載之後誰還記得毫無根據的傳言呢？」

三月十二，觀音庵。

崔玉眞在庵後作畫，節南一旁看畫，正各自專心，崔玉眞的大丫頭曉玲和碧雲一同跑來，上氣不接下氣地告訴她們，趙雪蘭要剃度出家。節南也沒裝著驚訝，只道一聲「終於」。

崔玉眞哪還有心思畫畫，拉著節南往前頭走，蹙眉但問：「妳早知道她有這心思？」

「大夫人外屋總設著庵堂，還供兩個姑子，雪蘭姑娘平日無事就隨著誦經禮佛，也常來觀音庵許願還願。」節南這話倒並非說謊。

觀音庵是最受都安女香客喜歡的地方，據聞姻緣和送子頗爲靈驗，趙雪蘭常同劉氏來捐香火錢，後來劉氏病倒，趙雪蘭頻來祈福。至於到底祈好姻緣還是祈母安康，就別細究了，畢竟是嫡親母女，同心協力。

崔玉眞聽完節南所說，點了點頭。「之前確實常聽我娘提起趙雪蘭極孝順，只是……」

節南接道：「只是出了求親這事，再無一句說她的好話。」

崔玉眞淡嘆：「人言可畏。原本媒婆說親不成也不是多了不得的事，兩家沒緣分罷了，唯獨她這椿鬧得亂哄哄的，也不知怎麼回事。」

節南挑挑眉。「沒準是向雪蘭姑娘求親不成反而生怨的小人，趁機壞她清譽。」

崔玉眞側頭望向節南，眸光清湛。「妳不稱呼她表姊嗎？」

「她是趙府嫡大千金，我卻只與姑母有親，叫表姊於禮不合。再說我才到都安，她又正好去了劉府，還比不過妳我之間的熟悉呢。」節南掂量過，如果將自己和趙雪蘭的關係說得太親近，今後就要一直圓謊，太累。

崔玉眞果然接受這種說法，沒再多問。

兩人到了佛堂，見眾位夫人圍站一圈長吁短嘆，庵主直念阿彌陀佛道姑娘何苦，趙雪蘭伏跪在地只道塵念已斷。

崔玉眞鬆口氣。「還好庵主不受。」節南嘴唇淡淡抿薄。

趙雪蘭哭道：「求庵主大師收了雪蘭。雪蘭一心爲母，自問不曾做過惡事，如今卻被世人誹謗，俗塵已無雪蘭容身之處了。」

崔相夫人戴氏讓兩名僕婦扶起趙雪蘭。「趙姑娘至孝，佛祖必定知曉。有了妳這份心，妳娘的病怎會不好？只是剃度這麼大的事，可不能由妳自己做主。」

趙雪蘭披頭散髮，摀臉嗚嗚直哭。

另一夫人勸道：「身體髮膚受之父母，趙姑娘決心剃髮，妳爹娘得多傷心，且既然是誹謗，就不是眞的，何須理會。」

節南正好奇那位聽起來睿智的夫人是誰，崔玉眞就告訴她了。

「那是林侍郎的夫人。」

暢春園相看的那個林家？節南想，好嘛，時隔一個月，終於相看成到正主了。

趙雪蘭哭聲當眞淒慘，頭眼不抬。「只要我剃了頭髮做了姑子，誰也不會再拿我的婚事說半句閒話，便是我死了，至少是乾淨死的。各位夫人別攔雪蘭，雪蘭已經想好。」

崔相夫人戴氏瞥見節南，連忙招手。「六娘快來，好歹勸勸妳表姊，讓她無論如何想開些，就算眞要出家，也等我請趙大人和趙夫人來了之後再說。」然後戴氏又對崔玉眞道：「眞娘，妳和六娘陪著趙姑娘，都是大好的歲數，今後日子好不好，不過下去又如何知曉。」

崔玉眞還不及答應，趙雪蘭突然自己站了起來。「多謝各位夫人好心，可否讓雪蘭獨自靜一靜？」

戴氏自然應允，讓人扶趙雪蘭下去，又趕緊派人通知趙府，但隨即也不多提趙雪蘭，轉而同夫人們說王老太太大壽的事。節南旁觀了一會兒，心覺戴氏也許存著疑慮，當下就對戴氏說她終究還是不放心，去看看趙雪蘭。

趙雪蘭正對著銅鏡敷粉，聽到門口的動靜，先嚇了一跳，回頭看清來者是誰，即刻冷下臉，接著對鏡理妝。「妳來幹什麼？」

節南笑彎了眼，瞧見繡架上一把剪子，走過去拿在手裡，又往趙雪蘭走去。「崔相夫人想知道妳好些了沒有，又怕妳不習慣生人，就讓我過來瞧妳。她以為我倆住在一個府裡，又是表親……」

趙雪蘭哼道：「別往自己臉上貼金。」

節南站在趙雪蘭身後，透過銅鏡看著她。「趙大小姐放心，我沒叫妳表姊的打算，不過妳方才哭得雖眞，還差那麼一點點火候。等那些夫人回過味兒來，要是覺得上了妳的當，可就不好了。」

趙雪蘭略怔。「妳還想我如何做？」

節南將趙雪蘭的頭髮捉成一把。「妳不用做任何事，我來幫妳。」

話音落，拿著剪子的手也動了。

趙雪蘭只覺節南把她頭髮往下拽，卻沒回過神來，嬌氣嗔道：「妳拽我頭髮做什麼？」

突然，梳妝檯上多了一大束頭髮，足足一尺多長。

趙雪蘭下意識伸手往腦後一擼，想把長髮掠到肩前，哪知擼空了。她呆住，瞪著梳妝檯那把光滑美麗的烏髮，開始倒抽冷氣，直到全身猛顫起來，才張開嘴——

「啊——啊——」節南卻驚喊幾聲：「妳這又是何苦哪——」

趙雪蘭陡然怒瞠雙目，喝道：「桑六娘！」

節南一手撐住梳妝檯，上身前傾，湊近趙雪蘭耳旁。「趙雪蘭，撲再多紅粉也遮不住妳假哭，眼睛裡連血絲兒都沒有，妳當那幾位夫人小孩子哄呢。別可笑好不好？妳想讓她們信妳真要出家，別說剪一截頭髮，最好自己先剃個光頭出來！」

趙雪蘭氣抖著嘴唇，抬手要打節南巴掌，哪知又打了空，只好捉起那些長如大網蛛絲的斷髮，一腔悲憤化爲淒厲哭腔，向離自己一丈開外的人喊：「這裡只有一截頭髮嗎？妳分明故意剪——」

房門頓開，崔相夫人和林夫人當前立，焦急望進來。

節南立刻跑過去，苦著臉道：「夫人們，趕緊幫我勸勸雪蘭姑娘吧，她說什麼都要斷了紅塵，一剪子下去——這教我如何同姑父和大夫人交代？」

崔相夫人拍著心口，哎呀驚呼，神色震動。「趙姑娘，妳怎麼就是想不開呢？」

林夫人急匆匆走到趙雪蘭面前，收起剪子，對著她手裡的斷髮，目光愈發憐惜。「這麼漂亮的長髮，妳如何下得了狠心？還有妳父母高堂尚在，妳又如何捨得留他們孤老？」

趙雪蘭這時眼睛通紅了，眼淚下來了，虛脫滑坐地上，嚎啕大哭。

節南知道趙雪蘭爲什麼哭，幾位夫人們也以爲自己知道趙雪蘭爲什麼哭，但無論如何，趙雪蘭是眞哭了，哭得鼻涕眼淚四條柱，難看之極。

趙琦趕來，神情本有些惱，然而看到長女頭髮短了一半，再聽崔相夫人和林夫人說經過，頓然也信以爲眞，差點迸出老淚，小心翼翼接女兒回府了。

5 二女奔月

傍晚，從崔府回到趙府，才進門，節南被等候已久的淺夏領到主院。

淺夏邊走邊說：「六姑娘可要小心了，大夫人很生氣，老爺臉色難看。夫人讓婢子轉告，要是老爺也默許，她勸都不頂用，許是禁閉幾日，許是打手心板子，您乖乖受了罰就好。」

節南好笑。

碧雲忍不下這口氣。「這是什麼道理？今日挑事的分明是大小姐，六姑娘陪著玉眞姑娘，正巧趕上大小姐鬧出家罷了。如今大小姐在眾位夫人面前出了醜，憑什麼罰六姑娘？」

淺夏瞥一眼碧雲，問節南：「六姑娘沒告訴碧雲？」

節南偏頭望著荷塘映夕霞，淡然反問：「我要告訴碧雲什麼？」

淺夏看看左右無他人，才道：「大小姐一回來，就把您剪她頭髮的事說給老爺和大夫人聽了，老爺立刻找了二夫人問是不是她允您這麼做的。」

碧雲聽得分明，嘴哦圓了。「欸？那頭髮不是大小姐自己剪的嗎？」

淺夏搖頭嘆碧雲眼直。「大小姐哪兒下得了手。」

節南接個正好。「她下不了手，我就幫她一把，省了她力氣，她該謝我才是。」

碧雲愣然，淺夏就嘆。「您覺著是幫，可老爺卻覺著過了。」

節南不多說，進了主院堂屋，瞧見劉氏難得和丈夫並坐一張榻，頭髮短至肩的趙雪蘭靠著劉氏抽泣，桑浣面色沉沉獨自坐下首。

她便走到桑浣身旁，安心站定，隨手做個淺福。「見過姑丈，見過大夫人，不知何事找我？」

劉氏罵道：「裝模作樣的死丫頭，目無尊長還明知故問，淺夏不曾與妳說嗎？」

節南就是要裝到底。「淺夏只說讓我過來一趟。」

劉氏瞪向桑浣。「桑氏，妳家的好侄女，我說一句她頂一句，橫豎當我不是她長輩，敢在我這兒撒潑耍壞。我看用不了多久，她能謀算我這條老命。」

有些人很奇怪，針眼大小的洞，能說成天上漏出一窟窿，誇張到滑稽。

桑浣面無表情，瞥看節南一眼，聽不出語氣，淡回劉氏：「姊姊，六娘不懂事，妳直接教她便是，我不會偏幫了誰，只偏道理。」

劉氏就等這句話，臉上病衰氣色換成凶狠。「在我這兒，做錯了事的丫頭，得跪著聽我說話。」

節南紋絲兒不動，直到所有人的目光都落在她身上，才突然悟覺。「我做錯什麼事了？大夫人先告訴我，要是眞錯，我肯定跪。」想起自己在鳳來縣衙讓人告的情景，而眼前劉氏，不如商師爺吹鬍子瞪眼，更少一塊驚堂木，難以讓她動動眉毛。

劉氏氣噎，知道讓人逮了語病，只好順著。「妳怎能剪我兒頭髮？」

節南眨眨眼，又眨眨眼，奇道：「這事不是已經跟大夫人通過氣了嗎？要想讓謠言不攻自破，長姑娘最好先出家，表現得盡孝盡善，根本不在意自己的終身大事。崔相夫人她們今日要到觀音庵請心經，這個消息難道不是我告訴大夫人的？」

趙琦怔了怔，直接看桑浣。「是這樣嗎？」

桑浣對著丈夫的神情就婉柔得多。「是，六娘想了這個辦法。今日到觀音庵的是都安最有地位的貴夫人，她們說一句，頂得上別人十句百句，若雪蘭能以出家的決心打動她們，今後誰還會編造她虛榮求嫁的閒話？」

趙琦捋捋鬍鬚，對劉氏說話的語氣就有些怨。「妳也不說清楚，害我以爲雪蘭眞有出家的心思，白緊張。」牆頭草開始搖擺。

劉氏馬上回應：「沒錯，我就是聽了桑六娘的話，昨日把雪蘭送進庵裡去的。可是，在眾夫人面前哭出家，又不是眞出家，大不了就帶髮修行，我都和雪蘭商量好了。可桑六娘硬生生剪了雪蘭一頭長髮，雪蘭還出得了門嗎？這要等頭髮長回來，少說得過一年。桑六娘分明故意害雪蘭，表面裝作幫忙，其實暗地使絆子。」

看桑浣垂著眼，趙琦也不說話了，表情略懊喪。劉氏怎能看不出丈夫的心又偏向桑浣那邊去，頓時一腔怒火衝向節南。「桑六娘，雪蘭算得上妳半個主人，妳這回剪她頭髮，下回敢要她的命，我不罰妳，這個家還有規矩嗎？看在妳姑母面上，我只打妳三十板子，給妳長長記性罷。」

孫婆子召兩僕婦要來拽節南。

節南任她們捉了胳膊肘，笑道：「大夫人稍等，讓我把話說完，再打我也不遲。」

趙雪蘭抬起桃粉紅的眼皮。「母親，聽她說！難道我讓她剪了頭髮，她還有理？」

「大小姐在庵堂乾巴巴哭一嗓子，我卻看著崔相夫人她們不怎麼動容，也不知是不是大小姐裝不像的緣故……」多少人要打她板子，誰得逞過？除非她自願挨打。

「誰說她們不動容，個個苦勸我。」趙雪蘭自以爲是。

「妳一走，崔相夫人她們就聊心經了，妳說她們動不動容？」節南不望趙雪蘭和劉氏，對趙琦道：「姑丈，我不過見機行事，讓眾夫人相信雪蘭姑娘眞心出家，而且也容我多說一句，應該盡快選個黃道吉日，爲雪蘭姑娘求法號換姑袍，如此短髮修行，才能徹底打破閒言碎語，否則聽之任之，一輩子要背負惡名。」

關於大女兒的謠言已經嚴重影響他的仕途，趙琦立刻清醒，心裡反覆思量，就愈覺女兒斷髮雖痛在一時，確實愈能令人相信女兒清白。他自己就在看到女兒頭髮短了一大截時嚇了一跳，毫不懷疑女兒出家的決心。

「家裡的事，一向由浣娘管著。」手心手背都是肉，趙琦決定甩手。「浣娘，妳說呢？」

桑浣這才抬起眼。「姊姊這麼生氣，我倒是能明白。要是雨蘭的頭髮隨隨便便讓人剪了，我也會同姊姊一般惱怒。」

劉氏冷笑：「還好妳也是當娘的，能明白就最好……」

桑浣卻打斷劉氏。「只是還請姊姊冷靜下來再想一想，今日所做一切，最終是爲了什麼。」

劉氏沉吟道：「爲了讓雪蘭給崔玉眞伴讀……」

「正是。」桑浣又打斷。「主意是六娘出的，頭髮是六娘剪的，既然已經照她說的做，乾脆擇吉日請觀音庵庵主，讓雪蘭帶髮修行的消息傳遍整個都安，如果事情最後還是沒能成，到時候把六娘打死打殘，都隨姊姊的意。」

「娘，我不要！」什麼帶髮修行，什麼請法號，趙雪蘭想都沒想到自己需要做到那種地步。

劉氏緊緊蹙眉，心知到這時，如果狠心做乾脆了，也許還能絕地逢生。她沒有猶豫多久。「桑氏，記住妳自己的話，若雪蘭翻不了身，我就要妳侄女陪她當一輩子的姑子。」

桑浣挑起杏眼看節南。「六娘聽到沒有？」

「聽見了。」節南淡答，看劉氏臉上狠色，心中無半點懼意，惡人自需惡人磨，桑浣答應把她的命送給劉氏，也要看她到時候肯不肯聽話去死。

桑浣與節南走出主院，將碧雲、淺夏她們遣開幾丈，對節南道：「做得不錯，看趙雪蘭披頭散髮紮不了一束，我心裡怪解氣的。」

節南不驕不躁，剪人頭髮的霸狠一面全然收斂。「我只照姑母吩咐做事而已。」

「明日和我一道挑姑袍去。」桑浣興致勃勃，那種整人的小心思讓節南一覽無遺，但嘆自己不愛這點心理滿足。「這幾日我不打算出門，連崔玉眞那裡都會推掉，只說要給趙雪蘭作伴。」

桑浣眼亮。「我知道妳的打算了，崔玉眞如果要找妳伴讀，就只能捎帶一個趙雪蘭。不過，若崔玉眞不怎麼在乎誰給她伴讀，捨了妳另外找人，妳當如何？」

節南聳聳肩。「那我就只能讓大夫人打死了。」

桑浣哼一聲。「那我就只能看妳讓劉氏打死了。」

過了兩日，趙雪蘭成爲觀音庵的記名弟子，請了法號出玉，換上尼姑袍，每月住觀音庵十日，正式帶髮修行。這事立刻傳遍大街小巷，雖有人說趙雪蘭名聲汙了才躲進尼姑庵，但更多人相信她是本心行孝，卻被世俗惡言毀謗，因此看破了紅塵。無論如何，新輿論以洶湧的潮勢，迅速淹沒了舊輿論。

三月十四和十五，除了趙琦、桑浣、趙雨蘭、趙摯，連久未出府的劉氏都被抬到觀音庵陪女兒，全府僕人跟去十之八九，青杏居的碧雲和橙夕、橙晚也臨時抽調了過去。

十五月圓，青杏銀花燦燦爛。

柒小柒從外頭回來，看到節南站在院中石桌上，面朝月亮吐納，容顏清美絕倫，一身杏裙盛滿光華，差點亮花她的眼。

柒小柒擦擦眼，雙臂一張，圓不隆冬的身子就往石桌上跳，笑道：「我原來以爲妳無聊瞎鬧，想不到吸了半個月要成仙啦。不行，不行，我也要吸靈氣，哪能讓妳一個人奔月去！」

就在柒小柒要撞開她的刹那，節南單足一點，空中翻騰一周，輕巧落立杏枝。

銀花搖曳，裙搖曳，人比花豔。

「臭小山，多作怪！」柒小柒噘噘嘴，不管石桌讓自己搖得亂顫，對準月亮猛吸一口。

節南不甘示弱笑回去。「臭小柒，妳的臉比月亮還圓還亮，哪裡用得著吸月亮。再說，我可不要奔月，廣寒宮聽著就冷，像我等惡人，要在人間才能欺負人不是？」

柒小柒聽了就樂。

「是，是，妳把趙雪蘭都給欺負出家了，劉氏還得歡歡喜喜送她到庵裡當姑子。」

一朵杏花旋落，尚未碰到地面，就讓一隻漂亮的手托了起來——節南的手。

她如杏花一般旋起，身在半空，將手中的杏花往柒小柒鬢邊一插，隨即落地，笑聲如清鈴。「小柒，妳膚白頰粉，杏花最襯妳。」

「那是，那是。」柒小柒跳下桌子，石桌轟隆倒地。

姊妹倆詫異看過去，同時大笑。

笑完了，節南坦白。「今夜我要去見王家九公子。」

柒小柒也坦白。「今夜我要去王家膳房找好吃的。」

節南想起來。「哦，王老夫人七十大壽就在今晚，不過妳爲了吃的，不顧師妹我的死活，好嗎？」好久沒和小柒一起行動，今晚本要帶上她。

柒小柒笑嘻嘻道：「王九公子對妳另眼相看，還請妳賞花，難道能吃了妳不成？吃了不也挺好？我又不跟妳搶，妳放心吃，保證不傷姊妹感情。」

節南頑皮眨眼。「王九難啃，而且要是不跟妳搶，吃起來也沒滋味。」

柒小柒奇了。「既然難啃，妳何必搭理他？」

節南瞇眼，手指點著柒小柒。「還不是妳，把我爹的東西交給他，我要想拿回來，今晚就得見他一面。」

「九公子當眞沒燒？」柒小柒驚道，隨後好笑拍手。「這個好！這個好！終於有個比妳心眼還多的人！他要是會下棋，沒準能是妳的對手。」

節南挑眉一笑。「柒小柒，別長他人志氣滅自己的威風，妳該很知道我。」

柒小柒抱臂怕怕的樣子，揮趕著節南。「臭小山報復心強嘛。快走，快走，妳跟厲害的對手掐架去，離我遠點兒。」節南無聲笑，好不歡樂，一轉身，飛過牆頭去了。

這時，崔家的馬車也快到王家在都安新置的宅邸，崔玉眞同她母親戴氏坐一起，正說趙雪蘭半出家的事。

「桑六娘說最近不方便出門，她姑母想她多陪伴趙大姑娘，以免趙大姑娘一開始不習慣佛門清寂。」

戴氏點點頭。「這也是常理。年紀輕輕的姑娘家，以爲青燈古佛好伴，卻不知多寂寞，只希望趙姑娘能早日想明白，脫了姑袍但做尋常人罷。不過，如此說來，我要另找其他姑娘伴妳讀書了嗎？」

崔玉眞搖首。「母親莫費心，我還是喜歡桑六娘作伴。以前沒有比較也還罷了，她性子爽朗，伴我讀書就當眞伴，不似其他人一心二用，借著讀書的名找郎君，實在讓我不勝其煩。」

戴氏但沉吟，半晌後說道：「要不然就請桑六娘和趙大姑娘一起，妳們三個一同出入，我也更放心些。」

崔玉眞略思，顯然猶豫。

兒是娘親身上肉，戴氏對女兒心思變動當然敏感，問道：「怎麼？」

「我總覺得趙大姑娘……」崔玉眞沒說下去。

聽車夫說快到了，戴氏笑著爲女兒理理髮飾。「覺得她有念想。」

「正是，她與桑六娘大不同，眼神裡渴望不少東西，哪怕她斷髮求佛，卻似無奈更多。」所以，崔玉眞對趙雪蘭無感。

戴氏卻沉聲說：「傻孩子，像桑六娘的女子罕見，像趙雪蘭的女子常見，我倒覺得後者好掌握得多。如果出家不過是趙雪蘭洗清名聲的手段，那她要的就很明顯——一門好親事。這對妳母親我而言，不過是順手湊一雙，簡單得很。再說了，哪有十全十美的事，得一失一，皆看妳在意得還是失。」

崔玉貞看母親下車，眸珠微閃，也下車去。車外站著崔衍知，扶了母親，又來扶妹妹。

「妹妹今晚怎麼沒找妳好友一道來湊興子？」

崔衍知今夜未穿官服，一身銀鱗華衣，繡青桑綠枝繞祥雲，烏髮束環，戴東海大珠簪，將他本就極好的相貌映襯得無比貴傲。王家門口客人紛至，無一人賽得過他當空皓月、皎盛又華麗的氣魄。

崔玉貞望著如此出色的兄長，心念一動，話語難得活潑一回。「找了，她不肯來，莫非因為我提及五哥也會來，她仍氣五哥，故而不來了？」

崔衍知一怔。「上回職責所在，她應不會那般小氣……」

崔玉貞以袖掩笑。「不逗五哥了，桑六娘因家中有事才不方便出門。」

崔衍知笑得有些尷尬。「桑節南伴妳讀書才幾日，妳就跟她學壞了，竟然還會逗哥哥開心。」

崔玉貞忽然斂起神色。「五哥直呼桑六娘閨名，這……」

崔玉貞剛想問怎麼回事，戴氏卻喚她過去，只好匆匆一句。「改日再問五哥。」

崔衍知如釋重負。想不到隨口問問六妹而已，卻一下子讓六妹對自己和桑節南的關係好奇起來，要是不想個好藉口，只怕崔玉貞會追問不休，萬一再引得母親關心，那就不得了了。

「衍知兄，請。」王楚風從門裡出來迎他。

兩人站一處，樣貌相當，氣質不遑多讓，立刻平分秋色。

崔衍知隨王楚風走進府中，只見明火堂堂照，庭院疊疊進，賓客絡繹不絕，僕人穿梭不歇，到處掛彩點壽，喜氣洋洋。

走了不多遠，忽有管事模樣的人跑到王楚風面前，附耳說話。

王楚風一臉歉意對崔衍知道：「衍知兄，膳房出了點事，偏祖母壽宴由我全權負責，不得不去瞧個究竟，只好請你先去宴樓，到那兒自有小廝帶位。」

「你只管去。」崔衍知做個請勢。

王楚風去了，留一名小童爲崔衍知掌燈。

崔衍知徐步，穿過一格一格特色各異的園林，等到明亮的宴客樓在望時，一群雜耍藝人從他身旁嘻哈過去。他起先沒在意，走了兩步卻忽地停住，拿過小童手裡的燈，高照前方。

燈光投過去，與宴樓的亮金夾起一面黑夜，刹那，一對兔耳清晰描顯在幕板上。

崔衍知詫喊：「給我站住！」

崔衍知並沒有指名道姓讓誰站，然而他聲音威冷，大有不照做就要倒楣的懾力，那些雜耍人身分低微，又最懂俯首貼命，幾乎全都站住了。

除了想蒙混過關、不知卑微之分的某人，聽到崔衍知喊站住，反而跳了起來，兔子耳朵滑溜出去，迅雷不及掩耳之勢，鑽進側旁一道園門。

崔衍知怎能任之開溜，邁步就追，且邊追邊咬牙，萬萬想不到又看到兔兒賊了！

節南卻是邊跑邊暗罵某人無良，請她賞花，也不給張請帖，約在他家祖母大壽之時，她還不能讓崔玉真、蘿江郡主這些熟人瞧見，只好戴上兔面具借雜耍班子混進府。千算萬算，自己漏算一個崔衍知。那文官兒在她手裡一次次吃虧，估計想殺她的心都有。

「兔兒賊，往哪裡跑！」

節南聽著崔衍知的聲音近在咫尺，不由叫苦連連。這人今晚可不是瘸腿受傷的狀態，自己卻人生地不熟，滿眼都是差不多的假山花徑，又不好上房揭瓦跳屋頂跑。她要是把王泮林祖母的壽宴攪和了，豈不是讓王泮林往她頭上多記一筆帳？

節南跑著跑著，驚見正前方一堵高牆，急忙左右打量。

也不知道是什麼園林風格，一邊蠻藤纏野樹，勒得可憐的樹花小葉也小；一邊芭蕉長得比人高，芭蕉葉的間隙裡冒出一根根尖針似的可怕植物。除了她來時那段小路，兩眼讓這些亂糟糟的樹啊葉啊擋得一抹黑，風在頭頂嘩嘩吹，抬眼卻看不見天上胖月亮。

節南正想上牆，忽聽身後腳步聲，不禁長嘆一口氣，回頭認命看去。

風息止，葉停擺，月光穿梭而下，織一幅星河迢迢，輕柔套上那襲青衫。眼若墨玉，月輝濯顏，加以竹環束髮，頓顯一身清骨。好看的雙唇，冷清清將生寒魄，卻讓要笑不笑的彎抿掩去，刁極，刻薄，轉而蒙塵，化了惡質。

這人不是崔衍知！

崔衍知無論如何不是這人！

「王……」節南的葉兒眼睜圓，雙手不由握拳，卻倒退了一步。

王泮林的笑意更深，月光從眸瞳沉入無底幽暗，一步步朝節南走近，然後似散漫無心，伸出食指，點住兔面具可笑的三瓣嘴。

節南知道這是讓她噤聲的意思，心卻狂跳。

剛才那瞬間——

剛才看到王泮林的那瞬間——

她又以爲——

節南明知這人不是那人，心卻要跳出嗓子眼，不由吐出兩個字——

「……希孟。」

食指輕勾面具下沿，將那張賊兮兮的兔兒臉挑上去。王泮林垂眼定望節南，笑入雙眸卻驟冷，以拒人千里的蒼涼之氣，彷彿嘲笑她的膚淺錯看。

奇的是，崔衍知的腳步聲一直就在附近，有時分明已到芭蕉叢外，卻怎麼都繞不到兩人面前來。幽野的園子，狹迷的花路，就此隔斷了人間。

月光縷縷，星塵浮。只有他和她，存在著。

而他，瘦回去了，眞是讓她不爽！

6 萬德新東

當四周只剩小蟲振翅之聲，王泮林退開，眸淺促狹，神情復刁，雙臂微張掌心攤。他青衫輕飄，語氣更是輕飄。「小山姑娘若想投懷送抱，我當一回王希孟又何妨。」

節南讓這話頓時澆了個透心涼，眼中再無一絲幻覺，拿下兔面具，失笑。「呸，你想得倒美。」

王泮林背手轉過身，笑道：「如此看來，小山姑娘對王希孟並無眞情意，否則怎能立刻清醒？」

「本來就與情意無關，不過敬仰希孟公子才學……」節南跟著王泮林走出這座幽園，發覺出路與來路大相徑庭，回望著咦了一聲。「……這園子有奇門八卦……」

「老五愛惜一草一木，任其長瘋了，人在裡面容易迷路而已。」王泮林的解釋又是涼水一盆。

節南已懂得安之若素，四兩撥千斤，激發好奇心。「要娶安平第一美女劉彩凝的王五公子的園子？」她好像沒看見能住人的屋子啊！

節南瞥完園子一回頭，見王泮林揚眉看著自己。「怎麼？」

王泮林嘴角微翹，擠扁了眼神。「只覺小山姑娘眞的很在意他人的外貌，明明問是不是王五的園子就好，卻非要加上安平第一美女。」

節南睨眼扁回去。「容我提醒九公子，要不是因爲我在意，你可能已經死在大王嶺了。」

王泮林笑不止。「是，那時生平第一回感激自己長了一張不錯的臉。」

哼！節南冷言：「小心，本姑娘的口味變得也快，上回合眼下回厭。你到底找我來做什麼？」

王泮林不語，繼續走了起來。

節南隨他走了很久，愈走愈偏，愈走愈暗，到後來連一盞廊燈都沒了，只有月光勉強照出她的影子。最後，王泮林推開一道門，節南跟進去，看到裡面就兩間屋子，一大半地兒是池塘，假山堆疊，嶙峋奇異，其中幾塊石頭占住短短的屋廊，都快碰到門板了。她想到王五的園子，再看這裡古怪的格局，暗道這家才子太多了，只能標新立異比別致。

「你哪日沒睡醒就開門，可能會一頭撞上假山，結果別人還當你想不開，自盡了。」她天生惡劣。

王泮林再推開正屋門，走進去，又轉過身來請節南，一點沒有生氣的模樣。「我一般不從這門走，今後妳要小心才是。」

節南右眼皮跳了跳，但見王泮林直直走進對面的門裡去了，趕緊跟上，甚至來不及問這屋怎麼一件家具也沒有。

一過門檻，晚風吹起節南萬千青絲，雙袖颯颯起舞，眼前乍現明月春湖遠青山。

以爲是裡屋，卻到了屋外。沿著紅廊香欄，一邊有一座小樓，臨湖靜立，盞盞琉璃燈照得通明，可見書閣廣廳。另一邊造水亭花園，亭下傍著一隻挺大的舫船和幾艘快舟。

節南望呆，心頭只有一個感慨——

奢侈啊！

要說她桑家，號稱土霸王，當然超級有錢，而且她爹、她哥、她姊，都特愛顯擺富裕，家裡窮奢極侈，好多充門面的貴重物什。

同樣的富貴人家，這座府邸無金無銀，一眼卻是無價。

「九公子回來啦。」

節南怔怔循聲找去，見一名年約十二三、紮雙髻的小書童從樓裡跑出來。

王泮林對節南道：「妳隨書童換身衣服去，我先到船上等。」

節南搖一下混沌的腦瓜，還算反應快，問道：「爲什麼要換衣服？爲什麼要上船？」

王泮林打量著節南的衣裙，不答只道：「今夜小山姑娘雖然漂亮，與我們要去的地方並不相宜。」

節南讓王泮林誇了漂亮，情緒毫無波動。「怎麼覺得九公子又要差遣我做倒楣事了呢？」

王泮林對書童做個手勢，那孩子就輕快地跑回了樓裡。

他這才笑道：「我知道小山姑娘身分的祕密，手裡還有小山姑娘的東西，小山姑娘沒想過要如何說服我幫妳保密，並把東西拿回去嗎？」

節南抬眼看看天上月亮，心道她再怎麼吸靈氣，也及不上王泮林的地理位置優越。天上月，水中月，隨便吸吸就撐足十萬支箭，自己那一萬支如何比得過？

「你不都已經不惜食言而肥，打定主意不還我東西了嗎？」她冷斂雙眼，心裡有股氣。「在九公子看來，我很好欺負？」

「怎麼會呢？在我看來，小山姑娘很有本事，不用可惜了而已。」然而，王泮林的眼裡又何嘗有溫度？「我食言而肥那時，雖然客氣一說，哪知我與小山姑娘眞能再續前緣呢。」

節南哈哈笑兩聲。「九公子哪裡是名門公子，簡直無賴才對。」隨即目光轉犀利。「我就算很有本事，卻不想給你用！」

說罷，她就要走。

「那也容易，把我的東西還來。」王泮林一伸手。

節南腦子靈啊，眼珠子轉一圈。「什麼東西？」

王泮林嘴角噙起，溜過一抹不易察覺的狡猾神色。「我的玉玦。」

節南恍然大悟狀。「你不說我差點忘了，那時你僞造成翔知府的投誠信，讓孟大將軍識破，我爲了逃過軍棍，只好把玉玦交給孟大將軍。孟大將軍說要還給你的，你沒收到？」

「孟大將軍還回來的，是我十二弟的玉玦。」王泮林不裝，說的是實話。

「那就奇了，我只給孟大將軍一塊玉。」王楚風的玉玦請出了王沙川，王泮林的玉玦能不能請出王家家主？以目前形勢定論，她絕不會交還給眼前這個狡猾傢伙，防他出爾反爾，再反過來拿捏自己。「一定是九公子當時給錯了吧，把十二公子的玉玦當作你自己的。也許，還是你有意的，不想把你的玉玦交給陌生人。」

王泮林沉默片刻，瞥眼望向水面。「既然如此，小山姑娘是否該爲我做事？」

節南立即反問：「一件抵一件？」

王泮林的目光落回節南臉上，微微頷首。「可也。」

節南走到王泮林身前，抬起手掌。「請九公子擊掌爲誓。」

王泮林也抬掌，剛要碰到節南的手掌——

一柄青劍蹭住王泮林舉起的那隻手腕，翅紋隱隱閃映月色。

「九公子這回說話如果又是不上心的，我勸你可要想想好，若敢違誓，我就砍了你這隻好看的手。」

節南拋一俏皮眼兒，目光卻若蜻螭劍光，鋒利得很。

「九公子不是見過嗎？我殺人的時候。」

刀鋒一般的語氣刮過耳旁，王泮林卻笑著轉過手掌，修長的手指輕彈蜻螭。「原來小山姑娘的劍是軟劍。」魅墨的眸子微轉，瞥過節南腰間束帶。

「好看的臉，好看的手，小山姑娘眞的很喜歡我這身皮囊哪。」這般朗笑，令他俊顏濯濯，像夏日清溪。

節南別開眼，乾笑道：「我說話喜歡客氣。」

王泮林抿起嘴，弧度刁魅，突然在節南手掌擊一下，就往小樓那邊喊一聲書童，那個小童又蹬著腳跑了過來。

節南收劍極快。

「書童，帶這位姑娘梳頭換衣。」王泮林對小童道。

節南瞇眼，卻不料王泮林就此摘去她腰側掛著的兔面具。

「這張面具煞氣太重，今後不要戴了。」他笑得雲淡風輕，語氣卻分明霸道。

節南要搶，但書童拉著她的袖子就走，力氣居然不小，她連嘟囔都來不及。

王泮林看兩人走進小樓，反身上了水亭，拿出一把雕刀，一刀一刀將節南那張兔面具削成了木條，最後一股腦兒拋進水裡。削完了，拋乾淨了，就見節南走了出來。

與小童一樣的侍衣，與小童一樣的雙髻，只是高一些，窈窕一些，容貌明亮細緻，實在不像童子。

王泮林等節南走近，搖頭好笑。「小山姑娘穿夥計的衣物時就十分不似男兒，如今穿著侍童的衣物，也實在不似劍童，不過，勉為其難充個數罷。」

節南莫名其妙被書童擺弄半天，聽王泮林這麼說，很是愕然。「劍童？」

「書童劍童，一文一武，多有面子。」王泮林手裡捉了一物，走到節南跟前，在她的臉上端比。

節南手一揮，搶了那物翻看。

一隻粉白的兔兒面具，紅眼睛，黑鼻頭，三瓣翹嘴，粉裡絨白的長耳朵，也太——

招喜愛了吧?!

節南皺眉。「你要我改戴這張兔子臉，是打算哄誰家娃娃開心？」

書童解開一艘快舟的纜繩，利索躍上，捉起搖櫓。

王泮林也踏上小舟，身形隨船微晃，面若金玉，但語氣森森。「與妳原本那張兔面具的用途別無二致，只是殺人所戴的面具就一定要嚇人嗎？讓人死得愉快些，不是更好？」

節南略怔，然後撇笑，足尖一蹬，身輕如燕落進舟中。「好，很好，今夜我就做一回你的劍童，你讓我殺誰，我就殺誰。」

說這話時，她滿心以爲這位世家公子打算報仇怨去。

快舟出了靜灣，在縹緲的湖面行進約莫一個時辰，就碰上一條頭尖肚闊的雙桅大船。船身漆得烏黑光亮，連桅杆都是黑的，飄著一面大黑旗。

船上有人問下：「誰啊？」

書童答上：「萬德東家。」

節南聽得分明，愣道：「誰是萬德東家？」

書童見節南不動，又來拽她的袖子，表情狐疑。「傻愣什麼？就妳這樣，等會兒眞能保護咱公子嗎？」

王泮林笑完，抓住大船的繩梯，俐落攀上。

月明風低，照顯那口發出銀光的白牙。

「我是。」

節南甩開書童的手，對方雖是半大不小的孩子，她可沒耐心與善心帶娃。

「我又不是來保護你的，萬一不對勁，你記得保住自己的小命得了，別指望我。」她只與王泮林約誓而已。

同時，一個說殺人，一個說保護，這船看著又不是善類，弄得她心裡也警覺起來了，想著莫非是走私販子或江河匪類？

書童努努嘴，一副大官家裡調教出來的小傲嬌。「誰還指望妳？」

節南戴上粉兔面具，自顧上船，氣氛卻完全不似她所想的那樣劍拔弩張。

王泮林同一個船老大模樣的人說了兩句話，就篤悠悠靠著船舷看夜景。周遭十來名船夫忙碌駛船，沒一個上來尋打架的。

「這船帶我們去哪兒？」節南忍不住，上前問王泮林。

王泮林答得簡潔：「上島。」

節南眼珠子往頭頂滿月翻了翻。「我們去幹什麼？」

王泮林瞥她，看傻子的那種蔑笑。「妳是劍童，劍童只需拿劍、拔劍、收劍。」

節南握住拳咧開嘴，咬得牙齒咯咯響。「好吧，那你怎麼會當了萬德樓的東家？你爹可是當朝的中書令，你不能經商。」

「萬德樓是我姑母的營生，我又無功名在身，長輩們看我很閒，就把樓子交給我。東家只是說給外人聽的，我不過幫著打理。小山姑娘一人知道便罷，毋須說與他人聽，即便樓裡夥計，見過我的也沒幾個。」還算好，王泮林至少答仔細了。節南也問完了，往地上一坐，靠著船舷閉目養神。

不久，她聽到浪聲變急，知道從湖入了江，暗道這晚走得眞夠遠。

至於王泮林管著萬德樓這樣的消息，詫異歸詫異，卻沒太多好奇。官家商家，本就是千絲萬縷，扯也扯不斷，蓮和藕的關係。

突然，船身一震，船大在喊：「到了，下船。」

節南爬起來，先往船的兩邊望去，只見一邊江霧滾滾望不到岸，一邊島居山巒月下秀麗。再往船下看，呵，上百名的壯漢站成兩排，威風赫赫，一手反握鋼刀，一手高舉火把。不遠處，一座堪比城牆、根本就是山寨的防禦工事，將那片寧靜的島居圍在其內。

她剛想問這是哪兒的江匪，膽大包天，敢在天子直轄的地界立匪寨，卻聽一人大笑——

「萬德樓換了東家，除舊立新，我等雖然還來不及拜識，自問雲茶島挺守規矩，怎會勞新東家親自跑一趟？」

那人身材魁梧，鍾馗大鬍子，眼如銅鈴，一身短布衣，紮腳褲，黑皮靴，威武彪揚。

「雲茶島？」節南怔道。

她在神弓門當廢物的時候，偷讀了文庫裡不少有意思的書冊，才開始做交引買賣。茶引中，雲茶島雖然自產一種頂級茶葉，但雲茶島本身代表的是一路茶區，擁有雲茶島在內，不止雲茶島一處的上萬頃茶田，幾乎囊括都安、安陽和安平三城所有茶農，是江南茶行之首。

「我知道妳在想什麼。」王泮林經過節南身旁，突然拋給她一樣東西。

節南慌忙接住，咬牙氣道：「你不要動不動就扔東西給我！而且我在想什麼，我自己都不清楚，你怎能知道？」低眼一看手中物，卻是一柄帶鞘長劍。

鞘又裂又舊，柄上紋路幾乎磨盡，劍身超長。

唐劍。

「茶引。」王泮林拋完東西，拋兩字，人就下舢板了。

節南也懶得看鞘裡劍鋒，捉劍而行，自言自語道：「站著說話不腰疼？南路茶引萬貫起價，哪裡是我能弄到手的。」

這裡不比鳳來成翔，大手筆的奸商處處都是，她的小聰明小本錢根本做不了茶引。不過，做不了，看看學學也不錯。

她和書童跟下船去，看那名魁梧漢子對王泮林抱拳，稱其九東家。

她就覺好笑，對身旁傲嬌的小書童道：「你家公子不叫你名字，直接喚作書童，這大漢也不喜歡在稱呼上費心。」

小書童睨節南，扭眉毛。「怎麼不費心了？我名字就叫書童啊。」

節南眞想打自己嘴巴，瞪著前方那道頎長身影，暗罵細竹骨頭，臉上卻訕笑。

「你家九公子真有學問。」

書童眉毛扭得更厲害了。「誰說我的名字是九公子取的？我是五公子的侍童，暫調九公子差使。」

節南一聽，又是王五，心裡不由得好奇。「五公子就你一個書童？」

「四個。」書童答得爽快。

「都叫書童？」節南這是耍寶了。

書童奇怪看著節南。「當然不是……」

「你倆在後面嘀咕什麼，還不來見見雲茶島連大當家？他甚少出島，能見到他，算得你倆這輩子的福緣。」王泮林向後看過來。

書童又拽節南的袖子跑上前，鞠個大禮。「連大當家。」

連大當家瞧著節南的兔面具，笑哈哈一指。「九東家，這隻小兔子是湊今晚滿月的興兒嗎？我還沒見過畫得這麼漂亮的兔臉蛋呢！」

節南斜一眼王泮林，心道，看吧，劍童也好，護衛也好，戴這麼一張絨粉絨粉的兔子臉，一點都沒氣勢。王泮林卻如此回應：「我這個劍童頑皮，平時喜歡戴各種面具作弄人，偏生她的劍削利，我也只得隨她了。」

連大當家看似熱情的笑眼之下，悄悄閃過一抹冷光。「哈哈，所以才說有本事的人脾氣大，我這兒也是一樣。當大爺伺候的，都是一頂一的好手。」

王泮林笑得無聲。「連大當家別這麼說，我家劍童方才來時就問起是不是讓江盜劫了，再看你迎我的這陣仗，不像茶場，卻像盜窩。」

連大當家扯嘴一樂。「九東家不也看著挺斯文，還以爲是書生，誰知是給大商跑腿的。」

節南眼睛燦亮，嘖嘖，開始原形畢露啦。

王泮林神色不變，從袖中掏出一封官樣文書。「朝廷將發今年春秋茶的交引，雲茶島估報的南路產量卻比去年少五成，萬德樓雖說只是眾多交引鋪子中的一間，但凡榷貨，皆關係重大，故而冒昧遞帖。」

連大當家雙目炯神，心中分明。「我看九東家不是為了朝廷來的，而是為了萬德樓某位大商客來的，所以不必說得冠冕堂皇。」

「那是自然，我又不是榷務官，今夜只來看茶場等採茶。不過，連大當家看過官府文書，就該知道榷務司命我順道監察，明日還要向榷務官回稟。」王泮林淡道。

節南自己做過交引買賣，突然就明白王泮林今晚幹什麼來了。

南頌茶葉和香藥、明礬、鹽類貨物一樣，不准私下買賣，由朝廷統一頒發交引，購買交引後，才能到產地換取貨物。

雲茶島向朝廷估報產量，決定了朝廷茶引的定價和折扣，進而主導這一年茶引交易，影響十分重大。好比南茶產量低了一半，交引定價就高，再從朝廷指定的大商手裡買交引，又要高一輪，最終放到真正開茶舖子的商人手中，高漲不知幾輪了。

當然，王泮林只是為大商而來。

別以為人愈有錢，就愈願意花錢。往往最摳門的，就是這些頂級商人，追求最低價入、最高價出。然而，雲茶島只賺取薄利，由朝廷直接統價購買，絕對不能私賣。

打個比方，一兩茶葉官方給價一兩銀子，最後來取貨的茶商卻花至五十兩才兌取一兩茶葉，但對雲茶島而言，拿到的就那麼一兩銀子。現在，王泮林，或者王泮林為之跑腿的大商戶，不願朝廷定高價，又顯然懷疑雲茶島少報了產量，因此過來查實。

作為官方指定的交引鋪子，自身沒有監察權力，但和官府絲絲入扣，代官府跑腿也是常態。

江上風大，島岸濕重，節南聽王泮林和連大當家似乎聊得挺自在，卻聞到了常人難以知會的硝煙味。連大當家不想招待王泮林，王泮林卻想看茶場，完全處於無形的僵持之中。

連大當家雙手叉腰。「九東家，姓紀的給了你多少好處？」

節南立刻想到曾打壓了大王嶺香藥引價格的紀老爺，雖然在對方好心提醒下，她及時拋引小賺了一筆，卻比自己預想的少賺了一大筆，絕對是個厲害人物。

「紀老爺給萬德樓多少好處，那都是照著規矩收的。倒是連大當家，故意刁難我，我遞了幾回帖子約見，你偏偏選了我祖母大壽之時，以為我會不來？」王泮林笑了一聲。「連大當家不必拒我於門外，今晚你不讓我進茶場，明日榷務官就親自過來了。一旦查實連大當家謊報，罪名事小，信用事大。」

連大當家眼睛瞪了瞪，下一瞬又打起笑臉。「九東家，不是我不讓你進去，上島容易進島難，我們雲茶島多產貢茶，為防江賊水匪，請了不少武藝高強的好漢守門，不受歡迎的來客要憑自己本事過門關。」

王泮林突然伸手，拽著節南的袖子，到自己身側。「正是知道雲茶島的規矩，我才帶了劍童。」

節南低眼看看自己的衣袖，總感覺今晚上被拽來拽去，整整長了一截。

節南對著那兩排舉火把的漢子努下巴，漫不經心問道：「就這些人？」

一看就不是她的對手。

連大當家卻搖頭，轉身往像山寨一樣的大門走去。他一跨進那道釘著銅釦的大鐵門，門兩旁就跑出七名紅衣勁裝男子，皆提九尺長鐵棍，一擺架勢，棍子就震出風聲。

「九東家只要有本事進得了我雲茶島大門，不必你查，我自會告訴你實情。」

連大當家說這話時，似乎根本沒把王泮林放在眼裡，卻並非輕視對手。他只是早提前打聽過王泮林的身分來歷，知道王泮林是王氏九子，而王氏才子倒是不少，但沒聽說有人武藝超凡。王泮林今晚就帶兩人，一個十二三歲的小書童，再深藏不露也受年紀的限制，另一隻粉兔兒雖然完全不像少年身段，被稱為劍童，可怎麼看也不像能使出好劍來的樣子。

「連大當家果眞痛快人。」王泮林垂眸，彎起嘴角。

節南哼笑。「拉拉雜雜說半天，還不是要打進去，哪裡痛快了？」

她一說完，腰上的舊劍已經到了手中，人也飛出。

飛到一半，拔劍——

呃？拔不動?!

節南立刻回頭。「這是什麼破劍？」

但聽棍風，眼梢隨即瞇冷，抬手將長劍往身後一插一掰，立刻擋開突襲而來的兩根長棍，同時身體靈巧橫捲，讓另兩式打腳的棍子落了空，遂借長劍點地再騰上半空，雙腳劈一字，踢開兩棍，左手揮劍，把最後一棍子打壓下去。

一敵七，都輕巧。

書童看得呆了眼。「她原來眞會使劍？」

王泮林也瞇冷著眼，沉默觀望節南與那七人交戰。他找她來，自是知道她劍術精絕，雖師承無名，一把蜻螭卻不無名。對手狠，她就更狠，所以他才臨時給她換了一把拔不出來的劍。

今夜，他無意看人沒命。

不過兩刻工夫，七人都丟了長棍，其中六個倒地不起。再看節南，那身侍童衣雖髒兮兮的，粉兔面具卻安然掛在臉上，仍是可愛伶俐的俏模樣，雙手撐著長劍把，立姿悠然。

只有為首的紅衣客單膝跪著，唇角鮮血一行，面色驚懼，暗罵什麼邪門功夫，連劍招都看不清，只覺讓那支劍鞘砸得眼冒金星。「你……你小子報個名兒，我們是長白幫弟子，青山常在，綠水常流，一定會再來找你較量。」

節南抬手衝王泮林一指，笑若清鈴。「我是他的劍童，聽他吩咐行事，我管你長白短白，你們應該找他雪恥才對。」

紅衣客狠狠看著王泮林。「小子，我記住你了，你等著，自有我幫高手會你！」

王泮林不以爲然地挑挑眉。

紅衣客回身，對還沒回過神來的連大當家抱拳道：「連島主，我們幾個給您丟了臉，也沒什麼好說的，就是技不如人，但我們絕不白拿你銀子，待回去稟報幫主，長白幫自會再派他人接替。告辭了！」

不待連大當家說話，紅衣客扶起腳邊一個同門，道聲走。這幾人立刻滾爬起來，相互扶持，跌撞走進門去。

「你們別走啊——」連大當家正要追。

王泮林高聲道：「連大當家，別忘了你還有客人要招待。」

連大當家猛回頭，嘴裡嘟囔了一句什麼，長吐一口氣，側身往門旁讓了讓。「好，我說話算話，九東家請吧。」說好這話，眼珠子朝節南身上凸瞪一記。「也怪我沒打探仔細，不知九東家手下還有這麼了不得的劍童。」

「好說。」王泮林走過節南身旁時，居然還對她一眨眼。

節南差點又翻白眼，心想打贏的是自己，他王泮林得意什麼鬼？

書童也過來了，剛想伸手拽節南袖子，卻不料袖子突然縮了上去。

「有話可以用嘴說。」眞當她泥人啊！誰都想來捏一把！

書童暗道不愧是能耍劍的人，動作好不靈敏。「我是想讓妳別傻愣，跟緊公子。」

「我還是離他遠著些得好，免得失手——」一刀鞘劈了王泮林。

誰知，雖然進了島，連大當家仍不請王泮林到有屋頂的地方坐，一杯茶都捨不得，直接帶著走過那片寧靜的島居，來到一大片梯田下面。

節南不懂茶樹，只覺滿月夜色中冒出來的新綠嫩尖很靈躍。

「就少報了一成。」連大當家小心摘下一顆茶尖，放在掌心讓王泮林看。「是我前兩年改良的品種，今年似有收成，但還不確定茶味，所以才沒敢多報。」

王泮林拿著看了聞了。「香氣倒甚過往年。」

「聞香還要泡得出香，又不知清明雨季會不會早到，也不確定春雨對改良品種的影響有多大。」連大當家說得一本正經，節南聽得無感，但看王泮林點頭，又若有所思的表情，還以爲這位是懂茶的行家。

王泮林拈著那顆茶尖半晌。「茶葉和莊稼一樣，要看老天爺的臉色，收成本來就不好估，也怪不得大家總要少報兩三成，哪怕司天監說風調雨順……」

連大當家眼中露出喜亮。「就是說——」

沒等他一個「啊」字蹦出來，王泮林就走上梯田，蹲身拔出豎在梗邊的一塊小木牌子，對著月光看完，又給它插回地裡，然後又上一階梯，拔另一塊木牌子再看。

每棵茶樹下都插這麼一塊小木牌，寫著南一一，南一二，諸如此類。

節南雖然完全搞不懂這位公子想幹嘛，但察覺連大當家的眼神變了。

「九東家，我帶你去東坡貢茶場瞧瞧。」乾笑著，連大當家要去拉王泮林的胳膊肘。

「劍童。」王泮林道。

幾乎同時，節南手裡那柄舊劍便壓住了連大當家的手背。

王泮林蹲在那兒，雙手擱膝蓋，側著臉向上瞧看連大當家，微笑。「你家茶樹怎麼不跟你的姓？」

連大當家目光閃又閃，聲音發乾，喉頭滾動。「九東家說笑，我連家六代住在島上，島上每一根野草都姓連——啊——除了已讓官家徵收了的。」

王泮林但掏了一會兒袖子，從裡面拿出一卷紙來，遞給節南。「劍童，給連大當家念念。」

節南好奇，被喊劍童也聽話，鋪開紙卷念道：「南一一至南一二十，安陽王大福購三年……」

她多機靈的一個人，淘氣「喲」了一聲——

「原來第一排茶樹有二十株姓王。」

有些人為了品嘗最好的茶，直接跟茶農包下茶樹，無論出產多寡優劣，心甘情願花大錢。只是這幾年禁茶私販，像雲茶島這樣的地方，朝廷管得更加嚴密，包樹等同走私。

連大當家一眼珠子大一眼珠子小，看著拍土站起來的王泮林，又驚又惱。「你如何得知？」

王泮林將紙卷重新放回袖中。「安陽，安平，都安，三城中愛茶的富人能有多少，數都數得過來，且重賞之下必有勇夫。連大當家，你豈止小看了我的劍童？」

連大當家一掌抹過滿臉的鬍子，神情頹然。「不，我自認沒小看九東家，只是聰明不及你罷了。」

節南在一旁聽著，竟同意連大當家的說法。

王泮林走下梯田，月光在他眼中閃動。「連大當家該知，私自賣茶也好，私自讓人包茶樹也好，罪可不輕，尤其這雲茶島上的茶樹，就等於是幫宮中養著的。」

連大當家長吐一口氣，有點豁出去的剛毅眼神。「說是這麼說，可榷務司從我這兒收茶哪一回不壓到底？我雲茶島擁有萬頃茶田，朝廷只給賤價，還要交地賦雜稅，分到茶農手裡所剩無幾，一年辛苦只換得二三十貫錢。要是不另想辦法掙錢，讓茶農們如何撐得下去？」

節南聽出連大當家語氣誠摯，不像找藉口，暗道這位是個好地主。

「其實辛苦沒什麼，最辛苦的是辛苦之後還餓肚子，還要賣兒賣女，日子不能好過起來。」連大當家攏緊眉頭。「行了，我說什麼都沒用，九東家有備而來，我抵賴不了。不過，一人做事一人當，沒有我發話，誰敢私下把茶樹包給別人？九東家明日見到榷務官時，千萬不要牽連無辜。」

「連大當家說沒小看我，這不是又小看了我？誰說我要告訴権務官？」王泮林眸裡月光轉而幽暗，讓人看不出心思。

這下，連節南都詫異了。

「我已知你把茶樹包給別人，也握有證據，今晚卻爲何還到你這兒來？」王泮林反問，反問，再反問。

「這……」連大當家懵著。

節南聽到自己的聲音。「想私了。」

王泮林朗笑開來。

他容顏俊好，笑起來明眸皓齒，眞是一點奸氣也無，偏偏說的就是奸話。「連大當家能給好處，権務官那裡卻要倒貼好處。」

節南看得有些眼花，還上火，煩這人瞎炫臉蛋。

連大當家卻不敢把心放回肚子裡，兩眼狐疑。「怎麼個私了法？」

「由紀老爺爲雲茶島擔保，三司那裡絕不多看雲茶島一眼，只要連大當家將雲茶島賣三分之一給紀老爺，許他一個二當家的位置，就行了。」

節南吶道：「好處居然是別人得？」

王泮林聽得分明，可也不理會。

連大當家眉頭紋絲不展。「姓紀的富可敵國，我這個小島還不夠他塞牙縫。九東家不妨打開天窗說亮話，他究竟圖什麼？」

王泮林面上露出一絲興味。「也許紀老爺錢多得沒地方使，也許紀老爺喜歡連大當家這樣豪爽的鄰居，也許……」

別看連大當家長得豪邁，心裡一副算盤卻打得不慢。「九東家別也許了，我不和傳話的人浪費口舌，讓紀老爺來跟我談吧。可我也先說好，雲茶島是我家傳祖地，他敢打鬼主意，我就敢吃官司去。」

王泮林並未得理不饒人。「連大當家要是早收紀老爺的帖子，我也不用特意來討連大當家的嫌棄。」

連大當家眼神鄙睨。「姓紀的名聲不好，我本不想和他打交道，如今讓九東家捏了短處，勉爲其難見一見吧。」

王泮林做個淺揖。「那就最好。」

連大當家送王泮林上船，順便提到王家才子多，問道：「九東家若今年得以高中，誰會接管萬德樓呢？」

節南兔子耳朵豎起來。

王泮林涼聲回道：「王某志大才疏，沒有走仕途的打算，此時既在家裡，就聽從長輩吩咐，幫忙擔起一些子弟責任罷了。」

連大當家說得大大咧咧：「也好，當官不爲民，當也白當。單是禁茶私販這一樣，引起民間多少怨聲，那些朝堂上發號施令的高官們卻根本不聽這些抱怨。」

王泮林無言淡笑，拱手告辭。

節南跟隨其後。

船離島岸，她忽聽他說了一句話——

「包茶樹一事並不難辦，要讓官府承認其合法，只須找推官。」

節南好奇。「找推官有什麼用？」

「推官監管農桑，每年可以評鑑一定畝數的土地是否適合種植作物，只要他說不適合，那塊土地就減產，甚至不算產量。不屬茶田而出茶，爲野茶，自然不在官府徵禁之中。」

節南聽著新鮮。「爲何連大當家不找推官?」

王泮林側過眼來,似乎斟酌怎麼回答這個問題,片刻才道:「因爲推官們不知道兼管的農桑地也包括茶田,而茶商茶莊也想不到這一途徑。」

「一提推官,只會往刑案上頭去想,誰能想得到推官挽褲腳、下田評地的模樣?」節南自覺長見識了。

書童乖聽半天。「九公子爲何不告訴連大當家呢?」

王泮林和節南同時呵笑出聲。

書童眼珠子轉左轉右,沒懂,摸摸腦袋。「哪裡好笑?」

王泮林嘴角刁翹,目光疏冷。「我爲何要多管閒事?」

節南面具後的雙眼淡淡瞥過王泮林,語氣微嘲。「又沒好處可拿。」

「劍童深知我心。」王泮林伸手要彈兔兒臉。

節南抬起手中長劍,想用劍柄隔開那隻不規矩的手。「還是我該說,已經拿了一家好處,就不好拿另一家的了?」

王泮林卻反手握住劍鞘,稍稍一用力,就拿回了長劍。「有借有還,再借不難。」

節南嗤笑。「什麼破劍,拔都拔不出來,趕緊拿走。」

她也沒問他借,是他硬塞給她的。

7 王家姑母

王泮林將長劍隨意扔在腳邊。「長白雖為江南第一大幫，那七人更是專練劍陣，據聞曾為雲茶島擋過數十名江盜，不過碰上一等一的高手也只有挨打的份，實在不必妳出殺劍。」

原來怕蜻螭殺人。

節南沉眼。「讓人死得愉快些，又說不必出殺劍，什麼話都讓你說了。要我說，今夜根本不需要劍童，九公子也能讓那些守門的不戰而退。」

王泮林不看節南，但眺望江浪將月光扯成絲條，縷縷流動不歇，嘴角往上微彎。「怎麼會呢？若沒有妳拿下第一局，就輪不到我下第二局。我與妳，自最初起，一直配合得極好。」

奇怪，明明這些好話應該是中聽的，節南卻覺冷颼颼。

大船換乘小舟，小舟搖回湖灣。

無論從岸上看，還是從湖上望，小樓廊橋水亭都美若畫中仙景，可惜主人不入仙流。

「九公子怎麼才回來？」小舟尚未靠岸，就有一艘小船划過來，一位身著碧蘿百葉裙、容貌秀麗的姑娘，在船頭優雅福禮，身後一名搖船丫頭、一名掌燈丫頭。

王泮林微攏眉心，似不認識說話的人。

那姑娘就道：「婢子音落，是伺候老夫人的大丫頭。」

音落禮畢抬頭，目光落在節南的兔兒面具上，一抹好奇逝過。

王泮林淡然頷首。「何事？」

「眾公子都到了，獨缺九公子，眼看壽席將過，老夫人就讓婢子來請九公子過去，與各家夫人問個好，今後遇上就不至於失禮。」

節南心念一轉。「九公子快去，我先上岸……」身爲劍童，跳來躥去很正常，她打算施展輕功跑路。哪知，跳不起來，讓某人拽住了袖子。

王泮林要笑不笑。「劍童，跟你家公子我去見見各家夫人，免得今後遇見卻不認得，讓我跟著妳失禮。」

節南張著嘴，當著這麼些人的面，不好罵一個字。書童見風使舵，搖櫓調頭，很快就停在一處岸邊。節南不情不願上岸，隨王泮林走入湖畔花廳。

她知道男客在宴樓，女客在花廳，這時瞧見花廳裡立著不少年輕公子，不由咕嚕一句：「趁著問安，順便挑一挑入眼的，眞是相看的好時機。」

王泮林聽了，故意慢下腳步，調侃節南。「妳卻算了。」

節南本來就沒那種想法，但她對王泮林的逆反心很強，立刻嘴強。「別人挑得，我爲何挑不得？」

「妳眼光太刁，這裡沒人能中妳的意。」王泮林剛說完，就見前方一雙灼火明目，直盯著自己。他卻撇笑，側過頭去，似無心，其實有數。「妳怎麼得罪崔大人了？」

節南也看見了對面那位，沒在意王泮林冷嘲瞧好的語調，往他身後蹭進一點，壓低了聲：「恰恰相反，我爲他鞍前馬後……」尙有心思說笑。

「所以，不是他當妳大王嶺山賊，妳卸了他的弩，然後又在鳳來遇上，拖了他的後腿，以至於看到兔子面具就怒火中燒，懷疑兔子都是從一窩蹦出來的？」王泮林也低聲。

「你如何知道？」節南愕然，不知當初王泮林派出吉平到鳳來支援。

大王嶺上山賊來訛詐的時候，看起來混亂，但戴著兔面具的節南，是不可能逃過像吉平這等好手的雙眼。吉平瞧見了一回，在鳳來又瞧見了一回，因此告知王泮林。他再一推算，全盤皆清。

「九哥去哪兒了？我讓人請你，南山樓卻空無一人。」

王楚風與崔衍知並排，一看就是這哥倆交情好。

南山樓？

面具下，節南挑眉斜目。

是她想多了吧？她的名字和王九住的樓名這麼像，肯定只是巧合。

王泮林氣定神閒，偏眼看戲臺上演得熱鬧。「出去辦點事，還好趕上了壓軸戲。」

「……希孟……」崔衍知喃喃道：「眞像……」

節南一怔，原來崔衍知的目光那麼吃驚，不是因爲看到她這張兔子臉，而是也將王泮林當作了王希孟。

王泮林笑容散漫，眼中無惱，卻一言不發。那冷淡的神情，大概被錯認太多，已懶得解釋什麼。

王楚風注重待客之道，爲自家冷淡的九堂兄澄清：「衍知兄，這就是我九哥王泮林，當時在大王嶺走散，還請你幫忙找過。」

崔衍知的雙目立刻恢復湛明。「抱歉。」

王楚風又道：「九哥與七哥乍看相像，但多瞧幾眼，說上幾句話，就知是截然不同的兩個人。畢竟，這世上不會有第二個七哥了。」

節南忍不住撲哧笑出。

王泮林瞥去一眼。「你笑什麼？」

節南刻意變腔變調，語氣頑皮。「九公子讓十二公子失望了。」

王楚風那對溫和的俊眸陡然畫過一抹削冷。

王泮林看在眼裡，挑眉鋒，笑得頗具興味。「何妨？別說我讓他失望，他對自己都是失望的。畢竟，這世上不會有第二個王希孟了。」

王楚風垂了垂眼，再抬，目光溫煦，輕輕掃過戴著絨兔面具的節南。「九哥說得是。」

在王家兩兄弟互相「謙虛」的時候，崔衍知終於看起了節南，從上到下打量仔細，正盤算怎麼開口問話，忽見又一人頂著兔子面具走過來。只不過那張兔面是灰的，耷拉三瓣嘴，畫得活靈活現，與眼前這張白兔子面具，顯然皆出自一人手筆。

「劍童。」灰兔上來拽白兔袖子。

白兔拎一拎肩衣。「書童，別再拽我袖子。」

崔衍知不由失笑，既然是王九的書童劍童，應該不是他以為的兔兒賊，難道如今流行兔面，先前也弄錯了人？還有，這個王九郎笑裡藏針，雖與王希孟長得很像，卻正如王楚風所說，多瞧多聽一會兒，就知是截然不同的兩人。

王希孟，是真正的君子，絕不可能陰陽怪氣地說話。

「九郎來了嗎？」

花廳兩面打開，一面對著湖，一面對著園子裡臨時搭起的戲臺，一位坐主桌的老婦人，身穿鶴松繡圖的寬褂大袖袍，回頭朝王楚風、崔衍知這邊張望，身旁站著那名叫作音落的大丫頭。

王泮林借前方兩人擋住自己，回頭瞥一眼書童。「你先回南山樓。」

書童很乖，來得快，走得更快。

節南還以為王泮林真要帶她這張兔子臉去見老祖母，卻聽王泮林又說了一句話——

「崔表兄來接母親和妹妹們？」

這話，別人聽來沒什麼，卻一下子點醒了崔衍知。

他家六妹與王希孟有過婚約，而且那妹妹死心眼，未婚夫死了多年，仍不肯另行擇嫁，借著帝族和家族對她的愛護偏寵，與別家姑娘焦心待嫁大相徑庭，悠哉讀書學畫，大有獨自孤老的決意。這般高潔無垢的美德固然令人讚嘆，包括崔衍知在內，崔家人卻都希望崔玉真忘卻前緣。然而，王泮林和王希孟五官如此肖似，難保崔玉真一看見王泮林就勾起傷心事，不知道要痛苦多久。

「十二郎，見到你九哥了嗎？」老夫人又在問。

崔衍知攢緊眉頭，忽然沉聲懇請王泮林：「九郎，我這就帶玉真離開，請你暫且迴避。」

王楚風也明白過來。「九哥，祖母那兒有我先擔著，你或許不知，玉真姑娘是——」

王泮林沒待王楚風說完，淡笑打斷。「誰人不知玉真姑娘是王氏七郎的未婚妻。好，我先去拜望姑母，稍後再來同祖母祝壽。」

王泮林往側門走了出去。節南跟去，眼角餘光卻拐見王楚風的玉冠後面插了一朵粉杏。她頓時眼珠子微睜，一點兒不覺得那會是王楚風別出心裁，而是被人「栽贓風流」。

那人，大有可能會是柒小柒。

她想得出神，未留心一步之外的人停了下來，悶頭撞上他的背。

「啊——」她低呼，搓頭揉額，埋怨道：「看起來弱不經風，身板卻是石板。」

王泮林轉身笑道：「我瘦得一身骨頭，發呆的人撞來自然疼。」

節南不好說自己看他十二弟弟頭上插了朵花才發呆，顧左右而言他。「真狡猾，明明不想給你祖母請安，所以才提醒崔大人，連楚風公子都無意中當了你的盾牌。」

「能者多勞，」王泮林繼續走起來。「再說祖母看到妳，說不準會好奇讓妳摘了面具，妳想和熟人打招呼嗎？」

節南哈一聲，跟上。「我說我先走，你卻不讓，說什麼要認認各家夫人的臉。」

「這家規矩裡可沒有僕人自說自話撇下主人這一條，妳那麼走了，事後自有管事找妳，找不到妳，就會拿書童替罰。雖罰得不重，對書童來說，卻也是沒面子的事，再加上老五回來又要叨叨……」王泮林一副說來頭疼的樣子。「這麼避開，才是正理。」

「九公子機關算盡，自成翔府起，一直讓我深感佩服，只是連這麼一樁小事都計算著做，把楚風公子和崔大人都算到了，累不累？」節南嘲笑，絲毫沒自覺，這也是柒小柒常對她說的話。

王泮林的表情全不在意，反嘲。「小山姑娘不必以己度人。我不過順水推舟，見招拆招，有些急智罷了。我又非算命先生，怎能算得到給我當盾的是楚風、崔徵，還是別人？不似小山姑娘，拿了我一塊玉玦，居然又偷楚風的玉玦，真是算無遺漏，令某拍案叫絕。」

節南啞然，咬牙，冷笑，跟著王泮林一轉——

密綠的青藤花牆消失了，眼前一座孤獨的亭閣，三面下竹簾，石桌上一盞油燈，將一碟小菜一壺酒照得冷清。一位徐娘半老的夫人自斟自飲，兩個半大不小的丫頭靜立數丈開外。

「姑母。」王泮林走上去，微微一鞠，拿過那位夫人手中酒壺。「大好日子，姑母躲起來黯然神傷，讓我們這些晚輩如何自得？」

節南看婦人面容清瘦，雖說不美，卻有一種特別的英氣。她記得王氏這支家主只得一嫡女，早就嫁出去了，這會兒回娘家給老夫人賀壽？可又為何感覺這婦人住這兒很久了？

婦人任侄兒效勞，瞧瞧節南的粉兔臉，好笑道：「泮林，你做的兔面具？」

王泮林坐下，酒杯碰碰他姑母的，抿一口，神情故作無奈。「您看我多閒多無聊，才做了這些小東西。」

節南禁不住摸摸面具，想不到竟是王泮林做的。

婦人似乎看得穿王泮林。「我把嫁妝都拿出來讓你打發日子玩了，還想怎的？」

節南暗道，原來這位才是萬德樓正經東家。

「萬德樓沒意思，我要姑母名下一座山。」王泮林單手撐下巴，微笑啜酒。「為此，我特意幫姑姑跑了一趟雲茶島，連大當家已同意與姑姑談合作之事。要是談成，姑姑就可以搬到雲茶島居住……」

節南愈聽愈驚愕，愈看愈沒頭緒，卻脫口而出：「您是紀老爺？」

汗！

婦人蹙蛾眉，眼中就有那日萬德樓上的精光。「泮林，你吩咐摘面具，還是我來？」

王泮林語氣淡漫。「小山姑娘，摘了吧，都是彼此認識、又能保守祕密的人。」

節南拿下面具，雙眸明湛，神情朗然，大大方方作禮。「小山見過紀夫人。」

殺了她都想不到，出手闊綽、名震商界的紀老爺不但是萬德的眞正東家，居然易容，女扮男裝，還是王家嫡女？太讓她震驚了！

婦人顯然記得也很清楚，面色漸漸平常。「原來是妳。說泮林是泡湯饅頭，光明正大以女兒身做交引買賣的桑姑娘。」

節南道是。

婦人坦道：「我與夫君已分開三年，只在行商之時才借用夫姓，在這裡妳不必以紀夫人稱我，可叫我芷夫人。」

又是一令人吃驚的消息。

芷夫人隨即帶著一種審視的目光，盯瞧王泮林半晌。「桑姑娘怎麼穿著小童的衣裝跟你在家裡走動？」

王泮林笑了笑。「雲茶島用長白七煞陣設了棘手的門障，小山姑娘會劍，我請她助陣，又省得他人多問，就讓她扮作了劍童。」

芷夫人看向節南的眼鋒又銳利起來。「怪不得桑姑娘敢上萬德商樓，打破這麼多年的頑劣規矩，原來不但有不一般的膽識，還仗一身好武藝。」銳光之後笑入眼。「確實比我強多了。我自從接手萬德樓，只看帳本不管事，連樓裡都無人識得我女兒身，但我不是沒廢過女子不能入商樓的規矩，後來卻嫁去江陵，鞭長莫及，雖然也是我缺乏決心的緣故……」

「小山姑娘正巧趕上好時候而已。」王泮林卻不任長輩妄自菲薄。月光梳白髮，白髮瀑流年，年年似朝朝。

芷夫人端了一杯酒來，親自遞給節南。「好時候，也得是像桑姑娘這般果斷的女子才趕得上。那日萬德二樓見到桑姑娘，就已覺得自己老了。」

節南見芷夫人的髮色幾乎灰褪大半，但容貌半點不顯老。

芷夫人是王老夫人的么女，怎麼算也不會超過四十歲，這麼多灰白髮，熱鬧的日子裡獨處孤亭，倒似心力疲憊。不過，萬德二樓上談笑風生的紀老爺，卻是看不出疲憊的。

崔氏隨著崔相一人之下、萬人之上而大放光芒，王氏卻像傳給子孫的玉玦一樣，不會璀璨，卻始終沉潤。也許因爲和琅玡王氏來自同一老祖宗，琅玡王氏雖然早衰落得不成氣候，安陽王氏卻接手了祖上榮光，子孫身上仍具一種士族傲氣。

芷夫人也如此。因此，節南心生敬重，雙手接酒，即刻滿飲。

芷夫人笑笑，回到桌前，對王泮林再笑，卻精明得很。「我沒聽錯吧？你這孩子剛才說要我一座山？」

王泮林笑著：「姑母一直想住雲茶島，如今連大當家終於鬆了口，算不算我的功勞？」

節南一旁望著王泮林的笑，發覺同他常擺的傲慢、涼冷、刻薄的笑容都不同，目光很溫和，神情很輕鬆，心思很純粹，像所有依賴長輩的小輩。

她瞥開眼去，看天上圓月，悄然吐氣。人在家裡才可以做眞實的自己，而她曾經那麼討厭回家，但當那個家毀於火海，她才明白世上再沒有地方會無條件包容自己的一切。雖然不清楚王泮林不肯回家的理由，至少此時此刻，他對他姑母展示的這份眞性情，足以讓她羨慕。

「前幾日三司找我們說茶引的事，你肯定拿這個當藉口，讓連城不得不見你，算我的功勞才對。」芷夫人女扮男裝行商，當然不是那麼容易被哄騙的。

王泮林卻定心。「我以榷務司和紀老爺的名義說事，但讓連大當家鬆口的，是因我發現了雲茶島私自包出茶樹的事實。」

芷夫人顯然不知私包茶樹之事，先是一驚，隨後手掌擊桌面。「蠢！即便三司對茶區搜刮得厲害，也不該鋌而走險私出茶樹。雲茶島更養著貢茶，一旦傳出去，掉腦袋都可能。他姓連的不怕，他茶場千戶茶農都不怕死嗎？什麼腦子，這是?!」

「所以，姑母只要拿捏著這事，連大當家蹦躂不了；至於那些已經包出的茶樹，我也有法子解決，姑母只管安心搬到島上去。」王泮林說到這兒，推一碟桃酥糕給芷夫人。「姑母，我要冷煙山。」

芷夫人似乎料錯了，聽到冷煙山三個字，推回那碟桃酥糕，同時推去一碟荷香餅，問道：「居然不要銀礦鐵礦，卻要一座無出產的荒山？」

王泮林一手扣住桃酥糕，一手推回荷香餅。「姑母給不給？」

芷夫人吃一口荷香餅，沒動桃酥糕。「等我搬出去才給。」

節南心嘆，聽聽，這是啥對話？她賺個幾千貫就累成狗，那兩位則把山當成碟中點心，要來推去。唉，她突然很想念喜歡炫富的老爹，並爲自己曾鄙視自家俗富而痛心疾首。年少無知眞笨蛋，錢就是錢嘛，分什麼俗和不俗！

王泮林拿起一塊桃酥糕，走到節南面前，往她手裡一塞，道聲吃。

節南捏著糕，瞪著眼，就是不動。

王泮林回頭對芷夫人道：「姑母，我近來不易消食，讓小山姑娘代我吃，算作妳我約定，可否？」

芷夫人笑點了頭。「可以是可以，只不過我瞧桑姑娘不願意代你吃呢。」

王泮林轉過眼來，墨玉眸裡笑深深。「麻煩——劍童。」

節南吃了，雖身不由己，卻還幫自己找理由，心想又不是毒藥。

芷夫人聽得清楚。「我身邊要是有這樣一位本領高強的姑娘，從此也不必女扮男裝，看誰能小瞧了我是女子。」

王泮林就道：「我的劍童不就是姑母的劍童？有用得著她的地方，姑母只管開口。」

節南看王泮林的目光立刻凶狠，但對芷夫人淡淡一笑。「多謝芷夫人看重，只是我如今寄住在親戚家中，外出並不方便。」

「是了，姑母雖不知小山姑娘的身分，可能已經聽說過她的事。」王泮林的語氣讓節南感覺落井下石。「她是軍器少監趙大人和側夫人的侄女，不久前因救了崔府六姑娘而成為伴讀。」

芷夫人再度詫異。「玉眞姑娘從門樓上掉下來那麼大的事，我怎能沒聽說？原來就是桑姑娘捨命救人？了不起啊！再加上身手好……」

節南呵道：「芷夫人，我姑丈姑母不知我會使劍，不然就更當我鄉下野丫頭了，更何況我這一招半式的功夫難登大雅之堂。」冷冷掃王泮林一眼。

王泮林總算斂起刁心。「姑母，寄人籬下不易，伴讀亦低人一等，小山姑娘的祕密如同姑母的祕密，都不可與外人道。」

芷夫人有數了。「放心，我要是喜歡跟各家女眷來往，這會兒就一起擠著聽戲了。小山姑娘，我不會同任何人說起妳會使劍的事。」她竟跟著王泮林喊小山了。

節南莫名相信這位夫人，連忙謝過。

「只是泮林說得不錯，伴讀低人一等，我瞧妳聰明伶俐，不如跟在我身邊，我教妳賺嫁妝，那才實惠呢。」芷夫人很中意節南。

節南想不到芷夫人當眞希望自己跟著。王泮林卻反手幫節南婉拒。「姑母，小山姑娘初來乍到，我們即便欣賞她，也只能等適當機會，不然她姑母，還有崔相夫人那邊，都說不過去。」

節南接過去。「只要芷夫人需要，又在小山能力之內，一定相幫。」

「就如同當了我的劍童這般。」王泮林道。

「正是。」節南順口說完，心裡說不上來哪兒不對勁。

芷夫人看看王泮林，又看看節南，忽然失笑。「好啊，小山姑娘，妳既然當了泮林的劍童，今後我便不客氣地向他借用妳了。」

姑侄二人，一唱一和，就把節南變成眞劍童了！

夜湖似海，濤聲靜，節南雙手提著一盞琉璃大燈，跨過門檻，走上曲廊，小樓立入眼簾。身後，腳步輕和。從芷夫人那兒出來，王泮林沒再去花廳，只道回南山樓。

節南嘆口氣。

她可以直接走的，但芷夫人讓丫頭給她這盞燈時，她接了。

既然接了，就送佛送到西，送人送到底，而且她還有話要問這人。

「小山姑娘的右手爲何使不上力？」一路無語，才進南山樓，王泮林就打破了自己的沉默。「看妳殺人輕鬆提燈累。」

「右手廢了。」這人知道她會劍，知道神弓門，知道赤朱，節南不覺得有必要隱瞞這種明擺的事。

「勝者爲王，敗者爲寇，神弓門數年前一場血洗更替，看來小山姑娘站錯了邊。」所以，又是赤朱，又是廢手。

雖然他看不出這位姑娘半點悲慘，哪怕在鳳來時讓老百姓欺告，容貌毒成青鬼，卻只瞧得見她一人挖飯桶吃飯的悠遊自在。他也沒見過還有那樣半吊子報仇的，卻讓人感覺痛快淋漓。心中有仇有恨，又不能報，就應該像他才對，活得不快活，死也不甘心，行屍走肉混過日子。從成翔到安陽，再從安陽到都城，家裡仍防著他逃跑，卻不知他讓某人一腳踢上船的剎那，猶如醍醐灌頂，終於找到回家的理由。

節南將大燈往地上一放，離南山樓只有幾步路，這位手不能提、肩不能挑的貴公子總不會掉進湖裡去。「正好，我也想問九公子，你從何得知的神弓門？」

「我在北燎都城待過一段時日，寄住在一位當官的朋友家中，聽他酒後說起。」王泮林垂著眼，看那盞琉璃轉心燈上的美人圖。

節南冷笑。「哪位朋友？」

王泮林眸中閃金，淡道：「小山姑娘不必凶神惡煞，北燎哪個官酒後失言並不要緊，神弓門如今已是大今密司，而且，小山姑娘既然心生叛意，敢於阻礙同伴執行任務，還怕神弓門公諸於世？」

節南十指蜷緊，感覺手心微汗。「九公子，你不覺得自己知道太多了嗎？」

「小山姑娘心裡後悔沒在大王嶺上滅了我的口？」王泮林一笑即斂，神情莫測。「怎麼辦呢？我這人不會特意爲誰守密，除非——」

節南笑瞇了眼。「除非什麼？」

「除非那人對我有用。」湖上微風吹來，拂動王泮林的雙袖。不似其他男子，他腰間不戴一件小物什，連裝銅板的荷包也無。節南挑眉，敢情她還拿了他唯一的飾物。

她拿王泮林說過的話砸過去。「你說伴讀姑娘低人一等，並不適合我，難道劍童就高人一等，適合我了？」

王泮林目光漠遠。「小山姑娘與我相識這麼久，早知我有些話不上心，又何必自欺欺人？非要我坦率直言，看中的是妳一手好劍，只想用妳幫我辦事不成？」

「終於……」節南笑出聲來。「我和你相識沒那麼久，分不清你哪些話不上心，只好當作都不上心。不知九公子有什麼事要辦？俗話說殺雞焉用牛刀，千萬別小瞧我的劍。」

她只有這一樣本事拿得出手了吧——

「保我這條命。」

節南聽到王泮林這話，愣住了。

開玩笑嗎？王泮林是王氏第九子，其父貴爲三宰之一，而南頌尊崇文官，朝堂職責綱紀分明，皇上都要看三宰的臉色，並不能爲所欲爲。現在他卻說，要她保他那條命？

誰會要他的命？

或者他要做什麼事，讓人想要他的命？

「小山姑娘聰明，該知僅憑妳自己絕不可能對抗神弓門，又身中赤朱，撐了一年仍來聽命，可見解不開這種毒。我替妳想了想，似乎只有一條路可走。」

節南撇笑，不言語。

王泮林頓了頓，語氣散漫。「滅了神弓門。」

節南的眼暫一瞇，閃現犀利寒光。「九公子眞是站著說話不腰疼，道聽塗說也敢出主意。」

神弓門是大今盛親王的趁手兵器，因盛親王也是攝政王，神弓門雖然屬於暗司，卻能獲得最好的資源供養，力量滔天，近年門內更有化暗爲明的呼聲，高官們聞弓色變。

「小山姑娘說得是。」王泮林但笑，從袖中掏出一個瓶子，倒一顆丸子在手心。「卻自問可以助姑娘一臂之力。」

節南太識得那藥丸的樣子了，吃驚問道：「你怎麼會有赤朱解藥？」但她幾乎立刻就知道答案。

「簪珠兒！」

王泮林將丸子重新裝回瓶中，看節南眼巴巴的饞臉，眸中滲笑。「總共十二顆，可爲小山姑娘續一年的命。如何？小山姑娘仍只想當一回的劍童，還是打算改變主意，多當幾回了？」

「可是崔玉眞那兒……」對節南而言，當伴讀也罷，當劍童也罷，兩者區別不大，只是王泮林比崔玉眞難應付得多。

「以小山姑娘的本事，做到兩不誤並非難事。再者，崔玉眞很快會嫁人的。」王泮林說完就往小樓走去。

節南喊道：「嫁誰？」

「不管嫁誰，總要嫁的，尤其還是個老姑娘。小山姑娘可以好好想想，想好了，再來南山樓，我便當妳應了。」王泮林進了樓。

節南也轉身出去，經過假山魚池時，瞥見石頭上明晃晃放著一桶魚食。那些小魚苗，聽見她的腳步居然不躲，紛紛聚過來游擠。於是，她忘記自己要戒什麼來著，賤手餵魚。

「你們也挺不幸的，跟了個說話不上心的傢伙，估摸餵你們也不會太上心，要長一寸都艱難……」節南自己嘀嘀咕咕，倒出一肚子悶氣，嘴上說盡某人的惡劣，心思卻不禁往「很快嫁人」的崔玉眞身上飄，好奇那麼一個大美女，最終花落誰家。

她忘了，一樁換一樁，今日來開工，好處還沒拿；而她還忘了，某人也不會替她記著。

「劍童！」書童蹦現。

這下忘得更徹底，節南將手裡的魚食全撒下了水，訕訕一笑就走。「可巧，我正要睡覺去，九公子那裡你伺候著吧。」

書童拽住節南的袖管。「妳走哪兒去？」

節南盯著那只倒楣袖管，含糊其辭答道：「我不用每日進府，九公子有事自會找我。」

書童忽覺一陣勁風，連忙抬手擋眼，等會兒再看，哪裡還有節南的人影。

8 千金外交

趙雪蘭從觀音庵回來的那日，節南收到兩張帖子。一張是崔玉真的，說要到郊外踏青，請她一起去，可帶姊妹。另一張是李羊送來的，賭場開張的請帖。

節南將李羊的帖子遞給柒小柒。柒小柒那晚到王家吃好料，不但一夜未歸，回來更未說起王楚風，她就當王楚風冠後那朵杏花不是青杏居裡的，問都沒問柒小柒。

她們姊妹倆一向有默契，小事上頭報喜不報憂，大事上頭報憂不報喜，反正不說出來的，都不是值得操心的。

「要去嗎？」柒小柒沒沾手，只瞥了一眼。

「當然要去，不過要是時辰到了我還沒回來，妳先去。李羊強行開張，今晚肯定熱鬧，必須有人坐鎮，不然壓不住場子。我答應過他，一定為他出面。」

「要戴嗎？」柒小柒做個戴面具的手勢。

「戴！」雖然柒小柒的身材實在太有特點，容易讓人認出來，可是戴比不戴好。

然後節南喚來碧雲：「妳去告訴二夫人，今日玉真姑娘邀我踏青，可帶家中姊妹。到底帶不帶，還請她做主。」

碧雲努努嘴。「六姑娘倒是好心，只怕有人不識好人心。」說完，她扭頭跑了。

柒小柒眨眨眼，嘻嘻笑道：「這丫頭怎麼這麼討人喜歡呢？小山，咱們哪天離開趙府，就帶她一道走吧。」

節南搖頭好笑。「人家有一大家子親人呢，就算離開趙府，也應該回自家去，跟我們兩個能有什麼舒心日子過？無父無母無親無故，到處皆飄零。」

柒小柒的神情顯然不同意。「誰說的？妳成親，我也成親，一人一個相公，再多生些小子生姑娘，不就能有一大家子人了嗎？」

節南駭然。「行，妳成親，一人兩個相公也無妨，多多生娃，只要過繼一個來，給我養老送終。」

柒小柒呸道：「作妳白日夢去。」然後想起什麼來的模樣。「對了，王老夫人壽誕那晚，我瞧見戲班子一個俊郎，當真長得好看，哪日我帶妳瞧他唱戲。」

聽聽，這戲不是聽的，是用眼珠子瞧的。

節南之前沒打算問柒小柒那晚的事，既然柒小柒自己提起，就順口問道：「比十二公子如何？」

「這怎麼比法？十二公子明琅如玉，不僅天生好相貌，又出身富貴，讀了那麼多書，教養也無可挑剔，翩翩君子風流人物。咱拿唱戲的跟他比，豈不是汙了他的名聲。」柒小柒圓臉笑扁了，但她原本還瘦著的時候，臉頰有兩個小小酒窩，是很迷人的。

節南哦了一長聲。

柒小柒聽得出來。「妳這人！不是妳說的嗎？像明琅公子那樣的人，不是咱們能逗玩的，一不小心反被他們玩弄於股掌。」

節南垂眸，堅定點了點頭。「沒錯。被玩弄股掌的，一個就夠了。」

柒小柒沒在意，看看屋外日頭的位置。「我走了，說好幫班主搭戲臺子，他們還教我怎麼敲鑼，可有意思呢。」

節南任柒小柒飛跑出去，心想看這位姊姊玩得高興，自己又是伴讀，又是劍童，雖然盡幹吃力不討好的事，也算值得了。

不一會兒，碧雲回來稟報，說趙雪蘭會同去。

節南一點也不驚訝，這麼明擺著的好機會，趙雪蘭要是不去，等於前頭出家那些苦戲都白費了。

不過，等到出發，趙雪蘭姍姍來遲，沒歉意，也沒感激，冷冰冰對著節南，一上車就在那兒啃《禮記》，好像故意讀給某個學識淺薄的鄉下丫頭看的。只是「鄉下丫頭」節南不自覺，看趙雪蘭啃了大半路才好心告訴她：「玉眞姑娘跟我說，十歲以後就沒摸過四書。」

趙雪蘭指甲都快摳破書皮了，語氣很是不信。「那她到太學上什麼？」

「理學，算學，什麼有意思就上什麼。崔相夫人也不喜歡玉眞姑娘學四書五經那些，又不能考狀元，反而變得強詞奪理自以爲是。」節南隨趙雪蘭信不信，也不怕諷刺對方。「聽說劉彩凝姑娘曾和某個秀才比寫以前大考的試題文章，可妳要是見了崔相夫人和玉眞姑娘，不必提這些。玉眞姑娘雖與普通女子有些不同，卻不是書呆，女紅刺繡樣樣精，還幫崔相夫人掌著相府廚房，打算盤寫帳本，忙裡偷閒才到太學和書畫院學習。」

趙雪蘭沒說什麼，但神情之間流露一絲不以爲然。

節南聽說，趙雪蘭和劉彩凝這兩位是眞才女，安陽傳的是她們堪比學子聰明的趣聞軼事。但節南也不再多說，師父領進門，修行在個人，她還能包這位嫁人生孩子不成？

照樣是年顏趕車進崔府，從崔府換大馬車出城，然而這日大馬車就有三駕，二十來匹駿馬，駿馬群旁俊郎群，好大的陣仗。

崔玉眞坐在前庭亭下，看到節南和趙雪蘭下車，就招手讓她們過來。

節南直接就坐了，一身姑袍的趙雪蘭期期艾艾站著。

節南對目光了然的崔玉眞道：「這位就是趙府大姑娘雪蘭。」

趙雪蘭定了定神，雙手合十作禮。「雪蘭見過玉眞姑娘。」

「趙大姑娘的法號是——」崔玉眞這一問，其實有心。

趙雪蘭的臉色卻白又白。「法號出玉。」

「聽說趙大姑娘帶髮出家，我是否該以出玉師父相稱？」有心看看趙雪蘭的忍性，若這時就給她臉色看，崔玉真也會重新斟酌。

趙雪蘭今日帶著一定覺悟而來，神情雖不太好看，卻還不至於得罪崔家這個可能的大保媒，聲音平和。「皆可。」

崔玉真淡然說聲趙大姑娘請坐，就和節南說起話來：「妳要是和我一同去王老夫人的壽誕該多好。」

節南心道她去了啊，嘴上當然不能說：「很好玩嗎？」

崔玉真面容清娟柔和。「熱鬧是挺熱鬧，只是我怕吵，別人看我也悶。妳若去了，咱倆還能作個伴。」說完這話，她暗地一怔，不知自己何時開始依賴節南的。

「等明年王老夫人再做壽，我一定和妳同去。」節南俏皮一笑，卻是無心說的。

這日清早，雲高天藍，風暖爽。趙雪蘭目不斜視，柔聲問崔玉真：「崔相夫人也要同去踏青？」

崔玉真答：「母親不去，可是妹妹們都想去。正巧五哥與太學學生們約踢蹴鞠，鞠英一些社員都跑這兒來集中了。趙大姑娘可是覺得不便？」

趙雪蘭輕搖頭。「庵主尚未收我爲徒，只讓我帶髮修行。我多數時日還是會住家中。庵主想讓我考慮一年再決定是否入庵剃度，而且清靜在我心，如果到處覺得不便，是我自己克服不了魔障。」

崔玉真沉吟不語。

節南聽著暗笑，趙雪蘭果然沒有白住十日觀音庵，穿著姑袍說話似乎收斂不少，至少對外挺乖。不過，崔文官兒怎麼又玩蹴鞠？

她正想著，四五個小姑娘笑著過來，都叫崔玉真六姊姊。除了崔玉真的親妹子崔玉好，節南一個名字還沒記住，崔衍知就站到了亭外。

「出發。」崔衍知說著，對節南微微一點頭。

節南與觀鞠社的眾千金打交道至今，懂得一件事，面對男子，表現得愈大方，反而愈不會惹出嫌話。於是她盈然而笑，大方說話：「崔大人早。今日你又休沐？」

崔衍知怎能聽不出節南話中有話，本可以不理會，想想卻還是解釋著：「之前家中待職，今日眞休沐。」

崔玉好也見過節南幾回了，當她熟人。「桑姊姊不要這麼生分嘛，跟著我們喊五哥哥。」

節南單眉一跳，只覺不必再打一回招呼。崔衍知更是沒理睬小妹的調皮取樂。「給妳們一刻時上車，過時不候，可別怨我撇下妳們。」

崔玉好啊好啊亂嚷，叫堂姊妹們趕緊上車，丫頭婆子忙著相扶，弄出一片人仰馬翻。反觀崔玉眞這邊，三人一行，清清靜靜，不出半點聲響就進了車內。

林溫一旁笑看，對好友崔衍知說：「你六妹絕色卻清冷，不可高攀之感。趙大姑娘一身姑袍就令人退避三尺，不敢冒犯出家人。還有那位桑六姑娘，容貌似乎比不得另兩位，那也是俏麗可人，一雙眼睛尤爲靈秀，卻不知爲何，我感覺她最不可得罪。」

崔衍知檢查馬鞍，頭也不回。「今日總算見到趙姑娘，你可要瞧瞧仔細，萬一後悔了，還來得及讓你娘去提親。至於其他姑娘，瞧也白瞧。」

林溫不服。「你家六妹我自不敢想，桑六姑娘卻和我算得門當戶對，怎麼就白瞧了？」

崔衍知哼笑。「桑六姑娘已有……」婚約。

崔衍知沒對節南提起，也沒聽節南提起，但他被囚在桑家那段日子，聽那兩大姊將桑劉兩家聯姻當成炫耀來說，故而知道桑家小小姐與劉家長子的婚約。他本來見節南千里迢迢來投親，以爲婚約不作數了，哪知前不久見到劉大學士和他庶出兄弟劉昌在，才知鳳來劉氏遷回安平本家來住。如此想來，節南投親，劉家遷來，也許是湊好的，不久就可能辦喜事了吧。

臭丫頭，有未婚夫了，還對他撒嬌耍賴，姊夫姊夫喊那麼親近，一點也不懂矜持！

林溫沒明白。「已有什麼？」

崔衍知突覺不該由自己來說這件事，轉而說帝都現狀。「桑六娘不過趙家表親，父母雙亡，無依無靠，與你並非門當戶對，你母親不會選她。以她的家世出身，能嫁一個上進的小吏就極好了。」

林溫卻大不贊同。「我林家不同，母親本是農婦，曾說挑兒媳最重品性。」

崔衍知明知不關自己的事，卻就是管不住嘴：「趙大姑娘品性不錯，你又挑長相，怎麼瞧都覺得你倆相配。」

林溫看崔衍知的眼神有些懊喪。「你說，會不會是我娘婉轉回絕了這門婚事，趙大姑娘才自暴自棄，憤而出家了？」

崔衍知攏眉，似很認眞想過之後，才道：「佛曰我不入地獄誰入地獄，你既然自責，跟她求親就是。她還沒出家，只是帶髮修行。就算出家，還能還俗，無論如何都是可以嫁人的。」

林溫總算聽出崔衍知其中的玩笑，打過去一拳。「我喜歡桑六姑娘那種慧黠性子的。不是說趙大姑娘不好，可瞧她坐得那麼端莊的模樣，我也心如止水了。人人說你六妹如何好如何美，但認識她那麼多年，我除了敬重就是尊重。所以啊，姻緣這種事，皆由天定。哪天突然遇上一個，長得不好看，偏偏讓我面紅耳赤、心亂如麻，那才正對。」

崔衍知呵笑而過，表情卻全不贊同。「你我這樣的，娶妻皆爲家族、爲父母而娶，眞如你所說，遇到心動之人，也只能當作紅顏知己，讓她爲妾都自私。」隨之踩腳蹬上馬。「好了，這等事何須你我操心，自有母親們看著選著。」

林溫也上馬，但搖頭嘆息。「你是孝順兒子，我可做不到。我跟我娘說過，選妻必要經我親自過目，否則等著拜堂時沒有新郎。」

崔衍知不再言語，催馬出發。

郊外踏青處，早有崔府的僕人們過來打點，圈了一塊向陽丘地，丘下有林有水有茶館，丘上兩邊各有踏青的人家，也事先打聽了清楚。

崔玉眞一下車，大丫鬟就來報。「東邊是中丞大人的太太和娘家人出來遊玩，西邊是太學院長夫人相約的品茶會。兩邊都派了人過來，請姑娘得空時過去坐坐。」

崔玉眞說聲知道了，卻不望兩旁一眼，只進了臨時搭起的簡帳，吩咐丫頭們擺好桌案和文房四寶。崔玉好和堂姊妹們跑得歡，很快就和中丞大人家的姑娘小公子們湊到一起，拿塊氈毯往草地上一鋪，打牌玩詞，笑聲衝到天上去了。

江南踏青時節，女子可不受過多拘束，遇到陌生男子說上幾句，人們也一笑而過，於名節難得無損。

節南自知崔玉眞要作畫，不過這日有趙雪蘭乖巧作陪，崔玉眞也有觀察之意，她可以卸掉伴讀的「重任」，樂得出去踩草地踏踏青。忽見丘下平地，鞠英社個個白衣，對手皆穿紅服，正摩拳擦掌爭那顆五彩球，她這個喜動不喜靜的人，自發自動就走了下去。

烏雲沉在天際，上空仍晴好。

手拿團扇，或在柳樹後，或在馬車旁，或叫丫頭當人牆，或假裝放鳶，不少嬌娘們目光若即若離，其實都往那群身手漂亮的蹴鞠青年瞧著。也有一簇一簇的公子爺們，看蹴鞠，順帶看嬌娘，嘻笑推搡。

節南穿得不富貴，一襲江綠羅裙染夕色，沒有名繡貴飾，自覺像個小戶人家女兒，很大方地就往蹴鞠場直走。

「桑六娘?!」

節南聽到這個熟悉的聲音，再找到說話那位，不由長嘆一口氣。

怎麼又是他？

她讓商師爺毀去桑家戶籍文本和相關文書，就是想讓神弓門查不到她的家鄉和出身，而且她也想和鳳來縣斷個乾乾淨淨，再無任何牽扯。桑家只剩她了，可還有一個生了她的、不姓桑的人。她雖不關心是誰，只怕神弓門要是知道這件事，會很關心是誰，然後找出來要脅她。她自覺鳳來這一年已經做得足夠，加之呼兒納血洗鳳來，不講良心地說，就好像老天爺憐憫了她一回，讓她能一身輕離開故鄉。

「劉二公子。」可是避開也不符節南的脾氣，轉而笑瞇了眼。父母罪不及子女，除了名聲，還有對神弓門的顧忌，她並沒有太多可失去的。

「怎麼又是妳！」劉雲謙不敢相信自己的眼睛。

「劉二公子，你今後能不能裝作不認識我？這樣省得你心煩，我也不用應酬你。」節南原本感謝老天爺的心收了回來，難道只要劉昌在這一家子不搬遠，總會作祟？她又是否該慶幸，每回先遇的總是劉二這個笨蛋？

「誰……誰要妳應酬？」劉雲謙望遠處長亭裡的人看了一眼。

節南多刁，立刻也看了一眼，見亭裡一群儒雅斯文裝束的人，頓然了悟。「你兄弟二人赴太學院長夫人的邀請？」

劉大公子正做學問？

「是。」劉雲謙閉住嘴，瞪眼珠。

節南故意往長亭那兒走兩步。「我去跟你大哥問個好。」

劉雲謙跑擋在節南身前，張開雙臂。「桑六娘，妳敢！我娘告訴大哥妳硬是退了親，我大哥好不容易平復心情，今日方肯出來散心，妳還敢跑到他面前去攪和？」

節南「喲」了一聲。「別說得你大哥很在意這門親事似的，這些年他愛理不理，和我說過的話屈指可數，不過怕我爹整治你們劉家，他才忍氣吞聲。你卻說什麼？好不容易平復心情？哈哈！劉二，別討打！我一點也不想和你們劉家再有半點牽扯。你也給我把牢嘴，敢提我桑家半個字，我就──」手指摩挲著腰帶，忍忍忍。

劉雲謙臉抽抽。「妳就如何？」

五色蹴鞠飛過來，節南聽聲辨位，看都不看，提起足尖，正好將蹴鞠點上半空，減慢了它的衝速，再待它乖乖落下時，一記漂亮反身踢，也不看踢哪兒去了。

劉二眼睜睜看那顆蹴鞠正巧撞進球門風眼，頓時忘了自己之前問什麼。

節南卻聽不見周圍驚嘆，橫眉冷對。「你在安平，我在都城，只要不特別留意，完全可以各自太平。我與你大哥婚約不再，就不欠你們家什麼了。而桑家落得那樣的下場，難道你還嫌我日子太好過，非要拿過去的事毀了我才高興？小時候咱倆也算穿一條開襠褲長大，我跟你的交情比跟你大哥要好多了吧？」

劉雲謙眼珠子都要掉出來了。「誰跟妳……桑六娘！」咬牙切齒。「妳出去學藝那麼多年，其實從來不曾變好。妳爹霸氣凌人，妳雖然不屑，可妳和妳爹就是一個模子刻出來的──不──妳比妳爹更壞！妳爹只是脾氣暴躁的土霸，妳卻是拐著彎歪著心的惡霸！」

節南看劉雲謙呼呼凸眼，笑得卻歡，但見崔衍知走過來，心想果然自己那一腳功夫有用。

「你往後面瞧瞧。」她對劉雲謙道。

劉雲謙回頭瞧見崔衍知，問節南：「妳認得崔大人？」

節南暗道這小子認識崔衍知就好，隨即道：「豈止認得？我可能很快會叫他姊夫呢。」

「姊夫？」劉雲謙果然吃驚。

「我投靠的遠親姑丈是六品官，比你大伯官階不低，與崔家走得更是十分近。你要是敢亂說我的事，會不會影響你好大哥的前程？你回去問問你娘，和桑家曾經訂過親的這層關係，究竟對我的損失大些，還是對你家的損失大？我和你娘可是早就說好，今後桑劉再無干係，見面只當不識。」

劉雲謙目光游移，心中亂思。

「怎麼了？」適才節南將蹴鞠踢回，崔衍知才發現她與一男子說話。踏青之時女娘遭遇糾纏也並非新鮮事，他本著自己今日身負照顧之責，過來看一看。

「還不走?!」節南低喝。

劉雲謙匆匆忙忙走回屬於他的那群人中去。這一走，他也明白過來，這輩子就要離桑六娘遠點兒，再遠點兒，從此天涯是路人便罷。

崔衍知攏眉望著劉雲謙的背影，眼鋒帶厲，對節南道：「那人可是糾纏你？」

節南已達到目的，自然大事化小。「那倒不曾，大概瞧我長得俏，問我是哪家姑娘……」見崔衍知一副要翻白眼的樣子，她哈哈好笑。「姊夫這是什麼表情，難道我不是俏麗的姑娘嗎？」

崔衍知心裡別提多彆扭了。「俏不俏麗我是不知道，只知沒有一家姑娘會似妳這般貧嘴。」

「總比口不對心好。」節南從不自貶外貌。「他們在叫姊夫呢。」至於利用完的，亦毫不留情。

崔衍知看看身後，果然看到林溫他們衝自己打手勢，並非讓他回去，而是——

「我們隊剛剛跑了一人，他們瞧妳踢得不錯，問妳是否能頂替上場。」

節南好奇。「剛剛跑了?」眼睛一掃，見一白衣社員正跟在一姑娘身後愈走愈遠，不由失笑。「糾纏美人去也？」

崔衍知撇撇嘴，顯然大不以為然。「讓姑娘家頂上，我其實反對……」

節南叛骨立時亂冒。「行！哪裡能換衣服？」

「六姊姊！」崔玉好跑進帳，規矩的樣子完全不見，彎腰急喘。「妳怎麼還畫畫哪！觀鞠社和採蓮社對賽白打，六對六，咱們缺人！」

崔玉眞沉靜畫完一筆，卻也不能繼續，眉心微蹙擱好筆。「今日又非觀鞠社活動，何來對賽？」

「中丞大人的夫人不是和娘家人一起出來玩嗎？瀟瀟、菲菲兩位姊姊拉著蘿江郡主一道來的。另一邊是太學夫人，自然少不了採蓮社的姑娘們，而且聽說安平鼎鼎大名的才女劉彩凝也在。」崔玉好說道。

瀟瀟、菲菲是中丞大人嫡女，也是觀鞠社成員。

觀鞠社多由朝廷一二品大員之女組成，但採蓮社的姑娘們多出自書香門第或學士之女，還要求有眞正的才情。「眞正的才情」這一條，照蘿江郡主的說法，那就是爲了諷刺觀鞠社而設立的。

趙雪蘭原本坐著寫字，聽到劉彩凝的名字，手頓然一抖，清顏敷霜煞白。

崔玉眞瞧在眼裡，暗道坊間傳言不虛，趙雪蘭和劉彩凝這對並蒂蓮因王五郎鬧僵了。

「想必又是蘿江郡主耍性子，要跟人一比長短高下。」崔玉眞嘆。

「不是，」崔玉好擺擺雙手。「是桑姊姊……啊！也不是！是採蓮社挑釁……好姊姊，邊走邊說行不行？郡主她們還等著妳呢。」

崔玉眞只好讓妹妹拉著走，但回頭看趙雪蘭一眼，趙雪蘭已經起身跟來。

這大半個時辰相處下來，崔玉眞覺著趙雪蘭比自己想像得好。她作畫時，趙雪蘭很安靜，然後說起配畫的題詩，趙雪蘭作了一首好詩，也寫得一手好字。雖然近來皆傳趙雪蘭爲嫁世家公子不惜爲妾，不過就算趙雪蘭眞這麼想，那也不關她的事。她看的是趙雪蘭的品性，爲人是否刁損，行事是否陰險。

崔玉好在前面喋喋不休：「原本桑姊姊露了一手，把球直接踢過了風眼，所以五哥就找桑姊姊頂替他們一個社員上場。上場之後，桑姊姊沒有特別炫技，但也沒有拖五哥後腿，結果太學那邊一輸，五哥一走，採蓮社的人就找桑姊姊的碴。蘿江郡主和瀟瀟、菲菲立刻過去幫……」

崔玉眞好笑。「我倒不知道郡主將桑六娘當成觀鞠社一員。」

「當然算。桑姊姊救六姊姊那時，我們都看見了，捨命救人那麼了得，後來鞠園遇賊也面不改色的。大家雖然不說，心裡其實佩服，不過礙於郡主的面子……」崔玉好瞥趙雪蘭一眼，也不怕她聽見。「誰不知道郡主不喜歡採蓮社的並蒂蓮，桑姊姊卻偏偏是趙大姑娘的表妹。」

趙雪蘭曾是劉彩凝的跟班，劉彩凝加入採蓮社，趙雪蘭也理所當然算作採蓮社的人。蘿江郡主討厭採蓮社自命清高，平時沒少針對，故而上回宮樓初見節南，一聽她說是軍器少監侄女，就立刻想到趙雪蘭，沒能給節南好臉看。

崔玉眞難得說話帶了刻薄。「桑六娘是趙大人側室娘家侄女，與趙大姑娘並無血緣之親，兩人更沒有姊妹相稱，不過同住一個府裡罷了。」抿尖嘴角，望向趙雪蘭。「趙大姑娘妳說呢？」

趙雪蘭面色仍白，一邊忿然，一邊期艾，心裡斟酌半晌，開口竟誠實：「玉眞姑娘說得沒錯。我之前並不喜歡桑六娘，亦沒當她姊妹，可我當作親妹妹的人轉眼就成了對頭。所以我明白了，就算整日姊姊妹妹喊著，若不放眞心，又有何用？」

崔玉眞淡淡舉眉。「趙大姑娘明白就好。世上誰不自私，我也會爲自己圖謀，只是最煩那些損人利己的事。」

趙雪蘭默然。

烏雲悄悄飄過來，三人腳步匆匆，沒在意，卻見臨時畫出的鞠球場邊站著一大堆人，分成兩撥。一撥彩衣紛繁烏鬢如雲，嘰嘰呱呱十來個主子姑娘；另一撥四位，氣勢明顯弱於對方，哪怕衝在前頭那位是郡主。

郡主又如何？南頌文臣當道！

南頌始帝曰，子孫後世，絕不可殺直諫文臣。到了今朝，變得文臣勢大，皇帝也要照內閣章程問事。帝都三相，一爲宰相崔珋，一爲中書王沙川，一爲樞密使，三人才是處理國事的眞正大老。當然，也不是說皇帝一點權力也沒有，只是抑制了皇帝的獨斷專行，很多事需要聽取臣子的意見，直接導致官僚權力縱流橫沖，理所當然形成多股黨系，時而制約，時而聯手。

所以，採蓮社姑娘們父系雖然品階低，但其中有些人具有封旨的權力，還有些人是天子近臣，並不怕蘿江她爹這樣的皇親國戚。

不僅如此，南頌帝族一向忌諱近親外戚，對伯侯之類的貴族有各種參政的限制。蘿江郡主雖然對崔衍知有好感，但崔衍知要眞成了郡馬，就當不了推官，只能擔任無實權的閒職。而崔衍知少年有成，如今又進御史臺，家族對之寄予厚望，是不可能娶公主郡主縣主自毀前程的。

「四對四就行了。」蘿江郡主今日出來玩，穿得一身青錦束袖胡人騎裝，足蹬彩玉鞘皮靴，既漂亮又行動便利。

「今日出來時照易經卜卦，四爲凶。」採蓮社爲首的，是太學院長之女傅春秋，圓月臉肉五官，嬌小個子，目力不太好，看稍微遠一點的地方就瞇狹了眼。「哦，我知道了，郡主一向不愛讀書。」

傅春秋一說完，她身後一群姑娘就竊笑起來。

蘿江郡主平時就刁蠻，遇到採蓮社這群炫耀文采學識的嬌女們，更不遑多讓。「四爲凶，對妳們凶嘛。其實卦相告訴妳的是，今日妳們會吃鞭子。我都聽出來了，妳還敢說自己讀書多！」

瀟瀟和菲菲姊妹倆叉腰助陣：「吃鞭子，或跳河裡吃泥，請君任選。」

民間蹴鞠賽，贏方可拿獎賞和金錢，輸方卻不僅輸面子，還要挨鞭子等懲罰。

崔玉眞走到節南身後，聽見這話，嘆一聲：「這是何必？」

節南回過頭來，眸光湛湛。「有贏面當然就該有輸面，那才公平！」

唯恐天下不亂。

9 為誰撐傘

崔玉眞如今多少知道一點節南的性子，是個不怕生事的姑娘，所以嗔道：「妳怎麼不想自己輸了當如何？」

節南搖搖頭。「還沒比就想著輸，玉眞，這麼悲觀可不行。」

瀟瀟和菲菲見崔玉眞來了，便歡呼一聲：「郡主，玉眞姊姊來了！」

蘿江郡主跳過來。「玉眞，妳來我們就贏定了！」

節南笑道：「原來玉眞還是玩蹴鞠的好手？」本以爲只是爲了湊人數。

蘿江郡主一致對外的時候很團結。「那當然！玉眞十四歲那年還在瑞明太后娘娘的壽誕上表演過蹴鞠，創出好些新花樣，至今也沒人能玩出一模一樣的來。」

崔玉眞神情波瀾不興。「妳也說了，是十四歲那一年。自那以後，漸漸荒廢，再沒勤練過，這兩年更是碰都不碰。要是指望我，今日必定要挨人鞭子。還是別比了，那麼多人看著，多一事不如少一事。」

「不行！我都答應了！」蘿江郡主著急。

崔玉眞蹙眉不語。

這時，對面走上來一姑娘，柳色襦裙，米黃褙衫，烏髮輕綰，一支彩蝶金步搖顫巍巍，小小臉龐丹鳳眼，點朱唇塌巧鼻，容貌很討喜，尤其身段豐美傲人。

「雪蘭表姊怎麼也在？妳眞出家了?!」雙手捣嘴，愕然睁起勾魂丹鳳眼。

節南馬上就知道這是誰了。劉彩凝！

比起清冷不愛笑、瘦長平板的趙雪蘭，無怪乎劉彩凝的名字總在前面。

趙雪蘭立在崔玉真身旁，眼神冷然，不答話。她那身姑袍當真讓人退避三尺，原本圍得挺近的男子們自覺站遠了一些。

蘿江郡主這才留意了趙雪蘭，立表不滿。「趙雪蘭是採蓮社的，不該同我們站一處。」

崔玉真沒說話，節南也沒說話，兩人很有默契，要看趙雪蘭如何應對。

趙雪蘭抿了抿唇。「我已退出採蓮社。」說罷，從腰間挑出一件蓮花玉飾，遞給傅春秋。「原物奉還。」傅春秋沒多說，收回玉佩，但看劉彩凝欲言又止，伸手將她拉回去。「走，咱們換衣服去，打她們一個落花流水。」採蓮社的姑娘紛紛跟走。

趙雪蘭退出採蓮社，蘿江郡主也不好再發難，說回對賽。「出賽就是我、玉真、桑六姑娘、瀟瀟、菲菲、玉好六人了。比的是白打，一炷香之內，誰的動作難度高，球落地不超過三回，就贏了自己那局。六局中拿下四局就穩贏，我們之中玉好和瀟瀟不擅長蹴球，可以放棄，其他人都要盡全力才行。」

崔玉真還是不肯出賽。「隨妳們去鬧，我可不跟她們比。」

蘿江郡主噘嘴。「我都應下了。」

崔玉真眼中不悅。「郡主應下之前，可曾先問過我？而且郡主這種對人不對事的衝動性子最好改一改，本來觀鞠社和採蓮社相安無事，從郡主入社後，兩邊才水火不容。」

蘿江的郡主脾氣可不敢對崔玉真發，嘟囔道：「妳們心大我心小，見不得採蓮社嘲笑我們觀鞠社沒才情，只會跟在鞠英社後面跑。」

節南沒良心地暗笑，哪回活動不是爲了看鞠英社踢球，可不是跟著跑嗎？

崔玉真神態涼淡。「觀鞠社本就因爲喜歡蹴鞠才結起來的，管他人說什麼。」

「可是……」蘿江郡主眼見說不動崔玉眞，給瀟瀟、菲菲、玉好，甚至節南使眼色。

節南見沒一個敢開口，又想到桑浣吩咐自己混好千金圈，就道：「別怪郡主氣不過，方才還多虧她們過來幫我撐腰，不然還不知如何收場。」

蘿江郡主馬上接腔：「就是。她們要是不找事，我也沒打算對著幹。觀鞠社是太后老人家親許的，長公主當年還是社員呢，也曾穿過鞠英社隊服上過場，早有先例。誰知採蓮社找桑六娘麻煩，說她輕賤自己，與男子廝混玩球，所以男子才會看不起女子，既可以隨便支使，又當女子做不了大事。」

崔玉眞沉了臉，看向節南。「當眞這麼說？」

節南點點頭。「說得雖比郡主斯文，差不多就是這意思，還說應該同男子比學問才是女子自強的正道。」

崔玉眞露出一抹嘲意。「照這個歪理，她們應該去考狀元。好！算我一個！」

蘿江郡主對節南眨眨眼，暗翹大拇指。

節南挑了挑眉，不驕傲，再接再厲。「趙大姑娘可會玩？」

劉彩凝既然會出賽，節南就覺得趙雪蘭也能玩蹴鞠。這對姊妹從小玩到大，興趣愛好應該差不多。

「會。」趙雪蘭說這話時，眼眸瞇冷，一股子待發的怒怨。

於是，節南對蘿江道：「如何？這個新社員收是不收？」

任性刁蠻的姑娘多腦子活絡，斬釘截鐵。「收！採蓮社的人成了我們觀鞠社的人，看她們還敢不敢說我們沒才情。」

過了一炷香，烏雲已經密布在上空，風也忽慢忽緊，但觀鞠社和採蓮社要對賽白打的消息傳開了，引來更多人圍觀。

白打不設球門，兩個球隊分別派出球員，在場中輪流表演，以頭、肩、背、膝、腳等身體部位頂球，做出各種高難度動作，而球不落地，玩的是技巧，也是姑娘們能適度展現自己身姿的遊戲之一。由蘿江郡主和傅春秋請來三個她們認爲能夠公正的評判，分別打分，分數總和高者勝出。

根據趙雪蘭提供的情報，以傅春秋技巧最好，劉彩凝其次。蘿江郡主看過節南的身手，就提議由崔玉眞和節南分別對賽那兩人。

崔玉眞反對：「我許久不玩，當眞生疏，桑六娘對傅春秋，趙大姑娘對劉彩凝，這樣才好。」

蘿江郡主有些猶豫，因劉彩凝的名聲高過趙雪蘭太多，怕趙雪蘭輸給劉彩凝。

「這樣好。」節南同意崔玉眞。「玉眞姑娘的實力難料，萬一發揮得好，那就是一招田忌賽馬，穩贏了。」

「不，眞要用田忌賽馬的計策，應該由我對賽傅春秋，六娘對賽劉彩凝。我與劉彩凝平時玩蹴鞠多爲平手，而她心態比我佳，愈到關鍵時候愈穩。」趙雪蘭道。

蘿江郡主想了想。「那就這麼吧。」

蘿江郡主去跟裁判交名單時，節南趁崔玉眞她們在熱身，對趙雪蘭道：「我以爲妳想讓劉彩凝嘗嘗敗在妳手上的滋味。」

這日趙雪蘭表現可圈可點，不過節南並不因此就相信這位大姑娘變乖變好了。

「我可不想因爲自己輸了，讓觀鞠社整個輸了，事後要和妳們一起受罰。別看採蓮社多是書香門第的好出身，變著法子讓人喊疼的手段卻不少。」

「原來妳是從大局出發。」節南點點頭。

趙雪蘭的膚色近來一直白裡透白，慘白兮兮的。「我雖已看清劉彩凝，看清我大舅、大舅母，但我也不會再天眞到相信另一個劉彩凝。妳逼我出家，剪了我頭髮，說是替我想法子，其實卻有幫妳姑母整治我之意，別當我瞧不出來。不過，妳要小心。」

節南笑問：「小心什麼？」

「小心崔玉眞偏心了我。雖然聽妳說來，崔玉眞對讀書和才情十分不以爲然，但她畫功不凡，作得詩詞歌賦，其實極具才情。適才她與我聊書法，看法極相似。而妳是讀書多呢，還是會琴棋書畫呢？」

節南瞧著趙雪蘭說得神采要飛揚，卻不潑冷水，難得謙虛一下。「我確實什麼才情都沒有，妳要是收起自私自利的小心眼，或許會有崔玉眞偏心妳的一日。」節南索性還說心裡話：「妳說妳不會再相信另一個劉彩凝，這話卻是錯了。妳若待崔玉眞好，崔玉眞也會待妳好。崔玉眞不是劉彩凝，妳應該因人而異。而妳記住，崔玉眞比劉彩凝聰明，崔相夫人也比妳舅舅、舅母聰明。我剪妳頭髮，不是給崔家看的，而是讓妳放聰明點兒，穿著這身姑袍，就好好約束自己，別著急嫁人出惡招。劉家固然利用了妳，妳又何嘗不是利用了劉家，結果卻先被劉家拋棄。妳已經嘗盡被人陰損的苦頭，本來還値得同情，何必讓自己變壞，得罪不該得罪的人。」

桑浣只想讓趙雪蘭洗刷汙名，然後嫁她挑選的男子。那樣的男子，估計不會是劉氏的乘龍快婿。節南就覺，要是自己運用得當，趙雪蘭或可成爲自己制約桑浣的一步棋。她並無害趙雪蘭之心，說實話，趙雪蘭唯一的錯就是天眞，看不清自身條件而妄攀高枝。但這本來無可厚非，聽說南頌太后的出身都不高，像趙雪蘭那般對未來夫婿有要求，實在不算大錯，甚至跟別人是毫無關係的。

桑浣不是尋常側室，也不是尋常姑母，節南無法說服桑浣幫自己，就必須要防備桑浣。桑浣讓她做的事，她表面喏喏遵命，卻要想辦法設下隱患。趙府是桑浣的家，跑得了和尙，跑不了廟，金利撻芳以子女拿捏著桑浣，可那也是趙氏血脈，也是趙雪蘭的弟弟妹妹。趙雪蘭如果轉變，對桑浣不利，對她就肯定有利。

她這步棋，落下了，是否能圍住桑浣，這會兒還很不好說。不過，起手無回，大丈夫。

趙雪蘭聽了，半晌沒說話，但當崔玉眞喚節南過去時，突道：「桑六娘，妳這算是眞心話？」

節南回眸，笑得狡黠，反問趙雪蘭：「妳說呢？」

這時，蘿江郡主回來了，笑道：「剛才瀟瀟說採蓮社盡是才女，可能瞧得出我們用田忌賽馬那招？結果，妳們猜傅春秋說什麼？」

崔玉好問：「說什麼？」

「說少時了了大未必佳，她十二歲就能踢出玉眞在瑞明太后辰誕上表演的那套蹴鞠，而且這些年過去，不曾聽說玉眞還玩球，讓玉眞上場是找輸呢。」蘿江郡主又指向節南。「還說妳。」

節南相當有閒情，躲到崔玉眞身後，堵耳朵。

崔玉眞失笑。

蘿江郡主照說不誤。「說妳剛才已經丟過一回臉，完全靠鞠英社其他人的表現才贏了太學院，濫竽充數的傢伙居然還敢和劉彩凝比。」

節南聳聳肩。「讀書多就變鸚鵡，動輒搬別人的話，自己都不會說話了。」

崔玉眞看著天色陰沉，才有些憂心。「這風一陣一陣的，說不定還會下雨，大家盡力就是，不必勉強自己。」

一聲長笛一聲短笛，讓人上場，按照蘿江郡主、崔玉好、張菲菲、趙雪蘭、崔玉眞、桑節南的順序。

再說崔衍知，踢完蹴鞠就和太學院的人到亭中見幾位學士老爺去了，不知採蓮社生事，更不知採蓮社和觀鞠社對賽白打，只是閒暇時轉頭望草地那頭看一眼，見烏壓壓一大堆人，立刻皺眉。

林溫注意到了，順眼瞧過去，奇道：「我們比賽時都沒那麼多人看熱鬧。」

崔衍知招來小廝豆童，吩咐：「瞧瞧去。」

「崔賢侄？」太學院長突然從一干年輕人當中認出崔衍知，連連招手。「來，我給你引見，這是劉大學士親侄，劉睿、劉珂兄弟倆，剛遷居安平。」

崔衍知是推官，舉一反三，觸類旁通，馬上從劉姓想到鳳來劉家，又從親侄想到桑六娘未婚夫，故而走上前，一邊行禮一邊打量兄弟倆，且一眼就看出那個相貌周正嚴肅的男子是劉睿。

崔衍知垂眼，難以想像一身文氣的劉睿和惡霸之女桑六娘結爲夫妻的樣子。

豆童去了一會兒，跑回來，踮著腳尖輕喊五少爺。崔衍知就對太學院長淺致一禮。「小侄還有事，先走一步。」不待太學院長說話，崔衍知轉身走出亭子去了，也不管別人會否想他架子大。

林溫鑽出人堆，也悄悄溜過來，問豆童：「如何？」

豆童畢恭畢敬道：「觀鞠社和採蓮社的姑娘們比賽白打，咱六姑娘也要下場。」

林溫興致大漲。「哦？當年我沒瞧見崔六姑娘玩蹴鞠的風采，今日可要一開眼界。」

崔衍知卻很是詫異。自從王希孟過身後，六妹就再不玩蹴鞠了，反而讀書學畫，做這些原本她只覺枯燥乏味的事，彷彿那麼做才能表達對故人的緬懷。可是，怎麼突然跟人對賽？

他想到這兒，就問豆童：「桑姑娘是不是也下場了？」豆童點頭答是。

崔衍知就想，果然那姑娘能折騰，這才伴讀一個月，就讓六妹重拾少時的玩興。

忽然，一滴，兩滴，三滴雨。林溫一摸臉，哎呀惋惜。「這下可沒得看了。」

草場邊看客中有一些散去，但有更多的人拿了傘來，顯然觀興非常濃厚，不計較這點雨。

崔衍知雖然希望六妹能像從前那樣活潑些，又擔心她連好勝心也恢復了，頂著雨也非要比賽到底不可。

林溫突喊：「你六妹正比吶。」

崔衍知加快腳步，找到崔玉眞的丫頭們，本想讓她們把崔玉眞勸回來，卻忽聞歡呼陣陣。

他側目一望，崔玉眞就地點足空翻一圈，將球穩穩接住，再拋再翻再接，再拋再翻再接，竟一口氣重複了這個漂亮的動作三回，風時而轉向，她也接得準確無誤。旁邊那位採蓮社的姑娘，球早不知滾哪兒去了，呆看崔玉眞玩球。

林溫驚張著嘴。「崔兄，你其實騙我吧，說玉眞姑娘早不踢蹴鞠了。」

崔衍知自己都很詫異。「……也許是我外放這三年……」

林溫拿扇子當傘，一邊好笑。「你這哪是外放三年，根本是和尚還俗尼姑蓄髮，連自己家的事都一概不知，還敢自稱是疼愛妹妹的好兄長。」

崔衍知沒好氣瞪林溫。林溫皮厚，不在意被人目光掃射。

「不過，玉眞姑娘應該已經勝了這局，爲何還踢？」

崔玉眞的大丫頭說道：「限了一炷香的工夫，落地超過三回才是必輸無疑，採蓮社的球剛落一回地，姑娘大概想等一炷香燒完。」

雖然崔玉眞並沒有再做方才那種高難度的動作，雨卻密集起來。崔家僕人也送了傘，丫頭們忙爲崔衍知和林溫撐著。

崔衍知看崔玉眞衣肩已被淋成深色，再看崔玉眞的對手居然跑到傘下躲雨去了，不由皺眉。「等什麼等，對手離場就視爲認輸，較那個認眞勁做什麼。」即對丫頭們吩咐：「去把姑娘拉回來，萬一淋病了，妳們誰能擔待！」

「崔大人別掃興，讓玉眞姑娘痛快淋一回雨又何妨？」笑音起，一道纖影從旁飄出，也不打傘，往碧油油的草場去。「而且，很快就輪到我了。」

崔衍知凝目一望，見是桑節南，頓然啞聲。

雨絲密成一張白簾，油傘砰砰響，一圈竹尖落急線，蹴鞠跳躍在崔玉眞的肩、頭、腿、足，雨水滴滴浸入她的烏髮，再匯成一股，流過她美麗的臉。她的眼烏黑閃耀，她的臉色白裡透紅，然後不知節南說了什麼，她開懷大笑，如一朵忽放的桃花，春風得意。

崔衍知記不得多久沒瞧見這般快活的六妹了。

「這才是明眸皓齒哪。」林溫也驚豔。

評判吹笛，一炷香燒完。崔玉真抬膝，將蹴鞠頂得老高，向後下腰，單手撐地，雙足轉上，正好踢出蹴鞠，給早就準備接球的節南。

節南跳身頭頂，接到球。

風來，球偏。她身手敏捷，快幾步過去，用腳打高，球就乖穩了。人人喊好。

崔玉真這才跑到傘下，任丫頭們給她擦濕髮、披外衣，呼吸雖急促，卻直盯著節南那邊。

崔衍知還沒張口數落，小妹玉好和蘿江郡主她們就把他和林溫擠到一邊，圍在崔玉真身旁說話。

蘿江郡主高興說道：「我贏一局，玉真妳贏一局，菲菲贏一局，三比二，六娘就算輸，也是平手，採蓮社整不著咱們了。」

這個六娘，當然是指桑節南，桑六娘。

玉好也興奮得很。「不會是平手的，桑姊姊之前一腳將球打過風眼，差不多就是這兒到風眼的距離。頂替上場那會兒，她的位置是左邊防，又用不著踢花巧。」

林溫聽見了，臉一苦。「敢情我這個右邊防是不用技巧的。」

崔衍知沒理林溫，再度看向場中，眉頭始終不展。「採蓮社怎麼沒人上場？」

他一說，大家就都注意到了。

蘿江郡主哈笑兩聲。「劉彩凝呢？我還等著看安平第一才女的好身手呢！」招來她的使女。「去問問，怎麼回事？」

使女連忙去問，又很快過來回話：「稟郡主，劉姑娘突感不適，剛剛離開，採蓮社沒有人能替代上場，所以這局就作罷了。」

「啊？」蘿江郡主愣了又愣，開始上火，拿了手裡的帕子扇著。「剛才和玉真對局的那位，好歹還堅持了半炷香，劉彩凝一句不舒服，腳趾頭都不帶點地的，就這麼走了？真是——她以為自己是公主啊！」

菲菲和瀟瀟嘰咕咬耳朵嘻嘻笑，其中一個道：「可能快嫁人了，怕得風寒，錯過婚期嫁不出去。」

蘿江郡主恍然大悟，轉頭問一直靜立在後的趙雪蘭：「趙大姑娘，妳表妹幾時成親？」

「五月。」趙雪蘭臉上沒表情。

「那還早吶，得兩三遍風寒都來得及。」蘿江郡主撇撇嘴。「好了，採蓮社輸定，妳們想想待會兒怎麼罰她們！可惜，讓劉彩凝狡猾逃過。」

「我們贏了就好，不必較真。」崔玉真揮了揮帕子，想把節南招回來。

蘿江郡主沒應，只是衝著場中喊：「六娘，不用踢啦！」

沒有對手的節南，不似崔玉真，除了接球的動作一氣呵成，只是低著腦袋翹著腳尖，玩最簡單最基本的踢球技巧，給人一種得過且過的感覺。但只要稍稍用心看的人就會知道，剛才還是時緩時急的風，這會兒卻持續刮，而且就處在水邊的草場，風向亂流，能將蹴鞠這般輕鬆踢在足尖，委實不是那麼簡單的技巧。林溫知道，崔衍知也知道。不過林溫感嘆的是，不能小看姑娘家的對賽，論起勝負來，這些姑娘的認真一點不亞於男子。而崔衍知看著雨簾快變成不透明的白簾，眼中那姑娘身影模糊，臉色沉得比烏雲還陰。

崔玉真那局比完後，眾所期盼的安平第一才女遲遲不上場，節南又是名不見經傳，踢相再懶，原本冒雨觀看的人們就頓減了大半，除了觀鞠社這邊一堆人，場邊站得零零落落，屈指可數。節南卻似乎很專心盯著足下，看不見崔玉真揮帕，也聽不見蘿江郡主喊話。

方才見崔玉真淋雨，但旁邊有採蓮社的姑娘傻站，後有節南跑出去相陪，崔衍知固然擔心妹妹，卻與這時看著節南一人踢球的感覺全然不同。沒有對手，沒有看客，桑節南獨自淋著大雨，垂頭踢足的模樣，讓崔衍知心頭悶得受不了。

突然，崔衍知拿過丫頭給他和林溫撐著的傘，大步走上草場。林溫頓覺頭頂一涼，卻不好往崔玉眞那堆姑娘的傘下躲，等人再添傘，已經淋了不少雨。但他就算躲過去，估計也沒人注意他。

一雙雙眼睛都瞪大，盯著崔衍知走到桑節南身前說話。雖然沒人聽得到他說的一個字，也看不見垂著頭的桑節南的表情，崔衍知的身影後來還擋去了桑節南的身影，只能瞧見崔衍知的背影，然而眾目睽睽，各個心中一驚——

蘿江郡主眉毛都快豎直了。「崔五哥他……他是給桑六娘撐傘去的嗎？」

眾所周知，崔家五郎從不與姑娘家站得近，自家之中也只和崔玉眞稍親些，就算一大堆人聚一起，他都必定和女子保持至少一丈開外。一有女子靠近，不管有意無意，他立即拉開距離。

當然，這樣的崔五郎，只有桑節南看出他恐女，別人則以爲他品德良好，不過無論如何也擋不住姑娘們的欽慕就是了。

崔玉眞雖然也驚，但卻暗幫兩人。「五哥不過看六娘聽不見我們喊，耐不住性子，過去把人領回來而已。」

林溫是夠義氣的好友，也幫著。「君子當此作爲，我只是比崔兄晚一步。」

崔玉眞的視線若有若無瞥過趙雪蘭。趙雪蘭原本心中又驚又酸，但立刻在崔玉眞的目光下涼卻，且想起節南的那番話來。崔玉眞聰明，她最好不要自以爲是耍心眼。

節南先感覺雨打不著自己了，稍抬眼皮就看到鞠英社員統一穿著的踢球皮靴。

她也不抬頭，笑喊：「姊夫。」

崔衍知哼了一聲。「妳眞是……屢教不改！萬一來的不是我，妳當如何？」

說話總歸分心，節南用過力，球飛高了，但她一個箭步，一招「鯉魚擺尾」，又接連幾個利索的動作，將球重新穩住。

「別跟我說話，差點沒接著。」節南背對著崔衍知，用袖子抹過臉。

崔衍知以爲節南擦雨水，沉聲道：「哪有妳這麼笨的？只顧悶頭踢球，連對手沒上場都不知道。下去吧，妳已經贏了這局。」

節南輕嘿，突然連踢兩記，一記踢高，躍起再一記，將蹴鞠打過五丈外的球門風眼，最後過癮一把，這才轉身高抬起頭，笑瞇了眼。

周遭響起零落的掌聲，但節南並不以爲意。

「姊夫也太小看我了，我自然知道對手沒來，不過想學學玉眞姑娘，雨中玩球是否更加痛快。」節南隨即看向崔衍知手中的傘，眼珠子一轉。「還是姊夫周到，過來給我打傘。」

崔衍知伸直的胳膊往回略縮，但見節南一邊肩衣讓雨點打得凹凸起泡，立刻向她跨近一步，好讓這姑娘整個待在自己傘下。

斜雨襲來，他不動聲色挪一步，幫側旁的人擋了，語氣卻冷淡：「我看是妳喜歡炫耀自己的蹴鞠技藝比玉眞高巧罷了。」

節南居然不否認，仍瞇眼而笑。「哎呀，讓姊夫看穿了，可惜大家還是只喜歡玉眞姑娘，玉眞姑娘一比完，就沒人看我玩了，我踢得好沒意思。」把他爲自己擋雨的動作看在眼裡，微微跨開。

崔衍知想問，既然沒意思，還獨自在雨中踢個不停。然而，再幾步就走進自家人堆裡。崔玉眞吩咐一句，幾個丫頭哄上來，把節南包在乾爽衣袍中。

他沒機會再問，也沒在意那些詫異的目光，只是囑咐眾僕趕緊收拾東西，又去和管家商量，要找地方躲過這陣大風大雨。節南就更不在意了，自覺因爲知道崔衍知的糗事，所以很好逗他。

「怎麼罰採蓮社？」頭髮半乾，裹著大袍，節南很關心。

崔玉好年紀小，心眼少，笑道：「郡主剛才也讓我們想呢，可六姊說算了。」

節南看看崔玉眞。

「要是輸的是我們，採蓮社會這麼容易放過我們嗎？再說，妳我這雨也不能白淋。」

節南轉眼又去看蘿江郡主，知道這位一定和自己「志同道合」。「郡主，妳說呢？」誰知，蘿江郡主眼睛一眨不眨，瞧著自己。

節南反應很快，想起蘿江郡主對崔衍知有好感，多半看到崔衍知給自己撐傘就冒酸泡了，不由無奈。「郡主……」

蘿江郡主卻猛地一點頭。「沒錯，重新定個日子，讓她們採蓮社出來受罰，劉彩凝也跑不了。」說到這兒，一手拉一個，帶著瀟瀟、菲菲就走。「我給傅春秋寫信去，有消息就告訴妳們啊。」

節南看著蘿江郡主逃也似地頭都不回，失笑。「還以為她又要仇視我。」

崔玉真明白節南的意思，邊往馬車那邊走，邊輕聲道：「我父親前幾日去過王府，聽說王爺已請最好的官媒開始挑郡馬人選，郡主應該也知道了。」

別說郡馬，崔家連駙馬都不會貪。想想看，晨昏定省，崔相一家子要給公主請安，還送最好的兒子去做給公主提鞋的活兒，再不用想仕途留名青雲直上……

崔玉好這回擠上姊姊的馬車，神祕兮兮地說：「剛才瀟瀟告訴我，極可能會是她遠房表兄。」

都說沒有巧合，怪不得蘿江郡主會同中丞夫人和她娘家人來踏青。

崔玉真興致來了就問一問：「可是官身？」

崔玉好點頭。「連慶八年科考上得榜，如今掌管御馬房，很是安穩的一個人，家道中落，父母早逝，只得一個弟弟，寄住在中丞夫人娘家，不過聽說長得很俊。」

趙雪蘭不由說一句：「除了長相，似乎全然配不上郡主。」

「就是啊，郡主眼光那麼高，像五哥哥一樣優秀的男子她才看得中吧。」這消息雖然是崔玉好聽來的，但顯然也不理解選郡馬的標準。趙雪蘭是幾乎接觸不到貴族，崔玉好則是年紀小不曾關心。

10 壁角真相

馬車停在雨中不動，仍等崔衍知到哪兒躲雨的決定。

崔玉眞就道：「其實玉好妳說的那些都是當選郡馬的優勢。這人父母雙亡，只有一個弟弟，家人簡單。又因家境不好，成婚後，他肯定就搬進王府去住，炎王爺也不用難過蘿江郡主嫁出去。一個連慶年間就考上的進士，至今只管著馬房，說明他對仕途不關心，成婚後不當馬房官也不會難受。長得俊，有些才氣，領著郡馬的俸祿，也許很適合他。」

「正是，而且也有權衡各大家族的考量。中丞夫人父親是前朝禮部尙書，退出朝堂多年了，她弟弟外放當了長史，一直沒有回過都城，更何況那位公子只是遠親。出身好聽，實則無勢力，怪不得瀟瀟說極可能。」節南也道。

崔玉好哦哦應道表示長知識，又對節南特別佩服的模樣。「桑姊姊知道得這麼清楚啊，我都不知中丞夫人的弟弟是長史。」

趙雪蘭雖然沒說什麼，神情也是這意思。

節南一笑。

崔玉眞忽道：「妳莫非把社裡那本名冊背下來了？」

「沒有，只是看了一遍，菲菲、瀟瀟都提過她們的小舅，故而記住了而已。」節南不好說自己搞情報的，對這種細節特別留心。

崔玉好仍是驚奇。「我就領到冊子那天翻了第一頁，再沒看過第二眼。」

節南打哈哈。「我這人讀不了正經書，對地經族譜縣誌野史這些的特別有興趣。」

「地經？」就是地圖嘛！崔玉好也笑了。「那有什麼好看的？如果是書畫院出的地經自然另當別論，一張張跟山水畫似的，被當成寶貝。」

趕車的婆子在外傳話：「姑娘們，五公子說等會兒風雨更大，暫到三里外的雕銜莊避一避。」

馬車一動，簾也動。節南眼尖，透過簾隙，瞧見方才踢蹴鞠的場地邊還站著兩人，瞬間心頭一動，不禁伸手撩住簾子，想看仔細，但那兩人卻轉過身走了。

「怎麼？」崔玉真也是心細如髮。

「沒什麼，還以爲是認識的人。」節南淡答。

那兩人卻眞是節南認識的。

一個是堇燊，文心閣的武先生；另一個是王九公子王泮林。堇燊打著傘，王泮林悠得閒。

吉平跑過來。「如九公子所料，一聽雕銜莊開放，各家都過去避雨了。」

王泮林說聲多謝。

堇燊這才問：「九公子究竟有何用意？莫非長輩逼婚太緊，今日出來踏青的千金又多，你打算借我們文心閣的地方就近看個清楚，給自己挑一個稱心的？」

吉平半張著嘴，表情微愕。

王泮林說中吉平心裡所想：「吉平，還是你給我打傘得好，你家大先生明明主動撐了傘，卻心不甘情不願，對我怨氣沖天，才說出這種不顧身分的玩笑話來。」

吉平當眞去接傘，卻被堇燊一眼瞪縮了手，乖乖退到兩人身後。

「其實，堇大先生雖是開玩笑，猜得卻眞差不離，我是想挑個稱心的——」

堇燊腳步一頓，目光詫異，看向王泮林。「文心閣看重九公子，才將雕銜莊借出。九公子若抱著玩心，還是不要白占了地方，而且——」心知肚明。「桑姑娘聰明得很。」

「所以，才要弄得像她自投羅網，而不是我故意候著她。」王泮林笑了笑，踱步雨下，且推開堇燊伸過來的傘柄，垂頭看著自己的鞋尖，就那樣淋著雨，走遠了。

堇燊心想，又來了，又來這種「見者有份，先到先得」的歪理了。但想到這兒，又忽然想起王泮林曾被那姑娘五花大綁，就覺好在那姑娘也厲害。

吉平有些好奇。「九公子雖然善謀，但到底又有什麼別的本事，能說服丁大先生借出雕銜莊？」

堇燊不答，斂眸搖首，長吐一口氣，跟過去。說實話，他也不知道丁山為何這般決定。文心閣如今雖是民間組織，也不排斥官府差事，但多限於金錢往來，一筆清帳就了結，從來不曾像這回，將文心閣一部分借人使用，不計報酬。

再說雕銜莊。

由雕銜莊的小婢領著，節南隨眾人穿過前庭堂屋，只見後面一條青磚路直通莊內，不像城內那些一進入便容易迷路的園子，這裡十分講究對稱，而且路寬頂高，多造廣閣大屋，沒有花園，只有花壇，不顯呆板，反而有些大氣，視野開闊。

「不是說雕銜莊是工坊嗎？怎麼到處空蕩蕩，連個人影子都瞧不見？」崔玉好左看右看。

小婢停在一排廂屋前。「剛接到姑娘太太們要過來的消息，大管事就把師傅們都集中莊後去了，姑娘們不用擔心受驚衝撞。這幾間屋子平時接待來訂版的客人，日日打掃乾淨，請姑娘們更衣或歇息。伙房正趕午膳，等會兒婢子再來請各位姑娘用膳。」

小婢走後，崔玉好道：「難道因為這雕銜莊也屬文心閣，一個小丫頭說話都文謅謅的。」

趙雪蘭不知選郡馬的標準，卻知文心閣用人的標準。「文心閣用人要考默詩經。」

崔玉好吐吐舌頭。「我只會背三字經。」

崔玉眞只道要小憩一會兒，由丫頭們陪著進了一間屋子。屋子挺多，節南和趙雪蘭各自分到一間，倒是清靜了。碧雲幫節南換過衣物，累得直打呵欠，節南讓她睡了床，獨自出屋，沿著大路旁的長廊慢慢走。

早在車上，崔玉眞說雕銜莊是文心閣製版工坊的時候，節南就有心逛一逛，還想能否碰上伍師傅，正好可以打個招呼。

走進中庭，見一間大屋敞著門，裡面散堆著一疊疊木板，節南便拐入屋內。雨聲風聲吵得無休無止，但看著大屋之中，滿眼刻著字雕著畫的木版，風雨彷彿就吵不進耳了，突然心寧氣平。當初選中鳳來縣那家小小作坊，不惜死皮賴臉求伍枰收她當學徒，第一眼感覺正是此時這般。

節南拿起一塊版。年畫版，福娃抱鯉魚，喜氣可掬，還刻著「丁山」二字。

她自然想起文心閣的那位丁大先生來，卻不知是否巧合同姓，不過看刻版的線條很流暢精巧，是塊上好版子。

突然，兩雙腳步，比雨急湊，停在節南對面窗外。

以爲是躲雨的，節南沒在意，正想往大屋另一頭走。

「他還活著？他……怎麼可能還活著？我……我親眼瞧見他落了懸崖。那麼高的地方，下面也沒有河……」

那聲音惶惶不可終日，呼吸喘抖。

另一個聲音冷靜地說：「那不是他，而是王家九郎。聽說王端嚴大人和中書大人本就像雙胞胎，所以王九郎也和他像極。但我觀察過，王九郎頑劣，行事懶散，爲人尖鑽，除了五官肖似，並無一處能與他相提並論。」

節南站住了，手指輕摩那塊年畫雕版，望著窗紙上的兩道人影，眸裡深褐沉光。

這個聲音的主人，她是認識的。

「可是……」惶惶仍惶惶。「會有那麼相像的人？剛才只看了一眼，我就覺得他的冤魂終於找來了。你不知道，他剛死的半年裡，我夜夜作惡夢，夢見他拉我一起死，要和我同歸於盡！」

「人死燈滅，而且是他自己心志不堅，非要走絕路不可。你雖有錯，卻算不得大罪，實在不必那麼自責。」

「不！我就不該到都安來！像我這樣的人，還有什麼臉面成就大器。只要王家的人知道他尋死的眞相，我也是死路一條。」

「我倒覺得你想得不錯，大丈夫應頂天立地，成就自己，你不能爲已經死了的人得過且過，浪費自己的才華。更何況你爲此自責了好幾年，也足夠了。你不是說那日崖上只有你和他兩人，下山時沒見到別人？就算有人瞧見了，又不是你害他、推他，是他自己跳下去的。總之，好不容易進了軍器司，你一展長才才是正理，別辜負了我師父的推薦。」

這聲音一向嚴肅又磊落，節南從不曾懷疑聲音主人的人品，想不到會聽到他說不磊落的祕密。

「伍枰……」惶惶聲音終於指名道姓。「你知道我有多後悔嗎？他那樣的天才，百年難得的天才，竟然因爲我……」

「事已至此，後悔何用。我當初曾苦苦勸你，你仍泥足深陷不可自拔，固執己見，以爲能帶人遠走高飛，但你可曾料到今日這個結果？」這聲音屬於節南的版畫師傅伍枰。

窗紙上的一個人影漸漸往下沉，節南能聽見那人近似喃喃自語的哀嘆。

「是我天眞。」

「好了，振作起來！男子漢掉眼淚像什麼話！」伍枰卻一把拉住那人。「孟元！想想你當年的凌雲壯志！你老說我沒出息，那就出息給我瞧瞧！走！」

兩人走了好一會兒，節南才走出大屋。

廊下無人，雨小了，風卻狂躁，捲得雨密如針，統統扎進白牆，似要拆了才甘心。

她聽到了什麼啊——

孟元說的那位尋死的王家公子，除了王希孟，還會有誰?!可是，王希孟不是病死的嗎？得一種急病，無藥可醫，幾日後就故去了。

她得到消息的時候，不能離開北燎，要說有疑心，也很快打消了。王希孟是暉帝看重的天才少年郎，不但親自得他教習，更允諾光明未來，連她那種掃地的小宮女都聽得到他的消息，可想而知他當時有多紅，又是名門出身，家族傍佑，誰能害得到他？

不是病死的，是尋死的?!

節南站在廊簷邊上，本該扎牆的雨針全扎進她的裙襬，她也不覺得涼，只是出神怔想著，沒瞧見園子側門溜過一道人影，然後又溜了回來，穿雨走到她面前。

「眞巧啊。」那人一身青衫讓大風刮拍著，墨眼卻似夜海，身姿拔立如勁松，定然且閒。要不是那涼漠的語氣，要不是那疏寒的笑意，節南自覺又要讓他那張臉騙過一回。

「九公子。」她回神，目光也淡，落在他手上那把闔著的傘，頓然額頭跳黑線。「巧嗎？」

「這話何意？」王泮林的笑容剎那變了，趣味盎然。

節南撇笑。「估摸著九公子兜過莊子一大圈，不找我給妳打傘，今晚絕對睡不著覺。我剛才瞧見你在草場邊，應該看我玩蹴鞠了，也應該知道我來雕銜莊。」

這人走路的背影很好認，少有的散漫卻出挑。

王泮林還眞遞出手中傘。「看小山姑娘踢個蹴鞠都嫌寂寞，所以特來帶妳去瞧熱鬧的東西解悶。」

節南瞪他。「妳怎麼知道我嫌寂寞？」

「不是踢著踢著就哭起來了嗎？還背著崔大人擦眼淚。」王泮林說得漫不經心。「小山姑娘眞是不喜歡示弱，大王嶺上殺了仇人，也是伏地垂腦袋哭的。哭了那麼久，某還以爲小山姑娘鐵心給自己造座雪墳，與家人相會去了，幸虧某出言相救。」

「明明是爲了救你自己。」讓誰瞧見不好，哭了兩回，兩回都碰上這位。

節南走過去，悠悠打開傘，不說是她想起兩個哥哥教她蹴鞠才哭了，也不承認自己好奇想看熱鬧東西。大風突然往上竄，她一偏頭，避過正臉，齊眉海卻被掀起，露出一小片額。

她沒在意，走出一步，同時回頭問道：「往哪兒走？」

但想不到，王泮林竟然伸手過來，撩開節南齊眉海，看著她額頭上的那道疤。

節南也不避讓，眼眸清湛，微笑望回。

「很好。」王泮林神情不變。

節南怔了半晌。「……不是破相可惜討人嫌棄？」

「有何可惜。若是瞧了這道疤就可惜妳嫌棄妳，這種人必然膚淺，小山姑娘立刻就能省下分辨人品的工夫，不用再多費力氣與之深交。多數人一輩子都知人知面不知心，小山姑娘卻只要露一露額頭，多有福氣。」王泮林用手輕撥節南的齊眉海，將那道疤遮去。「別隨便讓人瞧，免得福氣沒了。」

他隨即從節南身旁走過，忽覺淋到雨，回頭見他的傘沒跟上。「小山姑娘？」

「九公子可知，你不是第一個誇它的人。」節南走上前。「只不過你七哥說它很漂亮，就算我長大了，也能很容易認出我來。」

「早知妳與他相識，不然怎會看著我屢屢發呆。」王泮林又走了起來。

風雨飄搖，這回，傘穩穩撐在他上方。

「七公子是何等人物，我那時卻只是個小丫頭，不過一面之緣，說過一句話罷了。」

母燕在屋簷下抖雨，小燕子唧唧歡叫。

「王希孟究竟是何等人物？」王泮林背手一笑。「莫非三隻眼睛四隻手？我雖不曾見過他，聽那麼多人說他天賦驚人，才華驚世，然而說到底，他僅僅作了一幅畫而已。」

「僅僅作了一幅畫而已？」節南不能容忍這等輕忽。「江山千里曠古今，長夜萬星獨月明，如今七郎英靈去，山河無處哀知音。」

王泮林穿廊入堂，又走進漫漫雨簾。「好吧，就算他畫了一幅了不得的畫，獲得無數驚豔驚嘆讚賞，然後呢？」

「這幅畫名垂青史，他的名字萬古流芳，自然讓世人崇敬懷念。」節南不知還要什麼然後。

「他的這一幅畫，是幫頌人打贏了大今，阻止了北都淪陷，還是能將那些被大今擄去的無辜頌人救回來？」可笑的名垂青史！

「……」節南張張嘴。「九公子的想法好不偏激！北都淪陷，南頌兵敗，半邊江山被大今所占，這與七公子毫無干係，應該就事論事。」

「就事論事？哈哈！」王泮林笑了兩聲。「我正是就畫論畫，才如此不以為然。七郎畫下富貴繁華的大山大河之時，餓殍千里，饑民十萬，朝廷毫無作爲，任大今肆虐邊境而無措舉，要麼就是天眞得不知人間疾苦，要麼就是與腐壞的朝官們一丘之貉。」

「他英年早逝，如何來得及有所作爲？」節南堅定捍衛。

「他十七歲一畫成名，二十歲病故，其間三年，怎麼來不及？」王泮林輕哼一記。

「罷了，死者已矣。」節南不想再爭論下去。

她心裡卻知道，王泮林說得不錯。從十七歲舉國聞名到二十歲過世，那三年似乎靜止，沒有七公子的半點消息，只有對那幅江山圖無盡的唱頌。然而她從沒深想，不過同別人一樣，感傷於這位天之驕子突如其來的故去，理所應當地忘卻了那三年的空白。

「是，死者已矣，我勸小山姑娘早點放下對死者的敬慕之情，讓我可憐的七哥好好輪迴去吧。」

王泮林在一座石屋前站定，用力推開一扇石門。

節南沒反駁，默默收了傘。敬慕就敬慕，她就是敬慕王七郎又怎麼了？而且自己放不放下都不關他王泮林的事！七公子不會輪迴的，升仙才是！

走進去，但見這座石屋就像雕銜莊的其他建築，又大又高，還特別長，完全用巨大崗岩砌出來的。然而，讓節南驚訝的，不是屋子本身，而是屋子裡的東西。

到處是木頭，到處是工具，而且多數物件她已看得太眼熟。節南對不遠處靠牆的巨大弓床看了又看，差點說出——

追月弓！

「像不像追月弓？」王泮林自如穿行在雜亂無章中，最後坐到一張長桌前。「小山姑娘過來幫我瞧瞧。」

節南站在門口，沉著雙眼。

她學劍，也學造弓。雖說造弓的心思不純，只爲幫師父坐鎮神弓門中的器冑司，但亦用足十成努力。追月弓不是她所創，卻是器冑司眾匠所創的北燎名弓，容易操作，專用齒車搖拉弓弦，發力更強，射程更遠，一次可發射十二支大鋼箭。

問題在於，她知道自己學弓造弓，王泮林卻從哪兒知道的？也許，他只是試探自己？

「我怎麼瞧得明白？」節南沒動。

「妳若瞧不明白，誰能瞧得明白？大今所向披靡的浮屠戰甲正是柒珍一生的最高傑作，追月弓箭的箭頭用的是和浮屠戰甲一樣的密煉鐵，偏偏小山姑娘又是柒大師的關門弟子。」王泮林垂眼鋪開一筒紙卷，嘴角噙著淡笑。

節南心裡暗暗叫苦，真不知道王泮林怎麼知道這些事的，神情一板。「你！」

「我說過，我有個朋友在北燎做官，神弓門如今投靠了大今，對北燎而言就是叛徒，毋須再保守祕密。再說，令師是我朋友極爲尊重的友人，他的死，你們的敗，我朋友深感痛心。若神弓門主讓妳師父當了，北燎或許不會退至西原，落得和南頌一樣，丟掉半邊江山的下場。」王泮林放好紙鎮，抬頭看住節南，好整以暇等她過去。

節南腦中靈光一閃。「你說的朋友莫非是韓唐大人？」

王泮林沒有否認。

韓唐就是節南十三歲那年說服的不得志官員。經由她，韓唐前往北燎做官，現官居一品，是深受皇帝器重的要臣。

「韓唐大人已年逾五十。」會與他這種眼睛長腦袋上的人有交情？

「忘年之交。」王泮林坦然答道：「否則怎好意思在他府上白吃白住。」

每每聽他說話，條條不著調的歪道理。同時，節南想到鳳來縣裡初見王泮林，他也是一副賴在林先生家不肯走的模樣。

「敢情九公子的忘年之交都是蹭好處用的。」她嘲笑他。

「待我到那般年紀，自然也會招待小友。」他絲毫不臉紅。「小山姑娘爲何如此防備王某？我若想對妳不利，妳早已蹲大牢去了。」

節南嗤了一聲。「說得好聽，還不是爲了利用我嗎？」

「這倒是，」王泮林大方承認。「所以人還是要有眞才實學。」

「即便你抬得出韓唐來，我卻不必給他面子。師父爲他鋪好錦繡前程，他卻沒爲我師父做過任何事，痛心諸如此類的空話實在虛僞之極。」節南不再想跟王泮林較口舌之勁，姍姍走到桌前，但只看一眼紙卷，神情就變了。

要仿造追月弓的弓形並不難，但要把握每部分的精確設計，包括特殊材質的用料和製作祕方，才能發揮出眞正追月之力。這張追月弓的精造圖紙，卻幾乎與神弓門保存的造圖一模一樣。

王泮林瞧得分明，眼角瞇如柳葉尾梢。「如何？」

「不如何。」但節南不誠實。

王泮林沒多問，將圖紙捲起。「果然還是造圖有問題。」

他這般坦然，讓節南自覺小心眼，再想到神弓門如何對待自己，不由洩了密。「製弦之法錯了，要是九公子為我磨墨，我就給你寫下來。」

王泮林二話不說，磨墨鋪紙，連筆都給節南蘸好了，遞到她手邊。「多謝小山姑娘指正。」

這要求雖然是節南自己提的，但看王泮林這麼麻利，忍不住哈哈樂笑。「以為九公子高傲，其實卻是市儈，平時連條擦手帕子都要人遞，一有好處卻巴結得快。」

「做人本該見機行事。」王泮林說得刁滑，聲音卻冷極，眼中甚至有一抹厲色，只是眨眼之間就剩了不以為然的表情。

節南沒能察覺，說話算數，將弓弦的製法寫給他，這才想起來問：「朝廷規定不得私造兵器，九公子如此以身犯險，不怕連累整個家族，背上大逆不道的罪名嗎？」

「小山姑娘以為呢？」王泮林反問。

節南挑眉，隨即恍然大悟。「我真是多問了。九公子聰明人，借文心閣的地方來造弓，想來禁令對此地無用。」

「文心閣是官府承認的一處兵器設造所，不過不能隨意洩露官樣造法，也不可進行兵器買賣。」

王泮林往石屋中的一扇門走去。

節南又問：「九公子怎會對造弓感興趣呢？」

王泮林答道：「小山姑娘這話好不奇怪，我何時說對造弓感興趣？」

剎那，節南就想拍得他「一佛出世」。

她咬牙謙笑。「你沒興趣，讓我指正做什麼？」要她很好玩？

「北燎追月弓，大今鐵浮屠，南頌神臂弓，各有優勢，我想親眼瞧瞧它們的優勢，才能造出遠勝過它們的兵器來。」這才是他的目的。

「且不說鐵浮屠的造法我都不知道，你造勝過它們的兵器卻是爲何？」

不是很奇怪嗎？南頌重文輕武，更何況王泮林是士大夫之子，他那些兄弟就算不走文質彬彬的仕途，也是朝著才子先生的目標上進的。他造兵器這種事要是傳揚出去，恐怕會讓王家成一鍋沸水。

節南突然發現，自己算不算掌握了他的把柄？她正想得意笑一笑——

「因爲無聊啊。」

節南讓王泮林這聲長嘆噎住，笑不出來了。

「戴上。」王泮林手裡變出一隻兔子面具，粉嫩可愛。

節南聽到門那邊有人說話，知道王泮林不想讓人瞧見自己的眞面目。她戴上兔面，一跨過門檻，就見和南山樓的結構差不多，是三面牆一面敞的石閣，對面是寬闊半山地，山地上插著各種各樣的箭靶。

「劍童，妳來了！」書童跑過來，和節南猶如兄弟姊妹一般，熱絡打過招呼，又對王泮林道：「九公子，就等您來啦。」

王泮林走到忙碌著的七八人中間，繞一堆形狀奇怪的木管子轉了起來。

問王泮林話總有碰一鼻子灰的挫感，節南就聰明地改問書童：「九公子打算幹嘛？」

哪知，書童奇怪地看節南一眼。「妳連煙火筒都不知道？」

節南暗道自己沒記性，怎麼能忘了這位小書童傲性大，但總歸比他家主人好對付。「煙火筒爲什麼用木管做呢？」

「公子說這樣就可以多用幾回。」書童稍頓，又道：「大概省得浪費吧。」

節南心想，這才是小糊塗蛋，壓根兒不知道王泮林的心思。

「小山姑娘。」王泮林又叫她過去了。

節南看他那手招得跟招小狗似的，但偏生她好奇啊——

王泮林等節南走近了就道：「之前說的熱鬧，就是這個了，看看能否給小山姑娘解悶玩。」

節南要去拿一根木管，卻被旁邊人喝止不能亂碰。

王泮林抱臂走開些，同時以眼神示意節南跟他站一塊兒。

節南只好走過去，學他雙手抱臂，卻抱怨道：「看煙火算什麼解悶，我從來都是手裡拿著大爆竹放的，那才好玩。」

王泮林一笑，說不出的古怪意味。「稍安勿躁。」

方才阻止節南的人將木管固定在地面，管口朝著斜上方，另有一人點著管尾引線，兩人連忙跑開了。節南正奇怪，就聽砰一聲巨響，木管就地炸開，化作無數碎片疾射四散，劈里啪啦撞上石柱石牆石頂，還能反衝出好遠。要不是王泮林拉她又退了好幾步，她差點也被扎到。就不知她的肉身像不像硬石頭，能否把碎片反彈出去。

節南再看書童，嘿，這孩子也有天賦，拿著一片和他身高差不多的木板，躲都躲得比她靈活。她還瞧見靶子那邊，兩個穿著雨蓑的人反覆打叉黑旗。

「九公子，還是不成哪！」架木頭管子的那人跑過來，腦袋上頂著一鐵鍋，模樣可笑。「管子怎麼又炸了呢？咱可已經用上楠木了。」

什麼都要人服侍的王泮林自己撿起地上的碎片，看了好一會兒。「楠木如此堅硬仍能被炸開，可見火藥的威力。無論如何也是收穫。」

隨後，王泮林看向節南，笑問：「熱鬧嗎？」

眾目睽睽之下，節南不能睜著眼睛撒謊，點了一下頭，但道：「九公子原來想造的是火銃。那東西動靜大，噴起火來很嚇人，卻一點殺傷力也沒有，要是連熱鬧都製造不了，就比爆竹還沒用了。」

火銃是南頌極盛時發明的一種兵器，曾引發軒然大波。

當時，人人以爲這種利用火藥的新式兵器將淘汰以往的兵器，成爲克敵制勝的絕招。然而，經歷北都之難的將士都知道，最終還是強弩強弓強鎧決勝負。大今有鐵浮屠的黑盔甲，連發十二箭的追月弓床，攻城如入無人之境。而大家寄予厚望的火銃，要衝到敵人面前噴火才能把人嚇一跳，簡直成了一大笑話。

周圍幾個人聽了節南的話，面露詫色，似乎沒料到這姑娘挺懂行。

「別小瞧我家劍童，尤其她曾是造弓能匠，對火銃這等小玩意兒自然看不上眼。」王泮林一開口，就爲眾人解惑，以一種暗嘲節南的拐彎方式。

節南聽得出來，卻也不以爲然。她造弓的右手已廢，隨人挑釁，都激不起她的好勝心。更何況，事實勝於雄辯，如果火銃比弓箭好用，大今神弓門也好，南頌軍器司也罷，爲何仍投入大量人力物力改造弓弩？

「火銃的失敗不是火藥的失敗。」還是那位頂鍋子的匠人，目光炯炯。「只是世人根本不知道火藥的神奇力量。」

節南挑眉，偏頭想了一會兒，微笑道：「我明白了，你們不在造火銃，而是在造一種激發火藥神奇力量的兵器。」

那匠人吃驚張著嘴，半晌才對王泮林作一長揖。「我雖奔著優厚的工錢來的，打心底卻瞧不起公子，只當有錢人家的少爺玩心重，心血來潮才召集了我們造火器；但今日方知公子認眞，也是懂行的。江傑服了，今後公子再有吩咐，絕不背地裡再說公子指手畫腳。」

王泮林笑意閒散。「我說怎麼一直不大順當，原來各位師傅還沒有服我。你們背地裡怎麼說我這個人我是不管的，不過我花錢請你們來造火器，我指手畫腳得不對，你們就一定要告訴我。我半路出家學造火器，比不得你們這些十幾年幾十年的熟匠師傅。」

叫江傑的匠人儼然是工匠中的頭頭，他一嘿應，周圍的師傅們齊聲嘿應，表情與節南剛見到的大不一樣，有一股水漲船高的熱切勁兒。

王泮林再與江傑說了幾句，便和節南往石屋裡走。

書童追了兩步，抓抓腦袋，沒再跟。他一直以爲九公子造的是煙花筒，想不到卻是叫作火銃的東西，甚至都不知道火銃是什麼東西，所以有點受到打擊了。

節南卻是不滿。「那位江師傅眞奇怪，明明是我說對了，怎麼把功勞算在你頭上？還有，說什麼半路出家學造火器，聽著就荒謬，他們居然也信。」

王泮林還笑。「他們把妳當作我的劍童，自然歸功於我，而我也確實未撒謊，學造火器已有三年，雖然玩的時候比學的時候多得多。」

節南停下腳步，盯著王泮林看。

王泮林與她對視。「怎麼？還是不信？大王嶺上，小山姑娘和千眼蠍王那一戰，我從蠍王所用的暗器悟出鐵火彈，雖然屢次試用無果，卻還尚未放棄。」

「你不回家，是因爲想要造火器，但家裡不允？」節南這時不是不信，卻不能理解而已。

安陽王氏，一門三相，那就是文官的典範，文人的表率，士大夫家族的榜樣。王泮林造火器，絕對不務正業，所以他逃得那麼勤快？

「不是。」王泮林否認了，但也沒往下說。

「如果你家裡人知道的話……」節南這時心裡冒壞念頭——

告狀！

「把我趕出家門的話，那就再好不過。」

節南嘆口氣，她又犯傻了，這人就是不肖子弟，她怎麼老想用安陽王氏的家族壓力砸扁他呢。

「你爲何學造火器？」名門啊！追溯至祖上，文學大師、書畫大師可以照著王氏族譜直接念，父子，兄弟，個個聞名。

不過，造兵器？就是不肖！

「亂世之中，學文無用。」王泮林語氣散漫。

節南愣住。

「難道小山姑娘不這麼想？」王泮林似散漫，目光卻銳，節南的表情逃不過他的眼睛。

「……以前是亂世，若談和順利……」北都之難，半壁江山淪喪，數年內連換三個皇帝，迄今還有大批皇族落在大今手裡，過著都安的貴族們無法想像的悲慘日子。

王泮林笑了一聲，這回哼氣重。「一塊肉，已經嚥了一半，會放過另一半嗎？和談不過是奸佞之臣的奸佞之計！」

節南微驚，隨即撇笑。「九公子似乎忘了，你父親主和。」

「他主和，談和的卻不是他……」王泮林忽然消聲，再開口就半點不犀利了，悠哉哉到漠然。

「其實，今日請小山姑娘來，另有他事。」

節南眉一挑。「果然不是巧遇。」

王泮林卻道：「至少看到小山姑娘蹴鞠時，是碰巧的。」

節南也乾脆。「九公子直說吧。」

「妳替我出面，收購硝引。」王泮林直說。

節南好笑。「九公子高看我了，我沒那麼聰明，聽得懂這話。」

「冷煙山有硝洞，硝是造火藥的重要成分，但朝廷禁止硝私賣，必須用硝引換購。我不好出面，小山姑娘又做過交引買賣，交給妳，我很放心。」

「不過——」就像她闖萬德商樓，哪有那麼簡單的事。

「不過，冷煙山一帶的硝引三年來一直只發給一個人。」王泮林看節南露出「果然如此」的神情，笑意只是更深，心想和聰明姑娘打交道眞輕鬆。「這個人，很快會和小山姑娘打交道，是江南一路何氏當鋪的財東歐四爺。」

「姓歐的人怎麼開了姓何的當舖……」節南自覺有趣，但瞧王泮林要笑不笑的，立刻正色。「九公子對我的事當眞關心，連我周圍的人都打聽得一清二楚。不錯，九公子的朋友是高官或先生，我的朋友卻是市井混混，爲了在都安開賭場，拜過歐四爺的山頭，歐四爺沒給面子。」

「可是妳朋友卻不以爲然，今晚仍要開張。」王泮林笑。

節南也笑，沒有要問王泮林從哪兒打聽的想法，橫豎貓有貓道，鼠有鼠道，只怪自己落入這人的眼裡。「是，開了張，各路英雄才會不請自來，省得一趟趟白跑。」

「我要是小山姑娘的朋友，也會這麼做，只要有小山姑娘的劍。」王泮林完全領會節南的意圖。

「別說得這麼野蠻，我是講道理的人。再說，對方手下那麼多人，我一支劍也砍不了所有人的腦袋。」節南神情明燦，一點兒陰森沒有。「還是說回九公子的事吧。如果硝引眞的都在歐四爺手裡，今晚我可是得罪定了歐四爺的，他怎麼可能和我再做買賣？」

王泮林哦了一聲。「得罪定了？原來小山姑娘朋友的賭場只打算開一晚上。」

節南撇撇嘴。「眞不好糊弄你，不過我也說句實話，今晚到底得罪還是不得罪，我心中是沒底的。都說刀劍無眼——」

王泮林忽然手裡多出一張兔子面具，往自己臉上一比畫。「像不像？」

節南無比警覺。「像什麼？」

「兔子幫。」

啊？節南愕然瞪著眼前人！

她能不能罵娘？

11 心上之人

烏雲變淺，雨漸收，王泮林站在簷下，不知想什麼，有些出神。

「自從你回來之後，還不曾見你這般放鬆。心情很好？」

丁大先生站在王泮林身旁的一丈開外。

王泮林一笑，身影再不寥落。「見到了——故人。」

「哦？我以爲你最怕見到故人。」丁大先生問。

「我怕，是因爲我不想他們認出我來，但那位故人卻與別人不同。」王泮林仍望著天空。「她是那裡少有的，不帶目的、欣賞過我才華的人。」

「既然如此，你何不告訴她眞相？」丁大先生又問。

「眞相是什麼？」王泮林淡然反問：「我已不是那人，她亦長大了，而今我和她各有各的麻煩要解決，還是不知道自在些。」

「她不知道，你卻知道了。」丁大先生意味深長。

王泮林目光幽深，笑容清淺。「無妨，多爲她費點神而已。」

兩人走進石屋去。

這時，節南獨自往回走，心事惦惦。

王泮林找她出面買硝引，銀子他出，她賺傭金，聽起來她自己不會有什麼損失。只是，她可沒忘，那位不是普通人，把她騙去給孟長河報信，她的死活卻不在他的關心之內。

但是，節南也在想，她現在其實面臨很大的困境。桑浣選神弓門或選趙家，絕不會選她。年顏選神弓門或選金利沉香，絕不會選她。她有柒小柒一個知根知底的，而李羊只打下手，不找其他幫手的話，走不出如今的局面。

而她也很難預料金利撻芳的下一步，雖然金利撻芳在師父臨死前發誓不會為難她和柒小柒，然而她一直認為金利撻芳只是在等待殺她們的合適時機而已。她甚至懷疑，金利撻芳能這麼容易放她和柒小柒到都安來，就想神不知鬼不覺，遠遠處置了她們。

無論如何，正如王泮林早說過的，她需要和人聯手。如王泮林一般的出身世家、父系高官，要是一般文謅謅的公子主動向她示好，她可能毫不猶豫利用起來。不過，王泮林太厲害了，幾番算計看著不分勝負，他棋高一著，她也遑論不讓，可不知為何，總有自己稍遜一籌之感。到了這日，自己的身分已經在對方面前無所遁形，而對方一身的謎，心思深不見底。

剛才分開前，王泮林說，她現在幫他，他將來就會幫她。王泮林說得那麼輕鬆，就好像閒話家常，隨口拋出來的，一般人都不會當他認真。可是，她當時竟然信七分，哪怕她的疑心比一般人多得多，哪怕走出這大段路之後，七分信變成了一分信，還覺得自己可笑。然而，有一點是毋庸置疑的。他讓她做的事，她都莫名有點興趣，有點甘願，跟欠抽似的。

還有——還有——這人——可能嗎？

節南心思雜亂，眼看就要進入她們暫歇的園子，忽覺前方來風，讓得就有些慢，乾脆使暗力撞倒了那道影子。

那人是個男子，倒地翻滾一圈，歪帽坐起，狼狽得很。但他樣子雖狼狽，五官卻十分俊美秀氣，唇紅齒白，細目明湛，讓普通女子自慚形穢。

不過，節南不是普通女子，不爲這男子的俊樣神魂顚倒，冷冷質問：「雕銜莊誰人不知有女客來，你好大的膽，竟敢偷闖？」

「六娘，讓他走——」園門那頭傳來一聲弱音。

節南走上兩步，瞧見崔玉眞一手扶牆，一手撫著心口，全身抖若篩糠，站都站不住了。

她急忙過去扶住，冷眼看那男子跑開，又打量過四周，見無人才問崔玉眞：「妳出來怎麼也不帶個丫頭？還好是讓我碰見，若換成別人，指不定要傳成什麼樣子。」

崔玉眞無力靠著節南，聲音也微微發顫：「我……六娘……扶我到亭子裡坐坐。」

節南扶崔玉眞進亭子，又去找了一壺熱茶來，將杯子塞進她手裡，靜靜坐在她對面，也不主動再問，只看外面變淺的天色。

雨一滴滴落慢，雲中出現一輪白日的時候，她忽聽崔玉眞說了一句話——

「那人曾是我心儀之人。」

節南立刻轉頭看向崔玉眞。「可那人不是王希孟！」

崔玉眞臉色黯淡，眸中卻燃兩團明焰，一向溫良的氣質刹那蕩然無存。「父母之命，媒妁之言，讓我怎能奈何？」

節南將之前聽到的孟元和伍枰的對話稍加整理，再同此時此刻的崔玉眞聯想起來，驚詫轉爲忿然。「所以，世人爲妳白白惋惜，也白白讚妳至死不渝的深情，都盼望再出一個王希孟那樣的兒郎，才能配得上妳這般美好的女子，不至於辜負了死去的王希孟。卻不知妳心裡所思所想的，是另一個男子。」

節南後悔今天出門了。不出門，就聽不到這種醜事！

她十三歲隨師父和柒小柒到南頌北都執行任務，被選進宮中當差，其實是找機會接近韓唐大人，充當師父的傳聲筒。當時韓唐大人只是一個清閒學士，她就在學士館外當清掃宮女。

有一回，她同韓唐大人到書畫院，見到了那幅《千里江山》，完全沉陷於浩瀚磅礴的青綠山水之中，從此對那位十七歲的天才少年崇敬無比，且到了一種只要聽到王希孟三個字，耳朵立刻捕捉得到的地步。但她是細作，一切行動，除非必要，盡量不在不相干的人前走動，因此也不過遠遠看過王希孟幾回。她性格不好，小小年紀心思重，總以爲盛譽之下必摻水分，唯有王希孟，已被眾人捧得那麼高，她竟不覺得過分。

千里江山，江山千里，那麼老道的筆鋒，那麼大氣的格局，那麼傳神的「江山如畫」，似乎踏遍了畫中每一寸土地，才展現出山河驚魄壯麗又婉約美好，所以即便親眼見過此畫，也難以相信是出自一個十七歲弱冠少年的筆下。

所以，王希孟是天才。

王希孟的聰慧之名自小就有，但《千里江山》讓他的聲名上了巔峰，震驚了天子，震驚了朝堂，哪怕已經去世，他的名字仍被世人樂此不疲地傳誦。

韓唐大人辭官那日，節南最後去了一回書畫院，也就是那日，她和王希孟第一回說話，短短幾句。她在廊下等韓唐大人出來，風很大，吹得她額髮亂飄，被一群經過的小宮女嘲笑破相。那少年正好從轉角出來，瞧見了聽見了，卻溫和笑著，說她是福氣的漂亮孩子，氣走了那群小宮女。

她那會兒年紀小，一直因爲破相耿耿於懷，聽王希孟那麼說，突然釋然。

她說她就要離開皇宮，少年說沒關係，今後如果有緣再見，一定能認出她來。

少年的笑容很親切，比自家兄長更像兄長，在經歷了兩隻稻草腦袋的粗魯哥哥之後，節南只覺要有像王希孟這樣漂亮又善良的哥哥就好了。

這麼多年後，王希孟之於她桑節南，是夜空最亮的星辰，對世人而言已經隕落，卻在她心中永恆璀璨，神聖不可侵犯。就像孔子之於書生，老子之於道士，佛祖之於和尚，說欽慕其實不對，是崇拜，是敬仰，是一道光。

然而這日，先聽孟元說王希孟是跳崖自盡，再聽崔玉眞說並不心儀王希孟，節南第一反應自然就是憤怒。源於少時的崇拜，都清澈純粹，最不容摻入雜質。

好在崔玉眞自己也處於思緒混亂中，並未察覺節南語氣不對，連節南那些帶著責問的話都聽不進耳，只捧著杯子，雙目無神，喃喃自語。

「他回來了……居然回來了……我該怎麼辦？」

節南冷笑，正想再譏諷崔玉眞，忽聽布料摩擦聲。她回眼一瞧，見一角裙子收進去，顯然有人藏在柱子後面。於是，她也不說了，只是看崔玉眞頭髮微濕，想起崔玉眞借她的那條披霞還沒還，就回屋拿出來。

柱後已無人。

「披上吧。」節南心有怨懟，更不想給人獻殷勤，淡淡將披霞推過去。「玉眞姑娘妳抖成這樣，他人會疑心的。」

崔玉眞雙手微顫，展開，披上，像求安慰似地，緊緊捉著。

節南一挑眉。「莫非這是妳心上人所送？」

崔玉眞茫然搖搖頭。「不，這是七哥送的。崔王兩家世交，我與他算得自小玩大。這件披霞是他送我的十五歲生辰禮，我很喜歡，留著也是紀念。」

節南卻沒好語氣。「並不心儀自己的未婚夫，卻又珍視未婚夫所送的禮物，玉眞姑娘不覺得……」

雨過天晴，一道陽光投在披霞上。

節南突然斂眸，隨即又垂眸，片刻抬眼淡笑。「人都死了，玉眞姑娘其實不必再介懷，想喜歡誰就喜歡誰罷。」

崔玉眞完全沒注意節南的變化，苦慘著面色嘆道：「他只是一個九品匠官，即便沒有七哥，家中也不會將我許給他。我與他終究有緣無分，但他不該回來的……他不回來，我還能將就活下去。六娘，妳不是問我在宮城樓上看見了什麼才不慎掉落嗎？」

「妳看到了他。」節南終於明白。

「是。本以爲這輩子不會再見面了，而我已決定終身不嫁。」崔玉眞那雙淚眼讓陽光映得晶瑩，眞是美人垂淚也賞心悅目。

節南仍掛一絲微笑。「終身不嫁這種事，只怕崔相和崔相夫人，還有姑娘的兄弟姊妹，是不可能容玉眞姑娘任性的。」崔玉眞這樣的女子，要麼嫁進宮裡，要麼嫁給皇貴，絕不可能不嫁。

崔玉眞自己也清楚。「所以我才說，他若不回來，我還能將就活下去，不過一閉眼的事。」

「那人……」剛才讓她撞翻的男子就是孟元？長得雖俊，卻看著羸弱，手無縛雞之力的書生腔，沒有半點吸引人的特質，節南眞不知——「妳喜歡他什麼？」

崔玉眞神情酸楚，這會兒也沒那麼懵了，聽出節南話中有話，但道：「人人都道七哥好，謙謙君子，溫文爾雅，虛懷若谷，但他對待我，與對待任何人都沒有分別，一樣的溫柔親切。可是那人恰恰相反，雖然只是一名教習畫師，對別人毫不關心，只對我傾其所有的溫柔，讓我懂得什麼才是被人心愛。我曾對七哥動過心，看到他會面紅心跳，手足無措，只希望他多看我一眼。可是，七哥一直都溫溫淡淡，從不曾見他爲我臉紅，爲我相思，爲我失態，連一句悄悄話都不會說。從我十四歲與他訂親，三年皆如平常。我眞不知，如果嫁了七哥，一輩子那麼相敬如賓，要如何過日子。」

節南稀奇地看著崔玉眞。她一直以爲這姑娘歲數不小，也二十多了，看著很穩重，說話做事都成熟，想不到還是一顆脆弱少女心，需要一直被人呵護在手心裡，希冀自己是丈夫的一切，夫妻之間應該一輩子臉紅相思心跳。

「姑娘何時起的？」崔玉眞的大丫頭匆忙跑來。「雨後風涼，請姑娘趕緊回屋添衣。」

崔玉眞施施然走了兩步，回頭看節南一眼。節南淡笑，默頷首。崔玉眞這才走進屋裡去了。

出來找節南的碧雲正好也瞧見，就問：「六姑娘和玉眞姑娘說什麼話呢？」

「閒聊罷了。」節南什麼也不能說，讓碧雲收拾好東西，便自己往趙雪蘭屋裡走。

趙雪蘭這日身邊沒帶一個丫頭，正給自己戴姑冠，看到節南進來，起先不理會，直到整理好了才開口。「我什麼都沒聽見。」

趙雪蘭正是站在柱子後面的人。

節南好整以暇。「聽見又如何？妳和玉眞姑娘是綁在一塊兒的，她毀了，妳可能就眞要剃頭了。」

趙雪蘭有些激氣。「那可不一定，她沒有禮義廉恥，難道認識她的人都沒有禮義廉恥？回家後我要同父親說，不當崔玉眞的伴讀了，免得受她連累。」

節南大覺可笑。「妳以爲這是聽戲哪？隨妳選一齣又一齣的。」

趙雪蘭雖然很不喜歡桑節南，但自己還能在人前露臉，多多少少虧了她；又覺她到底寄住趙府，要顧忌自己的大小姐身分，所以壓下性子問：「妳說怎麼辦？這事若傳出去，崔玉眞名聲掃地，這輩子都完了。」

「要傳早傳了。」

起初節南十分震驚，和趙雪蘭的感覺一樣，想到這事不得了，一旦傳出，冰清玉潔的崔玉眞，深情不渝的崔玉眞，迄今讓人們仰望的高貴形象立刻毀盡。只是等她心情平靜之後，就覺不一定了。

孟元曾是崔玉眞的教習畫師！

崔相夫人堅持給女兒找伴讀姑娘，表面看起來是避嫌，同時能讓女兒學喜歡的東西，然而要是和這件事配合，大有崔相夫人知道了女兒的事，爲了避免她重蹈覆轍，特意找伴讀，其實和監視等同。

「趙大姑娘動壞心眼之前，先想想清楚，對方可不是尋常千金。就算妳我聽崔玉眞親口說了，不怕對質，問心無愧，但隨便把事情說出去了，崔府會乾看著嗎？而且，一旦查出是誰傳的，就姑丈一個小小的六品官，貶職外調，還不是崔相一句話？」

節南有時想，趙雪蘭雖然眼高於頂，任性十足，卻未必精明。精明的話，也不會讓舅舅家利用得那麼徹底，給劉彩凝當了墊背的還不知道，出師未捷身先死了。

趙雪蘭皺了眉，沉吟半晌才勉強來一句：「誰說我要傳揚出去了？不過既然知道了這等醜事，不想被連累而已。」

「退一萬步說，玉真姑娘喜歡一個地位不相當的男子，這事讓人知道了，也不算醜事，天真才對。妳別忘了，玉真姑娘的未婚夫已不在人世。」可悲！

趙雪蘭微張著嘴，隨即失笑。「真是有人天生命好。我只想嫁個家世出挑的，謠言罵得我體無完膚，而崔相的女兒，許給天下最好的男子也可以不滿足，還能心儀另一個，結果不算私情，因為未婚夫死得早死得巧，讓她大大方方天真發夢。」

節南暗道一聲同感，卻也不好附和。「總之，聽到也當沒聽到，趙大姑娘要是不願聽，我也言盡於此。」

趙雪蘭哼了哼，不再言語。

一會兒，雕銜莊的丫頭來傳擺了飯，請崔家的姑娘們到前頭用膳，崔玉真遣了大丫頭出來，說身體不適不去了。這下不得了，崔玉好叫來崔衍知，堂妹妹們誰也不去吃飯，將昏昏沉沉的玉真圍個水洩不通。

節南和趙雪蘭這倆陪讀的，當然就不好自顧自用膳，也留了園。不過，趙雪蘭有佛經抄，節南則百無聊賴，後來餓得受不了，就問了廚房在哪兒，帶著碧雲悄悄討吃的去。

再說柒小柒到戲班玩兒，搬完傢伙箱子，又幫人擺戲臺子，敲了一陣大鼓再打鑼，就有些沒趣，但要走的時候，讓班主拉住了喝酒。

柒小柒酒量了得，一邊看臺上的漂亮小生練戲，一邊把酒當水喝，後知後覺發現對面的班主不知何時，居然酩酊大醉，腦袋晃得撥浪鼓似的。

她瞅著旁邊兩空罎子，嘻嘻笑道：「不會喝，拚什麼酒量哪！」

班主搖起眼皮，大著舌頭，打著酒嗝。「誰說我醉了?!」

柒小柒做個鬼臉。「班主沒醉，我醉了，行不？今晚我還有事，先走——」起身要走，卻被班主拉住衣片。

班主突然嗚嗚哭起來。「我絕對不喝醉的。我這人吧，一喝醉就能看見鬼，所以不敢喝醉！柒姑娘，妳不信？」

柒小柒眼珠子一轉，調皮心起，抬腳勾了張長板凳過來，坐下。「這麼巧，我也能看鬼。」她信手一指戲臺上的俊生。「瞧見沒，那是我師父，死好幾年了，平時愛唱兩句，所以今日賴在戲臺上不肯下來。」

班主迷瞪著眼看過去，只覺好幾條人影，虛虛實實，立刻道：「眞的欸！柒姑娘！柒姑娘！我敬妳一杯！一定要敬妳一杯！妳不知道，這幾年我心裡多害怕，怕自己早晚有一天讓冤鬼纏身，不然就是活生生被鬼嚇死！如今遇到妳，總算有搭伴了！」

柒小柒本來就圖個樂子，見班主說得眞眞的，就覺晦氣，心罵她才不跟衰人搭伴呢，有個晦氣的小山已經足夠了。於是，她又想走。

哪知班主拉得緊，嘀嘀咕咕說了一大通。柒小柒聽著聽著，神情就若有所思起來。

等班主醉死，柒小柒抽出衣角，想著到後臺向俊生道個別，正好聽到俊生同另一個戲娘說話。

戲娘醋意極濃。「你眞喜歡那個肥婆娘嗎？」

俊生勾著戲娘的下巴，笑得輕佻。「哪兒能呢！還不是聽妳爹的吩咐，勾一個不用使錢的力氣人給咱白幹活，而且，她每回都不是空手來。又出錢又出力的傻子，到哪兒找去？」

戲娘紅著臉，表情卻挺享受。「可萬一那婆娘要你陪呢？」

俊生立時一副作嘔的模樣。「看她臉上的肉一抖抖的，我都恨不得弄口鍋來給她炸炸油，說幾句話還勉強，怎麼可能陪她呢？放心吧，有班主幫撐著，她占不到便宜——」

「就有你們這種自我作賤的臭東西，待你們好心還當人傻子。」柒小柒冷笑走出，一手輕鬆拎得俊生雙腳離地。「本姑娘近來得空，看你長得不錯，就給你捧捧場幫幫忙。你們唱戲的，不是應該喜歡人捧嗎？喲，怎麼？給你幾分顏色，你還開起染坊來了？」

俊生抓著喉嚨，喀喀說不出話。戲娘尖叫著來打柒小柒，卻被柒小柒一手刀劈昏了。

柒小柒兩眼發寒，神情化煞。「你別以為我不知道你風流，明明和班主女兒私相授受，又逛煙花樓子玩女人，不過我這人，看臉不看心。你記得，醒了之後給你爹娘燒高香，感謝他們給你一張好臉，所以保住了你的小命。還有，你轉告班主，即日給我滾出三城，否則再讓我瞧見，我就把你們拆骨切肉，如同此牆。」

柒小柒劈里啪啦一頓，把牆整了個大洞，又往俊生嘴裡塞了一顆丸子。

「這叫放屁丸。三日內，只放屁，發不出聲。警告你，別把我的話當耳旁風，本姑娘要人三更死，閻王也不敢留人到五更！聽到沒有?!」

俊生張嘴，卻出不了聲音，還聽到自己放屁，頓時嚇傻。

柒小柒再把俊生劈暈，掏一把甜豆子，放在嘴裡咬得嘎嘣脆，走出戲園子大門。

「小柒姑娘，真巧。」一駕輕騎馬車停下，門簾一撩，露出王楚風的笑臉。

柒小柒卻不給王楚風好臉，一聲不吭就要走過車去。

王楚風下車跟上。「小柒姑娘可還在為那晚的事惱火？」

柒小柒怪腔怪調來一句：「這位公子是誰啊？咱倆不認識，你可別亂搭訕。」

王楚風微笑款款，風度極佳。「我給小柒姑娘賠不是。那晚當著管事僕從的面，不能公然包庇小柒姑娘，多有得罪了。」

柒小柒嗤笑：「十二公子要立威嘛，而且我也確實偷了貴府伙房裡的食物，人贓俱獲，怎敢讓十二公子包庇？不過，小柒打算今後離十二公子遠點兒，免得我這樣的人壞了十二公子的名氣。」

柒小柒一抬手，想著要把身旁這位文質彬彬的公子推個狗吃屎，一看他那張臉就手軟了，最終只是加快腳步。

王楚風不知柒小柒腳下有功夫，只是追不上，眼睜睜看她跑沒了影，但嘆口氣，回到車上。祖母做壽那晚，大管事說伙房捉了個饞嘴的偷兒。他趕去處置，想不到捉的是小柒姑娘。大管事要報官，他說不要衝了吉氣，暫關柴房，之後又讓人偷偷把柒小柒放走。可後來再想，小柒姑娘當時很生氣，大概是因爲自己裝作不認識她，傷了她的自尊。

王楚風的隨身小廝叫王小，那晚也在場，只覺自家公子已經很誠心，卻見那姑娘好大的脾氣，難免替王楚風不值。「公子何必對那姑娘低聲下氣？那晚她偷東西不說，還把伙房弄得一團亂，耽誤了開席，害得公子被老爺訓斥。明明是她不對，她拿什麼喬？再說，公子派出好多人找她，一聽說她今日來戲園子就趕來，她傻呼呼什麼都不知道，還眞以爲是巧遇呢。」

「是我做錯在先。」若那晚說小柒姑娘是他朋友——王楚風苦笑。「再派人盯著戲園吧，一看到小柒姑娘立刻告訴我。」

王小無奈應著，又道：「聽說那姑娘和戲班子裡的俊生打情罵俏的。我的好公子欸，眼看五公子成了親就輪到您了，您可別這時候惹出閒話來，而且還是那麼醜——」

王楚風打斷小廝。「五哥之後還有九哥十哥，怎麼就輪到我？小柒姑娘坦白率性，醫術高明，是我的朋友，你切不可以貌取人。」

王小閉了嘴。

忽然，戲園子裡衝出幾人來，提著棍子到處找什麼。

王楚風瞇了瞇眼。「王小，去打聽清楚，這些人在找什麼。」柒小柒剛從戲園子裡出來，最好只是巧合。

王小很快就打聽完了，回來稟報：「說柒姑娘撂倒了戲班班主，弄暈了他們的臺柱俊生和班主女兒，偷走了戲班銀箱子裡的錢。公子，這柒姑娘又偷又搶——」

「胡說，小柒姑娘怎是那種人！她不過生性頑皮，雖說不請自來吃了我們府中的點心，也不曾有半分狡賴。」王楚風輕斥。

王小不敢說不請自來本就不對，忽見王楚風下車。

「公子去哪兒啊？」王小連忙問。

「戲園子。」王楚風邊走邊吩咐：「讓車夫把園子後門守好，你守前門，別放走人，也別放進人。」

王小不明白。「公子要做什麼？」

王楚風笑得溫和。「捉賊。」

王小下巴都快驚掉了。

12 大幫大勢

入夜，城北混沌巷裡掛起兩盞大紅燈籠，上面貼兩張紅紙，寫兩個黑字——必勝，除此之外，再沒有別的，但進門的人絡繹不絕，各個神情差不多，兩眼泛光，希冀挺高。

這裡正是李羊的賭場，取名必勝，到底誰勝，就看人怎麼解讀了。

李羊站在內堂門後，透過簾子看著大堂熱鬧的景象，眉頭卻不敢展開，回頭看看柒小柒，不由得有些著急，搓手道：「六姑娘怎麼還不到？」

小柒咬著糍糯紅豆糰子，口齒不清。「怕什麼，有我呢。來一個，我打一個；來一雙，我打一對。」

李羊咧笑，表情僵直。「柒姑娘，要是靠拳頭能解決，我也不敢勞駕六姑娘了。」

柒小柒嗤道：「你以爲六姑娘腦袋就那麼好使嗎？」

忽然有個壯漢進來報：「東家，歐四爺到！」

李羊這兩個月盡同山頭們打交道，知道何氏當舖的歐四爺就是所有大小賭場的行頭，唉呀一擊掌，對咬著零嘴的柒小柒道：「砸場子的人來了！」

柒小柒在壯漢進來之前已經戴上兔面具，哼哼。「怕他什麼！走！」

節南遲遲不到，李羊心裡七上八下，再瞧柒小柒擼袖子的架勢，分明打算硬碰硬，不禁暗暗叫苦，但也不好拉住她。

李羊一進大堂，只見大門那裡湧進三四十名藍短衫大漢，將他的客人趕了個精光。另有三名錦衣，頭前一名約莫三十出頭，蓄鬍，頭上紮方巾，怎麼看都像個文士。

李羊奇了，這不是歐四爺啊！

「李爺來給咱拜山頭的時候，我就跟歐四爺說過，你不是一般人哪！」文士笑道。

李羊早料到今晚開張生意不順當，起先緊張，事到臨頭反而冷靜了，上前大方抱拳招呼：「鄒堂主大駕光臨，李某有失遠迎。」

何氏當舖在江南有十來處，由三個堂分管。鄒易管著都安和安陽，是歐衡手下第一得力幹將。這人雖不會武，卻精於帳務，是了不起的理財能手。

鄒易不再打哈哈，坐上一張空桌，彈開骰子。「好說。李爺坐吧，今晚四爺本要親自道賀，卻想不到李爺的朋友先到一步，把四爺堵家裡了，所以四爺讓我代他跑一趟。」

李羊吃了一驚，與柒小柒交換眼色。

鄒易突然指著柒小柒，吩咐手下：「來幾個人，把這隻兔子給我圍起來。」

李羊不等鄒易的人動手，喝道誰敢，賭場的漢子們立刻站在他身後。

鄒易卻道：「李爺不用緊張，只是這位和堵四爺的人都戴著兔子面具，想來也是兔幫高手，我當然要防一防了。畢竟，能闖進四爺家的人屈指可數。」

「兔幫？」李羊驚奇。

柒小柒咕噥：「叫兔奶奶幫才好。」

李羊不知節南和柒小柒在大王嶺打劫杏花寨山賊的事，不管兔幫，還是兔奶奶幫，他都聽著怪異。不過既然知道節南直接堵了歐四，他就多了底氣。

「李某一不想揚名立萬，二不想暴富斂財，只想和兄弟們混口飯吃。江湖禮數，李某自認都做足了，該拜見的拜見，該送禮的送禮，歐四爺那兒李某跑了多少回，鄒堂主最清楚。」

鄒易嘿嘿笑道：「要照李爺的意思，我只要到衙門多跑兩趟，跟郡守大人說我要殺人，不管大人搭理不搭理，我都能殺人了嗎？」

李羊一時語結。

柒小柒卻嗤笑：「兩件事壓根不一樣，能放在一塊兒比嗎？我最討厭你這種人，鬼扯瞎編還自作聰明！你說官，咱就說官。衙門早就同意咱開賭場了，照你剛才殺人那套說法，咱今日開張還遲了呢。」

鄒易啞了半晌，呵道：「今日之前從未聽過兔幫，今日兔幫卻在鄒某腦袋上連打響雷。敢問這位怎麼稱呼？」

柒小柒繼續嗤：「少來，像你們這種怕人搶飯碗的，打聽對手名姓，都是想要日後算帳。我見得多了，你用不著假客氣。我呀，就叫大兔奶奶。」

鄒易表情僵了僵，決定還是對著講規矩的李羊好說話。「李爺，你要是想開個舖子弄個酒樓啥的，咱也管不上。可要是想開賭坊，你若不是江湖人，也得踩兩隻腳進江湖；你要是江湖人，更得憋口氣下龍宮。龍王不讓你喘氣，你就喘不得。我知道你懂的。」

李羊沉眼。「我要是不懂，也不會到歐四爺那裡轉悠。」

「就是。」鄒易扮笑臉也累了，冷道：「既然都懂，你這麼辦事可不地道。別說等幾個月，就是等一年兩年，也該乖乖等著。都安，安陽，安平，三城的賭坊和地下錢莊五成由四爺看著，你越過誰，也不能越過四爺。」

「廢話少說！」柒小柒將布條裹著的大寬刀往鄒易面前一拍——

桌子立時散了架。

「就照你掛嘴上的江湖規矩，勝者爲王，誰贏誰說話！」

鄒易臉色瞬變，嘴角抽了抽。看這龐大體格兔子臉笨姿笨態，說話也不多，偏偏每回都能讓他啞口無言。

沒錯，江湖規矩千萬條，其實也就一條——

勝者爲王！

於是，愸半刻，鄒易也裝不得斯文，只好露出地頭蛇的本色。「李爺，單單歐四爺手下就有上千號兄弟，敢問你這兔幫多少人？」

「人多有鳥用？」還是柒小柒說話：「一夫當關，萬夫莫開，本兔奶奶一根手指頭就能撂倒你帶來的這些人，你要不信，只管放馬過來。」

節南要在這兒，估計會臊這位姊姊。但鄒易不知道柒小柒到底多能打，只能半信半疑，何況柒小柒那柄大寬刀，裹著布條更加陰森，以至於他打消原本要先弄個下馬威的念頭，入了正題。

「李爺，我奉四爺之命，先來候著。等四爺讓我接收賭場，李爺就請自覺走人。要是你們運氣好，沒準李爺今後就是我們自家兄弟，大家一起混飯吃。」

柒小柒一聽，沒打架的事兒，立刻變回安靜的氣質姑娘。

李羊卻聽得糊里糊塗。「敢問怎麼才算運氣好？」

鄒易終於能自信一樂。「李爺想吃賭飯，那就靠賭運唄。這會兒，李爺的朋友應該和歐四爺上了賭桌。」

李羊暗暗叫苦，以爲節南要和歐衡比賭技，後悔沒有告訴節南，那位歐四爺如今雖然是腰纏萬貫的財東，早年卻是靠賭起家的混棒，賭技運氣皆神。

李羊操心個沒完沒了，但鄒易自認勝券在握，就像一隻張大嘴的老虎，等著兔子蹦進嘴裡。

再說歐家。

戴著白兔面具的節南坐客座，身後站著一群灰兔「幫眾」，但她感覺並不爽。

她不愛紙上談兵，也不愛棋盤上下棋，她一向掌握自己，去哪兒，做什麼，怎麼做，都由她擺弄。現在，卻有被牽著鼻子的感覺。這種感覺，以節南的性子，當然不爽。

因爲她這種不爽的情緒，直接對那邊正讓人鋪賭桌的、據說江南一路能橫著走的、長得可以說不錯的、年齡也屬於壯青的歐四爺無視之，只不時對身側那隻灰兔斜白眼。

王泮林低笑：「小山姑娘雖不喜歡聽人指令行事，王某沒了小山姑娘卻寸步難行，而今日的賭局缺了我，妳也難贏。所以，暫且互相將就一下？」

互相將就？

節南再白他一大眼，可惜戴著面具，沒辦法傳達嫌棄之情，只好哼他：「不是互相將就，而是我將就你。你說什麼不方便露面，其實不就想讓我當先鋒送死去？小心……」

王泮林笑音沉呵：「小心什麼？」

節南卻不答，反問：「賭什麼尙且不知，怎知我缺了你就不能贏？」

王泮林的棋路相當難料，但她也不是按棋譜下棋的人。這小子用一封成翔知府的假書信糊弄她，她還是把局面掰轉了，所以今晚這張賭桌誰是大贏家，還要看看呢！

「兔女俠請上座。」歐四爺在請了。

節南走在前，聽到這個稱呼，不由嘟囔：「就不該吃解藥。」

王泮林不解。「爲何？」

「噴一口血方能解開我的鬱悶。什麼兔女俠？剛跟歐四說了，叫我小兔奶奶。這隻小兔崽子！」

王泮林笑了出來。

笑出來之後，才發現自己笑了，改爲輕咳，語氣卻怎麼都正經不得。「可我還是喜歡瞧小山姑娘這時的好看皮相，之前實在慘不忍睹了些。」

「教你一詞，叫作相由心生。」節南說罷，坐上那張鋪紅錦的圓桌，衝對面笑著卻一直緊盯自己的歐衡道：「歐四爺是賭坊裡發家的，不會想認眞跟我這個完全不賭的人拚賭技吧？」

較量第一要點，不可逞強。她要是仗著自己輕功目力耳力內力這些，跟賭聖卯上，那就是作死！這會兒，得裝孫子。

歐四就道：「不拚賭技，就拚賭運。骰子比大小，誰都會玩，全憑運氣。」

節南笑。「歐四爺，我說我不賭，卻也不是一點不懂，扔骰子可以做手腳，您別欺負我。」

節南和柒小柒兩人都逞霸性，但在柒珍這個師父的悉心教導下，又很自覺女兒家的身分，該撒嬌的時候絕不含糊，絕不臉紅，聲音奇異地動人。

柒珍師父說，女子與男子體質本就不同，擅長的領域也不同，沒有誰強誰弱之分，和各式各樣的武器一樣，較量時揚長避短就好。

「那妳說比什麼？」

別說平時就憐香惜玉的好漢歐四心會軟，連王泮林都讓節南的笑語弄恍惚了一下，詫異看向節南。可是，那張兔子面具擋住了一切，只聽得出動人嬌氣而已。

節南摩挲著兔面具的下巴。「咱先說賭注吧。方才歐四爺說我要是賭贏了，我朋友就能開張，要是賭輸了，賭坊歸您，我朋友走人。可我細想一下就覺得不對啊。這麼賭法，歐四爺怎麼都不會輸，因爲您根本沒放賭注。這可不行！您要名有名，要錢有錢，卻不下本錢，這賭局還沒開，我就吃大虧了！」

歐四乾哈哈得樂。「小兔姑娘說得是。我可不是賭不起的人，小兔姑娘押上賭坊，我怎麼也得出個相當的賭注。」

節南冷眼瞧著，卻笑得動聽。「四爺可別說得大方，給得小氣。」

歐四大丈夫氣概就上來了。「那就由妳說，只要四爺我出得起。」

王泮林嘴角一點點往上翹。

「我押賭坊，本該要四爺也押上一間，偏偏我朋友沒那麼大的心。但拿賭坊換銀子，我也算不過來。這麼吧，我兔幫靠運送西北山貨混飯吃，如今有些閒錢，想做買賣卻無門路，聽說四爺手上有硝引，我也不敢貪心，四爺就押一份千石硝引，要是我贏了，賭坊能開張，也請照官價將硝引放給我。」

歐四一聽，嘿，這姑娘挺有分寸，自己其實還是不虧的，不過允她拿錢換硝引，少賺其中差價罷了，而且千石那麼一點量，也就夠收一個小硝礦的，不影響他占大頭。

他怎麼想都不覺得對方有陷阱，嘴上卻說得好像給了個大恩惠。「小兔姑娘聰明，要想做西北硝的買賣，有錢沒引就是空，而且我放引都不用走交引鋪子，找一日朋友們吃個飯，就全放出去了。姑娘若要得多，我還拿不出來……」

節南只覺歐四說得誇張，卻聽見王泮林說了一句——

「跟他賭飛火弩。」

什麼？節南偏頭看王泮林一眼，誰知歐四吹牛吹完了，正問她比什麼。

她心裡又把王泮林這傢伙罵幾遍，對歐四笑道：「咱們賭飛火弩？」

歐四本來純粹憐香惜玉，雖說這位兔子臉的姑娘說話不蠢，對他打聽得也似乎挺清楚，但直到這時她說出飛火弩來，他才真正重視起對手。

「哈哈，姑娘說笑了，民間怎能私造弓弩？」南頌對民間兵器製造的控制法令非常多，刀類幾乎禁絕，弓弩的使用也有很多限制。

不過，對於節南，這是她的老本行，於是笑道：「我來都安後，很多人說這個不能私賣那個不能私造，但我知道頌刑統說，弓弩戲獵可使，只要向官府通報在冊，支付年金。普通百姓當然用不起，對歐四爺卻是小意思，而且四爺家裡不但自帶靶場，四爺還喜歡上山打獵，近來更是招了幾名能工巧匠，專門給您造弓弩。飛火弩是四爺和好兄弟們新近最常用來湊好彩頭的，聽說跟煙花裡的沖天彩球差不多。」

王泮林一抬眉。

歐四收起笑臉。「小兔姑娘知道得真多啊。」

節南目不斜視，因爲戴了面具來，笑聲刻意壓沉。「要是對歐四爺一無所知，今夜我也不敢來了。」

歐四肅著臉的時候就有一種大將魄力，不像江湖漢子，更不像當舖財東。「既然小兔姑娘有備而來，那我就下膽賭了，也不怕別人說我欺生。飛火弩名字雖響亮，但就跟逢年過節玩的煙火差不多，動靜熱鬧，其實只是比射木人靶。可射五箭，木人損壞最厲害的算贏。從弩到箭，包括火藥，都由我提供，保證大家用的是一樣的東西。不過不是我自吹，我家的弓弩造匠原來可是北都弓弩局的官匠，小兔姑娘可要想好了，別我贏了，妳又不服。」

節南一下子聽出矛盾之處，奇道：「既然用的都是一樣的東西，不都是那幾個造匠造出來的嗎？」

歐四眼睛亮了亮。「小兔姑娘幫眾幾人哪？」

節南稍愣，訕訕一笑。「四爺這是打探我的底細？」

「只覺姑娘挺聰明的，要是想領著兄弟們混飯吃，與其辛苦自撐場面，不如傍著大樹好乘涼，必勝賭坊併入我何氏當舖，小兔姑娘及其朋友兄弟加入我歐四堂下，那就不用賭了，改爲歃血盟誓，今晚喝個不醉不歸，多好！」

哈?!節南瞥一眼身側那道修長人影，王氏子孫跟歐四歃血?多美好的畫面啊！

「四爺小瞧我兔幫了。」某隻原來說不方便露面的灰兔子突開尊口：「我家幫主豈止挺聰明，是非常聰明才對。從西北轉南方，準備開大幫、造大勢，可不是來給誰當小弟的，且終有一日要與長白幫並駕齊驅。」

歐四怔了會兒，突然放聲大笑。「哈哈哈！好一個與長白幫並駕齊驅！小兔姑娘這面具造得一點兒凶悍沒有，想不到志氣這麼大，倒叫我這大老爺們不好意思——」下一刻笑聲斂淨，神情極其認眞。「給長白幫當了小弟。」

兔面具下，節南齜牙咧嘴，大吃一驚，想不到歐衡也是長白的人。

歐四一抱拳，發出啪一聲大響，嘴角撇上，目光鋒冷。「在下歐衡，長白老四，雖然武功數不上幫中前十，所幸還會賺錢，在周邊打理營生。你們既然提到我長白幫，今日賭局就涉及我幫名聲，你們不賭也不成了。」

叫王泮林的灰兔子簡直不知道什麼叫禍從口出。「既然如此，可否加注？」

節南往旁邊讓了讓，雙手抱臂。死小子！又打算利用完她一腳踢？

本來說好的，只是換必勝賭坊順利開張和他的硝引，一場小賭局嘛！搞半天，他是衝長白來的！還什麼？兔幫要開大幫造大勢？他王泮林難道還想一統江湖？

今後她改名棋童，幫他拿拿棋子擦擦棋盤得了！

歐四留意到節南搭手的架勢。「小兔姑娘，這位是妳幫中的——」

節南滿腔火氣化作一聲嘻笑。「幫腦。」

「幫腦？」歐四心想這稱呼新鮮。

節南指指自己的臉。「打個比方，我是臉面，他就是——」再指自己的頭。「這裡頭的東西。」

歐四看王泮林的目光就深沉起來。

王泮林卻笑道：「我家幫主就愛說笑，就算她是臉面，但臉面比腦袋重要多了。只聽過傻人傻福，沒聽過人不長臉的，歐四爺以爲呢？」

歐四打哈哈。「幫臉也好，幫腦也好，我看二位都是能幹人。好吧，請說，要加什麼注？」這要是兔幫的內訌，那他可不接收這種三流小幫派。什麼事還沒做，自己先掐，反而拖他後腿了。

「長白英雄帖。」

歐四瞇了瞇眼，略沉吟，隨後就道：「你們加注，我就加注！今晚你們要是輸了，拿下面具再離開。」要看真面目。

王泮林淡淡說聲好。

「你說話可算數？」歐四多個心眼。

王泮林看向節南，節南聳聳肩，她今晚根本就是光杆的兵，其他幾隻灰兔子都跟王泮林來的，也不知道什麼人。於是，歐四帶手下到靶場準備，節南和王泮林落在後面慢跟。

節南不說話。

王泮林說話：「小山姑娘心中有氣，以爲又上了某的當。」

節南嗤一聲。

「有氣只管說，不說出來，怎能知道是誤會呢？」王泮林又道。

節南張張嘴，閉住。

王泮林笑了。「小山——」

「比起說話，我更想割開你的脖子和腦袋。」節南頓時睜著恍然大悟的葉兒眼。「啊，原來你是爲了找死才叫我來的，早說啊。」

身後傳來幾聲笑，節南冷冷往回看，立刻寂靜。

王泮林絲毫不以爲意。「不是。」

「什麼不是？」節南好奇這幾隻「兔幫眾」的來歷，一時沒反應過來。

「不是爲了找死，而是爲了姑娘的技藝。」王泮林今晚頗耐心。

「我說過我右手已廢，而且歐老四提供弓弩火箭，都是現成的。倒是九公子想一齣是一齣，要長白英雄貼，打算一統江湖了，佩服！」節南說反話。

「我只想問長白幫借一人。」王泮林笑了笑。

節南立刻冷笑。「果然另有所圖，想來我若問你借什麼人，你不會告訴我。」

「我說了妳也不認識。」王泮林雲淡風輕來一句。

節南呵呵，左手卻迅速劈向王泮林後腦瓜。

後面有人低喝：「住手——」

王泮林似毫不察覺，接著道：「所以才要借小山姑娘之力。」

節南的指尖收起，變成拳頭揮空了。「我能借你什麼力？」

王泮林一腳踏進靶場。「小山姑娘擅造弓弩，我能弄一下火藥，飛火弩正好結合我二人之力，若像大王嶺成翔府那麼默契，也許又能贏得漂亮。」

「默契？哈哈！九公子這又是說話不上心，還以為我會信你？」說著話，節南走近前，但見一張長桌上擺著零零碎碎的物件，這才詫異。「不只比射木人靶啊。」

歐四聽見了，笑得很得意。「比啊，不過光射靶沒意思。咱從裝弩機開始，調望山，選彈道，造火丸，一樣樣裝好了，再比。妳我一方各選兩人，免得你們說我不公，我這個外行人下場，再選一名造匠，如何？」

裝弩機？節南眞想笑。

王泮林卻道：「我們這邊由幫主和我組隊，歐四爺可有異議？」

歐四自然沒理由反對，讓節南和王泮林檢查兩邊的物件是否都一樣。

既然避無可避，節南嘴上鬥著，眼裡卻不容沙子，看得十分仔細，不但確認歐四沒有做手腳，而且還把規矩看明白了。

歐四飛火弩射的遊戲，如果不考慮賭注，其實是相當有意思的。弩的三大組成部分：臂、弓、機，他都給拆開了，然後臂有幾種，弓給幾類；弩機拆分得更細，多給一堆的拔弦、望山、扳機、鍵，還有足踏可以選。就算她右手不能使力，也可以用腳開弦。

這不是普通玩弩的消遣遊戲，而是對弓弩喜愛極深、平時就拆來拆去的玩家興趣，不過在北都淪喪、南頌退守的時局中，這種愛好透露出一股極不尋常的意味。

節南悟出，歐四也好，長白也好，大概都不是她以爲的那麼簡單。但她決定裝傻，就當成一場普通的消遣來玩，特別這局棋已經不由她來下，不用她瞎逞強，堅持要到自己的好處就好了。

「如各位所見，擺在桌上的物件隨便用，只要半個時辰內完成，裝出神臂弩都算自己本事，然後就射木人，共五箭，損傷以焦膚，挖肉，斷肢，插心，斷喉以及射頭這樣的，由輕到重的判斷法。先說好，木頭人是榆木造，用木釘連關節處，要是你們眼力夠準，裝出來的弩夠強，那就是弱點。」

歐四說完，王泮林看看節南。

節南看王泮林瞧自己，感覺是讓自己拍對方馬屁的意思，不太甘願，但道：「歐四爺當眞磊落，連弱點都告訴我們，萬一我們輸了，也輸得心服口服。」

歐四哈哈一笑。「小兔姑娘莫說喪氣話，妳要是來個一箭插心，我也沒把握贏妳。」

節南笑無聲，可愛兔面給歐四的，只是假相。

「四爺。」對面來了一個少年，十五六歲，給歐四行個禮，模樣很是伶俐。

歐四一邊點頭一邊往少年身後看，連腳尖都掂起來了。「大馬，你哥怎麼走這麼慢？」

大馬笑笑，目光拐了節南他們一眼，回歐四：「我哥睡了，所以就我自己。四爺要是覺著不放心，最好派兩個大力氣的手下人把我哥抬過來。四爺知道，我哥一睡，雷打不動。」

歐四居然道不用了，轉而巴著這個少年郎。「大馬你來也是一樣。」

大馬也不嘮叨，走到桌子後面坐下來。「老規矩？」

歐四再道：「是，不過今晚賭注下得大，不用讓著。」

大馬哦了一聲，一直沒再拐看節南這邊，更不看桌上的物件，雙手交叉坐得跟聽講的好學生一樣，也似乎在等開始。

歐四則跟沒事人似地，站在桌旁，雙手叉腰，讓人擺上漏刻，對節南和王泮林道：「二位可以開始了。」

他一說完，大馬就動了起來，轉眼挑一堆物件，開始拼裝。

王泮林卻還拉住了節南說悄悄話：「剛才有否聽到歐四說神臂弩……」

節南打斷王泮林：「你可知神臂弩的造法迄今沒有外傳，是軍器司的機密，聽歐四鬼扯。這張桌上要是有神臂弩的部件，我告發他，他腦袋就保不住了。」

王泮林低笑。「妳我果然默契，正想告訴妳別聽歐四詐言。那妳打算裝何種弩？」

節南再看了看桌上。「你若想我親自校正箭槽，就只能裝踏足弩。不過歐四這裡的踏足弩是遊戲弩，弦力弱，射程頂多一百五十步。你如果自己校正，我可以裝黃肩弩，也是那少年準備要裝的，好弓，好弦，弩機精良，雖也是遊戲用的，射程至少兩百五十步，射手需要有五石[1]臂力，用慣者可以射時自發調整箭頭方向，箭槽偏度就能忽略了。」

王泮林沒有不懂裝懂，捉起弩臂看箭槽，語氣略詫異。「這箭槽還需校正？」

「沒有一條箭槽是準的。」節南說完，忽然見大馬瞥來一眼，淡回一眼。「怎麼樣，幫腦，想好了沒有？」

王泮林知曉節南其中嘲諷，轉眼看木人。「木人一百步，而且我這胳膊腿，別說五石，一石都拉不動，所以踏足弩適合妳我。再者，這是比飛火，弩載箭如同舟載人，最終要看箭力。」

節南立覺自己被反嘲，很謙虛。「不錯，用什麼弩其實一點不重要，重要的是飛火怎麼把木人嚇散架。」

哼！當初造出火銃的匠人也得意，以爲從此就不用再造弓弩，結果呢？不管大今、南頌，還是北燎，都擴大了弓弩局的製造規模，把弓弩能匠當寶一樣供著。

冷碰熱，立刻熄火。

王泮林笑笑，樣子比節南還謙虛。「幫主認爲哪種箭合適？」

節南不含糊，選了一種輕巧的銃羽箭。

王泮林半點不遲疑，接過就到長桌另一頭裝火藥去了。

節南不再看王泮林，悠哉撿了不少小東西，選銅郭用的工夫更久，又不像另一張桌上的大馬坐下就不動了，她一會兒起來拿東西，一會兒起來換東西，來來回回忙得很，讓大家感覺不怎麼牢靠。

只用片刻工夫就裝好黃肩弩、塡好火藥的大馬，時而看看走來走去的節南，時而看看頭也不抬的王泮林，沒一會兒就趴在桌上，居然睡起覺來。

於是，歐四喝茶，歐四手下聊天，夜空朗朗，南風拂拂，悠閒得不要不要的。

半個時辰後，歐四才放下茶壺，笑喊時辰到。

王泮林交出五根多了引線的銃羽箭。

節南好奇問他：「你是不是算錯了步數，比歐四爺那邊長一指。」

王泮林瞧瞧節南的踏足弩。「別的不怕，只怕多出那麼一點點分量，這付戲弩就送不動了。」

戲弩眞兒戲。

民間用來射戲的踏足弩，弓用雙竹片，弓弧不大，弓臂短，弩機製造不複雜，主要適用於臂力不足的少年老年或女子，一般用軟棉包頭草杆箭。

節南造戲弩的時候很忙碌，不但用足半個時辰，還用了大馬不用的鉋子鋸刀，以及好些小工具，但造出來的戲弩就是戲弩，看起來完全沒有不一樣。

1 五石約為一百三十五公斤～一百五十公斤。

節南拿起其中一枝銃箭，略掂，再掂，又將引線拉至箭尾。「能想法子將線頭固定在這裡嗎？」

王泮林看向歐四，問他能不能改。

歐四肚裡瞧不起這付踏足弩，因此也無所謂這點小修改，只管點頭。

等王泮林弄好，射賽才開始。

射賽的規則很簡單，每方射五箭，不分先後，半炷香裡完成即可。黃肩弩需要大力，歐四顯然有的是力氣，連開五箭，也就五口氣的工夫。而這五箭煙花綻放，嘯聲竄天，閃著繽紛，鬧哄哄扎進百步外的木人，四肢還斷了兩肢。

歐府眾人齊聲叫好！

歐四雖遺憾最後兩箭因爲風力而偏離木人靶的要害，還算歪打正著，故而挺滿意。但轉頭去看對手，發現節南竟然一箭未射，卻在擺弄固定弓弩的椅子。規則並未說不能墊椅子，而且射手又是那位小兔姑娘，才弄了個老少皆宜的踏足弩出來，所以他也不以爲然。

王泮林幫節南將弓弩固定在椅面，看她右手放在弩機銅郭盒子外的轉柄上，這才注意扳機與尋常弓弩不同。不是扳扣的，而是搖轉的，就算右手力氣小也能發動。

「點引線後立刻放手。」節南忽道。

王泮林只覺箭頭對得不準，同時卻聽話，點燃引線就放手，節南立刻右手一搖——

砰！

一箭扎入木人腦袋。

箭速極快，快得喧嘩的人聲來不及靜，快得讓歐四突生不妙之感，快得大馬犯睏的眼皮掀翻。

節南正想拿下弩，好重新踏弦。

王泮林卻將手壓在她手上。「小山——」

「姑娘」兩個字還沒出來，一聲——

砰！

節南怔望著——

除了王泮林，所有人都怔望著——

什麼東西炸開了！

炸成無數碎片，散了一地！

木頭人的榆木腦袋已經不見！

王泮林微笑。「一箭足矣。」

勝負已分，一箭足矣。

歐四的黃肩弩掉了地，大馬的也差點下巴掉了地。然後，他跳起來，一溜煙兒跑了。

王泮林仍笑著，一揮手，自有灰兔子上前拿了硝引，放上銀票，取走長白英雄帖。「請歐四爺信守承諾，我幫罩著的必勝賭坊今後有勞四爺看顧。」

歐四盯住木頭人脖子上的那縷黑煙，好半天喘氣回神，卻發覺兔子已走得一隻不剩。

13 一盤細作

「人呢？」

歐四還沒問，大馬拉著一個衣冠不整的光腳青年跑出來，大聲問。歐四看看手下，就有人回答已經走了。

光腳青年起先不怎麼起勁，隨後看到沒了腦袋的木頭人，甩開大馬撲過去，抱著榆木疙瘩大喊三聲：「頭呢？頭呢？頭呢？」

大馬比手畫腳。「那隻兔子裝的明明只是踏足戲弩，箭速與黃肩弩一樣，箭勁比歐四爺的還厲害，一下子扎進了木頭人的臉哪——啊——弩機！」

大馬繞著節南和王泮林那張桌子轉了兩圈，衝歐四大喊三聲：「弩呢？弩呢？弩呢？」

歐四刀目垮下，稜角分明的面龐這會兒什麼江湖氣概都沒有，原本神氣昂藏如今卻如鬥敗公雞，耷拉著肩、搓著額，頭疼欲裂的模樣。「二位，我方才輸了一張長白英雄帖，比起一顆木頭腦袋、一張遊戲弓弩重要得多。你們自稱名匠馬鈞之後，怎麼輸給了無名小卒呢？」

光腳青年緩緩放開木頭人，轉頭看一眼歐四，卻對大馬道：「大馬，把木頭腦袋碎片撿了，搬上木頭人，找老太婆去。」

「憑什麼我搬？」大馬居然不聽。「你沒聽見我說嗎？是弩機！兔子肯定對弩機動了手腳！咱的黃肩弩雖然也是戲弩，與真弩相比不過換了材質，但比黃肩弩強的發射力……」

大馬蹦起來。「神臂！二馬，那兔子會造神臂弩！所以才選足踏，故意迷惑我！」

叫二馬的青年神情譏笑。「你以爲神臂是娃娃玩的彈弓，隨隨便便掛嘴上？且一看就知道，不是弩厲害，而是箭上的飛火厲害！這等炸力，已經遠遠超過了火銃唬人，我一定要讓老太婆看看！」

二馬是哥哥，大馬是弟弟。

大馬呸二馬：「不對！因爲弩厲害，箭才能打進腦袋。不然你拿個大爆竹別放手，看你的手會不會皮開肉綻！」說著，把桌上盒子罐子都闔上，把桌布四角紮起來，攏成一個巨大包袱，一邊拖走一邊嘟囔：「只要看看少了哪幾件，我就知道那隻兔子搞了什麼鬼……」

二馬呸大馬：「神臂弩再神，咱還是讓大今打得屁滾尿流，頂個屁用！你和死老頭一個樣，守著祖宗的東西沾沾自喜，不知天外有天……」

差不動弟弟，他自己動手，提起衣角做了個兜，將滿地榆木碎塊撿起來，突然想到弟弟拖走的包袱裡也有製火藥的成分，他事前稱過分量，沒準能查出大名堂。

「大馬，你給我站住，把裝硝和硫磺的那幾個盒子拿出來。」二馬光腳，提著衣包追去。

大馬笑嘻嘻。「不給，不給，就不給！我才不管你那些破玩意兒，沒上盒蓋，早混到一起去了！」

歐四喊：「二位止步。」

兩兄弟只管走。

歐四眼睜睜看兩人不見了，也無能爲力，只是叫來手下，吩咐他們去必勝賭坊傳話。

等在必勝賭坊的鄒易，本來抱定接收賭坊的必勝心，哪知聽手下說了一通，神情變了又變，竟一句話也不說，拱手就走。

李羊不是初入江湖的毛頭小子，哪能這麼放走，幾個箭步上前一擋，抱拳道：「鄒堂主是不是忘了什麼？」

鄒易確實有些不甘願，所以想含混過去，等自己問明白再說，但見李羊不依不饒，實在不好糊弄，只好也抱了拳。「我家四爺給李爺道賀，祝必勝賭坊財源廣進。不過，你這賭坊雖由兔幫罩著，可四爺到底是這行的行首，要是李爺做了不守行規的事，讓其他同行不滿，那還得聽四爺的規矩。」

鄒易這番話，最要緊是第一句——歐四爺祝必勝賭坊財源廣進。

也就是說，必勝賭坊可以開張了。

李羊沒有顯得志得意滿，誠心一個抱躬。「多謝鄒堂主！請鄒堂主代爲轉告，李羊謝四爺高抬貴手，今後只要有用得著李羊的地方，隨傳隨到。」

鄒易見李羊識時務，心裡那點憋氣就沒了，笑道：「今後都是吃一鍋飯的好兄弟，李爺別客氣，改日再會！」

鄒易帶人走了，李羊那股氣勢也散了，一屁股坐板凳上，鬆口氣擦把汗，又好奇：「也不知道六姑娘和歐四爺賭什麼，居然能贏。」

柒小柒撇撇嘴。「那個歐四肯定是被牽著鼻子走，賭了小山穩贏的局。」

「別冤枉我。」屋頂上飛下桑節南，一身清爽女兒裝，粉白兔子面。「牽歐四鼻子的，另有其人。」

她都是被牽的一個。不過，不能告訴柒小柒，柒小柒一定又要起哄笑話她了。

李羊看到節南，先是一怔，只覺這兔子臉怎麼不同了，又趕忙起身鞠大禮。「見過六姑娘！」

節南打量大堂，點頭道：「挺氣派，要發財的。從歐府出來本要直接回家，又想你頭一日開張，過來給你添一份吉利。」說著就從袖子裡拿出一個紅封。「小小意思，別嫌棄。」

「借六姑娘吉言，謝六姑娘紅包。」李羊大嘴哈樂，雙手恭敬接過，卻不忘問：「六姑娘同歐四爺賭了啥？」

「比射飛火弩，僥倖略勝一籌。」節南說得輕鬆，隨手拉了柒小柒就走。「我瞧外面不少人往這兒瞧，估摸是膽大捨不得走的，你今晚這生意還有得做。」

李羊連應，一邊送節南和柒小柒出去，一邊讓人請賭客進來。必勝賭坊重新熱鬧起來。

柒小柒在巷口左右張望，不知道找什麼。

節南拍柒小柒胖胳膊一下，好笑。「妳看什麼看？」

「看歐府氣派的馬車在哪裡。」柒小柒嗤嗤搞笑。「歐四對戲弩特別喜愛，家裡請著弓弩造匠，有事沒事還上山打獵。妳既在歐四面前露一手，歐四還不把妳當菩薩供起來？」

「贏了就跑，歐四上哪兒供我。」節南知道柒小柒渾說，但她答得認真。

柒小柒笑大了嘴，下巴朝不遠處一駕馬車努努。「那不是等我們的嗎？是誰？」

「你喜歡的，王九公子。」節南那對眸子如秋葉落水，翦影重重。

江南甚少宵禁，這夜雖寧靜，仍有行客四處悠遊。節南看著車窗外，卻聽著車裡柒小柒和王泮林說話。

「有些日子不見小柒姑娘，更加福氣可人了。」

節南心想，敢情這人對誰都說福氣。

同樣的話，聽在柒小柒耳裡卻完全不一樣的味道。「你可以直接說我又胖了。」

她難得不擠俊郎，反而能離得多遠就多遠，滿臉提防的神色。「九公子怎麼又找上我們姊妹倆？難道我倆看起來像九公子的丫頭，專給九公子跑腿？」

王泮林沒笑，節南笑出了聲。他望那位假裝看窗外的姑娘一眼。「這回卻是我給小山姑娘打下手，讓小山姑娘當幫主。」

柒小柒的福娃臉恍然大悟。「我就說臭小山不可能弄一個兔幫這麼傻的名字出來，原來是九公子的主意。」

王泮林笑道：「那該叫什麼？」

「兔奶奶幫。」柒小柒毫不猶豫。

王泮林暗道，節南讓歐四叫她小兔奶奶，出處在這兒呢。

「兔奶奶幫雖氣派，但幫眾如我，多是男子，豈非讓小山姑娘和小柒姑娘被人恥笑？」他多替別人著想。

「……這樣說來，也是。」柒小柒就此被懵。

節南聽不下去，手指戳柒小柒腦瓜，白她一眼，就對王泮林假笑。「九公子記性不好，忘了上回騙小柒燒信之後得了什麼下場。」

柒小柒沒聽節南說過，眼睛烏溜圓，兩面頰鼓成兩包子，問王泮林：「小山怎麼弄你了？小山怎麼弄你了？」

「我本不想回家，小山姑娘卻把我五花大綁，一腳踹我上船，任我自生自滅。」王泮林笑瞇了眼。「小山姑娘，這件事我此生都不會忘。」

節南挑眉撇笑。「我和九公子若能像今晚這般，互相幫幫忙，平時碰巧撞上還能客客氣氣，就最好了。得意忘形的時候，想要打著幫忙的幌子欺負我們姊妹，九公子千萬記得挨的那一腳，省得我再提醒你。」

柒小柒眼珠子左轉右轉，不出聲。鬥腦子的事，她一向都交給節南。

「其實有時候小山姑娘不妨學學小柒姑娘，多是可愛率真的女兒家惹人憐。」王泮林風度好極，掩去話中犀利。

柒小柒沒聽出來，坐坐直，居然向節南擺出小傲嬌。節南好笑，這位姊姊拎不清，人家幾句話就哄得七葷八素。

「今晚這事照九公子的意思辦了，而我劍童也當了，該輪到九公子還──」

王泮林拿出赤朱毒的解藥瓷瓶，對著柒小柒晃一晃就道：「一樁換一樁。」

柒小柒一把搶過去，小心翼翼倒一粒在手，吃驚問道：「九公子怎麼會有赤朱毒的解藥？難道你有解藥方子？給我！給我！」

節南神情淡然。「小柒，這是簪珠兒的那份解藥。」

柒小柒頓時頹喪，動作卻仍很小心，將瓷瓶妥妥收進懷兜裡。「也好，也好，多一顆是一顆。」

馬車停了，正對趙府偏門，節南對柒小柒道下車。

王泮林又道：「五月初五……」

「沒空。」節南頭也不回。

「那日長白幫請了北都御膳房的老大廚……」

柒小柒回頭，福臉福相。「有空！有空！」

節南順水推舟。「請九公子帶小柒去見識見識。」反正休想這麼快又差使她。

「到時，我來接小柒姑娘。」

節南只覺王泮林答應得太痛快，猛回頭，只見車簾微動，卻看不到車裡的人了。

柒小柒瞧節南一直盯著離開的馬車，嘿嘿笑道：「又死要面子活受罪了吧？以爲九公子會對妳三請四請，妳故意拿喬？哈！九公子真有眼光，一看就知道妳陰陽怪氣難伺候，一看就知道我率真可愛好相處……」

節南打斷柒小柒的自得：「妳打聽一下長白幫辦英雄會有無特別目的，還有，幫裡有些什麼奇人奇事，江湖上的地位如何，有沒有見不得光的營生買賣。」

所謂大幫大派，都在自己地盤上從事營生，不然如何養那麼多兄弟。

柒小柒出自本能，點頭乖應。

節南走進門裡，卻見年顏坐在青杏居外假山上。

「這麼晚才回？」年顏跳下。

三人都是練家子，夜半不用點燈，就能將對方看得清楚。

節南這日早上與崔玉眞踏青，後來回到崔府，藉口崔玉眞留自己用晚膳，就讓年顏先把趙雪蘭和碧雲送回趙府。其實就是支開年顏，不讓他知道自己做什麼。

「趙雪蘭回來後可有異常？」節南不答反問，轉移話題。因爲桑浣對趙雪蘭的在意，讓她能坐享其成。

「她給劉氏請安後一直待在庵堂抄經。」年顏果然奉命盯著趙雪蘭。

「和劉氏說了多久的話？」節南又問。

「兩三句話的工夫就出來了。」年顏答完突然生疑。「妳問這些做什麼？」

「怕她和劉氏又在一起想什麼餿主意笨主意，連累了我。桑浣只想快點打發趙雪蘭，我卻要防那對母女不開竅，一個不小心，牽扯出我們的底細來。」節南冷著臉。

「妳……」年顏略頓，目光微沉。「當眞關心神弓門？」

「一日沒有脫離神弓門，便和神弓門同命運。一旦官府知道我們的細作身分，難道還管我和小柒的苦衷？你我都只有死路一條，你說我要不要關心關心趙雪蘭？正如桑浣問羌掌櫃那句，還眞當起買賣人來了？我也要問你一句，還眞當我是趙府內宅爭寵爭嫁的姑娘？」節南嗤笑一聲，走進青杏居去。

年顏喊住要跟進的柒小柒。「小柒，妳跟著桑節南，遲早害死妳自己。」

「這句話我還給你！」柒小柒比節南的神情更冷，福娃不福，惡煞森森。「你跟在金利沉香的屁股後頭，遲早害死你自己！」

柒小柒一腳踏過門檻，身形頓住，轉回半身又森笑。「遲早死在我的手裡！你該知道，小山和我，殺起人來誰更狠？你成爲金利沉香的男人那日，就成爲害死我師父的仇人之一，到時我一定會取你性命！」

年顏咬牙，惡鬼般的削骨長臉閃逝一抹不明神色。「對她好是我心甘情願，妳想跟我算帳，我隨時奉陪，根本毋須等。」

柒小柒嗤笑：「沒出息的東西！」

匡噹！門闔上！

❖

桑浣還未歇下。她管著趙府錢財，有時通宵待在書房，趙琦感激都來不及，根本不會生疑。更何況，趙琦這晚去了洛水園應酬上司，天不亮不可能歸家。

所以，年顏可以直接找桑浣稟報今日之事。

「照你這麼說，趙雪蘭今日表現甚好，不但崔玉眞接受了她，她還同蘿江郡主等觀鞠社的姑娘們組隊，與採蓮社比蹴鞠。」

桑浣本以爲趙雪蘭讓劉氏養得假清高眞嬌蠻，今日在眞正的貴女們面前會出不少糗，想不到表現居然不俗。雖然她希望趙雪蘭早些擺脫謠言，自己好安排親事，不過這麼順利，心裡到底有點不是滋味。畢竟劉氏也好，趙雪蘭也好，經過這些年明爭暗鬥，她無法簡單待之爲家人。

而年顏表面上是車夫，實爲桑浣眼線，一直暗暗跟著節南和趙雪蘭，直到她們進了雕銜莊，才趕回崔府，所以知道這些事。

年顏道：「是。回崔府後，崔玉眞姑娘只留桑節南用晚膳，但對趙雪蘭還算不錯，也請趙雪蘭三日後同去書畫院。」

桑浣眉頭略皺，然而也不好對年顏說。歸根究柢，對付劉氏和趙雪蘭，主要出自她的私心，不過以神弓門爲藉口，假公濟私，讓節南和年顏替她出面和監視而已。

只是桑浣沒料到，原本不想摻和趙府家事的節南，已經看出桑浣公私不分，所以對趙雪蘭也有了別的打算，只看趙雪蘭扶不扶得起來而已。

「節南這麼晚才回，小柒亦晚回，你可瞧出異樣？」桑浣問道。

「節南由崔府馬車送回，小柒大概早回來了，只在等門，並無異樣。」年顏語氣連貫，這般回答。

桑浣遞給年顏一封信。年顏讀過，眼中精光湛湛。「洛水園有北燎眼線？」

信上說，羌掌櫃在洛水園安插的線人得到一份工匠名單，大今照著名單上的地方去找人，卻發現讓人搶先一步，工匠們都不見了。所以，金利撻芳懷疑洛水園也有北燎眼線，讓桑浣盡快查證並毀去。

洛水園是南頌官員最常消遣的官妓園，裡面所有的歌舞樂姬都經過嚴格查底，稍有身家不清白，立刻剔除。桑浣進園極早，苦熬十餘載才爲神弓門打通這條情報線。羌掌櫃之流，不過前人栽樹後人遮蔭，從嫁出園子的桑浣手裡撿了現成便宜。但桑浣一嫁，無人打得進紅姬們的圈子，這條線的作用頓減，難得傳出一條有價值的消息，還被北燎占了先機。

這也是桑浣向金利撻芳討要柒小柒和桑節南這對姊妹的原因。那時，她想得好，要把柒小柒培養成和自己當年一樣，紅極帝都的美姬。哪知柒小柒發福成那樣，完全派不上用場了。

「這份名單是洛水園洗衣娘弄出來的，衣物主人叫仙荷，是一等司琴。我在洛水園那會兒，她還只是個學琴的小丫頭，父母雙亡，普通農家，被兄嫂賣進園子的。如果她是北燎細作，熬得這麼久，也挺沉得住氣了。」桑浣將信燒去。

年顏看著火苗子。「她要是當了這些年的眼線，又怎會犯這種簡單的錯誤，忘記將名單從衣物中取出？」

桑浣同意。「所以還有一種可能，她剛被北燎買通，並非自小受訓，才會有所疏漏。無論如何，要從仙荷下手去查，不過洛水園多是女子，你不適合這個任務。」

年顏斂目。「難道師叔又想讓節南和小柒……」

桑浣笑容泛冷。「說實在的，她倆要是放下仇怨，何愁上不了位。小柒豁達又通透，節南奇謀可攻心，柒珍收的這兩個徒弟，恐怕連金利撻芳都心羨不已。誰不知道，若論謀，她兒子比不上節南，論美貌，她女兒比不上小柒，若收歸己用，神弓門亦會壯大。」

年顏沉默。

「罷了，我也不過說說，她倆想要保住小命，不爲神弓門做事，也得爲我做事。此事你在周邊打點，我自有安排。」桑浣揉揉皺緊的眉心。「你還要盯著泰和。那小子野心比他母親還大，卻不講規矩，做法陰險得很。羌掌櫃雖咎由自取，但他是泰和的人，難保不會算在你我頭上，你當心些。」

年顏點點頭。

「還有一件事……」桑浣略猶豫，即道：「沉香她有了身孕。」

年顏撇笑，表情難看，樣貌更難看。「她嫁呼兒納兩年，這下終於可以放心了。」

「母憑子貴，她又只是側室，之前一直沒消息，就算她有神弓門撐腰，在正室夫人面前始終矮著一分。呼兒納說了，若她一舉得男，要請盛親王封她一品將軍夫人，孩子將繼承爵位。如此一來，沉香等同平妻。」

「甚好。」年顏言簡意賅。

桑浣微嘆：「求仁得仁，求果得果。沉香從小心大，非權勢滔天的男子不嫁，你便是貌若潘安，也入不了她的眼。而你堂堂男子漢，何患無妻？」

年顏再度不語。

桑浣無奈，遣年顏下去了。

年顏走後，聽壁角的柒小柒也回去向節南報信。

「……沉香八字眞是好啊，小時候傻呼呼的，長大也沒多大能耐，都是靠她精明的娘。要說做事的手段，除了撒嬌耍嬌施嬌，也沒別的，不但嫁了呼兒納，還能給呼兒納生出頭一個兒子，簡直想什麼成什麼。」聽完正經的報信之後，柒小柒不禁感嘆一番。

節南淡笑。「八字這種東西天生的，沒辦法。不過，妳說的那些好處，於我實在不算好處。呼兒納就是一粗魯武夫，說俊美不如王氏郎，說權勢不如盛親王。有件事我一直沒告訴妳，其實，沉香當初勾搭的是盛親王，盛親王沒上鉤，她才退而求其次，追了呼兒納。」

柒小柒驚瞪起眼。「盛親王？」

節南哦了一聲。

「權勢滔天，卻很少人看過他的長相，據說從來不出宮的盛親王？」柒小柒還是驚訝。「一面都難，金利沉香怎麼能在神弓門見到他？」

「他是神弓門眞正的主人，豈止來過，常常來啊。」節南的表情有些要笑不笑。「妳還跟他說過話呢。」

「什麼時候？什麼時候？」柒小柒情緒一變動，就會不自覺把話說兩遍。

「妳發福以後。」節南不明說。

柒小柒卻也不在意，拍著心口。「還好，還好，要是讓他瞧上了還不死？」

節南笑得扶了腰。「妳嘴上不占便宜才會死，大今宰相的女兒和魑離部落的公主都給盛親王當了側妃，他還能瞧上妳這個沒根沒底的丫頭？就算妳瘦的時候漂亮到天上去，絕色都在他的後宮，他還稀罕嗎？」

柒小柒不認輸，眼睛鼓鼓瞪節南。「那是他不知道有更好的，也沒那福氣，得不到！他是不是喬裝易容了？但凡我瞧過的，不可能不記得樣子。」

節南哈哈笑。「妳還是別問了，免得擔心思，而且盛親王這等權傾朝野的皇貴，我們不與之面對面更好。明槍易躲，暗箭難防。」

就像她在鳳來縣狠狠刮了呼兒納的耳光，呼兒納卻根本不知道誰打的。師父死後，正因爲她遠離了神弓門的權力中心，反而能旁觀者清，辨別出呼兒納影子裡的盛親王。所以，她和柒小柒最好也藏在廢物和垃圾的影子裡，直到避無可避。

柒小柒知道節南打定主意就很難改，聳聳肩表示算了，橫豎有節南在，不知道盛親王是誰，確實能讓她睡踏實覺。

「啊！」節南突然手指隔空戳柒小柒，一副糟了壞了的表情。「解藥瓶子裡有多少顆藥？」

「還能幾顆——」柒小柒拿出瓶子搖了搖。「一顆啊。」

節南捏出兩拳頭，半晌之後垂了眼，呵呵好笑。

柒小柒看得莫名其妙。「怎麼了？」

節南笑著搖頭。「沒事。小柒，妳記得，遇到王家公子們，一定要有多遠就離多遠，一群妖孽啊。」

柒小柒心頭閃過一念。「啊，妳也上王九的當了，是不是？」她不氣反笑，拍手笑。「我有個好主意。劉家退了妳的婚，劉彩凝卻要嫁王五，那妳乾脆也嫁進王家，和劉彩凝當妯娌，有那麼狡猾的王九給妳撐腰，劉彩凝隨便給妳欺負，氣死劉夫人和她兒子，還有劉儷娘和那個做作的季娘。」

「王九明明拿了簪珠兒十二顆解藥……」節南說說就消了聲，看來不管劍童還是兔幫主，沒完沒了哪。「這人若是對手，會很可怕。若為丈夫——」

「若為丈夫，會如何？」柒小柒本是開玩笑，卻見節南神情若有所思，心中頓奇，連忙問道。

節南突然淡淡笑開。「……會很薄情……因為他和我們一樣，心無旁騖，有自己的大事要做。」

「報仇嗎？」柒小柒微愕。

節南躺下，蓋上被子，左手一揮熄了燈。屋裡變得漆黑。

「我今日進城時恰好看到戲班子出城，聽說他家臺柱俊生得了怪病，嗓子突然發不出聲音，劈里啪啦一個勁放屁。小柒，可是妳幹的？」這事，當催眠曲聽聽好了。

柒小柒嘴裡嚼著什麼，聲音不太清晰。「突然覺得俊生醜死了，而且班主喝酒習慣不好，說什麼自己能看到鬼，嚇唬我。」

節南翻身，目光準確落在小柒臉上，語帶興奮：「說來聽聽。」

「他說天下第一才子王希孟變成了孤魂野鬼，王家辦喪事的時候，他看到那位飄在城郊野地裡，好像還不知道自己死了，挺悠閒自得。」柒小柒說到這兒，看節南整個坐起，笑了一聲。「妳那會兒不是很崇拜那位才子嗎？還拉著我偷看他，結果我只看到遠遠一個背影，妳就說他怎麼怎麼好看來著。後來咱回北燎，妳畫弓弩造圖都喜歡用青綠染色，他猝死的消息傳來時還躲起來偷偷大哭，沒精打采了好久。我全部記得呢。師父也知道，不過他讓我別管妳，說人應該有崇拜，崇拜愈高，自己將來也會站得愈高。」

節南緩緩躺下，眼望幔頂。

「這麼一瞧，妳跟王氏兒郎眞有緣。」柒小柒說完，回自己屋了。

黑暗沉寂良久，一聲嗚呼哀哉，悶聲痛嘆。「怎麼會……毀了啊……」

過了幾日，節南與趙雪蘭又一道用早膳。

一個屋簷下，低頭不見抬頭見。

趙雪蘭忽對趙琦道：「舅父家給我的那四個大丫頭差不多都到放出府的年齡了，我也不好隨意做主，請父親幫我將她們送回安平，讓舅家看著辦吧。」

趙琦向來覺得那四名丫頭不怎麼順眼，只不過女兒一直護著，他沒法趕人，如今聽女兒主動提，自然答應得快。

桑浣怔了怔。「那要再找——」

趙雪蘭道：「不用了，將原來二等三等的幾個丫頭升等即可，而且我是清修之人，平時出門和六娘同用一個丫頭就夠了。」

用完膳，趙雪蘭去給劉氏請安，將同樣的話跟劉氏說了一遍。

劉氏臉色不見好，反而替女兒委屈。「那四個丫頭估計胳膊肘往外拐，妳送走她們是正理，不過妳可是趙府大小姐，再找幾個丫頭進來替上也應該。何必趁了桑氏那女人的心？妳省下的銀子她還不都花在自己兒女身上？」

趙雪蘭神情無波。「這點小事不必爭。」

想了這兩日，趙雪蘭頭一回用自己的目光打量自己的處境。

一直以來，她不是聽母親的，就是聽舅母的，而且從小到大和劉彩凝在一起，只羨慕舅父舅母對劉彩凝處處設想，以至於她從來就只會抱怨自己命不好，父偏心母無力。她一邊學彩凝耍小性子，又學母親那樣強勢耍狠，母親重病後又慌不迭到舅父家逃避，總想依賴別人爭取自己的體面。可是這些日子，被舅父舅母拋棄，被劉彩凝拋棄，眼看流言蜚語要毀掉她一生，穿上姑袍的刹那，她心裡甚至想過死路，但經過踏青那日所見所聞，原本迷惘的眼終於看見了一條路。

誰能無憂無慮活在這個世上？

出身那麼好的崔玉真，亦有不可說的煩惱，且一步走錯，就會有萬劫不復之險；再看桑節南，雖是桑氏侄女，又何嘗活得稱心如意，還不是寄人籬下，事事聽從桑氏安排。但她們過得比她開心，不想著依附誰，蹴鞠賽場上才能展現那麼漂亮的英姿。

所以，趙雪蘭決定，從現在起，她也要做自己的主。

去書畫院的路上，趙雪蘭試探著問閉目養神的桑節南：「今早我離開之後，妳姑母可曾說了什麼？」

節南睜開眼，眸中流動明光。「趙大姑娘是否誤會了？我雖教了妳一點點東西，卻並不表示背叛我姑母，妳挑撥不了的。」

「我無意挑撥，不過互通有無罷了。我未告訴母親崔玉眞的事，也不打算告訴任何人，而且將那幾個丫頭送回舅舅家，今後和劉家不會主動來往。」趙雪蘭說道。

這麼個互通有無？

節南笑笑。「雪蘭姑娘今日的作爲確實聰明了許多，一下子消除姑丈對妳的怨氣，我姑母也始料未及，大概這會兒還納悶。妳母親和我姑母鬥了這些年，如今的情形已一目了然，但姑丈眞心疼愛自己的兒女，妳根本不用亂爭。將來妳嫁出去也好，留在家裡也好，仍需要兄弟姊妹幫襯。雨蘭和趙摯待妳如何，妳自己最清楚。我姑母雖有私心，也不過爲了保護自己的孩子，和妳娘親想要保護妳是一樣的。只要看清這些，聰慧如妳，自能從容盤算。」

趙雪蘭心裡愈發透亮。「桑氏不曾把事做絕，倒是我母親下得了狠手。這些日子耳根清淨，想得多了，也想過若自己是桑氏會如何。」結論是，被她母親那樣打掉頭胎的桑氏，自從母親病倒後，掌著這個家，待母親和她卻從不苛扣日常用度，其實算得不錯。

「我姑母那性子，本就是人不犯我，我不犯人。」拜雙重身分所賜，節南覺得桑浣會很希望家宅安寧。

「妳的意思是，只要我不犯她，她也不會阻礙我的婚事？」一碼歸一碼，趙雪蘭仍有疑慮。

節南反問：「雖然妳嫁得太好，她心裡可能不舒服，然而反言之，妳嫁得好，雨蘭的婚事就不會太差，對摯表弟也大有好處。但容我多說一句，什麼才算好婚事，妳要重新衡量才是。」

趙雪蘭沉默。

節南言盡於此，因她對婚配一點也不擔心，自信完全掌握在自己手裡，與趙雪蘭、崔玉眞這些「媒妁言，父母命」的姑娘全然不同。當然，這種自信到後來能不能發揮作用，就是後話了。

這時，趙雪蘭對節南最後這話想不通，也是多年養成的個性使然。

等到了崔玉眞跟前，趙雪蘭稱節南「六娘」，節南直呼「雪蘭」。崔玉眞雖然精神不佳，聽兩人稱呼比上回親近不少，弱弱地開玩笑：「一場蹴鞠，壞了一對姊妹，成了一對姊妹，這雨沒白淋。」

「趙大姑娘桑六姑娘的，讓人聽見得多了，還以爲我倆在家掐架呢，壞了我姑丈的好人名聲。」節南眨眨眼。

趙雪蘭佩服桑節南，這種半眞半假的話說得那麼溜，也不怕人多想。

「我看妳臉色還是不太好，應該多休息。風雨無阻學得這麼勤快，李大師又不會獎妳一幅他的畫。」節南看著崔玉眞，沒有上前攙手，但語氣活潑又不多囉嗦。

崔玉眞笑了。「先生的畫哪是隨便相贈的。」她挽進節南的胳膊肘。「眞羨慕妳，那日也淋得濕透，竟一點沒事；不像我，躺了幾日，身子還是乏得很。」

趙雪蘭一旁聽著，心中暗嘆不如。她看崔玉眞的臉色，首先想到的是崔玉眞見到情郎的事，只覺有些尷尬，還在躊躇怎麼開口才能粉飾太平，卻不料節南竟直說崔玉眞臉色不好看。

「雪蘭姑娘無甚不適吧？」崔玉眞沒漏了趙雪蘭。

趙雪蘭回道：「我那日並未淋雨。」

這時，書畫院的小廝跑來。「稟玉眞姑娘，今日李大人在太學給各家姑娘們開大課。」

崔玉眞才想起似地問：「是今日嗎？」

小廝點頭。

崔玉眞就對節南和趙雪蘭道：「每旬太學開三日女課，我忘得一乾二淨了。」

趙雪蘭是個愛讀書的姑娘。「倒是聽說過。」

節南沒興趣聽課，但對別的有興趣。「去嗎？」

崔玉眞瞧兩人都挺期盼的模樣。「去瞧瞧也好。妳們不知道，這女課其實多是觀鞠社和都城裡頭的採蓮社姑娘們上著。」

節南眼睛大亮。「正好，上回輸給我們，她們還欠著罰呢。」

崔玉真邊走邊道：「我就怕蘿江郡主不甘休，才要過去的，妳可別跟著她起哄。」

太學與書畫院幾乎對門。

節南眼悄瞇。「聽說太學藏書閣什麼書都有，妳不讓我起哄，就讓我找好玩的書去吧。妳倆都是好學生，我卻坐不定。我帶著碧雲一起。」

崔玉真想到節南不愛聽人講學，也不好勉強她，約了時辰在門口見，就同趙雪蘭往講堂去了。節南看著崔玉真周圍的婢子婆子如箍桶似地將人圍牢，不由搖頭。「果真。」

碧雲接道：「果真是一品千金姑娘。」

節南笑笑，只覺王九也罷，崔玉真也罷，雖然好像讓人眾星捧月，其實卻不過籠中鳥而已。但她也不說，只打著崔玉真的名號進入太學藏書閣。

「碧雲，妳就在這裡隨便翻翻，有人來問，就說還要待一會兒，或者一時半會兒也找不到我。」藏書閣很大，說迷路都有人信，節南正好當掩護。

「我又不識幾個字……」碧雲眼睜睜看節南坐上窗臺，利索一翻就站在了窗外，吃驚道：「六姑娘妳……」

節南眨下眼。「別緊張，我就想到處逛逛，帶著妳卻容易讓人問東問西，跟防賊似的，逛得沒意思。妳就在這兒等我，我一個時辰就回來了。」

碧雲連忙摀住自己的嘴，點了點頭。

一再帶著碧雲，已經證實這丫頭十分牢靠，節南放心闔上窗，往太學那頭金碧輝煌的建築群走去。

今日來書畫院是假，進宮是真。

太學和書畫院與皇宮相鄰，幾道紅牆根本於節南無阻。不過片刻，她已經穿上一套宮女的統裝，大大方方走在宮中了。

「史庫在東北方……」她看著日頭找方向，在無人的地方停下來看地圖，一群群的宮人從旁經過，她亦不慌不忙，行出標準宮禮。

14 一句生平

在南頌北都宮廷待了半年的記憶猶新，而北都淪落之後，許多宮人被俘或逃亡，南都的宮人都是新選的，節南自覺也不可能遇到當年舊識。老天大概看不過她太悠哉，半路弄出個不大不小的公公考驗她。那公公瞧見她腰際掛著學士閣的腰牌，把她叫了過去，盯著那塊腰牌看半晌。

她還以為要被人看出冒充宮女，不料——

「這是北都那會兒的舊制宮牌吧？總務司怎麼搞的，就算省錢，也沒這麼省法的。」公公尖笑一聲。「盡快換掉，晦氣死了。」

節南乖答：「可能不小心混在新牌子裡了，不過這會兒蘇大人正等婢子回話，婢子要趕緊去。」

「蘇大人的急性子咱家也有所聽聞。正好，這兒有一套皇上才讀完的《春秋列國傳》，妳還去庫裡吧，省得咱家多跑一趟。」

「是。」節南淡定捧過書冊，退身就走。

蘇致學士是隨皇帝逃過來的北都臣子之一，韓唐曾與他同僚同品階，如今蘇致還是學士閣的六品官。節南熟知這些人事，又有了這套書，更是一路無阻，直入學士閣的史庫。

學士閣今時在朝堂中的許可權不大，基本就是做些編史修史的文章事。除了像太學長傅大學士這樣極少數的天子近臣，以及具有封詔權力的學士品階，但凡留在這個學士閣裡的，多是名頭好聽卻沒實權的文官。想劉彩凝她爹，六品大學士，平時住在安平城，無事不必到學士閣辦公，家裡蹲蹲，兩三年完成一套編修，就算盡職了。

節南混進來，當然不會眞去見蘇致，只同史庫裡的書吏說御書房的公公交代她還書，就趁著書吏去放書時，悄悄鑽進偌大的書庫，尋到連慶年間的史冊，翻出王希孟身故的那本年冊。

一讀，一怔然。

冊上有關王希孟的記載只有一句：王希孟，十七歲畫《千里江山》，卒於連慶九年。

《千里江山》，誰也不會質疑它傳世的價値，它的畫者王希孟也將隨之流傳百世，但百年後，王希孟將只剩一個名字，他的故事、他的人生就得到這麼一句話。

若是像她這般的尋常人也罷了……

節南心中唏噓，同時迷惘更深。

到底爲何？

先帝最得意的弟子，天才驚世，萬眾矚目，備受期望，這樣一個不尋常的人物，哪怕只活了短短二十載，史官竟然就用一句話記載。她明明聽說，先帝到書畫院，王希孟常隨侍在側，旁邊總有史官記錄他們的言行。然而，應該存在的那些記載卻連一字一句都找不見。

史冊固然可以按照帝王的喜好進行修改，但修改必有緣由；將王希孟從裡面摘去的緣由，節南卻怎麼也想不出來。就她所知，王希孟的死曾引得帝王扼腕落淚，眾多大老嗚呼哀哉，民間至今還有不少詩詞流傳，痛惜之情無以言表，葬儀更是體面得不得了。

節南想不通，往外走去。

書吏見節南從庫裡出來，嚇一跳，嚴厲訓了她半刻，說史庫重地，宮人不得入內，讓她千萬閉緊嘴巴別說出去，不然兩人都要受罰之類的。節南一耳進一耳出，橫豎已達到目的，難得不還嘴，悶悶受訓之後悶悶走。

忽聽一聲畢恭畢敬，喊王閣老。

節南還以爲王九他爹，中書大人王沙川來了，趕忙躲在廊角偷瞧，卻覺那位閣老官服不大對，而且氣魄也不大對，眼中沒有那種仕途紅極的亮光，甚至一點兒官氣也無。

但稱閣老？節南忽然知道了！

這位王閣老，應該是王希孟他爹王端嚴，曾任北都朝廷的宰相，如今退居二品銜，掛在學士閣，卻再不參與國事，等同告老。面對同僚的尊敬，王端嚴神色淡然，只道：「蘇大人。」

讓節南拿來當擋箭牌的那位蘇致學士，面貌周正，斯儒一把黑鬍，急忙鞠禮。「下官在。」

蘇致是學士閣的上官，王端嚴屬學士閣，但品階不是一般的高，只能自稱下官。

「你我同僚，蘇大人不必拘謹。老夫近來修編了一部刑官所著的《推案百錄》，送來請大人看看可否入庫，順道問候一聲。不過看你們似乎十分忙碌，老夫就不久留了。」王端嚴遞上一本厚書。

「還請閣老留步。」蘇致雙手接書，同時一臉虛心求教的神情。「昨日官家宣百官覲見，責問一事。工部一直在找流落各地的官匠，做成了名冊遞交閣部，官家正打算召回他們，不料好些匠人失蹤。官家大怒，質疑有人怠忽職守以至於名冊外流，所以令各部各司先自審自檢，將那人找出來。下官心中猶豫，有一事不知當講不當講，不說怕耽誤大事，說了又怕傷同袍之誼，還望閣老指點一二。」

節南心中道巧，神弓門也要桑浣查這件事。

王端嚴坐了下來，語氣比方才嚴肅。「說吧。」

蘇致打量四周不見人，安心道來：「不知老大人您是否清楚來龍去脈，我且從頭說起。做名冊的契機源於這兩年工部收到的一些信，是僥倖逃難出來卻無盤纏到都安、也不知都安情形的匠人們所寫。朝廷那時剛遷都，幾乎萬事從頭建，以致那些信遺落了，所幸還記載了位址名姓。後來大今北燎搶匠人搶得凶，朝廷才重視，讓地方官查尋並照顧匠人，尤其是北都那會兒的官匠，同時製作了一本名冊。名冊上除了已知住處的匠人，還有當時工部各司優秀匠人的名字，以便地方官尋訪。名冊也包括北都書畫院的畫師們。聽李延大人說，他一路逃難，遇到大今兵捉拿畫師的事數不勝數，他都不敢賣畫籌盤纏。」

王端嚴點頭。「書畫可衡量才氣，更何況先帝親管書畫院，人才濟濟，不乏心思奇巧，能畫能造的匠師。我記得，當時弓弩司的將作就是書畫院出身。」

節南在暗處連連點頭。她也記得，呼兒納攻打北都時，言明禁殺書畫院之人。俘虜中最被優待的，也是有一技之長的匠師，可謂求工若渴。

「這個……我就不記得了……」蘇致本來就是個升官無望的呆學士，運氣好，矮子裡拔長子，此時才算小領頭。「這名冊做好後，工部上報閣部，閣部再頒布到地方，結果卻發現原本那些有明確住地的匠人們都不見了。」

「也許只是巧合。」

聽王端嚴說這話，節南忽覺這位記性雖好，可也許閒職幹久了，失去了犀利的目光，或者少了對時政的敏銳嗅覺。

名冊本身，對於南頌官員們來說，大概並不那麼重要。說到底，匠只是匠，更何況人傑地靈的南方，不乏出色匠師。真要說缺，大概缺軍器造匠。大今、北燎，甚至北漠魑離部落，不是以武治國，就是馬上爭功，對那些軍器兵器匠人，搶奪得極其厲害，威逼利誘無所不用其極。其中，以弓弩匠地位最高。

比如神弓門，聽名字就知它最初建立的目的，是祕密研造弓弩和其他兵器的暗司，後來才拓展了暗探、密務和軍謀。

蘇致沒有節南的敏感，繼續將王端嚴當作宰相，叨叨道：「兩個三個不見了還罷，二三十個不見了，怎麼都不可能是巧合，而且，老大人，名冊是小，人失蹤了也不是大事，但名冊到底是怠忽職守還是有心洩露出去的，關係重大。」

王端嚴哦了一聲，沒下文了。

節南挑眉，撇笑，看蘇致一人樂不顛地唱戲。

「要是有心洩露，不是大今或北燎派來的奸細，就是叛國投敵。年初成翔知府那事，弄得滿朝文武皆驚，所以稍有風吹草動，人人都會往那兒猜忌。官家這回震怒，嚴令御史臺徹查，也正因此而起。您說，大今能買通知府，也能買通朝官，是不是？」

王端嚴也不說是不是。「你難道懷疑誰？」

蘇致臉部一繃緊，再度打量左右，才道：「若沒出成翔的事，我也不會這麼想，但工部尙書譚大人、將作大監烏大人、軍器少監趙大人，三人常聚一塊兒。大約去年秋天，我難得到洛水園應酬一回，又見他們三人，而且旁邊還有兩個生客，皆喝得醉醺醺的。當時譚大人吆喝媽媽，說工部要提前慶功，讓她送上最好的酒、最美的女娘。如今回想起來，正是閣部表彰工部做出名冊之時。那兩名生客，穿著不似中原人，誰又知道他們眞正的身分呢？」

「單憑你所見，也不成證言。」王端嚴全身上下看不出半點當過宰相氣魄，倒像老好人，說什麼都不得罪人就是了。

「只是我怎麼想，此事錯在工部，然而官家閣部責令各部各司自省，弄得人心惶惶，實在不妥。大家若保持沉默，都顧著自己明哲保身，御史臺也難獲取線索。更何況，身正不怕影斜。」蘇致愈說愈來勁。「我決定上疏，多得老大人鼓勵。」

王端嚴道：「小事。若無其他需要老夫幫忙，老夫就告辭了。」

節南嘆，這位老大人幫啥忙了？

蘇致才想起來似地說：「老大人其實來得正巧。李延李大人剛送來一箱子雜記，您是三朝老臣，又熟知官家喜惡，能否先由您整理？」

王端嚴皺皺眉，有些勉爲其難。「手上另有一本《茶經》要修……」

蘇致連連請求。

王端嚴才道：「好吧，只是你也知道，我腿腳不好，不能日日來往學士閣。」蘇致喜不自勝。「不敢勞累大人，我立刻讓人把雜記送到府上。」

兩人說著話，走了。

節南腦子裡反覆思量蘇致的話，心想他一摺子奏上去，平地起風波，即便趙琦無辜，恐怕也有一番大折騰。

敵人的敵人，就是友軍嗎？她應該坐觀其變？一時拿不定主意怎麼做，回到太學藏書閣的節南心思略恍惚，呼啦一下子拉開方才跳出去的那扇窗——

窗內，靠書架坐著一人，青襦衫，學生巾，翻了一地的書，聽到開窗的動靜就一骨碌爬起，驚瞪過來。

大腦袋，大臉瓜，眉眼鼻嘴長得不醜但就很擠窄，而且身材——呃——比節南矮了一個頭，但面相又絕對不是少年，而是青年了。

節南鎮定得很，一笑。「你——」

矮個的大頭青年一個勁兒往後退，很快，節南就看不見他的人了。

節南摸摸自己的臉。「怎麼回事？本姑娘好歹也算清秀佳人……」

一聲笑，近在咫尺。

節南撐過窗臺，垂眼，見一人盤坐在窗臺下。

那人仰著臉，一雙星眸像眉毛。「這麼倒著看小山姑娘，很難用美醜形容，只能說古怪至極。」

節南蹭窗臺，翻進去，落地理裙子，不看那人，冷哼道：「九公子卻是老樣子，喜歡躲在旮旯角落裡偷聽人說話。」

「怕上回的誤會再發生，我一聽出小山姑娘的聲音可就笑了。」王泮林目不轉睛，好像對面姑娘不是在拍裙子，而是在跳舞一樣。

節南愣了愣，決定不和他扯，還是問正經事：「方才那人是——」

「我五哥。」王泮林調回目光，慢條斯理起身，將地上的書一本一本撿起，一本一本放回。節南看得累，忍不住就幫著撿書，一本本遞給王泮林。「哦，你五哥——」然後手裡一緊，睜目。「王雲深！」

王泮林將那本讓節南捏緊的書拽一拽，淡定放棄，俯身撿了另一本。「正是。」

「丁大先生愛徒，作一手好辭賦，天下學子競相抄看的雲深公子？」節南蹲著，仰面看王泮林。

王泮林垂眸俯視，要笑不笑。「正是。」

節南不覺得王泮林的神情有深意，只是大大感嘆：「百聞不如一見哪。」再感慨著吐一口氣。「奇人奇貌，當真大有道理。不知你們王家祖上積了多少德多少善，如此受老天眷顧，子孫個個不凡。有十二公子那般的，也有五公子這般的……」

瞥一眼王泮林，節南抿嘴，沒法誇這人，即便被他算計著。

王泮林的目光出奇柔和，定看節南半晌，才漸漸淡卻，語氣聽著平常：「五哥比起某些裝樣子的兄弟，確實眞材實料。」

節南翻翻手裡的書，遞過去。「劉彩凝姑娘好福氣。」

說罷，節南自覺好笑，她也會給人招福了。

王泮林卻沒節南那麼客套，毫不客氣。「但願那位劉大千金是眞才女，不然怎配得起我五哥？」

節南其實同意王泮林的話，只是嘴巴不饒人。「就算劉彩凝不是眞才女，你五哥也願意娶了。配與不配，他都得與之白頭偕老。」

「這話錯了。我五哥的婚事不由他自己選，想小山姑娘在趙府住了這些日子，在崔相千金身邊伴讀了這些日子，應該很清楚才是。」

節南不以爲然。「九公子的話才是錯了。雖然像你們這等世家公子，婚事多由長輩做主，不過也是你們漠不關心的緣故。」

王泮林笑。「是。正妻不好，可以另納小妾。像我們這等世家公子，齊人之福雖難得，三妻四妾中有那麼一兩個可交心的，也是福氣。」

「還請九公子以後不要對我說福氣，突覺那份福氣很賤。」節南直戳。

「以爲小山姑娘對我的話不上心，我才暢所欲言。」王泮林笑出聲來了。

節南一聽，他這是得意？

「五公子不是丁大先生的學生嗎？怎麼到太學來？」節南又想起自己細作的身分，應該多多挖掘。

「五哥剛回來就想借書，我隨他來看看，家裡有讓我入太學的打算——」王泮林語氣一轉：「適才瞧見妳的丫頭在打瞌睡，妳卻從窗外入內，可有何新鮮事說來聽聽？」

「沒有新鮮事……倒是看到了你大伯。」節南本不想提一個字，轉念之間改變主意。

「在哪兒瞧見的？」王泮林語調不揚，似乎並不好奇。

「學士閣。」節南道。

「妳去學士閣做什麼？」王泮林再問。

「去翻史書。」節南嘴角一撇，看著王泮林而目光不移。「找你七哥的生平記載。」

王泮林與節南對視，原先已經疏淡下去的那對眸子裡盛滿笑意。「妳想在史書裡找我七哥的生平？」

節南的心一點點下沉，卻沒有暫開目光。「怎麼？」

王泮林呵笑。「小山姑娘看著挺聰明，想不到也會做傻事。王希孟算什麼，史書還能記載他一生？他到死都只不過是一個很會畫畫的人而已，短短二十載，再無作爲。」

說罷，他就要走，卻覺衣袖被拉住。

他也不回頭，聲音涼冷：「小山姑娘，也許是因別人總將我跟七哥比，聽得太多，實在大倒胃口。恕我無禮，這就告辭了。」

「有意思。」節南放開那只衣袖，幾步反超到王泮林前頭去。

「怎麼說？」王泮林的腳步緊隨其後。

「沒什麼可說的，既然九公子不喜歡聽人說七公子，我今後不在你面前提他就是。」還能說什麼呢？無論如何，她所崇敬的那位天才少年，她所喜愛的那位溫潤君子，已經不在。

身後只有散漫的腳步聲，節南的心情卻豁然開朗。

「我的好姑娘欸，時辰差不多了，妳到底——」碧雲在藏書閣外踱來踱去，看到節南走出來鬆口氣，又在看到王泮林時戛然止聲，眼神警惕。

「遇到九公子，多聊了幾句。碧雲，這位是王氏九郎，泮林公子，妳給他見個禮吧，日後可能會常見的。」節南微笑。

碧雲只見過「食言而肥」的王泮林，完全沒能將那位和眼前這位俊美非常、高冷非常的名門公子想到一起，聽到王氏九郎就不敢造次，連忙屈膝行禮。

王泮林也微笑。「我與妳家姑娘熟識，不必多禮。」

碧雲抬眼，瞧著兩人微笑，不知爲何，只覺隱隱寒氣。

「我與玉眞姑娘說好了時辰，在馬車前會合……」節南客氣著要分道揚鑣。

王泮林卻道：「五哥多半也在門外等我，一道走就是。」

節南哼笑。「好。」

碧雲左一眼右一眼，看兩人這麼和睦，心想彼此熟識，似乎也不把避嫌當回事，要是沒有特別的意思，怎麼都說不通啊！如此一來，六姑娘就要嫁進王家了嗎？那她應該怎麼辦？留在趙府，還是跟二夫人請求陪嫁過去？這——這也太快了！她很喜歡六姑娘七姑娘，但沒想到這麼快就要考慮重新擇主的事了啊！

碧雲悶頭往前走，一個人胡思亂想，沒察覺節南和王泮林之間沉默得有些異常，並無她自以爲的「特別意思」。

太學門外，眾家姑娘還沒出來，王泮林卻沒再虛禮客套，上車走了。

碧雲回過神，咦了一聲。「九公子這就走了？」

「不這麼走，還敲鑼打鼓嗎？」節南淡道，只遺憾沒能再見王雲深一面，解釋一下自己突然開窗的緣由。

碧雲眉頭一鬆一緊，一緊一鬆，終於老實問道：「六姑娘要是嫁進王家，能帶碧雲一道去嗎？我娘和趙府說好的，這份工做五年，如今還有三年……」

節南駭笑。「誰說我要嫁進王家？」

「剛才六姑娘同九公子獨處……」碧雲呆眼。

「沒有獨處。」這丫頭懂得規矩眞不少，節南心嘆。「五公子也在。」

「五公子？」碧雲啊一聲。「就是彩雲白雲，彩凝姑娘的未婚夫，那位王五公子？」

「沒錯。」節南成功掐掉碧雲對王泮林的好奇心。

「五公子長得好看嗎？」

雖然眾所周知不能以貌取人，但心意常常違背認知。

「傳言不虛。」節南答。

傳言之中，並沒有關於王雲深外貌的描述。

「六娘。」崔玉眞出來了，蛾眉微蹙。

節南雖然有所察覺，卻想不到能有什麼事，笑道：「還以爲蘿江郡主會最先嚷嚷著跑出來呢。」

「蘿江的婚事定下了，所以今日她沒來。」崔玉眞微嘆。

「幾日前才踏青相看，這麼快就定下了？」節南詫異。

「聽瀟瀟菲菲說不是她們的表兄，卻是劉學士兄弟的長子。」崔玉真望望趙雪蘭。「雪蘭姑娘說，那位劉公子是她三舅之子，剛同父母遷回安平。」

節南把這話回味了三遍，竟才反應。

劉學士是劉彩凝的爹，劉學士的三弟就是她前未婚夫的爹。

劉學士兄弟的長子難道——居然——

劉睿，她的前未婚夫，不娶他表妹，也不考功名，竟要當郡馬了？

15 洛水之緣

三月二十六，大吉日，官府布告張榜，將蘿江郡主的婚事昭告都安，而她未來的夫君確定爲書香名門劉府公子，婚期五月初八，比劉彩凝的婚期早了兩日。

劉府連著兩樁大喜事，女嫁貴比王孫的王氏子弟，男娶眞正的皇親貴族之女，這種風光，尋常人家一輩子都碰不上，富貴人家就算碰得上，也不會三日內碰上兩樁。賀喜的人門庭若市，朝廷重臣都派人送來賀禮。

這日早膳，桑浣也問趙琦送什麼禮才好。

趙琦對女兒的怨氣消了，對劉家怨氣未消，但道：「不送。」

桑浣看看正給趙雨蘭編髮的趙雪蘭，問她：「雪蘭，妳說呢？」

趙雪蘭神情平寧。「無論如何那也是母親的娘家人，爹的丈人家，送還是要送的，只不過送什麼就請姨娘做主，心意到了便好。母親這幾日病情沉了些，需要靜心調養，莫驚動她了。」

昨晚劉氏更是咳出不少血，嚇得趙琦半夜請大夫，鬧得人仰馬翻，連柒小柒都讓桑浣叫去把脈。回到青杏居，柒小柒告訴節南，劉氏大概撐不到秋天，那吐血與節南吐得毒血全然不是一回事。

不僅節南姊妹知道，趙雪蘭、桑浣、趙琦也很清楚，劉氏的活日子開始倒數了。也因爲如此，不管劉氏怎麼發脾氣，沒人再去計較。

「雪蘭，妳娘病重，我看觀音庵妳暫時也別去了，留在家中多陪陪她吧。」一日夫妻百日恩，到了這時，趙琦亦可憐劉氏。

「我要替娘求福，所以會住上幾日，清明前回家來。」趙雪蘭給趙雨蘭編好漂亮頭髮，任趙雨蘭抱著她撒嬌，頓了一會兒才道：「……有勞姨娘受累。」

桑浣看趙雪蘭有些遲疑卻溫柔地摸摸趙雨蘭的頭，那動作雖彆扭，卻不似從前虛僞冷清，她心中就有一種說不上來的滋味。她看得到最近趙雪蘭爲了融入這個家所做的努力，然而多年來對劉氏母女的防備並不容易解除，哪怕大夫已經宣告劉氏沒有多少日子。

只是節南想得一點不錯，比起內憂外患，身爲神弓門門人的桑浣還是希望家裡太平，劉氏鬧不動，趙雪蘭不鬧動，當眞省了她很多心力。

吃過早膳，桑浣讓節南陪著到池塘邊散步，見雪蘭雨蘭姊妹倆轉過長廊的身影，一時出神。

「姑丈近來挺閒的，連洛水園都不去了。」節南見桑浣出神，趁勢聊起。

「匠工名冊流出，各部各司自檢，御史臺更是盯著工部，哪裡還敢陪上官喝花酒。」桑浣淡哼，轉頭來看節南。「說到這事，正要交代妳一件任務。」

節南暗忖那個要寫奏疏的蘇致難道改了主意。「聽憑姑母吩咐。」

「我要妳混入洛水園，查探一等司琴仙荷的底細。」桑浣道。

節南略沉吟。「我以何身分進洛水園？」

桑浣已有安排。「我同柳媽媽說妳是我家鄉人，剛來都城，想進大府人家當丫頭，要是能先到洛水園住上兩日長長見識就好了。她昨晚差人送信來，說到了幾個新妓，一時有些調不開人手，可以安排妳進去住幾日。」

「還要住進去？」這安排出乎節南意料。「碧雲她們見我數日不歸，豈不奇怪？」

「崔玉眞那裡讓妳過了清明再去吧？雪蘭要到觀音庵住，我會讓碧雲她們也跟去伺候。至於趙府其他人，平時就知妳常出門，不會多疑。」劉氏不中用了，趙府全在桑浣控制之下。「不住上幾日，如何打探得明白。記得不要用妳本來面目。」

節南順水推舟。「知道了。」

「洛水園是官妓舞樂教習坊，別小瞧了那地方。裡頭照樣等級森嚴，規矩繁多，又以當紅頭姬們爲首各自抱團。仙荷只是一名司琴，極可能也聽從某位頭姬。妳要謹愼，切莫張揚。」桑浣忽而莞爾。「我也糊塗了，這種話毋須我多說，妳十三歲就是小機靈鬼，最會渾水摸魚。」

節南抿出一絲笑意。「既然是眼線，自然不能出挑，多謝姑母提醒。不過，正如姑母所說，洛水園深不可測，要是住了幾日沒有發現，該當如何？」

「洛水園的女姬都經嚴密篩選，妳能住上幾日已是柳媽媽給我的大面子，要惹出事來，也會立刻懷疑到妳我頭上。一切回來再說，只要妳肯盡心盡力。」桑浣的話餘韻綿綿。

「我剛到那會兒，姑母曾說另安排了人入園，那人可會接應我？」節南心頭冷笑，顯然此行是不能沒有收穫的。

桑浣眼中一絲懊喪。「那人本是金利沉香送來的，長相不錯，可惜腦瓜不利索。柳媽媽不喜歡，沒多久就把她淘汰了，如今只有幫廚的芬嬸是我們的人。老實說，沉香手下盡是中看不中用的丫頭，除了美人計，就不會動別的腦子。那個簪珠兒也如此。妳和小柒若能服軟，大姊她或許能重用⋯⋯」

「姑母，我與小柒不求有功，但求無過，有朝一日門主能把赤朱毒解藥給我們，我們就心滿意足了。」節南截斷桑浣的話。

桑浣不好再說下去。「只要妳們爲我盡心做事，我也會替妳們求情。好了，拿著這封信去找柳媽媽吧。」

節南道是，接過信回到青杏居，打發碧雲橙夕橙晚三人去趙雪蘭那兒，就將桑浣布置的任務告訴了柒小柒。

柒小柒嘻嘻一笑。「接得盡是雞毛蒜皮的小任務，不敢讓廢物辦大事。」

節南收拾完行李，又讓柒小柒拿來一些易容膏，將自己的臉抹黃一層，把眼角往下拉，下唇畫厚，拔眉修圓眉峰，貼出一個胖下巴，從天生的清秀變成了精修的妝容，氣質都全然不似了，有點土福。

「不敢信任我們，又捨不得放著不用。」節南對著鏡子不停做誇張表情，最後點點頭對自己的新模樣表示滿意。「正好，我一直想去新的洛水園瞧瞧。」

「說妳心眼多，又想罵妳實心眼。」柒小柒咬著零嘴鼓鼓眼。「這會兒是逛園子的時候嗎？」

節南只當聽不懂，反問：「那該做什麼？拆園子去嗎？」

「拆婚哪！」柒小柒撇嘴。「妳的青梅竹馬要娶郡主了，妳的前婆家馬上就要變成皇親國戚了，妳怎麼忍受得了呢？」

節南覺得很好笑。「妳忘了，離開成翔時，妳說從此我們和劉家恩怨兩清。」什麼記性啊，這是。

「劉睿要是娶他表妹，我二話不說拱手相送，但他現在娶郡主哪，比妳強多了，那就不行！」柒小柒這是見不得別人好。

節南卻沒有同感。「我倒覺得不算什麼大喜事。本來要考狀元的人，突然被選爲郡馬，從此不能實現『先天下之憂而憂』之心。」

劉睿十一二歲就老成得很，別人讀書要棍棒一旁伺候，他讀書卻很自願，扎進書堆就出不來的書蟲。這樣一個人，放棄了文臣治國的理想，成爲郡主的裙下臣，是有些匪夷所思。不過，就劉學士這家子來看，劉氏本家實在很能鑽營，也許有她想不到的策略，讓劉睿美人和官運都亨通也說不定。

「郡馬也能當官，只要當上官，總有辦法。」柒小柒輕易說出節南心中所想。

然而節南知道，郡馬參政，實施起來不但不容易，還要有押上性命的勇氣。南頌忌諱外戚當權，就和太祖傳下的「不殺諫言文臣」一樣，一條條法令防範外戚造反篡權。

「別管劉家的事了。」時至今日，節南也不怕劉昌在那家子會揭穿她的身分。比起她的惡霸之家，劉睿和她訂過親，劉夫人靠桑家發了財，這些事對劉家更爲不利，所以篤定劉家不會亂說。

柒小柒噘噘嘴。「不管劉家，管誰家？」

節南心思一動。「管蘇家。學士閣蘇致，不知道妳還記不記得。」

柒小柒但想片刻。「和韓唐大人同爲編修，急脾氣，膽子又小的蘇致蘇大人。」

「果然識人還是要靠妳。」節南只記她想記的。「蘇致如今主管學士閣，我探聽到他懷疑工部尚書、將作大監和趙琦三人洩露名冊，說了要上摺子，結果卻悄聲無息。」

柒小柒嗤笑。「妳唯恐天下不亂？蘇致要是眞上告，趙琦的官帽難保。」

「沒這麼簡單，而且三人之中趙琦最不可能投靠北燎，不然讓師叔如何自處。不過，要是工部尚書或將作大監有意透露名冊，同北燎朝廷勾結，可是了不得的消息。」想要復仇，不管是王氏九郎，還是北燎暗線，她都要摸透，尋找有沒有屬於自己的機會。就像敵人的敵人可能成爲她的友軍，敵人的壞消息就可能成爲她的好消息，同樣的道理。

柒小柒擠擠眼。「當眞不顧劉睿？」

節南丟一白眼。「等我從洛水園回來，再想要不要送一份大禮，以表我的哀怨。」

柒小柒直道「好啊好」，樂呵呵幹活去了。

午後，節南一身素衣、一隻布包，到了洛水園柳媽媽的面前，自覺作爲一名細作，從扮相到氣質，無一起眼。

柳媽媽年約五十，老眼不昏不花，時不時透出犀利色，將節南看了整整一刻工夫也不做聲。節南抿著嘴，似有些拘謹，卻也不說話。

一刻之後，柳媽媽才道：「妳一個鄉下丫頭來都城圖什麼？」

節南答：「家裡窮，要不嫁人，要不靠自己。我本想進園子的，但桑姨說我姿容不出挑，手腳又笨拙，進不了園子，所以只讓我來見識見識，找別家的活兒也容易些。」

柳媽媽微微一點頭。「的確。能進我這兒的，都是百裡挑一的人兒。浣娘前些日子薦來一位姑娘，容貌雖不錯，實在缺心眼，難以調教，一樣被送出了園子。」

節南心想，沒錯，缺心眼的確實難教。

「不過我瞧妳雖容貌差些，倒不像笨的。」

柳媽媽一語驚人，難得讓節南嚇汗，一邊想著自己哪裡看起來不笨，笑開了牙，露後頭一缺牙豁口子。「要是媽媽能收留我，是我的造化。」

柳媽媽往椅背後猛一靠，拿帕子撫額，抬起滿是戒子的手。「哎呀，趕緊闔上嘴。容貌可以用妝遮掩，妳那口牙卻沒得救。罷了罷了，浣娘看得不錯，妳沒有待在洛水園的資質。」

節南也想抹汗，暗暗吁口氣，慶幸自己留一手，把牙染黑了幾顆。

「想來浣娘跟妳說了，我這兒新來一批人，趁著清明前後生意清淡，才特准讓妳進園子，同她們一道上課。可妳別告訴任何人妳的來歷，省得都來找我要人情。一進洛水園，如飲忘川水，別人問妳來歷，妳不說也不會有人見怪。既然是浣娘同鄉，就叫妳桑兒，不必用眞名，無要緊事不要找我。等這幾日舞課上完，妳走之前來跟我說一聲就是。縱然生意淡，也說不準有忙不過來的時候，頭姬們可能調妳去做事，妳手腳麻利些，幹完活兒就走，而且絕對不能到客人面前去。」

橫豎那眞名也是假名，節南沒異議，但奇怪：「我不就是來幫姑娘們幹活的嗎？」

柳媽媽一笑。「我也是看在浣娘的面上，讓妳學些討好男子的本事，將來也許能攀一攀高枝。」

節南抿嘴笑了笑。隨即，有丫頭帶節南到新人住的通舍安頓，和幾個新人一起上舞課。

因爲節南易了容，其貌不揚，學舞不拔尖也不是最遲鈍，混得稀鬆平常，又在一群到處覺得新鮮的姑娘們之中，完全不引注目。

第三日，上完了課，新人們吃午飯，半途卻讓兩個丫頭攔住。
「妳們誰願同我們搭燕子姑娘的舞臺去？」
新人們互相看看。
洛水園是官府設立的舞樂教坊，有充作官妓的官家小姐，有因爲家貧不得不進來賣藝的普通女娘，也有專門來學舞樂的女子，不但到高門獻藝，還能進宮爲皇上和後宮嬪妃們表演，並非一般尋歡作樂的場所。只不過美人如雲的園子，除了獻藝，又作招待官員的用途，自然惹人嫌話，更有人將它比作民間青樓，給那些舞樂出眾的頭姬按上花魁之類的名號。
無論如何，這是一個不太一般的地方，集著一群不太一般的女娘，情願不情願，卻只有一條路——從底往上，所以多數新人跟兩丫頭走了。
節南在後面磨蹭著，掉隊的原因卻是燕子姑娘是她的熟人，她這個探子要盡量避開。
「桑兒，妳家哪兒的？」
不過，磨蹭著不去的，不止節南一個，還有一個叫赫兒的姑娘，身材高挑，容貌明豔，五官鐫刻，不像南方或中原人，一雙眸子深邃，隱隱淡金，像豹眼一樣的斑紋點點，漂亮之極。
節南第一日就注意赫兒了。
七八個女娘中獨赫兒出挑，混血之貌可以輕易勾人，眼神笑容都帶妖嬈，天生媚麗。難得的是，在自顧自的這個小團體裡，赫兒卻同多數人相處甚歡，短短幾日已有領頭羊之勢。像節南刻意低調，赫兒依然喊對了名字，可見心思玲瓏。而節南能掉隊是由於她的不起眼，赫兒則是由於眾人齊心掩護，本質不同。
「孔山縣。」節南說了一個地名。
赫兒大概沒聽過，沒往下問，語氣羨慕感慨：「聽說燕子姑娘不過早來兩個月，已經是一等舞姬了。端午要進宮獻舞，其中一支就由她領跳，而且，她還是楚風公子等世家公子近來必點的姑娘，琴棋書畫無所不通。不知我們有沒有她那般的運氣，一下子竄爲媽媽手心裡的紅人？」

「別人不行，赫兒姑娘卻可以。」節南這話不完全客套。

赫兒一手勾過節南的肩，心花怒放的模樣。「眞的嗎？」

赫兒比節南高了一個頭，手長腳長，被這麼一勾，節南感覺自己像小鳥依人，急忙推推開，又不能得罪人。「赫兒姑娘比燕子姑娘美多了，又聰慧伶俐，成爲頭姬是早晚的事。」

赫兒笑抛一媚眼兒。「妳怎知我聰慧伶俐？」

節南心裡打個哆嗦，心想不用聰慧伶俐，這位憑臉蛋也早晚要紅的，但道：「教習做一遍，赫兒姑娘就會了，當然聰慧。」

赫兒抬袖掩笑，眼中鎏金，豹斑炫美。節南雖對自己的容貌一向自信，但也打心底承認眼前有位絕色美人。

就這麼有一搭沒一搭和赫兒閒扯，吃了點東西，赫兒說要回通舍小憩，節南才落得清靜，逛到了琴院外。雖然已住進來三日，除了邊邊角角幫幹活，到處聽人聊天，她還沒接近過這裡。她和柒小柒做事方法不同，柒小柒快而準，她是慢又細。就像下棋，要包圍一個子，她會先從這個子周圍的子包起，最終十拿九穩。

好比她已經知道，琴院司琴四人，以仙荷爲首，但洛水園以舞姬爲高，司琴多是伴奏，所以仙荷拜舞姬風娘爲姊姊。這園子裡所謂姊妹，就是上下級關係，以姊姊的命令是從。風娘是頭姬之首，仙荷與她綁在一塊兒，才能當一等司琴。

琴院的門緊閉，節南看四周無人，輕巧上牆，無聲跳入院內，返身將門推開一條縫隙，這才往裡面走。

琴院分成好幾格小園，牆下種很多竹子，密密高高，擋了視線，平添幽靜寧和。但是，擋得住視線擋不住人聲，節南很快聽到有人說話。她循聲而去，在一處雅致的廂房前，瞧見三個模樣挺俊的女子正在廊亭中喝小酒吃小菜，頗愜意地聊著天。

節南聽了一會兒，知道仙荷不在其中，轉身要走。

「妳們說，仙荷今後怎麼辦哪？」

節南腳步頓住。

「熬了這些年才要升頭姬，卻被新來的人擠下去，又比她年輕漂亮，哼！」

「可不是嘛。今年當不上，就再也不可能了。我看哪，媽媽會安排仙荷出嫁，趁她還有幾個常客。譚尚書就不錯。」

洛水園的女子，年齡大了多數要出園，或讓客人納爲小妾，或賣進舍院。比起後者，前者的出路還算不錯。厲害的，就如桑浣，已經是實質上的主母。

節南聽到工部尚書譚計的名字，更加留心。

「妳們不知道嗎？譚大人懼內。要不是趙大人是浣姊姊的夫君，仙荷嫁他才最好。趙大人品性敦良，喝醉也從不失態，留夜也不找人伺候，當眞的正人君子。浣姊姊好福氣！」

「趙大人對浣姊姊一往情深，浣姊姊也是一等一的好眼光。當年浣姊姊正紅，多少年輕才俊、又富又貴的老爺們，甘當她的裙下臣。趙大人那會兒官小，長得也不出眾，浣姊姊偏偏選他，才有如今的好日子。」

節南心想，別呀，別說陳穀子爛芝麻的事，趕緊說回仙荷姑娘才對。

「仙荷哪有浣姊姊的玲瓏心思，眼界高著呢。昨日崔五郎點她的牌，多留她彈了兩首曲，她一晚上興奮得輾轉難眠，今早才睡過去，卻也不想想那位比她小了幾歲，還是都城最金貴的公子之一。」

崔衍知來過了？

節南就想，工部名冊經由仙荷外洩，工部尚書是仙荷常客，蘇致打算上摺子，這案子御史臺在管。崔衍知這時點仙荷的名，更像查案。

難道不是蘇致改變主意，而是御史臺動作小心？

「妳們亂嚼什麼舌根！」突然，一個標緻的女子沉臉走出其中一間廂屋，站在廊外。「有這工夫，不如多練琴。今晚紀老爺宴請榷茶司的大人們，先點了齊奏，妳們這麼懶惰，卻別拖累了我。」

那女子，眼角有顆小小淚痣，無損容貌，反而增添一些我見猶憐的柔美氣質，但眼下有青袋，似沒睡好。

三女連忙起身，道聲仙荷姑娘。

仙荷用力關上門。三女不好再聊天，各自散了。

節南見一女朝她這邊走來，還是說仙荷眼界高的那一個，就不忙著躲開了，從袖中取出一隻小香包，捏在手心裡。

那女子轉出拱門，見到節南就是一怔。「妳是誰？」

節南淺淺一福。「見過萍娘。我叫桑兒，新進來的。」她已有準備。

萍娘顯然知道園子來了新人，再看節南腰上的牌子，神情略鬆。「新人除了藝舍和通舍，只能在前頭走動，妳不懂規矩啊？」

節南始終謹首垂眼。「本想拍門的，沒想到門開著，前頭又不見人影，才莽撞走進來。」送上香包。「我姨教我，進了園子要先拜訪各位姊姊。一點小東西，還請萍娘姊姊幫我分給琴院的姑娘們。」

萍娘打開香包一看，是幾枚很新巧的小髮飾，露出些微笑意。「雖不懂規矩，倒是通人情。妳叫桑兒是不是？我知道了，帶妳去見見其他姑娘，今後會照顧著妳些。」

節南道謝，又說：「燕子姑娘要讓我們幫忙搭舞臺，桑兒不敢逗留，這就要走了。」

萍娘似乎對燕娘也大有怨言，拉住節南。「等等，咱園子講究先來後到，她一個才來的新人憑什麼差遣新人？再說了，她不就是給幾位公子爺跳舞嗎，弄大了場面給誰看？妳不用去給她幫忙，她要問起，妳就說已經接了我們琴院的差事，沒空幫她打雜。」

就這麼，萍娘領著節南去認臉，除了仙荷架子大不肯開門，其他人都喜歡節南送的小東西，皆許她在琴院裡幫忙。

很快到了晚上。

仙荷雖然聽自己的丫頭說起了，等親眼瞧見萍娘她們頭上的珍珠串綴，樣式確實新巧，讓萍娘這等姿色頓添不少俏麗。她終於看了節南一眼，神情卻不善。「送這麼好的禮，還到園子裡打雜，也不知道打什麼主意。」

節南沒說話，也不用節南說話。

「這不是真的珠子，是木珠子塗了白，不值幾個錢的。」萍娘代節南笑答。

仙荷眉間一股惱氣。「原來魚目混珠，也好意思拿來送人。」說罷，抬頭挺胸走到最前頭去了。

萍娘低聲道：「不用放在心上。眼看新人笑，她心裡哭著呢。」

節南淡笑：「我理會得。」

司琴姑娘們和隨侍的丫頭們都走了，琴院忽然一空，正中節南下懷。

她在仙荷的屋裡定心轉悠，不著痕跡地翻找，雖然並不確定要找什麼，但依照桑浣的懷疑，名單既然混在仙荷的衣物裡，工匠又讓北燎掠走，仙荷身分就不單純，這屋裡必有些見不得光的祕密。然而，兩刻時過去，連密室密格的可能都試過了，節南一無所獲。倒是仙荷寫給常客的幾封信，字裡行間情深意切，大有託付終身之意，讓她皺起了眉。

仙荷如果真是北燎眼線，才剛發揮出作用，這般自求出嫁，就沒道理了。但如果仙荷身分不可疑，總有人可疑。一份工匠名單，對常人無用，對北燎和大今朝廷卻有重要價值，不可能鬧到無聊抄下來。

節南環顧著仙荷的屋子，忽然轉身出了門，走到另一間屋子前。

這回是萍娘的屋子。

「桑兒，妳在麼？桑兒？」

但節南還沒進屋，就聽有人叫她，好在她手上拿著清掃撣塵，大方道聲這裡。

身穿孔雀舞衣的赫兒笑盈盈從拱門外跑進來。「知道妳在琴院幫忙，怎麼只是清掃丫頭？媽媽要咱們跳這幾日排的孔雀舞，數來數去就差妳一個，讓我帶妳過去。快走吧。」

節南斂眸，卻也不多說，跟著赫兒走。

眼看就要到琴院大門，節南忽道：「聽說赫兒姑娘是維族人，應該會說維族話吧？巧了，我還學過幾句……」突然開始用另一種語言說話，最後才換回來，問赫兒：「是不是？」

赫兒腳步頓住，回頭笑看節南。「桑兒妳說的是燎國語，哪裡是維族話？」

節南神情閒淡。「西原本是維族過冬的地方，如今讓北燎侵占，赫兒姑娘聽我說燎國語而不惱不怒，是心大嗎？」

赫兒笑容仍自然。「維族人就不該聽得懂燎話？燎國是維族的敵人，不懂他們的話怎能奪回維族家園。」

「赫兒姑娘聽岔了，我說的是姑娘沒有仇視北燎的心而已，就好像妳說維族維族的，似說陌生人，聽不出半點親近。」節南抬眼，淡淡與赫兒對望。

赫兒那雙深邃的眼微微一瞇，漾開笑，語氣陡嬌。「桑兒討厭，人家本來還挺想交妳這個朋友的，其他人都蠢得要命，害我覺得自己也要變蠢了。妳就不一樣了，明明機靈敏捷，說話恰到好處，好似看透了別人，知道什麼該說什麼不該說，卻又不想讓人看出來，不高不低混在人堆裡。不過，我這人不信自己瞧見的，只信自己的感覺。我感覺妳——」垂眸斂笑，一手伸進袖中。「和我是同類。」

節南抿翹唇角。

「赫兒姑娘長得這麼美，怎會與我同類。而我嘴笨，不像妳說謊跟吃飯一樣平常。」

赫兒目光陰沉。「我哪裡說謊？」

節南雙手捉著撣塵。「就從那句『媽媽要咱們跳這幾日排的孔雀舞，數來數去就差妳一個』開始。」

她如果在這裡開殺戒，桑浣會不會扣她解藥？

她如果跟王泮林撒個嬌，再弄一粒解藥的可能性高不高？

「這話怎會是謊話？妳可以去問媽媽。」赫兒的手始終攏在袖裡，不知節南正盤算她性命。

「因爲我只是臨時進來幹活的丫頭，媽媽看我老實，讓我跟著學舞，多一點謀生本事而已。那支孔雀舞，根本沒有我的位置。所以，妳會出現在這裡只有一個可能——不是媽媽差妳來找我，而是妳一直暗中盯梢，看我要進萍娘的屋子，出聲叫我，其實只是不想我進屋。」節南倒也不是不信巧合，只是對巧合這種事想得比正常人多一點。

琴院的燈不多，這夜烏雲遮月，小格子的園中幽暗狹窄。

「妳究竟什麼人？今人？燎人？還是南頌官府派來的？」赫兒咬牙問。

節南暗暗咀嚼這話。「我只是一個粗活丫頭，可赫兒姑娘的身分卻愈發引人好奇了，除了今人、燎人、南頌官府之外，就只有江湖中人可以選……」

師父教導，細作到死也不能承認自己是細作。

「很好！叫妳自作聰明——」

話音未落，赫兒手中多了一柄匕首，往節南心口送來。本來僅想將對方引開，不料反被對方識破身分，她自然起了殺機。

但是，她的匕首扎進了撣塵裡。撣塵飛了，匕首隨之也飛了。

節南神情駭然，蹬地往後退，看似很笨拙，只是幸運避開了這一招。「妳這人怎麼這樣？不想說自己是哪裡人，那就不說吧。一言不合就動手，還長嘴巴幹嘛用？」

節南那嚇到的小模樣很眞，讓赫兒瞬間迷惑。「妳……」

但就在她殺意遲疑的瞬間，節南拔下髮簪，穩穩抵上赫兒的喉管。

這一招，和年顏拉節南當人質的一招，一模一樣，不過多了一步左手換右手，快到迅雷不及掩耳。

在赫兒看來，這又是節南運氣好。

赫兒眼不眨，冷然反問：「還說妳是一個粗活丫頭？」

同時赫兒暗嘆自己疏忽大意，居然被此女子制住。

「我們這樣的人，不幹粗活，難道還能做大事？我同意赫兒姑娘的話，妳我就算同類，也都是打雜的。」節南一語雙關。

「要殺就殺。」赫兒轉眼已無懼意。

節南卻將簪子插回鬢髮之中，轉身撿起揮塵，拔出匕首。「赫兒姑娘玩笑了，我為何要殺妳？尤其妳還是絕色美人。」

美人如玉，養眼。

赫兒卻不像往常那樣拋媚，看節南還回匕首，也不接，抱臂撇笑。「妳想如何？」

「赫兒姑娘既是江湖人，就不是我要對付的人，所以不如何。」赫兒其實要感謝的是，她桑節南給大今幹活不賣力。

赫兒笑容裡有了一分妖媚味道。「有意思。我本以爲妳是今人。爲了將名單送出去，大今埋在洛水園的幾個眼線全部暴露，想不到仍被北燎搶快一步，故而派妳來報復。」

節南嘴抿直線，不語。

「妳猜得不錯，我確實是頌人，但混進來不爲南頌朝廷，只爲一個義字。大今侵壓邊境，朝廷粉飾太平，分明賣國求榮，我等實在看不過去。我並不想嚇唬妳，妳剛才趁我愣神反制我，可要眞打起來，不會是我的對手。」

節南將信將疑，不掩飾眞心，聽到最後那句，只是一挑眉，謙虛道：「我一個來打探消息的丫頭，又不像赫兒姑娘內外兼修能當頭姬的。」

赫兒沒有輕飄飄。「就當妳沒有趁人之危的報答，我這回也不會殺妳，還附送妳一條消息，回去好給上面交代。」

節南忽然想到的是，桑浣說她特別入人的眼緣，說不準眞有那麼一點兒。她模樣俏麗，從拜師之後，離開人人當她母大蟲的鳳來，混在哪裡都有人罩，不求而得。不過，師父卻說是她善攻心計，天生的小滑溜，別人看起來當然順風順水。

「萍娘故意將名單夾在仙荷的衣物裡，一來可以誘出你們大今眼線，二來可以找仙荷當替罪羊，她再控制琴院。但萍娘來歷平常，老子娘都在，都安貧戶，怎麼都查不出古怪之處，所以我才進來盯她。不讓妳進屋，是怕萍娘看出來，讓妳打草驚蛇。」赫兒金瞳豹斑眼沉沉。「轉告妳上頭，今後妳們派一個，我就殺一個。大今比北燎更可恨，比起落在你們手裡，我倒寧可是北燎擄了人。」

節南好笑。「這話讓我怎麼轉告？哦，遇上了一位正義的美人，識破我的身分，破壞我的行動，卻饒了我一命？我要這麼說，立刻沒命了。」

眼線哪是好當的？不是死在敵人手裡，就是死在自己人手裡，多數沒有好下場！

赫兒就以爲節南冥頑不靈。「轉不轉告隨妳，可別再讓我看到妳。」不知爲何，她覺得這個叫桑兒的姑娘氣質很乾淨。

節南「人在曹營心不在」，這種要脅對她沒有用。「老天特別喜歡跟我對著幹，但凡我希望再也見不著的人，它會一個勁把人往我眼前送，所以我也不好答應妳。」轉而問道：「若查出萍娘與北燎有干係，妳會如何？」

「當然不會再讓她留在這個園子。」赫兒眼睜一睜，稍微一想，覺得節南的話大有道理。誰能拗得過天意？

節南想了想。「既然如此，我的差事就做完了。」重新走起來。「赫兒姑娘放心，我不會同上頭透露妳的事。」

赫兒緊隨，語氣變得頗親昵。「桑兒說說，妳知道我什麼事？我是江湖人，然後呢？」

節南呵笑。「確實。」說了半天，她根本不知赫兒是誰。

「像我們這樣的人，能讓人瞧出來的事都是假的，包括父母，家鄉，出身，過往種種。桑兒，我看妳不像那種拚命爭出頭的，有朝一日若有意擺脫，可來找我……」

「好。」不待赫兒說完，節南爽快答應。

赫兒神情又意外。「我只是……」才說別再讓自己見到她，居然又說出這等事後懊惱的話來。

節南聽見琴聲錚錚，瞇眼看著不遠處奢亮的燈火，漫不經心接過。「無妨，我分得清什麼是客氣，什麼是真心。赫兒姑娘重情重義，今晚能讓我全身而退，多謝了。」

眼前光影重重，赫兒的面容重新明豔亮麗，再無適才半點犀利。「別讓我後悔放過妳。」

節南笑得無聲，讓赫兒走在光下，自己退到影裡。

第二日，節南向柳媽媽辭行，翻牆跳門進了王家，戴上白兔面具，一路無阻，直入南山樓。水廊上，只聽濤聲。

她左右瞧了瞧，往小樓走去，才走到窗口，就聞人語。

「音落不走。」還是嬌人嬌語。

節南記得這個名字，也記得是王老夫人的大丫頭，但長什麼樣子就想不太起了。

「老太太讓音落來伺候九公子，音落從今往後就是九公子的人。九公子不收，就是讓音落再無臉面活下去，那只能死了作數。」

節南眼珠兒鼓鼓，隨即幸災樂禍笑開，心想這音落也夠倒楣的，配給王十二多好，王九才不在乎誰死活，只顧自己的傢伙。

「那就死了罷。」王泮林聲音居然還在笑。「本來我還想要是打發妳出府，怎麼安置才妥當。」

音落沒再說話，驚吸一口氣。

王泮林走出小樓，與節南對了個正好，一臉開懷，一身清朗，偏過頭對著樓裡道：「正想劍童的時候，劍童就來了。」

聽著屋裡腳步聲，節南退兩步，淡定站直，冷笑。

即便正傷心，走出來的音落身姿曼妙，落落大方，只是眼睛裡微紅，一點兒野心也瞧不出來，但覺委屈。

16 分茶立盟

音落輕瞥戴著兔面具的節南，就對王泮林淺福。「九公子不必拿劍童來氣音落，音落自知出身卑微，能有今日，全仗老夫人看重。老夫人讓音落過來照顧九公子，音落絕無二話。九公子喜歡寵誰，照樣寵著就是。音落已是孤兒，王家就是我家，只求一席容身之地。九公子要是實在厭惡音落，音落就到魚塘那邊的雜物房住，照顧魚兒亦可。」

「那池魚是給劍童養的，妳想照顧魚，徵得她的同意便罷。」王泮林不怕討打。

節南每回想忍，每回都忍不住。「怎麼成給我養的了？拜某人所賜，我如今戒了餵魚，看到魚池魚塘就想繞開走。」

「既然劍童都這麼說了，妳可以留下幫她餵魚。若無劍童召喚，妳不得踏入水廊半步。」王泮林沒理節南，同音落說道。

「謝九公子。」音落垂頭要走。

「慢——」王泮林惡人質地。「妳還須謝一個人。」

音落身形僵直，在節南以為她要不顧一切任性時，卻乖巧轉過身來，屈膝行禮。「多謝劍童為我求情，有事即可喚我。」

節南呆看音落走出水廊，太陽穴就跳疼了。「自己的桃花自己埋，拉人落水不是君子所為。」

王泮林臉不紅，走上水亭。「想不到小山姑娘高看我為君子，可惜——」

「可惜你不是君子——其實你不收房也會納妾，音落姑娘好歹是你祖母跟前的人，至少人品應該不錯，你就認了吧。」節南看水亭石桌上壓著一張圖，不由走上去看。

「祖母見我這裡沒有丫鬟，調音落過來伺候罷了。可我不喜居處有生人走動，就想把她送回祖母那兒，結果她悲悲切切。至於人品一說，小山姑娘那麼毒的眼，我只當妳說笑了。」

節南心想，不就是給王九和音落相好的機會嘛，傻子都看得出來，但她對眼下的圖紙更感興趣——

「這是雕銜莊後山？」

王泮林坐在茶爐邊，煮水，挑茶粉。「是。之前妳瞧見的，只是剛建成的一小處。我打算借後山的樹叢作天然屏障，弄一個頗具規模的火弩坊。」

「火弩坊？」節南嘆道：「怪不得同箭司工坊的格局很相似。但要我說，因爲是填充火藥的武器，場地不得不開闊才行。雕銜莊後山的樹木並不密集，不如往下挖，用油布加掩，還能造成凹谷消聲。」

王泮林一聽，也顧不得泡茶了，坐到桌前，磨墨就記。「不愧是小山姑娘。」

節南和王泮林換了座位，倒了開水待涼，左手再刷茶泡，分出千卷，挑了花色，最後將那杯茶送到王泮林手邊。看王泮林看都不看就吃了，也不以爲意。

「你這麼弄，要跟軍器司較勁嗎？還當著我這個軍器少監侄女的面？」她自己動手，泡了一杯茶喝。王泮林見她喝茶，再看自己手邊那只空杯。「我這是錯過小山姑娘分茶的手藝了？」

節南笑道：「是啊，僅有的那麼一回，九公子卻浪費掉了，不過倒讓我知道看著牛嚼牡丹是什麼感覺。」

「這叫有得有失。」王泮林也是一笑，這才回答節南的問題。「我不但要和軍器司較勁，還要同長白幫較勁。」

節南捧茶坐直。「雲茶島上長白幫七煞什麼的，看大門。何氏當舖歐衡是長白幫老四，專管錢。

以爲也就是大幫名聲響，特別忙活而已，誰知道他們還有武器堂，私造暗器刀劍，賣給江湖各門派。所謂的英雄帖，就是立個名目，邀請各大門派來看他們的好東西。」

「小山姑娘，看妳勢單力薄，消息卻及時可靠。莫非是我看走了眼，妳其實力量不薄？」王泮林想不到節南已經查出了長白英雄帖背後的意義。「不錯，長白幫並非靠武力立足，他們的兵器承繼自大唐，大當家的唐刀鍛造尤爲精妙，只是他年事已高，不再造唐刀了。如今長白主造暗器，弩箭自然要瞞著官府進行，不過江湖水渾，一般官員也不願得罪江湖大幫，只要他們收斂。」

節南喝了一口茶，王泮林又開始了。「長白英雄會必定好戲連臺，妳當眞沒興趣去瞧瞧？」

節南半口茶含在嘴裡，聲音支吾不清。「九公子要是嫌一個小柒還不夠，再帶一個赫兒姑娘吧。」昨夜洛水園只招待兩席客人，一席王楚風和林溫他們幾位帝都名少，一席紀老爺請榷茶官吃酒，王泮林居然兩邊作陪客，就跟一根串糖葫蘆的杆子似的。

柳媽媽本來不讓節南到客人面前端茶倒水，但臨時決定讓新人上一支孔雀舞，成了赫兒把節南帶過去的藉口。既然不能讓她上場出醜，就只能派她幹簡單的活兒。

所以，節南也是兩邊跑，看赫兒搶坐在王泮林身側倒酒餵食，殷勤得一點不像個新人。

王泮林眼裡多了一抹趣味興濃。「哦？小山姑娘也在？這回什麼打扮？」

節南呵笑。「這就不勞九公子操心了，只是王家公子們當眞豔福不淺，一邊是讓燕子姑娘心花怒放的十二公子，一邊是輕易哄得赫兒姑娘花枝亂顫的九公子，那兩位姑娘今後可是洛水園的招牌。」

王泮林突然大笑。節南看在眼裡，想起迄今他的各種面貌，低頭抿茶。「有何好笑？」

因知這人本性清冷，她不會受他俊相迷惑。

「燕子姑娘早就對十二弟有意，而洛水園如今良莠不齊，名姬之流庸脂俗粉，遠不如當年天籟浣姬和舞柳飛絮雙姬那般魅力獨特，所以燕子姑娘那樣中上流姿色、末流智慧的女子沒準能當招牌。不過，那個赫兒姑娘就罷了，公鴨充母雞，不會長久的。」

節南葉子眼一下子溜圓，茶水囫圇，嗆咳半晌，面紅耳赤地結巴道：「赫……他是男的？」

教習說赫兒具有天賦，舉手投足散發女子嫵媚——敢情教習跟江湖野郎中一樣啊！

王泮林笑斂了，目光在節南臉上流連不去，探究著。「正是，小山姑娘可別告訴王某，被他占了便宜。我一直、一直，當小山姑娘聰明無雙哪。」

節南只當王泮林又譏諷自己。「興許是九公子離家太久，日子捉襟，美人見得少，看到身材高挑些的，就誤會成男子了。」

除了比她高一個多頭，手長腳長之外，赫兒妖裡媚外，風情萬種，說話嗲得她起雞皮疙瘩，哪裡像男人？

王泮林抬眉。「小山姑娘是想我報一串各國的花魁名號出來？」

節南哼了一聲。「那倒不用，你就告訴我赫兒哪裡像男人就行了。」

「骨架大，骨頭硬，去掉濃妝分明就是男人臉，聲音裝嬌做作，還有最明顯的一處——」王泮林看節南聽得好不認真的模樣，輕輕笑開。「他對時政很聽得明白，我稍稍一誘，他就上當了，忘了他在扮女子，侃侃而談。」

「我也懂這些……」節南不覺得這有說服力。

「天下能有幾個小山姑娘？」

王泮林這算恭維還是趁機踩她一腳？

就算當成被踩好了！

節南撇撇嘴。「神弓門的女門人多少也懂……」

「這麼說吧，如同女扮男裝常常瞞不過聰明女子，男扮女裝也瞞不過聰明男子，一樣的道理，直覺就不對。」

「那也不是，我就沒看出紀老爺是你姑姑……」

王泮林終於笑刁。「非要王某直說妳笨，小山姑娘才領情？」

娘的，又上他當了！

節南閉緊嘴巴。

不過，赫兒是男人？

動不動勾肩搭背，靠過來撒嬌，還眼睛不眨翹蘭花指扭蛇腰，沒皮沒臉拋媚眼的傢伙，居然是個男人？

節南很想找個沒人的地方，削石頭……實在無法置信！

「……去嗎？」

王泮林的聲音鑽入節南耳中。

她呆問：「什麼？」

王泮林看節南發呆，知道她還在震驚，不由好笑。「我不喜男色，不可能帶赫兒同行。再者，容我提醒小山姑娘，兔幫想立足都安，英雄會正是大好時機，可以揚名立萬，擴張勢力。」

又來兔幫？

節南本想讓王泮林別再開玩笑，卻覺這人眼神極度正經，愣然道：「你認真的？」

「自然。」王泮林那聲回應很溫和。

節南靜默片刻，突地笑了一聲，放下茶杯。「其實我今日來，就想跟九公子說我幫你了，哪知讓九公子的桃花迷炫了眼，又讓赫兒男扮女裝的消息驚了腦瓜，反而忘了正經來意。」

王泮林卻默了，半晌將桌上那只空茶杯遞過來。「請小山姑娘再分一杯茶來。」怪不得特意分茶，原來有結盟之意。

節南搖搖頭，分茶如同下棋，不輕易動手。「吃了就是吃了，九公子雖然沒看清，我的心意卻到。不過，我也不是白幫你。若九公子不姓王，單憑你手上我爹的信函和幾顆解藥丸子，我未必瞧得上；又如同九公子時時刻刻爲自己打算，危難關頭能毫不猶豫讓我送死，我卻也是一樣的。」

沒有好處的事，她不想做，也不會做。

大王嶺的那幾日足以證明，他和她，是能各取所需的。

此舉或爲正派人所不齒，她卻無所謂。

不管世人如何辯說，人與人之間歸根結柢就是彼此利用的關係，只分善意惡意、有心無心罷了。天性如斯，絕不可恥，皆在各人本心，做到自己感覺恰好而已。

「我隨你同去長白英雄會，以免幫的名義。」他和她的本來面目都不太適合江湖場合，沒有威懾力。

「正合我意。」王泮林點頭。「戴著面具也不怕人日後尋仇。」

呃？節南立即問：「長白幫廣邀江湖人士只爲做買賣而已，爲何有人找我們尋仇？」

小柒打探不靈嗎？半點沒聽說啊！

「怕官府或大今北燎探子混入，長白幫將這攤生意設在江盜橫行的迷沙島群之中，雖有本幫船隻運送，僅有一艘。那些暗器兵器又是先到先買的規矩，難免要跟人爭船。」王泮林說得雲淡風輕。

節南哦一長聲，因他語氣那麼平常，就沒覺得緊張。「我們只是看熱鬧，等有空位再上船就是，不用爭。」

王泮林卻道：「我這人在外過得隨便，在家就要挑剔些，自家有船便不想跟人擠了。」

「萬一遇到江盜——」節南心想，遇過山賊，還沒遇過江盜。

「大王嶺的山賊都給小山姑娘讓道了，江盜算什麼？」王泮林似已打定主意。「我能得小山姑娘相助，如添雙翼。」

節南沒有飄飄然。「還有一個條件。」

王泮林做個請勢。

「你手上有我幾件東西，我不說一樁換一件這種廢話了，你將十二顆解藥拆成一顆一顆給，我也不跟你計較。從現在起，你派我一回用處，就把東西擺在桌面上，讓我自己挑，總行了吧？」聽小柒說信函一疊十來封，加上解藥十一顆，她當二十多回劍童，怎麼說到年底都能拿回來了。「不管你讓我當劍童也好，還是當兔幫幫主也好。」

「改造弓弩也好？」王泮林插一句。

節南一挑眉。「以任何名目讓我辦事都算一樁，而且你我事先說好。英雄會就算一樁。」

「可也。」每逢答應的時候，王泮林總是很痛快的，且這回似乎也上心。「出發時就讓小山姑娘自己挑走，不必等到事成之後。」

節南不會跟這人客氣。「一言爲定。告辭。」

「小山姑娘又要當桑兒，回洛水園端茶嗎？」

節南人已在水亭外，聞言回頭，看王泮林促狹的笑容，眞心實意佩服。「還是讓九公子識破了。」

「好說，不過那個赫兒——」促狹笑意不及眼。

「和我是一類人。」節南說了。

王泮林略怔，好笑。「你覺得是誰家的探子？」

「不知，只知他是江湖志士，也在打探工部名冊洩密一事，進而懷疑琴院萍娘。我臨時混進園子當差，今日出來就打算交差了。」有些事任王泮林猜對，不如由她自己說：「我姑母並非親姑母，是神弓門設在都安分堂的小長老。」

「我已猜到。」他既知節南身分，自然將那位出身洛水園的二夫人同神弓門聯想到一起。「我若是小山姑娘，當務之急，是先對付這位姑母，而不是把赫兒的事全盤托出……」

「要不要我幫妳一把？」又遞一張兔面具，這是他王泮林結盟的誠意。

17 局中有局

「誘餌?!」

當節南告訴桑浣，可疑的不是仙荷，而是萍娘，目的在於誘出大今布置的眼線，桑浣大吃一驚，神情凝重地踱起步來。

節南看桑浣來回走，腦海裡卻迴蕩著王泮林的話。

王泮林說，他要是她，就會先對付桑浣。

節南本來打算，只要桑浣不惹她，她就偷工減料幹著活，一邊積蓄力量，等到最後撕破臉的那刻一決勝負。桑浣一日聽從金利撻芳，她和桑浣便無法避免敵對。

王泮林的意思卻是應該爭取主動，而不是等人來撕。

也許，王泮林是對的。

老實說，她有些膩煩了打雜，東一榔頭西一棒槌，不知道下回又讓她混哪裡去，所以才拉了趙雪蘭一把。

「消息可確鑿?」桑浣沒留意節南若有所思的目光。

「我在萍娘屋外聽她親口說的，只不過她並未提及自己的身分。」節南編造。

「那還用說嘛，當然是北燎線人。」桑浣蹙眉嘆息。「洛水園那幾個算是廢了。」

節南一聽就笑。「姑母只告訴我一個芬嬙。」

桑浣哼道：「要怪就怪妳自己沒出息。行了，雖說不是好消息，也算不枉此行，妳下去吧，別的不用妳管了。」

節南退下，心道是是是，自己下決心找王九是絕對正確的，既然神弓門在這裡的眼線又歸桑浣一人掌握，她的方向就明確了——

廢掉桑浣，戳瞎神弓門一隻眼。

回到青杏居，節南將洛水園遇到赫兒的事，還有與王泮林的約定說了個大概。

柒小柒聽了，居然沒笑話她找了這麼難對付的幫手，卻問：「橫豎九公子和我們沒仇沒怨，互相利用也不是不行，不過妳說只爲了拿回已經發黃的信，我不太信。」

「還有十一顆解藥。」不止那些勾搭信。

柒小柒還是搖頭。「不對，不止。妳哪有那麼乖的？師叔手裡也有解藥，我怎麼沒見妳給她好好辦差？不但把趙雪蘭重新穩在趙家，洛水園的事也只報上一半，更別說妳殺了簪珠兒……」

節南張張嘴。

柒小柒摀住節南的嘴。「至少是妳間接害的。妳老實說，是不是看上王九了？」

節南扒開柒小柒的手，氣笑出聲。「眞不是，只不過——」

柒小柒捏一片脆芝麻餅，在節南面前招搖。「妳不說，我就不吃。我肚子餓了，就會生氣；生氣起來，就會出去闖禍，讓妳收拾爛攤子。妳想想清楚！」

節南好笑。「故人而已。」

「故人？」柒小柒的腦袋裡迅速翻臉譜，卻怎麼都翻不出一張王泮林的臉。「我不認識？」

「妳不認識。」看過背影，怎麼算認識？

而且，這會兒她也只有七八分把握，告訴柒小柒的話，她只會大驚小怪。相比之下，崔衍知的事板上釘釘，不怕說錯。

柒小柒撇撇嘴。「咱們來都安後，妳遇到的故人眞不少。一個崔衍知，差點成妳姊夫；又一個王九，這就打算狼狽爲奸；還有退了妳婚的劉氏一家子，愈甩愈黏糊，哪天把妳招出來，我也不吃驚。」

「不會。」節南這點把握還是有的，又將話題轉開。「小柒，咱要開始招兵買馬了。」

柒小柒馬上將劉家抛到腦後。「好啊！我正做得煩透，芝麻綠豆大的事都要自己跑腿，一邊給妳盯蘇學士府，一邊要找藥抓藥。來，來，快快打開妳的小錢箱，我幫妳花光。」

節南沒動。「我只是告訴妳要招兵買馬，銀子卻要給李羊的。」這位姊姊那麼愛吃，估計會把全部家當送進蘇城記，而她以前曾天眞以爲，吃是吃不敗的。

柒小柒欸欸嚷兩聲，最後嘟著嘴道：「信李羊卻不信我，臭小山，也不想想誰對妳才是最好。」

「手頭銀子不多，要省著些花，而且李羊有賭坊充門面，招人也不引注目。」如同柒小柒會爲她豁命，她亦要處處爲柒小柒打算。「再說，妳要什麼我沒給妳買？我的小命就在妳手裡，是死是活，看妳能否研製出解藥。」

節南早就不對金利撻芳抱期望，不相信那女人會將赤朱的終極解藥給她，但就算死，她也會拉神弓門陪葬，讓柒小柒過上快活日子。

「知道就好。」柒小柒皺皺鼻子。「聽說不止都安，安陽也有好多書閣，還有專門的醫書館，一定能找出那幾味不知名的藥材，到時候解藥還不輕而易舉？雖說不是全解，至少保妳不死。咱不怕耗，看金利撻芳活得久，還是咱活得久，總有她求咱們饒命的時候。」

「全靠妳了。」節南嘻笑。

柒小柒對醫術和容貌一樣自信，得意地抬了抬下巴。

節南這才拿出一疊紙票。「這裡三百貫，妳幫我交給李羊，讓他從乞丐裡挑些手腳伶俐、品性還好的孤童少年，教簡單的拳腳功夫之外，還要教他們讀書寫字。」

柒小柒「啊」了一聲。「我以爲妳要給兔幫充人頭，非彪漢不行。」

「兔幫是王九起的頭，自然讓他湊人數去。」在安陽和安平賣船貨時，節南看到一群群從北邊逃過來的乞丐，其中不少無父無母的孩子，如今想來想去，也只有相信孩子心思單純，靜靜拿錢辦事，亦不會打草驚蛇。

「等李羊湊齊了人，妳也幫著調教一下，最好五月就能布置。」

五月，都安會非常熱鬧。官場上劉家娶郡主、嫁千金，江湖上高手雲集長白幫，匯聚所有目光，正好讓她撒開網。

「布置什麼？」柒小柒問道。

「吃掉桑浣嫁妝的棋盤。」節南笑瞇了眼。

柒小柒翻眼。「一群孩子能做什麼？」

「妳我當初隨師父執行任務，也沒多大，因爲都當我們是小孩子，任我們到處亂跑，最壞也不過被揍一頓。」所以，節南從不小看孩子。

「我一頓都沒被揍過。」柒小柒拿過紙票，沒數就往懷裡一塞。「可那也是師父沒讓我們幹什麼的緣故。」

「師父沒讓我們幹什麼，他卻總能輕易碰見韓唐大人，知道韓府千金重病，及時送上救命的藥。還有師叔，本來讓新人蓋過的風頭突然又勁，因爲新人讓頑童的妳撞壞了腰。」

決勝的棋面，由一個個發揮了作用的棋子組成，而她現在手中幾乎無棋，最容易借助的，就是那些孩子的作用，並有力量護他們周全。

像師父那樣。

清明一過，桑浣表面忙於整理帳務，實則追查著洛水園數名失蹤眼線的下落。包括幫廚芬嬸在內，某日眼線們突然一齊不見。她心神不寧的同時，慶幸這幾人與自己沒有直接牽扯，否則趙家就不能再給她庇護了。

節南看桑浣焦頭爛額，卻一點不跟著發焦，除非陪崔玉眞讀書才出個門，不然就在府裡，與趙琦這個姑父釣釣魚，與趙摯這個表弟玩彈弓。至於趙雨蘭，她留給趙雪蘭增加姊妹感情。趙雪蘭的性子雖然比她的毛病還多，但自從和劉家「隔離」，而劉氏又一日睡去大半日，這人似乎懂事了不少。

這日，節南陪姑父釣完魚，在青杏居外遇到腳步躊躇的趙雪蘭。

「眞難得。」節南要笑不笑。

趙雪蘭幽幽看來一眼，遞過一封信。

節南讀了終於笑。「哈哈，這事是我擅作主張，誰讓妳那日沒出現呢？帖子明明是發給妳的。不過蘿江郡主也眞是，這都要嫁人了，還記得這件事。」

早在宮門樓上救崔玉眞那日，節南曾對蘿江郡主說趙雪蘭會回請觀鞠社千金們。好嘛，蘿江郡主寫信來討了，就說當她參加的最後一回觀鞠社活動，讓趙雪蘭看著辦，要盡快，因爲五月她就不方便出門了。

「妳答應的，妳來辦。」趙雪蘭的語氣似乎怪節南，其實是她不知道怎麼辦。都安她沒朋友，平時一出門就是到舅舅家去，但在安平那邊也不過跟著劉彩凝跑，從來沒有擔當過主人，根本無從下手。

節南怎會聽趙雪蘭的話。「蘿江郡主寫給妳，又沒寫給我。再說，這有什麼難辦的？找個好玩又有好吃的地方，大家聚一聚，給蘿江郡主道個喜就是了。妳掏銀子，其他都由店家操心。對了，讓碧雲給妳找，她爹愛喝茶，都安都跑過了，沒有不知道的地方。」

趙雪蘭聽後就走了。

到了晚上，碧雲從趙雪蘭那兒回來，苦著臉跟節南道：「哎呀，大小姐讓我給她推薦幾處好吃好玩的，說要給蘿江郡主賀喜。本來這樣的地方多得是，比如三里橋、東瓦肆，還有江心街，駐紮著剛到都安的寶獸團，表演七寶馴獸，熱鬧得不得了。但要給郡主那麼高貴的人兒辦席面，我就不敢說了。」

「有什麼不敢說的，蘿江郡主性格不一般，就愛不一般的熱鬧。要想正兒八經辦桌席，直接去萬德官樓就是了。我聽說江心街有百年老字型大小的張記小吃店，寶獸團這回就駐紮在它旁邊。邊吃邊看，多有意思。」節南眼睛一亮。

「都是一等一的千金，如何去得那種市井地方？」有意思是有意思。

「小吃店包個場，讓郡主她們都帶足護衛，而且江心街上名店多、名人多，若有登徒子衝撞觀鞠社的千金姑娘，那就是自找死路。」節南不以為然。

碧雲想了想。「也是。要說姑娘們平常去的地方不是皇家園子，就是事先圈起來的水邊山地，其實普通老百姓的玩處也很有趣的。」

第二日，碧雲去跟趙雪蘭說了。

趙雪蘭也算謹慎，先寫信問蘿江郡主，結果送信的人直接帶了回信，說非常期待寶獸團的表演。她挺意外，原本以為蘿江郡主不會同意，如今卻是騎虎難下。

晚上，心事沉沉的趙雪蘭食不下嚥，節南關心了一句，趙琦就問大女兒是否有心事。趙雪蘭就把要回請觀鞠社的事說了。

趙琦立刻比女兒還緊張，畢竟那些千金的爹都比他的官階高得多，一個不周到，就是他這個為人父母做事不周。於是，他主動攬下這件事，說外頭的都由他派人張羅，讓趙雪蘭安心準備其他的。

桑浣不太贊成。

「個個都是掌上明珠，江心街多是耍小把戲的，出入三教九流，所謂的百年老字型大小也是尋常老百姓沒見過好東西的緣故。一群女兒家看馴獸，難免落在魯男子眼中，唯恐借個酒膽衝撞上去。要回請，不妨挑些安靜園子，在我們趙府宴客也好，請了雜耍藝人過府，都是一樣的。」

趙雪蘭卻道：「郡主對我的提議推崇至極，期盼萬分，如今卻改在家裡，不妥……吧。」

節南暗笑，這姑娘也學會耐住性子了。

趙雪蘭說完，看看節南。節南只當沒看見，這時要幫著說話，會有反作用。能壓住桑浣的，只有趙琦。

趙琦果然順了節南的心意。「是啊，她們平時玩的就是那些，一聽新鮮的，自然期盼。妳放心吧，我一定辦得妥妥當當的，讓她們高興高興。當眞是巧，四月二十八，工部招待官匠，設宴瑞祥飯館，離張記不遠，她們聚會也訂在那日，我會照看著。」

官員不能到一般飯館吃酒，在官府允許的飯館子裡吃茶吃飯吃菜都可以，吃酒則要去萬德樓和洛水園。

桑浣奇怪。「又不是逢年過節，無端端請人吃飯？」

趙琦道：「洛水園裡混進了細作，就是他們偷了名冊，與工部官員無關。御史臺已讓刑部發下海捕公文，譚大人總算放下一樁心事，不但請了勞苦功高的張蘭臺，這年新近了好些能工巧匠，也借此樂呵樂呵。」

蘭臺，是對御史臺大老的別稱。

節南在釣魚時已經聽趙琦提過，所以趙雪蘭一說回請，就往碧雲那兒引。碧雲平時最喜歡江心街，她稍稍使力，果然就去跟趙雪蘭說了。要是沒有工部擺宴這事，恐怕未必成行。

桑浣臉色悄沉，自知要捕的都是神弓門人，心情鬱悶，乾脆不管了。

節南卻覺御史臺張中丞會答應赴工部尙書的宴，似乎另有文章。從崔衍知調查洛水園仙荷來看，蘇大學士的摺子肯定送上去了。桑浣這時大概正頭疼幾個門人的下落。節南覺得同赫兒有關，而那赫兒也是機靈人物，可能利用御史臺。所以，她希望兩宴並一街，方便自己刺探。

過了幾日，趙雪蘭發邀帖，眾千金居然多和蘿江郡主一樣，發來熱盼的回執。

崔玉眞的帖子是趙雪蘭親自給到手裡的，也讚別出心裁，對從未見過的馴獸表演很是好奇。

觀鞠社的姑娘們常寫信給趙雪蘭問東問西，帶什麼，穿什麼，坐車去，騎馬去，一時跟趙雪蘭熱絡了起來。沉痾中的劉氏見女兒心情開朗不少，就不再給女兒出主意，也不找桑浣和丈夫的麻煩了。趙府進入前所未有的和諧期，除了獨自愁白頭髮的桑浣。

四月二十八，節南在馬車裡等趙雪蘭，柒小柒冷不防鑽進車來。

「怎麼？」節南眉一挑。

「蘇致今日也去江心街，赴某個散樂女師的演出。」柒小柒打探到了最新消息。散樂，南方興起的一種技藝，有名的散樂女師受男子們千金追捧，據說瘋狂者更是散盡家財，只爲追隨她們四處飄蕩。

官員看才藝表演，那也是可以的，只要注意喝酒的那條規定，記得要到萬德樓喝去。

節南皺眉。「這麼巧？」

柒小柒晃晃腦袋。「不巧，王家人請他的。」

「王端嚴？」節南猛地想到。

「妳怎麼知道？」柒小柒沒賣到關子，噘噘嘴表示不爽，又眯縫著一隻眼，歪笑。「不過妳肯定猜不到另一個是誰。」

節南眼珠子滴溜溜一轉，笑得更歪。「五郎王雲深。」

柒小柒鼓起眼，驚道：「妳居然猜得到！」

「妳說我猜不到，那就不是王九或王十二，其他王家人我又不知道，隨便謅一個罷了。」不是猜，是矇的！「眞是王五？」

柒小柒恢復歪笑。「那個王五啊，我包准安平第一才女一看到就會哭鼻子。」

王五大腦袋，矮個子，還不是普通的矮。

「才女配才子，她父母精心替她求到的好姻緣，爲何要哭鼻子？」節南和柒小柒雖然都喜歡看俊哥，心中卻自有一桿秤。

「因爲是假才女，嫁進去立刻在眞才子面前穿幫，從此同床異夢，豈不哭死？」柒小柒表情很認眞。

節南搖搖頭，表示管不著。「年顏近來如何？」

柒小柒幸災樂禍道：「哈！正爲洛水園那幾個失蹤的傢伙頭疼，又不敢調動人手，怕刑部六扇門那些人盯上，就好比浸在死水裡，動彈不得。妳想，他們既不知蘇致，又不知赫兒，毫無頭緒可查，除了白天蒙頭睡大覺，還能幹什麼？對了，李羊挑了二十來個孩子，讓妳抽空去過過目。」

柒小柒出了車，大大方方和趙雪蘭擦肩而過。

趙雪蘭上車就道：「妳這位姊姊脾氣古怪，平時不愛露面，以爲她自卑，誰知她看到了我眼睛就往天上抬，才知是她瞧不起我。」

節南不幫柒小柒撒謊。「她漂亮，只瞧得上比她更漂亮的姑娘。」

只是這話，在趙雪蘭聽來十分荒謬，笑笑就過了。

江心街是都安最熱鬧的雜戲地方之一，沿河分成兩片，商鋪、酒館、茶館和雜戲臺子交雜，人聲比別處喧嘩。

張記小吃今日讓趙琦包了場，還特請十名鏢師護場。

趙雪蘭倒也不是坐享其成，她出門好幾趟，讓張記特別拼桌，隔夜派人運了臥榻和梨花木的椅子，鋪上錦布軟墊，窗上都加一層珠簾，把一個小吃鋪子整成舒適的花廳，再用屏風分隔成兩間。更讓自家丫鬟僕婦頂替了張記的傳菜夥計，使舖裡只有女子，想躺想坐，想發牢騷，皆能隨意。她甚至同寶獸團商量，特意給小吃舖子窗邊留出一面空位，這麼姑娘們就可以在舖子裡看表演，不用走出去。

進了張記，吩咐碧雲到舖子後面看一看，節南就閒坐著，看趙雪蘭熟練指派著僕人們擺上各色果盤，茶具碗碟。雖穿一身姑袍，卻比鬧著要斷絕父女關係的時候更有長姑娘的架子。她一邊暗嘆時勢造英雄，一邊吃起零嘴來。

趙雪蘭瞧見節南坐在窗邊悠閒自得的樣子，難免嬌性子冒出頭。「那張位子給郡主留的，妳的在——」往實牆下的桌子一指。「那兒。」

節南就是不走。「等郡主來了再說。」

人與人相處，本就是很複雜的，沒有那麼簡單的恩怨分明。

好比趙雪蘭和桑節南，兩人其實互不對眼，這會兒和平共處也是做給人看的，各有各的心思。趙雪蘭謀的是好婚姻，桑節南謀的大得多了，井水不犯河水，毋須急赤白臉浪費精力。再說，一個家裡住著，一起給人當伴讀，總不能一直互掐著脖子出入。

世上絕大多數人，不會是你的敵人，也不會是你的朋友，其中好人壞人善人惡人都有，與你不過擦肩而過，人敬我一尺，我敬人一丈，就好。

節南一撩珠簾，看到外頭寶獸團的三彩帳篷，還有那塊老大的招牌，對上面寫的「七寶之戲」沒好奇，卻發現招牌居然是雕版印畫，不由興趣濃濃的鑽研起來。

「裡面比我想得好多了嘛。」會以這種最傲嬌的語氣說話，捨蘿江郡主其誰？

節南調轉頭來，看到張中丞的兩位千金瀟瀟菲菲也跟了進來，心中笑嘆可惜。蘿江郡主若嫁她倆的表兄，說不定同婆家好和諧。那位管御馬房的老兄，雖說只有一個弟弟，父母皆亡，中丞夫人的娘家自然就是新娘的婆家，不然為何要積極撮合？

「給郡主賀喜。」趙雪蘭上前福禮。

蘿江噘噘嘴，眼睛轉看一圈，已從趙雪蘭的信中得知丫鬟僕婦都是趙府裡的，說話就沒遮攔。

「有什麼可賀的！連人長什麼樣我都沒見過，只聽我爹一人說好。最討厭的是，我和我娘明明中意朱公子，他偏說那個劉睿好，擅自求皇上，自己就把親事定了。這會兒，我和我娘跟我爹打冷仗呢，府裡沒人理我爹。」

朱公子就是瀟瀟菲菲的表兄。

不過，大概知道這事沒有轉圜的餘地，兩姑娘沒啥心思嘻笑。「不管怎麼著，郡主還是得嫁劉公子，好在和招女婿沒兩樣，出嫁後還是住在王府裡。」

蘿江郡主對節南微微頷首，表示招呼過，就道：「劉公子一家尚住劉學士府——」突然跺跺腳。「氣死我啦！我和劉彩凝勢不兩立的，我爹看中誰不好，偏是她家堂兄。聽說那家子剛從鄉下上來，不知道多土氣。」

節南一向言他人不敢言。「這就是緣分。」

蘿江郡主要是知道劉睿是鳳來霸王的得意準女婿，也許就要和她勢不兩立了，而且，劉睿居然搬進妻家？她爹也打過這主意，結果劉睿抵死不從。那劉睿，是這劉睿嗎？她是不是真該借送禮見上一面，鑑定鑑定？

瀟瀟、菲菲立刻笑嘻嘻附議。

蘿江郡主眼溜圓，各家姑娘們卻陸陸續續到了，都來給她賀喜。婚事已定，嫁不嫁也不隨她的心願，哪怕她放棄了心儀的崔五郎，準備屈就御馬官，最終這點自主也告吹，要嫁一個從未見過面的男子。

節南看蘿江郡主接受著道賀，由彆扭到嬌羞，神情也漸漸喜氣起來，還是輸給了命運。而她的命運呢？像師父一樣，死在金利撻芳母子三人手裡？

絕不！

「妳也會眼紅？」一聲輕笑，崔玉真不知何時來的，盈然坐到節南身邊，杏仁眼兒挑望著她。

節南無聲笑笑。「是啊，眼紅啊。聽說那位劉公子斯文又有學識，本來是要參加今年秋考，有望登科及第的人呢。」

「我也這麼聽說，而且還聽說長相英俊。」崔玉真隨即望向被大家包圍著敬茶的蘿江郡主。「真羡慕她說風是雨忘得快的性子。」

「不是性子，是適應。」和她一樣。

當初，她是師父傳座弟子，即便金利撻芳那邊的門人，見她也是唯唯諾諾，不說一呼百應，整個器冑司除了她師父，眾屬下唯她是從。然而天上地下，也不過眨眼，不適應就不知道怎麼活了。

「這麼說，趙雪蘭也挺能適應的。」只要看這裡的布置，再看趙雪蘭從容調度眾僕做事，又不忘與蘿江郡主她們說話，好一派氣度。

「無路可退的時候，只好硬著頭皮。」

被劉府送回來的趙雪蘭，如果適應不了，日子比死也好不到哪兒去。若不是自己想要的生活，即使穿金戴銀不愁吃喝，也只是待在一口漂亮的棺材裡等死而已。雖然，趙雪蘭想要的，對節南而言，是無謂的東西。但人之所求，各有不同，管好自己就行了。

「適應了，也許另有一番天地。」崔玉真感嘆完，卻見節南定定望她，心中一動，苦笑再道：「是不是說得太輕易？」

節南不語。

崔玉真咬咬唇。「也有寧為玉碎不為瓦全的人。」

節南才道：「不到最後，都不好說。」順眼瞥見崔玉真帶的小丫頭。「只帶了虹兒？」

「我一個表姊要嫁人，趕繡嫁妝，讓大丫頭們幫忙去了。還帶了兩個婆子，怕她們老臉皮子什麼汙話都說，地方又小，就沒讓她們進來。」崔玉眞這般解釋。

節南不以爲意的「哦」了一聲。

這兩人，自己知道自己說什麼，也知道對方說什麼，別人聽不懂她們說什麼，只覺得手帕交感情好。

再過一會兒，張記最拿手的小吃一道道上來，正好寶獸團那裡也開了鑼，姑娘們坐到窗邊，節南退至牆邊，聽她們叫好。

她也不是老實，只是不喜歡看馴獸，即便寶獸團名聲響亮，還有螞蟻角鬥和七寶之戲這些壓軸，但那種烏龜王八鯉魚青魚放在缸裡，叫烏龜烏龜爬出來，以及把兩群螞蟻訓練成對戰士兵，敲鼓列隊，敲鼓打仗，敲鼓撤退，傳聞是奇技的東西，她一點不覺得好奇。

吃得半飽，節南就走到另一間去。

趙雪蘭這主人今日相當盡責，很快發現節南不見了，便繞過屏風去找，見碧雲在靠牆的臥榻前做針線，節南朝牆裡躺著。

趙雪蘭沒說什麼，退了出去。

碧雲看看拱起的被子，長吁一口氣，心道六姑娘眞像泥鰍，姑娘家喜歡的地方這位一律待不住，也不告訴她去哪兒，只讓她機靈點兒。

節南這時已到祥瑞飯館後院牆下，灰不溜秋蹲著，身旁一座福娃大神鎭土地。

柒小柒動動嘴皮子。「瞧見了吧？是不是蘇致？」

節南看包間裡的人，點點頭。「跟我一樣用了障眼法，只不知戲臺子那裡誰扮──」突然明瞭。「王五！」

柒小柒俏皮眨眼。「別小瞧他矮，戴一假鬍子，拿小板凳墊高，跟大腦袋的蘇致有八分像。妳說，文官兒他們到底搞什麼鬼？」

「大概帶蘇致來認人。」節南沉眼，對柒小柒揮揮手。

柒小柒無聲退離。

節南側耳靜聽，說話聲傳入。

「蘇大人可看仔細了？」

崔衍知也來了？節南眉雙挑，什麼差事都有他，這是官場得意之氣象？

「有點遠，瞧不太清。」蘇致的聲音猶豫不定。

「其實蘇大人大可放心當面指認，我們定會保護蘇大人安全，身正不怕影斜，相信譚大人他們也能公私分明。」

節南聽崔衍知循循善誘，心笑這位不知道蘇致的膽子多小。老實說蘇致這回能上摺子舉報，她很懷疑是想升官使得，不然哪能豁出去？

蘇致果然不肯。「不好不好，譚計這人倒好說，他家婆娘卻是不講道理的母老虎，知道我懷疑她相公，還不殺到我府門口罵大街。」

怪不得譚計懼內，譚夫人的名氣響徹官場，人人都怕。

「送菊花茶啦。」擺杯之後，夥計道：「兩位客官請慢用。」

「虎父無犬子，崔大人連我喜歡菊花茶都知道，正好渴了。」蘇致一口喝下茶。

「慢著！我沒點菊花——」茶字來不及說，崔衍知驚喊：「蘇大人快吐出來！蘇大人——夥計別走！」

節南只聽桌椅亂撞，最後一聲重物撲地，不由探頭看。

崔衍知追夥計去了，而蘇致在地上滾來滾去，一會兒兩眼翻白，死了！

節南仔細聽著動靜，靈巧躍進屋子，湊近茶杯聞覺菊香之外還有參香，又見蘇致雙手勒緊脖子，面孔漲得紫紅，她懊惱不該讓柒小柒走，自己完全看不出名堂。

這時，瑞祥館裡驚叫連連，大喊死人了。

節南當然不會傻到以爲死的是崔衍知，卻知不可逗留，但她才跳出窗子，就有一股掌風從側旁襲來。

她身體不好的時候都能殺得了千眼蠍王，如今恢復大半，身形滑出無數影子，順風一飄，點牆角，悠悠飛落院中，再往偷襲者的方向一看，兔面具下的嘴即刻抿冷。

偷襲她的人，白衫一襲，雙手垂兩邊，面上笑容可掬，但眼神中的強氣不容她懶散半分，與萬德樓論政時的斯儒大家判若兩人。

丁大先生！

「這位姑娘，請留步。」

不像節南跳來跳去，丁大先生步出節南方才藏身的芭蕉樹，黑髯長飄，白衫長飄，那風采——

節南愧嘆自己像小猴子，不知道能不能重新出來一遍。

當然，這種笑話自己心裡消化消化得了，說出來是掉價，她沉嗓：「人不是我殺的。」

不對啊，她這會兒應該感嘆的是，文心閣的文先生爲什麼會武?!

丁大先生笑著。「我知。」

節南眼睛往院牆瞥瞥。「那爲何讓我留步?」耳朵豎著，聽瑞祥飯館吵吵一片，暫時還未波及這裡。

「看姑娘輕功氣清，功底極正，就想問妳何以似賊人行事?若有犯難不得已之處，可說與丁某聽一聽。」丁大先生的眼神強氣仍在。

這才是有學問的，打一巴掌不給你甜棗這些沒用的，直接給你上課，從心根上治起。

但節南自覺是塊朽木。

朽木不可雕。

講理，但可知一句話？」

她咧嘴笑。「若天生賊種，沒有犯難不得已呢？」

「人性本惡，但世上還是好人多，姑娘以爲何故？」丁大先生反問。

節南嗤之以鼻，別欺負她讀書少，乖張答道：「我以爲是有人好壞不分的緣故。先生似乎很喜歡講理，但可知一句話？」

丁大先生眼中一道芒光。「哦？」

「秀才遇到兵，有理說不清——」

節南一點足，身輕如燕，往牆頭躍上。

哪知，她肩上突然多出一隻手，沒感覺那手很重，雙腳卻落回了原地。

節南驚瞪著仍站原地的丁大先生，看看左右，確定院裡沒有別人，那隻手是丁大先生的，心中駭然。她學武至今，除了打不過師父，未遇敵手，右手還好時，根本用不到她的左手劍。當然，裝輸不算。但是，這位文質彬彬的讀書先生，卻用一隻手把自己打了下來。

她終於遇到師父說的江湖高手了？

丁大先生又笑。「抱歉，因姑娘輕功卓絕，我一時用了五成力。」

吹牛吧？才用五成？

節南嘿嘿笑出聲。「謝你手下留情，不過我也只出了三分力。」柒小柒說她死要面子活受罪，就是用在這種時候的。

「是嗎？我許久不曾與人交手，今日遇到姑娘，聽妳年紀輕輕，腳底功夫又極其驚人。只出了三分力？哈哈，倒讓我有些技癢了！來，妳我過過招，這回七分力——」

丁大先生可不是同節南商量，那身白衫好似一片白雲升上，手中不知何時弄出一根戒尺，橫空劃招，快得讓人眼花撩亂。

節南一邊心罵自己欠揍，一邊讓開一式疾尺，順手撕下半片芭蕉葉，施出內力，不再躲丁大先生的快招，迎面與之對拆。

高手難逢！

轉眼，兩人拆了四五招。

丁大先生忽然長嘯一聲，袖子翻飛，手中戒尺就此不見了，只推出雙掌。

節南眼珠子溜溜轉，不敢掉以輕心，但覺面前氣壓如無形海浪，逼得她步步退擋。即使感到身後來了一股勁氣凜寒，卻也無暇顧及。下一瞬，背上扎針般鑽心疼，眼前泛綠，嗓子泛甜，嘴裡嘗到一絲血味道。

可她不甘示弱，借那股鑽她身體的勁力，順勢連人帶芭蕉葉，打破氣浪，想要掃翻丁大先生。然而，後力不足，兩眼黑了一下，方向偏差，沒能掃中人，只掃到了袖子。

丁大先生慌忙收勢，風捲殘雲一般旋身而讓，抬袖驚見袖子被撕扯成了兩條，而對方手裡拿的不過是芭蕉葉！

節南側空翻幾圈，單膝跪地，芭蕉葉不知飛哪裡去了，卻捧著丁大先生的戒尺起身，雙眼耀火，啞聲道：「先生功夫出神入化，我技不如人，輸了。」

丁大先生接過戒尺，目光灼亮。「不，是我欺負小輩，方才一招全力施爲，勝之不武。」

幾招被這姑娘連拆，蟄伏已久的好勝心大起，一時認眞。再看此時，這姑娘中了他一招劍術大成「流風鎖夢」，居然還能撕了他的一只衣袖，依舊穩穩站立，讓他心裡吃驚不下。他早年還教武時，弟子多有天分，不過遇到這招，也只能乖乖挨打而已，根本無還手之力，更別說他用了全力。這姑娘分明年紀不大，卻修爲了得。

但凡宗師，最稀罕奇根靈骨，丁大先生也不例外。

「姑娘師承何人？」對方那手化繁爲簡的清絕劍術，令他想起一人，但他與那人只有一戰之緣，也是他平生唯一一次敗績。那次之後他從江湖退出，回文心閣繼承祖業，雖然仍鑽研劍術，卻再不找人比武。

那人說，劍術巔峰，不是挑戰他人，而是挑戰自己。

也聽說，那人很快便從江湖消失了。

「無師自通。」節南不好說，並非由於神弓門。因爲柒珍的武功傳承與神弓門無關，柒珍也從未說過他在江湖上的名號或他從哪兒學的功夫，只叮囑節南她們不可拿他顯擺。有時候，節南懷疑柒珍這個名字並非師父眞名，但她尊重師父的祕密，從未追問過。

幾雙腳步啪啪跑來，節南往院牆橫走一步。

「姑娘雖然勉強接了我那招，恐怕這時五臟六腑不好過，這裡有我自研內傷藥，姑娘拿好。今日之事，我相信與姑娘無——」

節南一伸手，接住丁大先生拋來的小盒子，本有些心不在焉，耳中忽聽一股嘯風破空，循聲找到，揮掌就往丁大先生劈去。

「妳！」丁大先生以爲節南偷襲，還來不及失望，就見一支箭打進木柱，錚錚顫尾。

崔衍知趕來，見青煞那張兔子臉就急了，腰刀出鞘箭步邁來。「還說妳不是賊子?!」

節南強忍體內翻騰，嘿嘿一笑，騰上屋頂，朝不遠處那道黑影追去。

丁大先生擋住崔衍知，指指那個黑點。「崔大人誤會，那姑娘從殺手手中救了我性命。」

崔衍知一愣，隨即留意丁大先生的衣袖。「既然光明磊落，爲何不敢露出眞面目？大先生的袖子又是怎麼破的？」

「我自己不小心。至於那位嘛，畢竟是姑娘家，顧忌自然多些，只要做的並非惡事，就可以了。崔大人不必對江湖中人尋根究柢，尋也是白尋。」

丁大先生也不問崔衍知怎麼認識那姑娘。

偏偏崔衍知對江湖特別反感，屬於推官職業病。「江湖與法度相悖，殺人者不用償命，害人者不受懲罰，人人快意恩仇，即便有兵器禁令，亦不能阻止他們成幫結派，眞該定下苛法，任何私自鬥毆濫殺人命、聚幫團眾行事專斷不法者，嚴懲不貸！沒有江湖，只有王法，官差做事就會順利得多。」

丁大先生沉吟但道：「崔大人此言差矣，江湖永在，因爲王法不全。就像道德與法令，法令所制，並非道德所約，兩相互補，才有大聖世道，否則奸臣亦善，良臣亦惡。此篇我最近正要單獨開課講給學生們聽，大人有空，可以來聽聽。」

崔衍知搖頭。「我即便知道其中道理，但我是官，官就要依法行使，丁大先生講學縱有一萬句道理，我行不通也無用。倒是丁大先生爲何出現在此地？」

「我來吃飯。」在飯館裡出現最冠冕堂皇的理由。「看到大人追出包間，我的腳就把我帶到後院來了。」

「丁大先生與誰一起吃飯？」不過這個理由在崔衍知那裡難以過關。

「就我一人。」丁大先生答。

「那兔——姑娘呢？丁大先生在哪裡看到她？」崔衍知再問。

「我看她蹲在芭蕉樹後的牆下，問她躲那裡做什麼，她才跳出來；突然從我後面射來一支箭，她推開我，救了我一命。接下來的事，大人都知道了。」最精彩的一段自然省略。

「爲何有人要殺丁大先生？」崔衍知皺眉，拔下柱子上的箭細細端詳。

丁大先生呵呵一笑。「不是要殺我，卻可能是凶手同謀，先看到那位姑娘從包間外的窗下跳出，也許還誤以爲我是蘇大人也說不定。我剛從視窗瞧見蘇大人穿的是蒼灰寬衫，與我一身有些像。」

「所以，丁大先生只是碰巧在這兒？」說不上來的感覺，但要說服自己丁大先生參與凶殺也很難。

「確實碰巧。」丁大先生一點不在意讓人當嫌疑犯，毛遂自薦。「我略通醫術，崔大人可需我幫忙？」

崔衍知略一遲疑，到底不算迂腐。「請。」

兩人往飯館裡頭走，崔衍知往節南追去的屋頂上隨看一眼。

那裡，什麼人也沒有。

風刷耳，一道黑影落入幽暗小巷，隨之另一道影子滑下。一隻野貓豎橫起鬍子，從破簍子裡探頭一眼，喵嗚一聲跳出去，嚇跑了。

這頭是死巷。

黑影無路可走，轉身一甩手，兩枚鐵釘奔向另一道影子。

那影子兩隻兔耳突出醒目，正是節南。

她抓起旁邊的舊篩籮，一旋就接了兩枚釘，沉聲問道：「你是什麼人？」

黑影一身褐土布衣，布巾遮臉，手裡一張弩，背上一筒箭，音色詭陰。「妳是什麼人？」

節南的葉兒眼眯冷。「我是頌人，你是燎人。你手上那張弩，扣機如鷹嘴，弩箭尾用黑白鶴羽，正是北燎箭司所創。」

「那也並不意味我是燎人。」黑影輕哼，突然手往後伸。

節南的身影比那人手快，一晃已到那人面前，腳尖挑掉他的弩，同時左手翻出一片瓦，朝那人脖子割去。「這麼近的距離，你也不怕還沒拉開弦就一命嗚呼？」

那人想往後退，箭筒抵牆，已經退無可退了。

節南將瓦往牆上敲碎，利口對準那人脖子，就騰出另一隻手去扯布巾。

那人忽然癱軟。

節南暗叫不好，一把拎住那人脖領，扯開布巾，只見一抹黑血自那人嘴角流出，已然氣絕。那人面貌陌生，看五官像北方人，卻不好斷定是哪國人。

「失策！」

她正捏拳跺腳，聽得巷外有人喊都衛來了，知道光天化日在屋頂上竄已經引人注目，當下背起那筒箭，拾起弓弩，躍頂娲去。

江心街上，張記、祥瑞飯館、曲芳臺這三家算得上鄰居。

曲芳臺今日有一位紅極的散樂女師表演，一樓二樓都坐滿了。曲芳臺這麼大的藝館，自然也有包間，上下兩層都有。

王端嚴在一樓。

位置不是頂好，當中又有好幾排堂客桌子，只能看到女師的綽約風姿。位置不佳，還半捲了竹簾，從外往裡望，只能看到王端嚴的袍子，以及映在竹簾上的兩道人影子。夥計們送茶送菜，都由門口的兩名小童往裡送。不過這種做派好多名門都有，也沒人覺得奇怪。

「不知蘇致認出人沒有？」王端嚴居然在看書。

「既然蘇大人說記得和工部大人們喝酒的兩名客人的模樣，御史臺又查出那時正是工部大招工匠的時候，說不定眞如他們所料，那兩人混進匠官之中，蘇大人很可能立得這回大功。」桌對面坐著王雲深王五郎。桌布擋去他不能著地的短腳，還坐在墊高的椅子裡，衣服擺弄過，所以長影子一點也不顯得腦袋大。

王五面前也放著一本書，不過王端嚴一說話，他的眼就抬了起來。

「但願如此。」王端嚴卻搖頭。「也不知道是不是蘇致疑神疑鬼，非說有人盯著他府上，御史臺才想出這個移花接木的法子保護他安危。這蘇致，同僚不少，居然指名要我幫襯，連你都牽扯進來，真是——」

「大伯，反正我也閒著，」王五雖矮，眼睛卻生得明睿，臉上無笑容，卻並無拒人千里之外的傲然。「而且能扮作書童，又能充作蘇大人的影子，兄弟中也只有我最合適。」

王端嚴也不是笑呵呵的老好人型，一臉正色，但對親侄子說話還挺和緩。「你大伯母今早還說到你，說家裡你最聰明，要等你成了親、有了兒，過繼一個聰明孫兒給我們，我們就不怕沒人養老送終。」

王五仍沒笑意，只是抿平了嘴。「不瞞大伯父，怕新娘子歡天喜地嫁過來，哭天搶地鬧出去。若非祖父和父親堅持，母親裝病逼我回家來，我並不想同劉大姑娘成婚。要是那姑娘長相尋常些，家境貧寒，心沒那麼大，倒還罷了。」

王端嚴攏眉。「這是什麼話？我們安陽王氏這支子孫，還沒出過不肖的。能嫁進我們王家的姑娘，不客氣說一句，那是生在好父母家裡，才有這等福分。」

窗輕輕一動，有人嘻笑。

18 光明見幽

王端嚴和王五郎同時驚訝得往視窗看去。

原本窗外守著王府家僕，這會兒卻露出一張兔子臉，白絨粉面，很是可愛。

「大老爺，五公子。」節南乖覺打過招呼，將弓弩和箭筒一股腦兒塞進窗子。「請把這兩樣東西帶給九公子。」

王端嚴大感莫名。「妳是何人？」

「大伯不必驚，這是九弟的劍童。」王五郎遂跳下椅子，走到窗前，撇一眼地上的弓弩，再看向節南。「私帶弓弩，九弟這人應該不會那麼莽撞吧？」

節南望著比自己矮一個頭的王五，目光明爽。「確實不是我的，是毒殺蘇大人的同夥所用。被我追上後，那人服毒自盡，我想武器上或留有線索，就將弓弩撿了。哪知江心街和附近一帶設下刑部關卡，才來找大老爺和五公子。刑部和御史臺既然請兩位來幫忙，應該不會搜王家的馬車吧。」

王端嚴顧不上對節南魯莽出現的質疑，神情大愕。「蘇大人可有性命之憂？」

節南搖了搖頭。「當場死了。」

王端嚴重重闔上書。「毒殺朝廷命官，這還得了！」接著扼腕一嘆。「只以爲蘇大人多慮，想不到眞有陰謀，要是我——」

「大伯不必自責。」王五轉向節南再問：「今日刑部配合御史臺祕密抓人，早就布下天羅地網，妳大可將這兩樣物什留在屍首旁邊，自有官差蒐集證物，何必偷拿？」

「既然行事祕而不宣，這裡又有五公子充作蘇大人，為何殺手依舊找準祥瑞飯館的包間，假扮成夥計送茶，毒死了蘇大人？」節南面對兩張肅臉，仍笑得輕鬆愉快。「我不信別人，但信大老爺和五公子，如此而已。不過，要是你們認為刑部或御史臺可信，願意轉交給他們，我就管不著了。而我本以為九公子見多識廣，可能從中看出些端倪。」

「照妳的意思，刑部或御史臺走漏了消息？怎麼可能！」王端嚴大不以為然。

「可能不可能，與我無憂。」節南指指窗旁守著的一名小廝。「我點了他的穴道，一刻自解，不用大驚小怪——我走了！」

王五郎把窗整個推開，外面是曲芳臺的花園，因為裡頭在演出，花園幾乎無人，前庭倒有些晃動的人影，卻怎麼也看不著戴兔面的劍童。

王端嚴這會兒才道：「九郎的劍童怎和他一樣刁性子。他回家來之後一件正事不曾做，太學那裡也推了，說什麼書閣裡的書都無趣，要他去太學讀書，得先給他在課堂裡放張睡榻。真是！」

王五終於有些笑模樣。「大伯二伯已官至一品，我們這些小的，自覺只能望父輩項背，借祖輩庇蔭了。」

王端嚴長嘆一聲。「一個這樣也罷了，一個個都這樣……」一瞬間，神情竟十分頹老孤獨。

王五郎看在眼裡亦不言，收起弓弩箭筒，拿錦緞包了，再從視窗遞給那名已經能動的小廝，吩咐他放到車上去。

再說節南，從張記後院走到鋪子裡，見多數姑娘們仍坐在視窗看寶獸團馴獸，樂滋滋，嘰呱呱，獨少了崔玉真。

「妳怎麼從後面來？」趙雪蘭這日後腦勺都長了眼，節南一進來，她就瞧個正好，走上前問道。

了。」

「解手去了。」節南往屛風後探了探頭，對著碧雲輕咳一聲，順便掃過四周，還是不見崔玉眞。等得心焦的碧雲先驚後機靈，三下兩下整好臥榻，走出來。

節南不動聲色，當著趙雪蘭的面，和碧雲串供。「剛醒來時看妳睡著，就沒喊妳，自己到後院去了。」

碧雲訕訕一笑。「看姑娘睡得香，我突然也想打盹。」

趙雪蘭果然不疑。「妳從後院來，可見到玉眞姑娘？玉眞姑娘說張記的湯包好吃，向老闆娘請教作法，都去半個時辰了。」

節南搖頭。因爲自己「做賊心虛」，經過膳房時，特意往裡看了一眼，只有老闆娘、廚子和幫廚三個人。

「誰陪玉眞姑娘去的？」她突然有種大王嶺上一局棋，不照她謀算的那麼下，有人也在謀，打亂她的棋路，要倒楣之感。

趙雪蘭道：「玉眞姑娘的小丫頭虹兒陪去的。玉眞姑娘也眞是，她方才突然說馴獸沒意思，之前給我回覆時明明興致極高，還問得好不詳細，後街有哪些店舖，有沒有清茶館什麼的……」

節南正想說到後面去瞧一瞧，忽聽寶獸團那邊吵吵嚷嚷，好多人喊「怎麼不演了」、「壓軸還沒上」云云。

「妳倆嘀咕什麼哪？」蘿江郡主衝她們招手。「快來看，好多都府衙門的差人，莫不是又鬧小賊？最近都城眞不太平，玩都玩不盡興。」

節南估計是封街搜捕的緣故，但只裝不知，對趙雪蘭道：「妳快去，我到後頭找玉眞姑娘，要是一刻時都沒回來，又有人問起，只說我倆看馴獸沒勁，到附近轉轉。」

趙雪蘭張張嘴，什麼都沒問，轉身走向蘿江郡主。

碧雲跟節南找了後院一圈，也沒見崔玉眞。「奇了，玉眞姑娘說要請教老闆娘，老闆娘卻說沒瞧見玉眞姑娘。」

節南說得輕巧。「沒什麼奇怪的，可能看老闆娘忙，就打消主意，眞到附近轉悠了吧。」看著碧雲一笑。「就跟我似的。」

說罷，節南打開後院門走出去。

碧雲連忙緊跟，嘟噥道：「玉眞姑娘可不是貪玩的，姑娘也不是。不過我娘教我，在別人家多做事少說話，跟著誰就向著誰。我如今跟著六姑娘，自然向著六姑娘。六姑娘和七姑娘都不是待在家裡的千金小姐，從伺候兩位姑娘的第一日，看七姑娘從牆上跳下來，我就知道了。」

節南笑讚。「眞乖。」

「六姑娘做事有分寸，但玉眞姑娘突然這麼不見，我爲何有些心慌呢？」碧雲感覺也靈敏。

「因爲玉眞姑娘是眞正的千金姑娘，嬌生慣養，一走失就可能再找不到回家的路。不像我這個鄉下丫頭，天生天養，走哪兒都不會丟。」節南一語雙關，想到孟元也是工部官匠，說不定就在祥瑞樓裡，而崔玉眞起先讚許趙雪蘭的安排，到頭來卻和自己一樣對看馴獸沒興趣，又問後街舖子這些，大概有一種可能——

幽會！

張記後面這條街確實幽靜，節南起初不明白爲何與熱鬧的江心街相差這麼多，但看那一家家清茶品茗和各個小茶書社的招牌，就知道爲何了。

不過，這也意味著，找崔玉眞不容易。

這種清茶館保護的就是客人的名聲，不會隨意讓節南跑進去問一嗓子。

「姑娘，那是什麼聲音？」碧雲問。

江心街今日和江心一般喧嘩，且有大風大浪之勢，可能隨時捲到這條街來。碧雲都能聽見的聲音，在節南耳裡簡直打雷似地鬧騰，但她也不可能一家家去找人，只好反覆看那些店家舖面的招牌。

節南運氣來的時候，擋也擋不住，忽然拐過一張雕版招牌，上印著一大片瓜田，店名「鄉」。

「走。」節南拉上碧雲就走。

她要是崔玉眞，不熟悉這裡，一定會選合眼緣的茶店，這家就很合她的眼緣。

店門小，店裡一條廊道深窄，唐風紙屏一層層，竹席舖隔間，頓感蔭涼。節南對掌櫃老頭說要一間最裡面的，老頭就晃鈴鐺，招來一位美少年茶博士帶她們往裡走。屏風比節南高，看不到隔間裡的客人，但時而看到隔間那頭拉門半敞，可見綠楓擺影，可聽水聲響潺。

節南在一道屏風前止步，水聲已經掩不住崔玉眞的泣聲，令她當即拐進隔間。

茶博士嚇一跳。「客——」

碧雲一手叉腰，吹鬍子瞪眼，低聲道：「我們約好的，你可以走了。」

茶博士皺皺鼻子，雖然滿心疑惑，又不敢得罪客人，只好到前頭告訴掌櫃去。

碧雲回頭一看，原來隔間比走廊裡感覺的大多了，拉門裡還有一大間，兩面用厚牆隔開，怪不得聽不到客人們說話。她再看拉門裡面，玉眞姑娘紅著眼睛驚瞧自家姑娘，一個俊美男子居然摟著玉眞姑娘的肩，嚇得她趕緊調回視線，卻跟傻瞪著自己的虹兒對上眼。

碧雲把虹兒拉過來，咬耳朵。「妳想讓板子打死還怎麼？自家姑娘和男子私會，妳就乾看著啊？」渾然忘了剛才她說「跟著誰就向著誰」的話。

碧雲只覺這事太不妥！

大大不妥！

虹兒欲哭無淚的樣子，說不出一句話。

拉門裡頭，崔玉眞也說不出一個字。

「麻煩你，把手拿開，滾角落裡去。」一不小心，節南用詞粗暴。

還沒到都安的時候，節南設想過自己將要面對的人和事。被桑浣打一頓，幫桑浣鬥劉氏，給桑浣當探子，這些種種，基本都在她預料之內。但從沒設想自己有朝一日要捉人私會！

這種事，光用想的，都不寒而慄了。

她，桑節南，堂堂霸王之女，蜻螭劍主眞傳弟子，怎麼會管這麼沒品位的破事呢？

然而，身臨其境，肩負伴讀，她還就得管一管。

想了半天，不知道從哪裡開始管，只好讓孟元先滾滾開！

孟元退到角落。

桑節南火大的時候，很少有人敢違抗她的話。

「六娘——」

「玉眞姑娘起來吧。」相對於讓孟元滾開的殺人語氣，節南對崔玉眞說話比較淡然。

崔玉眞起身時踉蹌一下，節南伸手扶住，就往外走。

「稍等。」崔玉眞弱道。

節南沒停，後來幾乎是拽著崔玉眞的胳膊走。

「我說等等！」崔玉眞用力甩開節南的手，衝回拉門裡面，站在孟元跪坐著的身前，面對節南，好似老鷹在前，身後是可憐小雞，語氣急切。「妳先發誓，等會兒無論聽到我說什麼，都不得跟任何人說起！」

節南神情淡淡。「我只能發誓不攔著你倆私奔。等你倆遠走高飛，妳五哥對我大刑伺候，我還是會老實交代的。」

這是實話。

崔玉眞哭笑不得。「胡說什麼？誰要私奔？」

節南哼了哼，說話幾近刻薄。「摟也摟了，抱也抱了，這男人要不打算負起責任，玉眞姑娘恐怕白付了一場相思。」

「我……我要娶玉眞姑娘！」大概覺得節南還是會誤會，孟元爬起身來，卻仍站崔玉眞身後，補充道：「明媒正娶！」

節南有些出乎意料，隨即撇嘴。

崔玉眞轉身，主動握住孟元的手，又落淚。「無論我爹娘同意否，我今生非你不嫁。他們實在反對，我便出家當姑子。」

節南心道，這個好，和趙雪蘭作伴。

孟元抱住崔玉眞。「玉眞姑娘，我非妳不娶，過幾日就請媒婆去妳家提親，妳等我。」

節南涼道：「過幾日是幾日啊？」她雖未遇過負心漢，卻見怪不怪，尤其金利撻芳那種喜歡把美色當利器的人當了門主之後。

孟元原本是脫口而出，讓節南問了，才思量一下，重新呆看崔玉眞。「明日！明日就去！」

崔玉眞重重點頭。

節南想笑，孟元熱血衝頭也就算了，一向沉穩明白的崔玉眞也跟著起哄架秧子，這就開始夫唱婦隨了嗎？

節南覺得兩人天眞，嘴上卻也不說。「玉眞姑娘快走吧，官府封了江心街捉探子，已經打斷寶獸團演出，大家很快就會奇怪妳不見了，而且說不定官差馬上搜到這兒……」

一語成讖。

有人高喊：「六扇門追捕殺人凶手，請客人待在原處，接受我等盤問搜檢。」

崔玉眞頓時臉色煞白。「六娘，這可如何是好？」

節南腹誹：問她做什麼？問那位孟郎才對。

「我們這麼多人，怕什麼？」最終節南又走到里間，將對著綠楓的那扇拉門打開。「你倆分開坐下。官差問起，就說孟元為感謝我幫他薦到工部，請我們喝茶。」

「可只有孟郎一位男子，仍不太妥……」崔玉真面露憂色。

「總比我和碧雲沒進來時妥當。」節南一句話，讓崔玉真的臉又刷一層白。

碧水映冷目，浮在節南眸子裡的綠楓明澈，即便看崔玉真臉色不好，她亦不覺自己說錯。

「相愛就能在一起」，同「有才華就得到一切」這句話一樣可笑。

師父就是太驕傲了，以為實力決定成功，不屑施予陰謀，甚至要求分出去獨立時，亦給金利撻芳大方發了帖子，結果輸給陰謀，讓小人得志。

剛才喊話的官差又大聲喝道：「妳！不要亂走！」

「大人別誤會，我適才到後園賞景，其實和這裡面的客人是一道的。」那調子，懶得沒骨頭了，不笑時透出一股涼薄，絕對比任何巧言令色犀利。

節南猛轉回身，看到屏風外那襲大袖青衫，想凸眼珠子，愣沒凸起來，因為本能上習慣了。賞景。

用的理由多斯文。

不像她，只想得到解手方便什麼的。

「碧雲丫頭，來給公子我作個證。」臉讓屏風擋去，但伸來一隻竹節般漂亮的手，把守在門口的碧雲招過去。

碧雲也不看節南，乖巧走到廊裡。「差老爺，這位公子是和我們一道的。」嘿，說謊說得那麼順溜，簡直跟某九早就串過供似的。

「行了，既然是一道的，就趕緊坐回去，等我們問話。」官差顯然信了。

節南看著王泮林的臉從屏風後亮出來，深吸一口氣，慢慢坐到席子上，抿出一絲笑，對身旁那兩個彷彿讓雷劈到的呆人道：「二男二女兩丫頭，這下妥當了。」

王泮林坐到節南對面，眼裡似乎根本沒有旁人。「小山姑娘，眞巧。」

「九公子，這家店你開的啊？」節南已有覺悟，這人閒得什麼事都幹！萬德樓插一腳，文心閣插一腳，簪珠兒那事插一腳，不會蘇致這事也插一腳？

「怎會？」王泮林有些忍俊不止。「我確實來這兒喝茶，出去轉了轉，忽然看到碧雲丫頭，就想和小山姑娘湊個伴，官差問話也省時省力。」

呸！他怎麼不怕一男一女招惹嫌話？還考慮官差的好處？節南撇撇嘴。

「不過，我也想到萬一小山姑娘獨自一人喝茶，一男一女反惹嫌話，剛想算了，官差卻問了話。還好我眼尖，瞧見除了小山姑娘外，還有別人。」王泮林說著別人，目光卻定在節南眼中。

節南沒王泮林那麼有定性，看看左右，一個駭，一個驚，放下屠刀不宰可憐人。「玉眞姑娘，這位是王中書之子，也是王氏九郎泮林公子——你倆也算表親，可能早見過了，別嫌我多事。」

崔玉眞的祖母是王老太爺的親妹妹。

崔玉眞撫著心口，驚圓杏眸。「你……你……不是七哥？」

孟元也沒完全傻，一聽崔玉眞這麼問，一臉渴切王泮林回答的神色。他在雕銜莊撞見王泮林，雖有伍枰再三保證不是王七，但仍很懷疑。

「七哥已經死了多年，玉眞表妹這話問得嚇人。雖然妳與他有過婚約，聽說還是從小一塊兒長大的，這麼魯莽開口，我可不覺得高興。」調子刁起，王泮林手撐下巴，一隻眼睛被擠成狐狸眼，身子歪著推過茶杯來。「小山姑娘。」

節南笑眯眯著。「九公子表妹在這兒，就不用勞煩我了吧。」轉看目光有些清醒的崔玉眞。「玉眞姑娘，九公子要茶。」

崔玉眞連忙倒滿空杯，送到王泮林手旁，臉色郝然。「玉眞失禮，九哥請喝茶。」聽說二舅父在外養著一子，近日剛回王家，想不到樣貌竟肖似七哥，不過他一開腔說話，她就知道不是同一個人了。

七哥君子風采，彬彬有禮，而且脾性溫和，絕不會這般刁懶耍滑地說話。

崔玉眞再偷偷多看兩眼，發現其實並沒有多肖似。在她心裡，七哥若還在，光華只會更勝以往，要說像，十二表弟才更像七哥。而眼前這人，五官雖與少年七哥有些重合，但氣息晦暗莫名，令她覺得疏冷陌生，甚至有些懼他。再說，她雖對七哥不再心動，然而七哥對她一直是好的，所以大家都說他情意深深的時候，她會更加愧疚。

孟元聽崔玉眞喊九哥，心頭終於放下大石，張口——

王泮林輕笑一聲。「小山姑娘倒是會差使人。」

節南不客氣回他：「沒九公子會差使。」

王泮林又道：「小山姑娘今日只來喝茶?」

「沒有。趁著觀鞠社給蘿江郡主賀喜，我們來看寶獸團表演，巧遇孟——你們。我曾和姑父提過孟公子，孟公子爲了謝我，請我喝茶。我就拉著玉眞姑娘一道來喝杯茶。你與公子是——」節南似乎要問。

孟元又張口——

「上回雕銜莊認識的，今日——也是巧遇。聽說孟兄精通畫藝，也想討教一番。」王泮林又截胡。

節南點點頭。「可以。」

孟元迷糊了，這兩人在說什麼，沒頭沒腦的。他什麼時候和王泮林認識?上回在雕銜莊，明明是他差點撞上，一看到王泮林就以爲是王希孟，嚇得轉身就跑了，根本沒面對面。

這時進來兩個官差，開始問話，節南和王泮林一說一和，居然都是方才說過的，添油加醋恰到好處，而且兩人說服力那麼厲害，連孟元自己都差點相信他和王泮林一見如故，今日也眞心請節南喝茶表謝意，順著兩人的話答官差問。

孟元這才明白，之前節南和王泮林在串供。

儘管崔玉眞的模樣有些可憐楚楚，好似哭過，全由節南代答；儘管孟元心神不寧，答話時有些呆怔，連碧雲都比他說話利索，官差終究還是認爲四人並無可疑，略看了看茶室裡擺放的物什，全然沒在意拉門旁的花瓶架子上放著一張白兔面具，只當成擺設，很快就走了。

節南讓碧雲和虹兒先同崔玉眞回張記小吃店，看孟元弓背耷頭地走遠，對把玩著兔面具的王泮林冷聲道：「還來。」

官差來的時候，她看到店外還有女役，怕這些人蠻幹起來搜身什麼的，故而乾脆放在花瓶旁邊，想用障眼法掩過去。

「小山姑娘確定要我還給妳嗎？」兔面具，正面絨白，反面青煞，用膠皮製成。捲筒式兔耳，不怕人從後面看出另一種塗色。

「你這人眞小氣，不是已經送給我了嗎？」這張兔面具與早先已不是一張，是王泮林後來給她的，說好以兔幫名義去長白幫的那日。

「看來王某眞是名聲壞了，小山姑娘見不得自己的東西留在我手裡，哪怕我是好心好意。」王泮林好整以暇將面具收進袖裡。

節南突然明白了，這人和她想的一樣，怕人搜到面具。

也是，兔幫今後要靠這面具揚名立萬，可不能這麼早被官府盯上。

節南想想就笑了，王泮林雖心思深沉，善惡難分，與他共謀，也有與虎謀皮之感，但他有時的想法當眞與她投契。

好比，她剛把重要證物丟給他大伯和五哥，他這時卻主動收了她的面具。

「小山姑娘的劍……」王泮林目光掃過節南腰間。

「今日御史臺大動作，我怎能帶它？」節南算好了出來的。

王泮林笑笑。「工部之內必定有北燎或大今密探，蘇大人死得雖冤，但也並非白白丟了性命。」

「你已經知道了？」節南馬上反應過來。「你就在祥瑞飯館附近！」

「一直就在這條小街與江心街的角亭裡，想不到裡頭吵著死人了，隨後看到孟元鬼頭鬼腦走出來，還以爲他和密探有什麼關係，就好奇跟來看看，誰知不過是男女私相授受——還好，小山姑娘總救我及時。」

節南眉毛一挑，不能承認自己和他又有同感，只想撇撇乾淨。「我沒救你，而且你口下留德，玉眞姑娘不僅是你表妹，還差點成了王家媳婦。」她心頭忽動。「出了命案，這個孟元怎麼走得出來？難不成他是探子？」雖然唇紅齒白，漂亮得過分。

「難說，」王泮林語氣譏誚。「他若眞是密探，怕蘇大人認出他來，趁亂跑了，那算機靈的。不然就只是犯蠢。」

「因爲與玉眞姑娘約好了見面時辰，他沒弄明白形勢就跑出來，反而惹禍上身。」節南一聽一想，就明白了。

蘇致死在祥瑞飯館，毒殺蘇致的人也自盡了，崔衍知肯定會對飯館的每個人循例問話。孟元要是要小聰明，光惦記著崔玉眞，讓崔衍知發現少了他這個人——嘖嘖！

王泮林笑著要走，忽然又回過身來，喊住往另一頭走的節南。「小山——」

「——姑娘。」

節南即刻回頭，雙眼火光直冒，他算什麼人，敢直呼她小名兒?!

故意的？娘的！節南瞇眼。

「劉睿公子與蘿江郡主過幾日就要成親了。」

節南嗤笑。「那又如何？」

「不如何，妳節哀。」王泮林無聲大笑。

節南啞了半晌，有句話在舌頭尖轉啊轉，終於脫控。「節哀的人，應該是你才對。」

剎那，王泮林的笑收得一乾二淨，漆墨雙眼兩泓幽潭無底，神情漠寒。

節南見過他這樣。

在大王嶺官道下，他獨自側臥大石，如雲如星，高且遠，彷彿恨著這個人世，待一刻都厭惡。

「六姑娘！外頭鬧哄哄的，崔家已增派家院護送，咱們該走了！」碧雲從張記的後門跑出來。

節南對碧雲道聲好，一轉頭，只見王泮林大步而去的背影。

那背影，透著一股寂寥。

深深的寂寥。

「六姑娘？」

碧雲等了半晌，不見節南過來，但她才催完這一聲，本來丈遠的人兒就從她身邊走進門裡去了，嘴裡還氣哼哼——

「江山千里夢難回，原來君七化九鬼。」

碧雲小跑趕上，滿心思都是崔玉真和男子的私會。「姑娘，茶店裡的事怎麼辦哪？」

節南一口氣也算出完了，回神道：「只當沒看見沒聽見，不關我們的事，閉緊嘴巴這麼辦。」

她倒想看看沒品階的小官匠怎麼向崔府求娶千金。不是她輕瞧誰，也不是她自視多高，只覺這種沖昏了頭放手一搏的做法實在不明智，還不如偷偷私奔呢。

趙雪蘭見節南回來了，忙將她拉到一旁。「祥瑞那邊好像出了人命官司，這會兒郡兵封了街，到處都是差人問話，還說要搜可疑物品，馬車一駕不漏得查。寶獸團是從外地來的，好像團長答錯了什麼話，郡府衙役把團長都帶走了。」

「不是衙役，是刑部六扇門捕快。」節南糾正。

「差不多。」趙雪蘭分不清，只是懊惱。「早知如此就不選今日了。」

節南垂眸但想，不，一定會選今日的。她選這日，就想看這場熱鬧；崔玉真選這日，就想再會孟郎；崔衍知選這日，就想蘇致從眾多官匠中找出密探。老實說，從頭到尾趙雪蘭毫無選擇餘地，完全被牽著鼻子走。

作為牽了趙雪蘭鼻子的人之一，節南打算給她一點安慰，就問蘿江郡主：「中斷了雖可惜，郡主玩得可還算盡興？」

正和幾個千金探討動物是不是聽得懂人話的蘿江郡主回笑。「可惜沒瞧見壓軸，但確實新鮮好玩，雪蘭姑娘選了個好地方。」又對大家道：「等我成了親，把寶獸團請到王府去演，給妳們發帖子。」

瀟瀟問：「郡主成親不退社？」

蘿江郡主看節南一眼，回答瀟瀟：「成親就不能同姊妹們一塊兒玩了嗎？我不退社，不但不退，咱今後還要定期聚會，遠的不說，至少把三城逛個遍。」受節南早先一番話的影響，蘿江郡主的心境有所變化。

姑娘們多數道好。

蘿江郡主看崔玉真蔫蔫的，問：「玉真，妳怎麼啦？」

崔玉真抿開一笑。「我聞不得動物身上那皮毛的味兒，有些噁心頭疼，等會兒吹吹風就好了。妳只管把寶獸團請家去，到時我專門陪著王妃說話。」

「姑娘們，馬車和物件都檢查過，說咱們可以走了，朱大人會送我們出江心街。」崔府管事在門口恭請。

「哪位朱大人？」節南敏銳。

「郡府判官朱紅朱大人。」管事答。

朱紅是瀟瀟和菲菲的遠房表兄，也曾是蘿江郡主的相公候選之一。

節南咦了一聲。「不是說掌管御馬房嗎？」

瀟瀟菲菲一臉不知情的模樣，蘿江郡主也無尷尬，反正相看不成就是沒有緣分，並沒有異樣心情。「調任了唄。」

不是調任，而是高升了啊。

節南玲瓏心思一轉就通。這叫補償，多半是對朱紅這個準候選郡馬落空的補償。

姑娘們陸陸續續走出去，節南和趙雪蘭走在最後，兩人不約而同就看到了那位眉清目秀的判官大人，頓時互換一眼。

節南笑。「妳看我作什麼？」

趙雪蘭反問：「妳不也看我了嗎？」

節南低答：「只覺朱大人儀表堂堂，當得郡馬。」

趙雪蘭沒有盯看朱紅，垂眸回應：「的確如此。」

不過，塞翁失馬，焉知非福。

朱紅不但相貌周正，行爲也很端正，一家家姑娘打他眼前上車，他目不斜視，恪守禮節，給人十分安心之感，而且面對曾經相看過的蘿江郡主，他大大方方下馬問安。

當趙府馬車過來，節南和趙雪蘭走到車前時，祥瑞門外突然起了一陣騷亂。祥瑞門和張記離得那麼近，兩人看得分明。

幾個衙役推推搡搡著歪冠髒衫的孟元，其中頭役嚷著：「在後巷抓到一人，想要翻牆進館子，行爲鬼祟，語無倫次。」

節南看著那張狼狽的臉，再次感嘆崔玉真到底看中孟元哪裡，回館子就回館子吧，走正門多好，光明正大，編個小理由就有說服力。偷偷摸摸回去，心裡豈不是有鬼？

忽聽一聲倒抽氣，節南回頭瞧見崔玉真煞白的臉。

眼看孟元要讓那幾人推進祥瑞，他忽然用力扭過身來，往張記這邊亂看，最後目光落在節南的方向，傳遞一種「如何是好」的悲切信號。

當然，那信號是給崔玉真的。

「看什麼？難道還有你的同黨？」頭役粗魯一吼。

節南聽見，立即往旁邊走一步，擋住崔玉真。

那名衙役也往節南這邊看了看，早有上頭再三叮囑，今日張記讓觀鞠社姑娘們包場，當然不好亂猜疑，揪著孟元的衣脖子進門裡去了。

崔玉真身形晃了晃，腦袋磕在節南背上。

虹兒和婆子正覺詫異，節南卻轉到崔玉真身側，暗暗撐住崔玉真的脊背，一面好似熱情相邀。

「玉真姑娘上我和雪蘭的車吧，妳剛才不是邀我們去崔府再坐會兒，一路回去也熱鬧。」

跟在崔玉真身後的丫頭婆子看不見，正對著的朱紅瞧得真切，眉頭一皺踏前一步，不料眼中突然闖進一身姑袍，讓她急退幾步，才看清是軍器少監大人家那位帶髮修行的長姑娘。只看這一眼，她就挪開視線。

趙雪蘭幫忙擋開了朱紅探究崔玉真的目光。

節南無聲撇笑，帶崔玉真上了趙府馬車。

三女擠在一車，誰也沒說話，直到江心街關卡處，等著朱紅與郡兵說通，崔玉真才白著臉看趙雪蘭一眼，欲言又止。

趙雪蘭看看節南，後者顯然沒有幫她開口的打算，就道：「抱歉，玉真姑娘，其實上回在雕銜莊避雨時，我就不小心聽到了妳和六娘說的話，但請妳放心，我不會說出去的。」

崔玉眞吃了一驚，隨即苦笑。「事到如今已瞞不住多久，妳知道也無妨。」

節南仍是不語，估計自己一開口又刻薄。

「六娘，他們爲何抓孟郎？」偏偏崔玉眞不自覺依賴節南。

「也許和祥瑞館的命案有關。」孟郎，孟浪，眞是——節南出於私心，一點也不喜歡孟元。

「這……這……他和命案怎能有關聯？他那會兒和我——」崔玉眞看看趙雪蘭，豁出去了。「在茶店裡說話。」

趙雪蘭一通百通，明白崔玉眞果眞不是問菜譜，而是和人私會。心裡懷疑是一回事，聽崔玉眞承認又是另一回事，即刻大驚失色。

「我們知道，官差卻不知道。這人也眞是，只管從大門出入，大方承認請我倆喝茶就好，何必偷偷摸摸爬牆？無端惹上一身腥，不動腦子。」來了，來了，不自覺黑孟元。

崔玉眞卻道：「他只是不想連累我罷。」

節南挑挑眉，沉默。

她發現了，崔玉眞同年顏都得一毛病，眼睛上糊著窗紙，光看見情人完美的剪影。

趙雪蘭這時就跟開了慧似的。「玉眞姑娘不必多憂，妳與六娘一道回來的，自有六娘爲妳作證，不會受到牽連；而且，我聽說孟公子是六娘向我爹引薦的，大可說孟公子爲感謝六娘請了妳二人喝茶就是，說不定就能證實孟公子清白。」

崔玉眞痛苦的目光頓現明光。「正是。」

節南想，姑娘們，這點宅子裡的小聰明就別拿到大場面上來了。御史臺、刑部六扇門、郡衙郡兵三方聯手，要捉出混在工部的密探，結果不盡人意，認人的蘇致死了，施行毒殺的兩名殺手也死了，眞正的密探一個也沒揪出來，恰好傻呼呼的孟元自己撞槍頭。

沒錯，她和王泮林已經合演一齣戲，把搜查茶店的官差打發走了，但現在孟元是直接落在御史臺張中丞手上。不說別人，那崔衍知，就不是好糊弄的，之前「巧遇」那套說辭根本行不通。

怎麼巧遇的？

今日工部宴請官匠，這孟元卻趁亂跑街上瞎轉悠，遇到王泮林，又遇到她和崔玉眞，再湊了一桌喝茶？而且，只要找茶店老闆一問，便知根本就是一男一女先獨處，一女一男抓上門。全是漏洞。

最後，孟元也許能證實他不是密探，但他和崔玉眞的私會就兜不住了，也別以爲這樣崔家就只能成全兩人。自古以來，拆散有情人的方法數之不盡，實在沒轍了，來個天人永隔唄。

節南相信，崔家人是不可能沒轍的。

但這時，崔玉眞和趙雪蘭都在看她，彷彿希望都上了她桑節南的身。

她淺笑。「且等等，興許孟公子什麼事也沒有。」

崔玉眞是已經打算豁出去了，然而節南再明白不過，這事沒那麼容易！

將崔玉眞送回府，但主人心情鬱鬱，作爲客人的節南和趙雪蘭識趣，稍作逗留就回趙府了。

兩人正要各回居所，趙雪蘭忽道：「妳不想幫崔玉眞？」

節南回身望她。「不是不想幫，而是不亂幫。這會兒到底出了什麼事都不清楚，一股腦兒自以爲是，可不是聰明之舉。」

「不，不是的，妳這人看似爽朗，容易討人喜歡，但其實很無情。」趙雪蘭目光冷轉。「妳並不把崔玉眞當朋友。」

和她討論手帕交的問題？倒是意外！

節南呵笑。「這麼說來，妳這人看似驕傲，容易看不起人，但其實很自卑。妳難道把崔玉眞當朋友？」

趙雪蘭差點爆出原本的大小姐脾氣，但她這些日子想通了很多東西，拜她的好舅舅家所賜，她學會了依靠自己。

19 仙人指路

風有點涼，節南咳了一聲，嘗到血味，淡淡抿唇。

然而趙雪蘭看不出節南受了內傷，繼續說道：「妳救過崔玉眞的命，我以爲妳眞心和她結交。」

「看她掉下去，我伸手拉了她一下，結果一起掉了下去；至於伴讀，是姑母希望的，能讓趙家與崔家結交，與我卻無利害關係。要沒有趙家，沒有姑母，也許我能和崔玉眞成朋友，如今卻不好假惺惺。妳若是崔玉眞，知道我另有所圖，妳可會當我朋友？」

趙雪蘭聯想到自己，也是爲了擺脫市井謠言而利用崔玉眞。「可是，即便另有所圖，如果眞誠以待，還是可以——」

節南不耐煩打斷她。「那就把妳假剪髮裝出家這事告訴崔玉眞好了，這才是眞誠。不過，我倒不太懂妳到底說這些話有什麼意義？不是朋友，就不能伴讀？是伴讀，就要爲她解決所有難題？我和妳就不大可能合得來，還不是同出同進，住在一個府裡？世上又不是只有朋友或敵人兩種關係，伴同或伴異，正好撞一起而已，不知何時就陌路了。」

趙雪蘭聽得臉色變了又變。她自不知，節南曾經歷過殘忍的背叛和殺戮，最親的人幾乎死光，對人情世故既看得通透，又已經寒心，唯她和柒小柒的命寶貴。友情，對節南而言，是很難擁有的珍物，求而不得。

「還有，就算我們一廂情願當崔玉眞朋友，也要看崔家人看不看得上我們。」崔相夫人喊桑浣妹妹，讓節南和趙雪蘭給她女兒當伴讀，雖然親切和善，卻是上對下的恩賜。

王泮林有句話說得太對，伴讀到底低人一等，她們只是崔玉真的附屬。這就是等級之分。

節南因爲有著清楚的認知，故而與崔玉真的交往始終控制分寸，而且照目前的情勢走下去，她這伴讀多半也做不了多久。

趙雪蘭看節南走了，思緒亂糟糟中又彷彿領會到什麼，睜目輕輕告誡自己：「趙雪蘭，學著，好好學著。」

節南不知自己成了趙雪蘭的榜樣，回到青杏居就坐柒小柒床上運功調息。

柒小柒一回來，看到節南那樣子就給她把脈，然後呸她。「妳也好意思自稱蜻螭劍主，聽個壁角還能受內傷。蜻螭呢？拿來給我，我幫妳抹脖子，下去給師父打手心。」

節南笑著，橫豎這些話就是耳邊風。「今天眞遇到高手，一戰很是過癮。就那位差點當了妳義父的丁大先生，看著連豆花碗都拿不動，居然使得一手好劍，修爲雖不及咱師父，那也快登峰造極了。這是他給我的內傷藥，妳看看，我能不能吃？」

身中赤朱，用藥與普通病人不同，會相生相剋，要極其小心。

柒小柒拿了，嗅嗅聞聞，放進自己的荷包，另外給節南弄了碗藥湯來。

節南吃藥一向乖，尤其柒小柒心情不好的時候，立刻喝了個底朝天。因爲柒小柒是看到她受傷或不按時吃藥，心情才會不好。

「蘇致被人毒死了……」吃完藥，節南告訴柒小柒發生在祥瑞飯館的事，還有她聞到的參香和蘇致死時的模樣。「若妳也在，應該能分辯那是什麼毒。」

「七參草。」柒小柒卻已經知道了。「產於西北老林，服七片葉子以上就會窒息而亡，無藥可救。」

「西北？」節南略思。「眞是北燎幹的？」

柒小柒近年對赤朱毒之外的藥物不會多花一分關心，起身往外走去。「我搗鼓搗鼓丁大先生的傷藥去，沒事別喊我。」

節南躺在柒小柒床上，閉目整理今日。

掌燈時分，萬德其他樓的夥計們更加忙碌，官樓卻似乎冷清，單獨樓門前也無客人出入。不一會兒，有十來匹駿馬馳來，一青衣的官兒笑說今日辛苦，好不容易抓到人，大家放開了喝，蘭臺大人請客。人人大笑入樓。

樓外風燈照不到的暗處，一人不起眼站著，隨後退不見了。

那人不知，他身後有兩道影子緊隨，如貓一般悄無聲息。

官樓之中最貴、最寬敞的包間，設了一長桌的席面，沒有酒，只有大碗肉大碗飯。新進來的十來人坐下就開吃，只有青衣文官崔衍知走到長桌那頭的主座，抱拳道聲「蘭臺大人」。

御史臺張大老示意他坐下。

崔衍知有些猶豫。「大人，下官不放心交給郡衙辦理此案，請大人收回成命，至少由御史臺派人督辦。」

張中丞笑呵呵道：「衍知放心坐。哪裡眞由郡衙辦理，中書大人親自坐鎭呢。」

崔衍知一怔。「王閣老出面了？」

「早出面了。你以爲是誰出的妙法？中書大人建議將告密者說成三位，再分別告訴譚尙書，烏大將作和趙琦，今日要安排認人。結果，三人中只有蘇致——」說到這兒，張大老但嘆。「我們對不起蘇大人啊！」

崔衍知坐下，但道：「茶壺茶杯都事先檢查過，還讓夥計試喝，卻想不到那夥計竟會選擇同歸於盡。做法如此決絕，可見對方組織嚴苛，並非是我們疏忽，大人莫要自責。下官尚有一事不明，當初大人讓我將告密者姓名分別告訴工部三位大人，這是隨便分配的，還是早就指定的？」

張中丞讚賞道：「到底是地方上歷練過，比你剛當推官那會兒成熟多了。不錯，是早就由中書大人指定好的。蘇致配給那位，因為那位最是可疑，已有蛛絲馬跡可循。洛水園那幾人已向文心閣尋求保護，證實萍娘才是北燎密探，又有匿名線報，說那人與二等司琴萍娘關係並不尋常，自然逃脫不了嫌疑。但怕打草驚蛇，讓萍娘也像夥計和弓箭手那樣自盡，才設下這個圈套，引蛇出洞。」

「既然大人說到文心閣，恕下官多問一句，文心閣憑什麼不肯交出那幾位指證萍娘之人？單有物證，沒有證言，怎可妄下斷論？還有那條匿名線報，也不知是否有詐。要像上回簪珠兒的案子，因匿名現報而亂了方寸，反而讓大今行凶得逞，就大不妙了。」

崔衍知仍牢記那回教訓。

「這個嘛——」張大老笑笑。「很多人不知道，文心閣表面看起來只是民間普通書局、學館和行會，但其實有百年根基。傳說有一文一武兩員智囊幫創帝打下頌朝基業，後來不願當官，創帝請他們開辦文心閣，專注培養有用之才。起先只為朝廷輸送。創帝薨後，文心閣就正式脫離官學，只不過它教出來的學生佼佼者仍數之不盡，有在朝廷為官的，有在江湖上闖蕩的，不乏高位者。通過這些關係，文心閣如同在朝廷和民間結起一張蛛網。不過這數十年，文心閣漸漸不願插手官家事務，只憑私人交情偶爾幫忙，更不與我們御史臺刑部或提刑司這類辦案衙門往來，所以你們年輕人不清楚罷了。」

崔衍知之前一直只當文心閣是半民間、半江湖的組織，比起其他不服管的名門大派，對官府還算順從。聽了張中丞的話，才知文心閣前身，暗暗驚訝，同時想起王家子弟多為文心閣丁大先生的學生。

張大老又道：「至於你說匿名線報，這回卻也不同。蘇大人之死已是鐵證，只等那位自投羅網。

人人知道我們御史臺正查名冊案，今日捉了那個誤打誤撞的倒楣孟元，那人大概大大鬆了口氣。中丞大人說有辦法讓他自露馬腳。我們只須假裝鬆懈慶功，給他一劑定心藥。文心閣收留的那幾個幹粗活的人，作用已經不大，文心閣又答應這期間保護他們性命，省得我們分出人力。」

而且，張大老不甘心也得承認，這年連著兩個案子，御史臺要保護的人證還眞沒幾個能活命的。簪珠兒慘死，蘇致也慘死。

「對了，孟元這人沒可疑吧？」張中丞心想多捉一個密探也是好事。

崔衍知眉頭飽皺，俊面沉沉。「他本人一直矢口否認，但據他幾個同僚提到，他曾被大今俘虜，好不容易逃過來的。我問孟元如何逃出，他卻不肯說，頗爲可疑。」

「與北燎無關，卻可能已經向大今投誠，再混入我頌朝軍器司偷取重要情報？」張中丞摸摸鬍子，哈哈笑。「若眞是如此，倒是誤打誤撞一個大運。衍知，我把他交給你了，好好盤問。不過你也不要多想，等北燎大老鼠揪出來，我還是一樣交給你徹查。」

張中丞突然低了聲。「雖然因你父親，你不能一直待在御史臺，但這段資歷絕對好看，明年六部的所有五品之職隨你挑，要成天子近臣了。虎父無犬子！中書大人府上的公子們雖也優秀，奈何老是走不上仕途。我要是有你這樣的兒子——」

張中丞沒有嫡子，只有瀟瀟菲菲兩寶貝千金。

崔衍知眉眼不動，平靜地捉筷吃菜，心裡卻並不平靜。

他從小就知王五、王十、十二郎這些表兄弟優秀，便是新找回來的王九，一面之緣就足以讓他心生緊迫。然而，王五考兩回不中，王十莫名修道去了，楚風老說還早還早，拖延著不進考場。前些日子聽說王九要入太學，後來又聽說入學試沒考過，一時眾人紛紛嘆，安陽王氏一門三相，將要後繼無人。

他雖不知爲何，但當推官這幾年，看的案子多了，難免想得也多，只覺這幾位表兄弟對考取功名的淡漠似乎皆從同一年開始——

王七郎死的那一年。

❁

這時的洛水園，王沙川帶著自己兒子和十二侄子招待客人。

柳媽媽親來給這位當朝一品大人倒酒，又將赫兒和燕子送到兩隻小的身邊。

柳媽媽自認眼風好，兩姑娘雖然新到，一個是天生妖嬈，一個是情深意真，服侍刁冷刻薄的王泮林和謙謙溫和的王楚風，簡直完美兩對璧人兒。

倒是王沙川點了風娘獨舞，讓柳媽媽意外了一下。畢竟中書大人每回過來都是應酬，任由她安排姑娘侍酒歌舞，從沒親口點過誰，雖說也不是全然不近女色，但比起其他官員，可謂寡淡。

但柳媽媽腦瓜好使，很快就想，大概是幫客人點的。

客人姓丁，文心閣文大先生，柳媽媽久仰大名，卻還是頭一回招待這位客人。

這夜這席兩位司琴，是仙荷自作主張把萍娘叫來的。柳媽媽沒怪仙荷，反而想仙荷挺懂事，知道自個兒狀態不佳，怕客人從琴聲裡聽出心氣兒，帶了萍娘。哪知，一上來，仙荷就直接坐到琴後，兩三隻曲都不肯下來，柳媽媽只好讓萍娘給丁大先生侍酒。

酒過三巡，赫兒一手搭在王泮林肩頭，一手送來美酒，嬌笑道：「我今日午後本想到江心街買胭脂，哪知街口設了關卡不讓進，聽說祥瑞飯館死了人，蘭臺大人親自坐鎮，還以為朝廷出了大事，今晚園子沒人來呢。」

王泮林接過，淡抿不語。

從鳳來出來的燕子姑娘，同為藝妓，比赫兒矜持得多，但望著王楚風的目光卻明顯愛慕。「燕娘也聽說了此事，怪嚇人的。」

王楚風溫和道：「燕子姑娘不必怕，事情雖大，好在對方中了官府的圈套，已經不打自招，只等明日他照常進工部，那就有去無回——」

「十二郎謹慎說話。」王沙川打斷。

正給丁大先生倒酒的萍娘，動作一僵。

丁大先生似未察覺，笑道：「中書大人莫緊張，十拿九穩之事，更何況您用計高明，工部三位大人不知自己拿到的告密者姓名各不同，哪位出事，自然就是哪位大人心中有鬼。」

王泮林突然捉下赫兒的手，有一下沒一下，輕浮摸著。

赫兒嘴角不經意抽了抽，隨即一笑掩過，想要起身。「赫兒也想跳舞。」

王泮林不讓赫兒脫手，捉緊腕子，一根手指點住赫兒額頭。「風娘還沒跳完，妳著什麼急。」

赫兒跌坐，紅了臉。不是羞紅，是惱紅。

王泮林看向王沙川，說道：「父親，我瞧上這丫頭了，今晚可否點她陪夜？」

男人喝花酒的地方，這種話再正常不過。

王沙川果然點頭。「只要柳媽媽同意。」

柳媽媽巴不得呢。「哪能不同意？讓令郎看中，這可是赫兒的造化。」

赫兒豹貓的一對眼珠突暴凶光，卻在剎那，垂下眼皮，妥妥藏掉。

王泮林拉著「扭扭捏捏」的赫兒出去了。

仙荷琴聲忽止，無端端掩面哭起來。風娘因此亂了步子，哎呀一聲摔倒，捧腳踝直道扭了，疼得眼淚橫流。

柳媽媽哀嘆仙荷還是給她惹了禍，先給客人們賠不是。「實在對不住各位。仙荷是在籍官婢，到了出園子的年齡，我已經放出消息，看有沒有人肯贖的，不然就得由官府另行發配，她這幾日等不到音信，心裡自然沒著沒落。」

洛水園的女子多是樂司官婢，沒人贖，又到了年齡，就會被發配到大臣家中。但如果大臣家裡不收，官府便直接賣給勾欄舍院，下場未必一定悲慘，卻當眞是一層層往下墜。

王沙川見得挺多，道聲不妨事。「譚尙書不是挺中意仙荷？雖說他家夫人不大方，若我出面，也許還能給點面子。可要我說合說合嗎？」

官當到王沙川這麼大，還能主動管一個官婢發配的事，卻是讓人挑唆的。

這話一出，仙荷快步走來，跪在王沙川面前。「不，仙荷不要去譚府，只想到趙少監大人府上爲奴爲婢，請王閣老幫幫仙荷。」

除了丁大先生，其他人皆怔。

「原來妳想去趙大人那兒？」王沙川怔完卻笑。「這年頭還是老好人討姑娘的喜歡，只不過他家已經有一房側室，也是從洛水園出去的，妳再要進去，不怕影響姊妹感情？」

桑浣當年是洛水園紅極的歌姬，王沙川還有印象。

「我進趙府並無他意，只想找一處安穩地方。我早年就侍奉過桑姊姊，與其侍奉別家主母，不如還是侍奉她去。」仙荷可憐兮兮。

王沙川就應道：「要是譚大人家，我大概還要傷腦筋，既然妳求的是趙大人家裡，我把握要大些，盡量幫妳一試吧。」

仙荷連忙謝過，待在王沙川身旁侍奉。

柳媽媽讓丫頭們把扭傷腳的風娘扶下去，又讓萍娘彈琴、燕子姑娘頂替風娘獻舞，這才風平浪靜。

夜漸漸深了，亭榭燈長亮，琴聲不息。

赫兒房裡的燈亮了又熄，隨後窗子一動，一道黑影躍出，上屋頂。王泮林已坐在屋頂上，低頭看著手裡一張軟皮面具兔子臉。

可愛的三瓣嘴上，血漬呈暗紅

上來的是吉平，先把赫兒撂倒，再把王九運上屋頂，最後熄燈，弄成一幅「春宵一刻値千金」的假象。

「先生說他封劍，再也不認眞對招，原來是哄你們的。」王泮林道。

吉平比堇燊還老實。「我進文心閣之後，丁大先生從未用過功夫，堇大曾多次請他教我們，他沒有答應。聽說就是丁大先生的關門弟子赫連師兄，也沒和丁大先生對過招，都是看書自學的。」

「這種屁是誰放的?!」

吉平嚇一跳，回頭卻見一條黑影撲來，來不及出招，影子化成風過去了。

吉平低呼：「九公子小心！」急轉身，看到王泮林身旁那張怒氣沖沖的妖媚面容，簡直想鑽地洞。「我明明封了你的穴。」

「我看書自學的，應該如何小心自己人偷襲。」赫兒歪嘴一笑，抬高了手，正要往王泮林背心狠狠拍一巴掌。

王泮林腦後長了眼似地，說道：「赫連驊，你敢?還有，你下回把妝卸乾淨再出來，不然這副德行會讓我作惡夢。」

赫連驊瞪鼓眼珠，半晌卻聽話收手，嘀咕道：「你有沒有眼光?本姑娘傾國傾城，讓你們這些男人作春夢還差不多。」

吉平吃驚。「你是赫連師兄……師姊?」

赫兒，大名赫連驊，是丁大先生收的最後一個徒弟，可惜沒趕上好時候。丁大先生宣布不再教武之後，赫連驊在文心閣無所事事混了兩年，有一日突然不見了。

那是多年以前的事，所以吉平也不認識赫連驊。

王泮林嘲笑一聲。「他是男子不假，只不過當了幾日洛水園美姬，就忘了自己是男子了。吉平，你到那頭盯著風娘。」

吉平應聲而去。

赫連驊瞇起眼，看著王泮林。「你剛才在大家面前摸我手，又讓吉平弄暈我，是什麼意思？頭一回你還不知我身分，我稍稍湊得近些，就跟我身上帶著惡疾似的，拿你正人君子的眼神嫌棄我。這回知道我是男的，你反而起勁——」

赫連驊突然往旁邊挪挪，一臉王泮林得了惡疾的模樣。「難道你那個——呃？難道你想趁我暈的時候——呃？是不是？」愈說愈覺得像。「我要告訴先生，我不幹了。反正他也算不上我師父，教了兩日就突然封劍，都不問問我。」

「我就算是那個呃呃，也不要你這樣的，長相太豔，看兩眼就疲乏了。」王泮林涼涼一笑。「至於先生到底算不算你師父，你讓他打一頓就會知道，橫豎你學的是他自創的心法、他自創的劍法、他自創的……」

赫連驊擺起手。「姓王的，別以為你長成這樣我就不敢打你。行了，我是不知道先生到底欠了你們王家什麼，讓我堂堂男子漢混進女人堆裡幫你拔人釘，但我告訴你，你少對我指手畫腳，小爺不受。小爺之所以答應，是因為——」

「是因為北燎四王子大禍上身，你作為他的好義弟、忠謀臣，不得不來向師門求助，但你離開師門太久，求人之前先要幫師門做任務。」王泮林那雙漆眸比赫連驊的豹金眼還具魔魅。

「是。你如何知道？先生答應為我保密。」赫連驊被王泮林一眼看得老實，答完是之後，驚問。

「赫連驊無名，赫連瞻大名鼎鼎，你與北燎第一武將同父異母，我不知道也難。」王泮林調開目光，看著走來的吉平。「她終於動了嗎？」

吉平點頭。

「那你去罷。」王泮林吩咐。

吉平輕點瓦，很快化成遠處屋山上的一點黑影。

赫連驊見王泮林伸過手來，自覺帶他下了屋頂。「我眞不明白，你到底從哪裡知道洛水園的北燎探子不止萍娘，還有風娘？」

「就像我不明白，同爲北燎人，你爲何會願意剷除萍娘？」王泮林的表情卻並非眞不明白。

王泮林再一招手，那邊就跑來一盞燈——不對，是掌著燈的小書童。

王泮林走出幾步，頭一偏側過臉來。「我新近加入了一個幫當小弟，要去長白英雄會湊熱鬧，等你裝完姑娘，不如也來，興許能幫四王子解決了麻煩也說不定。對了，幫主是女子，你一定要收好不安分的爪子，免得被她的劍削了。」

赫連驊看那盞金燈飄開，兩隻爪子不由縮起來，把那句「興許能幫四王子解決了麻煩」當放屁，一臉納悶的表情。「什麼幫那麼了不起？王氏九郎當小弟？難道幫主長得比我還好看？」

王泮林已經走遠，自然不會回答赫連驊，但經過一間廊亭。

一女子立在亭下，見他就是盈盈一禮。「王閣老已答應爲仙荷說項，多謝九公子替仙荷美言。若非九公子告知仙荷，仙荷只怕已被人當了棄子，死路一條。」

來的是仙荷。

王泮林神情不動，眸眼漠然。「別把自己說得那麼蠢。仙荷姑娘低眉順目多年，眼看離頭姬不過一步之遙，卻輸給了老天，雖敗猶榮，而且也當眞了不起，這園子裡誰是哪邊的人，竟能一目了然，比柳媽媽還明白。」

仙荷從小生活在園子裡，相貌風情皆中等的她，卻有不一般的睿智目光，做事細心，又懂得進退。然而，即便很會做人，關鍵時刻上頭的風娘還是一聲不響犧牲她。御史臺崔大人突然點她，問了好些事，她雖感覺不妙，卻始料未及這是風娘將她當作了誘餌。

但一開始，仙荷只是一名普通司琴，南下後遇到風娘，引薦風娘成為洛水園舞姬。後來風娘紅了，不但仍與她姊妹相稱，並許給仙荷很多好處，仙荷由此成為北燎密探。

隨著仙荷愈發受客人喜愛，風娘感到威脅，不再念仙荷當初引薦的情義。

包括仙荷在內，風娘和萍娘，一共三人，聽命於北燎大王子。

南頌遷都後，洛水園女藝凋零，風娘才能嶄露頭角，加之北燎被大今打得分崩離析，所以前兩年她一直沒發揮作用。如今北燎在西原總算安定，燎王有意立太子，大王子就重視起南頌這邊的動靜了，催促風娘做事。

要說這份工匠名單，還真是仙荷想辦法拿到的。她交給風娘之後，風娘獨占功勞，受大王子褒獎。這也罷了。仙荷提出可以利用這份名單，將大今布置在園子裡的探子拔除，也可栽贓大今。萬萬想不到，風娘居然用她的計，打算連她一道拔除。

這時，王泮林找來，告訴她，風娘和萍娘是親姊妹，她才知道自己可悲可笑。

仙荷面容發澀。「稟公子，仙荷從不想要了不起，不過求一好歸宿，只是進了這等地方，若不出頭，多是淒涼。但有別的法子，我也不會想著往上走。如今去處已定，心中尚有疑慮。」

「怕得不到趙大人的寵愛？」王泮林呵冷。

作為中書令之子，王泮林得到工部名冊洩露的消息只比節南晚了一會兒。他對和自己無關的事一向冷淡，直到父親說起學士閣蘇致上摺子，懷疑譚計、烏明或趙琦有勾結大今北燎的可能，他才積極起來。

是他，請丁大先生幫忙安排一個姑娘混進洛水園；是他，向父親提議引蛇出洞，分別告知了不同的告密者名姓；也是他，靈機一動，告訴差人祥瑞飯館後面有可疑之人，借孟元這隻呆鳥讓對方放鬆警惕。

他雖沒想到丁大先生竟派了赫連驊這小子充當姑娘，卻轉手利用，進而從赫連驊那裡得知萍娘是北燎大王子的探子，再利用大王子和四王子的矛盾，試探心事重重的仙荷，讓仙荷明白她自己的危險處境，反而投靠了他。

還是他，設下今晚宴席，假意漏出消息，發動仙荷，牽制萍娘，讓風娘一人不得不急躁冒進，去找情郎通報，給郡守大人送上雙宿雙飛的現行。而他也答應，只要仙荷轉作人證，拿出物證，就會給她安排一個長期保命的好去處，但他不好出面，要她自己去請求。

如此安排好一切，到這晚此時，落幕。

「仙荷雖然笨，還不至於笨得連這個都不知道。仙荷進趙府，不是給趙大人當妾，但依公子所言，要竭盡努力獲取桑六娘的信任。只是，仙荷不明白，爲何是討好浣姊姊的侄女，而不是浣姊姊？浣姊姊非常聰明，若能得到她的庇護，仙荷的下半輩子——」

仙荷不敢與王泮林對視。那雙眼太犀利，所有人以爲她升不上頭姬、嫁不了權貴而難過，這位卻直言她可憐，功勞都是別人的，到頭來還要爲別人賣出性命。

「也就多幾年的活頭了。」王泮林接話。

仙荷一驚。

「妳大可不信我的話，我雖給妳安排了最好的去處，等妳進了趙府，要討好誰我卻也管不著。自己嫌命長，我何必內疚？」王泮林說罷，大袖流風，走出去。

書童一邊掌燈一邊往回看，見仙荷呆呆站在廊亭下，自己雖然也好奇，但知道什麼該說什麼不該說。

眼看著到了自家馬車前，書童才道：「白日裡劍童到曲芳臺見了大老爺和五公子，請五公子轉交一只包袱給九公子。適才我跟車出來，五公子吩咐我放在車裡，說挺緊急的。」

王泮林聽了，語氣難得想不透。「白日裡我見過劍童，怎沒聽她提……」沒說完，卻笑了。「書童，你可別學劍童耍小性子，會挨板子的。」

書童但見九公子上車的動作比以前痛快得多，也不等人搬凳子掀簾子，眨眼就鑽進車裡，心道懶人原來也有勤快的時候。

再過一會兒，王楚風上車來，看一把拉滿弦的弓弩對著自己，不驚不訝，提衫安坐，吩咐車夫出發。

「燕子姑娘的香露用得重了些，十二弟下回再來，帶一瓶好的給她，不然只可憐了你自己的鼻子。」王泮林皺皺眉，目光不離手中弓弩，扣扳機，弦空響。

王楚風今日喝了不少，溫潤的五官就難掩桀驁不馴的天性。「逢場作戲罷了，我不似九哥多情。」

20 個個清算

青杏居內。

聽到外面碧雲的腳步聲有些慌，節南就在柒小柒的屋裡問道：「什麼事？」

很快，碧雲跑進來，見節南躺在柒小柒床上，卻也顧不得問：「六姑娘不好了，府裡來了差人。」

「差人？」白天的事到底延續到晚上來了？

節南起身就走。「來做什麼？」

碧雲小碎步跟上。「不清楚，淺夏只說是郡衙的人，和咱老爺倒是挺客氣的，但讓老爺和二夫人把家裡所有人都集中一塊兒點名，例行公事。」

節南招來橙夕。「去膳房把七姑娘叫來。」

不一會兒，小柒一臉老大不願走出來。「深更半夜鬧一齣，這是要抄家殺頭了？」

沒過腦子的話一出口，嚇得碧雲她們白了臉。

節南卻笑。「哪有那麼好的事讓咱們開眼，都說例行公事了。」抄家才不會這麼舒坦呢，早就雞飛狗跳，還容得一夥人慢騰騰集中點名？

七姑娘那樣，六姑娘這樣，碧雲只覺心肝忽上忽下跳得抽風。

到了主院，趙府的丫頭僕婦婆子全站在院裡，個個神色不安，時不時交頭接耳。節南和柒小柒走進外屋，不見桑浣，但見趙雪蘭正拍著迷迷糊糊的趙雨蘭和趙摯。

柒小柒嘟囔，眞有些大姊的樣子了。

趙雪蘭蹙眉看向節南。「浣姨娘在裡屋。」

節南點點頭，找張椅子坐了，只聽得見桑浣說話。

「姊姊安心躺著，等會兒官差來了，讓他們看一眼裡屋就行……」

「並非老爺有事，而是烏明烏大人有事，說他是北燎細作，今晚剛抓進去……」

「就是說啊，咱老爺怎麼可能呢？平時應酬，多和譚大人一起，再說烏明又是老爺的直屬上官……」

「沒事的，說譚府今晚也和咱家一樣，要點看人頭，例行問話，主要看有沒有突然少了人或有誰形跡可疑……」

「我馬上去點一點，姊姊儘管放心，這也是我的家，咱這會兒一定要一心的。」

桑浣隨即走出來，目光掃過節南和柒小柒，也不多說，叫上淺春拿起名冊，到院裡點名去了。

節南垂眼，聽桑浣喊著一個個名字，心裡卻只盤旋「烏明」這個名字。

烏明是北燎細作？怎麼抓出來的？蘇致不是只在官匠中認人嗎？還有，萍娘也是北燎細作，但她進洛水園打探的那幾日，卻只知烏明是仙荷的常客。這其中，到底漏了哪幾環？

雖說她為桑浣幹活不給力，自恃腦袋比一般人好用，手頭情報自覺也掌握了不少，可是這回官府居然這麼快就揪出烏明——

南頌官場，出了名的文人政治，想做成一樁實事，那要費多少口水，一級一級往上走，再一級一級傳達下來，而且一遍還行不通，一般要反覆幾遍，等到最終下定論，還千萬別趕上逢年過節。

這是有如神助？

節南兀自想得起勁，忽聽屋外男子聲音，除了姑丈之外，還有一人。

「二夫人，打擾了。」

這聲音，分外熟悉。不是那種熟識，卻是才聽過的那種感覺。

節南看到趙雪蘭抬起頭，立刻就想起來了。

哈！又是朱紅！

眾人在外又報一遍名字，桑浣和趙琦就進屋來了，身後跟著的年輕官員果然是朱紅。他目光有禮，對趙雪蘭、節南和柒小柒皆頷首，道聲「對不住」，才走進屋子，又由淺春挑了簾，看一眼裡屋，幾乎馬不停蹄，就走出屋子去了。

避嫌呢。

柒小柒嘻嘻一笑，但當著桑浣的面，還是管著自己的嘴。

趙琦就道：「府裡人一個不缺，所以沒事，等我問過朱大人，大家就能回去歇息了。」

等趙琦出屋子，和朱紅說了幾句，朱紅的聲音微亮，似特意說給屋裡女眷們聽的。「深夜急命在身，讓大家受驚，謝夫人們和姑娘們體諒，下官改日再登門致歉，告辭。」

一陣刀鞘靴踏，遠了。柒小柒要走，桑浣卻不讓。

一刻之後，趙琦再回屋來，坐上主位，長吁短嘆。「怎麼會是烏大人呢？」

「興許弄錯了。烏大人歷經兩朝，從大匠到將作大監，一直兢兢業業，若是北燎細作，軍器祕密早不知洩露了多少。」

桑浣這時面色不好，但趙琦只當她受了驚，擔心他被牽連。

趙琦道：「我也希望是弄錯了，然而御史臺刑部郡府三方一起調查，布置得極爲巧妙。好比蘇大人上摺子懷疑工部有細作一事，御史臺讓譚大人、烏大人和我配合認人，卻只將蘇致的名字告知了烏大人一人而已，我和譚大人知道的另有他人，結果蘇大人在認人時被毒殺。」

節南一聽，暗道計策不錯。蘇致一死，烏明就有很大的嫌疑了。

趙琦又道：「方才朱大人稍稍透露，洛水園的北燎細作也已被抓，還是從烏府裡逃竄出來時，與烏大人一同落網，烏大人百口莫辯。」

桑浣驚問：「洛水園裡哪一位？」

趙琦搖頭表示不知。「朱大人不曾說。」

趙雪蘭聽到這裡，擔憂的神情漸漸淡下。「不連累父親就好。」

趙琦卻未顯輕鬆。「不好說啊。烏大人身為大將作，品級不高，權力卻大，與工部侍郎平起平坐，在工造事務上連譚大人都插不了話。要不是弓弩司獨立於軍器司之外，神臂弓的造法恐怕都不保。如今烏大人出事，更不可能只查他一人，要看明日朝上怎麼論了，就怕皇上怒及整個工部，懷疑還有同黨，沒事都要生出大事情來。」

桑浣心不在焉，蹙眉不知想什麼。

趙雪蘭難免著慌。「但父親清白。」

趙琦張張口，本想說沒那麼簡單，見桑浣和長女失魂落魄，改為安慰。「還好崔相、王中書主政，張蘭臺又明事理，我身正就不怕影斜。夜了，趕緊回房歇息吧，大人的事，女兒家們不用管。」

出了主院，趙雪蘭問節南：「要不明日去趟崔府，同崔相夫人說說？」

節南不答。

趙雪蘭奇怪道：「妳從進屋就沒說過一個字，打什麼主意？」

節南心想，人吶，都是欠的。理她的時候，她擺架子；不理她的時候，又巴巴湊跟前。

節南笑開，做好人真難。「腦袋裡空白一片，當然說不出一個字。崔府妳自己去，我不去。我可不想給姑丈沒罪找罪，讓人覺著我們心虛，託人情比御史臺找姑丈的速度還快。」

趙雪蘭明白了，卻總歸有些惦記。「妳的意思是什麼都不做？」

「添亂，就不如什麼都不做。」節南對趙雪蘭這會兒說的句句實話。

趙雪蘭走後，柒小柒就笑節南。「哪裡是什麼都不做，分明是什麼都做不了，只能一旁乾看著。」

節南大方承認。「沒錯。洛水園裡頭的大今探子全不見了，北燎探子也被抓了，工部烏明帶頭，不可能不渾一池水，肯定還會查出一些替他做事的小鬼來。南頌官府這回還眞讓我驚奇，都像今天幹活那麼利索，咱倆就不用愁了，直接投誠。」

柒小柒投白眼做鬼臉。「我看是他們撞大運，難得利索一回。等咱眞想靠他們，沒幾日就會落得像蘇致一樣的下場。」

節南忽然做個噤聲的動作，感覺身後來風，還以爲是碧雲她們趕上來，想不到卻見年顏從青杏居外的牆頭栽下。

柒小柒一個箭步，伸手托住年顏即將磕地的腦袋，劍指摸脈，瞪望節南。「小山！」

「他死了？」節南沒多看，推開院門。「趕緊抬進來再埋。」

柒小柒將年顏拖進門，好氣好笑。「沒死，內傷很重而已。」

節南表情頓時失望。「誰啊，好事不做到底，也不怕生兒子沒屁眼。」

柒小柒眼珠子就凸了。「臭小山，妳又來粗腔了，是不是？師父教了多少遍，女子不一定要長得多美，氣質卻一定要好……」

節南哈笑。「妳自己還不是臭小山臭小山說粗話？」

「臭小山怎麼是粗話呢？是妳小名兒啊！」柒小柒嗤之以鼻。「再說，妳罵人向來不帶髒字，除非心情不好……」

突然，年顏嘴裡鮮血直冒。

柒小柒一齜牙。「不行了，不行了，臭小山妳給他輸內力。」

節南抱臂等在柒小柒房門口。「我白天剛給丁大先生打成內傷，還輸內力給他？這受傷的要是王楚風，我也認了。美男鞋底死，做鬼也不賴；年顏這麼醜，死也是白死。我堅決不要！」

柒小柒笑噴口水。「好歹妳給他搭個脈，看看什麼內家功夫，總可以吧。」

節南走過去，左手一探年顏脈搏，嘻笑的神情頓時凝重。「三股氣流亂沖，二陽一陰。一股是師父教他的，一股和文心閣丁大先生的內息有些像，但又不盡相同，還有一股陰邪，不好說。柒小柒，妳要是沒把握救，還是把他扔給師叔得好，省得師叔以爲我倆故意把他弄死了。」

柒小柒單肩一拱，把年顏從地上弄起來，往屋裡走。「我要治不了他，又如何治妳？關門！妳調息去，什麼也別管了。」

節南關上屋門，卻也沒有回自己屋，只站在院中，一邊調息一邊聽著所有的動靜，爲柒小柒把關。

姊妹之情，不耍嘴皮。

❖

堇燊打了個大噴嚏，手裡的燈籠狠狠一晃，卻彷彿是牢房裡的潮氣撲黯燈光。

王泮林一聲輕笑。「一聽就知你從不曾來過牢房。」

「我行得端、立得直，身邊也沒有不法之徒。」堇燊抽抽嘴角，暗道自己那麼好的底子，小毛小病都沒有，怎麼偏偏在這位面前打噴嚏呢？

王泮林又是一笑，這回涼了些。「那你還是回車旁同正人君子的十二聊天去吧。」

堇燊納悶，這是怎麼個意思？

前面牢頭已經走到底，拿出一支最笨重的鐵鑰匙打開門，露出一段濕答答的石階。「二位走下去就是，小心腳下滑。」

牢頭事先收了好處，等王泮林和堇燊下去後，重新推上鐵門，幫他們守在外頭。

堇燊受丁山囑託，並不因王泮林方才的話而動搖，搶走在前，心裡卻很快鬱悶起來。這不又成了給王泮林照路？但他爲人一向不多計較，而且也已經看到了烏明，就自覺揮散了這股鬱悶。

這間地牢專門關押重犯，烏鐵條一根根豎得密齊，方方正正像個籠子，精煉鋼刀也難砍出印來。

烏明四十有餘，此時已經換上囚衣，去掉了簪子，披頭散髮。他神情雖冷，面色還很光亮，因為尚未開堂審訊，也沒經歷刑求，一切要等明日早朝的決定。

他先見到堇燊，濃眉皺得迷惑，不認得這人。再看堇燊身後，燈光只照到那人半身青衫小半張臉，乍望之下微微面善，仔細瞧上一會兒，卻又陌生了，只覺那人刁眼梢清寒氣。

「不管你們是什麼人，轉告郡守大人，烏明被風娘構陷，全不知她另一身分，請一定要為我主持公道，還我清白。」烏明說得很冷靜。

王泮林勾起嘴角。「這話還是請烏大人自己同郡守大人說吧，我管不著。」

烏明雙目一睜。「那你們所為何來？」

王泮林笑聲淡淡。「來向待詔大人討教一件舊事。」

「什麼舊事？」烏明瞇起眼。不知怎麼，聽著王泮林以舊官職稱他，心裡就發寒。

「千里江山……」

王泮林才說四個字，烏明連連後退，直至背脊靠上鐵籠那頭，頭顱卻刻意抬高，兩塊顴骨凸刻，目射精光。「千里江山世間瑰寶，只可憐天妒不凡少年。這件舊事誰人不知？即便我曾教過王希孟習畫，又任北都書畫院待詔，也不比大家多知道什麼。」

「是嗎？」王泮林緩緩吐道。

「是！」烏明氣短。

「這麼吧，烏大人不必說話，由我來說，等我說完，你只要回答是或不是。」王泮林雙手攏進袖子裡。

烏明剎那又覺半道影子熟悉。

「一問你，連慶六年春，王希孟呈給暉帝的《南山松濤圖》，暉帝斥他風流妄縱，竟在畫中繪入妓子衣衫，汙穢聖山高松。那件衣衫可是你添上去的？」

王泮林在暗，將烏明上下打量，嘴角淡然抿苛。當年謹小慎微，看似本分的烏待詔，原來是這副狡猾的模樣。自己眞的太狂了，狂到盲目，看不到這等小人，以至於一步步落入他們的陷阱，醒過神來已萬劫不復。

烏明心驚，但冷哼道：「胡說！分明是王希孟恃才傲物，仗著暉帝看重，不但喝醉失態，作出無德之畫，還非要呈給聖上……」

無德之畫，令王希孟的才華蒙塵，暉帝罰他閉門思過，後來不准任何人再提，似乎小事化無。王希孟照樣享受《千里江山》帶給他的無限美譽，但其實那就是墜落的起點。

「二問你，連慶六年冬，王希孟作《萬鶴祈天圖》，可是你向暉帝諫言，說他暗諷帝王昏庸，不顧百姓死活，辦奢華祈天祭？」

烏明神情陰鬱，沉默後開口：「是我又如何？也不止我，同諫的還有其他幾名待詔。當時河南受旱災之苦，流民上萬，餓殍百里。王希孟自以爲是，以《萬鶴祈天圖》諷刺聖上不作爲，豎子無德又無理，我等看不下去。」

「三問你，連慶八年春，王希孟呈上《北漠大雪圖》，以北漠地經爲模本，可是你調換了那本地經，把軍鎭所在山圖偷放進去，讓王希孟背上洩露軍機之罪名？」

那是王希孟最後一幅畫作。

「不是我，我只幫人作旁證，證實王希孟所畫確爲軍鎭地圖。」烏明眸中寒涼。「小時了了，大未必佳。王希孟少年得志，過於自滿，一度度放縱，一度度不知悔改，最終才華變詭詐，爲名利喪失了做人根本，自取滅亡。你是王希孟什麼人？還想爲他平反不成？」

王泮林袖子一動。

烏明哈笑。「我告訴你，沒用的。老話說早慧早夭，怪只怪王希孟心太大，整日想著爲國爲民，變革改策，偏偏他常伴君駕，一句話比得上大老們十句，怎能不成別人的眼中釘？畫畫的，就好好畫，不懂得安守本分，天才也只能成狗屎。連王家都只能捨棄掉的逆子，你算什麼？追問不休。其實王希孟運氣還真是好，死得恰好，不然連累整個王家謀逆大罪，就沒有他們今日風光了。」

「你幫誰作旁證？」王泮林覺得聽蠢人說話眞心累，一會兒說一套，自相矛盾才終於聽到一句有用的了。

「……我沒幫誰，都是書畫院的人一起商量著行事的。」烏明卻改口。

王泮林眼裡無波。「《南山松濤圖》上那件衣衫，皆道是王希孟的手法，可見你畫功實在不亞於他。」

「哼！我進書畫院全憑眞才實學，不像王希孟那種不知天高地厚，全憑出身的小子。《千里江山》算什麼？我在他畫上添筆，誰都沒看出來，不過一群附庸風雅的官老爺罷了，皇上說好就是好，把一個十七歲的少年捧那麼高，豈有此理。」烏明憤恨，一個激動就入了圈套。

隨即，烏明反應過來，再哼。「人都死了，就算是我添上去的，他還能從墳墓裡爬出來找我算帳？」

「那自然是不會的。」王泮林走進光裡，臉上淡淡微笑，雙手從袖中抽出，抬眸盡顯儒雅。「如烏大人所說，王希孟恃才傲物，狂妄自大。即便不死，如今也不過是眾多庸庸碌碌的公子哥之一，死得早至少還留下了好名聲。」

菫燊心道：來了。這比王十二郎更溫潤更謙明，彷彿天生，沒有半點造作矯揉，連安陽王氏那點骨子裡的傲慢也無，眼中天高、心中海闊，能讓人心折的氣度。

烏明聽著望著，起先冷笑連連，隨後目光疑惑，最後化爲驚恐。「你……你……你是……」

王泮林垂了眼，一步走近鐵籠，菫燊手裡的燈光從他身後往前打，臉上五官明明暗暗，笑意雖深，聲音的感覺卻截然不同了。「王希孟行七，某行九，有人道我和他看著七八分相像，也有人道我一點也不像他。烏大人曾當過幾日七哥教習，你看呢？」

烏明單手抹把臉，暗地差點嚇死。「王希孟死四五年了吧，誰還記得他的樣子？倒是你，就算是王家九公子，又無官身，怎能來審我？」

王泮林雙手重新攏入大袖。「誰說我是來審你的？我不過來探望你，畢竟等大人轉到天牢，就很不方便了。烏大人——」聲音略頓。「何時投靠北燎？」

烏明撇一抹笑。「我是冤枉的。那個風娘想男人想瘋了，半夜跑來讓我娶她……」

「烏大人與風娘半點不認識？」王泮林的眼裡墨黑。

本想說不認識，但烏明再一想，自己到底是洛水園常客。「不過一夜風流。」

「聽說烏大人沒有內眷。」無妻無子，無爹無娘，烏明府裡十分冷清。

烏明不懂。「那又如何？」

「沒有內眷，烏府帳房卻欠了海煙巷良姊姊一千兩，烏大人既然爲男色耗盡家財，家裡甚至連個女人都沒有，怎會同風娘一夜風流？」王泮林嘆了一口氣。「烏大人這時不知籠外事，當然可以喊冤，喊破嗓子也沒人管你，不過，好多人看來，烏大人這是秋後蚱蜢。」

烏明內心何嘗不忐忑，聞言變臉，想不到連自己喜好男色的事都被掀出來了。

「今夜某來，卻是想救你一命的。」王泮林看看差不多了，拋磚引玉。

烏明神情中卻不見喜色，只是陰沉著眼。「小子陰險，別以爲我不知道你身後是什麼人指使，但我無罪，清者自清。」

王泮林點了點頭，從袖中取出一根短竹管。「烏大人這會兒逞強，我也懂得。這是煙花筒，送給大人，大人要是想明白了，可以將它點燃，還有一次求救的機會。」

烏明沒動。

王泮林自顧自放下，轉身走了。

烏明看王泮林和堇燊拾階而上，落下眼皮，冷冷瞇盯了短竹管一會兒，走過去拾起，藏在草垛子底下。

出了郡衙，堇燊一揮手，就有兩道影子突現又突隱。

「九公子不怕烏明交代出今晚之事？」堇燊再問。

王泮林看著牆頭，好似多羨慕牆頭上的草，淡答：「我怕啊——如果烏明眞是無辜的話。」

然而，烏明不無辜，不管他是北燎探子，還是賣消息給北燎，工部名冊洩露之罪責是絕對逃不掉的。而他王泮林過來探望，問問舊事，頂多算是不謹慎。

這些年，王泮林想得最明白的，只有欲加之罪何患無辭，只有明槍易躲暗箭難防，只有眾口鑠金眾志成城。如今，他要用烏明那些人的手段對付他們，他們也會百口莫辯！

21 抓周手氣

五月五，滿城飄著粽葉糯米香，卻因爲趙琦待職在家，弄得趙府上下無心過節，光忙著猜主人是不是官路到頭了。

節南正想著可以溜出去，桑浣居然親自送了粽子來。

「柒小柒呢？」淺春淺夏和碧雲她們在院子裡染布，桑浣能放心問節南。

節南笑笑。「她給年顏抓藥去了。」

桑浣蹙眉又挑眉。「這麼好？」

節南本不想多說，但嘴一張開就蹦字。「年顏對我姊妹倆是該死，對師叔卻是左膀右臂，不看僧面看佛面，而且年顏要死也得死在小柒手裡。」柒小柒有多喜歡借藥來整治人，她這個中毒的最清楚。

「妳嘴皮子不逞強才會死。」桑浣罵完，鎖緊眉頭。「芬嬸她們在城郊一間農舍出現，年顏夜裡探查時卻被人打成重傷。我再探時，那裡已經人去樓空。但據年顏的表述，我感覺對方與守衛簪珠兒的那些人的路數有些像，尤其也戴兔面具。」

節南心頭一愣，表情懵懂。「兔面具？」

桑浣想起自己沒跟節南說過。「我殺簪珠兒那晚，有個戴著兔面具的高手，本以爲是王家雇來的，想不到年顏又遇上，那就不是拿人錢財替人消災這麼簡單了。」

節南總不能說自己一文錢沒拿。「姑母接下來如何打算？」

「找不到芬嬸她們，洛水園這條線就廢掉了，這麼大的事一定要上報。」桑浣神色煩躁。「皇上命吏部徹查工部所有人，但凡烏明起用的官員或匠人，當即勒令解職，接受調查。要不是譚計等人與烏明的關係都不錯，由譚計擋在最前頭，趙琦恐怕也要降品階。裡裡外外亂得一鍋粥，每日提心吊膽等著趙琦回家，就怕還有更壞的消息。這種時候禮部居然把洛水園的仙荷發派過來，簡直還嫌不夠亂。」

節南稍怔，心思轉得極快，笑道：「姑母可以放寬心了，姑丈不但沒事，說不準還要升官了。」

桑浣問「為何」。

「仙荷到了年齡，又不當紅，要麼許人，要麼賣掉，要麼再分派。分派到朝臣家裡可一點也不隨便，要看品階和官俸。這當口，仙荷被發派到家裡，不就是上面看好姑丈的意思嗎？」

桑浣聽了節南的解釋，一邊暗道這丫頭機靈，一邊不甘示弱。「趙琦老實為官，平時謹小慎微，和烏明私交不深，頂多就是些場面上的應酬，並不怕吏部審查。我只煩這會兒事多，偏偏仙荷過幾日就要進府，所以跟妳囉嗦幾句罷了。」

節南淡淡笑著。「只是我雖明白師叔，門主不明白。要是師叔只報壞消息，門主會質疑師叔辦事的能力。畢竟您殺了羌掌櫃，而羌掌櫃是金利泰和的人，不管理由是什麼，金利泰和不會高興。洛水園一條線被廢，儘管當初這條線全靠您打通，後來是羌掌櫃不得力，但恐怕門主會讓您承擔全部責任。」

桑浣其實也是擔心這個，不由瞇眼。「妳為我想得真多，看來也幫我想了法子？」聽聽無妨。

晨光照著水亮的彩布，映得節南那雙葉子眼光華四溢。「師叔別問我，我只覺這回並非師叔的過錯，甚至沒有過錯。在御史臺、刑部、郡衙三方一齊清理洛水園之前，就把線人撤出，避免神弓門暴露——這叫先下手為強。」

桑浣眼中閃過一抹激賞。「然後讓芬嬸她們永遠閉上嘴。」

節南瞇笑。「這回事大，牽連姑丈，我們總不見得為保線人的命，置趙府於險境。沒有師叔的洛水園，幾乎發揮不出作用；沒有了趙府的師叔，神弓門還能指望師叔今後做成大事嗎？我相信，金利泰和那傢伙的腦袋雖然時不時堵塞，但門主擅長陰詭盤算，肯定會明白師叔的。山高皇帝遠，連年顏都查不出的事，就算那邊派人來也一樣查不到。」

桑浣沉吟。

她一直說自己效忠神弓門，雖然內心希望柒珍當門主，但柒珍爭門主的時候，她聰明地保持了中立，所以金利撻芳仍用著她。不過，自從羌掌櫃開始竄頭，她也知道金利撻芳在爲金利泰和將來繼任門主而鋪路。她雖有隱退的打算，卻也防著這些人翻臉不認人，始終沒有主動提出放權。

節南剝起一粒粽子，右手五指輕顫。

桑浣瞅著節南。這丫頭對她說過很多話，很多正中她心中盤旋很久的憂慮，但她沒承認這丫頭說得對，是因爲她更相信自己。柒珍當年多少人鞍前馬後，他死時，身旁僅剩桑節南和柒小柒爲之血戰。桑節南右手極爲靈巧，練武根骨奇佳，人又聰明，就因爲走錯了那一步，如今剝顆粽子都吃力。

桑浣不想和這對可憐的姊妹一樣，她有兒有女有丈夫，所求不過下半生的保障。然而，都安近來似乎有一股無源急流，讓過了幾年太平日子的桑浣感覺不安。如同淪陷前的北都，能嗅到陰謀竄起的迷煙味道。

非常時，行非常事。

桑浣適應力很強，心思翻轉也不過一念之間，起身道：「轉告小柒，她要敢弄死年顏，就準備陪葬吧。」

節南總算剝好粽子，嘻笑拿筷子夾起，蘸白糖，咬下一口，含糊不清說聲「知道」，看桑浣帶著丫頭們走出院門，心想桑浣轉了話題，沒說不行，那就是會照她說的，糊弄金利撻芳了？

只要桑浣粉飾太平，穩住金利撻芳，她就有充裕的工夫拔釘子。

感謝烏明風娘，感謝南頌朝廷，感謝出兔子面具的那位，幫她解決掉洛水園。

柒小柒送完藥回來，院裡沒別人，只見節南一身風鈴花胡服，頭髮紮高髻，插一支鎏金七彎簪，腳下翹頭黑金靴，單耳戴一只大大的風鈴花銀絲環，雙袖套銅獅臂釧。風吹鈴動，整個人彷彿一朵輕靈雪蓉，清爽又漂亮。

節南單手叉腰，很是顯擺的傲嬌模樣。「怎麼樣？夠不夠氣勢？」

柒小柒嗯嗯連點頭。「一看就知道不是吃素的。妳等我，我得把鍾馗袍子找出來，不然就讓妳比下去了。」

節南漏笑。

今晨，都安內河排著一長溜的船，多是打算到江上送粽子去的。

王泮林從艙底上甲板，正在洗手，聽書童喊十二公子。

他回頭一看，俊眸微冷，嘴角勾笑。「十二弟怎麼來了？」

王楚風一身玉白，目光溫淡掃過船面。「祖父和二伯讓我來看著你。」卻見書童捧著銅盆上漂浮烏粒，王泮林十指滴水還泛黑，不由愕道：「九哥不是說再不玩墨了嗎？」

「我沒玩墨。」平時無比愛乾淨的王泮林，把濕手往衣服上擦了擦。「十二弟下船吧，我今日有正事要做，沒空陪你扔粽子。」

王楚風看著王泮林衣衫上的黑爪印，這才留意他穿得竟是一件棉布衫。「九哥想什麼，真讓人費解難猜。」

王泮林雙手往王楚風肩上一拍。「那就別猜了，我來告訴你，我在弄硝粉。」

王楚風頭回聽王泮林說起，雖然不懂硝，但好歹讀到過，問道：「有何用處？」

「我近來想到一種作畫方式，不用墨汁，用煙火燒出畫來，感覺會很有意思。」王泮林退後，看王楚風肩頭的淡淡汗漬，不由抬眉刁笑。

王楚風只覺對方胡言亂語，再看自己肩頭，知道王泮林耍壞，卻也不多說，回頭吩咐王小，把自己的書放進船艙裡去。

王泮林正色道：「王楚風，你一定要跟，就得戴上這個。」對書童示意一眼。

書童跑進去，跑出來，手裡多一張灰兔面具。「請十二公子一定要隨身帶著，等到上了江面，人人都要戴在臉上。」

王楚風訝異非常。「這是什麼道理？又不是上元節。」

「沒道理，趁我高興，不然你下船。」王泮林見船舷旁的吉平對自己招手，扔下這句老大不客氣的話就到船舷那邊去了。

王楚風也是有脾氣的，聽了冷笑，對剛出船艙的王小道聲下船，便朝舢板走去。但他一腳才踩上去，就覺舢板猛震，連忙定睛往下一看——

廣袖敞襟春風錦，海紋格，大雁繡；刻意做出的無腰大褶擺，內裡高腰及膝、月下紅梅女騎裝，芙蓉花瓣燈籠褲，纖雲飛日金繡平踝靴。一身別致的寬大裝束，將平素的福胖巧妙遮蓋，令人只覺來者身材高挑，臉如月盤，美麗圓潤。

「小柒姑娘？」

王楚風愣了愣，實在不曾見過柒小柒精心打扮過的模樣。

柒小柒當然也看到了王楚風，彷彿已不記得之前生過氣，這日笑得可愛可親。「咦，十二公子也在？好極，我請你吃粽子！」

王楚風本想再致歉意，見柒小柒心情這麼好，也聰明地不提了。「好。」

節南上船，看王楚風讓柒小柒拽袖子走，畫面很和諧，瞥一眼王泮林，故意說道：「十二公子真是君子明琅，性情暖若南風，難怪燕子姑娘傾心。」

「夾縫中長大的孩子，會比獨子圓滑些，不過不會拒絕的性子也叫溫吞，反而不知他自己要什麼了。」王泮林說完「壞話」，目光在柒小柒衣背上那尊鍾馗繡像一頓，回眼再看今日裝扮得漂亮又霸氣的節南，正打算誇她——

節南哈笑，不知自己打斷了對方。「九公子倒是知道自己要什麼，且獨子驕縱，想做什麼就做什麼，我看著羨慕不已。」

王泮林也笑，漆眸似晨星。「但終有一日，小山姑娘海闊天空，我看著羨慕不已了。」

節南笑得難以自抑。「是，是，能從九公子手裡活下來，還會怕誰呢？」

王泮林露出很認眞的表情。「這話卻是輕敵，要不得。」

節南怔了怔，隨即提醒自己別忘了正事。「九公子說過，今日出發前要讓我挑——」稍稍一想。「酬勞。」

「我自然記得，小山姑娘跟我來。」王泮林說著，鑽進底艙口去了。

節南微微斂眸，看向一旁方頭方臉的吉平，問他一句風馬牛不相及：「你家老大也來扮兔子嗎？」

吉平老實搖頭。「老大有事，不來。」

節南又問：「你們文心閣欠了王泮林多少銀子？」

吉平想了想。「具體數目要問丁大先生。」

王泮林從艙下看上來，顯然聽到兩人對話，要笑不笑。「小山，下來，不然逾時不候。」

王泮林這麼一說，節南比田鼠竄得還快，雙手雙腳夾著木梯兩邊，滑出哧溜聲。

「看來傷得不重。」王泮林從懷裡掏出那張雙色雙面的兔臉來。

「別提了，我又不是丁大先生的學生，他居然拿戒尺打我，一口血……」節南貧著嘴，接過面具，發現三瓣唇上的血漬不見了。「我還奇怪你怎會知道。」

「遇到旗鼓相當的對手，不知不覺就會技癢，情不自禁就會較眞，我亦如此。畢竟，那是人生一大快事。」王泮林表示理解，往艙肚子裡走去。

節南撇撇嘴。「可我是女子，你們男子的一大快事，對我來說是莫名其妙的事。」

王泮林頓時發出歡朗笑聲。「還以爲妳是花木蘭那般，誰說女子不如男的姑娘呢。」

節南哈哈笑道：「師父教導，男女天生有別，男子不若女子，女子也不若男子，但陰陽調和，琴瑟和鳴，天道才和。女子可以打扮，女子可以撒嬌，女子可以流淚，女子可以被男子欽慕，女子可以生粉團娃娃，女子柔韌，似江河湖海，可以容納百川。幹嘛要自比男子？掉個眼淚，還要讓人說男子漢大丈夫流血不流淚。一邊說男兒膝下有黃金，一邊非要考了官身跪官家，動輒自打嘴巴，比我還死要面子，太慘。」

叮鈴噹啷，身後掉了一大串東西，節南回頭看見吉平手忙腳亂撿東西，聳聳肩，轉過來正對王泮林笑彎的雙眸，立刻警惕。「幹嘛？我生來就是女子，喜歡自己是女子，不行嗎？」

王泮林笑望節南半晌，答非所問。「妳小時候抓周抓了什麼？」

「呃？」節南眼睛鼻子嘴巴皺作一團。「什麼也沒抓，一個跟斗掉下桌子，把我爹嚇掉了半條命，將所有東西和桌子一併燒了，說不吉利。」

「我和妳當眞默契。」王泮林讓開身，手往後一擺。「來，爲妳補辦一回抓周。」

腳下輕搖，身輕搖，前方二十來只紅紙禮盒搖在節南眼底，猶如起伏的火焰。那些盒子，大小不一，形狀不一，包得皆喜氣，但對於她而言，就只有一個意思——

王泮林果然把信函和解藥拆開了，否則哪來那麼多盒子。

雖在節南意料之中，不過看到一只半人高的盒子時，到底好奇了一下，問他：「你是隨便選放盒子，還是照著東西大小配上的？」

「照實物大小。」王泮林見節南惱而不火，墨眸沉笑。

節南慢慢繞一圈。

抓周這種事，她都懶得問王泮林怎麼想到的。拿假信忽悠她，食言而肥，再到這會兒，這人簡直就是樂此不疲翻花樣；她要著急上火，他卻喜歡看人上火，就更上他的當了。

「都是我的東西？」所以，節南不生氣，見招拆招。

王泮林點點頭。「是。」

節南眼一瞥，心裡數著五只巴掌大的小盒子。「解藥的數目不對。十二顆，一顆一盒，你已經給我一顆，該有十一只盒子。」

「正要和妳說此事。之前是我數錯了，簪珠兒的藥瓶裡只有六顆藥丸，上回給柒姑娘一顆，還剩五顆。」王泮林雲淡風輕。

節南深吸氣。「不是你偷藏六顆？」

「與小山姑娘的性命攸關，我今日也不會再含糊其辭，全擺在明面上。」王泮林又指著其他的盒子。「除卻那只最大的，桑爹與四王子的信函總共十七份。」

「好一個全擺在明面上。」節南忍不住譏諷，竟然騙她解藥數目。「當時說好由我自己挑，九公子答應得那麼爽快，卻暗地挑我字眼，把東西裝盒子裡，整個盲人摸象。」

王泮林笑望著節南。「小盒子是解藥，中盒子是信函，二十三只盒子，妳已知二十二只盒子裡是何物。還有一隻，憑妳的聰明，很快就能解開，怎自比盲人呢？」

節南右手摩挲著左臂釧，努努下巴。「這要不知情的人瞧見了，還以為我和九公子多熟呢，能有我這麼多東西。是不是，吉平？」

吉平的腦袋正要點起來，讓王泮林一眼瞧過，立刻改成左右搖。

節南挑了眉，心想管它抓周還是抓圓，解藥最要緊。於是，她彎腰去拿巴掌盒子，指尖還沒碰到，就聽王泮林不輕不重來一句——

「妳可要想想好。」

節南偏頭，緩緩直起身，斜瞪，嗆聲。「就等著九公子自己露餡兒呢。」隨瞥最大的紙盒一眼。「那裡頭到底是什麼？」

「抓周的妙趣在於，娃娃不懂自己抓的是什麼，別人不懂娃娃會抓什麼，皆是未知數。我要是告訴妳，不就沒意思了嗎？」王泮林眼內芒光閃閃。「我可以告訴妳的是，妳不拆的盒子，我也會原封不動放著。」

節南眉毛拱成蟲。「放著就放著吧，難道裡頭還是活——」

大盒子突然動了動。

節南連忙往後微仰，心想她一定是眼花了，不是盒子動，而是船在動。

就好像回應節南的想法多可笑，那只大盒子猛地往她這邊一傾，還發出了咯咯嗚嗚噠噠的古怪聲音。

節南急忙抱住要倒的盒子，三下兩下撕了紅紙，打開蓋子一看，立刻傻眼。

一個胖呼呼白嫩嫩、穿著很貴的肚兜、紮著一短簇沖天辮、吮著大拇指的男娃娃。鼻子嘴巴雖沒多俊，但烏眼溜溜顯出聰明相。大概悶得有些久，不太開心，眼底水汪汪要哭，但對節南眨兩眼，就笑開了，張開兩隻胖胳膊，呀呀喊抱抱。

節南蹬退一步，驚喝：「你哪兒弄來的！」

這娃娃，不正是商家獨苗苗？

王泮林這才露出得逞的暢笑。「吉平偷來的。」

吉平冤枉得苦了臉。「不是偷來的，是宋大人請我把孩子送到玉將軍府，結果九公子聽說是商師爺的孫子，硬要借走，到今日也沒打算放人。」

王泮林毫無愧疚神色。「聽吉平說，崔衍知說起這孩子是兔子賊所救，我馬上就想到了小山姑娘。商師爺對妳頗爲關照，所以他的臨終託付妳大概不會推卻。至於妳救下這娃娃之後爲何又扔給崔衍知……」他目光帶著趣味。「多半是順手推舟，覺得宋大人之妻有孕在身，大概願意多照顧一個娃娃。」

「九公子腦袋好使，一般都猜得對。」節南也沒愧色。「不過我比九公子有自知之明，知道商娃娃落在我手裡就太可憐了。」

王泮林但笑。「小山姑娘自己都寄人籬下，再多一個拖油瓶，確實不好過。」

節南清咳。「九公子，我在說你沒有自知之明呢。這孩子落在你手上，還不如跟著我。好歹我不會把他裝在盒子裡，死活不管。」

然而，節南左手拎起商娃來，感覺小傢伙胖了不少，下巴肉都捏得出一層。

王泮林看著娃娃張手歡拍節南臉頰的模樣，皺皺眉，不著痕跡退開，有點怕被節南連累的眼神。「別這麼說，我爲了讓小山妳抓周抓準，一直循循善誘。」

節南則將商娃拎直，看他胖胳膊拍空開始癟嘴不開心的表情，幸災樂禍一笑，把娃娃放回盒子裡去。「我養不了活東西，你給我換一樣。」

「剛才妳卻說我沒有自知之明，落在我手上，不如跟著妳？」王泮林不驚訝，這姑娘基本只顧柒小柒和她自己。倒不是說她無情，只是學乖了而已。

「你沒有自知之明，但你有個好爹，家裡不差錢，又有一大家子人，根本不勞你動手。多養一個娃娃，就當多養一隻小狗。」節南看一眼不斷拍手要她抱的小小子，瞥開目光，告訴自己養娃責任大，這會兒乖上天，等會兒鬧下地。

王泮林瞇眼，掩住得逞目光。「我養也不是不行，但換是不能換了，就當妳選了這一隻，等下一回吧。橫豎機會多得是，讓小山姑娘抓周抓到膩煩。」

節南不愛拖泥帶水，心性極其堅忍，目標又很明確，暗想至少王泮林把東西都擺在檯面上了，這回雖然等同白選，下回總能拿到一件實在的，更何況，她更關心另一件事——

「是你把神弓門在洛水園的人弄走了？」

年顏讓菫燊打傷，丁大先生在祥瑞飯館出現，恐怕都不是巧合。節南不認爲文心閣對神弓門有興趣，那麼就只有眼前這一位了——能請得動文心閣的王九公子。

王泮林看一眼吉平，吉平就守樓梯去了，船肚子裡只有他和節南兩人。

「妳姑母既不知怎麼跟神弓門上面交代，家裡又要多一位年輕美姬，說不定連丈夫的寵愛都不保了，我替她想想也頭疼。」

節南哎喲哎喲，其實比柒小柒還會耍寶，從小就是調皮的主。「你幫我拔了洛水園的釘子，我還想謝謝你呢，誰知你畫蛇添足，把仙荷送進趙府。我姑母要是對姑丈灰了心，那就沒有後路了，對神弓門只會更加忠心耿耿。九公子這是變著法子給我添堵？」

王泮林的笑意耐人尋味。「仙荷是送給妳的。」

節南俏飛的眼一睐，挑眉，嘴角兩頭翹起，不說話。

王泮林說話：「妳需要幫手，我送妳幫手，不必想太多。」

節南「哈」一聲。「雖然九公子自認好心，我卻不喜歡撿便宜，我的幫手我自己挑，不需要九公子多事。」

以爲她力量薄弱，送個人給她，她會感激涕零？

大錯特錯！

她以前手下人多得是，有福同享，有難跑得快。

「我知道妳眼光高，不然身旁也不會只有一個小柒姑娘，即便必勝賭坊的李羊，也算不上妳的手下，不過是妳花錢他辦事而已。」王泮林知道得很清楚。

節南反問：「九公子與文心閣是何關係？」

「我出力它出力，物物交換，但至少我願意信任他們，就像我如今也信任小山姑娘一樣。一旦信任妳，說話就會上心了。」王泮林一派閒定。

節南因而嗤笑。「看不出來，連抓周都不隨我心願。」

「先苦後甜。」王泮林又來四字經，再道：「至於仙荷，有妳和小柒姑娘不足的柔婉，專擅長與女子交際。不然以她中等姿容，再如何也爭不上頭姬。」

「我見過她一回，挺傲氣的女子，只怕她服我姑母，卻不服我。」節南記起仙荷說她魚目混珠時的模樣。

王泮林呵然。「不過，她運氣差了些，燕子姑娘一到，她的努力就化爲泡影，不得不向客人求贖身。」

「仙荷爲北燎做事，一直在風娘身後當影子，名冊也是她最先拿到，卻被風娘搶了功勞。風娘大概覺得自己地位已經穩固，而仙荷太能幹，就和親妹妹萍娘聯手陷害她，同時幫萍娘上位。崔衍知找仙荷旁敲側擊，仙荷警覺，才慌忙替自己找後路。所以，我找到了她，作爲交換條件，她把洛水園北燎和大今的細作名單交給我，我給她提供避難所。」

節南看著王泮林，半晌笑出來。「這大概是九公子待我最眞誠的一回了。」居然不是話裡有話。

王泮林不以爲意。「我做好事，有何可隱瞞的？」

得，原來還是炫耀！節南一時出神，伸手去摸娃娃肉，卻被娃娃立刻抱住，啊吧啊吧啃手指。

「仙荷運氣差，妳的運氣卻好；仙荷只求衣食無憂，受公平待遇，妳卻不缺銀子，喜歡逞強，喜歡叛逆，但不會陷他人於不義。她需要依靠，不會白吃飯；妳需要幫手，不會不給她吃飯……」

「我運氣好就不會跟喪家犬一樣了，我不缺銀子就不會倒南北貨了；最後那句最可笑，她只需要吃飯的話，哪裡不好去？再說，我收仙荷，還不如收李羊。」統統駁回。

「恰恰相反，我倒覺得不收仙荷，也不能收李羊。並非指妳壓不住，而是妳的處境——」王泮林語氣一頓。「會連累原本不受束縛的人。」

節南駁不回。王泮林說得太對，她自己陷在困境裡，無力帶著自在的人。

「仙荷卻無路可走。」王泮林沒多說。

也不用王泮林多說，節南清楚得很。仙荷的背叛者身分，與神弓門的廢物身分一樣，想要活得舒服，就已經屬於非分之想。

「那就看仙荷的本事吧，如果姑母將她安排在我那兒，我也推拒不了。」節南看著手指頭上的牙印子。「有吃的沒有？」

王泮林叫來吉平。「帶娃娃上去，看看有沒有他能吃的東西。」

一個推一個，最終老實人吉平抱著娃娃上去了。不僅抱走了娃娃，還下來幾人，把那些盒子也抱走了。

「你給他取名了嗎？」節南感覺船往前動了起來，忽然看到又深又暗的角落裡一大堆木箱子，轉而走去。

王泮林和她始終保持一丈。「沒有，妳要是不領走，我就讓五哥給他取名。」

節南暗嘆，可憐的娃，不知道會叫什麼怪名字。

「你可以送到玉將軍府上。」話說回來，本來就不歸她和他管。

「商師爺託付的是妳。」王泮林提醒節南。

「請你轉告五公子，好歹保留這娃的姓氏。」節南也懶得跟王泮林繞，每回都被他兜進漩渦，頭昏腦脹的，但手指摸過木箱縫，搓一搓，全是黑粉末。「別告訴我箱子裡是煙花筒。」

「就是煙花筒。」王泮林淡道。

節南立刻挑起箱蓋看，果然是一管管煙花筒，但拿了一個筒，感覺沉手。她軍器司出來的，再明白不過，這分量超過普通煙花重。

節南退開兩步，抬頭看著這些箱子，頓覺壓力。「全部都是？」

就算全部只是煙花，沒什麼威力，可一旦燒起來，也來不及滅火。

「妳要當成黑火也行，不過儘管放心，這裡禁火。」王泮林拉住節南的衣袖，不讓她退得更遠。

「廢話……」節南忽然一頓，滿眼狐疑，甚至沒注意自己的袖子落在王九手裡。「你打什麼主意？」

「賣啊，總不能空手……」王泮林看著節南的表情，笑了。「謊話。」

節南挑挑眉搖搖頭，冷笑。

「小山妳可記得，我那時說過，要問長白幫借一個人。」王泮林捉著節南衣袖的手無意識收緊，眼底幽冷，臉上笑著，卻顯得無情。「這人不太好借，我需要有萬全的準備。」

花幾年都想不通的事，開始動手報仇了，就一環扣一環，轉眼將要拎出一串。

節南抿薄了唇，沉吟片刻，看王泮林朝木梯走去，才打破沉默。「你想借的人不會是馬成均之妻鄭鳳？那晚你我與歐四爺比飛火弩，有個叫大馬的少年，就是馬成均和鄭鳳的小兒子。」

一次又一次的事實，告訴節南，王泮林不是她的敵人，大幸。

王泮林停下，偏回頭來，聲音帶笑。「怎麼說？」

節南撇撇嘴。「馬成均祖先馬均是名匠。和烏明一樣，馬成均也是北都書畫院出身。連慶八年時，升任弓弩司大將作，第二年南頌兵敗遷都，他沒逃出來。他的遺孀鄭鳳，原是皇太后身邊的宮女，出宮後就嫁了馬成均，戰亂之中帶著兩個兒子投靠長白幫，據說也相當心靈手巧。母子三人很受老幫主看重，這兩年長白幫大賣的暗器都出自他們之手。」

「我有時眞挺好奇的。」王泮林道。

「好奇什麼？」節南問。

「小柒姑娘究竟如何打探到這些？」那身坯，不是王泮林有偏見，當眞引人注目。「還是妳另有我不知道的幫手？」

眞相是，柒小柒在長白幫總舵外面看到大馬和他哥哥，聽到幾個爛醉如泥的幫眾說老幫主和他們寡婦娘的閒話。她又裝有錢的江湖女漢子，混進長白幫的一家祕密銷賣點，聽夥計唾沫星子亂飛，說他家有馬氏名匠後人仨設計出的獨門暗器。

柒小柒還打聽了一大堆有的沒的，但都被節南剔除，再趁著陪讀的機會，翻了好多馬成均的記載，找出書畫院這個共通點，才有如此高的精準度。

不過，節南無意貶低柒小柒、抬高自己，只是一笑而過，道聲「上甲板吧」。

王泮林也沒追問，上去了。

節南卻回頭，沉眼盯看黑火箱子好一會兒，才爬上樓梯。

柒小柒就趴在艙口旁，笑嘻嘻逗吃飽的娃娃玩。娃娃滾一圈，柒小柒也滾一圈，大眼對小眼，大腦袋頂小腦袋，弄出鬥雞眼來，大的小的笑滾。

柒小柒一看節南出來，忙喊：「小山，小山，這娃娃可能是神童，我做什麼，他跟我做什麼；我說一句，他就說一句，好像什麼都懂。」

節南好笑。「他說什麼呢？」

「我笨，怎麼聽得懂？」

有時候，這麼爽快的自知之明，只會讓聽眾頭疼。

節南額角跳。「不，妳和娃娃都聰明，是我笨。」眼一拐，看到王楚風似在同王泮林爭論。「十二公子爲何上船？」

「不知道，妳又沒讓我打聽。」柒小柒一向能省腦子就省腦子。用她的說法，她要窮一生的腦筋研製赤朱解藥，不能浪費在雞毛蒜皮的小事上，除非節南一定要讓她浪費。

所以，節南就必須管起雞毛蒜皮的小事。「我和九公子在下面那麼久，你倆沒說話？」

「像十二公子那般教養，肯定食不言寢不語。等我們吃完粽子，十二公子又問船大要水道圖，我才看了兩眼，那個方頭方臉的傢伙就帶著娃娃上來了，說話的機會稍縱即逝。」柒小柒突然拍拍袖子眨眨眼。

節南隨即噗嗤一聲。「得了！幹嘛哪？這是沾了明琅公子的光發騷，還稍縱即逝？」神情間好像受不了這樣的柒小柒。「我發現妳近來不大對勁，對那位有點過分在意了。小心點，這船上雖然沒幾個人……」

柒小柒一骨碌爬起來，兩眼睜亮。「臭小山，管好妳自己。師父說了，女子最大的弱點莫過於對敵人動情。王九讓妳幹什麼，妳就幹什麼，妳才應該小心點。好歹我沒給王楚風任何好處。」

節南不示弱。「王楚風一句話，妳就給劉儷娘當丫頭去了，還沒給他好處？妳從小就這樣，讓人說中心事一定跳腳，喜歡誰便惡作劇。妳往王楚風頭上插杏花，別以爲我不知道。」

站在不遠處的吉平聽得清楚，表情有點尷尬。

柒小柒惱紅了臉，一掌扇向節南。

節南也不回手，只是躲。

兩人鬧得動靜大，王家兩兄弟都看了過來。

柒小柒衝他倆大喊：「本姑娘不去了！本姑娘要下船！」

節南抱臂撇笑。「不去就不去，我沒了妳還能沉到江裡？」

王楚風連忙來勸。

柒小柒卻不給王楚風面子，吵著非要下船。

又看了一會兒姊妹吵架，王泮林這才招船大過去說了幾句話，再走來對柒小柒道：「上江之前還會經過一個碼頭，小柒姑娘實在要下船的話……」

小柒衝節南哼了哼。「當我泥捏的？平時就看妳耍小聰明，本姑娘今日不高興聽妳的話了。九公子，我一定要下船。」

王泮林看向節南，節南輕輕搖搖頭。

王泮林就道：「好吧，就在前面碼頭放下小柒姑娘，不過離都城尚有十幾里路，小柒姑娘一人如何回去？」

「我送小柒姑娘回城便是。」王楚風君子風，即便他自覺裝樣子多，但比起毫不在意他人目光的王泮林，絕對是很有風度的。

「我爹那裡你怎麼交代？」王泮林好心提醒自家兄弟。

王楚風對節南作一揖，沒搭理王泮林。「請小山姑娘幫忙看好我九哥，別讓他做出有損家聲的事來。」

王泮林要笑不笑。「十二弟說錯了，是防我逃跑才對。你這麼說，會把好好的姑娘家嚇跑的。什麼叫有損家聲？好像我會吃人似的。」

節南兩眼射冷芒。

王楚風仍當王泮林空氣。「小山姑娘與一般姑娘家不同，明白我的意思就行了。」

節南要笑不笑。「我明白的，十二公子放心。倒要請你照顧下小柒，她的脾氣一向來得快去得也快，十二公子能讓著些就最好。」

就這麼說定了，約莫半炷香，船停碼頭，將柒小柒、王楚風、娃娃和王小放下，繼續往江上駛去。

王泮林眺望著碼頭邊三人變成黑點，轉過眼來，對同樣眺望著的節南說道：「想不到小柒姑娘發起脾氣來這麼厲害，竟比妳凶悍得多。」

節南撇笑。「路遙知馬力，日久見人心。」

王泮林哈哈一笑，走下船頭。

節南深吸一口氣，跳跑追去。「九公子，說好會帶一船子幫眾，人呢……」

風吹過了節南調皮的眼梢，吹到了岸上，也吹起了柒小柒的鍾馗大袍，似一面旌旗。

22 雙蟒襲水

四周都是水，連天連雲，看不到陸地，也看不到船隻，一點端午的節氣都沒有。

節南坐在艙頂，眺望。

吉平立她身後不遠。

整條船上，除了王泮林、節南、吉平、書童四人，就是幾名看上去再普通不過的船夫。

節南頭頂上扣著兔面具，看見船夫們的脖子裡也掛著兔面具，但她眞的看不出半點王泮林當初說的——兔幫氣勢。

王泮林說，借人不容易，又說要爲兔幫建立聲望。

所以，聽了這些話，節南今日上船，是準備看到一船子的灰壯兔子的。結果——

節南想著就笑了，自言自語道：「這人的話得反過來聽。」

「小山說我？」王泮林坐過來。

節南不驚。「是啊。沒上雲茶島時，你說要借我的劍殺人，結果啥事沒有。之前你說要讓兔幫在英雄會上露臉，方便日後壯大，結果——」

一隻鳥，撲愣著翅膀，抓在吉平肩上。

節南葉子眼眨了眨，嘴哦圓了。

王泮林望著節南變化多端的表情就笑。「結果怎麼了？」

「九公子安靜，飛鴿傳書哪。」節南盯住吉平拿出一小卷紙來。「吉平，上面說什麼？」

吉平看看王泮林，見對方點頭默許，才念道：「烏明半路被劫，追蹤不及。」

節南轉頭瞪王泮林。

王泮林攤開兩手，表示無辜。「不是我劫的，」又指指吉平肩上那隻鳥。「而且，不是飛鴿，是鷹。丁大先生所養。」

就這迷糊眼神，能常常對著他的臉悼念，也叫神奇。

王泮林自然不知，節南屬於特異眼神。一旦她畫分爲不重要，人也好，東西也好，外形就會模糊化，而且她本人根本不在意看錯。但需要她記住的，或已經熟悉的，卻絕不迷糊。

節南再看那隻鳥一眼，個頭雖小，是有點鷹樣子，不過這不重要。「北燎劫了烏明？那風娘和萍娘呢？」

吉平答：「今早御史臺派人將烏明轉到天牢，才讓人半路劫走。風娘萍娘還關押在郡衙，既然消息上沒提到，應該無事。」

「御史臺流年不利。」王泮林的語氣裡有著微妙的幸災樂禍。

節南雖然驚訝烏明被人劫走，可再一想，這事與她沒有干係，但問：「這船現在到哪兒了？行駛這麼久，別說群島，一塊泥巴也沒瞧見。」

這時，江上突然起霧，愈來愈濃。

「迷沙群島，顧名思義就是迷霧，出了迷霧，就進入這幾座小島的水界，再繞開江盜占領的水域，最遲午時能到。」王泮林道。

濃霧如白紗，節南看王泮林的五官也有些迷濛。「聽起來也不難找，官府爲什麼放任江盜，還是天子腳下？」

「一，天子在宮裡，不下水；二，由熟悉水流氣候變化的長白幫提供水道圖，遇到迷霧算是運氣好，遇到卷風就只能餵魚了；三……」

船猛震了一下。

節南抓住扶欄，不及問怎麼了，船往下突沉幾尺，跌得她差點咬到舌頭。

王泮林抱著木樁，周圍霧蒼茫水蒼茫，居然還笑得出來。「……就算有水道圖，也未必能避開暗礁和突然轉向的江底急流。」

節南呵呵乾笑，吃著飛濺的江水珠子照樣耍貧嘴。「有天然屏障的地方，就必有鬼祟猖獗，我看這長白幫八成和江盜一夥的。」

王泮林沒說話。

上下顛簸了約莫三刻，節南覺得船要散架的時候，眼前頓時豁亮。雖然還是白浪翻飛，迷霧卻被甩到身後，前方兩片山崖分出一條湍急水道。

王泮林站起來，下去同船大說話。

然而，不一會兒，節南就發現不對勁。

船，不走了。

雖然晃上晃下，左右前後搖擺，山崖如巨人一般，影子陰沉沉壓定了他們。

節南向始終站她身後的吉平問道：「九公子又打什麼主意？」

老實的吉平這回沒有作答。

節南也沒指望吉平，往欄下一鑽，輕飄飄落在甲板，去向王泮林要答案。對於異常的事物，她敏銳無比，也從不輕忽。王泮林那麼難捉摸，她本來覺得與自己干係不大，就沒怎麼多關心，反正見招拆招，但隨著謎團一個個解開，已經到捅破這層紙的時候了。

「王泮林。」她喊他全名。

王泮林回頭看節南，墨眉挑劍鋒，淡淡卻笑。

「借一步說話。」節南也挑眉，不遑多讓。

王泮林往節南那兒走了兩步，就聽船大喊——

「前方有船！」

王泮林和節南看出去，只見一條三桅尖頭，雄赳赳的江船劈水速來，桅杆一面紅旗，黑白雙色，繡著兩條大蟒，船頭船舷站了好些人，都紮紅頭巾，鮮豔乍目。

王泮林吩咐吉平等人：「戴上面具。」

節南早戴上了，面具後的雙眼綻放精光。「長白幫？」

王泮林搖頭。「長白幫以七星勺作旗，雙蟒是這一帶江賊的標誌。」

節南望望兩旁，都是絕壁石崖。「地形對我們不利，最好退到開闊江面去。」

王泮林卻道：「兩面包抄，已經來不及了。」

節南趴在船舷往回看，離船尾十丈左右，不知何時出現三條搖櫓船，每條船上二十名紅巾漢子，手持勁弩，弩上搭著串繩的鐵鉤箭，隨時能紮進這艘中看不中用的畫舫。

「毋須緊張，船頭左側吊著小船，萬一對方起殺心，吉平會帶妳走。」王泮林看節南抱臂的動作，還笑。「我還以爲妳天不怕地不怕。」

節南嗤聲：「誰怕了？」聽著不是味兒，吉平會帶她走？「書童不走嗎？」

「他從小泡在江水裡長大的，不然我跟五哥要來何用？」王泮林答得沒心沒肺。

換句話說，對他沒用的，他扔得快？

「不愧是老謀深算的九公子。」節南發覺，如果自己問他怎麼走法，答案肯定更加氣人，索性配合他的傲慢亂猜一氣。「原來你的目的根本不是參加長白英雄會，而是奔著雙蟒江賊來的。」

王泮林饒有興致，橫豎前方那條船還有一段距離，不慌不忙問道：「怎麼說？」

讓他瞧瞧，這姑娘能猜到什麼地步。

節南道：「只有拿到長白英雄貼，才能拿到這一帶的水道圖，你堅持要用自己的船，就是爲了增加碰上江賊的可能。爲了這種可能，你才弄了一船肚子的黑火，打算嚇唬人吧。英雄會買賣各種暗器兵器，你這些簡單壓模的黑火管，根本對江湖人沒用處，還容易讓官府查禁。」

「可是，我確實想要向長白幫借人，而妳才說那人是鄭鳳，不中亦不遠。」王泮林「好心」指出節南矛盾之處。「再說，我爲什麼要對付雙蟒江賊呢？」

節南略略沉吟。「大概……」眸光輕轉。「和你對付烏明的理由差不多吧。」

王泮林眼瞳悄斂。「我不過幫父親的忙……」

「孟元、烏明、馬成均都是書畫院出身，九公子顯然不怎麼看得上孟元；至於捉烏明，九公子的性子我大概也知道得不少，兩個字——自私。」節南眼眉跳一跳，頑劣腔勢。「不是你自己的事，你不會辦得那麼積極。要不是今日聽九公子提及，我差點以爲遷都之後朝廷上下振作一心，抓北燎密探的行動又快又準。」

王泮林無聲好笑，眼中厲光盡去，眞寧和。

節南沒在意。「你也說借人不容易，需要萬全準備。我想，要麼就是江賊和鄭鳳有仇怨，你打算幫人報仇，讓人欠你人情；要麼就是兩方勾結，你拿捏住一方，就拿捏住另一方。我早說過，長白幫能把英雄會辦在江賊肆虐的群島之中，大有勾搭的可能。」

「小山，江賊頭領已到，妳何不問問他，和長白幫是否狼狽爲奸，和鄭鳳是否結仇結怨？」王泮林說罷，拉著節南的衣袖就踏上船頭。

節南只察覺王泮林沒戴面具，正想提醒他。

一絡腮鬍大漢，紅巾黑短衫，打赤膊，弓箭步踏住船頭，手扶一根銅蟒蛇長棍，朗朗大喊：「王氏九郎。」

節南怔住，對方已知王泮林身分，怪不得不用面具遮臉。

王泮林道聲「正是」。

對方的船高出王家畫舫兩丈有餘，那漢子將王泮林等人打量得清清楚楚，見不過十人，便吹一聲呼哨。「小子們，搭橋！」

就聽咚咚咚咚，節南回頭一望，船尾讓人打上十來個釘鉤，再聽嗖嗖來風，幾根老粗的繩索梗在兩條船之間，眨眼就滑下二三十條紅巾漢，分散開來，將船夫們和書童等人圍住。

節南背起左手，冷冷看著為首的絡腮鬍大漢和一個身穿斗篷、罩著簾的人走到她和王泮林面前，同時也留意到吉平不見了。

「九公子和七公子確有七分像。」大漢兩眼精光湛湛，一把揪下旁邊藏頭藏腦的斗篷帽。「行了，怕什麼！有膽做，沒膽認，我就是瞧不上你們這種唯利是圖的蠢官，才決心離開的！」

穿崖的風呼嘯而過，吹冷烏明那張忿恨的臉。

烏明怒喝：「馬成均，你幹什麼?!別以為你救了我，我就要感激你！」

烏明？馬成均？

烏明！

馬成均！

節南笑起來。她還不錯嘛，除了沒猜到馬成均還活著，基本上八九不離十了吧。

王泮林看節南笑，也跟著笑，低道：「小山姑娘真聰明。」

節南得意。「好說。不過，你怎麼知道馬成均沒死？」

王泮林的口吻理所當然。「鄭鳳根本不會造器。老幫主傾囊相授，不是授給鄭鳳，而是授給他的女婿。早年斷絕關係，晚年父女修好，老幫主本姓鄭，鄭鳳是他私生女，不過為了安穩幾位當家的，才沒有說破而已。這幾年，長白幫暗中清理江盜，再由馬成均接手群島。老幫主給女兒女婿準備這條後路，如此一來，不會引發幫中內鬥。」

當父母的，多用心良苦。節南不由想起自家老爹，不知她爹是否也幫她想過後路？

馬成均聽到，神情大變，隨之嘆服。「安陽王氏，一足官場，一足江湖，今日才算見識。」

節南對這種說法卻覺十分新鮮。

烏明不耐煩道：「直接動手就是，何必跟他囉嗦。」

馬成均想殺王九？節南見王泮林沒有開口的意思，只好自己滿足自己的好奇。「馬成均讓你詐死還是詐屍，我們管不著，但你劫走朝廷要犯，還是北燎的密探烏明，豈不是犯了頌刑統的大罪？不如把烏明交出來，以功抵過。」

馬成均方才只以爲節南是王九身邊的丫頭，再一打量，發現整船就她戴了白兔面，就問：「這位姑娘是——」

王泮林這時突然開口：「這是兔幫幫主。若不是她幫忙，我拿不到英雄帖，不能引起尊夫人注意，今日更見不到馬待詔了。」

烏明一哆嗦，眼神驚變。「馬成均，你還不殺了這小子。這是圈套！他故意引你鑽進來，要替王希孟報仇！我落到這個境地，也是他陷害……」又抱住腦袋，頭疼欲裂的模樣。「不對！姓王的，你那晚給我煙花筒，說我還有機會求救。爲何來救我的，不是你，而是馬成均？」

節南微微睜圓雙目，看向王泮林。

大風吹狂王泮林一襲素衫。

王泮林淡笑，目光寒涼。「那是長白幫特製，僅供自己人求救使用。馬待詔與你昔日同僚，又一起害人，自然會來救你，我不過借花獻佛。」

馬成均咄一聲。「不要血口噴人！我確實和烏明一起作證，王希孟所作《北漠大雪圖》與邊塞地圖相差無幾，其中幾棵高嶺山松恰恰暗示軍鎮所在。那時皇上要將此圖作爲我頌朝和大今邦交之禮，我怎能不站出來？少年早成名，卻屢屢受挫，心急之下把軍事要圖當作普通地圖，我當時也爲他這般求過情，並不覺得他有通敵之意圖。」

節南雙手握拳，這是她第一回聽到王希孟還作過別的畫，然而，馬成均說什麼？

王希孟通敵？

刹那，她感覺全身血液褪到腳底，只覺涼水當頭澆下。是她太天真了嗎？以為那少年驚世奇才，出身高貴，君子無瑕，人生應該就是康莊大道，最終只會輸給老天而已。所以，聽聞他的死訊，傷心有之，惋惜有之，卻預料不到他真是屈死的。

節南心潮起伏。

王希孟啊王希孟，他的未婚妻喜歡別人，他的畫洩露軍機。她離開南頌北都的那三年，少年長成青年的那三年，卻是一條看得到頭的死路嗎？

比起節南的震驚，王泮林的神情卻漠然到極點。「那麼，馬待詔可知烏明在王希孟的畫上添筆女妓衣衫之事？」

節南立刻轉看王泮林，右拳顫得厲害。

馬成均則怒望烏明。

烏明心虛嘴強。「怎會是你?!」

「要不是王希孟過於狂妄，後面鬧出的事一件大過一件，這點小事算什麼？頂多一句『人不風流枉少年』。」

王泮林再問：「馬待詔也以為，王希孟的《萬鶴祈天圖》是諷刺暉帝昏君？」

馬成均沉默半晌。「我無法斷言，只是王希孟那時貿然向暉帝進言變革，言辭咄咄逼人，三閣六部皆被他鄙夷諷刺，實在無狀。那之後，他作畫呈獻，難免有心宣洩不滿。」

節南長長吐了一口氣，連聽王希孟三件事，心沉無底。

原來如此！

原來是如此，《千里江山》才成為王希孟唯一的畫。

不是王希孟江郎才盡，也不是王希孟怠於盛名，而是他之後所作的畫都被惡意攻擊，再不見天日了。

「馬待詔……」王泮林垂眼，嘴角彎起，似又要說什麼驚天動地的往事——

烏明陡然凸起眼珠子大叫：「閉嘴！姓王的，你給我閉嘴！你對這三件事追問不休，可知你的好七哥根本不是因爲這些破事死的。都以爲王希孟君子謙和，光明磊落，暉帝才一回回原諒他犯錯，卻其實王希孟爬上龍——」

「夠了！」節南厲聲，一點足，人出劍出，蜻螭發出一道刺耳尖音，殺氣騰騰。

夠了，夠了！就讓王希孟這個名字，隨《千里江山》一起傳世下去吧。被當作天才早夭也好，被當作江郎才盡也好，或遺憾或神祕，至少是乾淨的。

烏明沒來得及說出最後一個字，就死了。

那時，蜻螭離烏明的脖子還差三尺，但烏明的胸口多出三寸刀尖。

馬成均的刀！

節南手腕一轉，蜻螭對準馬成均的腦袋，雙眼迸火，呼吸悄促，明顯怒他多事。

王泮林呵呵直笑。

節南沒好氣回瞪。「你還笑得出來？」

王泮林走下船頭，雙目光芒耀閃，大袖流風，大步流星。「爲何笑不出來？烏明畏罪脫逃，如今自尋死路，妳我滴血不沾，當眞痛快之極！」

隨即，王泮林按下節南握劍的手，冷眼看著始終鎮定的馬成均。「多謝馬大人，不，多謝馬寨主殺了這個小人。只可惜頌法不容私刑，不然我們還能向官府爲你請功。」

馬成均攏眉，眼鋒銳利地盯了王泮林片刻。「你果然不是王希孟，王希孟君子坦蕩……」

王泮林露出一抹刁滑的笑意。「馬寨主才坦蕩，不屑與小人共事，更在動蕩之時臨危受命，接任弓弩大將作，雖然時局已不容轉圜。」

馬成均神情不動。「何不開誠布公？九公子自願掉入我的陷阱，不止為了殺烏明吧。」

王泮林墨眸澈清。「請教馬寨主，連慶八年夏，王希孟伴駕避暑山莊，回來後發覺書畫院中傳言極其不堪，自誰說起？」

馬成均目光微閃。「我聽烏明說起。」

節南輕叱，左手欲抬。「謊話。他哪裡是幫你殺烏明，滅口才對。」

王泮林卻捉緊節南的細腕。「不，我相信馬寨主的耳根子雖軟，還是能明辨是非的人。他對我七哥之死心有愧疚，才不能忍受烏明的汙話。他不回官場，選擇了江湖，也正是不想再同流合汙。」

馬成均瞇了瞇眼。「九公子何必追問不休？七公子死了多年，北都已經淪喪，南頌今非昔比，半邊江山仍岌岌可危，多少頌人被韃子當作奴隸牲畜，但有餘力者，當奮起保衛國土，以免生靈塗炭。」

王泮林一擺手。「大道理就不必了。我在外多年，看山看水，就想心胸寬廣些，卻始終痛快不起來，直到我認識一位很有意思的姑娘。」

節南瞥王泮林一眼，要說她了嗎？

「她教會我，有仇報仇，報得了多少就多少，自欺欺人也無妨。自己心眼小呢，就不要積仇怨，痛快一時是一時。」

節南睜目，嘿，這麼誇她？

「敢問馬寨主，你為何圖快意恩仇？難道不是你以前積怨太深，也曾對王希孟抱有惡意，才甘心讓人利用，最後將他逼上絕路？」王泮林反問。

馬成均凜起雙眼，哪怕一瞬，也閃過惡狠色，然而嘆息坦誠。「但凡想要闖出名堂的畫師，誰能不忌恨王希孟？」隨即不停搖頭。「王希孟太幸運了，太有靈氣了，讓我們這些拚命努力也難成就的人如何自處？」

「不能自處，就也不讓別人活？」節南咬牙，眼發酸。

今日聽到的，太痛楚，也明白了身旁這人爲何對「王希孟」那般漠然。

馬成均眼中換上一絲難堪。「我當時也年輕氣盛，再說，不過是讓我說出實情……」

王泮林截斷。「明知所謂的實情很可能是陷阱，所謂的實情是一葉障目。今日死了烏明，我已滿足，並不打算要馬寨主也一起償命。我只要馬寨主一句實話——謠言是誰說起的？你不是江湖人嗎？快意恩仇不是你所求嗎？要是連句痛快話也做不到，世上還有你馬成均容身之處？畫畫，中等；造器，中等；武藝，中等。」

王泮林嘖嘖兩聲。「世間也許再也沒有讓你自卑的王希孟，但你的本事始終就那樣了。高不成低不就，滿足於普通人的吹捧，無法眞正突破你的畫功或造技。因爲，你只會忌恨，不會挑戰，落草爲寇其實只是逃避而已。」

「住口！」馬成均痛喊。這麼多年，他的心魔從沒消失過。

王泮林但涼聲逼問：「是誰？」

「……傅秦。」馬成均神情頹軟。

傅秦，採蓮社傅春秋她爹，當今太學院長。

節南暗道，數來數去，出不了小小官場。

王泮林半晌不作聲，然後如此說道：「無論如何，這個謝字王某是說不出來的。這麼吧，馬寨主畫師出身，又是造器能匠，我原本爲長白英雄會準備了一份小小意思，不如就給了你……」

馬成均突然呵呵笑起來，絡腮鬍終於顯出彪悍。「九公子說得有一點不錯，我什麼都是中等，但我偏生就是不願服氣。我能幫你殺了烏明，也能殺了你們，這才叫快意恩仇、當賊寇的爽氣。江上風大浪大，死上你們幾個，實在就跟死了幾隻蝦米一樣，天下照樣太平。」

戰亂世道忠奸難辨，是非難分。馬成均自問跳出官場，大丈夫不應拘泥小節，更何況他如今手下百來號兄弟要養，一家人好不容易才能重聚，無法讓一個想要報仇的小子得逞。

馬成均一抬手，紅巾漢們拔出大刀。

船夫們連忙跳水。

書童卻跑到王泮林和節南身邊，掀開左側船舷外的油布。

節南催書童：「你還不跳水？」

書童反過來催節南：「我不會泅水，妳趕緊幫我解開這頭繩子。」

節南翻白眼，怨王泮林。「泡在江水裡長大的？」

王泮林不負責任答道：「我記錯了。」

「又記錯？怪不得你不考功名。」這種記性，能考得上榜就稀奇了。

節南哼完，一劍揮出，吊著小船的繩索就斷了一頭，另一頭留給書童磨去，馬上又回王泮林身側。

「一起走，他們人多，不能硬拚。」

幾十號江賊！

「別急，也許馬寨主會改變主意。」王泮林笑笑。「不然，妳先下去等我。」

在節南聽來，「先下去等我」這話，有點讓她先上黃泉路的意思，當然不肯。「我就在這兒等。」

「你們誰也下不了這條船。」馬成均再抬手，繩橋上又滑下二十多號人，每人從背上卸下短弩，箭頭充黑火。「正好試試我的飛火弩。這還是託了二位的福，雖然不能炸碎榆木疙瘩，炸飛你倆應該不難。」

「不是你的飛火弩，是我和九公子的。」人怎麼這麼善變？剛才還覺得馬成均有幾分男子漢氣概，扭頭就變惡棍，所以節南打算爭一爭功勞。

馬成均冷笑。「等你們死了，不就歸我了嗎？」

一聲不知哪來的長嘯——

節南忽拽王泮林的袖子。「我決定了。」

王泮林目光探尋節南的神情，卻猜不著。「決定什麼？」

「壯大兔幫。」節南哈笑。「這一帶江湖水太濁太臭，需要活水。」

馬成均嗤之以鼻。「死到臨頭還說大話。」

節南往身後指指。「馬寨主看清楚，到底誰死，不到最後我是不會那麼篤定的。」

就在方才王家畫舫進來的水道口，拐出一艘江船。

船板艙頂站著一片戴灰兔面具的弓弩手，船頭立兩人，看裝束顯然是一男一女，一白一紅。尤其是那女子，敞襟春風袍下一身胡服騎裝，紅得耀眼，紅得鮮豔。

嫌自己氣勢還不夠，女子雙手叉腰，整個跳轉過去，大拇指得意往後一翹，向對面那些江賊展示她大袍背上的鍾馗繡像。

節南真想飛過去拍她一掌，看她還皮！

戴灰兔面的女子朗聲陣陣，清晰傳來。「王家船由我們兔幫護航，想要劫財，就去別處，否則將你們綁成粽子，丟江餵魚！你們看看清楚，我們手上是什麼？」

女子才說完，眾兔幫眾大吼，踏足開弓，搭上箭。

頓時，鐵光閃耀。

王泮林輕笑一聲。

節南趁馬成均沒留意，壓低聲量。「我不知道十二公子怎會跟來，萬一等會兒刀劍無眼，你別找我算帳。」

柒小柒來了！

王楚風也來了！

王泮林也低聲道：「十二弟生死自管，只是又欽佩了小山姑娘一回。小山姑娘做事從來給自己留足後路，可我仍是沒料到，冤枉小柒姑娘脾氣不好，不知這是小山姑娘的分兵之計。」

「彼此彼此。九公子詭計多端，出其不意，待人待己都下得了狠心，我當然要替自己留一手，而且我看九公子這條船一點戰鬥力也沒有，艙底卻裝那麼多箱黑火，又交代吉平和我先走，大有和誰同歸於盡的意圖。」

王泮林看節南一眼，剛張口──

馬成均暴喝：「管你們手上是什麼，飛火弩足以炸得你們灰飛煙滅，兔幫就地解散！」

王泮林笑聲揚起：「三尺三弓長，兩尺六弦長，安裝足踏，距馬寨主的腦袋四百步遠，照樣開弓射箭。馬寨主曾是大將作，怎會不知他們手上是什麼？」

馬成均眼珠子暴突。他當然知道，可篤定對方就是裝樣子的。「放屁！神臂弓乃南頌軍中神器，只有神臂署首匠才知造法。」

「當然不是神臂弓。」節南睨王泮林一眼，心裡已不奇怪這人懂這些，但對馬成均笑道：「我們既是兔幫，用的這東西叫『兔兒蹬』，箭頭叫作『三瓣嘴』，可你也別小看它。」

馬成均就是小看它，哈哈大笑。「我造了半輩子兵器，沒聽過兔兒蹬的弓，也沒見過兔子嘴的箭，來來，射一箭來瞧瞧。」

這邊三人彼此笑言，那邊柒小柒凝目觀望。

柒小柒早先鬧著下船的碼頭，李羊已在那裡準備好江船和人手，而後根據柒小柒偷記下來的水道圖，遠遠跟在王泮林和節南的船隻後面。

王楚風也望。

到了這時，他不想深究自己爲何堅持跟上船，但有一點確定，因爲上了船，他才知道柒小柒的另一面。

兩船隔開四百步，中間有三隻江賊快舟，那邊還有江賊尖頭大船，對手人數上占優，武器也看似精良，他們這邊幾十號人幾十張弩，只怕嚇得一時，嚇不走賊。

王楚風正想著，忽見九哥身旁的白兔朝這個方向打手勢，柒小柒就從腳邊拿起一張弩，連足踏都不用，深吸一口氣就拉開了弓。

「十二公子到艙裡去吧，這一仗在所難免啦。」柒小柒搭上箭，側頭，左眼瞄住準心。

王楚風眉心鎖攏，退一步，卻進兩步。「那是我家的船，還有自家的兄弟，他能與賊頭面對面，我離這麼遠，怎能退縮？小柒姑娘毋須顧及我，我能照顧自己。」

「也對。是十二公子一定要上船來的，出了事別怨我。」柒小柒斜看一眼不遠處的灰兔王小。「要不你把那小廝抓到身前當盾。」

王小本來就一肚子不高興，聽到柒小柒這麼說，氣呼呼道：「妳身坯那麼寬那麼高，我家公子又是因爲妳才上船的，要當盾，也應該妳當。」

柒小柒一想，沒在意對方不善的語氣，嘿笑道：「說得有理！我來就我來！」

王楚風還沒來得及說不用，眼前立刻火紅一片，再聽柒小柒喝聲——

「去！」

王小卻喊：「公子！」

柒小柒瞥見王楚風從她身後站到她身旁，笑眯雙眼，一時不看自己那箭射哪裡去了。「好吧，看在十二公子今日痛快，我可以不埋怨你，上回的事一筆勾銷！」

王楚風竟似鬆口氣。「多謝。」

王小嘴快。「妳還好意思埋怨公子？妳大鬧戲園子一走了之，被人栽贓成強盜也不自知，要不是公子替妳收拾爛攤子，妳哪裡還能這麼自在？」

柒小柒只是不愛動腦筋，卻非蠢笨，一聽就明白，頓時露凶煞表情。「眞不能做好人！我自認放他們一馬，想不到他們居然倒打一耙。好得很！好得很！」

王楚風看柒小柒的福娃臉化作惡鬼臉，又是一新鮮樣子。多妙的姑娘，喜怒由自己，要笑就笑，要狠就狠，全無矯揉造作，讓他心有所觸。

「柒姑娘快看！」比起船頭三人的心不在焉，李羊眼皮子都不敢垂，一瞬不瞬盯著對面。

柒小柒的那支箭，扎進桅杆。

江賊船的桅杆。

目測五百步以上！

然後王楚風聽柒小柒嘟囔——

「臭小山又跟誰較勁呢？這麼顯擺！」

這時，馬成均回過神來，冷眼看回節南和王九。「我道自己拎著腦袋別褲腰，膽子已經夠大了，想不到王九公子更是不怕死。神臂弓是弓弩司絕密，你們竟敢仿造，想造反嗎？」

話雖這麼說，馬成均心裡已經驚得無以復加。

不，這不是仿造！分明改進了、突破了！

節南語調歪氣。「都說是兔兒蹬，不是神臂弓了。神臂弓射程最多四百三十六步，兔兒蹬卻射出五百四十七步，再說長白幫私造各種兵器暗器，黑市生意忙得滴溜溜轉，馬寨主別隨便給我們扣反賊帽子，要反大家一起嘛。」

王泮林眼中含笑。他能說，這姑娘實在對他脾胃嗎？

馬成均啞了啞，稍後強橫。「就算你們有一船兔兒蹬，今日也未必討得了好處。」

王泮林說話：「不如你們也射一發飛火弩試試？」

節南附和：「沒錯，這又不是考秀才，全憑一手官樣文章。我是不見棺材不掉淚的，來一發開眼，我再決定兔幫要不要和王九公子分道揚鑣。」

「最毒婦人心！」馬成均瞬間下了決心，一個手勢打過去。「我就讓妳開開眼——」

幾十條火信旋轉出一圈圈青煙，對準的不是柒小柒的船，而是桑節南和王泮林兩人。

馬成均是賊，賊是不用同對手講道義的！

然而，馬成均不見血光，只見青光。劍影層層疊疊，卻似曇花一現，再眨眼，驚見兩三支反彈回來的箭，等他忙不迭閃開，狼狽望向對面——

嘭嘭火花空中綻，炸開的箭無力落在王九和那隻白兔四周，未傷及兩人分毫。

馬成均盯住節南手中蜻螭，滿眼狐疑。

節南沒在意馬成均的目光，只發現書童不見了。

「到底是問人借來的書童，丟下你跑了哪。」節南譏笑某九，突覺肩上多出一爪子，剛想瞪眼削他——

「我們也跑吧！」某九輕輕往後一掰。「小山，深吸氣！」

王泮林的聲音讓風吹散，節南眼前天旋地轉，天色水色囫圇成球，下一瞬，後背撞彈一記，全身突然被涼氣包圍，耳裡灌堵了，聽到「咕嚕嚕嚕」的鬧響。

她立刻想，王九居然報復她！那會兒在成翔，他就幹過這事！

節南再睜開眼，四周渾濁一片，只能看到王泮林模糊的五官，還有他示意自己趕緊跟上的手勢。

她憋著一口氣，跟在王泮林的身後，心裡卻猶豫。

要知道這傢伙分不清東南西北的，但他顯然一直在往深處游，她這麼盲從，會不會活活化作水鬼？

可節南還沒跟出多遠，王泮林便游返，往她手裡塞了一條鐵索。

節南腦中才閃過一念，鐵索忽地拽起兩人。

很快渾水變得漆黑，感覺一口氣將要屏到底的時候，上方明光亂搖，節南終於浮出水面。她一邊大口呼吸，一邊打量，驚訝地張大了眼。

濕漉的山洞霍寬，漩渦的江水乖順，一條鷗舟穩穩載人。

懸崖下原來別有洞天。

「小山姑娘。」一隻大手伸來。

節南抬眼看著那人就笑，伸手握住，翻上船。「我說堇大先生怎麼可能忙別的嘛？和九公子一向焦不離孟，孟不離焦。」

王泮林也讓堇燊的手下拽上船，聞言但笑。「小山妳別這麼說，萬一堇大先生惱火起來，把我們重新踹回水裡，讓我們自己游回家去。」

堇燊一本正色。「小山姑娘放心，我這人恩怨分明。」

節南笑得哈哈哈。「別人不懂堇大先生，我卻再明白不過。某人實在陰損無賴，真是伴君如伴虎，你十分辛苦。」

王泮林神情不變，墨眼深沉，看著水面突道：「吉平來了。」

水泡嘩嘩，冒上吉平的方臉。

吉平道：「一切照九公子吩咐，我故意引馬成均到底艙，他看到那麼多黑火大喜過望，立刻下令把船拉走，顧不得對付我們了。」

節南想到一個人。「書童呢？」她說歸說，並不真覺得書童會只顧自己逃生，雖然那種情形下，逃生一點不算錯。

吉平順答：「書童已成功鑽進船側孔窗，我看清楚之後，才來同你們會合。」

節南感覺自己耳朵讓江水堵了，可能腦袋也被堵了，轉問王泮林：「你到底打什麼主意？」

「堇大先生，走吧，讓小山看看我打什麼陰損主意。」王泮林嘴角勾笑，那雙漆墨的眸子映滿火光，卻一絲不暖。

節南變晖，隨即調頭瞥開，聽槳划水。過了三刻，看前方明明是石壁，卻其實有一處幾乎和水面齊平的缺口，上方不過一尺間隙。堇燊讓大家往舟底躺平，和手下人按著頭頂的石頭，將舟身壓到最低，沒一會兒出了山洞。

不過，這裡已不是剛才的水道，前方江面無比開闊，一望無際。

23 深秋問春

節南正疑惑這是哪兒，忽然鷗舟猛烈顛簸了一下，浪翻白沫，從旁邊推過來，一條凶悍尖頭高船猛地竄出。

她才認出那是馬成均的賊船，就覺頭上罩來一樣東西，連忙捉下來，卻看到一片黑褐油布。急回頭，見歐舟被一大片油布罩住了，只有她這邊露出一條縫隙。頓時，這條快舟、這些人與山石峭壁化爲一體。

「小柒姑娘可會追？」王泮林忽問。

節南搖頭。「我同她打過手勢，一旦我跳水，她就趕緊撤離。水道太窄，對方飛火不可小覷，加上九公子那一船黑火，我怕把我這邊的人都搭進去。能唬住馬成均，讓他顧忌小柒他們手上的弓弩，不找他們麻煩，足矣。」

王泮林若有所思，隨即目光了然。「好一招虛張聲勢，連我都騙過了，以爲有一船神臂弓，還猶豫是不是該借讓小山姑娘發威呢。」

節南撇出一抹好笑。「耳朵長哪兒了？我早說那不是神臂，叫兔兒蹬。當然，除了小柒手上那把是特製的，其他都是紙糊的……」

吉平聽得捏冷汗。

「妳糊的？」王泮林處變不驚，還趣味盎然。

「怎麼可能？且不說私造兵器要問重罪，我哪兒來那麼多錢造眞弓弩？就算不缺錢，一個月的工夫根本完不成。也就找了一家專紮喪葬紙貨的，告訴他我爹是弓箭手，我這個做女兒的想紮六十把紙弓燒下面去。箭頭是木頭，李羊找木匠雕成兔子三瓣嘴，塗了黑漆。」節南不過提供幾副樣子。

雖說右手不太好使，弓弩的樣圖卻不需要精工細作，最重要是把各部件尺寸寫出來。

「高明。」王泮林邊讚邊從縫隙看出去。「小山妳剛才問我打什麼主意？」

吉平發現這兩位碰一塊兒，真叫彼此彼此，誰比誰奸。看似聯手輪著下棋，卻不互相商量，自作主張搶下子，偏偏一步步都能接得上，還能出現一盤大勝的棋面，也是稀了奇。

節南見那條賊船牛逼哄哄從方才的狹道開出來，明白鷗舟抄了近道，所以反而搶快對方一步。她淡然看著王家的畫舫被賊船拖出，果然有個透氣的圓孔，但道：「不管你原本打什麼主意，書童好像完不成任務。」

圓孔窗裡，書童那張嫩白的臉瓜成了苦瓜，又是上躥下跳，又是動嘴皮子。

節南覺得那小子要哭出來了。

「他說什麼？」節南也看不懂書童的唇語。

「他說他把火摺子弄丟了。」王泮林不氣反笑，立刻衝書童無聲說了一句話，同時回頭對堇燊道：「書童要跳下來了，麻煩你們接應。」

堇燊馬上帶人下水。

「還是學打手勢吧。」節南看人動嘴皮子，累腦子，容易弄錯。

節南看書童爬出孔窗，瞇眼冷觀，左手捉腰帶，單腳往船尖一邁。「火摺子幹嘛用？」

「點燃引線。那只畫舫是特製雙層船板，容書童那樣瘦身板的人繞到煙火箱子的後面，絕不會被察覺。點引線之前，先找到一個搖杆，轉足十圈，箱子上方的艙板就會打開。早罩著帆布，不會馬上讓人發現。」王泮林看書童鑽出來，一時沒留心節南的動作。

「還有呢？」節南自覺學乖了，給王泮林做事，一定要問問清楚。

她順手摘下自己的風鈴花耳環，看看王泮林，轉而遞給後面的吉平。

小玩意兒會吵，要交給老實人代收。

「點燃後回到視窗，聽到第一聲爆聲再跳水，也來得及。」王泮林答得卻老實。

「你要炸飛馬成均？」馬成均雖不是好東西，但節南原以爲王泮林對馬成均沒有殺意。

「不是，我送給他看個熱鬧罷了。再說，我並無打算奉送馬成均一船現成火藥，他可重新調製，開發火器……」王泮林忽然頓住。

節南最後問道：「所以說，今日你就是來碰馬成均的，放一船煙火給他看，根本沒打算去英雄會？」

王泮林定望節南那雙俏麗的葉子眼，搖了搖頭。

「很好！」青芒乍現，毫不費力插進山壁，節南左手輕鬆拔出一道犀利寒光。

說好的，今日她會爲他做成一件事！雖然抓周抓了個活物，她一點都不滿意，可是——

王泮林漆黑的眼瞳頓縮，一伸手，似捉到那只風鈴小袖，神情正要欣慰，那只袖子卻滑了出去，眼睜睜看一身風鈴花的姑娘飛上孔窗。他不由自主踏出一步，卻被吉平眼明手快拉回僞裝的油布下，然後聽到一聲水花響。

吉平透過縫隙看了一會兒，向王泮林回稟：「書童跳水，驚動幾個小嘍囉，好在小山姑娘已經鑽進窗去，並未惹得他們起疑。」

王泮林抬眼，攤開手掌，修長五指微微一收，語氣平靜溫和。「拿來。」

吉平起初不知何意，眼珠子轉來轉去，陡見手裡那只風鈴花耳環，急急忙忙往王泮林的手心一放。不知是錯覺還是什麼，手掌上傳來灼刺感，讓他忍不住蜷起拳頭，然後看王泮林面不改色把耳環收進懷裡，不由呆了。

堇燊托著書童上來，正好瞧見吉平把耳環交給王泮林那一幕，無奈之餘拍拍傻掉的吉平。「我等幫九公子辦事，一切後果皆有九公子承擔，相信誰都明白的。」

那話直譯過來，就是吉平聽命王泮林，王泮林搶了耳環，錯不在吉平，小山姑娘會明白的。

王泮林聽得見，卻全沒在意。「以堇大先生的功力，可否鑽進那扇孔窗？」

堇燊答得飛快。「功力足夠，就是沒練過縮骨功。」

吉平想笑不敢笑，老大近來脾氣漸長，都是教眼前這位逼急了。

「自丁大先生不再教武之後，文心閣的武先生們裹足不前，連縮骨功都不會……」

堇燊兩條濃眉幾乎皺重疊了。「丁山不會縮骨功……文心自創閣以來，沒人會縮骨功。」

他發誓，這回絕對是最後一回給王九跑腿！丁山有本事就破戒，打斷他的腿讓他聽話。

堇燊還道：「小山姑娘也不會縮骨功，不過是因爲骨瘦如柴才鑽得進去。」

中毒弄出來的、不一般的瘦。

王泮林笑道：「堇大先生別光顧著不服。單單小山姑娘這手點崖彈出的絕頂輕功，足以讓文心閣所有武先生跳江。」

堇燊並未瞧見節南施展，但看吉平，他最得意的弟子卻神情慚愧地低下了頭，讓他沒法再辯駁。

年輕一輩文武皆缺奇才，丁山早就感嘆過文心閣或許後繼無人，可堇燊覺得戰爭頻繁，百姓艱難，孩子們能活到成年已是萬幸。大家無心鑽研武道，各門各派的高手也就那麼回事，多靠人數爭江湖地位和地盤。相比之下，文心閣的年輕人已經算得個個上進。

「跳不跳江，等小山姑娘安然返回，知道九公子又糊弄她，九公子能從她手底下生還再說罷。」文心閣的武大先生，口才也不是蓋的。

王泮林眼中微閃。「什麼叫我又糊弄她？」

堇燊睨狹眼角。「九公子對書童說只是放煙花，既當成給馬成均的見面禮，又不會白送他們一船黑火。對小山姑娘，應該也是同一套說辭吧？」

書童拿濕袖子擦臉，眼睛不眨盯著王泮林。

王泮林道聲「沒錯」。

「但小山姑娘可知，你那麼多煙花足以炸沉一條船？」董燊沉聲。

王泮林想了想。「她只問我是否炸飛馬成均，我說不是，而且我讓她一聽爆聲就跳船。」他對她，已經比任何人都耐心。

董燊嚴正表情。「九公子遊戲人間，喜歡作弄人，本不歸文心閣管，但如果因你傷及無辜之人，我會向丁山稟明實情，文心閣今後與王家再不來往，雕銜莊的後山也會收回，不再借你使用。」

王泮林哦了一聲，很輕，很淡。「隨董大先生的意。至於小山姑娘，我在成翔時就告訴過你，她可不是天真的姑娘，也非一般人。」

吉平不禁脫口問：「小山姑娘是什麼人？」

王泮林調轉目光，看著吉平。「她是什麼人都好，卻絕不能成爲我的敵人。」

桑節南，柒珍之後神弓門眞正的大造匠，江湖傳說中的蜻螭劍主，智慧不可小覷，武功深不可測，唯一的弱點就是赤朱，不能隨心所欲行事。若那層束縛解開，很難想像她的力量，也很難想像她會聽從誰的力量。

一條鎖在江底的龍，一旦出江，九天難壓。

「董大先生看來的糊弄，卻是我對那姑娘的最大尊重，因她不會我說動一寸她才動一寸。」那雙笑起來極好看的眼，藏著雙刃的劍。一刃磨他，一刃護他，令他可以全心交託每件事。

她已知他是誰，所以才去了，去做他今日一定要做成的事，甚至不等他開口。

她在兌現自己的諾言。

那個讓人嘲笑陋顏也不甘示弱的小宮女，模樣長開了，更加漂亮迷人。當年看她短著腿老氣橫秋跟在韓唐大人身後，只覺像一隻粉團兔子撲撲跳，他還因此戲畫了一幅月兔，後來不知讓哪個兄弟偷去。不過，那隻靈氣粉兔子，與現在的小兔奶奶相比，眞是被甩出老遠了。

王泮林墨眸凝深，轉而撩開油布，望著自家那只拖遠的船。

節南這時在夾縫中求「生存」，倒是毫無困難地找到了引信和搖杆，不過遇到點小問題。

僅隔著一片板，節南聽到那邊有人在說話。

一個正是馬成均。「我用傅秦打發了王九，但不知王九能信多久。」

另一人是女子。「管他信不信，你我到時早就遠走高飛。不過九公子當眞像七公子，眉眼五官皆有那少年的風采，只覺七公子長成後是會這麼俊的。」

馬成均道：「死者已矣。我們要能走，早走了，妳還是天眞，居然相信那人會放我們一馬。」

女子道：「我們什麼都照他說的辦，我爹幫主位都讓出來了，他還想怎地？」

節南知道了，那女子是鄭鳳。

「怪只怪我們知道太多。」馬成均一聲長嘆。「當年王希孟猝死，我就知道自己成了那人幫凶，原以爲大今攻破北都，我可以逃離他的操控，當個逍遙自在人，卻想不到還是讓他找上門來，連妳爹都受他威脅，長白幫淪爲他的武器私庫，任他供給敵人。烏明也是蠢，竟敢要脅他。」

那人是誰？節南耳朵貼近隔板。

「均哥，他便是皇帝，也有伸不到手的地方，更何況他不是皇帝。我倆逃不了，我爹逃不了，總要想辦法保住咱兒子的命。趁他這會兒顧不上我們，不如冒險，同王家呈明眞相，求王家庇護。王老大人的獨子都讓他害死了，難道王家還能與他狼狽爲奸？」

「王家也是主和派。」馬成均冷笑一聲。「他們那種子孫不缺的大家族，死個小子算什麼？最重要是保住榮華富貴。王希孟當年力主變革伐今，差一點就說動先帝，結果天才棟樑被整成大逆不道。王希孟死得不明不白，王家急著把人埋土，一聲屁也不敢吭。我都瞧明白了，父子兄弟算什麼？爲了自己的好處，刨祖墳的事也照樣幹。」

鄭鳳遲疑道：「那也虧了他的家族，王希孟保全了身後名。王家老祖母給當年老太后跪了三個時辰，一口氣差點沒緩過來，最後答應王家女兒絕不入宮，老太后才答應求情，先帝同意將王希孟那些事從史書中抹去，只留一句話作數。」

節南不由捉拳，想不到又聽到一處眞相，王希孟的人生只剩一句話，卻原來還是用心良苦。

馬成均冷哼。「無論如何，王家在這事上孬種，連自己人都保不了，怎可能顧外人死活，而且王家這支嫡系差不多要換了，那麼些公子，沒一個入仕出息的，朝中全仗王中書。」

「這樣也沒什麼不好，官場凶險，一步踏錯就粉身碎骨。」

鄭鳳一句話，驚醒夢中人。

節南心想，王五，王九，王十二，至今那種看似名聲遠揚卻始終差仕途一步的驕傲文人狀，難道是因爲王七而涼了入仕之心，故意不考官身？王家對時政朝局的關注可不是一點半點熱心，只不過全變成王中書的關注了。

烏雲重重的思緒，突然讓一道明光穿澈。

橫山裂垂壁，一線天水懸神劍，欲斬江。濤高仗浪寒，鍾馗惡臉實暖心，俗難辨。

已讓李羊的人護在艙中不少時候的王楚風，只能看那身大紅袍在船頭得意飄揚。他心裡說不上的一種滋味，自慚形穢，或五體投地，或羡慕非常，但覺人生就當如此痛快活著。

李羊進艙來，仍戴面具。「柒姑娘說接下來大概有一場好戲，問十二公子要不要一起看。」

李羊正兒八經傳著話，心裡歪想，嘿，原以爲六姑娘柒姑娘不過逞口舌之強，想不到引得安陽王氏子弟跟在兩姑娘後頭跑，眞是人不可貌相。

王楚風毫不猶豫，戴上兔面就大步走出船艙，眼見柒小柒側坐船舷之上，一手纏著纜繩，大半身體晃在船外，神情悠悠自得，一看到他就不吝大笑，絲毫沒有半點矯揉造作，但又不缺嬌氣柔氣，十分自然。

「十二公子，我剛才看到小山上了你家那艘船啦。她能竄得像猴子一樣，九公子肯定也沒事。」眼看節南落水，柒小柒雖然記著節南的囑咐，沒有衝動殺上去，但也並沒有撤離，只在那三條快船上的漢子爬上賊船後，稍稍拉遠了一點距離，仍然跟著。

柒小柒也是練家子，眼力絕對不差，又盯得那麼緊，瞧見節南極快的身法。

「小山姑娘既然沒事，爲何又回船上去？那船分明讓江賊的船拖著。」王楚風對自家兄弟其實沒那麼關心。怎麼說呢？總覺得九哥不是簡單淹淹水就能丟掉命的人。

柒小柒答得溜串：「九公子差使人，又讓小山替他跑腿去了唄。」

王楚風突然想起，九哥怎麼都不承認拿他的玉佩給小山姑娘，心念一轉，問道：「可是我九哥將我的玉佩交給了小山姑娘，作爲給孟大將軍的憑信？」

柒小柒想都沒想道：「啊？這事你可別怨九公子，是臭小山怕九公子耍心眼，讓我借了你的玉佩，說十二公子的家族玉佩更具信用。對了，上回孟長河回都，私底下見了你和你二伯，還給你沒有？」

王楚風苦笑，料不到事實竟是如此，而且柒小柒連他們和孟大將軍的私下會見都知道。從鳳來出發，到了今日，這對姊妹已完全顛覆他對她倆原本的認知。

他原以爲柒小柒是個醫術高明、頑皮卻善良的姑娘，現在才知柒小柒還是個武藝高強、看到強盜不眨眼的姑娘。

「小柒姑娘究竟是什麼人？」王楚風一開口，心裡有點詫異。

他總是君子模樣，實則因爲君子之交可以淡如水，君子之交可以敬若賓，意味著他即便不對別人尋根究柢，別人也只當他君子，而非他傲慢無禮，沒興趣深交。

他看似能呼朋喚友，身旁隨時熱鬧不凡，但他不曾關心過任何人。

一切出於禮節。

然而，王楚風問小柒究竟是什麼人，幾乎脫口而出，詫異的同時，明白自己是很希望多瞭解柒小柒一些的。她率性，卻絕不是任性，真我，卻絕不是蠢我；大剌剌之下出奇細緻，可以輕鬆對話，卻非空洞無物的人。

「我嘛——」柒小柒的眼本是尖棗杏仁，被臉上的肉硬生生擠小一圈，只有特意睜大，才能恢復原有的靈氣，但這會兒搞怪得擠眉弄眼，福娃娃般喜氣感。「是探子。」

王楚風怔住。「探子？」

柒小柒雙掌捣嘴，一副糟糕說漏嘴的模樣。「十二公子能不能往後退幾步，不要靠我太近？」又好似自言自語，轉過頭去嘀嘀咕咕。「按說雖喜歡看俊哥，也沒見過像明琅……這樣的，比刑具還有用，一下子能拷問出真心話。要死了，又要被臭小山罵了。」

「小柒姑娘？」王楚風哪兒能裝沒聽到。

柒小柒突然站起來。「那是什麼聲音？」

王楚風只聽到浪花聲，呆看柒小柒高高站在船舷上，僅用一隻短踝靴子勾住凸出的船頭尖，他自己卻站都站得踉蹌，真不知這姑娘如何做到身輕如燕。

說時遲，那時快！

嘭！啪！嘭啪！嘭啪啪啪！嘭嘭嘭啪！

江面突來一陣比浪聲還吵的聲音！

「快看！快看！我就知道！我就知道！」柒小柒一腳勾船木，一腳就著船舷蹬兩記。

王楚風也來不及感嘆了，但朝柒小柒手指的方向看——

天江蒼色之間，無數金球從自家船坊上升起，哧溜溜滾開旋花。同時又有一股墨濃的煙，彷彿巨大樹幹從船裡長粗，噗噗噗在空中開散成粗枝細枝。金球一碰到白帆，白帆就著起火來，火勢速蔓，卻不是亂竄，反似那棵墨黑的樹四處張出了紅葉。

王楚風看過煙花。

煙花不稀奇，但此時此刻這煙這花，平生僅見！

那顆墨樹發紅葉的異象，只停留了一瞬間，彷彿是老天的無心成就。

一瞬間後，就讓江風吹糊成濃霧。

然而，太驚豔，鐫刻入心！

王楚風不由道：「老樹發枝葉勝火，莫道秋紅不比春。」

❖

「老樹發枝葉勝火，莫道秋紅不比春。」

王泮林望著那片已讓江風吹糊的灰煙，淡眼誦出兩句詩。

書童也讓方才的奇妙煙花弄傻了眼，但一聽詩詞就喃喃道：「這是描白名畫《深秋問春老》。」

「不是。」王泮林目光幽遠，一抹淺笑。「不過你都能看出來，馬成均應該也能看出來，那我的心意就送到了，太好。」

一旁堇燊，雙眼錚錚驚訝。他雖是武先生，早年也被迫記過名書名畫，《深秋問春老》由馬成均所作，曾引發過一輪白描風潮。

但讓堇燊驚訝的，是王泮林！

能用煙花造出《深秋問春老》意境的這個人！

是人才呢，是神才呢，還是鬼才呢？

「堇燊，你不會縮骨功，眼神總比普通人好吧。看到小山姑娘跳水了嗎？」自覺什麼才都不是，王泮林就怕看錯桑節南是練武奇才，把他那句「聽到第一聲爆響就跳水」的話漏了。

再遲，就太遲——

轟隆！

連聲驚天震響！

舫船四處炸開，木板碎成渣，連同無數小黑球，一起衝擊前方江賊大船，不但將船身炸開幾個大洞，更有船上的人驚喊「地老鼠」。

轉眼間船上四處竄起黑煙，三桅帆布皆著了火，爆響聲接連不斷！

王泮林雙眼一瞬不瞬，漸漸，被火光全部填滿……

24 拾伍狀元

江潮仍可聞。

節南突睜開眼，先感覺自己全身疼，然後發現身處一間陌生船艙之中。

她不由驚坐，調息一周，知道功力未失才放心，隨即看身上——

原來的衣物已被換掉，這會兒穿鵝黃裙，裙邊繡著一圈杜鵑花，質地輕軟貴美。

「姑娘醒了。」

一道身影從屏風後悠然走出，蘭亭序羲之字高腰唐裙，牡丹髻，扇骨碧玉簪，對節南淺淺一福。

「姑娘莫驚慌，妾身名喚月娥，主人姓延，乃正經人家。不過船至迷霧邊緣，看到姑娘趴著浮木不省人事，我家公子就讓船夫將妳救了上來。」

節南開始回想。

姓王的，排九的，用一船煙花炸沉兩條船，要不是她親眼瞧見、親身經歷，說出去只怕被人當成瘋子！

煙花?!

眞虧她信他！

雖然這也怪她沒聽他的話，第一聲爆響的時候沒有馬上走，但是，將在外，君命有所不受，既然情勢不由人，她又不是書童那種乖孩子，不可能任王泮林說動一寸，她就動一寸……

好吧，要是柒小柒在，肯定又有話要說了，說她心眼多，說她亂動腦。

無論如何，她跳江的時機以為拿捏得不錯，「觀賞完」天空長出了墨樹紅花，「觀賞到」可愛的地老鼠到處縱火，哪知道地老鼠會變成瘋老鼠，從一條船炸上另一條。她游得好好的，突然砸下好多木頭板，為了把旁邊的人推開，大概就被砸到了。

「聽船大說這片江面有奇異迷霧，一旦在裡頭迷失方向，不小心闖進江賊猖獗的水域，可能性命不保。看姑娘這般狼狽，莫非……」月娥待問。

節南搶問：「我的衣物……」

「是我幫姑娘換的，姑娘原本的衣物都在這兒。」月娥施施然撩開一面帳幔，露出衣架上的風鈴花裙。

節南瞥過，見腰帶完好無損掛著，暗暗鬆口氣，笑著起身。「多謝——」右肩抬不起來，疼得她咬牙悶哼，但她性子強韌，照樣站直了。「勞煩妳帶路，我想親自向妳家公子道謝。」

月娥瞧在眼裡，也不阻攔，謹首道「是」，轉身往艙外走。

白帆一張，方船四平八穩，連帶江面都似陸地一樣，給節南腳下結實之感。

艙頂一層望臺，四面蘆葦簾子，一面捲簾。一位錦衣男子，大約二十有餘，肩寬腰窄天地闊，烈眉亮目日月皓，相貌堂堂，正讀一本兵法。

月娥輕喚：「公子。」

延公子抬眼，見月娥身後的節南，神情朗然爽直。「姑娘醒了。」

節南上前作禮。「謝延公子相救。」

延公子請節南坐，吩咐月娥上茶點，才問：「姑娘若不介意，可否告知姓氏？」

節南的疑心不是隨時隨地瞎冒，其實總會有些平常人不在意的細小憑據，所以這時不會無憑無據亂猜船主人的善惡，人乖她也乖。

「我姓桑，家中行六。」

「在下延昱，從同洲過來，正往都城碼頭，不知桑六姑娘想在哪裡下船？」不問節南落水的原因，只問她打算哪裡下船，延昱顯然很懂得女兒家不安之心。

「巧得很，我也要進城……」節南語氣沉穩，心裡打著幾個小風車輪。「同洲現下可還太平？」天下人皆知，大今南頌在同洲和談，雖然曾被成翔之事打斷，但和談重啓已有三個月。

「想不到姑娘也關心時局。」延昱稍怔即答：「同洲和談結束，我朝與大今訂立友好盟約，這時盟書應已進了閣部，就等宰相蓋印，官家頒布聖旨，昭告天下。」

節南聽延昱一帶而過，並沒有打破砂鍋問到底，笑容愉悅。「那可眞是大好消息。打了這些年的仗，人心惶惶，就怕南方也陷入戰亂，如今訂下友好盟約，總算能夠鬆口氣。」

延昱笑道：「正是如此，江南仍可安逸。姑娘是江南人？」

月娥來了，不過這回還帶著兩個小丫頭，淡定吩咐她們給節南送茶送點心，但延昱那桌卻由她親手侍奉。無論是月娥，還是兩丫頭，端茶遞水的動作畫一，不似尋常富家。

節南看著，心想恐怕對方頗有來頭，垂眼喝了口茶，再答延昱：「不是，我本是北方人，父母過世後，來都安投奔姑母。今日同姊妹上江投粽子，不料遇到大霧，一陣風浪將我刮下船，多得延公子相救。請問延公子住都城何處？等我告知姑丈姑母，他們定會登門道謝。」

「桑六姑娘當眞不必客氣，救人本就應當，而我此來其實是代父母先行，要在都城尋個宅子安置，只怕暫時居無定所。」延昱施恩不圖報，不過到底問到一件事。「就在遇到姑娘之前不久，江上一大陣動靜，還聞到硝煙味，船夫們差點慌了手腳。不知姑娘可曾聽到？」

「怎能聽不到？」節南面露一絲驚色。「我就是聽到那陣可怕的響動才一時沒抓穩，但不知其他人如何。」

「除了姑娘之外，一路並未瞧見他人，應是無恙……」延昱忽然站起，目望前方，神情頓肅。

「水師？」

節南一看，一艘鐵頭尖底大獅船劈浪迎面來，帆旗繪蟠龍，是帝都水師的圖案，還有一旗寫一大字「玉」，是水師軍號。

延昱望定水師船頭，陡而放聲道：「木秀老弟，我是延昱！」

那船看著來勢洶洶，卻聽船頭有人驚喜大喊：「昱哥?!徵哥快來！昱哥他沒死……不，他平安無事……他回來了……」

延昱朗聲：「虎父無犬子。木秀老弟，經年不見，你一嗓子可懾敵膽啊！哈哈哈！」

節南見那大叫大喊的是個有點娃娃臉的小胖子，個頭不高，身材魁梧，肩頭膝頭綁竹片甲，頭戴鐵盔紅纓帽，腰佩官刀，又揮手又竄跳的，語無倫次，最後也發出響亮哈哈笑聲。

她問走上來的月娥：「月娥姑娘，妳家主人到底何方神聖，居然和水師小將稱兄道弟？」本來還以爲今日會無聊收尾。

月娥柔聲道：「我家老爺原是先朝太學學士延文光，我家公子是先帝欽點的拾武狀元探花郎。」

節南那顆細作腦瓜立刻把延文光翻出來了。

延文光，連慶年間的太學長，後來北都淪落，他隨帝族被俘，曾因大今軍苛待帝族憤而發聲，人人以爲他會因此掉腦袋，想不到盛親王待他挺禮遇。但延文光就是不肯當親王府家臣，始終侍奉一同被俘的暉帝，直至暉帝病死，主動要求流放。

適才延昱說，他代父母先行，要尋宅子置家當——

延文光逃出來了嗎？

節南葉兒眼瞇得狹細，隨之明亮。「怪不得延公子氣魄不同常人，原來是延大人之子。」

月娥一怔。「姑娘知道我家老爺？」

節南頷首，有心坦誠：「我姑丈是軍器少監，我自然聽過延大人的忠節事蹟。延大人還曾教過當今聖上，聖上感懷，一直想將延大人救出來。」

月娥恍然大悟，目光柔緩。「是，多虧皇上想方設法，大今皇帝才答應，只要這回和談順利，就釋放我家老爺。如今兩國交好，老爺終於被特赦。只是老爺身體不大好，夫人陪著他走一路歇一路，由公子先行回返。」

節南望著延昱的背影，暗想自己撞運。

要說這位，也是響噹噹的人物，不過不以延昱這個大名，而是以「拾武郎」出名，不但讓暉帝欽點探花，且一舉奪魁拿了武考第一。

若不是戰事大爆發，拾武郎來不及有所作爲，大有與王氏七郎一較高低的可能。同樣都是少年得意，青蔥拔尖。

「延昱，當眞是你?!」

這聲喚，讓節南回神，眼見水師大船上突現崔衍知。

難得的是，每回遠遠見她就能全身炸毛的崔衍知，這回完全無視了她，竟一個躍身跳到延昱的船上。

延昱也一躍下去，快步上前。

四手抓四臂，兩人老激動。

「崔徵，你了得啊，六品推官青衣！」延昱雖直呼崔衍知大名，旁人一聽就知親近。

「哪比你了得，隨父萬里，忠君忠父，節孝兩全！我聽父親說延大人已經啓程，數著日子要給你接風洗塵，想不到這時就能碰上。這麼些年不見，你小子……居然還長個子啊！我都快認不出你來了！」

崔衍知在節南眼中，一直以兩種面貌固定出現。一種，一派正氣的官衣架子；另一種，一見她就悔不當初的姊夫架子。

此時此刻，第三種面貌驚現！

熱血迸發的大哥架子！

節南同時記起，延文光是一人被俘，他的夫人和兒子並不在俘虜之中。但崔衍知說延昱隨父行千里，難道是暗暗跟著？

那倒是挺讓人欽佩的。

就算盛親王有心拉攏，延文光怎麼都是俘虜而已，對高官貴族而言日子絕不好過。延昱不離不棄，還能跟著打點，確實至孝。

「且不說這個，方才你可聽到江上動靜？」延昱沒有只顧敘舊，馬上說起炸鬧聲。

崔衍知也馬上認真的神色。「今日江南大派長白幫開英雄會，廣邀江湖好漢，來了不少愛惹事的兩道人物，只怕就是他們引起的。」

「沒錯！」玉木秀也跳下，與延昱撞撞肩，以示兄弟想念。「這帶水道多險惡，迷霧神祕，裡面島群無人管，養得一群剽悍江賊，還不趁亂打劫！最近都城又不太平，連出兩件大案，都涉及朝廷要員，這會兒離都城不過半日遠的水域又出命案……」

節南正好奇什麼命案，崔衍知卻瞧見她了。

他兩道劍眉絞成死結。「妳如何在這兒？」

延昱奇道：「你二人認識？」

節南張張口。

崔衍知搶過。「桑姑娘是軍器少監趙大人的侄女，也與我六妹一起到太學讀書……還是觀鞠社社員。」

延昱展顏開懷。「想當年觀鞠社的姑娘們可給我們比賽鼓了不少勁，不知如今還有多少昔日佳人？」

玉木秀笑得大聲。「自從去年我姊姊終於把自己嫁出去，過兩日連後來入社的蘿江郡主都要成親，昱哥大概只認識玉眞姊姊了吧。」

節南發現，玉木秀提到崔玉眞時，崔衍知的表情閃過一絲古怪，卻沒有深想，只想問命案。

「方才你們說到命案？」她乾脆主動關心。

延昱這人似乎很善解人意，幫節南解釋：「桑六姑娘同姊妹一道出來的，不小心捲進迷霧漩流，正巧讓我們救起，卻不知其他人是否安好。」

玉木秀連道幾聲放心。「死者是一對中年男女，江湖走卒打扮，皆爲溺斃，雖不知究竟人爲還是事故，肯定不會是這位姑娘的姊妹。」

然而，節南心頭一驚，看向崔衍知。「無論如何放心不下，可否容我看上一眼？」

崔衍知眉頭稍攏，點頭允了，讓玉木秀帶節南上船看屍。

「幾年不見，對女子避之唯恐不及的崔五郎，也有上心的姑娘了。」延昱覺得崔衍知對待桑六姑娘的態度十分新鮮。

崔衍知大爲尷尬。「並非你想的那樣，而是那姑娘古靈精怪，我要不打起所有精神，就又讓她戲弄了。」

延昱愈發好奇。「哦，她如何戲弄過……」

兩人忽聽月娥驚呼，同時快步上前。

延昱的手才碰到月娥的肩，月娥立刻轉身入他懷裡瑟縮。

月娥顫聲，向後伸手指著船外。「那裡好像浮著死人。」

延昱一臂輕摟月娥，安慰她莫怕，又與崔衍知交換眼神，往月娥指的方向看出去。

不遠處，一具浮屍，順著撲來的江浪，慢慢靠近他們。

崔衍知雙目凜冷，已經認出那具屍體。「延昱，幫我個忙，讓船夫們把他撈上來。」

延昱吩咐下去，才問：「你認識？」

崔衍知一點頭。「此人原是軍器司將作大監烏明，也是北燎細作，近日才被我們揪出，誰料今早在將他轉押天牢的途中讓人救走。我覺得他極可能從水路走，就從各家碼頭打探，果然有人看到腳上戴著鐐銬的傢伙上了一艘江渡，因此才調用玉家水師幫忙……」他不由扼腕嘆息。「可恨人死了，又是一樁不得不結掉、尚存疑點的案子。」

節南攀梯而下，正好看到烏明的屍體被打撈上來，轉念之間神情驚愕。「這不是烏大人嗎？我明明聽我姑丈說起烏大人關押在郡府大牢，怎麼死在江裡了？」

節南的表情雖驚愕，但並無半點懼怕，反而走得很近，就差蹲身去瞧屍體。

延昱看看節南，再看看站遠還發顫的月娥，對崔衍知笑道：「我算是明白你方才的意思了。」

崔衍知說桑六姑娘古靈精怪，要打起精神應付才行。延昱這會兒單看膽色，就覺這位姑娘是有些與眾不同，光憑上前看屍體這一點。

崔衍知露出苦笑，居然還想著問節南：「那兩名死者可是妳認識的？」

節南雙手合十拜蒼天。「幸好不認識。不過，烏大人怎麼……」

崔衍知往節南身前一站，擋去她的視線。「怎麼都與妳無關，妳還是回艙裡待著吧。」

延昱道：「是啊，姑娘千金貴體，別讓煞氣沖了運。我叫月娥陪姑娘回艙，說說話，吃吃零嘴兒，實在無趣，還有文房四寶琴棋書畫，供姑娘打發的。」

崔衍知哼笑。「延昱免了，琴棋書畫是讓桑六姑娘遭罪的。」記得這小霸王那年念叨著不喜歡學淑女那些擺門面的東西。

節南笑得比崔衍知歡。「就是，我哪兒懂那些，只喜歡好玩的、能欺負人的。」比如造弓啊，揍人啊，炒交引啊。

節南說完哼了一聲，走到月娥那邊，最後卻是她扶著月娥進艙裡去了。

延昱眼裡帶笑。「我瞧著這姑娘，就想起木秀的姊姊來了，都是強脾氣，不喜歡被人比低的。但玉梅清是一股天眞傻勁兒，子安定定心心降得住，這姑娘卻是刁鑽聰明勁兒，你要陪著一百個小心，得罪不起。」

崔衍知心頭就抵觸。「我何必陪她的小心？她與我無關，不過是六妹的閨友……」隨即翻看烏明屍身。「讓人一刀從背後插入心尖而亡，只是爲何不當場滅口，反而大費周章把人救出後才動手？……」

崔衍知說起工匠名冊洩密的案子來。

延昱也正經了神色，認眞聽著，等七七八八明白了大概，思忖道：「你我都是循著那陣炸響過來的，就在迷島水域之外，接連撈上三具屍身，莫非烏明之死與那對中年男女的命案有關聯？」

崔衍知但道：「我也有此以爲。」心中再生感觸，拍上好友的肩。「延昱你回來得正好，官家剛及弱冠，求賢若渴。朝廷百官缺位又多，三閣六部急須你這等已有功名在身的人才，可以立即出任實務。不妨同來御史臺，張蘭臺一定重用。」

延昱卻不慌不忙。「你別催我，反正父親已在回來的路上，差不了十天半個月。我得遵照母親吩咐，先置好宅子，再找好媒婆……」

崔衍知失笑。「啊？」

延昱神情毫不尷尬。「啊什麼？我這把年紀，連蘿江那個小丫頭都讓人娶走了，再不抓緊準備，好姑娘都讓後生晚輩訂走了，怎生是好？」

崔衍知仍笑：「我比你還大兩歲，都沒著急……」

延昱一擺手。「崔相夫人手中握著多少家千金的婚事，就不用我說了吧。相比之下，我母親還未到過新都，物是人非，就算今後不愁與各家交往，她卻等不及，非要我今年成親。所以，除了找個好媒婆，我也一籌莫展。」

「直接找我母親不是更好？」崔衍知可不是開玩笑。

所謂的「崔相夫人手中握著多少家千金的婚事」，雖不是崔相夫人硬攬的，而是一些主母心甘情願奉上的，卻也是板上釘釘的事實。

「我一個前朝太學學士之子，初到都城，不知前途如何，怎敢對名門千金有非分之想？不過請官媒代牽一位人品不錯的姑娘就是了。」延昱說完這話，玉木秀過來了。

崔衍知也不再論私事，本想把烏明屍身換到水師船上去，延昱卻建議少動屍身，橫豎他們也要回城覆命，兩船一起走就是。

崔衍知應下，沒再回官船，就同延昱在甲板上說話。

月娥這時情緒平靜下來，囑丫頭們換上熱茶，親自遞給節南。

節南淡然接過。

月娥恰巧碰到節南的指尖，頓道：「桑姑娘的手好涼，莫不是感了風寒？對不住，都是妾身疏忽，這就讓人準備薑湯祛寒。」

節南飛轉的心思慢下，瞧清眼前這位溫柔的女子。「不用麻煩月娥姑娘，我並無不適。要說已經五月的江風，吹到身上還會涼呢。」

月娥放心下來。「正是，而且還遇到這等凶事，這會兒想來，妾身真替桑姑娘捏把汗。」

節南笑笑。

兩人一時無話。

月娥出去片刻，回艙卻見節南已換回本來的衣物，也不說什麼，只是放下手中托盤，端來一碗熱氣騰騰的薑湯。

節南喝了，謝過，沒話找話。「恕我冒昧，看月娥姑娘打扮不同一般丫鬟……」

月娥神色如常。「妾身確實是延家丫鬟，多得夫人抬舉，如今專侍公子。」

節南立刻明白，月娥是收房丫頭。

「那就是半個主子了，月娥姑娘過謙。」節南呵笑，又找不到話說。陌生的船，陌生的人，縱有崔徵這個「姊夫」在外，縱然延昱還有恩於她，節南卻不習慣和不熟的人侃侃而談，正好又心事重重。

大概月娥是個安靜性子，節南不說話，她也無話說，更沒有意思建立交情，只是翻出一個竹箍，繡起花來。

外頭久別重逢的熱談和暢笑時不時傳入，卻怎麼也打不破兩女子之間的寧靜，直到小丫頭來報進碼頭了，節南和月娥不約而同起身往外走，在門口差點撞上，一塊兒笑出來，才打破無形隔閡。

兩人這麼笑著走上甲板，延昱不知情，與崔衍知笑道：「月娥嫻靜，與我的話都不多，難得見她這般開心，你的這位桑六姑娘還真是了不起，能討任何人的喜歡。」

崔衍知駭然。「你再混說，我就將你列入杜絕往來！」

延昱聳聳肩，哈哈樂，表示玩笑玩笑。

這時，節南卻急著要下船了，上前來同兩人辭行。

不開玩笑。

她得找人索命去呢！

崔衍知猶豫一下。「不如我送……」

話音未落，突然聽到對面船上有人大喊一聲——

「臭小山，妳沒死啊！」

柒小柒帶著哭腔！

節南早就看到柒小柒的船了，所以才能一下子心事全無，對面孔化惡的柒小柒揮揮手，讓她等會兒，再轉而對延昱施禮。「再謝延公子搭救之恩，等公子安頓下來，還請派人往我姑丈家送個信。」

延昱這回沒推辭，道聲好。

節南走上舢板，聽到腳步聲，回頭卻見崔衍知跟著，兩旁恰好無人，就恢復嬉皮笑臉的壞模樣。「不勞姊夫相送。」

這麼多聲「姊夫」之後，崔衍知已經放棄糾正，知道怎麼威脅都沒用。「妳眞的只是上江扔粽子？」

換成普通姑娘，他也不會動不動質疑。實在是這個姑娘出身不普通，性子不普通，他就從來沒看清過她。桑節南，桑小山，桑六娘，一層層都是謎團。

「我也可以是去撒網捕魚的，如果這麼說能讓你好過一點的話。」節南有時挺好奇自己爲什麼喜歡捉弄崔衍知。

也許是一本官腔太正道？也許是他粉飾太平得過了頭？最也許，當年救他的記憶每每看到他就鮮明一回，能讓她想起她爹跳腳，她哥哥們拿著狼牙棒扮聰明人，她姊姊們作哭作嗲的那些有趣往事？

說實在的，她還後悔了呢。

後悔當初跟姊姊搗亂。

要是自己沒放掉崔衍知，崔衍知就眞是她姊夫了。以她姊姊們換相公的速度，還有崔衍知逃脫的決心，估計這段婚姻也就維持兩三個月，崔衍知不可能死於那場大火，那麼現在她就能名正言順喊人姊夫。柒小柒以外，她娘以外，第三個親人。

她可憐啊。

王家數字公子十個手指頭都數不過來，崔家也是兄弟姊妹一大堆，趙雪蘭那樣的還有一對弟妹呢。她自己中了赤朱，柒小柒缺食恐慌，她娘空掛娘頭銜，她身邊就沒有一個正常的親人……崔衍知眞是她姊夫，該多好！

要不，把柒小柒和崔衍知撮合撮合，爲這聲「姊夫」正名？

節南想到這兒，一人嘻嘻偷著樂。

崔衍知看得莫名其妙，迎面卻見到王楚風。

「楚風？你怎麼在這兒？」

節南本想先說話，這樣就免得王十二露出口風，讓崔衍知又疑神疑鬼。雖然她也確實是耍神弄鬼的，並不完全無辜。好比這會兒，延昱船上躺著的那具屍體，她可是親眼看見他怎麼死的，甚至離凶手一步之遙。

但明琅君子難得拋開斯文，居然比節南的語速還快。「今日端午我邀桑氏姊妹上船游江，不料誤入迷霧，遇到捲風漩流。等船平穩下來，卻發現小山姑娘不見了。江上凶險難斷，我們尋了好久都不見小山姑娘的人，就回碼頭打算多請些船出去找。」

王楚風神情當真寬慰，望著節南微笑。「還好小山姑娘平安回來了，否則真不知如何跟小柒姑娘交代。」

崔衍知唯一的疑問是：「倒不知你……」瞥一眼節南。「與桑六姑娘已成熟識，能端午共遊。」

王楚風一怔，君子風度就有些裂隙，隱隱現出某片讓節南熟悉的逆鱗，語氣微冷。「楚風與小柒姑娘是好友，小柒姑娘的表妹，當然也是楚風的貴客。」

節南聽了，單眉挑高，並不在意自己成了柒小柒的拖油瓶，而是明琅公子和柒小柒成了好友？什麼時候的事？

崔衍知眼前浮現那張福娃臉，心中吃驚得很。

王十二郎，當然不是風流成性的花花公子，但他君子溫雅，文采上佳，很能討女子喜歡，身旁從不缺紅顏知己相伴。那些紅顏，無一不是窈窕美人。

崔衍知與楚風這個表弟相處得還算不錯，知楚風面上雖易親近，骨子裡卻清高，不曾把紅顏知己與好友相提並論。對楚風而言，紅顏知己只是君子尊重女子的禮貌稱謂。

然而，方才楚風說小柒姑娘是好友，意義可就完全不一樣了。

崔衍知相信王楚風和自己想法相同。所謂好友，是對等的，不是空敷衍，也不是出於禮貌或風度，是一種需要用心的、彼此欣賞又很自在的關係。

崔衍知不好多問，只好說些別的。「延昱回來了，桑姑娘恰巧被他所救。」

王楚風神色先怔後喜。「那就是說延大人要回來了……大好！」

「正是。」崔衍知聽玉木秀喊他。「我還有公務在身，但我同延昱說好，他會暫住崔府。過幾日邀你過府，到時不醉不歸。」

王楚風頷首應好，就催節南：「小山姑娘快上船吧，只怕小柒姑娘等急了。」

節南走上舢板，回頭見崔衍知大步而去，遂問王楚風：「十二公子今日為何要上小柒的船呢？」

一個王九戴上兔面具還不夠，再多一個王十二，乾脆把兔幫改了王幫，多好。

王楚風溫眼溫笑。「我答應九哥要送小柒姑娘回趙府，小柒姑娘既然不回趙府，她去哪兒，我自然要跟到哪兒。」

「方才十二公子說了好些謊話，但那句和小柒是好友的話，當真？還是敷衍崔推官？」節南再問一句。

王楚風腳步一頓，回頭來看節南。

節南笑眼似無害。「十二公子別怪小山直接，我們姊妹倆雖然看著大剌剌，對長相俊的男子總要偏心一些，卻極其討厭其中一類。心裡厭惡，表面卻交好，想從我倆身上占便宜的俊哥兒。我家柒小柒雖沒我心眼多，可要是讓她看出來對方是那類人，亦不會有半分留情。目前，柒小柒還是挺喜歡十二公子的。不過，十二公子不要多想，我倆說的喜歡沒有深意，就像柒小柒喜歡吃零嘴，我喜歡刻雕版。」

王楚風的神情拒人千里，卸下那張君子假面，就是不可高攀的貴公子。「我當真或是敷衍，都該由小柒姑娘去判別。小山姑娘雖是她表妹，卻非我表妹，我毋須答妳。要是小山姑娘問我如何看待妳，我倒可以誠實回答。若沒有小柒姑娘，王楚風不會多看小山姑娘一眼就是了。」

姓王的，排十二的，取字楚風，正因為本命太冷，缺了才補，其實心裡一直吹的、想吹出來的，是冷北風。

讓北風吹過，節南一點不生氣，反而哈哈笑道：「十二公子原來不是君子，是個妙人哪。我家小柒脾氣直，做起事來只圖痛快，常常留爛攤子給我收拾，她自己還沾沾自喜，以為做了聰明事。我還怕哪日我死了，她讓自己的爛攤子砸端沒了命，如今有十二公子這個好友幫襯著，算是柳暗花明又一村，好極。」

王楚風眉心攏川，覺得節南這玩笑話裡有些沉重，卻又說不上來哪裡沉重，也無從開口。

柒小柒慘叫一聲：「小山——」

定在舢板上說話的兩人嚇一跳。

節南奇怪。「她都看到活生生的我了，還鬧什麼鬼——」隨即變臉。「小柒吃過東西嗎？」

王楚風居然搖頭。「她讓堇大先生定了穴，說是一個時辰就解，這會兒差不多——」

節南臉色轉為煞狠，三兩步跑上船，看到柒小柒的站姿從剛才到現在就沒變過，汗珠子順著頭髮滴滴答答，額角青筋暴起，往眉心延展，形成恐怖的鹿角紋。

柒小柒也看到了節南，眼皮子一扇，眼淚順著圓臉滴答落雨，嘴張得老大，卻已經發不出一個音。剛才那聲喊，耗盡她蓄積的最後一點力氣。

節南飛奔過去，暗中衝開柒小柒的穴道，同時從她的懷袋裡抓出一把無核蜜棗，就往柒小柒嘴裡塞。

柒小柒轟然坐到地上，哇一聲吐出來，而且吐了節南一身。

「臭小柒，妳給我吞下去！」節南一把掐住柒小柒的下巴，迫使她張嘴，繼續塞蜜棗，甚至強迫她嚼蜜棗。

小柒拚命搖著腦袋不肯吃，再將入嘴的蜜棗吐出，隨後一巴掌拍節南右肩，單手撐地，另一手摳喉，開始大口大口吐個不停。

柒小柒天生大力，節南沒有防備，右肩又有傷，竟教那巴掌拍得滾了出去。

這時船上並沒幾個人，但李羊還在船上，見狀大驚，不知道自己該先幫節南還是柒小柒。

節南扶肩站起，一邊走向瘋吐的柒小柒，一邊命道：「李羊，幫我弄一桶冷水來！」李羊喝應。

節南再看呆怔的王楚風。「我將小柒雙手反剪，十二公子你來餵小柒。」

王楚風見柒小柒瘋了似地摳喉。「小柒姑娘怎麼……」

節南一個箭步，直接坐垮了柒小柒，反捉她兩隻胖胳膊。因爲右手廢右肩傷，只能用身體壓住下方瘋娃，紅著雙目衝人吼：「王楚風！你到底能不能幫忙？害怕就滾，別在這兒礙眼！」

王楚風如遭五雷轟頂，一下子被震醒，立刻上前來，一咬牙，伸手探進柒小柒衣襟。

柒小柒掙扎個不停，以至於王楚風的手反覆被這姑娘多肉的身軀碾壓，等到摸出一把蜜棗，這位向來風度翩翩的佳公子不但額頭見汗，連脖子都漲紅了。

節南催促：「快餵！」

王楚風換氣的工夫都沒有，耳裡聽到節南的催促，手卻不由他腦袋控制，看著柒小柒福粉的包子臉死灰一樣白，他就有些遲疑。

「小柒姑娘她不想吃，何必勉強？」

節南的額頭也見了汗，恨王楚風不聽話。「姓王的，你要害死小柒啊！」

王楚風渾身一震，當下眼神轉爲堅毅，將手裡的蜜棗塞進柒小柒嘴裡。柒小柒想往外吐，王楚風就用雙手摀住她的嘴，雙目掙出血絲來。他這輩子還沒做過這種強人所難的事，對人對己咬牙切齒的，偏偏又無力。

節南看柒小柒喉頭動了動，知道她把蜜棗吃下去了，才鬆了一口氣，卻對王楚風道：「繼續。」

王楚風趕緊餵進兩粒棗。

小柒滿頭大汗，仍不情願吃東西，但最終還是嚥了下去，從掙扎轉而虛弱，好似認命一般，伏在船板上安分了。

李羊拎來一桶冷水，節南浸下帕子，沒怎麼擠乾就往柒小柒臉上一敷。

柒小柒倒抽口氣，雙目漸漸清明，氣呼呼道：「臭小山妳的肉都長回來了，重死了，知不知道？」

節南眼神頓鬆，一蹺腳從柒小柒背上下來，語氣笑淡。「再長肉也沒妳肉多，沒事就給我起來，妳這副不講理的樣子可把妳的好——友嚇壞了，知不知道？」

柒小柒卻伏著沒動，不過自己能抓棗吃了。

她一邊吃一邊眨巴眨巴眼睛，看一旁樣子神情皆狼狽的王楚風，很沒良心地問：「欸，十二公子原來也是凡人，還會跟人打架？」完全對「好友」二字無知無覺。

王楚風愕然，發現柒小柒似乎不記得之前的鬧騰，然而還不等他回應，卻見這尊福娃娃闔上眼，竟然這麼就睡趴過去了。

節南將桶裡的水往船板上一沖，起身就往舢板走。柒小柒消停了，但她不能消停，今日的活兒還沒幹完，要找人交差去呢。

「小山姑娘？」王楚風心想這人怎麼要走。

節南回過頭來。「十二公子要是非要送小柒回去，就在船上等著，她一般大鬧之後定要痛快睡上一覺才行。等她醒來，完全不會記得方才的鬧騰，所以十二公子大可不必覺得尷尬。當然，十二公子要有別的事，但走無妨，李羊會照顧著的。」

「我答應的事自然遵守到底，但想請問小山姑娘，小柒姑娘她……」

王楚風沒問完，節南就打斷了他的話：「你何不直接問小柒？她若認你好友，自會全盤托出。」

節南說完自己想說的，走了。

王楚風回眼望著睡得不省人事的柒小柒，突然蹲身，將黏在她臉上的濕髮輕輕撥開。

李羊有點眼呆。這是君子，還是登徒子？他該請喝酒，還是該掄打狗棒？

「有勞李大哥幫小柒姑娘找條被子。」王楚風蹲身還不夠，乾脆盤坐下去，打算等人醒的架勢。

王楚風見李羊不動，抬眼煦笑。「或者我去找，請你坐這兒替小柒姑娘擋風？」

李羊心想他可坐不下來，守一呼呼大睡的姑娘，還能面不改色。要說為了這兩姊妹，上刀山下火海，就算掉腦袋，他也不會多眨一下眼皮。但像王楚風這般，坦然盯著柒姑娘的睡相，幫忙蓋被理髮絲兒，他五大三粗一個飽老漢，絕對折不下自己那對膝蓋。

李羊認命跑腿。

殺了李羊都沒法做到的事，王楚風卻始終淡定，給柒小柒蓋好被子，讓王小搬來他的書箱子當了桌子，鋪了紙，在那兒畫圈。

那麼，安之若素。

25 永別希孟

黃昏時分，魚池讓假山的陰影壓得幽暗，夕陽映紅了小小一角。那裡，音落正在餵魚，一身碎花素裙，側坐池邊，影子寥落，神情卻並無苦和難，彷彿甘之如飴。

節南只看了音落一眼，雙掌貼門板，就打算到另一邊去了。無論出自無奈，還是爲了攀枝，才到南山樓來的這位姑娘，她絲毫無關心。

每個人都有自己的選擇，也都要爲自己的選擇負責。

「劍童。」音落卻叫住了節南。

節南已經把門推開一半，才反應過來這聲劍童是喊自己，轉過身來，兔面具粉嘟嘟那面朝外。

「何事？」她的聲音不冷不熱，微帶沙，猶如風吹葉，莫名地動聽。

「公子今日一早出門，還未回來，妳怎麼倒先回來了？」幹的是小丫頭的差事，問的是大丫頭的話，當然，並不盛氣凌人。

反而是節南盛氣凌人：「妳一個餵魚的丫頭，管得眞多。」

音落蹙眉，語氣婉柔。「便是餵魚丫頭，也是九公子的丫頭，同妳一般無二。」

節南壞笑。「讓我想想，九公子好像說妳是幫我餵魚的丫頭，沒有我的召喚，不得入南山樓一步。」

音落的柔美面容終於有些崩壞。

節南卻不給對方狡辯的機會。「今晨九公子從湖上出發，妳在這兒如何得知他出門沒出門？」

葉子眼瞇尖的時候，就是節南腦子轉得最快的時候。可惜，音落瞧不見，就算瞧見了也意識不到自己將處於被動挨打的狀態。所以，音落還會耍耍小聰明。「我瞧見書童過去，念叨著五公子又把他借給九公子了，因而猜到的。」

節南發出「哦哦」聲，好像恍然大悟，點頭表示：「有道理。那妳又怎知九公子還沒回來？」

「我……」明明和那張兔面隔著一個魚池，但音落感覺快讓張牙舞爪的巨大兔影吞噬。「適才老夫人派人來請公子，我不得已進去瞧過，畢竟這外頭只有我一個，公子又說過不能隨意放外人入南山樓。」

「難道妳就是內人？」

節南這話惡質，一下子讓音落白了臉垂了頭，被欺負成了可憐人。

「音落姑娘不用覺得尷尬，我只是沒耐心聽廢話，而且還是漏洞百出的謊話。方才那些我也不提了，就說妳選的這個餵魚的位置，天時地利，就差人和。黃昏日落，唯照一角亮麗，只要九公子打開門，就能瞧清妳婷婷美好的身影。多數男子心一動，眼睛立瞎，看不出妳巧妙的淡蓮妝容，刻意可憐的三等丫頭裙，以及反覆精選過的站位，只想憐香惜玉了。」

這手段，金利沉香十四歲時就用過，不過比音落狠，選個大冬日，掉到湖裡喊年哥哥救命，病一整個冬天。從此，金利沉香勾去年顏三魂七魄。任節南和柒小柒說破嘴皮，年顏也不信從小嬌生慣養的金利沉香會對她自己那麼狠。

音落驚抬眼，眼中盈盈淚光。「我沒……怎會……」

節南轉過身，一腳踏進門檻。「妳別裝哭，我可不管妳想搏誰歡心，只是我看不得蠢人，妳又非要跟我說話，所以一時嘴快。望妳有則改之，無則加勉。」另一腳踏進門檻，啪——背手砰門。

別怪她以小人之心度君子之腹，她吃太多小人虧了，實在不願意繼續吃下去。

門關了，音落的影像就剎那甩遠，節南走上那條靜湖水廊，兩旁不見人，也不聞人聲，似乎真如音落所說，王泮林還沒回來，不過——

她信自己那身叛逆骨頭。

一旦生出叛逆之意，習性就完全霸道，敢跟老天爺耗上！

節南往左看看小樓，往右看看水亭，便朝水亭走去。

王泮林很喜歡在水亭裡做事，寫字作圖造面具，暖爐熏香茶器，還有文房四寶，一應俱全，若想要出門逛蹓，多跨一步就能上舟上舫上湖。儘管這時候水亭無人，舟舫一艘不見，節南卻一味固執地走過去，彷彿只要她站到那兒，王泮林就會憑空冒出來似的。

她在亭裡燒水，喝水，認認真真把兔面具擦了三遍，漸漸感覺不到右臂還掛在身上。西斜的太陽往水平線沉下去半個，就在她快要相信自己的叛骨其實沒那麼神通——

忽然，聽到一聲細微的響動。

好像小石頭落井，咕咚！

節南循聲，探出水亭另一邊，驚見原本全是湖水的地方浮著一條兩足寬的石路，石路折過密密高高的籬樹，不知通向何方。

她毫不猶豫躍出亭欄，輕巧在浮石上點跳，轉過擋住視線的籬樹，頓見一葉扁舟泛湖上。

船頭坐一人，雙手捉船舷，身旁架一魚竿，銀線忽閃，彎入水中。他的高髻鬆了，索性紮成遊俠兒那種垮垮的一束，半身青袍接滿紅霞，兩只大袖綁束上肩，光裸頎長雙臂。波浪左右上下搖曳，褲腳捲過了膝，赤足時不時讓水拍打過去。

大概聽到動靜，他偏頭望來，漆眸如夜，眉若遠山，夕陽最後一線柔和了他的清冷孤高。溫和的湖浪伏成他腳下雲海，沒有笑就已謙謙溫和，光芒彷彿與生俱來，恰似寒夜中指點迷途人的溫暖星辰。

「小山。」

晝夜切換一瞬，白月綻放銀光，雲地天階之上，是節南心裡的飛仙。

葉兒眼頓覺酸楚。

除了他，還有誰呢？

這世上，除了他，還會有誰呢？

那個名字就在嘴邊，節南張嘴卻發不出一個音，腦中飛快掠過很多東西。一句話生平，崔玉眞變心，孟元的坦白，烏明的汙衊，馬成均的指摘，也許還有她所不知道的、更痛苦的經歷，逼得他只能走上一條死路，捨棄了人生中最輝煌的那段年華。

若非如此，爲何他對那個名字那麼不屑、冷冽，甚至深惡痛絕？

節南往小舟走去。

最後一段石路還半浸湖中，退潮不及，她卻一步也不猶豫，任湖水漫濕了她的鞋，她的裙邊，到舟前時水沒過了膝。

然而，本來水濛濛的雙眼卻變得亮若辰星，嘴角笑意深深。

「王泮林，你在幹嘛？」節南攀舷蹬上船，學這人朝外坐，繡鞋踢水。

月影碎了一湖，也碎了雲上仙景。

「釣魚。」王泮林笑音刁掉。「小山可想知道我爲何釣魚？再打四字。」

「請你一定再容我猜一猜。」節南的表情也惡質。「願者上鉤。你料定我沒淹死，就等著我自覺送上鉤，對吧？」

若漁夫皆有這等秀色，魚兒自個兒就會往船肚裡跳了吧？

若有人說自己死了，誰還能說這人活著？

王希孟，別了！

她桑節南，以終南山的名義起誓，從今往後，她就跟王泮林打交道了，打起十萬分精神，再不會讓這張臉迷惑。

結果，節南這邊起完誓，打算拋卻以往向前看，某人那邊卻把節南往回拽十萬步，冷不防——

「王希孟曾是我，我曾是王希孟。」

節南兩眼就差豎直了，撇過頭去，死死瞪住王泮林，眼珠子會吞人一樣。

王泮林失笑，拿起釣竿收魚線，鉤上一只小盒子。那盒子和上回抓周同一款，確實就是用來釣某座小山的，既然小山來了，便不用他接著掛了。

節南已經能做到視若無睹，打開盒子，不意外看到的是一顆赤朱解藥，收起來，再看王泮林轉身將魚竿橫擱舟側，忽而說了句話。

「死者已矣，小山今後不會再錯認，王希孟就是王希孟，王泮林就是王泮林，我並不是他。」

王希孟是桑節南十三歲那年的韜光，王泮林是桑節南二十一歲這年的韜光。

韜光養晦，激發鬥志。

王泮林眼中露出驚奇。「我以爲承認我就是王七，妳會喜極而泣，抓著我的袖子一把鼻涕一把淚。」這姑娘眞是從不讓他覺得枯燥，那靈動的腦瓜，且不論輸贏，總能讓他費費神。

節南反唇相譏。「我以爲我承認王七郎已不在，你會如釋重負，畢竟『小時了了，大未必佳』這種事，最難受的是本人。」

是的，以爲死了的人其實活著，這是天大的好消息，不過王泮林不需要知道她心裡怎麼想。知道的話，已經翹到天上的猴尾巴要戳破天嗎？

王泮林大笑起來。「哈哈哈，小山懂我，我是眞討厭那些說我像王七，又說王七如何如何了不得的話。對我而言，不過是一幅畫將一個無知少年過早推到頂峰，除了跌下谷底，別無選擇的敗局罷了。」

她到底哪裡懂他了？無奈想完，節南卻忍不住問：「難道孟元說的是眞的？」

王泮林反問：「孟元怎麼說？」

「他與你坦白一切，你被奪心愛，悲從心來，一時想不開，跳崖自盡。」節南告訴他。

王泮林斂了笑，冷哼：「孟元算什麼。」

節南早知。「那究竟爲何？」

「暗箭殺人，正好孟元那個笨蛋擋住了弓箭手，天時地利人和。」王泮林雙指一併，頂著他的心口。「一箭穿過，只差毫釐就回天乏術。可也只差毫釐，我就能說服暉帝讓趙大將軍率先發兵北關。當時大今兵馬尚未集結齊全，又正値冬日軍糧貧、人馬乏，可以殺個措手不及。雖說不能令大今打消野心，亦能大傷它的元氣，換得幾年太平，不至於……」

想到那年國破山河的慘象，王泮林指著心口的手握成了拳。他重傷在身，遁入深山幽谷養傷，難得下山卻見無數難民遷徙，才知一切成了定局。那種感覺，比他徘徊在死亡邊緣好不了多少。

節南深深望入王泮林的眼。「我就知道王七郎心懷大志。」

沒有那份胸襟氣魄，筆下如何書畫壯麗山河?!

王泮林卻一語揭他蒼涼心境。「王七郎心懷大志，王九郎卻放蕩不羈，若不是讓某人撩撥，既不想問國事，也不想跟誰討公道，到處走走玩玩吃吃喝喝，閒過一生的打算。」

「我不就踹了你一腳嗎？」某人心想至於嗎?!

王泮林眼神極幽極暗。「不然，小山姑娘的尊臀讓我踹一腳回去?」

節南柳眉倒豎，回答得利索。「你敢?!你哪隻腳踹的，我就剁了它！」尊臀能隨便踹嗎?

「瞧。」王泮林撇撇頭。「妳我皆同，士可殺不可辱。」

棋逢對手，毛病都一樣。

雖然王泮林說得對，節南訕笑，強嘴道：「我倒沒有那麼要面子，只因我是姑娘家而已。」

王泮林神情有些輕鬆了。「我怎麼聽小柒姑娘說妳死要面子活受罪？」

那個一看到吃的就隨便爆料的叛徒！節南乾笑。「我要是死要面子，給你……」未婚妻不能說。「給你表妹當伴讀？給你當劍童？給我姑母打雜？」

「那些怎同？以小山妳的性子，事關面子的，往往都是自己的私事，而爲了妳和小柒姑娘的大事，再委屈也是能忍的，並未算成面子上的事。而我那些舊事，過了太久，再怎麼仔細翻找也無甚新鮮的了。」王泮林顯然有心一笑而過。「我如今的性子，面子再重要，也不如自己的實惠，事關己身就絕不願意馬虎過去。小山不妨跟我說說，爲何沒聽我的話，遲了這許久才回來？」

一釣，日暮西沉，覺得心火大得脫了控，將要煉熔他那身骨，差點要去求人封江。

他的骨，王泮林一直以爲，早就硬如山石，只能粉碎，不能熔煉。

節南啞然，暗忖這人把她看得也太透了，但表面裝逍遙無事，轉而說起後來的事。「我上船之後本來很順利，不料鄭鳳居然也在船上，還和馬成均在艙裡密談。馬成均跟你提到傅秦，卻極可能是糊弄你的。他們夫妻聽命的另有其人，也似乎就是當年害……王七郎的人，而那人控制了長白幫老幫主，聽上去勢力極大。兩人商量著該不該逃跑，又忌憚那人的力量。鄭鳳還提到能否向王家求助，不過馬成均反對，說你家連自己的子弟都保不了，怎麼可能保得住外人。」

偷看一眼王泮林，卻見他神情專心，並無半點怨尤，節南就好奇一問：「聽說你祖母跪向太后求情，許諾王家女兒不進後宮，才讓王七郎保留清白名？」

「此時雖是朝廷崔左王右，左高右低，但北都那會兒王家盛極，族中姊妹出色的不少，先帝有意納爲貴妃或選爲太子妃。皇太后那時身爲皇后，年逾四十，又想爲娘家爭勢，自然對此十分忌憚。」

王泮林寥寥數語，掠過勾心鬥角。

月上西柳，晚風捲銀波。

聽王泮林一帶而過舊事，節南是密司出身，自然通曉其中道理，神情也淡然。「暉帝晚景淒涼，當初太子亦非當今皇帝，所以塞翁失馬焉知非福，你的姊妹們也算逃過一劫。」

王泮林微笑。「這就是我喜歡同小山姑娘說話的緣由了，實在少見女子對時局如此了然，一點即通。妳既聽到馬成均夫婦對話，可知操控他們的是何人？」

節南搖頭但嘆。「兩人說話相當小心，我看他們說完要走，就想到一策。」

「哦？」王泮林問著，視線卻移到節南右肩，那裡衣袖裂了口子，還有些不明的淡紅，眉頭不經意皺了皺。「如何受傷了？」

節南滿不在乎一聳肩，又讓劇痛引得斷斷抽一口氣。「聽我講下去就知道了。鄭鳳話裡大有怨懟，心防倦怠，像我這樣的善戰者沒道理看到有利的戰局不出擊，就從隔板縫裡出去，好聲好氣說服兩人死遁，從此由我們兔幫罩著，保准高枕無憂。」

王泮林好笑，明顯不信這般容易。「好聲好氣說服的？」

節南嘻笑。「馬成均要頑固些，不過當我告訴他你今日打算同歸於盡，又吃了小柒一粒毒丸，之後再無二話，而且也拜你放的煙花所賜，他似乎大受震動，最後自願泅水。」說到這兒，節南偷眼觀察王泮林的神情。「不過，你那墨樹發葉的煙花到底有什麼名堂？」

王泮林神色悠然，似乎沒聽到「同歸於盡」那四個字。「馬成均以白描成名，後來卻受暉帝喜好的影響丟棄了自己所長，改畫山水。今日送他這船特製煙花，只希望他找回昔日自信，莫再羨慕他人。」

節南轉眼看定王泮林，再次暗示他坦白。「然後等他領悟你的良苦用心，甘心讓那麼多地老鼠炸沉了他的船，還有你黃泉路上作陪，他可以死得瞑目？」

王泮林望回節南那雙俏麗葉目，先皺眉，再展眉，面容好不雲朗風清。「小山妳又說岔了。」

節南一笑。好，一碼歸一碼。「馬成均水性好，又熟悉那帶水域，告訴我有一處隱祕水洞可以遁走，哪知我們三人游出不一會兒船就炸開了。大概讓碎木砸到，當時我失去了意識，等我醒來已在別人船上。後來遇到玉家水軍，你猜怎麼著？」

「馬成均夫婦在他們船上？」王泮林猜對一半。

「在是在，卻永遠開不了口了，夫妻二人溺斃。只可嘆馬成均非要等到安全地方才肯告訴我那人是誰，也嘆你對自己太狠，不留餘地，錯失眞相。」節南再三暗示。

王泮林還是不理會。「救妳的是何人？」

節南就道：「原太學學士大人延文光之子延昱。」

「是他？」王泮林大概也沒想到，神情略思。「也是，同洲順利談下，延文光獲釋，延昱先回來打點。延昱人稱拾武郎，只因他成爲文探花武狀元那年不過十五歲。如何，妳見了可覺得是俊朗好男兒？延昱亦君子亦俠氣，出身極好，這時尚未回朝，權勢未歸，妳若喜歡，我王氏或可爲妳牽線，只要妳拿出我那只玉佩來換。」

節南沒好氣。「九公子，這會兒是說姻緣的時候嗎？馬成均夫婦一死，究竟誰要害你的線索可就斷了。」

王泮林目中凝光，眞似悠閒。「不是還有一個傅秦傅大學士嗎？」

「難道不是馬成均隨意編派？」節南微睜葉目。

「是或不是，一查便知。」王泮林忽然指指舟尾搖櫓。「小山，夜涼了，回吧。」

節南瞅著這位動口不動手的人，半晌後才起身過去，單手搖櫓，同時語出諷刺。「哎唷，還好你不科考，雖說文治天下才是安穩之道，但要是都如你這般，一壓就骨頭散架的文官兒，南頌百姓也沒幾年安生日子好過了。」

眼看舟尖撞岸橋，王泮林扶著木樁，極其小心踩踏上去，站穩了笑回頭。「照妳這麼說，文官都得像崔徵延昱，文武雙通，天下就太平了？」

節南愣了愣，聲音輕下去。「那也不是……如宋子安那樣的狀元文官也不錯，不會武，至少親力親為，而且……」斟酌又斟酌，勇氣陡升。「王希孟自己製彩調彩，親洗筆硯，並不依賴於他人。」

王泮林仍笑。「小山那時是七郎的隨身侍女？」

節南答：「自然不是。」

王泮林再笑問：「那麼，與七郎相熟？」

節南稍噎。「也不是。」

王泮林斂了笑。「所以，那時妳認識的七郎，可能並非真正的七郎。」

節南吸氣，隨之呵笑點頭。「你說得是。」

王泮林眸中月光熾漲。「但如今妳已經知我王九郎甚多，我就是這麼一個一壓骨頭就散架的懶閒人。」

節南暗笑自己跟自己較什麼勁？王希孟是九霄蛟龍，王泮林是沼澤泥鰍，顯然王泮林不想再當回王希孟，她也不希望王泮林當回王希孟，那會把她心中那顆永亮星辰給揪下來。

「很好，我曾是誰，你曾是誰，對我二人今後雖非完全無關緊要，卻也都過去了。我就再問一事，請九公子如實答我。」節南跳上岸。

浮在水上的竹橋搖晃，王泮林身形不穩，要扶木樁，卻捉了個空。

節南眼明手快握住王泮林的手腕，隨即淡然放開。「你今日是否打算尋死？」暗示來暗示去，對方老是不搭理，她只能直接問了。

風晚拂，王泮林音色清朗，似月光直照。「尋死不至於，但要是逃不過那些地老鼠，和船一起沉了，應能從容赴死。」

那不一樣嘛！節南凜目。

「還沒查到底，還不知究竟誰害……」沒帶幾個人，卻裝滿一船火藥，為所有人安排好活路，唯他自己沒有離船的打算，節南早覺有異樣，一直想問，卻拖到了事後。

「天火無稽，桑家幾十條人命官司，小山妳可查到了底、可知究竟誰害了妳全家？」王泮林反問。

節南啞然失笑。「原來眞是學我。」

但，學了個半吊子。

節南俏眼刁美。「學我報仇，報到哪裡是哪裡，不過我可沒教你要和仇人同歸於盡。」

王泮林笑睇了眼。「大王嶺上，小山手刃殺父仇人，對千眼蠍王臨終之言不屑一顧，我當時雖覺得妳有些自欺欺人，後來再想卻也不難明白。」

節南挑眉。

王泮林繼續道：「妳一怕蠍王暗算，二怕蠍王扯謊。而蠍王這等人，唯利是圖，將妳爹祕藏糧草兵器的山洞獨占，可見自私之極，十分奸險。妳未信他，實在是明智之舉，哪怕其中有一分蠍王說眞話的可能。」

節南得意悄仰頭。「我何必爲一分可能犯險？更何況只要還有眞凶，我自己就會查得水落石出，遲早的事。沒有聽蠍王廢話，燎四王子照樣蹦到我跟前，只不過那些信讓九公子抓在手裡，我一時不能得到更多線索罷了。」

王泮林沒有半點自覺。「我聽小柒姑娘說起，當時崔徵手上也有妳爹一封信，妳可先問他要來找線索。」

節南牙癢。「燒了。」

王泮林神情饒有興致。「果然崔徵待小山頗不一般。」

什麼跟什麼？節南斜睨王泮林一眼。「我搶過來自己燒的。崔文官本想憑那封信同呼兒納交涉，怎麼可能燒它？」

「妳燒了，崔徵還容妳陪伴他六妹，大庭廣眾爲妳打傘……」王泮林眼中疑惑一閃就明，更覺節南對他脾性，居然也是燒信，但神情不顯心悅。「祖母壽誕那晚崔徵追著妳跑，妳當時戴著兔面，所以他並不知兔面之下是誰？」

節南做個當然的表情。「御史臺推官若知兔兒賊是桑節南，桑節南是兔子賊，那我還能如此逍遙自在嗎？」

王泮林但笑。「兔子賊？」

節南一聳肩。

王泮林再道：「也是。那位表親不但是官，還是正經的推官，見到那些藏頭罩臉行蹤可疑的，自然一律呼爲賊。不過我瞧他待小山有些特別，卻是何故？」

節南不答。「你別岔開，我不聽蠍王、不問蠍王，只因我知他貪圖桑家錢財，未必與指使之人有何緊密關聯，極有可能就是一筆清的買賣，否則蠍王後來也不會當了大今的開山狗。再說，呼兒納親自到鳳來找燎四王子養兵的證據，可見大今與我桑家滅門案無干。那麼，所有線索就指向一人了。」

王泮林當然也清楚地很。「燎四王子。」

節南不置可否。「我用一年只查到全家死於山賊之手，故而謀山賊下大王嶺，手刃蠍王，滅掉虎王寨，自覺當時已經做到最好，雖然在九公子看來是自欺欺人。隨後，新線索出來，明知或許還有眞凶，我是無論如何都做不到九公子這般，給自己鋪好死路。我不像他人，不會將報仇當作此生唯一活願，以至於其他什麼都不顧了。萬事有輪，或早或晚，總會轉到我手裡。還請九公子連這條一道學去，今後多珍惜自己的小命，從容活久，比大仇人壽命長個幾十年。如此一來，哪怕什麼都不做，也能把仇報了。」

王泮林笑不動。「小山妳眞……」

節南故作凶狀，黛眉倒豎。

「我眞如何？我就不明白了，九公子今日究竟作何是想？怎麼看那個馬成均都不是九公子的對手，烏明也讓你借刀幹掉了，明明可以全身而退，竟打算和馬成均同歸於盡……」

「並非同歸於盡。」王泮林說著又笑。「我本打算等書童點燃煙火，看看馬成均的表情而已。」

節南大不以爲然。「馬成均的表情懊悔也罷，覺悟也罷，再難能可貴，卻比九公子的命賤。成翔府那會兒，九公子不管我死活，我以爲九公子天性冷血，待誰都一樣，結果還是會偏心，豈不教我心生怨念，要向九公子實施報復嗎？」

王泮林止不住笑。「我以爲妳報復過了。」

「那一腳踹？」節南撇撇嘴，刁眼俏皮。「在九公子看來傷自尊，在我看來只解氣未解恨，遠遠不夠。」

「因爲這張王希孟的臉，所以小山姑娘下不了手？」

王泮林露出一種表情，節南覺得那叫欠揍的表情，正要出手拍他。

「既然受傷了，就消停吧，妳我又非初識，到如今還要事事算得一清二楚，說過笑過便罷了。橫豎人算不如天算，妳不肯聽話和吉平一起走，我就只能親力親爲帶妳跳水，所以都活得好好的。」王泮林說著話，自顧自走過竹橋，上了水亭，回身朝呆立橋頭的節南背手一立。「換過衣裳再走。上回去雲茶島，妳換了我家小廝的統服，原本那套衣裙洗淨了，一直收在樓裡。」

節南啞然，本想反駁王泮林，什麼叫事事不用算清楚？但聽他後半段，眞是有沒法算清楚的無力感。不過也虧了這種無力感，換好乾衣物後，她難得記性沒丟，問王泮林上哪兒找吉平要耳環。

王泮林一本正經說道：「吉平平時多在雕銜莊的武館內，若妳急需，我可派人知會，讓他跑一趟趙府。」

節南心想一對耳環有什麼急需的，就道不必讓吉平專門送回，下次見面時再還她就是。

王泮林只說好。

節南跨出小樓，王泮林也跨出小樓。

節南狐疑瞥王泮林一眼，有點草木皆兵。「你千萬別跟我客氣，我不用你送。」

「誰說我要送妳？我去接商娃。」王泮林淡道。

「娃娃跟你住？」節南挺詫異，以為王泮林會把孩子塞進王家後宅。

「是，今日因要見妳，才放他到處玩，但睡前聽一篇詩經是每日少不得的功課。」王泮林看著廊下一盞畫燈，皺眉，似衡量什麼，最終沒去碰。

節南瞇了瞇眼，也不動手。她是要出府去的，可王泮林卻在自家裡轉悠，方向相反，這回她沒法代勞。

「商娃才一歲半。」還有，聽詩經？

王泮林回道：「我三歲作詩。」

節南嘀咕。「一個妖胎，一個凡胎，怎麼比得？」

王泮林聽得分明。「凡胎由妖胎養著，就得沾上幾分妖氣，否則兩相厭棄怎留得住。」

節南想到那隻一歲半的娃是有點過分機靈，不知該嘆可憐還是該嘆物以類聚。想了又想，最後為商娃爭取一回福利。「留不住就還送到玉將軍府去，好歹亂世之下有本事保護自己，不然縱是詩仙詩聖也無用。」

「小山毋須擔心過早。我如今深知單當武夫也不行，沒有斯文俊氣，實難討好姑娘的歡心。等商娃大些，就送到文心閣裡去，文武一併學了。」王泮林一笑，調侃味濃。

節南張張口，轉過話鋒，避重就輕道：「這要是不知情，還以為是九公子的兒子呢，想得這麼深遠。」

「受人之託，忠人之事。等過幾日五哥成了親，就給商娃定名，這會兒他讓老爺子關著，連十二都見不著他的面，更遑論我了。」王泮林說完，打開通向府內的門。

音落正對面，一見王泮林，立刻提燈而來。

節南不覺莞爾。

王泮林卻望著節南莞爾。

趁音落沒走近，節南低低笑語。「活著多好，鳥語花香，朝夕可聞。」

王泮林也低語：「當眞不是尋死，若教妳心疼了，今後我惜著自己這條小命就是。」

節南的神情大受驚嚇，小心肝亂蹦，立時咬牙切齒。「九公子千萬別自作多情。我是怕你死得太早，賴了我那些物件，只等全部拿回來，我幫你上吊！拉繩子踹凳子，只要你一句話！」

王泮林眉梢挑高，但笑。「我本來就在說妳心疼那些東西，如何到妳那裡就成了我自作多情？小山，莫想多，否則倒教我尷尬了。」

節南頓啞，燒臉。

音落靜靜走上前來，哪知兩人一路比她還靜，她一個字都還沒聽見，就各奔東西了。

眼看就要進五公子的不盡園，音落開口道：「九公子，有句話婢子不知當講不當講，劍童未免有些目中無人，似連公子也不放在眼裡，來去絲毫不講規矩，只怕讓大總管他們知道，要執家法的。」

王泮林冷冷瞥回。「妳守著門就是，我自懂徇私偏心。若眞有擋不住的時候，妳這個幫她餵魚的小丫頭代受處罰就是，有何難爲？」

音落一聽，咬得唇色慘慘。「公子明知音落之心，音落不敢奢望名分，只求一處好安身。妳偏心劍童也罷，納了劍童也罷，音落絕無怨言。」

王泮林聲音冷得掉冰，神情譏誚。「蠢才，與妳怎麼說也不明白。看在祖母面上，我再多給妳幾日，若還敢算計我的心思，就趕緊自求出府。至於祖母那兒，我也絕容不得妳回去了。」

音落臉色又慌又恐，連聲稱不敢，哪裡還敢多言。

王泮林進了不盡園，在那一大片長瘋了的植被裡橫來縱去，最後來到一排屋子的後面，敲了敲窗。

窗子開了，露出王五那顆大腦袋，比王泮林整整矮兩個頭。

王五愁眉苦臉道：「九弟救我。」

王泮林雙手往窗裡一伸，笑得刁壞。「我不管，小東西拿來。」

王五從窗前消失，不一會兒抱出商娃，放進王泮林手裡。

王泮林兩手沒撈住。

還好王五的手沒抽回去，手忙腳亂抱進窗裡。「我讓書童送回去吧。」

王泮林拿目光反覆研探睡得很香的娃子。「是不是該餓上幾頓？小小年紀光吃不動，四肢癡肥臉滾圓，平時讀書犯睏犯懶，一見美人精神抖擻。這時不給他掰正了，長大一臉癩蛤蟆相，豈不是給王氏丟人？」

王五聽了這話，顧不得愁眉苦臉，神情大不贊同。「九弟，一兩歲的娃娃都長得如此滾圓。我近來一直想，這娃娃還是不要跟著你得好。一來你未成親，不知怎麼養法。二來徒惹閒話，好姑娘不肯嫁你。不如抱進後宅去養，我娘自不用說，大伯母喜歡小孩，五伯母也心慈，還有芷姑姑，比養在我倆手裡強。」

王泮林看書童爬窗出來，又看著王五將娃娃遞給書童，這才道：「你就要成親了，不若你和新媳婦領去？」

王五馬上滿面愁雲。「你是哪壺不開提哪壺，故意堵我嘴呢？」

王泮林居然點頭。

王五嘆口氣。「隨你吧。這娃聰明伶俐，今日還似模似樣念了兩句詩，真有幾分像你，所以才和你結緣。」

王泮林也不說每晚給這娃灌功課灌才氣，轉頭就要走。

王五喊住他。「九弟幫我想個法子，如何退了這門親事。」

王泮林一笑，眸光清冽。「想不出來。你如今就算不拜堂，逃到天涯海角，但等婚禮一過，劉家千金仍成王家婦，死後必定與你合葬。」

王五趴窗臺。「逃無可逃？」

王泮林語氣當然。「因爲你心太軟，我就算有法子，你也不會用，何必我浪費唇舌？再者，你若眞想逃家，老爺子關得住你嗎？」

王五攏眉川。「逃家並不妥，如你所言，劉家姑娘仍會被我耽誤終身。」

「那位姑娘的雙親應聽媒婆描述過五哥，而老爺子親口關照媒婆如實相告。既然對方仍堅持這門婚事，怎稱得上耽誤？」王泮林語氣雖涼，字裡行間卻護短。

王五笑容略澀。「但那女子是安平第一美人……」

王泮林笑出聲。「五哥大可不必擔心，市井傳言皆浮誇，我保證未來的五嫂沒那麼美……」語氣一頓。「……連我們王家的劍童都比不上。」

王五居然能讓這種話安撫。「當眞？」

王泮林目光溫和。「當然。話說回來，五哥這兩年在外講學，難道沒遇見過待你好、你又挺喜歡的姑娘？」

王五立即赧然。

王泮林就明白了，馬上一臉打聽八卦的邪氣樣。「才子總有佳人顧，五哥毋須妄自菲薄。五哥說與我聽聽，贏了哪家姑娘的心？」

王五結巴起來。

「沒……不……不是那回事，就是個性子特別好，心地又善良的姑娘，不拿異樣目光瞧我，平時對我噓寒問暖。只是我當時接到家書，以爲母親病重，急著趕回來，沒來得及跟她辭行……」

王泮林光挑自己想聽的，聽完就打斷兄長。「五哥，我還得給商娃讀書，免得他睡沉了聽不進去。明日起也不把他往這兒送了，你安心寫篇婚賀禱文，到時候好讓十二喜堂上念，可別寄望十二寫，他那點墨水加上王小的腦汁，在大日子裡根本不夠用，徒讓賓客再笑我們安陽王氏的子孫沒出息罷了。」

他一邊轉身走，一邊去拍娃娃的臉蛋。「醒醒，不然就叫你商蛤。」

王五聽著，哭笑不得，大腦袋搖了搖，關了窗。

26 彌留之鐘

五月初十，王劉結親，劉家從水路送嫁女兒。雖然兩日前蘿江郡主大婚，但這樁婚事仍引得百姓熱議，趕集似地跑出來瞧好。

趙琦口說不送禮不觀禮，這晚到了，他哪兒能真缺席，早早就帶著獨子趙摯，連同桑浣，帶著大包小包的禮盒去王家赴宴了。

所以，趙府整個冷清。

柒小柒在家。自從上回在船上鬧了一場，當著明琅公子的面，吐得沒裡子，所以一下子發奮圖強了，在小膳房裡閉關，說要製一種舉世無雙的毒藥丸，毒傻、毒醜、毒死金利家。

節南也在家，趁著青杏居無人，將那把真正的神臂弓卸掉，扔進柴火裡燒開水，然後就回房睡大覺。

這睡覺也不是真睡覺，屬於師父祕傳內功，可將赤朱的熾熱毒性輪流壓在雙手手脈，既能騙過桑浣把脈試探，也不影響她用劍。只不過，這種調息不能解毒，只能緩得一時，而且逆向，是很痛苦的。若非赤朱之毒讓外傷難以痊癒，柒小柒又閉關，她並不樂意這麼做。

啪啪啪！啪啪啪！

也是巧，節南一套功夫做下來，院門大響。

別看柒小柒吃東西停不住，其實就是無以倫比的毅力。閉關也一樣。哪怕聽得到外頭的所有動靜，除非節南讓她出來，天塌都能頂著。

節南對著鏡子理一下汗濕的頭髮，這才走出去開門，見孫婆子扶門框喘粗氣，頭箍歪了也不自知。

「怎麼了？」問著話，節南心裡卻是一驚。

孫婆子是劉氏的陪嫁人，當初守門那麼剽悍，後來雖然收斂不少，腳趾頭也從來不觸青杏居這塊地方。這時急跑過來，節南就算霸性，也不得不往壞裡想。

孫婆子一抬頭，樹皮黃臉上老淚縱橫。「大夫人吐了好多血，止都止不住，把大小姐嚇暈過去了，二姑娘又小，家裡沒個人做主，請……請……」一口氣上不來，嗆咳了，撕心裂肺。

節南當機立斷，立刻把柒小柒喊出來，就往主院趕去。

柒小柒本來老大不願意，後聽孫婆子說了劉氏的狀況，神情就認真起來。她和節南雖不是尋常百姓，不怕這些生死之事，卻並非冷血。劉氏再如何凶悍不講理，與桑浣鬥的始終是家裡事，對她們姊妹倆並無不利。如今大限將至，自然不會幸災樂禍。

一進大屋，姊妹倆就聞到一股沖鼻血腥氣。

趙雪蘭躺在梨木花榻上，趙雨蘭六神無主坐她身旁，一見節南就怯生生喊六表姊姊。

節南安慰了趙雨蘭兩句，問神色惶惶的碧雲：「請大夫了嗎？」

碧雲略猶豫。「大夫人一開始吐血，錢婆子就走出去了，應是請大夫去了吧。」

節南看孫婆子一眼，見孫婆子點了點頭。她再進到裡屋，只見劉氏躺在一片血泊之中，枕頭被褥盡是鮮紅，嘴角還流著血絲，臉色慘白如紙，閉緊雙目，真跟死了一樣。

「小柒？」節南皺起眉，劉氏吐太多血了。

正把著脈的柒小柒對節南搖了搖頭。「就在今晚。」

節南叫孫婆子。「趕緊到前面告訴管事，讓他速請姑丈姑母回府，大夫人怕是不成了。」

孫婆子怔忡瞪著節南，突然流露悲愴，撲到劉氏榻前大哭大嚷。「我的四姑娘欸！您可不能走啊！大小姐還沒嫁，您怎麼能走啊！您要走了，桑氏逼大小姐真當姑子——」

柒小柒掏掏耳朵，節南一手就把孫婆子拖離榻前。

節南冷笑。「原來是妳們這些無事生非的東西，讓好好的人落了心病減了壽命，不知悔改也罷了，這會兒還心裡揣鬼，到底幫人算計還是為自己算計呢？」

孫婆子目露凶光。「妳管我為誰算計，總不會是幫妳姊倆算計。我就不該喊妳們來，也不知道妳們施了什麼毒計，本來挺好的，怎麼就叫不成了？夫人肯定就是讓妳們害——」

趙雪蘭突然出現，上前就給孫婆子一個大嘴巴子，抖聲道：「給我閉嘴！六娘說得沒錯，我娘原本挺好的人，盡讓妳們嚼碎嘴的老皮子弄到今日這步田地。」

孫婆子摸著臉嚇傻了。

趙雪蘭看向節南，臉色雖然蒼白，眸光堅毅。「這麼大的事，我不放心交給管事去辦，我娘身邊我又離不開，麻煩六娘妳幫我去王家一趟，請我爹和浣姨盡快回來，但也莫驚了人家的喜事。」

節南自然答應。「小柒懂些醫術，大夫來之前她會盡力。要妳實在不放心，我就讓小柒別管了。」

趙雪蘭雙眼充紅。「不，我相信妳們。」

柒小柒卻不給客套友好。「我雖能盡力，是否堅持得到人趕回來可不好說。說實話，妳娘這病還當真是自己和自己過不去，不然何至於——」

節南打斷柒小柒的實誠。「小柒，妳少說話多做事，我去去就回。」

小柒癟癟嘴，轉頭就拿出她的針灸套子來。

節南來到前庭。

大管事已經得了信，照吩咐備下兩匹馬一駕車。

節南拽韁繩，利索上馬，見大管事有點看愣，淡然挑眉。「愣著幹什麼？趕緊上馬，我還告訴你，等會兒你去找我姑丈，千萬別把大夫人的事嚷得人盡皆知，不然沖了人家的大喜事，還以爲咱趙府故意找碴呢。姑丈是個大好人，你也得勸他別立刻露了悲切。」

大管事「欸欸」應著，心想這位表姑娘平日怪不起眼，關鍵時候絲毫不含糊。

兩人催馬急行，約莫半個時辰就看到了王家大門。

雌雄雙獅守大門，只比帝宮縮一號，歇山八角立五神，門楣御匾覆喜燈。

某個只從牆走的小兔奶奶暗想，哦，王家大門原來這麼威風。她等著趙府大管事同王家管事說話的時候，忽聽有人跟她打招呼。

「桑六姑娘？」

節南回眼一瞧，想一會兒。「……判官大人。」對她而言，官職比人名好記。

來得正是朱紅。

差點當了郡馬、最終從御馬房被升任都府判官、御史臺張蘭臺遠房妻侄的那一位，而且和趙府還挺有緣，新官上任就撞節南和趙雪蘭兩回了。

那廂，趙府大管事有點詞窮，似乎王家管事沒帖就不肯放他進府，只願意傳話，一直問他到底什麼事。偏偏他不能明說，支支吾吾的樣子更惹人起疑。

節南心想，還是南山樓的後門好走，正門前門什麼的，和她的氣質相沖。

別看朱紅以前不過是小小御馬官，但能給皇上挑馬養馬，眼神其實非常好使，見狀就問節南：「可需我幫忙？」

節南見過朱紅兩回，也聽過他和蘿江那點事，只覺這人對宦海浮沉應對自如，大有可能是個極聰明的，當下就十分乾脆，走近低道：「大夫人病危，要請姑丈姑母回府。」

朱紅立刻示意隨從將自己的請帖拿給王家管事瞧，然後說道：「就當這二位是跟我來的，有什麼事我擔保。」

管事一看都府判官大人給擔保，立刻點頭讓開身，還招來丫頭領節南到後宅去。

節南對朱紅福了福身。「多謝判官大人。」

朱紅道聲不必客氣，同節南走入前庭廊下，看王家的僕從沒注意，才接著道：「聽聞趙少監的夫人病了許久，上回我匆忙到府上，那情形並不容我多說。其實，倒是有位熟識的老國醫，雖說如今退居在家，我大概還請得動。」

「只要不麻煩判官大人。」節南無法拒絕，也沒道理拒絕。

「舉手之勞。」朱紅自腰間摘下一塊玉佩，隨從接過就調頭出了王家大門。

節南又謝了一回，朱紅仍是客氣，帶著趙府大管事往宴客樓去了。而她就跟在領路丫鬟的後頭，走了足足三刻工夫才到內外宅的牆門前。

王家內宅，節南還不曾來過。上回王老夫人壽宴，擺在外宅的湖邊上，好方便各家年輕人拜壽；今日卻是娶進新婦，洞房設在內宅中，來吃喜酒的夫人、少夫人和姑娘們在內宅會更自在些。

別的還好說，節南就覺得劉彩凝住不上王五那座奇異的植物園子，挺遺憾。

走進那扇優雅的拱門，喜紅的燈每盞都繪著不同的畫，一路照亮了長廊，其中有一處亭臺水榭在燈火中露出華美氣派，沉貴難得浮起奢金。

領路小丫頭走到水榭對面的九曲橋就躊躇了，左顧右盼。

「怎麼不走了？」節南問。

小丫頭爲難。「我只是領路的丫頭，不能再往前走了，這裡本該有其他姊姊的。」

節南從來獨來獨往。「無妨，我自己去就是。」她記得，王家世家，規矩多多。

「這……」小丫頭仍是躊躇。

「多半是我來得晚，她們以爲沒客人了。要這麼乾等著，得等到什麼時候去？」節南笑道：「過了橋就是，還怕我拐到別的地方嗎？」

小丫頭被說服了，指著那排人影綽約的方頂樓臺說：「那裡有三個樓梯口，分別通向兩翼和中樓，趙二夫人坐中樓丁號桌。姑娘您上二樓，面朝東，左手邊就是。」

節南道聲知道，眼看走過另一頭，卻見那丫頭還立在對面殷殷望著，生怕她走錯了路一般，讓她不禁心嘆世家出品就是壓力大。

「欸？這不是桑六姑娘嗎？」

節南轉過頭來，輕輕一笑。「徐婆婆。」

徐婆子，崔相夫人之乳母。

徐婆子道：「可有陣子沒見了，老婆子給六姑娘見禮。」

節南不受，伸手扶住。「自從那日我表姊雪蘭邀觀鞠社的姑娘們看寶獸，玉眞姑娘就感染風寒，然後到別院養病，這都有一個多月了吧，只不知玉眞姑娘何時回轉？」

徐婆子眸光一閃，隨即垂眼皮，對身旁的一個小丫頭耳語兩句，回節南道：「可不是。別說妳們，連咱們夫人都大半個月未見姑娘。不過聽大夫說好得差不多了，就是身子還虛，需要靜養。別院氣候清爽怡人，夫人就讓姑娘再多住些時日，權當避暑消夏。」

節南眉微挑，瞧那丫頭上了樓。「也是，夏天悶潮，觀鞠社不少姑娘六月裡皆要出城避暑呢。」

崔玉眞要住過夏天？

那位至今還在蹲大牢的孟元怎麼辦？

節南心想，果然這兩人的姻緣走向不大妙，哪怕滄海桑田唯情不變，可講究門當戶對的世道也一點不變。

但她無心多管，一笑而過，打算上樓了。

忽見，崔相夫人戴氏下樓來。

眨眼之間，節南的神情從詫異轉爲平和，盈盈作禮。「見過崔相夫人。」

戴氏親切挽進節南的臂彎。「六娘啊，妳姑母正同王老夫人說話，妳就陪我走走吧。」

「是。」崔相是一人之下萬人之上的宰相，戴氏也就比皇太后、皇后低一級，節南當然不會推託，只暗忖戴氏找她何用。

這裡雖是王家府邸，戴氏卻似乎熟悉，很快和節南走入一間花亭。一抬手，徐婆子等人就守遠了。園中有塊奇形怪狀的太湖石，一陣突兀的晚風吹過，每個石孔一齊發出低沉回聲，靜謐可聞。

節南等著，以不變應萬變。

戴氏終開口：「六娘妳是聰明人，我就打開天窗說亮話了。玉真能同那人見面，可是妳幫忙促成？」

本來節南有點心理準備，知道肯定是爲了崔玉真和孟元的事，卻想不到戴氏竟然直指自己，但不慌不忙。「不是，不過正好讓我撞見，又碰上官差問話，幫忙搪塞了幾句，免得玉眞姑娘名節有損。」

戴氏雙眸定望節南，透出一股子老道犀利。「妳何時知道那人的事？」

節南半晌不語，然後回道：「夫人這不是讓我兩難嗎？一面是夫人賞識，讓我陪伴玉眞姑娘，另一面是玉眞姑娘待我如知己好友。我要告訴了夫人，就愧對玉眞姑娘；要是幫玉眞姑娘隱瞞，卻又愧對了夫人。還請夫人見諒，我答不得。再說，答不答都於事無補。」

戴氏默然片刻，再問：「雪蘭姑娘也知曉？」

節南這回點頭承認。「我們同進同出，在所難免，但請夫人放心，誰也不會亂說話。」

到此爲止，崔相夫人連孟元的名姓都不提一字，節南就知，崔玉眞和孟元絕對沒可能了。

戴氏犀利的目光稍稍轉柔。「如此這般就最好了，畢竟是崔府家事，我亦不想最後弄得要相爺出面，讓妳姑丈難爲。興許妳還不知，吏部正擬工部官職調動，妳姑丈這軍器少監肯定是要動了，但往上還是往下，尙未可知。」

這是公報私仇的警告。

節南淡然。「我們明白的。」

戴氏看不出節南的冷淡，只看出她順從，故而十分滿意。「我亦懂得感謝，不讓妳們白擔著這事。只要妳們能守口如瓶，無論是趙大人，還是妳姊妹二人的姻緣，崔相和我都會放在心上。」

節南誠摯地說：「夫人不必客氣，我心領。」

戴氏卻當成節南客套。「客氣什麼，等我忙過這陣子，就替妳和雪蘭姑娘尋一門極好的親事。崔相還挺看重妳姑丈的，為官踏實本分。他這回要能升一級品階，只怕不用我操心，請我牽線的人家就能排一長隊……」

節南呵笑，有些話既然說不通，就不說了，但瞧戴氏有點停不住，要壞提起不開的壺。「夫人莫怪，敢問玉真姑娘可好？真得了風寒？」

戴氏立刻沉臉，竟還哼了哼。「休提那不孝女。我含辛茹苦養她那麼大，以前諒她年紀還小，對方又是花言巧語之輩，她會犯糊塗也還罷，想不到愈活愈天真，這把歲數還不懂事。我倒寧可她病個三載五載的，直接當了老姑養她一輩子，總比丟了全家人的臉強得多。」

節南懶得敷衍，又無話了。

戴氏遂挽著節南往水榭回走。「妳若有心，幫我勸勸她，橫豎她當我這個娘親是仇人，怎麼說都是我無情。玉真從認識妳之後性子就開朗不少，或許還能聽得進妳的勸。」

被寄予這麼大厚望的節南卻不覺得意。「不敢瞞夫人，我今夜急來見姑母，其實是趙大夫人病勢轉危，雖想勸玉真，就怕有心無力。」

喪中官戶，有數不清的事要辦，只有別家來安慰的份，哪有反過來去勸慰別人的。

戴氏哎呀一聲，面露同情色。「這……妳怎不早說？若知如此，我也不拉著妳說話了。快快去請妳姑母！」

節南嘆謂：「不想衝撞了劉王兩家的大喜事，而且趙大夫人久病，本就不樂觀，或遲或早罷了，故而不打算驚動他人，只想悄悄請了就走。」

戴氏連嘆，沒再多說。

待等上樓，戴氏幫忙串場，替下正熱絡應酬的桑浣，只對王老夫人說趙大夫人的病有些反覆，趙府沒個大人，不得不來請桑浣。

都知道趙府劉氏病了很久，王老夫人也不多留客，還囑咐婆子去拿了兩盒補氣老參送給桑浣。

節南看在眼裡，且不說另一重身分，著實佩服桑浣的交際手腕，這才多大工夫，連王老夫人都哄住了。

桑浣走出主樓，優雅的氣質就是一變，面沉似水。「說！劉氏這回又想怎麼發作？才過幾日太平日子——」

節南淡道：「約莫撐不過今晚。」

桑浣先是睜圓雙目，卻又立刻冷下，哼道：「妳別被她騙了，她最見不得我和老爺一同出來應酬，回回不讓我們安生，花樣百出。」

節南回應：「我不知從前那些，只知劉氏吐了一床血。除非她把雞血當人血潑上去，不然尋常人吐那麼多血，絕無可能逃過一死。」她可是吐血的行家。

桑浣仍是不信，目光卻有些迷離。到了王家大門外，看到神情同樣有些迷茫的趙琦，居然幽幽嘆口長氣，她便上前攙扶丈夫。

「老爺先別難過，保不準是孩子們分不清輕重，等咱們回去，姊姊就沒事了。」

趙琦捉緊桑浣的手，一張臉蒼老不少。「她才不過四十出頭……」

桑浣反扶著趙琦上車。「所以這回也能撐過去的。」

節南在一旁默默看著兩人進車裡去。桑浣先前和劉氏鬥法，她還能瞧出桑浣使用了哪些手腕；但即便自覺聰明，這時她卻看不出桑浣有半點虛僞。

「趙大人稍待。」朱紅邁出大門，匆匆上前。

趙琦急忙掀開門簾，微愕。「朱大人？」

「趙大人，下官曾衝撞府上，一直找不到機會彌補，且大夫亦由下官推薦，可否容下官跟去府上？或許還有下官能幫忙之處。」朱紅拱手道。

趙琦沒想到朱紅會跟出來，更沒想到朱紅還要登自家的門，一時不知如何反應。

桑浣眼中流光輕轉，允道：「朱大人眞有心，那就有勞了。」

趙琦對桑浣事事遵從，也道：「朱大人不嫌麻煩就好。」

朱紅道聲不麻煩，便讓王家小廝牽他的馬來。

一行人很快趕回趙府，就有管事的報說，平時給大夫人看病的大夫和前御醫老大夫都到了。趙琦問人怎麼樣了，管事的支支吾吾不敢說全話。

桑浣這時大概才相信劉氏可能眞捱不過去，竟撇下趙琦就往主院趕去，而且進屋一看劉氏氣息奄奄的模樣，兩眼瞪得幾乎眥裂，冷冷道聲都出去，將趙雪蘭、柒小柒等人往外屋趕。

節南立在門外，對趙雪蘭微微一頷首。

趙雪蘭就走了出來，眼睛哭得又紅又腫，想要拉節南的手，最後猶豫縮回去。「六娘，兩位大夫都說我娘不行了。」

節南不會安慰，但嘆：「姑丈在外頭呢。」

趙雪蘭加快腳步走出屋子去，淒涼涼嗚咽一聲：「爹——」

柒小柒從門裡往外看，不冷不熱來句：「那個判官怎麼又來，當自己是這家的女婿了？」

節南本來一耳聽著內屋的動靜，一眼瞅著屋外的情形，聽著柒小柒的玩笑話，如同陡然頭頂開穴，沉眼看了朱紅和趙雪蘭一會兒。

可能嗎？

朱紅相中趙雪蘭，所以今晚如此殷勤？

不過，當眞看不出朱紅對趙雪蘭有半點心思，他自始至終守著禮節，連目光都不曾與趙雪蘭正面相對。

如果，朱紅眞有心思，是對趙雪蘭單純傾倒，還是另有意圖？

或者，就是她想複雜了，朱紅純粹出於幫人的一片好心……

這時，趙琦和趙雪蘭走進來，又一齊進了裡屋。

門簾掀開的剎那，傳來桑浣毫不收斂的哭聲。

柒小柒直率，不懂也不裝懂，與節南咬耳朵。「師叔也太能裝了，沒人看著還哭得那麼眞，明明高興今後再無眼中釘。妳多學著點啊。」

節南低答：「妳才給我看好了。人爭一口氣，佛爭一口香，沒人爭就沒勁。妳以爲人假哭，人卻是眞傷心。桑浣和劉氏之間的恩怨，說破了天也不出趙家，我們瞧她們鬥得厲害，其實就是平日消遣。如今眼看這人就要沒了，一時心裡空落落，潸然淚下。這等心境，我們這些未出嫁的姑娘是體會不著的。」

柒小柒拿奇怪的眼光打量節南。「妳不是體會著了嗎？難道說，妳除了有個未婚夫、有個姊夫，還有一個丈夫瞞著我沒說？」

節南翻白眼。「我是領會，不是體會。」

柒小柒切一聲，復罵：「不動腦子妳會死。」

節南不甘示弱。「動了腦子少死死。」

「娘——」趙雪蘭一聲尖叫。

柒小柒往裡屋走，節南往屋外走。

「朱大人，您請來的那位老大夫怎麼說？」其實問這話有些多此一舉，因爲那位前御醫同趙琦、朱紅說完話就走了，並未多做停留。

朱紅果然搖頭嘆息。「老人家說神仙難救。抱歉，微薄之力，未能幫到府上。」

隔著兩道厚門簾，也蓋不去裡屋的哀哀泣音，朱紅攏起雙眉。

節南突然決意問個明白：「朱大人與我姑丈之前不曾來往，爲何近日如此關心趙府的事？」機會是要由自己發現的，縫隙是要靠自己鑽大的。

朱紅想不到有人會這麼直接問，顯然不把他之前的說辭當眞，就有些尷尬，但正望節南那雙聰慧葉兒眼，心中終明。

「只覺趙府與我的境遇有幾分像，故而做不到視而不見。」

節南心眼多，轉念之間就是了然。朱紅與蘿江郡主相看之時，郡馬幾乎已是他囊中之物，豈料半路殺出個劉咬金，挺好一條康莊大道就被堵了；後來雖得了份肥差，多半與他的期望相差甚遠，且官場那麼大點地方，難免閒言碎語，處境未必像他從前管御馬房那樣安適。

於是，節南說道：「塞翁失馬焉知非福，趙府這時雖處窘境，今後之事誰也難料。畢竟我姑丈爲官多年，朝中還是有不少倚仗的。遠的不說，但說我姑丈丈人家劉氏一門，如今可不得了。而我聽聞朱大人家中只有一位兄弟，暫居張蘭臺妻家？」

也許換了一般人，聽不出這話裡意味深長，朱紅卻非一般人，聞言沉吟，稍後作答：「是，我弟弟與趙府小公子同齡，我祖父是中丞夫人父親的嫡親兄弟，只是祖父不善經營家業，漸漸敗落了，偏父母又走得早。不過，本家對我兄弟二人頗爲看顧，但我自己不好意思一直打擾，近來有搬出去的打算。

節南察言觀色，見朱紅神情平寧，就覺這人不愛怨天尤人，挺好一優點。

節南就道：「朱大人的心情我很明白，我與姊姊也是暫居趙府，怎麼也不可能住一輩子。不似我表姊，嫡長姑娘，只要我姑丈爲她招贅，就能名正言順住家裡了。」

說到這兒，節南嘆口氣：「怕只怕大夫人這一去，表姊的婚事又要往後拖，一拖就是一年，要把姑丈姑母愁白頭髮了。」

朱紅若有所思。

節南再道：「要我說，表姊若有婚約在身，這會兒救大夫人最好的法子就只有沖喜，正好朱大人尚未娶妻——」

節南心想，說到這份上，朱紅要還是不得要領，就證明是她自己又想得太多了，這位根本對趙雪蘭沒那個意思。

話說回來，沒意思也正常。趙府小廟，最近又有些風雨飄搖，可能容不下原本要當郡馬的大佛。雖說所謂的郡馬，在她看來，其實也就一閒主，基本混吃等死。

朱紅突然一笑。

他模樣俊秀，個性是穩中求妥的深沉，突然如此笑起來，顯得翩翩又華麗。

節南心嘆，不愧是世家子弟，哪怕已經屬於沒落的一支。

同時，節南豎眉，壞嘴巴。「朱大人，我身後這屋裡頭有人危在旦夕，你這麼笑法合適嗎？」

朱紅頓然斂笑。「抱歉，只是覺得果然耳聽爲虛，眼見爲實。桑六姑娘快人快語，膽大包天，做事當眞霸道，卻也當眞爽直得很。」

節南瞪眼。「我不爽直，怕你聽不懂，而且朱大人把話說清楚，你從哪兒聽說我的呢？」

朱紅含笑。「不可說。」

節南打算無視過去。「好吧，既然朱大人已經明白，請問你作何是想？」

朱紅眼不眨，目光調向節南身後的明窗，彷彿想看清自己的前路，最終以一種下定決心的深沉語氣道：「六姑娘可否幫我請趙大人出來，我有要事相商。」

都是聰明人，節南轉身就進屋，靜靜請了趙琦。

「何事？」即便傷感，仍不失警覺，這就是桑浣。

「朱大人請見姑丈，興許有法子緩解大夫人的病情也說不定。」節南如此回應。

桑浣沉默片刻，心中定不下來，但到底按捺不住，起身走了出去。

節南卻很沉得住氣，該說的都說了，該做的都做了，結果如何，只能等著瞧。不過，內心深處嘆了又嘆，帝都謀心之高手如雲。

不一會兒，淺春進來，請了趙雪蘭出去。挨了打的孫婆子叨叨著不好，溜出去聽壁角。屋裡只剩昏昏沉沉的劉氏和節南柒小柒。

柒小柒從不眞鈍，故意嗅了嗅鼻子。「這又要幹什麼好事了吧？」

節南淡淡一笑，湊著眼皮翻白、氣若游絲的劉氏耳邊道：「這事要成了，大夫人的心事也了了，記得來世報答我桑節南。」

劉氏猛睜開眼，一抬手，輕打在節南手背。

看著沒力氣、眼珠子往外凸的劉氏，節南才發現這位大夫人的長相其實挺溫和的，於是她也能耐著性子。「到這時候，您能爲您女兒做的，就是撐住了最後一口氣，別讓她孤身爲您守孝。因爲眞要到守孝的地步，之後的事可就不好說了。」

事未成，節南也不會把話說滿。

然而，劉氏明白啊，血色全無的雙唇哆嗦著，卻連聲音也發不出來。

「小柒，出全力吧。」節南轉頭對柒小柒道。

柒小柒五指對壓，迅速拔起兩根銀針，往劉氏頭上要穴紮去。那種速度，那種紮法，即便是個不懂醫術的人，也能看出柒小柒的醫術非凡，更不用提隨時會進來的桑浣了。但柒小柒不會問節南爲什麼。她總能分清節南玩笑和認眞的差別，一旦認眞，她就沒有疑問，只會執行。

針紮一輪，柒小柒又從內袋裡翻出一把藥丸，挑了七八粒給劉氏灌下去，隨後兩手一拍，站起來，對著門簾擺一個對陣的瀟灑姿勢，語氣極其認眞，話裡卻似耍樂。「大羅神仙來壓陣，牛頭馬面待一邊，給柒小柒我一個面子，多候一日。」

「一日啊——」節南剛蹙眉，看柒小柒那張臉化作凶神惡煞瞪過來，嘿笑。「夠了，夠了。」

柒小柒噘噘嘴。「妳敢說不夠？本來眨眼工夫就沒了的命，如今多活一日，除了生孩子，還有什麼心願來不及了的？我看妳和王九愈鬥愈笨了吧！看看人家那聰明勁兒，一個人把兩條船弄沉。妳呢，也就唬人玩……」

節南再笑。「他要比我笨，我幹嘛跟他混？咱倆要錢沒錢，要人沒人，跟著這種傢伙就搭了順風一樣，無往而不利，頂多就是把臉皮養養厚，姿態放放低，等最後全都弄完了，反咬他一口就行啦。」

柒小柒歪偏了頭，圓眼轉又轉，難得沒有被節南說服。「是不是啊？是不是啊？他那麼聰明的人，能不知道妳的小算盤？別最後他自己的事情弄完了，把妳咬一口，什麼好處也不用給。先說好，妳一旦被咬，我就立刻向他投誠，估摸這世上也沒有比他更刁的人，傍著他好長命百歲。」

節南笑得眼尾尖，鋒芒閃閃。「不用妳投誠，我臨終前會直接把妳託付給他。」

柒小柒嘻嘻笑出。「還算妳有良心——」

話音未落，節南對柒小柒做了個噤聲的手勢。

一會兒，趙雪蘭和桑浣走了進來。

趙雪蘭走出屋子的時候眼睛紅通通的，這時卻臉頰紅通通的，分明是喜色。

反觀桑浣，表情有些莫測，但之前那股悲傷意淡去不少，顯然心思頗重，似對事情的好壞判斷不太有把握，眉間蹙得遲疑。

趙雪蘭與節南對上一眼，嘴一抿，更露出一絲羞澀。

節南就知道這事十有八九是成了。

劉氏的喉頭發出一陣雜音，隨後吐出含糊二字：「雪……蘭……」

趙雪蘭立往劉氏身旁一跪，悲喜交加喊聲：「娘，您嚇壞女兒了。」

那瞬間，桑浣雙眉挑起，眼中決心頓下，也往劉氏面前一湊。「姊姊大喜，雪蘭的親事定了，是都府判官朱紅朱大人。上回朱大人來咱家，妳不是也瞧見過一面嗎？相貌自不必說，人品也極好，為妳特意請了老御醫來，還親自過府幫忙。且朱大人是中丞夫人娘家侄兒，朱氏高門名府能與我們結親，這門婚事無可挑剔，姊姊終於可以安心了。」

桑浣報喜不報憂，略過朱紅的遠親身分不說。

趙雪蘭自然聽得出來，但這回她與桑浣站一邊，含淚微笑。「是啊，娘，您放心，那人是我自己看過了，當真覺著好的。那人還願意成親後住進咱們家來，我也不用搬出去，今後能一直在您跟前敬孝。」

劉氏乾涸的眼就濕潤了，一眨落淚，喜極而泣。

趙雪蘭低臉伏在劉氏的手心裡哭，也是又傷心又高興。

桑浣再道：「老爺這會兒已經差人請媒婆去，無論如何想盡快把婚事定下來，姊姊病了這麼些年，沒準瞧著雪蘭出嫁就全好了。」

趙琦進屋，囑咐節南：「朱大人要走了，六娘妳幫我們送一送客，我們這兒一時都走不開。」

節南道「是」，又示意柒小柒跟著。

姊妹倆一前一後走出去。

柒小柒說：「真成了。」

節南回：「眞成了。」

柒小柒又說：「那人居然還肯入贅。」

節南又回：「不是入贅，是住進來。」

柒小柒嗤笑一聲。「差不多，都是趙雪蘭的好處。所以師叔心裡有苦說不出，對著劉氏再哭不出來了。」

節南也嗤笑一聲。「那可由不得她，她終究比劉氏和趙雪蘭差一級名分。想要成爲趙府唯一的女主人，也是要拚八字的，她顯然沒那個八字。」

柒小柒看了看步子閒定的節南，突然明白其中一點名堂。「妳故意撮合兩人。」

節南聳聳肩。「我哪有當紅娘的本事，不過看穿了對方的心思，想想對我們大有好處，就順手推一把而已。然而，朱紅會住進趙府這樣的大好事，簡直是老天爺在順手推舟，成全我的算計了。」

柒小柒懂了一點，沒懂第二點。「爲何？」

節南笑得鬼壞。「我只覺朱紅是趙雪蘭最佳的夫君人選。撮合兩人，趙雪蘭自然要感激我，今後就可能幫我多一些，或頂多少鬧騰到娘家。但是，如果朱紅住進趙府，即便小倆口開個小院小門單獨過，趙府也有兩個女主人，勢必大大牽制桑浣。趙雪蘭有了天時地利人和，比她娘親更有勝算，桑浣哪裡還顧得上門裡。咱們趁機廢了她那三間嫁妝舖子，縱然她事後察覺是我動手腳，也無可奈何了。」

今晚這一齣，眞是出人意表，轉眼之間桑浣已經不是她桑節南的擋路石，讓她贏得有點驚奇。

柒小柒有聽沒有懂，最終擺出一副「妳隨意」的可愛福相，回青杏居閉關去了。

節南走向等在廊下的朱紅。「朱大人，姑丈讓我送你出府。」

朱紅微笑。「有勞桑姑娘。」

節南走起，一旁挑燈照明的人是碧雲，可放心說話。「不必客氣，朱大人很快就是自家人了。」

朱紅臉一曬，呵然。「是，那就直呼妳六娘吧，今後妳便是我親妹子。」

節南抬眼，目光在朱紅臉上轉了數圈。「……即便朱大人不久會成我表姊夫，這麼快直呼也不大好，還是以桑姑娘相稱妥當些。」

27 雙份體面

朱紅大方道：「好。」

節南卻還有話。「仍要請教朱大人，從何處聽到我的事？」

朱紅措辭含糊。「聽一友人提及。」

節南緊問：「你這一位友人說我快人快語，膽大包天，做事霸道——」

兩人這時才走到前庭，就見趙府大管事帶著一名四十多歲的胖婆子匆匆過來。

那婆子，一身官媒正紅裳。

大管事如今對節南十分恭敬。「六姑娘，巧了，我才出門沒多遠，就遇上了這位官媒婆子，她可是鼎鼎大名，連牽炎王府和王家兩門大婚。」

節南對媒婆的名氣大小沒興趣，只覺這巧肯定不是巧，就問那婆子：「王家今日大喜，妳要眞是那位官媒，怎能到這附近串門子？」

婆子笑回：「姑娘也不瞧瞧這都什麼時辰了，婆子將新人送入洞房就算功德圓滿，哪知回家的轎子經過趙府，讓這位管事的請了來。」

節南壓根不信，但也不爲難婆子，讓大管事趕緊把人請進去，再看朱紅，發現他一臉不知情的模樣。

「不是朱大人事先找來的嗎？」節南心中有答案，呼之欲出。

朱紅連忙擺手。「不是我。老實說，我雖已經考慮是否與趙府聯姻，只是今晚來趙府之前尚未下定決心，怎能事先找了媒婆來？」

節南瞇了瞇眼，隨即淡淡福禮，囑咐碧雲將朱紅送至車前，轉身似要回內宅。但等碧雲和朱紅一出大門，她就騰上牆頭，斂眸望見趙府圍牆的拐角處停著一駕眼熟的暗黑馬車。她不由撇嘴一笑，直接在牆上走疾步，很快就到馬車側旁。

車夫這才聽到動靜，回頭驚瞪，一見節南馬上恢復老實表情。

「等我跟九公子說完話再找你。」一見吉平，節南也篤定，坐在牆頭，單足踢踢窗簾。

窗簾一挑，不是王泮林的臉，而是書童的臉。

書童傲嬌道：「還好來的是我，不然妳對九公子這麼粗魯無禮，一定挨板子。」

節南謙虛。「還好來的是你，不然我第二腳上去，一定會踢斷九公子的鼻樑架子。說吧，媒婆是不是他送來的？」

書童畢竟乖，點點頭。突問：「跟了九公子，是不是很省心？」

節南想了想。「是又如何，不是又如何？」這小子不可能莫名問，極可能是有人讓他問的，所以要防範圈套。

書童答：「是的話，妳就有了依賴他的心思，這種心思要不得。」

節南馬上答：「讓九公子放心，我沒有那種心思。」

書童馬上反問：「那就是不省心了？」

節南心想不是正就是反，回道：「是不省心。」

書童就從車窗裡遞出一份燙金大帖。「長白幫向兔幫下戰書，公子讓妳自己看著辦。」

節南還真不怕挑釁，拿過來打開一看，撲哧笑出。「唷，長白幫沒有識字的啊。」

帖上沒有字，就一幅畫，跟小人書似的那種線描。一老兩少身穿喪服，怒氣沖沖站在一座奇特的高臺上。臺子兩邊豎竹竿，上面掛一橫幅，畫著一對男女沉江，船已經七零八落。臺前地面畫一隻刺蜎，不，應是一隻全身插滿箭的兔子。

橫幅上的畫面，節南眼熟得不得了，不就是馬成均和鄭鳳嘛。

「這叫戰書？」腦海中泛上那兩人的死狀，節南卻笑個不停。「何時？何地？怎麼戰？」

書童一臉「妳不也沒讀過書」的表情，指著帖上一輪柳梢上的圓月。「柳為六，就是六月十五，月上柳梢頭之時。」

再指高臺。「這是長白幫總舵厲良灣。」

最後指兔子。「這是立生死狀，一方必須死個人，事情才算完結。」

節南貧嘴。「既然是生死狀，憑什麼在兔子身上插滿箭？給我招晦氣，勝之不武。」隨即將戰帖往袖子裡一塞。

書童喂喂叫。「妳就這麼接了啊？」

節南稀奇了。「不接還能送回去？」

書童理所當然道：「當然啦！對方就算是大幫，終究不過是我朝百姓，受律法制約，怎能隨意邀人鬥械，還想取人性命？」

節南不以為意。「九公子的意思？」

書童搖頭。

節南就更不以為意了。「我不去就是心虛。」馬成均和鄭鳳之死與她無關，她絕不願莫名承擔殺人罪名。

書童歪頭看了節南半晌，嘆服。「真讓九公子說中，劍童妳無所畏懼，所以他還讓我送來一樣東西，說是妳為他出面，就應該給妳準備的。」

「這回他不弄抓周了？」節南奇歸奇，該拿的時候絕不手軟，攤開掌心準備接物。「拿來。」隨便什麼都好。

簾子一闔，馬車晃動起來，連吉平都貓了半個身子進去拉拔。

節南頓豎寒毛。

娘的，娘的，娘的！上回商娃還不是最沉手的？難道──難道──王泮林神通廣大，把她老娘揪出來了？

節南不禁哦起嘴，屏住呼吸，拭目以待。

塵土在月光下微揚，一只麻袋包撲地，凹凸爲人形。

書童沒再露面，吉平揚起小馬鞭。

「等──」節南才說一個字，兩人一馬一車就馳離了，變成慌不擇路的影子。

節南費力解開束口的繩子，將麻袋往下一拉，兩眼看得發怔。

月下白梅雪，金豹美人怒──不，不對，這個男扮女裝的厚皮東西跟她有什麼關係啊！

被五花大綁的赫連驊雙目熊熊火起，堵著巾子的嘴發不出聲。但不一會兒，他眼裡火氣消失得一乾二淨，居然還連拋媚眼，意圖用美色勾引節南替他鬆綁。

節南無聲大笑，將赫連驊身上的一封信抽出，起身拍拍裙，再抬起腳，將那張諂媚臉踩進泥巴裡。她說她喜歡俊哥，就當她憐香惜玉？這死小子扮女人就扮女人，敢對她毛手毛腳的，她可記著呢。

等碧雲回到青杏居，見六姑娘身邊站著一個高挑丫頭，鼻樑破了，左眼青烏，半臉發黑，和自己一樣穿著府裡統制衣裙，偏偏手長腳長顯得衣裙寒磣，心想哪兒來的醜丫頭。

節南不多說。「碧雲，這是王九公子送來幫忙的粗使丫頭，只在這院裡幹活，妳不必通報他人知道，平時若我不在，她就歸妳差使。」

碧雲也不多問，只道「是」。

赫連驊冷眼盯著碧雲下去，卻突然往地上一坐，雙手擱在節南膝蓋，語氣發嗲。「哎唷，桑兒好狠的心，對著我這麼俊俏的臉也下得去腳……」

節南右腿稍稍一抬，一手拍住茶几上的信封。

赫連驊不僅眼神好使，動作也極機靈，立刻打滾一丈外，雙手撐著地，嘆息著爬起。

他做作的音色變沉變醇，其實是很男子的嗓音。「我一直在猜兔幫幫主是誰，想不到會是桑兒，眞容還如此漂亮。不過妳我雖有點交情，讓我加入兔幫，聽妳號令，我卻不服。」

節南舉茶送客。「誰要你加入兔幫？本幫男女分明，不招你這種不男不女的妖物，你可以走了。」

赫連驊扮女裝是爲了打探所需，對於相貌從來自視甚高，想不到碰上節南就成了不男不女，氣得暴跳。「我雖然不打女人，可像妳這等悍女，實在也算不得女人。有本事把我身上的軟筋散解了，妳我比武分輸贏。我贏，我走；妳贏，我留。」

「你聾啦？我已經讓你走了。」節南嗤笑。「赫連瞻北燎第一武將，他的弟弟笨得讓人這麼著急？」

赫連驊兩眼犀利。「姓王的居然連這都告訴妳了？」

節南搖了搖信封。「賣身契嘛，總要把來歷說說清楚，萬一是罪大惡極的欽命要犯，我可不敢收。」

赫連驊沒那麼傻。「胡扯，這是我爲了進洛水園才寫下的賣身契，並未說過我的眞名，更遑論我兄長的名姓。王泮林不守承諾，向妳洩露我身分，我會記著的。」

節南發現自己周圍還都是小心眼的傢伙，難道是物以類聚？

她隨即一笑，不自覺替人澄清。「他只提及你的姓名，我自己聯想到的。北燎也算我半個故國，怎能不知瞻將軍大名？」

赫連驊對「半個故國」十分敏感。「妳是燎人？」

節南否認。「不是。」一擺手。「你不用多問，我當眞放你走，只是這份賣身契還要還給九公子，免得將來說不清楚。」

赫連驊嗤之以鼻。「妳何必裝好人，我身中軟筋散，能走哪兒去？」

節南推開窗，衝著小膳房喊小柒。

很快，簾子抛起，柒小柒也不往旁邊看，對著節南就不耐煩吼：「幹嘛？幹嘛？誰又快不行了？」

節南一招手。「有沒有軟筋散的解藥？」

柒小柒鼓起腮幫子。「妳喊我來就爲了軟筋散的解藥？臭小山，妳是不是該補補腦子啦？就算軟筋散有千百種，總歸不會要人命。妳再拿這種小事煩我，我就熬黃連給妳吃！」

來如風，去如風，簾子再抛，柒小柒就不見了。

赫連驊目瞪口呆盯著門簾，用力眨兩下眼皮，覺得自己可能眼花。「大福娃？」

節南好笑。「我姊姊會一點醫術，不過她這會兒沒心情幫你，你要麼等她心情好，要麼自己到外頭找大夫解。你也聽見了，軟筋散不會要人命的。」

赫連驊回神，思忖的目光打量著節南，然後沉眼攏眉。「桑兒並非妳的全名吧？」

「桑節南，家中行六。」節南報全名。橫豎都面對面了，哄啊騙啊什麼的盡白搭。

「這裡就是兔幫總舵？」赫連驊再問。

該死的王九，不知用什麼手段把他從洛水園弄出來，醒來就說把他送給兔幫幫主了，要他爭取表現，爲兔幫的壯大盡心盡力。他當然不高興，誰知王九給他灌了軟筋散之類的藥，再次醒來時全身乏力，連抬胳膊的力氣都沒有。

節南呵然，不語。

赫連驊之前對節南有好感，也許是因爲她出手就尊重彼此，也或許是因爲她言辭相當睿容，剛才卻由於王泮林而遷怒於她，所以這會兒他就冷靜了下來。

他想，落在這姑娘手裡，要比落在王泮林手裡好。

「那妳上回說自己是幫今人打雜的？」赫連驊又想起，王泮林說過，兔幫幫主或能幫他一把。

「上回眞是幫人打雜，兔幫算是自己的營生──」撲哧笑出。節南知道自己用詞不當，但覺得好玩，也就不改口了。

赫連驊可笑不出來。「兔幫有多少幫眾，堂口幾處？可有自成一派的內外家功夫，還是如鹽幫船幫長白幫這些，統領一個大行工事？」

雖說他混入洛水園也算立功，剷除了大王子一條得力眼線，對四王子目前的窘境卻並無多大益處。王泮林則精於籌謀，表面看來是他借王泮林之力，其實心知肚明自己被王泮林利用得才叫徹底，故而對王泮林又敬又怕。敬這人巧計奇策，怕這人白白驅使自己，對自己再無好處。

節南就輕鬆得多，說大話也不臉紅。「兔幫不過三四十人，並無任何堂口，也非武林宗派，將來打算代替長白，接管三城一帶。」

「妳可知長白幫眾三千三，不止掌管三城的賭場當舖，更有武器暗器堂，又深藏在江盜猖獗的島嶼，讓官府拿它沒轍，還富得流油，武林宗派都要給它三分面子。」赫連驊心頭大呼，果眞上當，被王泮林忽悠進一個混混小幫，自己竟差點冒出了希望，以爲能給四王子拉到一股舉足輕重的江湖勢力。

「不知道，我只知長白做派同匪類別無二致，是時候給江湖後輩讓位了。」節南說著，心想假話眞不能多說，說多了兔幫就從無到有，如今都說溜了嘴皮，隨時能掰。

赫連驊輕蔑譏笑：「就憑妳和妳幾十號手下？」

節南眨眨眼。「人不在多，高手就行。左有王九公子，右有赫連公子，前有我家福神開山，後有文心閣鎭海，不是已經有了大幫大派的初陣架勢嘛。」

赫連驊想想這陣仗還眞不弱，隨即發覺自己被人拉進圈套，有些招架不及。「我……解開軟筋散我就走，妳可要說話算話。」

「當然。」節南的玩笑點到即止，給赫連驊安排下住處。

約莫到了亥時，節南還沒想出來王泮林的目的，碧雲上氣不接下氣跑來稟報主院的消息，神情卻透出一絲欣喜。

喜事來啦！

第二日一早，趙雪蘭去拜了觀音許願，摘去弟子冠，脫去姑子袍，前腳才回府，媒婆後腳就到，把納採納吉兩道並一道。午後朱紅請了本家族伯族兄來送聘禮，再廣而告之街坊四鄰。迎娶就定當晚吉時，宴席擺在趙府，只有七桌客。

要說名媒到底了得，就一日的工夫，不但納採納吉納征做到完滿，還從官府拿到了婚書，以防最後劉氏熬不到吉時，白事發生在紅事之前，沒能進行至迎娶，朱紅和趙雪蘭也已是名正言順的夫妻，禮道挑不出毛病。

一邊有名媒，一邊有奇醫，小小趙府雖然忙翻了天，外人看來卻從容有餘，不差喜氣。鞭炮從午時就開始放，媒婆推薦了一個散曲的小班子，名聲不響，技藝卻不差，臺柱姑娘能歌善舞，一人就鎮得住場。

碧雲呱呱誇著那位臺柱，節南在彩禮箱裡東摸一下西撈一記，對著一身大紅嫁衣的趙雪蘭潑涼水。「說沒落還眞沒落，朱紅祖父是朱氏本家嫡子，朱紅是嫡長孫，體面的彩禮卻沒幾件。妳再看瀟瀟菲菲，平日出行的首飾綴件都比這裡最好的首飾值錢。」

離吉時尚早，又和尋常的成親不同，趙雪蘭不用趕轎子，所以只穿了嫁衣，妝未上、頭未梳，本來衝著銅鏡發呆，讓節南涼水澆回了神，蹙起煙眉。

「不然妳以爲他爲何看得上我？」

節南刻薄的目光頓時轉溫。「妳是眞想明白了？好極好極。本以爲妳還抱著當初的心思，既要名門俊哥，又要富可敵國，跟鯉魚跳龍門似的，一婚成就妳終生呢。」

趙雪蘭聽了怎能有好氣。「拜妳所賜，我如今有自知之明。朱……」覺得不好意思直呼其名。「他同父親都說了，家境清貧，所得不過一己官身和姓氏，還有弟弟要撫養，只是他願將趙家當自家，會把阿摯和雨蘭當作自己的弟弟妹妹，今後一力承擔這個家……」

「如此足矣。」節南道。

趙雪蘭轉身望過來，半晌後慢慢點了點頭。「是，當眞足矣，我只不過擔心——」咬唇頓聲。

節南接過。「擔心他人品是否眞好，待妳是否有眞心？」

「妳說，都城裡那麼些家世好得多的姑娘，他爲何偏偏選我？而他原本是炎王妃和蘿江郡主看中的郡馬人選，即便後來沒成，也能挑到家世更好的女子。」外面的鞭炮聲，曾是她暗暗期許過的，想不到眞輪到自己嫁人，聽到了只覺心慌意亂而已。

節南總不能說是王九給趙雪蘭牽來的夫君，但笑。「郡馬人選有什麼難當的？一，好看；二，識字；三，出身還行。比妳以前的要求低多了。再看趙府，姑丈人好官聲好，家中人口簡單，家境富康，妳不僅是這個家唯一嫡子女，還是書香劉氏外孫。江海雖大，不及池塘安適，就看朱大人希望怎樣的生活。至於他對妳看不看得上，這人一來一去跑了好幾回，難道是看趙府占地多大？自然是相中了才求親的，否則那麼些家世好的，爲何偏偏選妳，就算給妳當了沖喜新郎也心甘情願？」

趙雪蘭莫名讓這些話安撫了，嘴上卻不領情。「妳幹嘛幫他說那麼多好話？他買通妳了還怎麼？」

「妳管那麼多呢。要是妳自己心裡不願意，別人讓妳嫁妳就嫁，我只能說妳傻。」節南沒在意。

她已知趙雪蘭的真性情，就是嬌生慣養成了小姐脾氣，說話不知圓滑，心眼不多，偏又天真的軟泥捏，才讓劉家騙到了這麼大。

趙雪蘭也習慣節南這種淡漠刻薄的語氣。她同趙雨蘭歲數相差大，所以喜歡去舅舅家找劉彩凝一起玩。說是姊妹感情，如今想來只是她這個客人一味忍讓主人，表面和諧罷了；反倒和節南針鋒相對，鬥出不少令她成長的智慧來。

一個屋簷下，相伴即是好。

節南走到梳妝檯前，袖子輕掃過，桌面就出現一只錦盒。

趙雪蘭詫異。「這什麼？」

節南皺皺鼻子，無可奈何道：「本指望妳嫁出去，我能當幾天大小姐，哪知妳命好，還能在娘家爭主母，我這個簷下客可不得討好討好妳嘛。」

趙雪蘭打開盒子，見裡頭一對翡翠鐲子，綠得碧光流瑩剔透，一看就知貴重。

她還不及謝，節南就邀功。「很貴的，可以當作傳家寶，給妳子子孫孫。」

趙雪蘭的感懷就化作好笑。「鄉下來的丫頭還能拿出什麼貴物什。」

說著貴，節南神情卻全然不是那回事。「我爹留下的家當之一，所幸讓我挖出來了，但我手大腕粗，戴不上。」她老爹買翡翠，不夠千兩銀子都不惜得出手，而且說不定有來歷，不好拿去當舖，乾脆送作人情。

趙雪蘭有些眼光，將盒子推回去。「這麼貴重的，我也沒那身分、沒那場合可以隨便戴手上……」

節南退開。「送出去的東西我不會拿回來，隨便妳處置。再者，我也不是白送妳，只要住在妳家一日，還要請妳照拂一日。」

趙雪蘭眸中微微亮閃，吃驚道：「妳討好我？」

「不早說是討好妳了嗎？」節南嘻笑，目光慧黠。「恭喜賀喜啦。」恭喜這位覓得如意郎君，賀喜這位將成爲趙府半個主人，也恭喜自己弄掉了桑浣在趙府中一半的地盤。

趙雪蘭食指點住錦盒，一點點收了過去。「那我就卻之不恭了。」

碧雲又跑進來。「稟大小姐，六姑娘，彩凝姑娘來了！」

趙雪蘭「啊」一聲站了起來。「她來作甚？」

節南立刻將鐲子往趙雪蘭雙手上一套。「才說沒場合，這不就來了？」再吩咐碧雲：「快請。」

趙雪蘭看著那兩只滴翠鐲子，心情還眞好，一時瞧迷了神。

節南拽拽趙雪蘭的袖子，嘖道：「瞧把妳虛榮臭美的，喜歡就直說。」

趙雪蘭瞥節南一眼。「照妳說的，咱倆性格不合，成不了朋友，我爲何要對妳坦誠布公？虛榮怎麼了？我就這樣，才能容妳鑽到空子呢！」

節南哈哈直笑。人不相處，眞不知道，放下心防，不再端著的趙雪蘭可以很有意思的。

「老遠就聽見姊姊笑聲，卻忘了要哭嫁才是。」嬌聲如銀鈴。

昨日劉家女，今日王家婦，纖巧身姿穿富貴輕紅羅，牡丹頭上戴金銀步流蘇。劉彩凝集貴婦新婦一身，氣韻卻比踏青那日紋絲未變，面容仍似閨中少女，笑得天眞爛漫。

且提，劉彩凝年方十八，節南和趙雪蘭和她一比，都是老姑娘。

趙雪蘭坐著沒動，直接發揮討厭喜歡都擺出來的眞性情。「妳來做什麼？」

節南比趙雪蘭壞，也比趙雪蘭滑。「雪蘭姑娘的意思是，彩凝妹妹昨日才成親，今日怎麼出得來？即便把趙府當作娘家回門，也得等上三日。」

劉彩凝的笑容僵了僵，隨即尷尬抿開，命身後丫鬟送上一個大禮盒。「今早爲公婆奉茶，才聽說姊姊要爲姑母沖喜，許了都府判官朱大人，今晚就要成親，故而央了婆婆前來賀喜。我婆婆開明，知我和姊姊一起長大，情分難捨，特意帶我過來。她這會兒在同妳爹和二夫人說話。」

趙雪蘭昨日心裡還酸楚酸楚的，今日輪到她自己出嫁，那份嫉妒心就煙消雲散了，對著笑臉而來的劉彩凝也擺不出太久的黑臉，緩和了語氣。「多謝。」

節南溜眼望著那只禮盒，又來使壞。「我早聽說雪蘭的舅父舅母視她如己出，要不是急著給大夫人沖喜，她的婚事也會由你們家張羅。如今送來這麼大只盒子，肯定是來添嫁妝的，能打開讓我們開開眼嗎？」

劉彩凝一愣，乾笑道：「這個……實在太倉促，我自己來不及準備，就選了一座雕功精湛的如來佛像……」

節南屬霸王的啊，豈給劉彩凝喘息的機會，眼乍亮。「純金佛像啊──不愧是嫁給安陽王氏，哪怕從昨日百官皇族的賀禮中隨便挑一樣送來，那也不得了。」

「……不是純金的，是石刻的……」劉彩凝突然意識到自己太草率，費力想理由，給她的禮物增加貴重性。「……名匠刀工，還開過光……」

「碧雲，把石佛送到大夫人的庵堂去吧。大喜日子，新娘子的房裡放如來算怎麼回事？要是送子觀音也還罷了。」節南一臉興致全無，重新坐端正。

趙雪蘭想笑，不敢笑。「都是一份心意。」

劉彩凝給自己找臺階。「禮輕情意重。」

節南嗤笑。「眞要如此倒好，只怕虛情假意，自私自利，就知自己收好處，不知往外送好處，還不如一般的賀客，好歹要顧著面子，掂量掂量是否拿得出手。」

劉彩凝讓這話說得面紅耳赤。從小到大，她事事由母親張羅，本家之中姊妹不少，但好東西總是先盡著她。她難得自備禮物，也選她自己不要的，自覺對其他姊妹而言已是難能可貴的好東西。尤其是趙雪蘭，凡她送的，都是歡天喜地收下，對她擁有的一切都羨慕不已。

於是劉彩凝有了底氣。「雪蘭姊姊喜歡就好，何須世俗之人淺見？」

清脆的叮噹聲響。

劉彩凝瞧見趙雪蘭腕上那對碧光流彩的翡翠鐲子，脫口而出：「姑母還有這麼漂亮的鐲子？」

「六娘送我的。」趙雪蘭看看節南。

節南笑。「小小石頭，不成敬意。」

劉彩凝連耳朵都紅了，這不擺明笑話她吝嗇嗎？

「我爹娘自會為雪蘭姊姊添妝，我只知姊姊喜歡禮佛，就送一尊佛，金佛石佛玉佛木佛有何分別？我不懂與他人攀比，也不想攀比，更相信雪蘭姊姊不會拿我的禮物和任何人攀比。」劉彩凝理直氣壯再論道。

「哦？原來劉府的嫁妝箱子還沒送來啊？是我錯怪妳了，妳別惱。」節南也端杯喝茶。

劉彩凝聽得出節南敷衍，氣在心頭口難開，心想回頭必須讓母親準備一箱體面東西來，堵住這女子的嘴。

「雪蘭姊姊的大喜日子，屋裡屋外怎麼冷清得很，也沒見丫頭婆子們來來去去。其實姊姊應該留著四個丫頭的，畢竟她們自小跟著妳，大了就隨妳安置，配個家裡小子，升了管家媳婦，照樣伺候著妳，不至於這會兒跟前連個梳頭的人也沒有。」

趙雪蘭自己應對。「妹妹忘了，我今日之前還是掛在觀音庵清修的弟子，別說四個丫頭，就是一個丫頭都嫌多，而且留在我身邊也沒好去處，不如請大舅母代為安排，否則我也過意不去。再說我成親和妹妹大不同，一切從簡，只為我娘能好起來。」

說罷，趙雪蘭站起來，竟是送客。「妹妹昨日才成婚，今日出門雖是妳婆婆開明，只怕別人誤會王氏新婦不懂規矩，所以我也不敢留妹妹太久。」

劉彩凝抿唇扯笑，只好隨之站起。「姊姊，我今日怎麼都要來一趟，是想妳我如今都嫁為人婦，從前女兒家時候發生的那些誤會就放下吧。」看一眼節南，神情有些猶豫，但還是繼續說了下去。「姊姊知道我並不特別聰明，故而讓爹娘費盡心思，只是為人子女者，不能說父母的不是，可我懂姊姊為何生氣。不過，姊姊已經覓得佳婿，朱氏名門，朱大人年輕有為，相貌堂堂，有品有德，眞是失之東隅得之桑榆，還好當初拒了……」

立覺自己洩露太多眞心思，劉彩凝笑著沒說下去。

趙雪蘭只當劉彩凝說為妾之事，心道不錯，自然聽不出另一種不對勁。

節南卻是見過王五郎的，馬上感覺到劉彩凝話裡的酸羨，幾乎出於本能就駁這人。「麒麟才子，白雲深處，天海心寬。若論佳婿，誰能及妳？」

劉彩凝臉色僵白，雙手捏了雙拳，死死咬住唇，看得出呼吸急伏。

這下，連趙雪蘭都察覺異樣。「彩凝，妳怎麼了？」

節南冷笑，能怎麼？還不就知道了王雲深並非朱紅此類的英俊面貌，本想過來顯擺夫家，結果發現沖喜一點不悲切。一直陪襯自己的表姊居然嫁得挺愜意、挺舒坦，方方面面都出乎意料圓滿，可謂否極泰來，教劉彩凝心裡怎能不翻江倒海！

節南暗哼，眞是高估了這位劉大小姐。

聽趙雪蘭問她，劉彩凝陡然回過身來，笑顏緊繃。「妳我皆嫁得好人家。雖不知妳婚後何處置宅，肯定也在都城之內，希望和從前一樣，妳我兩家常來常往。」

趙雪蘭沒多想。「我哪裡都不去，就住家裡，我爹會把隔壁人家買下來，今後兩宅並一宅，趙朱不分家。」

劉彩凝愣了愣，眸中閃過一芒，語氣都藏不住羨慕。「眞好，朱大人只有一個弟弟，妳也不用服侍公婆，出嫁也不用離開娘家……」

說著說著，她一垂頭，跨出門檻。

也該劉彩凝氣運跌落谷底，正撞上一行抬著紅木大箱的僕婦。走在前頭的，是一位風韻極佳的女子，約莫不過二十五六，頓令清靜的小院泛上喜紅色。

女子秋波一轉，定在門旁的節南身上，盈盈福禮。「婢子仙荷，今日剛由禮部派至趙府，二夫人命婢子青杏居當差。聽說六姑娘在長姑娘這裡，婢子特來拜見，又恰逢客人送禮，就一併領進了。」

節南看著仙荷，暗嘆一聲「好」。

全然不似洛水園出身，這時的仙荷，衣色不亮但雅，頭髮花樣不繁但溫婉，朱唇微微點紅，粉黛不挑，細眉垂目，看得人舒服，再無半分清豔妖嬈。

而且厲害啊，第一日進趙府，桑浣就將她派到青杏居，這麼容易順了她的意。

節南不知仙荷是否認得出自己，但問：「這是哪家客人送禮？好大的手筆。」

劉彩凝不由停步，偏頭來望。

仙荷聽到節南的聲音，神情稍稍一怔，隨即如常，奉上禮單。「這是江陵大商紀老爺送來的。兩箱蘇錦，兩箱瓷器古玩，兩箱補品珍藥，另有首飾雙盒，一盒金、一盒銀。」

趙雪蘭奇道：「紀老爺是我爹的好友嗎？怎麼從未聽我爹提過？」

仙荷仍看節南。「紀老爺是姑爺的保媒人，而且聽紀老爺說起，他與六姑娘有過一面之緣，但覺親切，哪知朱趙聯姻這麼巧，這才大方送足了。」

趙雪蘭也看節南，揣著糊塗裝明白。「我說呢。」

節南知道紀老爺眞正的身分是安陽王氏芷姑姑，這會兒說什麼保媒人，多半是某九爲了遮掩。不過送了這麼八大件來，又點明給她桑節南的面子，王九這是要幹嘛呀？

節南揣著明白裝糊塗。「哈哈，紀老爺乃江陵首富，別人看來是大手筆，對他而言是小意思。雪蘭，妳不必記我太大的人情。」

愈說不用記，就愈要人記。再說不管王九想幹嘛，反正把這個功勞堆她桑節南頭上了，她不領白不領。

趙雪蘭看劉彩凝腳步匆匆，身影狼狽，一邊奇怪這位表妹到底哪裡不痛快，一邊卻覺得自己心情很痛快，低聲對節南道：「謝謝妳，讓我面上生輝，總算把這些日子的憋屈吐得乾乾淨淨。」

節南當仁不讓。「誰不要面子哪！」她就死要面子。

「只是劉彩凝為何不痛快？我這樁婚事再體面，也好不過她的體面吧？更何況還是為了沖喜。」趙雪蘭想不通。

可是，節南不八卦王雲深的相貌和身高，也不覺得有什麼可八卦的。劉彩凝要只為夫君的外在而痛苦，甚至嫉妒別人，她就根本不配當王五郎之妻。節南會樂見王五休妻！

時辰差不多了，要給趙雪蘭梳頭，碧雲卻遲遲不來，仙荷自告奮勇，為趙雪蘭彈面梳妝，手法極好。

節南一旁聽趙雪蘭反反覆覆誇仙荷，忽起刁頑。「妳這麼喜歡仙荷，不如跟我姑母要了她去。」

仙荷神色未變，手上未慌，彷彿根本不關她的事。

趙雪蘭挺心動。自從送走了劉家給她的四大丫鬟，她身邊沒人可用。碧雲算得能幹，但畢竟年紀還小，且要兩頭跑。而仙荷心靈手巧，對答睿智，很是摸得準她的脾性。她就要成親了，很多事卻一竅不通，像仙荷這樣的女子，應該能馬上擔當重任，幫她掌理起家來。

趙雪蘭還想到，仙荷一來，浣姨就派她去節南那裡，而不是給了自己，可能顧忌她這個留在娘家的大小姐分薄權力，否則以自己的身分和家中地位，怎麼都該將仙荷派給自己吧。

於是趙雪蘭心裡愈發活動了，瞥一眼低眉順目的仙荷。「仙荷，妳可願意跟我？」

節南嘴角翹上，若連這點小事都解決不了的人，她可不要。

仙荷為趙雪蘭盤好頭髮，這才轉到趙雪蘭身前，淺淺一福。「謝長姑娘看重，仙荷感激不盡。仙荷原是洛水園一等司琴，因年齡到了，被放出園子，改派到趙府當差。不瞞長姑娘，能到趙府來，還是仙荷央了媽媽幫忙說項。趙大人不久前還是仙荷的常客，他的人品一直獲大家稱道，趙大人待浣姊的好，不知羨煞園子裡多少姑娘，仙荷因此十分嚮往趙府。沒想到朱大人要與長姑娘結親，他也是品德端良的年輕人，到園子裡來喝酒從來都是規規矩矩，仙荷當眞沒挑錯地方。只要浣姊姊和長姑娘一句話，讓仙荷到哪裡都行。」

節南眼悄睜，暗道一等司琴琴好，口才更好，怪不得王泮林讚仙荷擅長交際。

趙雪蘭立刻讓仙荷引上歪道，心想洛水園出來的，難怪氣質頗不尋常，看著溫順，實則獨具魅力。父親是仙荷的常客，所以桑浣感覺到了威脅，怕父親喜歡上更年輕美麗、又同樣是洛水園的後輩吧。然而，朱紅也認識仙荷……

變心不過眨眼之間，趙雪蘭淡下語氣。「姨娘爲了家裡的事勞心勞力，等忙完這陣我再問她，妳暫且在青杏居幫六娘吧。」

仙荷笑顏有些明豔，答得極短：「是。」

趙雪蘭看著那張勾魂面，慶幸自己先問明瞭仙荷的來歷，不然這樣的女子放在家裡，比劉家四大丫頭恐怕還難管住心思，哪怕年齡比朱紅大幾歲，她可沒信心。

終於，碧雲帶著丫頭們進來了，節南說走就走，趙雪蘭也沒好意思留。

走進小小青杏居，聽著仙荷不緊不慢的腳步，節南剛想跟她閒聊，忽見院中那張她用來採月光的石桌前站了個人——

青衫繡梅，牙冠收濤，星光盡沉他眸底。

28 嫁得出路

錚——

節南出劍。

蜻翅振振，月光沿劍身纏繞上來，將半只花袖罩得銀白。

剎那，人如風，衣勝雪，劍盛光，杏花捲梅花。

跟在節南身後的仙荷看呆了，端著臉盆出來的赫連驊也看呆了；被一股紅煙嗆出來的柒小柒眼中亮，同時大步往內牆下抱臂一站。

一聲輕笑，一對劍指，悠悠一夾。

翅尖在那對劍指中靜止。

不是夾劍的王泮林身懷絕世武功，而是出劍的桑節南本來就沒有奪人性命的打算，不過看到這人大刺刺占著她的地盤，曬著她的月光，一時鬥氣橫沖，不小心將殺手鐗使出來了，然後半途回神收了劍式，正好到王泮林面前靜止。

「小山。」風明明是往王泮林身後吹的，冠帶卻往前，飄上了他的肩。

節南的目光從那根潔白的冠帶移到王泮林眼中，蜻螭劃出半圈青光，指向赫連驊。「叫再好聽都沒用，趕緊把這個不男不女的傢伙給我弄走。」

王泮林看都不看赫連驊一眼。「腳長在他身上，他想走就走，何須妳我弄走？」

節南沒好氣。「我讓你弄走，你幹嘛扯上我？我住的是別人家，這裡是女眷居所，你怎能送這東西來？故意壞我名聲還怎麼？還有你王九公子，這麼堂而皇之站在我院裡……」

王泮林不待節南說完。「我來吃喜酒，哪知迷了路，這麼巧，正好走到小山妳這兒來。」

無賴啊，這就是。

呵呵。

節南冷笑，蜻螭一掃，自王泮林眼皮下悠然劃過，收回腰間。「行了，九公子也別扯了，不管你來作甚，先把解藥給赫兒——姑娘，讓她走人。」

王泮林一抬手，牆頭突然貓起吉平，朝赫連驊拋去一物。

赫連驊看了看，直接吞服，不一會兒就動動手動動腳，輕喝一聲就竄上牆頭，要走不走之間，回過身來望王泮林。「王九，你說桑兒或能助我解開四王子謀逆之冤，眞乎，扯乎？」

節南斂眸。

什麼？她爹和燎四王子來往的書信還沒拿到手，赫連驊居然說四王子冤枉？什麼意思？

王泮林神情淡漠，目光微鄙。「要不要我直接告訴你陷害你義兄的人是誰？」

節南不比王泮林好心多少，聞言就知他在說反話，其實根本不知道。

赫連驊卻信以爲眞。「快說！」

仙荷撲哧笑出。

赫連驊抬高下巴睨著仙荷。「幾日不見仙荷姊姊，還爲姊姊的去處擔憂，想不到也來了這裡。不過仙荷姊姊且聽我一句，跟著兔子幫沒有前途，早日另擇高枝得好。」

仙荷音雅聲清，卻是對王泮林說話。「九公子說，我今日一來，手下有笨丫頭急須調教，莫非就是指赫兒？」

赫連驊一聽，從牆頭蹦回院中。「王九，你說誰笨？」

仙荷終於看向赫連驊。「你說兔幫無前途，我看卻有前途。小小的趙府，更小的青杏居，今日沖喜，前庭人來人往，六姑娘七姑娘寄人籬下，可我們幾人在這裡說話，完全不必顧忌牆外，只因此處已在六姑娘掌握之中。」

王泮林對節南微笑。「我沒看錯人吧？」

節南不答。

仙荷問節南：「適才六姑娘在雪蘭姑娘面前考較婢子，婢子那般對答，但願合六姑娘心意。婢子已無處可去，卻也無意給人添麻煩。六姑娘要覺得婢子會拖累妳，婢子絕不多留片刻，只能怪自己有眼不識金鑲玉，當初竟沒瞧出六姑娘的裝扮，大概讓六姑娘覺著婢子過於傲慢了。」

節南不答不行。「妳不必以婢子自稱，妳的本事我已領略一二，只要妳不嫌棄我這兒地方小，今後我和小柒也不會隨意丟下妳。至於兔幫，和我這院子裡的規矩大不同，我這個幫主不過掛名，實則由幫腦說了算。」

像「有難同當有福同享」這樣的大話，節南是不會說的。

這稱呼新鮮，連仙荷也不好妄加揣測，問道：「幫腦？」

節南指指腦袋，又朝王泮林的方向努努下巴。

仙荷抬袖藏笑。「原來如此，我說九公子怎麼這般熱心，要將仙荷安置在六姑娘身邊，害得仙荷誤以為……」誤以為王泮林有心討好佳人，把她當了禮物。

節南還沒想仙荷誤以為什麼，就聽赫連驊驚呼——

「王九，兔幫是你創立的?!」

王泮林剛張嘴，節南截過。「我和小柒原本是單幹戶。」

「所以委委屈屈當個伴讀，來來回回幫人打雜，一件事情都解決不了。而今，這趙府很快就能由妳小山說了算。」王泮林神態閒定，語氣悠然，但能讓人心頭一凜。

赫連驊凜歸凜。「就算由她說了算，我為何要替你賣命？」

「誰要你替我賣命？」王泮林不屑一顧。「縱然兔幫是我率性發起，小山戲稱我爲幫腦，幫主卻始終是她。你們可以聽我的，我卻一定要聽她的，所以你赫連驊只須爲她賣命。」

節南只覺當頭壓泰山，急著跳開。「姓王的，排九的，你何時聽過我的？」簡直是天下第一大冤案。

王泮林置若罔聞。「而且赫連驊你個木腦殼，笨得當眞無可救藥。你口口聲聲桑兒能否幫你，卻連就在眼前的線索都抓不到，我還如何指望你助她？滾吧，也別回文心閣，沒人幫得了一個笨蛋。一日爲師，終生爲父，子不言父過，先生並不欠你。」

「就在眼前的線索？」赫連驊絞盡腦汁的模樣，抱著腦袋打圈圈，最後蹦高了。「你不說我就不走！」

反而是節南實在看不下去。「笨蛋，你不是叫我桑兒嗎？」

赫連驊瞪過來，雙眉糾結扭曲。「那又如何？」

「不如何，就是和你家四王子勾結買糧囤兵的桑某某一個姓。」節南覺著自己好心到快成菩薩了。「一般而言，訓練有素的細作都會稍稍聯想一下，稍稍查證一下，稍稍……」

赫連驊眼珠子快爆了。「妳妳妳妳！」不不不不！「姓桑的多了！」

「吉平，把你師兄請出去。」王泮林搖頭，對節南笑了笑。「本以爲他好歹能打架，六月十五妳派得上他的用場，罷了，我再另覓他人。」

扶不起的阿斗。

太丟文心閣的臉！

吉平的手還沒碰到赫連驊的衣服，赫連驊一個大甩袖，竟將吉平揮退三步，隨即就往節南奔來。

他一邊奔一邊喊：「桑大天是妳什麼人——」

節南冷眼看著赫連驊氣勢洶洶，但喊一聲「小柒」。

赫連驊一個「啊」字還沒出來，就覺什麼東西飛進自己嘴裡，來不及往外吐，居然在舌頭上就化成一口苦酸苦酸的水，直接滑下喉頭。

他雙手立刻環護著脖子，頓住身形。「妳們給我吃了什麼？」

節南問柒小柒：「妳給他吃了什麼？」

柒小柒笑嘻嘻。「軟筋散啊。」

赫連驊狐疑。「軟筋散不是這個味兒，碰舌頭就化，苦酸的。」

節南呵笑，不知這笨蛋吃過多少回軟筋散，對味道還能挑剔。

柒小柒笑得有些化鬼，說話帶著森森涼氣兒。「是不太一樣，普通軟筋散沒解藥也死不了，我這軟筋散不但遇水則化，遇筋則燒，便是你鋼筋鐵骨，也能燒縮了，七尺男兒變三尺小兒。」

赫連驊聽得駭然，卻不想示弱。「少來這套，這種軟筋散我聽都沒聽說過。」

柒小柒鬼相出現。「那是，吃過的都沒命說，沒吃過的自然也沒地方可聽說。你有遺言就快交代，一刻後起藥效，服解藥也沒用了。」

赫連驊將信將疑，隨即望向王泮林。

王泮林卻問節南：「要拜堂的時辰了吧？」

節南聽爆竹放了十八響。「是吧。」

王泮林就往門外走去。「小山，給我帶個路吧。」

節南跟從，主隨客便。

仙荷但問：「六姑娘可要我跟隨？」

節南不回頭，只吩咐：「妳留下，萬一小柒不給解藥，妳幫著她挖坑埋屍。」

仙荷笑答「是」。

王泮林和節南走出老遠，青杏居裡悄聲無息，卻見一片雲花遮了月，一陣涼風消暑意，恰好月黑風高。

「燎四王子沒有讓我爹買糧食購兵器？」聽了半天，說了半天，只有這件事最要緊，節南需要問清楚。

王泮林信步安然。「我也覺著其中有異，不過這要赫連驊的話可信。而即便赫連驊可信，燎四王子是否可信，也不能得知。妳曾在北燎待過幾年，依妳所見呢？」

節南垂眼沉吟，隨後搖頭。「神弓密司，屬燎帝直管，而且門裡分工明確，我隨師父一直待在器冑司，對幾位王子的品性所知甚少，只知四王子民心所向，燎帝曾與韓唐大人商議過廢除長子繼位的大統，也是屬意四子。然而道聽塗說，誰知道究竟爲何呢？自古從今，想當皇帝的人，哪有全然無野心的？不會使手段者，又怎能一步步靠近龍椅？不過看那人幾分爲一己私欲，幾分爲天下百姓，能聚忠臣良將，還是讓奸佞小人包圍，供我們這等閒人瞧好熱鬧或壞熱鬧，僅此而已。」

王泮林笑。「小山當得某的紅顏知己。」

節南斬釘截鐵。「不當！紅顏知己其實是插在另一個女人心裡、讓她一生輾轉反側、拔也拔不出的一根刺，偏偏自己也是可憐人，永遠名不正言不順。那才是委委屈屈，不能翻身呢。」

王泮林笑意卻是更深。「也罷。」

節南哼一聲。「千萬罷了。」

前方紅燈籠喜盈門，孩子們的笑鬧已經很近。

「留下赫連驊，總比放他在外頭瞎打聽，引火到妳身上來得好。退一步而言，四王子如果遭人構陷，至少有一件事是可以確認的——」

「嗯，有人借四王子的名頭囤積糧草、私養軍隊，野心勃勃，而我爹沒那麼傻，不可能聽人說是就是。與我爹聯絡之人，必定有說服我爹的鐵證，讓他相信他在爲四王子辦事。那麼，那個人一定是十分瞭解四王子的人，更有可能是四王子身邊的人。」

王泮林只覺跟這姑娘說話眞是心神舒暢。「不錯，而妳爹爲何幫四王子，這件事的本身就是一個線索。他不認識四王子，他也不是燎人，能讓一個安心當土皇帝的人出錢出力爲人辦事，肯定有一層很深的淵源，也極可能就是衝著四王子身邊那人。」

「還不把信給我？線索說不準就在裡面！」節南伸出掌心。

王泮林還眞放上一物。

節南定眼瞧了。「一把鑰匙？」

「我明日出城避暑，小山妳幫我盯一盯雕銜莊的作坊。這是庫房鑰匙，另一把在江傑師傅那兒，兩把一起才能打開。基本無大事，難得有客來，妳只須收一下貨款。庫房裡的東西也隨妳使用，除了錢兩之外，因我回來之後要跟妳對帳的。」王泮林說得十分隨意。

「這時候特別感覺到九公子身上的名門氣，每到夏天必要避暑，不出城就能要你們嬌弱高貴的命一般。」節南嘲諷，收下鑰匙。「等你回城，要是瞧不見我，那一定就是讓長白幫幹掉了，記得爲我報仇雪恨，不然化作鬼——」

王泮林一拽節南衣袖，斷了她的胡言亂語，淡淡清清地微笑。「汝作鬼，吾作鬼，總不會教妳寂寞。」

節南心跳漏拍，就好像被點燃了一根心線，燒到胸臆之間，莫名灼熱。

但王泮林卻放開她的袖子，走到那些賓客中去了。

節南心想，這人幹嘛呢？說那樣古怪的話，容易讓人產生遐思好嗎？

她當然不會像趙雪蘭那麼自卑，只是對世家子弟、名門公子毫無追求，覺得喜歡那類人有些自討苦吃，畢竟他們擇偶的標準基本同容貌和性情無關，是男方家族和女方家族的聯合而已。

而她，還是個麻煩纏身的姑娘，實在不想再捲入更多的麻煩。眞有那麼一日，姻緣到了，她就希望男方出自簡簡單單的小門戶，最好比朱紅還要簡單，沒有大族本家什麼的。

她一定是想多了，面對崔玉眞那般的大美人都溫淡的男子，背負著一腔怒火而重生的男子，說話虛實難分，總是讓她難以應付，方才那話的意思必須轉幾個彎，八成就是讓她別弄砸了長白幫的事，不然她就算做了鬼，他都不放過她。

沒錯，肯定就這意思！

啊！忘了問，是他拉郎配，將朱紅送到趙府來的嗎？

「想什麼呢？」傳來一陣熟悉而「親切」的男聲。

節南一驚，看到崔衍知一身雲錦衫但立拱門外邊，立即漾開甜笑。「姊夫也來了？許久不見！」

崔衍知太習慣這姑娘的頑性。「不見六日罷了，哪有許久。今日妳表姊成親，父親特讓我來道喜，母親也備了賀禮，請妳代我母親祝趙大姑娘百年好合。」

節南應下，卻見崔衍知欲言又止，就問：「還有什麼話要我轉達？」

「不是……」崔衍知沉吟，然後從袖中掏出一封信，捏緊在手中。「玉眞非要我帶給妳，可是……」轉頭看看四周，往一棵樹後跨兩步，顯然不想讓人瞧見。

節南隨崔衍知來到樹下。「可是你不想交給我，怕你六妹請我幫忙，我會義無反顧，讓有情人終成眷屬？」

崔衍知急道：「萬萬不可！」

「爲何不可？」節南抱臂，一副壞丫頭的嘴臉。「昨晚你母親讓我保密，否則我姑丈升官變貶職，而我要是聽話，今後自會安排好處給我、給趙府。別人不知道，姊夫卻知道，我就是跟霸王爹頂牛角長大的，從來不受威脅。當然，我一時敷衍了你娘，事後說話不算數卻也不懂臉紅。」

崔衍知稍怔，隨即苦笑。「母親也是心裡慌張才會說話不妥當。朝廷用官皆憑考績，不憑個人喜好。父親身爲宰相，自會以身作則，不可能任意升貶官員。我可以向妳保證，崔家絕不仗勢欺人。」

節南也就嘴上說說。

「看姊夫如何爲官，就知崔相大人如何爲官，你母親當眞是心慌意亂了吧。」

崔衍知放鬆神情。「自從六妹鬧出這事，母親食難下嚥寢難眠，還犯了頭疼的舊疾……六娘，不瞞妳說，這信我已看過。多半知道會如此，六妹信上並未提及那人，只請妳去別莊陪她小住幾日。」

節南自知去不了，但也不先提。「你不想我去。」

崔衍知嘆口氣。「確實不想，可又不能不幫她轉交給妳，怕她氣急攻心，做出對父母大不孝的決絕傻事來。」

節南心想畢竟是崔家事，外人難論哪一方對錯，聰明地問：「你想我如何做？」

崔衍知暗道節南聰慧，說道：「請妳修書一封，幫我們勸玉眞。那人因受烏明的案子牽連，已經革職削官，今後朝廷永不錄用。本就是不相配的緣分，如今就更不可能在一起。且不說父母之命，我這個當兄長的，也不願妹妹跟人過苦日子。」

節南還是出事後頭回聽說孟元的消息，詫異道：「孟元與烏明是同夥？」

崔衍知搖頭。「那倒不是，但他在北都兵敗之後的幾年，經歷有些不清不楚，不能完全擺脫細作之嫌，因此吏部將其革職。」

節南敢說：「你當眞沒有以公報私？」

崔衍知劍眉豎起。「怎會?!他與六妹的當年事，我絲毫不知情，還是這回他被革職之後，六妹同父親求情，跟母親鬧將起來，我才得知過往。想不到六妹那般糊塗，還好希孟他——」

節南還眞不願聽下去。「姊夫打住，別隨便替王七郎慶幸。我想，必死無疑和未婚妻變心就能活命，這兩條路之間選一條，王七郎一定會選後者。」

崔衍知感覺莫名不知所謂。

節南卻不給崔衍知解惑的機會，接著道：「我可以寫回信，不過這時候誰往回勸她都沒用，反而讓她覺得沒一個人站她那邊，就可能不顧一切走上絕路。依我說，我就假裝安撫她，暗示我會幫忙，先把她哄得好好吃飯睡覺，將身體養好了，才經得起你們折騰。」

崔衍知看了節南好一會兒，神情陰晴難料。

然而，節南心中有數。「姊夫覺著我過分？」

崔衍知張口，半晌吐了一句：「我以為妳和玉真是好友。」

節南好笑，繼趙雪蘭之後，又來一個論友情的。「讓姊夫失望了，我只是玉真姑娘的伴讀之一，平常說說笑笑很聊得來，但要說到交心，大概得怪相處的時日太短。」

崔衍知讓節南冷淡的話語弄得心情突黯。「妳不愧是桑大天的女兒。」

這話當然不是誇她，可節南笑瞇瞇，心情完全沒有變化。「桑大天的女兒無情無義，為非作歹，不論曲直，喜新厭舊，沒心沒肺，你才知道啊。」

崔衍知眼前晃著節南那張嘻笑的臉，一時之間竟冒出「真率性瀟灑」這樣的念頭，下一瞬就恨不得敲開自己腦袋。「罷了，既然妳與玉真說不上交心，也不用妳回信了。」

節南淡然看崔衍知走出樹後，眼裡無慍。

人們多喜歡自以為是。她不當崔玉真是朋友，提議欺哄，就認為她無情冷血，替崔玉真叫屈；她要是當崔玉真是朋友，幫著私奔，恐怕他們又要認為她居心叵測，貪圖崔氏高門。

哪知節南才走出一步，崔衍知居然再走了回來，將手裡的信往她面前一送。「隨妳怎麼回信吧。」

節南哼笑。「崔大人翻來覆去改主意，累還不累？」

崔衍知氣道：「不管妳當不當玉真好友，玉真卻當妳好友。這些年她強顏歡笑，身邊好似從來不缺熱鬧，其實她從未對任何人敞開心扉，妳是唯一一個。」

「哦，她讓我知道了她的心事，我就應該努力回報？不管我是不是情願知道她的心事？也不管我是不是替王七郎不值？崔大人，我自問不欠你，更不欠你們崔家，而我做事就憑自我喜好，性格使然，老天爺也別想來糾我的對錯。還有，到底誰定的規矩，人當我朋友，我就要當人朋友？」奇了怪了，她看上去像到處喊姊姊妹妹的人嗎？

崔衍知聽出一點。「妳替王希孟不值？」

節南挑眉，笑細了眼，讓人看不清她眸裡的情緒。「沒辦法，誰讓我喜歡《千里江山》呢。」

崔衍知心堵氣悶，卻聽到幾雙腳步由遠而近。

節南也聽得分明，忙不迭站開，偏眼瞧見桑浣領著一串丫鬟們走出內宅。

桑浣見節南和崔五郎站在外園，兩人的距離倒是保持得十分客氣，只讓她不禁柳眉一挑。

「崔大人。」她上前待客，順帶瞥了節南一眼。

節南很自覺，退到桑浣身後。

委屈嗎？

不委屈！

雞毛蒜皮點兒事爭來幹嘛用？

桑浣已是紙老虎，當出頭鳥多好。

崔衍知行了禮。「我今日作小輩代父母來送賀禮，二夫人不必以大人稱之。」

桑浣雖然久聞崔徵大名，以為是高傲公子，卻想不到為人這般謙和，笑道：「那就多謝五公子了。大夫人身體欠佳，家裡就想給她沖個喜，匆忙之間禮數不周，還請五公子代我同你母親說聲對不住。」

沖喜，起因不吉利，一般親朋好友隨意來，但主家不會邀請尊客。尊客送禮來，已是給大面子，派家中受重視的子弟來，更顯足誠意。

所以，桑浣很高興。

崔衍知這時真一點兒官氣或架子也沒有。「母親本要親自來賀，奈何昨夜裡又犯了頭疼。」

桑浣並不知道眞相。「唷，我竟不知有此事，昨晚在王家喝喜酒，夫人看上去還好好的。等我家裡的事忙完，立刻就去探望她。」

崔衍知不囉嗦，再施一禮，就往賓客那邊去了。

桑浣重新走起來，問節南：「適才妳同他說什麼？」

節南篩選一下。「問問玉眞姑娘的身體如何，何時回來，可否寫信給她。」

桑浣的眉又挑了挑。「聽說崔氏五郎從不去風月場所，除卻崔玉眞之外，連自家姊妹都不怎麼親近，可我瞧他對妳倒是挺自在的。」

節南抿起嘴角。「就是看在玉眞姑娘面上，才勉爲其難跟我說話呢。」

桑浣不以爲意。「那也得他願意勉爲其難。」一回頭，讓淺春淺夏她們先去喜堂。「趙雪蘭都能嫁一個都府判官，朱紅還是世家之後，妳就算不及趙雪蘭，與名門公子爲妾也是極好的出路。」

節南屏住呼吸，彎眼卻帶笑。

「姑母什麼時候跟金利撻芳一樣了，以爲嫁到名門就是一條好路？」開玩笑，她桑節南做事還要靠色相？

「我沒跟她一樣，不過若能嫁進崔府，門裡誰能瞧低了妳？更不用擔心拿不到赤朱的解藥了。我這也是爲妳著想，自己又不從門主那裡拿好處，而且只怕妳找了這麼大的靠山，有人眼皮子急呢。妳一箭數雕，揚眉吐氣，今後再坐上我的位置……」桑浣這話確實眞心。「我想妳沒那麼笨，不以爲這是好計。」

節南不語。

桑浣蹙眉。「莫非妳比雪蘭還看不清自己的處境，眞要找事事如意一心人？」

那是節南十三歲那年的孩子話，將來要嫁一心一意的男子，夫家事事要如她的意，絕不看人臉色過日子。

節南笑道：「虧姑母還記得，我自己都忘了。」

桑浣沒有深想，點頭道：「忘了就好，我也不過那麼一說，最終妳要嫁誰，自然由我和門主商量著定。只是我不狠心腸，妳要有屬意之人，好比崔五郎之流，我不但樂見其成，還會助妳一臂之力。這會兒妳還可以自己挑挑眼，等到門主下令，那就沒妳挑的份了。」

要來的，終究會來。

節南笑容淡而從容。「是，我記住了。」

桑浣這才滿意。「也是小柒沒出息，不然肯定先輪到她。剛才拿到賓客名單，年輕官員竟來了不少，我會找機會讓妳露個面，能不能被人瞧入眼，要看妳的命數。本門門規第三條：非七品以上男子，女弟子不允嫁。妳也別瞎挑，再富有，無官身，那就想都不用想。」

節南其實覺得好笑。「說起咱門規第三條，一聽就知誰當家。」

神弓門應該改名了，女弟子的地位空前高漲，男弟子淪為提鞋。

「妳除了貧嘴，還能把她怎麼樣？」縱然遠在南頌都城，桑浣仍能感受到金利撻芳日漸膨脹的野心，也不怕跟節南說：「金利撻芳確實給自己找對了主子。想來妳師父也跟妳說了，盛親王才是真正的大今王，大今最尊貴的女人群都能為他生、為他死。神弓門在這個人手裡，就是一把殺人於無形的暗弓，可以剷除一切阻他稱王的障礙。妳就算能對付金利撻芳，對付不了他，一樣會死得很慘。」

「姑母說得對，我就剩這張嘴了。」就剩這張嘴，還能委曲求全，還能諂媚拍馬，還能違背心意。

淺春跑回來。「大姑爺踢轎了。」

桑浣意味深長看節南一眼。「妳呀，還是夾著尾巴做人吧，好歹活得久些。」

節南無聲連點頭，看桑浣快步而去，神情才冷。

「別把她的話當耳旁風。」

聽年顏的聲音，絕對想不到他的臉那麼醜。

節南淡哼。「今天找我說話的人還眞多，連你都要湊熱鬧。幹嘛？趕吉時，說吉言啊？」隨眼一瞥，立刻調開目光。「你居然還能一天比一天醜，也眞讓我佩服了。」

那張駭人的臉，毫無血色。

節南心裡奇怪，小柒難道眞給這傢伙下暗毒了？怎麼愈治愈像要掛掉的樣子？

年顏乾裂的嘴皮動了動。「美又如何？妳就算神機妙算，策無遺漏，最終也要依附男子寵愛。」

「放你的狗臭屁。」柒小柒不在，沒人管她有沒有氣質，節南罵得痛快。「你給我睜好了那對白兀眼珠子，看我依不依附！」

「桑節南，妳的算盤我知道，但妳以爲擠掉了桑浣就能廢掉金利撻芳一隻眼，那是異想天開。」年顏的臉眞像死骷髏臉，神情空白。

「唷，你知道啊？」節南語氣賴皮。「那你也不提醒師叔一下？」

年顏眼皮子一眨，馬上就出死魚眼。「我不過聽從她的吩咐辦事，沒有我說話的份，而且我早就提醒過她，她沒有放在心上。可是，妳不要以爲我站在妳那邊。」

「牽線木頭人，牽一牽，動一動，我懂得。」節南笑語嫣然。「這麼吧，我也不要你幫忙，只要你繼續當木頭人，弄掉桑浣，我把你弄上位，或者弄一個能聽你話的人來掌理堂口，怎麼樣？」

她還是會顧念舊情的。

年顏八字眉一皺，還是沒法子變倒八字。「不是妳想當？」

節南呵笑。「我恨不得趕緊脫離，怎麼可能想要往上爬？我會盡力助你，等你上位之後，顧念一起學武的份上，把我和小柒趕出神弓門，對彼此都好。」

年顏目光晃神，卻很快清明。「桑節南妳又耍什麼詭計？」

節南聳聳肩。「我一直不懂，你們如此防備我究竟是爲什麼。師父死了，我手廢了，小柒胖成這樣，美人計也施展不開了，所以我倆無論如何不可能爲金利一家三口賣命，報仇之心不能說沒有，可是實在沒那實力，只好求離開神弓門。你們爲什麼就非拽著我和小柒不放呢？」

年顏不自在地捏著右臂。「奉門主之命。」

「那就很清楚了，我倆不死，終是金利撻芳心頭刺。年顏，師父死的時候，你出去執行任務，我就當你想救也不及。那麼，如果金利撻芳要殺小柒，你當如何？」

年顏沉默片刻，開口道：「門主發過誓，不動妳二人性命。」

節南慢慢走起來。「都說醜人聰明，我說醜人不但聰明，還狡猾。行了，咱們仨有得耗……」

她一甩袖。

年顏沒瞧見，只覺一陣風，低眼發覺自己的左袖撩了上來，急忙撫平。

節南瞧得眞切，年顏右臂上一大塊焦皮爛肉的燒傷。

她即刻想，改天得找堇燊問問，是不是拿火把當大刀使？還有，小柒爲何沒給他燙傷藥？故意留一塊不給治，小柒壞得這麼有出息了？

想到這兒，喜堂裡傳出——

「一拜天地——」

年顏轉身走開，淺夏領著幾個端酒丫鬟，輕喚：「六姑娘，夫人吩咐，等會兒拜完了堂，她和老爺要向客人們敬一輪喜酒，讓您跟著過去斟酒。」

節南道「好」，盈然笑著過去，聽趙琦對親戚好友說她救人的英勇事蹟，雖然有些大齡，也是爲父母守孝才耽擱至今，還半開玩笑提到榜下捉婿，一定要給她尋一門好親事。再聽桑浣對幾家女眷說她尚未婚配，性情溫良，作爲關心侄女的姑母，十分屬意功名在身、官不在大的侄女婿，人品老實就好。而她自己，一路呆笑扮老，呃，不，扮老實，就算經過王九崔五那類年輕才俊面前，也一派老僧入定，兩眼無神裝半傻。

趙府的紅燭燒了一夜，人人興高采烈，直到東方發白，劉氏離世，紅事變白事，唏噓也是唏噓，慶幸也是慶幸。至少完了心願，至少嫁了女兒，至少走得體面。

當了短短一晚新娘的趙雪蘭，第二日就換上喪服，向趙琦請求主理母親的喪事。雖說從前衣來伸手飯來張口，如今卻彷彿變了個人，跟桑浣好聲好氣求教，將一切打理得井井有條。

還有趙雪蘭的夫君朱紅，行事穩重，性格極好，與趙雪蘭一外一內有商有量，還幫身體微恙的趙琦招待同僚和上官，而且他的新舊同事和頂頭上司們都紛來悼念，令小小趙府大有蓬蓽生輝之感，從主到僕個個驚訝，原來姑爺的人緣這麼好。

「看不出來，看不出來，趙雪蘭還挺有夫運。之前瞧她那樣兒，配誰誰委屈，當姑子就天下太平。誰知，找了這麼好一個人。朱紅叫我七妹哪，問我過得慣不慣，還給我整整兩貫錢當零用。」第三日，連柒小柒都誇起朱紅來。

節南正在更衣，聞言就笑。「兩貫錢就買通妳了？」

柒小柒嘟嘟嘴。「妳有錢，給我兩貫叫小氣鬼；朱紅窮，給我兩貫叫大好人。」

窮，大概是朱紅最明顯的不足。

「我沒錢，師叔有錢。」不過趙府因為桑浣，小日子過得富足，多朱紅和他弟弟兩人，多擺兩雙筷子而已。

「妳說，劉氏走了，師叔會一筆勾銷嗎？我瞧她教趙雪蘭理家務還挺上心，看著很是和諧。」柒小柒是節南的眼、節南的耳。

「不知道。」但節南答得敷衍。「過日子哪是一天兩天就能瞧出來的，這會兒趙府新舊更替，桑浣也得重新估量形勢。」

仙荷走進來。「六姑娘，長姑娘請您過去一趟。」

節南本來要出門的。「請我作甚？」

仙荷但答：「適才聽說舅老爺舅夫人們帶著表公子表姑娘他們來了，可能想見見六姑娘吧。」

碧雲跑來，發布最新消息：「還有郡主……蘿江郡主和郡馬也來給大夫人上香，郡主指名六姑娘去說話呢。」

節南想笑。好傢伙，也就是說不但她前未婚夫來了，有可能她前準公婆、前準小姑、前準小叔都來了，等著和她敘舊！

「我——」好笑歸好笑，節南很有自覺。「不大好去。」

柒小柒最明白，哈哈起哄。「就知妳要當縮頭烏龜，還說什麼要送人一份大禮！」

節南知道柒小柒指的是劉睿，眨眨眼皮。

仙荷和碧雲皆顯好奇。

「這院子固若金湯，都是妳的人，還裝神弄鬼？說！免得我們好心辦壞事，把妳眞身抖出去！」

窗子下邊一條縫，赫連驊的眼睛骨碌碌打轉，表示他還活著。

柒小柒嗤笑。「就你沒好心，說那麼好聽。別怪我沒提醒你，沒有解藥，你可能比王雲深還矮，不過人家有才華蓋世，而你除開臉蛋身段，一無是處。」

赫連驊瞪向柒小柒，以最恨最惱的小眼神說道：「別以爲妳胖就是楊貴妃，小爺我眼裡盡瞧見肥膘，求妳千萬不要跟我說話，我眼仁都跟著妳胖了。」

柒小柒笑得捧腹。「我收回，我收回，你不是一無是處。」

柒小柒調頭徵求節南的同意。「再過一刻，軟筋散就發作了。要不留著他？怪好玩的。」

節南無所謂地點點頭。「隨妳高興。」

赫連驊悶啞一瞬，連聲不迭欸道：「妳倆玩眞的啊！」他一直以爲這姊倆是嚇唬自己的。

柒小柒蹦出去，單手一捉赫連驊衣領子，拖回她的小膳房去了。

節南才對仙荷道：「我和蘿江郡主的夫君劉睿曾有過婚約，我家和劉睿家曾住同一個縣城，劉睿的弟弟和我從小玩到大，劉睿的妹妹從來不待見我。我爹死後，我就跟他家解除了婚約，與劉睿他娘說好，從此相見不相識。九公子說妳擅長與人打交道，那就由妳說，我該避還是該迎呢？」

29 冷血之山

碧雲跟了節南小半年，全然不知此事，聽聞後倒抽口氣，往後蹬一小步，嚇得捣嘴。

仙荷蹙眉，沉吟半晌，有些莫可奈何。「恕仙荷愚笨想不出更好的法子，六姑娘還是暫且避開吧。」這堆人齊聚，靈堂變公堂，還不雞飛狗跳。

節南卻取下麻衣，重新披上。

仙荷不解。「六姑娘……」

節南淡笑。「本來我是想避開的，誰讓赫兒說這兒固若金湯，教我陡然得意，就想趁著這股勢勁見見去，而且讓我主動上門送禮敘舊，面子上也下不來，撿日不如撞日。」

仙荷才跟了節南沒幾日，只知其一手深藏不露的好功夫，不知其做事方法，這時但覺過於率性。然而，節南曾試探她的本事，她又何嘗不想多瞭解節南？

節南看仙荷垂眼不語，立即料中對方心思。「我不知九公子是如何跟妳說的，讓妳甘心待在我這兒，但妳既然來了，就要知道我的處境。固若金湯這樣的說法，得意一時也就罷了，其實我內憂外患，麻煩事多著呢。」

仙荷愕然抬眼。

節南輕笑。「妳若覺著趙府好拿，準備享福了，只怕不能如願。」

仙荷訥訥道：「不敢。九公子只說六姑娘可以保我長命。」

碧雲聽得一知半解，卻抿牢嘴巴。

「他唬弄妳的。」節南不幫某人圓謊。「自己的命自己顧，指望別人的，都是傻子。當然，我不至於把妳拿來擋刀子，那也是因為與其把自己的命交在別人手裡，不如自己捱刀，興許多一線生機。妳我只有一點共通，都沒退路，只求拚一條出路。妳不插我背後刀，我就帶著妳。」

仙荷原本有些起暈，聽到最後一句，刹那清明。「能隨六姑娘拚一條出路，足夠了。」

世道險惡，人情涼薄，已經錯託太多，卻未曾見過光明正大說自私的人，反而令她心安。

節南神色淡然，但指碧雲，交代仙荷：「碧雲忠心可靠，卻不知我們姊妹太多事，而她家裡人就住城裡，今後會回家的，我們就無意讓她牽涉過深，做些府裡的事就罷。那個非男非女不男不女的傢伙，看著不牢靠，但有人制得住，可以派他做吃力不討好的事。妳自己掂量著差使。」

節南語氣不強勢，可仙荷陡然起敬，謹首道「是」。

吩咐完畢，節南就笑得有些刁。「走，是哭還是笑，就看劉家鬧不鬧。他們要鬧地，就怪不得我鬧天。」

碧雲這才出聲。「哎喲，我的好姑娘，您別回回試碧雲的膽，總有一日會嚇飛的。」

等節南走到前頭去，碧雲又悄悄對仙荷道：「仙荷姊姊別讓姑娘嚇住，姑娘是講理的人，咱們少說話多做事就好。」

仙荷暗道真是懂事的丫頭，不該說的話一字也無。

三人走出青杏居前面的小花園，眼見半個池塘的荷花骨朵俏迎人。

節南卻不走了，讓碧雲去通報她片刻就到。

碧雲去了不一會兒，仙荷突然看到一位高瘦男子出現在池塘對面，還左右張望。

節南無聲笑道：「瞧，山不去就他，他自來就山。」小山這名兒多好。

仙荷明白了。「姑娘敢來，是料定他們更怕見姑娘。」

「大夫人是劉氏嫡女，劉睿他一家不得不跟著劉大學士來。蘿江郡主驕傲脾氣熱心腸，沖喜不能來，上香肯定來，劉睿也不得不跟著來。這家子哪個都不是心甘情願來的。」她桑節南之於劉睿一家人，如鯁在喉，扎了多年，去掉後還留著兩洞呢。

想到這兒，她朝池塘邊走了兩步，大大方方讓陽光照亮，對終於瞧見她的劉睿笑了笑。

劉睿起先一動不動，隨後往節南這邊走來，步子愈跨愈大，眼看就要面對面，忽然原地躊躇起來。

這悶得死人的性格啊——

節南一搖頭，走上前去，聲音輕快到沒心沒肺。「劉睿，賀你同郡主舉案齊眉，早得貴子，百年白首，夫唱婦隨。」

劉睿一本正經的面龐撕扯著怒憤。「桑六娘，妳——」

節南等半晌都不見劉睿說下去。「這就詞窮了？飽讀詩書，滿腹經綸，偏偏笨嘴拙舌難以自表，讓人鬱悶。沒錯，是我找你娘退的親，信物也已經丟了，男婚女嫁早不相干，你不必內疚。」

「我內疚？桑六娘妳——妳——」劉睿用力捶下胸口，似乎那樣就能說話通暢。「妳冷血！」

節南嘴角翹上，冷笑。「得你一聲罵眞是累死我。我還羨慕你，讀書讀成頭腦簡單，不通人情世故，父母說什麼是什麼，才有當上郡馬的福命。」

劉睿氣得臉色發青。「當初威脅我爹娘，非要訂下婚約的人是妳爹。到底是誰聽父母的話，一天到晚糾纏我，害得我走到哪裡都背著桑家女婿的汙名？」

節南笑了又笑。「別這麼說啊，我那會兒年紀小不懂事，還好沒纏你幾日就跟師父走了，後來回家探親也沒怎麼見到你，你成天在讀書，而且，因爲不想再聽我爹的安排，知道你們家多麼無奈，我才好心退了婚。雖然沒能親口對你說，可見不著你的面，我能有什麼辦法。如何？洗掉汙名，喜獲美名，感覺大好？」

劉睿氣極反笑。「好！好得很！多謝妳放過我！」

「別客氣。」

節南不是瞧不出劉睿的反常，但劉睿說對了，她冷血。退婚那時，她還覺得可退可不退，退不了就嫁，反正書呆子管不住她。這時卻知道自己天真，低估劉氏一族。按照劉氏聯姻法，十之八九她會拿休書下堂，或者成為蘿江郡主的足踏凳，由妻轉妾。

光是想想，節南就替自己覺著僥倖，差點走錯一步。

「六娘！」蘿江郡主尋來。

節南雖然瞧見蘿江郡主身後跟著劉睿的妹妹儷娘，半點不慌。「我正要進去呢，郡主何必出來找。」

蘿江郡主睨一眼劉睿，高高在上的口吻問道：「郡馬怎會在此？」

劉睿彎腰作揖，語氣謹慎。「繞池塘散步，正好碰見六姑娘。」

果然，妻貴，夫就卑。

「大……大哥，娘要……要走……找……找你……」劉儷娘的聲音一改刁蠻氣，怯生生的。

劉睿馬上請示他的妻子。「郡主，我去一下。」

蘿江郡主吩咐著：「快去快回，我同六娘說完話就走。」

劉睿答「是」，大步走前。

奇怪的是劉儷娘，耷拉著腦袋跟在後，沒多看節南一眼，好像不認識她一樣。

節南想，也是，劉儷娘肯定不記得她從前的模樣，只記得她鬼瘦。

蘿江郡主卻撇笑。「這麼幾個字都說不利索，不能怪我不帶著她，聽她說話我就覺得丟人，我婆婆居然還想我娘幫著作媒，眞是不知斤兩，哪家肯要口吃的兒媳婦……」

節南一驚。

劉儷娘口吃了?!

臭小柒居然說沒什麼大不了的！

但節南面上不動聲色，敬半個地主之誼。「郡主新婚燕爾，還能來爲大夫人上香，六娘在此謝過。」

「雪蘭說成親就成親，我趕不及慶賀。她娘親過世，我再不來探望，如何說得過去？」蘿江郡王有話不憋著。「妳可別以爲是因她嫁了朱公子，我故意不來。我呀，想得很明白，姻緣天定。就像我要同那個只會讀書的呆子過一輩子，雪蘭和朱紅配成一對，都是命數，沒得比較，也不用比較，如人飲水冷暖自知。」

節南玩笑。「郡主嫁書呆，觀鞠社多了雪蘭，以後採蓮社再說咱沒才情，咱就跟她們拚了。」

蘿江哈哈一點頭。「對，拚了。我聽爹說，受工匠名冊洩密案和蘇學士毒殺案的影響，工部和學士閣將有很大的變動，趙大人也會調職。不過，無論趙大人調到哪裡，只要不出三城，觀鞠社就保留妳姊妹倆的位置，我不會不講義氣的。」

節南嗯了一聲，一句劉睿的好壞話都沒跟蘿江說。蘿江郡王明白日子是自己過的，哪怕在節南瞧來，這對小夫妻很不和諧，那也沒有她開口的餘地。

「昨日收到玉眞的信，多半是病糊塗了，居然把給妳的信夾了進來，還好我本就打算今日來。」

蘿江郡王遞來一封落梅信箋。

節南也不急著拆開看，神情自若收好。「我聽說她的病好多了。」

蘿江郡王詫道：「聽誰說的？她給我的信上說恐怕要開春才能回都，觀鞠社的事要我多擔著。這不是病沒好的意思嗎？雪蘭剛剛喪母，我也不好跟她提。玉眞提到過幾日鞠英社要在鎭江舉辦春日決賽，那裡離玉眞所在的別莊很近，我想索性起一回社，隨都安鞠英去觀賽，順便瞧瞧玉眞。雖說要走幾日水路，有百里老將軍帶隊，還有崔五哥他們護航，又是玉家軍統領的水域，可以萬無一失。雪蘭不能去，妳卻一定要去。」

節南一向聽小細節。「玉眞提的春日決賽？」

蘿江沒那心眼。「對啊，她要不提我還不知道。前陣子爲成親的事煩透了心，好不容易我嫁好了，安穩了，結果玉眞病倒，雪蘭沖喜，妳也穿麻帶孝，樁樁件件鬧心，哪有工夫關心今春決賽開在哪兒？」

節南聽到這兒，就將那封收妥的信重新拿出來，看過以後，露出一抹意味難明的淡笑，疊好信紙。「沒說她的病沉，只說一人待著太悶，想念觀鞠社的熱鬧，問我近來有沒有起社，諸如此類的話。」

蘿江郡王就道：「那就這麼定了。我發帖，能去的就去，不能去的也要繳一份起社銀子，等我們玩回來，贈鎮江特產一份。」

節南好笑。「郡主這是嫁爲人婦，懂得算帳了？」

蘿江郡王一副頭疼的模樣。「妳還眞別跟我提這事。我娘說我既然成了家，自己園子裡的事就得自己打理，給我一大堆東西學，我才發現銀子是數得清的，花費是數不清的，當家才知油鹽貴。從今以後，我不會跟妳們客氣，花費大家攤，只要不退社，來不來都得掏一份。」

看著蘿江郡王這樣子，再想到她從前那樣子，節南不禁笑得捧腹。眞是物以類聚，刁壞的女子湊一起，樂趣更多。

「郡主，劉家人要走了。」蘿江郡王的侍女來報。

蘿江郡王嗤笑：「走就走唄，我要是去送公公婆婆，還要勞他們下跪，所以罷了。妳告訴郡馬，讓他準備好馬車，大門口候著。」

侍女應聲而去。

節南回頭瞧仙荷一眼，刁眼含笑，無聲吐字——怕我。

仙荷抿唇，捉袖子，悄悄翹起大拇指。

劉睿家人的反應都在節南意料之中，聞桑色變，哪裡用得著她出面趕人。

節南才對蘿江道：「郡主眞體貼公婆。」

蘿江郡王卻笑冷了雙目。「只怕他們不覺得我體貼，只覺得我擺架子。不過我也無所謂，那樣的婆家，斷絕關係也不可惜。」

節南一個字不問。

蘿江郡王反而自己叨叨往下說：「劉睿娶我之前剛納妾。那就罷了，我爹娘都知道，還說男人三妻四妾也正常，更何況是跟我成親以前的事。結果，不出三日，我發現那小妾已有三個月身孕，婆家合氣瞞著我不說，還把人藏了起來。他們愈鬼鬼祟祟，我就愈不肯甘休，等我揪出來，非打掉孩子不可，就算那是婆婆親侄女，我也容不得。」

節南頓時想起劉儷娘的表姊薛季淑，也就不奇怪了。

蘿江郡王還以過來人的身分教節南。「我可告訴妳啊，妳也得告訴雪蘭，遇到這種事，我們正室絕不能心軟。一個妾，怎能比正妻早生子！即便會分嫡庶，就怕將來以大欺小，亂了尊卑，到時候我們老來有心無力，只能看自己的孩子受委屈。」

節南哎唷笑道：「就當誰不知道郡主是大婦似的，芳齡十七，想到七十，還老來無力呢。」

蘿江郡王立覺自己這些話杞人憂天，吐舌大嘆：「慘了，沒嫁人的時候怕嫁不出去，嫁出去了卻突然老十歲，變得和我娘一樣絮叨了。可就算我不說，妳不久後就可能聽到說我狠毒的閒話。我婆婆聰明，把人藏在安陽王氏家裡，便以爲我不敢鬧大，卻不知就算藏到宮裡，我也不怕。」

就是說，藏在王九家裡？

那可眞是要轟轟烈烈鬧一場啦！

葉兒眼一轉，節南起哄架秧子。「安陽王氏又如何？郡主要是不想直接殺正門，我給妳指條路，保准神不知鬼不覺——

王泮林避暑去了，南山樓空關著，生人隨便進。
池塘對面，遠遠的門裡，一大串人走出來，皆不在桑節南的眼裡。
趙府，已是她的棋面。

30 紀家二爺

頌朝北都，現大今都城，神弓門總司，無樹無花，大日頭下也涼颼颼的。

議事堂裡傳出一片劈里啪啦砸東西的聲音，堂外一雙守衛正面面相覷，忽聽門主怒喝一聲——

「門外的人都給我滾出十丈遠！任何人敢靠近，門規罰百棍！」

守衛們急忙跑開去。

堂中三人，一母一子一女，最親的一家子。

金利沉香面容如皎月，大眼深邃惑魅，薄上唇厚下唇，不嘟就嬌嗔邀寵。身著碧絲無袖牡丹裙，雪紗攏袖小披肩，露一大片玉美肌膚，精妙的寬束帶將身段包裝得凹凸有致，小蛇腰令人想勾上手。她手翹蘭花指，放下茶杯，大眼一眨，天真狐樣。「娘，有話好好說，別拿古董花瓶出氣，都是值大價錢的物件。」

「我以前都是好好說，妳聽了嗎？」女兒是美人，金利撻芳自然也不差，只是眼鋒過於尖銳，眼角紋又多，歲月痕跡十分明顯。

金利泰和一腳蹺上太師椅，一手玩玉球，不吭聲，也不驚訝，撇笑著，好似看得很歡。

「那也是因為妳沒聽過我的。」沉香一揮袖，茶杯跌得亂碎。「我早說過，可以為了妳嫁呼兒納，但絕不能要孩子。妳當初答應得痛快，卻居然在藥裡動手腳，致使我懷孕。妳是我親娘嗎？」

撻芳怒道：「就是妳親娘，才這般費盡心思。呼兒納至今無子，妳要是一舉得男，還怕大室嗎？」

沉香輕蔑笑道：「我本就不怕她，一顆赤朱足以讓她求生不得求死不能。」隨之目光轉凝。「我當初嫁呼兒納，就是爲了讓拓北吃醋。直到今日，我沒有一日不想著他，只等他登上王位，接我進宮，我就會生他的王兒。」

撻芳叱喝：「將來呼兒納必定封王，有我神弓門保妳，妳又爲他生了兒子，正妃位就是妳的。一生榮耀足矣，何必苦求不可能愛妳的男人？」

沉香眼梢露狠。「別以爲我不知道娘的心思，可惜妳大他太多，想得到他，才是不可能呢。當個乾娘，他都嫌棄妳人老珠黃。自從去年年初我出嫁，他就再沒來過門裡，不是嗎？」

撻芳氣急。「妳、妳！妳胡扯什麼呀?!爲娘只想妳好。呼兒納待妳不錯，妳該一心一意籠絡，否則得隴望蜀，最後弄得滿盤皆輸。」

沉香臉上一抹狡猾的笑。「娘可是說眞的?既然如此，妳就該幫我才是。只有抓住盛親王，神弓門的地位才能凌駕眾人之上。呼兒納只是一個會打仗的老粗，他對我們並無大用，幫得了一時幫不得一世。」

撻芳皺緊眉頭。「妳懂什麼?盛親王身邊雖有很多女人，卻沒有一個能抓住他的心，自以爲聰明的，只怕沒有好下場。娘讓妳退而求其次，才是上上策。呼兒納是盛親王左膀右臂，如妳所說，是只懂打仗的老粗，又唯盛親王之命是從，盛親王不會對他顧忌生疑。」

沉香神情冷下。「我也不妨跟娘說實話。這世上，我誰都不愛，只愛時拓北。我可以委身很多男人，卻只能爲時拓北生孩子。娘妳自己斟酌。妳不給我藥，我也有辦法從別地弄藥，不過萬一有什麼好歹，連帶弄丟了我這條小命，娘可別後悔。」

泰和站起來，一臉無聊。「妳們說女人家的事，爲何非要拉我來聽?要我說，妳們拉攏誰都沒用，要是再造不出克敵制勝的新兵器，妳倆即使一人攏得住一個，神弓門照樣會被廢除。盛親王上回當著六部說精簡，擺明也衝著神弓門。」

撻芳何嘗不知。「我當然明白，可我也不怕。盛親王吃過神臂弓的大虧，只要能將神臂弓的造圖弄到手，就不愁了。不過不知道桑浣是怎麼回事，賠了夫人又折兵，不但洛水園的眼線盡廢，信局自己的手下都管不住，如今竟然指望不上。」

泰和鷹鼻一皺，神情陰兀。「小師叔明知羌掌櫃是我的親信，都不知手下留情。娘別忘了，小師叔當年和柒珍好得很，雖說最後沒幫柒珍，但也沒幫我們，而且娘將桑節南和柒小柒打發出去，其實大大失策，該等我回來商量再定。」

節南兩姊妹被發配南頌時，金利泰和隨同盛親王在外，根本不知道。

沉香嗤笑。「娘，妳這下總信我了吧？大哥和拓北雖然都是宰相的女婿，以此可套不少近乎，但大哥最在乎的是桑節南。哪天妳一不留神，說不定桑節南就成了妳兒媳婦，夭壽喔！」

泰和跳腳。「金利沉香，妳自己不要臉，莫把別人想得齷齪。桑節南與我是生平大敵，不贏過她，我誓不甘休！至少，她不似妳妖媚無恥。」

沉香收斂笑意，雙目傲光。「可笑，只有男子風流，女子就不能？我就喜歡看你們男人個個拜倒在我裙下，當我的奴才和狗。若拋個媚眼就能做到，如此簡單，何樂而不為？桑節南清高，結果還不是喪家之犬，總會死在我們金利氏手裡。」

撻芳一擺手。「你倆別吵了！無論用什麼手段，結果最重要。我將桑節南和柒小柒調出去，就是要殺之後快。只是如今神弓門處境尷尬，又難保還有柒珍餘黨，必須從穩定大局著想，不能光明正大處置那姊倆。」

沉香瞇眼狠聲。「娘，妳別指望大哥。要殺桑節南，只須我一封信，那個醜男人就會乖乖送上兩人腦袋，來搏我一笑。不然，妳以為我為何給妳支招，把那兩人送到南頌去？只要年醜怪一日放不下我，他就是我手上最好用的殺人刀。」

泰和冷下臉，沒再說話。

撻芳看看兒子，再看看女兒，最終選了女兒。「妳當眞不要這個孩子？」

沉香笑得輕快。「不要。」

撻芳心裡反覆拿捏。「萬一妳因此失寵……」

沉香哈哈笑出聲。「我是呼兒納掌中寶，只怕他心疼都來不及，還正好趁這機會，把那位不能生育的女人廢了，由我坐正。呼兒納也好，別的男人也好，終究會助我登上大今第一女人的寶座，我也一定能得到自己最心愛的男人，榮寵一生。」

這時，守衛遠報：「稟門主，盛親王千歲車駕來接小姐。」

沉香挑眉，傲然出堂。

六月，江南處處唱蟬調。

趙琦新喪妻，正逢工部整改，索性請了假，這日同桑浣送棺回鄉做法事，連兩隻小的一塊兒帶走。

送走這一行人，節南和趙雪蘭往後花園走。僕從們自覺散去，各忙各的，兩姑娘身前一個清閒丫頭都不見。

劉氏跟前的孫婆子和錢婆子隨行送棺，但趙雪蘭已經打算好要放她們回家養老，而家養的那兩個姑子由觀音庵收留，將主院騰空了，還給桑浣住。

節南則把橙夕橙晚讓給趙雪蘭。

趙雪蘭原本不要，後來仙荷把赫連驊說成是她帶來的粗使丫頭，所以青杏院的人實在是多了，趙雪蘭才收下。

故而，趙府人盡其用，沒一個遊手好閒。

至於赫連驊那張妖臉，讓柒小柒整普通了，桑浣因此也沒懷疑。

「行裝都打點好了嗎？」趙雪蘭一身素縞要穿足七七，綰髮中插一支潔白玉蘭簪，粉黛不施，氣色卻不錯。

「仙荷和碧雲在弄。」明日，節南要隨觀鞠社的姑娘們去鎮江。

「代我轉交玉真姑娘。」趙雪蘭拿出一封信。

節南接過。「表姊夫的弟弟這兩日就到了吧？」叫這聲表姊夫，純粹圖個順嘴方便。

朱紅弟弟朱寧在安陽私塾裡讀書，因爲喜事辦得急，沒能趕過來。如今兄長成家立室，搬出了寄住的本家，他就轉讀都城的學堂，要進趙府來住。

趙雪蘭含笑點頭。

要朱寧搬進來住的，不是別人，正是趙雪蘭。朱紅原來沒這打算，直說他弟弟在安陽寄宿挺習慣的，趙雪蘭的堅持卻出乎大家意料。

節南這會兒想來，趙雪蘭本性不壞，劉家那樣虧待她，她最終什麼都沒做，現下甚至不見一絲怨氣。於是，節南笑。「女子就得嫁對人。」怎樣的脾氣都能變得溫柔似水。「我瞧妳很快還會胖，心寬體胖。」

趙雪蘭作勢瞪凶目。

節南嘻笑不在意。「不是說隔壁人家讓人買去了嗎？妳院子也沒空屋，如何安置小叔子？」

「暫時讓他住摯弟的院子，等摯弟回來再看看。他倆年齡相當，沒準能玩在一起、學在一起。」

叮叮噹當！錘子敲樁子，隔牆之外，眞鬧忙。

「買主可是有錢人，一口氣買了相鄰的五戶人家，打通成一家，有三個趙府那麼大。」節南眼睛閃亮。

「妳消息眞靈通。」趙大姑娘都不知道。

節南嘀咕。「眞靈通就不會打聽不出買主是誰了。」

趙雪蘭沒聽清。「爹沒買著也好，家裡拾掇一下，把我娘之前住的地方整理出來，就足夠住得了。」

節南露出一抹古怪神色。

趙雪蘭瞧出來了。「妳笑什麼？」

「就想起蘿江郡主來了。也是成親之後變得小氣，追著讓我繳這回出遊的份子錢。」節南搖頭嘆息。「瞧妳們一個個這樣，豈不是逼著我非富不嫁？」

趙雪蘭嗤嗤笑起。「那怎麼行？我爹放話榜下捉婿，浣姨也要一個當官的侄女婿。」

節南壓根沒當回事。「給小柒啊！我自己找個富的，她嫁個文官兒，齊了。」

十二明琅，以爲她桑節南大方，不跟他計較？錯了，她有仇必報。怎能讓柒小柒跟王十二呢？無視小姨子的傢伙！

趙雪蘭噗哧一聲笑噴，揉著鼻子。「還以爲妳不會盤算嫁人的事。」

節南稀奇瞧著趙雪蘭。「盤算當然盤算，沒那麼複雜就是了。」

見趙雪蘭止了笑，節南又道：「妳已經改邪歸正，我就不是指妳，再說妳娘才去世半個月，咱們別說這些了。」

趙雪蘭但道無妨。「我娘一直受病痛折磨，好在走得安詳，來世必定比這世好。我雖然難過，可是這麼想著，心裡又覺欣慰。」

這時到了分岔口，趙雪蘭和節南就各回自己的園子。

半個月來，兩人也就只聊這麼一段路，平常沒有多往來。趙雪蘭聰明得再沒提朋友不朋友的話，有時候能說及心事，有時候開開玩笑不當眞，居然心情就這麼輕鬆了。

節南經過青杏居外的小花園，看到側門開著，顯出半身褪色的車夫衣裳，不由多個心眼，自然而然走了過去。

年顏突然走進門，正巧堵住門口，擺不出一張好看的臉。「找我幹什麼？」

節南聽著遠去的腳步，淡淡一笑。「誰找你啊？」轉身要走，卻猛地回頭。「你手擺背後藏什麼東西？」

年顏冷冷攤開大手。「看好了嗎？」

節南一扯嘴角。「冤枉你了，對不住。」

年顏面無表情。

「六姑娘可回來了！再不回來，我就要找您去了。」碧雲走出青杏居，看到節南就趕忙過來請。「行李都準備好了，就等姑娘最後拿主意。」

節南讓碧雲拉進自己的屋子，看到滿地大箱子就嚇了一跳。「一來一去也就七八日，帶這麼多箱子，還以爲要走一年的路呢，趕緊精簡。」

仙荷從裡屋走出來。「我這已是精簡又精簡了。衣服首飾兩箱，至少吧？日常用品用具都得自己備著吧？水壺茶具香鼎爐子，還有文房四寶……」

「怎麼不把床也搬上？」一臉土黃掉渣、就算盯著看都不會傾國傾城的赫連驊，抱出一大箱。

節南指著赫連驊，對仙荷道：「今後別讓這傢伙進我寢屋，防患於未然。要是差把力氣，找小柒就行了。」

赫連驊將箱子往地上重重一擱。「防什麼患？論姿色，我比妳好看；論富裕，我比妳有錢；論權勢，妳是平民，我是官。」

仙荷笑而不語。

節南就朝院子裡說一聲。「小柒妳回來啦，赫兒又不聽話了，來一丸讓他服貼的……」

赫連驊嗖地竄進裡屋去，嗷叫著：「別，別，我沒亂瞧，更沒亂碰妳的東西。仙荷盯得緊，防賊一樣，我有心也無力！」

碧雲有一下沒一下捋著自己的髮辮，不知跟誰學的壞笑。「我聽著怎麼那麼彆扭啊？」

節南也進了裡屋，三下兩下揪住赫連驊的耳朵出來。「你有心也無力?!敢情有心又有力的話，就能幹嘛了嗎？」

太彆扭了，屋裡有個假姑娘。

赫連驊一邊蹦一邊叫：「妳有本事給我解藥，跟我單打獨鬥。就衝妳是桑大天的女兒，妳趕我，我都不會走，除非把妳老爹的事說清楚。」

仙荷對碧雲道聲走，屋裡就剩下節南和赫連驊。

節南放開手，整理書桌上的簿子。「我不知道我爹的事，就看過一封你那位四王子給我爹的信，上面寫了糧草和所需兵器的清單。」

赫連驊眼珠子吹了起來。「信呢？」

「我手上那封已經燒了。」不等赫連驊再鼓眼，節南就道：「留在手裡讓你們這些人找我麻煩嗎？」

赫連驊哀哀大嘆。「妳燒了，就沒物證證實四殿下的清白。」

節南一笑。「信又不止一封。」

赫連驊又變成大眼蛙。

「雖然不在我手裡，我卻知道在哪裡。」節南當然很懂王泮林的想法，就是用赫連驊當兔子幫的白工唄。「所以你乖乖順從我就好。」

赫連驊不由自主往後退縮一步，滿臉警惕。「我可告訴你，小爺我賣藝不賣身！」

節南笑得站不住。「你能賣什麼藝？我看你除了臉，一無是處。」坐下喝茶，隨即正色。「赫兒，四王子不會騙你嗎？」

赫連驊居然不對這聲「赫兒」感到排斥。「我一直隨他左右，他怎麼隱瞞？更何況，我們提過囤兵之事，殿下堅決反對。既然反對，爲何又要瞞著我們自己籌備？」

節南信了七八分。「那就怪了。到底我爹爲誰賣命呢？」

赫連驊卻又有怨氣。「也怪妳燒了那麼重要的物證。我只要一看，就知是不是四殿下的筆跡。即便看不出模仿的痕跡，肯定還有其他破綻。」

節南不以爲意。「我們就當信是他人代筆，你能瞧出究竟是何人作爲嗎？我爹死了五年了，我的哥哥姊姊、我爹的心腹，無一人逃過死劫。我如今只知事前有人下藥迷暈他們，再由山賊下屠刀。山賊爲財，不分青紅皂白殺人，根本不知道指使者的眞面目，線索到此就斷了。」

赫連驊才知節南遭遇滅門慘禍，有些動容。「桑兒……」

節南打斷他。「不用你胡亂同情。那些殺我家裡人的山賊已死得七七八八，而且如今我還知道，若有人假借四王子的名義差使我爹，這人極可能就是害死我全家的眞凶。你要找他，我也要找他，所以你就安心在我這兒待一段時日吧。」

赫連驊嘟囔：「妳早說清楚不就好——」

話未說完，忽見節南拋來一物，趕忙接住，看清是一顆烏丸。

「解藥。」節南淡道：「我和王泮林不一樣，他能把命豁出去了要你們開心，可我惜命，自己的地盤裡最不需要居心叵測之人。你要是不想服我，還是早走早好。」

赫連驊收起拳，垂眼片刻，抬頭直望。「桑兒快人快語，我也跟妳說實話。我這輩子只服四殿下，當年我高不成低不就，只有四殿下看重我，我這條命就是他的，我師父都得排他之後。不過，妳我目標一致，都是要找出這件事的主謀，所以我願意留下。」

這回是眞心說留。

節南微笑。「兔幫又添一好手。你選吧。」

赫連驊好奇地問：「選什麼？」

「副幫主，左右護法，四大護尊，八大神堂，十六天王，二十四星宿……」

赫連驊笑死。「妳和王泮林都能扯。」

「輸人不輸陣，兔幫名字不顯，就得靠這些補足氣勢。幫腦的位置我沒法隨心所欲，我這個幫主的位子也可以讓給你。」

赫連驊豈不知槍打出頭鳥，嘿嘿一笑。「不，幫主之位必須是桑兒的，這叫一見美人英雄矬。」

剛才嘴上很強硬，如今成兔幫一分子了，他就愈想愈不錯。俗話說得好，美人麾下多省心，廢話少說來比拚。他自小醉心武藝，跟了丁大，丁大自己收山，也不讓徒弟隨便打架；再跟四王子，出謀畫策，就是輪不到他出手；現在，作爲兔幫一員，六月十五便能參加一場立下生死狀的比武——爽！

節南不知赫連驊的暴力傾向，就算知道也不擔心。

日後，兔幫就差立「唯恐天下不亂」爲幫規，哪裡有亂哪裡添亂，引得江湖喧囂百年，正是齊聚了同類的結果。

這日，赫連驊自稱「左拔腦」，又給仙荷一個「右拔腦」，完全是爲牽制幫腦設立的，卻被王泮林嘲笑了許久。

自此，幫主和幫腦兩權分立，也成爲兔幫另一大特色。

但是，這時的兔幫，還只是玩笑般拼湊起來的雜牌軍。幾個三心二意、沒有自覺的幫眾，兩位膽大包天的兔奶奶，還有一個拋卻生死在混攪的頑腦瓜。沉了兩條船之外，沒有一點殺傷力。

節南和赫連驊剛說完話，碧雲送來帖子。

節南一眼就知那張金貴名帖是誰的，找來仙荷，說道：「我出去一趟。」

赫連驊搶道：「我也去。」

仙荷蹙眉，看看節南。

節南用人不疑，點了點頭。「赫兒拳腳功夫不錯，對方又是江陵紀氏，萬一被賊惦記上，帶著他好使。」

仙荷沒再反對。「姑娘最好同紀老爺說出赫兒的男子身分，免得紀老爺不防備。」

這是知道那位是女兒身了？節南驚訝。「妳如何得知？」

仙荷笑笑，並未顯露半絲兒得意。「紀老爺常點仙荷司琴，要是仙荷看不出來，也擔當不起九公子的誇讚了。」

節南仍道她厲害。

赫連驊起初沒懂，後來上了馬車，看到裡面坐著一位貴婦，而非肥頭大耳的富商老爺，才知其中緣故。

芷夫人聽節南說破赫連驊的男兒身，微愣之後笑樂了。「以爲我自己多委屈，爲了行商扮作男兒身，想不到還有更委屈的，堂堂男兒扮紅妝。」

「他才不委屈，就喜歡扮成姑娘，本來想當洛水頭姬呢。」

節南這麼說，芷夫人又仔仔細細看一遍赫連驊，卻怎麼都瞧不出他有當頭姬的潛質。

赫連驊自己作答：「不久前我給您和連島主獻過舞。」

芷夫人想起來了，十分吃驚。「你是赫兒姑娘?!」

節南笑不可遏。「不像？」

芷夫人也笑，搖著頭。「想不到絕色傾城的姑娘竟是男子所扮，教我們女子情何以堪。」

節南趕赫連驊下車，才對芷夫人道：「咱們都瞧不出來，九公子卻瞧出來了，輕而易舉數破綻。」

芷夫人頷首。「男子瞧男子，興許是要輕易些，更何況泮林聰明。」

節南不置可否。「芷夫人以紀老爺的身分找我，莫非是爲了交引買賣？」

芷夫人輕輕一點節南的手。「妳也是個聰明的。不錯，今日萬德樓有大宗茶引交易，我要妳大膽拋售，打壓茶引價格。」

節南自己喜歡交引，風險雖大，並不難找出賺錢的機會，如今還是幫芷夫人這等巨賈進行交易，如同天上掉餡餅。

不過，她沒有得意忘形。「據我所知，茶引官價開得高，交引鋪子成交價更高。您手上既有茶引，只有往上開價，爲何要拋售呢？」

「因爲我不想有人賺錢。」芷夫人眸中卻欣慰。「妳若眞對交引買賣有興趣，學起來也容易，只要記住爾虞我詐，出手莫怕，公道於心，不論善惡。」

節南銘記。

芷夫人接著就說了：「那人是我夫君，紀家老二，紀叔韌。至於他和我的事，剪不斷理還亂，今後妳自會慢慢知道。」

節南默然點頭，暗想芷夫人還稱夫君，就是夫妻關係仍在，卻要打壓夫君手裡的茶引，擺明仇怨不淺。不過，芷夫人在外打著江陵首富紀氏的名義行商，不曾有過非議，可見紀氏也是默許的。

太奇怪了！

「夫人給我個底價。」節南聰明人，該不多事，就不多事。

芷夫人附耳對節南說了幾句話，再交給她一只小箱。

節南記住，抱著箱子。

「遇到變數妳也別慌，狸子會帶妳的桌，也會給我傳信，他的意思就是我的意思。」芷夫人再道。

節南道好。

到了萬德樓，果然還是何里直接帶節南這桌。

赫連驊一上樓就見不少人看過來，以爲自己身段還是能吸引人，那顆水仙的心難免膨脹。哪知他不動，人們的目光卻移開了，他才知這些人看的是桑節南。

他連忙快步跟上，低聲奇道：「不至於美到眾人矚目，這些人沒見過美女還怎麼？」

「一見美人英雄矬」的說法，純屬客套。

何里耳朵尖，瞥這個和自己差不多高的丫鬟。「萬德商樓誰人不知六姑娘，妳是新伺候六姑娘的？」

赫連驊乾笑兩聲，聰明得閉上嘴巴，看何里「六姑娘」長「六姑娘」短，「六姑娘」啥還沒點，桌上就擺滿了萬德的招牌菜，跟這夥計自家開的茶樓似的。

節南不管赫連驊想什麼，先看今日樓上坐著哪些人。

沒一會兒，有個夥計來問何里：「甲三桌問六姑娘今日手上是否又有香引。若有，他願全吃。」在何里手心裡比畫，「這個價。」

節南看得分明，直接對甲三桌那位香藥大商搖搖頭，攤手表示沒有他要的東西，但對何里道：「倒是有三船貨，他若感興趣，七月可再來問我。」

大王嶺那邊正幫她大收香藥。香引這年賤價，實貨卻值錢。

夥計連忙去回話，那位大商目光一亮，直接對節南點點頭，拱手作揖，離桌走了，由他身後管事樣的人恭敬送來名帖。

香藥大商一走，其他香藥商也走了，前面桌子立刻有其他商人補滿。

何里遞帖的時候，告訴節南：「甲一桌就是紀二爺。」

節南其實猜到了。

前排沒幾人看著像芷夫人相公的，唯有甲一桌坐一位俊叔，黑髯風流，眉目不凡。同桌還坐三位年輕女子，各有各美，驚豔四座，她們的眼裡卻顯然只有紀叔韌。加上圍著這桌的，盡是姿色不俗的丫鬟，令平時光比錢垛子大小的俗物場，頓增添一抹亮麗鮮色。

節南問：「那幾位女子是……？」

何里低答：「是紀二爺最寵的三位如夫人。」

節南好奇。「紀二爺有幾位如夫人啊？」這裡只是最寵的？

何里有問必答：「前前後後八位。」

哦唷！還分前後?!

節南涼眸淡笑。「原來如此。」

原來如此，芷夫人搬回了娘家，也不願與夫君面對，實在是太風流的人物啊！這年紀已有八位，再過十年，還要納多少新婦？江陵首富，錢多養得起，是吧？

「狸子，做茶引有何規矩？」那就幫紀家散散財唄。

「是這樣的，新都前幾年茶市不興，茶引少，當年分當年耗。今年年初起榷茶司才開始發行大量茶引，一直捏在幾位大商手裡沒出來，以至於好些春茶都爛在茶農家裡。眼看夏天過一半了，前幾日安陽大商陳老爺突然高價開售，茶商哄搶一空，而紀二爺連著三日坐咱們樓裡，大家自然尋思他也要出手。您瞧，今日在座的，不是茶商，就是專撿茶引的商客。規矩就一條，賣者掛牌，買者掛牌，限時半刻，以賣家最後釘牌爲準。」

「不能開私桌嗎？」節南心想，不對啊，她就算低價賣，成交價還是會高啊，因爲買家如狼似虎的。

私桌，就是雙方直接買賣，私底成交，由萬德樓簽官章即可。

何里回道：「六姑娘忘了，今日不是來賺錢的，是不讓人賺錢來的。」

節南哈笑。「瞧我這記性。」

她是不是把事情想簡單了？

何里忽然沉聲道：「紀二爺遞牌了。」

話音落，紀二爺身邊的萬德夥計跑上去，遞給桌櫃後面的掌事。

掌事喊：「雲南普茶甲三等，引五份，每份二十石，當年兌，價三萬貫，來——」

一片嗡嗡聲。

官價五萬，居然還便宜兩萬。

節南看不少人納悶，但多數人欣喜，紛紛送上買牌，炒到四萬貫，還比官價便宜。

紀二爺讓人釘在四萬成交，很爽氣。

赫連驊嘟囔著無聊。

節南單手撫著芷夫人錢箱子上的蓮花紋，同何里說：「紀二爺這價開得膽小啊。」

何里點頭道是。「許是甲三等的茶不好，到茶商手裡也賣不出高價，許是大夥都在等紀二爺手裡的頂級好茶。」

節南不語。

芷夫人說，紀叔韌做買賣，往往出人意表，每一步都有目的。

甲三級的茶，紀叔韌賤價賣出，要做什麼？

節南盯看紀叔韌。

這位叔叔側對著節南，三面美妾，他卻垂了眼，手中轉一只琉璃夜光杯，喝的是葡萄酒。

何里忽道：「六姑娘拋引吧，甲三等的普茶咱有千石，以兩萬貫賣，他手上的甲三等就別想再賣出去……

不對！節南瞇了瞇眼。「不急，再看看。」

何里張張嘴，沒出聲。

接著，紀叔韌連派十來張牌，全是甲三等到甲一等的茶葉，比官價低兩萬貫左右，如同派發遲來的新春福利一般，眾商愈搶愈起勁，轉眼就追平了官價，然而氣氛還是很熱烈，摩拳擦掌，不打算走。

節南聽到幾桌商人喜滋滋說便宜，前幾日安陽大商賣出的茶引均高出官價三成。

這時，紀叔韌開始賣貢茶引，一塊牌子掛紫君茶，上來就是兩千石，比官價低了足足兩成，但總價太高，一般商人吃不下這一口。

何里目閃精光。「六姑娘，紫君茶去年也就兩千五百石，這個價吃下來，行市裡的紫君價格就是您說了算，賺利可以翻番。」

約莫讓這樓裡的錢垛子閃花了眼，赫連驊的臉上也發金光。「貢茶之一居然賣這麼便宜。」

何里馬上說：「瞧，連傻子都知道行情。」

赫連驊差點沒掀桌。娘的，說誰傻呢！

節南沒理睬，五指在箱子蓋上收緊。「狸子，照你看，平時的話，能吃下紀二爺這麼大一筆的人有幾個？」

何里想都沒想。「多著呢，也就今日運氣好，滿場除了紀二爺，只有您……」陡然變得小聲。「讓您來的那位。」

漏壺水滴滴答。

節南心裡一直盤著芷夫人的話，自己是來打壓茶引價格的，哪知紀叔韌根本不開高價，說不準賠錢在賣，究竟打什麼主意？

節南的手離開了箱子，十指交叉，撐起下巴，思量再思量。茶引的價，可以人爲操控，謀取暴利，然而紀叔韌反其道而行——

不少商人倒是機靈，合計一商量，居然合作，聯手出價，最終以低於官價一成的價格買下。

這大筆買賣一做完，紀叔韌就帶著美妾們揚長而去。

何里大嘆：「六姑娘怎生不肯聽小的？這可是天上掉餡餅！」

節南笑笑。「你迄今吃過幾只餡餅？」

何里一愣，立時啞巴。

節南留了一小錠銀子，抱起沒打開過的箱子，起身下樓。

赫連驊在節南身後笑。「妳被人嚇傻了吧？江陵紀二能，無本照生財，金銀沒門稱，借來神龍船，船破江水漲，他還道吾窮。」

節南回頭，一臉好事模樣。「如此厲害啊！還好我沒有自不量力。」

赫連驊撇嘴。「妳倒是有自知之明，卻怎麼和人交代——」突然定看樓底，一個箭步飛竄下去，擋住樓梯口，一夫當關的絕傲氣勢。「紀二爺怎麼又繞回來了？錢還沒賺夠？」

節南聽到紀二爺的笑聲，轉頭看清了人，挑起眉兒，下了幾階樓梯，推推赫連驊。「別擋路，說不定紀二爺就是錢沒賺夠，咱不能擋人財路。」

赫連驊原本有些懊惱自己行動快過腦瓜，居然自動自發給桑節南開道，但聽這位順著自己的話調侃，大覺好笑，心情愉快地往旁邊讓開了。

節南走下最後一級樓梯，眼看就要從紀叔韌身邊過去。

「王芷敢拿全部家當出來跟我鬥，可惜派了個膽小如鼠的丫頭片子來。」紀叔韌開口。

節南抬眼，明眸湛湛。「紀二爺這話大錯特錯。」

紀叔韌哦了一聲。「願聞其詳。」

「其一，誰說這是芷夫人的全部家當？其二，還好我膽小如鼠，不然讓紀二爺騙光了錢財，我有何臉面見芷夫人呢？紀二爺今日包場，請人助陣，花費不少。壓低各道茶引的價格來成交，不知當不當眞，不然虧的也不少。最後壓軸紫君茶，漂亮眞漂亮，前頭拋磚引玉壓根不夠看，勾得我饞蟲大動，差點就如紀二爺所願，一擲萬金。卻突然想到，朝廷每年換貢茶，紫君去年貴得黃金不換，可是萬一今年添新貢茶品，紫君就不値那個價了。我膽子是小，想來想去，便宜不敢撿，尤其還是江陵紀二爺的便宜，自覺沒那本事。」

節南已經想得十分明白，今日這就是個套，等著勒她脖子呢。

赫連驊雖非商人，身爲燎四王子的幕僚，還是聽得懂這其中的意思。

也就是說，今年南頌貢茶要添新品種，所以新品種値錢，原來的紫君茶就沒那麼値錢了，紫君茶引自然漲不上去。像紀叔韌這樣的巨賈，肯定能掌握最快的線報，但別人卻不能。要是剛才節南聽何里的話出手，動輒就是百萬貫的差價，即便不會讓那位芷夫人傾家蕩產，也是夠傷的。

紀叔韌桃花目稍稍一睜，隨即笑道：「小姑娘不要把我說得那麼壞。」

節南嘻嘻笑得不以爲然。「紀二爺，我剛才哪句話哪個詞說你壞了？你別把我想得那麼壞才對。我就是膽小如鼠，眼紅了，手哆嗦，箱蓋打不開。等會兒見了芷夫人，眞不知怎麼跟她說，畢竟芷夫人今日是打算好好花出一大筆錢的，偏生託付錯了人。」

紀叔韌聽得心裡就開始冒煙了。「小姑娘好利的一張嘴。」

節南見煙必扇風。「敢問紀二爺今日虧了多少數目？興許能搏芷夫人一笑。否則我就只能說紀二爺知道舊愛難敵新歡，趕緊拋了紫君就走，想來芷夫人感同身受，就不埋怨我這個小輩不得力了。」

這一茬明嘲暗諷，連赫連驊都暗暗叫了聲好。

紀叔韌氣急反笑。「小姑娘叫什麼？」

節南淡定。「紀二爺答了我，我就答紀二爺。」

紀叔韌還眞說了：「七八十而已，一點小錢還虧得起。」

虧了將近百萬貫！

節南不動聲色。「紀二爺說得對，少娶一位如夫人罷了。我姓桑，行六。」賺錢這麼正經的事，她不怕人知道大名。

「桑六姑娘，看妳年紀小，我能諒妳不懂事。我和王芷之間，輪不到妳這個小丫頭論是非。」紀叔韌一抬眉，嘩啦打開扇子。「妳給她帶句話，別以爲躲回娘家我就不敢上門找，安陽王氏別人怕，我不怕，她遲早得回我紀家門。我如今耐著性子，不過想她自己能弄明白，她生是我紀家人……」

「紀二爺這句話怎麼沒完沒了？」節南踏出門檻，頭也不回。「直說絕不休妻便是。」

紀叔韌乾瞪著節南上車。

馬車都跑出去好一會兒，一個丫鬟上來問二爺能不能走了，三位姨娘皆道餓。

紀叔韌才冷下笑臉。「催什麼催！除了吃，還有什麼用處？一個個都給我回船上待著去，告訴她們，二爺我心情不好，給我放聰明點兒，再敢做出爭風吃醋的蠢事來，就自己滾走。」

丫鬟忙不迭跑掉了。

紀叔韌甩了袖子，隨後繞到官樓，入二樓包間，整冠撣衣給對面見禮。「五舅伯，還請再幫我這一回。」

王楚風之父王平洲，王家出了名的老好人，苦笑連連。「叔韌，這回當眞不是我不肯幫，芷妹她前不久突然搬走，誰也不知她如今住哪兒，而且不管爹娘怎麼問，她就是不說，每隔幾日過府請安而已。」

紀叔韌到底動腦快。「那肯定搬得不遠，五舅伯可派人暗中……」想到王平洲的好人心性。「這麼吧，哪日芷娘回去，你立刻派人知會我。我近來哪兒都不去，就住船上。」

王平洲點頭應承。

31 特意來添

再道節南這邊。

不知是否怕和丈夫碰面，芷夫人已回王家，因此馬車也將節南帶進了王家大宅。

芷夫人聽完節南詳細描述的經過，沉默好半晌，才笑起。「還好讓妳出面，換作是我，我可能會上紀叔韌的當。我與紀叔韌十多年夫妻，即便我不願承認，他確實瞭解我所有的弱點。他一開始就壓價拋售，推翻我原本以為他會高價起售的想法，而事情一旦不在我預期，我就會自亂陣腳，任他牽著鼻子走。妳卻十分冷靜，能注意到細微之處，洞穿他的意圖。」

節南把沉甸甸的錢箱子小心放下。「不敢瞞夫人，實在是瞎子過河，試了試自己的運氣。只有一點我仍覺不解，紀二爺今日能在商樓安插人，夫人怎會不知？」

萬德樓是芷夫人的嫁妝。

「我已經不管萬德樓的事，正好泮林出了城，底下人又不清楚這些。」芷夫人卻未在意。

節南再將紀叔韌讓她轉達的話說了，緊接著就道對不住。「紀二爺說帶一句話，結果說了一大段話，我沒聽完就走了，請夫人莫怪。」

芷夫人笑不可抑。「不怪妳，這人含金湯匙出生，很是不可一世，難得妳能殺他銳氣。」

節南無聲笑笑，不好太猖狂。

很簡單，人家是夫妻，由愛生恨，那也是先得愛才生得出恨，互相貶損是情趣。

芷夫人其實一直在觀察節南，這日還就是要考驗她，到了這會兒已經全然滿意。「之前說起過讓妳當我劍童的事，那只是玩笑而已。」

節南沒反應過來。「我知道。」

「聽說玉眞姑娘到別院養病，崔府也不用妳去了。」芷夫人都清楚。「既然這樣，妳若沒有其他打算，就跟我學做交引買賣，如何？」

節南完全沒想到。

芷夫人但笑。「當然不能再讓妳委屈自己的身分，我想認妳當乾女兒，帶著妳也名正言順，妳覺得怎樣？」

節南傻了。

「妳要是擔心妳姑丈姑母那邊，大可不必，我會徵得他們同意。再說安陽王氏同他們當親戚，應該不會辱沒了他們吧？」

節南搖搖頭。

芷夫人挑開那只箱子，從裡面隨意拿了一張紙鈔。「今日辛苦錢，也算咱們說定了，等妳姑丈姑母回來，咱就擺宴認親。」

節南看不清鈔面上的字，其實心智還在天上轉悠，只是看似淡定地收進袖袋裡。「謝——」也不知怎麼往下說。

芷夫人親切道：「自家人不必言謝。」

忽然，園子外面有些喧嘩，芷夫人問怎麼回事，就有婢子打聽了回來。

「蘿江郡主來訪。本來要去老夫人那兒，中途卻改道，到了五奶奶那裡。五奶奶不開門，郡主使人砸門，就吵鬧起來了。」

節南馬上從迷瞪的狀態出來，那股子精神氣莫名鬥志昂揚。「我去瞧瞧！」

芷夫人感覺節南或許知道些什麼，可也不問：「妳去罷，我知趣，不湊妳們年輕人的樂子。」

隨即芷夫人又喚來一個看著挺沉穩的丫頭。「煙玟，六姑娘不認得路，妳帶著她去。六姑娘認我當了乾娘，妳仔細著，別教任何人怠慢了。」

煙玟謹首道是。

節南輕巧作福，走時的步子趕集一般歡快。

芷夫人直笑，讓節南慢著點走，收斂些，別教人瞧出幸災樂禍來。

節南回頭應得脆生。

就算沒有煙玟領路也無妨，一些管事僕婦紛紛往一個方向走，節南就知肯定也是去劉彩凝那兒。

果然，不一會兒，煙玟指著前頭一片矮松林。「過了林子就是五公子五奶奶的住處『火堯園』，離咱們夫人的住處相鄰。」

林子縱窄橫寬，節南能瞧見那邊圍了不少人。「門還沒開哪？」

煙玟蹙眉，卻未多嘴。

再走近些，蘿江郡主的聲音就清晰起來。「這兒景致不錯，本郡主打算擺桌點茶，順便等你家五奶奶回園，可不可以啊？」

誰敢說不可以？

「這麼巧，郡主今日也來串門？」節南揚聲笑道：「一個人無趣，不如我陪郡主等。」

眾僕齊刷刷回頭來看，即便見過戴著兔面具的劍童，卻沒一個見過桑節南。

煙玟起作用了。「這是芷夫人的乾女兒，今日頭回進府，妳們都來見過六姑娘吧。」

王芷是安陽王氏之中分量很重的嫡女，又無子女，當然不可能隨便認個乾女兒。僕婦丫頭們連忙福彎了膝，直呼六姑娘好。

節南頓覺自己一下子水漲船高。

蘿江郡主看清來的是節南，拍手笑道：「妳何時認了芷夫人當乾娘？好極好極！那妳也算主人了！來給我打開這門！」

節南從行禮的眾人面前大方走過，對蘿江郡主眨眨眼。「雖然芷夫人剛剛提及，也要等擺宴認親才作數，所以今日我還算不得這家的主人，只能當客陪坐。」

「也好，省得我一人無聊。」蘿江郡主掃王家眾僕一眼，趾高氣昂。「難道還要我們客人自己搬桌子搬爐子嗎？」

節南淡淡一笑。「這裡也不需要這麼多人伺候，我與郡主給妳們家五奶奶賀喜而已，除了搬桌子搬爐子的，都散了吧。」再對煙玟道：「妳去回稟芷夫人，沒什麼事，就是姑娘們湊一道說話聲氣大。」

煙玟點點頭，不但自己走，還招呼著眾人散了。

轉眼，火堯園門前清靜。

桌子來了，爐子來了，蘿江郡主的侍女們擺放上一套精美的茶具。

節南坐在蘿江郡主對面，好笑看著那幾名侍女準備。「今早家裡的丫頭給我準備了幾大箱行李，其中就有茶具，讓我笑話了一番，想不到郡主到別人家作客還自備茶具，看來我也真該帶上。」

蘿江郡主目光誚諷，瞥向桌前那兩扇半月銅門一眼，答非所問：「大概想不到我會直接殺過來，慌了手腳，竟然怎麼都不開門！妳說劉彩凝能當多久的縮頭烏龜？」

節南早見識過蘿江驕蠻的脾氣，一往直前，不玩陰損，故而沒覺得不妥。「當不了多久，因爲理在郡主這邊，而且劉彩凝不開門，王家其他人會來開門的，不會每個人都不知待客之道。」

蘿江郡主雙手夾臉頰，笑呵呵道：「桑六娘，我愈來愈喜歡妳了，哪怕妳是來趕熱鬧看。」

節南笑回。「好歹不是來看郡主的熱鬧。」

兩杯茶遞來，節南和蘿江郡主慢慢品著，半晌無話。

忽而銅門後面門栓動，露出半個巴掌大一條縫。一隻眼珠滴溜溜往外瞧，見到門前梗著的桌子和茶客，就驚瞪圓了，立馬要關上。

節南哪能眞的乖乖等，趁著誰都沒注意，右腳暗暗一踹，將凳腳踹斷半隻，直接飛插進門縫之間。

門後的人嗚哇亂叫疼。

節南就道：「門開了啊。」

蘿江郡主立刻呼喝手下侍女們：「給我衝進去！」

八名侍女先發，衝了進去。

蘿江郡主緊隨其後。

接著，門外的節南很淡定，帶著茶杯跨進園子，一眼看去，就覺這裡好沒意思，從屋子到花園，精緻得中規中矩，枯燥乏味，哪裡及得上王五前頭的住處，妙趣横生，萬物皆靈，野火燒不盡，春風吹又生。

讓凳腳打疼抱腿的，不是看門的小丫頭，卻是個穿著挺講究的大丫鬟，齜牙咧嘴，含糊不清地說道：「姑娘當眞不在。」

蘿江郡主冷哼。「本郡主等得起，倒是妳們，要是心裡沒鬼，爲何不敢讓本郡主進來？」說罷，一個眼色，八名侍女就往各屋門裡搜。

節南看得笑眯眯，心想這也就蘿江郡主這等身分的才能做得暢快淋漓，不怕被冠上悍婦之名。自古對悍婦頗有微辭，同情弱者居多，其實人們未必知道其中眞相。有時候，悍婦也是讓僞裝弱者的心機女逼出來的。

「放開我！」一聲厲喊。

兩侍女從一間偏屋拽出一名少婦。

少婦衣著富貴，模樣端莊，神情倉惶，看到蘿江郡主就腿軟不走了，面容楚楚可憐，目光十分不安。「淑娘與表兄成親在前，無奈郡主高貴，淑娘只能爲妾，如今什麼也不敢奢望，但求平平安安生下腹中孩兒，並無半點與郡主爭寵之意。郡主何必苦苦相逼？」

別人看來，薛季淑就是弱者。節南看來，這位和音落屬於一類，不動聲色用心計，喜歡示弱求穩贏的強中手。薛季淑早在鳳來縣之時就已經顯得勢在必得，根本不把她這個未婚妻放在眼裡。眞正的弱者絕不是如此表現。

所以，節南不會被此時的薛季淑迷惑，也不在乎別人把她看成悍婦幫凶。

蘿江郡主更不在乎。「薛氏，妳少跟本郡主裝可憐。本郡主嫁劉睿之後就警告過妳，妳守好本分，本郡主也不會爲難妳，妳當時答應得多乖巧，哪知沒幾日就敢往我心上插刀子。本郡主是劉睿正妻，妳一個妾室，居然越過正室，先給劉睿生孩子，本郡主怎麼可能容得下？」

薛季淑怯道：「淑娘答應郡主時絕無二心，並不知自己有了身孕……」

蘿江郡主不讓說完。「呸，那時都三個多月的肚子了，分明騙我，想等打不掉了本郡主就只好忍耐。」

薛季淑搖晃著頭。「沒有，我當眞不知……」

「妳不知，躲起來卻是爲何？」蘿江郡主並不莽撞。「妳既答應好好服侍我，奉我爲大，爲何瞞著懷孕之事不說？只要我這個正室不肯，妳應該自覺不要，這才是爲妾的本分呢。如今東躲西藏，瞞天過海，不就是打著如意算盤，跟本郡主爭夫嘛。」

薛季淑垂頭嗚咽。

節南笑出了聲。

蘿江郡主就對節南道：「瞧出來沒？往我腦袋上扣屎盆子哪！偏生我不怕！」

節南還是那句話：「道理在郡主那兒，當然不怕！」

薛季淑暫態抬了一下眼皮，但她和劉儷娘一樣，都認不出恢復俏麗的桑節南，只記得瘦如青鬼的桑六娘。

蘿江郡主卻是有了損友腰板直。「薛氏，本郡主不想把事鬧大，只要妳喝下藥，我也可以容妳這一回，今後妳我還能住同一屋簷下。要是不識好歹，本郡主會呈明太后，讓她老人家爲我作主，將妳趕出都城，這輩子休想再見到劉睿的面。孩子和相公，妳自己挑一樣吧。」

薛季淑渾身一顫。

「聽聞郡主來訪，我們有失遠迎。」王老夫人進園子來，身後跟著兩位中年婦人，還有劉彩凝。

節南想，原來劉彩凝搬救兵去了，只不知壓不壓得住蘿江郡主的火氣？

節南再看劉彩凝攙著的那位，大概是她婆婆，王雲深的娘親三夫人。另一位扶著王老夫人，年紀比三夫人稍長，有長媳的威儀，節南就猜是前宰相王端嚴之妻，王大夫人。

王老夫人正一品命婦，蘿江郡主則是皇親。

蘿江郡主因此不失禮數，語氣尊重。「老夫人近來身體可好？」

王老夫人道：「人老了，沒什麼好不好的，一覺睡下，第二日還能睜得開眼，就要感謝佛祖保佑。」

要說蘿江郡主也是機靈鬼，笑嘻嘻上去攙了王老夫人的右肘。「老夫人來得正好，請老夫人評評理。」

劉彩凝原本微笑的神色頓斂，看到離自己不遠的節南，不禁怔了怔，雖不知她爲何來，但想起對方犀利，眼中就有些幽怨。

王老夫人看了看跌坐在地的薛季淑，神情不動。「郡主見外了，有事但說不妨。」

「我來抓郡馬的逃妾。」

蘿江郡主這話一出，節南佩服之情「洶湧」，能把歪理說得活靈活現，也是才能。

「郡主誤會了，淑娘來我這兒作客，睿表兄是知道的。若然不信，大可請睿表兄來。」劉彩凝心情一點也不好，但還不能表現出來，聲音柔軟帶嗲。

蘿江嗤笑。「郡馬知道，我不知道啊。薛氏爲妾我爲妻，她未經我許可就在外作客，十天半個月不回府，不是逃妾是什麼？」

劉彩凝噎了噎。「這……我只知淑娘一直住我娘家。」

「婆家體貼我這個兒媳婦而已，但我與郡馬已成親半個月，他的妾室自然也要隨他住進郡主府。我請了幾回，她都沒理睬，結果才知她在王家，今日親自來帶她回去。」蘿江這態度轉得快。「適才跟大家說笑。要真是逃妾，我直接差了人來問老夫人，何至於自己兜圈子找到這兒，不想驚動各位長輩。哪知嚇著了新奶奶，一下子將長輩們請出來了。」

劉彩凝哪裡還說得出話。

節南嘆了又嘆，以爲蘿江郡主夠蠻橫，對陣的方式只會粗暴，居然也能油嘴滑舌。反觀劉彩凝，不論是趙雪蘭成親那日，還是這會兒，都不怎麼利索的樣子，和她想像中挺大出入。

王老夫人還是給孫媳婦搭了把手。「聽起來，老五媳婦是聰明人辦了糊塗事，並不知其中緣故。雖說清官難斷家務事，到底還有人情世故。郡主要是相信老身，容老身問明緣故，再給郡主一個交代。」

蘿江郡主說「好啊」。「也沒什麼大事，就是薛氏瞞了有身孕，到處躲著我，怕我對她不利。」

薛季淑看劉彩凝幫不了，就自己來。「郡主想打掉我腹中胎兒，求老夫人憐憫。」

王老夫人沒有驚訝，大約已經聽劉彩凝說了。

蘿江郡主傲然撇笑。「沒錯，只要她還想跟著郡馬過日子，我就要打掉那個孩子。即便老夫人幫著說話，也沒得商量。要麼，她永遠別在我和郡馬面前出現，隔開千山萬水；要麼，等我生下世子，我也可睁一眼閉一眼。老夫人，大夫人，三夫人，妳們都是講理的，該知我今日拿著理。不然，我剛才就同桑六娘說了，鬧到太后面前我也不甘休。我是我爹獨女，將來我的兒子要繼承王爺位的，怎能上有長兄？」

三位王夫人看向節南。

節南只好行禮：「桑氏六娘，見過三位夫人。」

大夫人最先想起來，對王老夫人道：「老太太，這就是芷娘提到的那位吧？」

王老夫人立刻調回目光，在節南臉上細細看了一會兒。「妳是趙少監的侄女？」

節南道是。

王老夫人對蘿江郡主好聲好氣，對節南就帶了一絲苛刻。「此事與妳無關，所為何來？」

劉彩凝眞是孩兒面，眉毛馬上得意挑起。

節南瞧在眼裡只覺好笑，回老夫人道：「今日拜訪芷夫人，聽說郡主來了，就想著打個招呼再走。」

蘿江郡主必須站在節南這邊。「六娘也是觀鞠社的。」

王老夫人卻似看穿了。「眞打招呼還罷，就怕……」有涵養，沒直說。

節南笑應：「老夫人英明，其實我還眞是猜到了郡主為什麼來，所以特意繞到這兒。觀鞠社一向同心，郡主身分固然高貴，到底是在別人家裡，我不能見她落了單。」

王老夫人半張著口，竟讓節南這番強詞奪理說悶。觀鞠社，千金社，她們的父輩祖輩幾乎撐著整個朝堂，誰人不知她們嬌貴。要說這個桑六娘，可能只是搭了玉眞的福，不料竟能令她最寵愛的女兒堅持收為乾親。本來她還不以為然，如今親見，是個爽直的犀利人兒。

王老夫人悶完就笑。「原來是打算幫腔的。」很好，這姑娘磊落得很。

「請老夫人見諒。」這個轉折出乎節南的意料，以為老人家不會喜歡她這麼衝脾氣的。

「見什麼諒，讓我想起自己年輕那會兒，也愛管姊妹的閒事。」王老夫人笑過，轉而對蘿江道：「郡主的來意老身已經清楚，給老身三日，不說皆大歡喜，但望兩全其美，這會兒淑娘畢竟還是我王家的客人。」

蘿江郡主心想差不多了。「有老夫人居中調解，那就最好不過，但我明日要去鎮江，十日左右回都。」

王老夫人點頭。「那就十日吧，我讓淑娘住我那兒，郡主不必掛懷。」

節南聽出來，這是一個保證，保證薛季淑不會離開王家？

王老夫人說完就走，大夫人一直小心攙扶著。

三夫人等老夫人出了園門，才囑咐兒媳：「聽到老太太的話了嗎？回頭就把妳表嫂送老太太那兒去。還有，我聽說五郎這些日子一直住前頭，眞的嗎？」

節南和蘿江郡主不約而同豎起耳朵。

劉彩凝臉色忽紅忽白。「他……他說要讀書……」

三夫人就不大高興。「他哪日不讀書？還不是藉口！妳要想法子留住他，早些懷個娃，我好抱孫。至於頭胎是男是女，我和老爺並不在意，妳可放心。」

劉彩凝絞著袖邊，默不作聲。

三夫人也走了。

薛季淑驚得抽泣。

劉彩凝心煩意亂，哪裡顧得上安慰這個沾親帶故的，讓丫頭安排一頂小轎，直接把麻煩送到老夫人那裡去了。

薛季淑一走，劉彩凝就瞪著上門挑事的兩客人，想發脾氣，又發作不得，因爲對面有郡主，身分比她高。

「彩凝突覺不適，二位請自便，恕我不能遠送。」
節南不急不忙。「五少夫人似乎時常不適。」
蘿江郡主唱幫腔：「就是啊，上回咱們對比白打，妳也是以身體不適爲由臨陣脫逃。」
劉彩凝收回已經跨進屋子的那隻腳，冷著一張白花花的小臉瓜看回來。「那日今日都是當眞不適，郡主對採蓮社的姑娘們一向頗不以爲然，彩凝卻不知如何得罪了二位。」
節南搖手。「妳沒得罪我，我只奇怪妳的身子骨居然這麼虛，瞧著身段倒是挺豐腴的。」
蘿江噗哧笑道：「人家內虛，咱們哪裡瞧得出來，不過聽三夫人急著抱孫，當兒媳婦的可要趕緊調理身子。」
劉彩凝張張嘴。
一個小小丫頭跑進來。「姑爺往這裡來了！姑爺往這裡來了！」
劉彩凝神情一變，目光竟是厭惡之極，道聲關門，甩著簾子進屋去了。
節南拉著不明所以的蘿江郡主往外走，那兩扇半月門就再次被上了門栓。
蘿江奇道：「劉彩凝幹什麼呀？動不動關門下鎖，怕誰吃了她似的？」
節南眨眨眼。「人家姑爺要來了嘛。」
蘿江更是糊塗。「來就來唄，難道還有必須敲門這條規矩不成？或是劉彩凝尚未妝扮，怕被人發現她本來面目？」
節南禁不住笑出。「我還妖怪面目呢。」
蘿江郡主嘟嘴。「眞不知誰封她安平第一美人，長得只能算秀氣。肯定是安平那些書呆子見識少，捧個亮一點的瓦罐就當了瓷器，傻不啦嘰的。還有更傻的，能特意爲她轉到安平去讀書。」
節南馬上問：「誰啊？」
蘿江聳聳肩。「只聽說有那麼一個傢伙，但不知如今看劉彩凝嫁作他人婦，心情如何。也有傳聞讚頌劉彩凝的那些詩詞，一半由他所作。」

「一個書呆的癡迷，帶動了一群書呆的癡迷，將他們的鳳凰送上高枝，鳳凰卻連回眸一笑的感激之意也無，眞是可憐可悲。」敢情安平第一美女不僅靠的是好爹好娘，還有一群盲從的追隨者。

蘿江郡主哈笑。「沒錯，就是這樣。」

兩人說話間，對面走來一高一矮。

節南淺福淡笑。「五公子好。」

蘿江郡主瞧著高的那個，脫口而出：「五公子眞是童顏，乍看以爲是十二三歲的少年郎。」

高者也沒那麼高，和蘿江節南差不多，連連擺手。「我叫棋童，這位才是我家五公子。」

蘿江郡主目光移下，盯著大腦袋寸丁矮的矮青年，立即緊緊抿住嘴。

王五卻很自得，對蘿江郡主作揖行禮。「在下王雲深，見過郡主。」

蘿江郡主一眼不眨。

王五沒有上回撞見節南時的那般驚慌失措，神情自若，帶著少年般純淨的笑容，目光轉看節南，才略透露出尷尬。「是妳。」

看到不認識的人，王五反而鎮定？節南想到這兒，一笑回道：「我姓桑……」

「聽九弟提過，桑六姑娘。」王五的尷尬來去很快，就像天生奇矮帶給他的自卑，不是沒有，但絕不主宰他的思想。

當然，王五不知，劍童也是眼前的這姑娘。

節南更不可能說破。「給五公子道喜。」

王五的眼神暫態閃過一抹自嘲，取而代之的是，寬心暖眸。

他的聲音奇異得好聽。「多謝。」

節南再道：「我與郡主才從火堯園來，五奶奶似乎身體不適，關了園門要清靜呢。」

王五眸中睿明，轉而與節南她們一同向前。「既然如此，我就不擾她了。之前母親差人來報，道郡主突至火堯園。我本來擔心她剛過門，不熟悉府裡，萬一怠慢貴客，所以……」

蘿江郡主從震驚中回了神，語氣十分自然。「雲深公子不用擔心，我並非來找妳夫人的麻煩，已請老夫人幫忙解決此事。」

雲深公子，聞名天下的是文章，不是臉瓜，不是身高。

這麼簡單的道理，刁蠻任性的蘿江懂，第一才女第一美女什麼的，卻不一定懂，已被人捧得暈陶陶而不自知平庸。

王五又是一笑。「那就好。若祖母未出面，郡主同在下說也可。」

從那般純淨的笑容裡，節南看不出王五吃了幾回新媳婦的閉門羹，只覺他氣度寬宏，心如白雲。

蘿江郡主沒再提，問出一個讓節南大開眼界的問題：「聽說雲深公子的不盡園大藏奧妙，莫非火堯園這個名字也是取自野火燒不盡？」

節南直接表感慨。「郡主何時變得這麼有學問？」

蘿江郡主白節南一眼。「這可是在雲深公子面前，妳能不能也有學問一點？」

節南忍俊不止。「郡主說得是。」

王五露出一種不好意思的表情，搖晃一下大腦袋。「確實取自這句。」

節南也有要問的。「那園子裡好多奇花異草，小徑開得莫測高深，大有不盡的字面意義，莫非是奇門八卦？」

這個問題，節南問過王九，總覺得讓他敷衍過去了，所以要問問正主。

「我喜歡收集奇花異草，偏又不會種，以至於都長野了，弄出一個奇怪的天然迷陣。慚愧的是我自己從沒走出去過，至今也就九弟來去自如。九弟分不清東南西北，眞不知他如何識路……」王五發現自己把兄弟的事抖了出來，匆匆轉換。「桑六姑娘到過不盡園？」

節南打哈哈。「沒有，也是聽說不盡園奧妙。」

王五沒再問，到了岔路口，就帶著棋童回不盡園去了。

蘿江郡主同節南邊走邊八卦。「妳說，劉彩凝那麼眼皮子淺的，不會眞不讓雲深公子進內園吧？」

「咱倆四隻眼還能瞧錯？」節南可以肯定。

蘿江郡主就哼了哼。「什麼書香門第。教出一個悶呆子，公婆幫著吃裡扒外；又教出一個繡花枕頭空心菜，嫁雞隨雞嫁狗隨狗的道理都不懂。」

一罵，罵一大家子姓劉的。

節南突然心血來潮，心機蠢蠢欲動，不弄出點事來，她今日豈不是白趕這趟熱鬧？

節南來挑事。「重要的是，沒嫁雞沒嫁狗，嫁的是麒麟才子王雲深。劉彩凝原本配不上，居然完全不識好，將王雲深拒之門外。天下學子若知雲深公子讓人嫌棄如此，單是口水就能淹死劉彩凝。不知劉彩凝還保不保得住安平第一美女才女之名？」

蘿江郡主其實是挺熱血、挺性情的人兒。「沒錯！咱明日跟姊妹們稍微說說，其中喜歡雲深公子文章的人可不止一兩位，很快劉彩凝的膚淺就會傳遍三城。」

「也許有人會同情劉彩凝，畢竟五公子長相實在不出眾。」節南適時往回拉一拉。

蘿江郡主發揮出了觀鞠社千金見多識廣的優點。

「麒麟才子名滿天下，他所到之處必引學潮，見過他的人應該很多，爲何幾乎沒有對他相貌的形容？一說麒麟，除了才華和神聖，妳還能想到什麼？」

節南數道：「麇身，馬蹄，牛尾，魚鱗皮。」

蘿江郡主問：「憑良心說，不論神獸不神獸的，麒麟的模樣好看嗎？」

節南笑搖頭。「奇異。」

蘿江郡主點點頭。「咱再說說雲深二字的來歷。五公子七歲拜在丁大先生門下，丁大先生頭一回見他，贈雲深作爲他的字。出處妳肯定也知道。松下問童子，言師采藥去，只在此山中，雲深不知處。就是《尋隱者不遇》。其實丁大先生另一個苦心顯而易見。」

節南從不在別人面前說自己讀書，卻並非眞不讀書。「以此鼓勵五公子，才華蓋世，雲深仍顯揚。」

蘿江郡主再點點頭。「我雖到今日才瞧見雲深公子眞容，咱們社裡卻早猜過他長得不好看。安陽王氏的公子們俊美聞名遐邇，唯王五神龍見首不見尾。麒麟才子，天上雲深，愈傳得飄渺出格，就愈讓人覺得古怪。要是和他兄弟們一樣相貌出眾，爲何不一道進進出出？」

節南連道「受教」。

「所以這事傳出，於雲深公子無損，大家只會爲他不值而已。妳看，說著說著，劉彩凝就露餡了吧？她要是眞有才情，何至於想不到，還一臉受騙委屈的樣子，給誰看哪！」蘿江愈發上火，鼓腮瞪眼。

「我則萬萬想不到，郡主把才情藏得這麼深，還對雲深公子如此維護。」眞的刮目相看。

蘿江郡主漏氣發笑。「聽人說雲深公子說得多了，自然就知道他很多事。要說也巧，有個傻子爲了劉彩凝轉去安平讀書，這事也是同一個人跟我說的。她曾是觀鞠社一員，只因叔父遭貶，不得不離開都城。她要還在，採蓮社那些才女可不敢跟咱們抬眼皮。」

節南沒問那人是誰，橫豎觀鞠社皆名媛，長公主都屬前輩。

出了王家大門後，已經上車的蘿江郡主突然撩起車簾，叫住正往自家馬車走的節南。「記得明日交份子錢。」

「好，好，明日不交，就罰我不能上船。」節南本來還想拖一拖，結果懷裡揣著銀子，不自覺就大手大腳。

蘿江郡主可不是假客氣。「就這麼辦，省得妳不長記性。」說罷，揮揮帕子，走了。

節南想著劉彩凝和王五這一對，有點走神，再一上車就瞧見赫連驊那張土黃的臉，脫口而出：「什麼人？」

赫連驊瞅節南一眼，奇道：「妳在說笑嗎？」

節南失笑。「走神了，突然跑出一張掉土渣的臉，一時哪能想起你來。」

赫連驊歪皺半張臉。「聽說安陽王氏美男眾多，所以妳這是進了狐狸窩，被迷得神魂顛倒？」

節南坐下，雙手攏袖。「美男一個未見，倒是瞧見了不少美婦，不過說了你也不認識。」

赫連驊抬眉，土黃的臉色擋不住他的自信。「適才看到妳同蘿江郡主一道走出來。郡主今日帶了八名侍女，還有一干全副武裝的王府侍衛，不像尋常走訪親戚。郡主的丈夫劉睿，是王五新婦劉氏的堂兄，娶郡主之前剛納了他母親娘家侄女薛氏為二房。我想郡主找來，八成同這個薛氏有關。」

節南並未顯得好奇。「洛水園各路消息得來全不費工夫，看來確實不錯。」

赫連驊沒有否認。「劉睿成親前一晚，在洛水園裡款待朋友，喝得酩酊大醉，無意間將納妾之事說漏了嘴。難道郡主打算立威，來找安平第一美人當傳聲筒，給她婆婆提個醒？」

「那倒沒有，就是薛氏有了，躲在劉彩凝這兒養胎，郡主不容，來抓薛氏回府。薛氏不肯，還好王老夫人出面，答應會幫郡主解決。」節南簡述。

赫連驊一時改不掉洛水園裡養出的包打聽習氣。「郡主想如何？」

「這胎不能留就是。」節南輕描淡寫。

赫連驊此刻雖然女裝扮相，畢竟是男子實質，乍目吃驚。「妾生子罷了，何至於威脅到正妻？下手這般狠絕。」

節南一笑。「這就要看怎樣的妾、怎樣的妻了，母憑子貴畢竟屢見不鮮。郡主是炎王府獨女，她與郡馬之子將來有成為世子的可能，自然重視長幼排序。薛氏的頭胎要是兒子，郡主怎能容得下？即便是普通官戶，妾搶在妻的前頭生子，也是不妥的。」

「換作是妳，也容不得？」赫連驊看來，那一支青劍起如萬馬奔騰，收若蜻蜓點水，桑節南只怕遠不止脾性頑劣。

「等我嫁個有妾的相公才好說，但我亦不覺得蘿江郡主的做法有何不對就是了。」心思一轉，節南打探。「劉大公子原本要考進士及第，突然做了郡馬，酩酊大醉之時可說過原因？」

赫連驊不以為意。「不就貪圖皇親國戚？高興才喝得爛醉，大手一揮說炎王府付帳，開了二十壇五十年老陳香。還有，他那晚招待的都是都城裡聲名狼藉的公子哥兒，一窩子狐朋狗友。起先當眞看不出來，劉大公子正襟危坐，跟他們格格不入的。」

節南愈聽愈奇，卻讓赫連驊一句「妳對劉大公子那麼關心」打消繼續追問的念頭。「九公子不該把你弄出來，跟著我大材小用。」

洛水園適合赫兒發揮。

「烏煙瘴氣之地，事情既然做完，他不弄我出來，我自己也會走。」赫連驊撇笑。「接下來去哪？」

要說這個赫連驊，半身遊俠半身官，做事正經做人遊戲，挺對節南的脾氣。「去雕銜莊，今晚要在那兒過夜。」

赫連驊一點不顯驚訝，卻問：「王泮林眞不在家？」

「他若在家，為何要說不在家？」節南一愣，這事上倒是沒懷疑過王九會騙她。

「誰知道他要做什麼見不得人的事。」赫連驊不遺餘力貶低，一股子不服氣的酸意。「這人渾身上下都是陰險，為達目的不擇手段，也不知給我師父灌了什麼迷湯，居然連我這關門弟子都送了他當人情。」

心中的疑雲很快消散，節南無謂笑笑。「你不必瞎喊委屈，要是半點沒拿他好處，他也不會盤算到你頭上。這人驕傲，你不利用他，他自不屑利用你。」

他和她，從大王嶺相遇，一直各取所需。到如今，他還給她的趙府這片漂亮的棋面，並非他一時善心施捨，而是她應得的。

赫連驊一聽，可不是嘛。

但他嘴上不認。「我沒利用他，我利用的是師門之力，他厚臉皮搶了功勞，讓我還他人情。」隨即半瞇眼，笑得老曖昧。「他甘爲幫腦，屈居妳之下，還爲妳納賢聚才，妳卻要小心他打別的主意，到頭來自己成了竹籃打水一場空。」

節南挑眉。「我就是小心他，才安放拔腦呢。三個臭皮匠頂一個諸葛亮，你，仙荷，我，三人對王九一人，怎麼都能賽過他一個腦子了吧。」

赫連驊乾笑。「妳想叫王九乖順，就得讓文心閣不再給王九當打手。這時正是大好時機。他讓妳幫顧雕銜莊裡的作坊，妳反其道而行之，弄得我師父惱火，自然不肯幫王九了。」

節南「嘿」了一聲。「赫兒想學王允，可惜我不是貂蟬，丁大先生和王九更不是董卓呂布，你離間不了。王九予我好處，我也予他好處，他和我都不像赫兒有忠有義，卻明白一件事。」

赫連驊問：「哪件事？」

節南笑答：「他不想成爲我的敵人，我亦同。既然不願爲敵，像這般聯手就很好。」

赫連驊不知兩人早前對過手，各自沒撈著好處，一個又吐血又差點挨軍棍，一個又被踹又讓抓回了家。這麼下來，節南發現還是化爲兔幫內鬥，一致對外，能給自己帶來最大的好處。

赫連驊哼了哼，離間計失敗，也沒再作聲。

馬車到了雕銜莊外，節南和赫連驊準備步行入內。

忽然，赫連驊的腳步一頓，回頭，又很快把頭回過來。

「怎麼？」節南問。

「就覺這地方風景挺好。」赫連驊說得隨意。

節南呵道：「是，風景挺好。」一個兩個都這樣，有事沒事說風景，那她也就學學吧。

兩人一前一後，走在中分的大道上。節南每經過一扇門，就會駐足往裡觀看，看工匠們磨板、洗板、刻版、曬版，道道工序井然有條理，明明忙碌，又偏偏給人寧靜的美感。赫連驊則看節南，心中稀奇這姑娘怎對枯燥工藝感興趣，因此也不催促，淡眼相觀。

忽聽有人喊「小山」。

赫連驊不知喊的是誰，卻聞節南含笑回應。

「伍師傅，我近日來得勤，你倒不來了。聽說身體不適請了假？」

伍枰心事甸甸，擠出笑來。「略感不適，恰巧造完一幅兩丈大版，歇了幾日……」話尾吞吐。

「……小山，可否隨我到別處一敘？」

「當然可以。」節南答得乾脆，但吩咐赫連驊：「你先去弩坊。」

赫連驊沒動。「一看就知不是好事，我得跟著妳。」

伍枰濃眉飽皺，只是不喜多話，也懶得辯白。

節南就對伍枰道：「伍師傅莫怪，這丫頭人醜脾氣臭，不識好歹，不過嘴巴嚴實，您大可放心。」

赫連驊最容不得別人貶他的臉。「誰醜——」卻讓節南冷眼瞧啞。

節南的冷眼帶凜，很少有人能無視。

伍枰十分相信節南，當下帶路，進了一間清靜的院子。

節南聞著木香，看到放置陳版的大屋，想起這裡正是上回聽到孟元和伍枰說話的地方。

伍枰也不進屋，只在門外站定，半晌才似下定決心開了口。「小山，我求妳幫個忙。」

節南淡笑。「一日爲師，終生爲父。若伍師傅有難處，小山身爲學徒，當然義無反顧。但若是師傅把別人的難處攬上身，恕小山不能聽話。」

伍枰沉默片刻，苦笑道：「讓小山猜到了。」

「師傅朋友不多，需要幫忙的朋友也就那一位。」節南一看到伍枰時已經知道。「當初您請我同我姑丈引薦的那位，姓孟名元。只是，伍師傅對朋友鼎力相助，那朋友卻委實不夠朋友，官匠當了沒幾日就被革職，吏部永不復用，辜負了伍師傅。」

「我不妨事，只可憐孟元無辜遭難，莫名丟了前途。」伍枰冷面熱心。

節南對孟元實在生不出好感，說話也涼。「小山自然信師傅的，可是無不無辜都好，小山恐怕幫不到什麼忙。我姑丈也受那件案子牽連暫時待職，又逢夫人病故，今日一早回鄉，沒有三兩個月不會回轉。師傅要想走通吏部的關係，我眞無能爲力。」

伍枰連忙擺手。「不，我不至於如此不通情理。孟元雖無辜，宦海浮沉，非個人之力可以抗不平。我早已看穿，也勸他放開手，他終於聽進我的勸——」

節南臉上露出一絲玩味。「只是——」

伍枰嘆息。「只是他放不下——」說不下去了。

「只是我放不下玉眞，懇請小山姑娘幫我和她見上一面。」孟元從版畫堆後走出來。

節南曾見過孟元兩面，每一回都覺得他長相脂粉氣重，瘦胳膊瘦腿，難有大丈夫擔當。這一回再看他，青鬚稀稀拉拉敷一層，衣衫破舊，連漂亮的長相都被摧毀了，好不可憐兮兮。她愈看愈不明白，被這麼一個怯懦的人全心愛著，崔玉眞就覺得心滿意足，可以拋棄擁有的一切？

〈卷二完・故事未完〉

國家圖書館出版品預行編目資料

霸官：〔卷二〕青杏黃梅，馬蹄漸／清楓聆心著；
--初版--台北市：春光出版：家庭傳媒城邦分公司發
行；民107.2
ISBN 978-986-96119-3-0（平裝）

857.7　　107001241

霸官：〔卷二〕青杏黃梅，馬蹄漸

作　　者／清楓聆心
企劃選書人／李曉芳
責 任 編 輯／何寧

版權行政暨數位業務專員／陳玉鈴
資深版權專員／許儀盈
行 銷 企 劃／周丹蘋
業 務 主 任／范光杰
行銷業務經理／李振東
副 總 編 輯／王雪莉
發　行　人／何飛鵬
法 律 顧 問／元禾法律事務所　王子文律師
出　　版／春光出版
台北市104中山區民生東路二段 141 號 8 樓
電話：(02) 2500-7008　傳真：(02) 2502-7676
部落格：http://stareast.pixnet.net/blog E-mail：stareast_service@cite.com.tw
發　　行／英屬蓋曼群島商家庭傳媒股份有限公司城邦分公司
台北市中山區民生東路二段 141 號11 樓
書虫客服服務專線：(02) 2500-7718 / (02) 2500-7719
24小時傳眞服務：(02) 2500-1990 / (02) 2500-1991
服務時間：週一至週五上午9:30～12:00，下午13:30～17:00
郵撥帳號：19863813　戶名：書虫股份有限公司
讀者服務信箱E-mail: service@readingclub.com.tw
歡迎光臨城邦讀書花園　網址：www.cite.com.tw
香港發行所／城邦（香港）出版集團有限公司
香港灣仔駱克道 193 號東超商業中心 1 樓
電話：(852) 2508-6231　　傳眞：(852) 2578-9337
E-mail : hkcite@biznetvigator.com
馬新發行所／城邦（馬新）出版集團　Cite(M)Sdn. Bhd
41, Jalan Radin Anum, Bandar Baru Sri Petaling,
57000 Kuala Lumpur, Malaysia.
Tel: (603) 90578822 Fax:(603) 90576622 E-mail:cite@cite.com.my

封 面 設 計／黃聖文
內 頁 排 版／極翔企業有限公司
印　　刷／高典印刷有限公司

■ 2018 年（民 107）2 月 1 日初版　　Printed in Taiwan

售價／350元

城邦讀書花園
www.cite.com.tw

本著作物繁體中文版通過閱文集團上海玄霆娛樂資訊科技有限公司 www.qidian.com，授予城邦文化股份事業有限公司春光出版獨家發行。

ISBN　978-986-96119-3-0

104台北市民生東路二段141號11樓

英屬蓋曼群島商家庭傳媒股份有限公司

城邦分公司

請沿虛線對折，謝謝！

愛情・生活・心靈

閱讀春光，生命從此神采飛揚

春光出版

書號： OF0040	書名：霸官：〔卷二〕青杏黃梅，馬蹄漸

請於此處用膠水黏貼

讀者回函卡

謝謝您購買我們出版的書籍！請費心填寫此回函卡，我們將不定期寄上城邦集團最新的出版訊息。

姓名：________________

性別：□男　□女

生日：西元________年________月________日

地址：________________

聯絡電話：________________ 傳真：________________

E-mail：________________

職業：□1.學生 □2.軍公教 □3.服務 □4.金融 □5.製造 □6.資訊

□7.傳播 □8.自由業 □9.農漁牧 □10.家管 □11.退休

□12.其他 ________________

您從何種方式得知本書消息？

□1.書店 □2.網路 □3.報紙 □4.雜誌 □5.廣播 □6.電視

□7.親友推薦 □8.其他 ________________

您通常以何種方式購書？

□1.書店 □2.網路 □3.傳真訂購 □4.郵局劃撥 □5.其他 ________

您喜歡閱讀哪些類別的書籍？

□1.財經商業 □2.自然科學 □3.歷史 □4.法律 □5.文學

□6.休閒旅遊 □7.小說 □8.人物傳記 □9.生活、勵志

□10.其他 ________________

為提供訂購、行銷、客戶管理或其他合於營業登記項目或章程所定業務之目的，英屬蓋曼群島商家庭傳媒（股）公司城邦分公司，於本集團之營運期間及地區內，將以電郵、傳真、電話、簡訊、郵寄或其他公告方式利用您提供之資料（資料類別：C001、C002、C003、C011等）。利用對象除本集團外，亦可能包括相關服務的協力機構。如您有依個資法第三條或其他需服務之處，得致電本公司客服中心電話 (02)25007718請求協助。相關資料如為非必要項目，不提供亦不影響您的權益。

1. C001辨識個人者：如消費者之姓名、地址、電話、電子郵件等資訊。
2. C002辨識財務者：如信用卡或轉帳帳戶資訊。
3. C003政府資料中之辨識者：如身分證字號或護照號碼（外國人）。
4. C011個人描述：如性別、國籍、出生年月日。

請於此處用膠水黏貼